축복 Ⅲ

황성혁 장편소설

보기에
심히 좋았다

작가의 말

나는 중학교 들어가면서부터 세계문학전집을 대할 수 있는 행운을 누렸다. 중학교 입학해서부터 고등학교 2학년까지 세계의 고전들을 홀린 듯이 읽고 또 읽었다. 고전들이 주는 문학적인 감동보다 새로운 세상을 들여다본다는 호기심으로 대가들의 작품을 읽었다. 고등학교 입학하자마자 그때 전국적인 문명(文名)을 떨치던 선배들에 이끌려 백치동인(白痴同人)이 되면서 문학에 마음을 적시게 되었다. 차츰 대가들의 작품이 눈에 들어왔다. 특히 평생 책상 곁에 머물렀던 소설이 있다. 톨스토이의 《전쟁과 평화》이다. 톨스토이는 그의 작품 곳곳에서 인생에 관한 이야기를 소근소근 들려주었다. 그것은 자라는 내게 피가 되고 살이 되었다.

톨스토이처럼 글을 쓰고 싶다, 《전쟁과 평화》와 같은 소설을 쓰고 싶다, 그것은 나의 평생을 관류하는 소망이었다. 소설 《전쟁과 평화》의 배경은 1805년부터 1814년까지의 약 십 년 동안 나폴레옹의 침공으로부터 폐퇴할 때까지 전쟁의 참혹을 겪는 러시아의 파란만장한 사회상이다. 톨스토이는 그 전쟁을 배경으로 귀족과 농민, 외교관과

궁중 신하들 심지어 황제들의 일상까지 그리고 발랄한 한 여인의 전쟁을 통한 변신이 묘사된다. 가족들의 출생, 성장, 결혼, 출산, 죽음이라는 인간 실존의 모든 단계에 걸쳐 사랑과 배신, 이기심과 우정 등 인간이 지닌 가장 아름다운 속성을 톨스토이는 그의 굳건한 도덕적 관점으로 그려낸다. 그것은 결국 러시아의 역사가 되었고 그 시대의 사회상에 대한 예술적 기록으로 남았다.

나는 새로 태어난 세계 최대 조선소의 선박 영업담당이었다. 세계 구석구석을 드나들었다. 수많은 계약을 성사시켰고 무엇보다 세계 변방의 시골뜨기 한국인이 세계인으로 당당하게 탈바꿈해가는 과정을 생생하게 지켜보았다. 그것은 쉽지 않은 일이다. 선각자들의 목숨을 건 결단과 우리 백성들의 적응력이 이루어 낸 기적이다. 나는 쉰이 되던 해 회사를 그만두었다. 무언가 자신만의 것을 이루어야겠다는 소망 때문이었다. 그 소망의 일부분이 이제 이루어졌다. 대하소설 《축복》 세 권이 만들어진 것이다.

소설의 배경은 중국의 본격적 산업화가 시작되고 세계의 재화가 중국으로 몰리던 2002년부터 2008년까지의 경제적 대 격동기이다. 그중 2002년부터 2005년까지 일어난 이야기이다. 벨기에 선주가 한국에 초대형 유조선 여섯 척을 주문한 뒤 그것이 완성되어가는 과정이 이 소설의 배경이다. 일제의 수탈과 육이오 전쟁을 통해 망가질 대로 망가진 나라가 기적적으로 일어났다. 그 획기적인 역사를 만든 사람들에 대한 기록이다. 앞에서 이끈 정책 입안자로부터, 그 황당한 계획을 현실로 만든 뚝심 좋은 경영자에 이르기까지, 세계의 편견과 스스로의 열등감을 극복하고 세계 산업계를 설득시킨 실무자들, 거기에 자신의 삶에 성심을 다한 요정 접대부로부터 평범한 가정주부들, 샐러리맨들의 일상의 애환을, 기댈 곳 없던 재일본 교포의 삶을 살펴보았다. 남과 북의 동포들을 갈라놓고 있는 빙벽을 녹이는 방법을 생각했고 우리가 가진 고질적인 천민성에 대해 올곧게 바라보려고 했다.

톨스토이의 위대한 발걸음을 따라가느라 애는 써 보았다. 톨스토이가 세상을 버린 때가 여든한 살이었다. 나는 여든한 살에 《축복》 제1권을 내어놓았다. 너무 늦지 않았나 하는 걱정들을 주변에서는 한다. 그러나 나는 동의하지 않는다. 이것은 나의 작가 인생의 시작이다. 나의 꿈이 시들지 않는 한 나의 작업은 계속될 것이다. 나는 나의 아흔 살을 생각하면 가슴이 설렌다. 어디까지 무엇을 이룰 것인가? 나의 꿈을 밀고 나가고 싶다. 백 살이 되었을 때 지금과 같은 고민을 다시 하고 싶다.

정호에게 고맙다는 말을 해야겠다. 이처럼 방대한 분량을 그처럼 오랫동안 지속하는 작업은 나처럼 여러 곳에 신경을 분산시켜야 하는 사람이 할 수 있는 일이 아니다. 그가 없었으면 이 책은 태어날 수 없었다. 묵묵히 책의 모양을 만들어 낸 그의 노고에 감사드린다.

도서출판 경남의 오하룡 사장께서 바쁘신 중에도 발문(跋文)을 써 주었다. 뛰어난 시인이기도 한 오 사장의 발문을 얻었다는 것은 이 책의 행운이다. 앞으로 먼 길을 함께 가야 할 동반이다. 고맙고 또 고맙다.

차 례

작가의 말 　　　　　　　　　　　　　　　　　002

제28장 ◆ 써늘한 혐오의 땅 런던 　　　　　　　006
제29장 ◆ 시민의식에 관하여 　　　　　　　　039
제30장 ◆ 전화위복(轉禍爲福) 　　　　　　　　076
제31장 ◆ 줄리아의 꿈 　　　　　　　　　　　113
제32장 ◆ 그분에 관한 작은 이야기들 　　　　142
제33장 ◆ 일은 이렇게 되도록 정해져 있었다 　192
제34장 ◆ 역사 연구회, 배를 띄우다 　　　　　222
제35장 ◆ 해적 이야기 　　　　　　　　　　　250
제36장 ◆ 길에서 역사를 보다 　　　　　　　　274
제37장 ◆ 변화에 적응하는 자가 살아남는다 　313
제38장 ◆ 그리운 금강산 　　　　　　　　　　341
제39장 ◆ 폭포수처럼 내리는 축복 　　　　　　390
제40장 ◆ 보기에 심히 좋았다 　　　　　　　　433

발문 | 작가 황성혁 장편소설 《축복》에 대하여 　480

제 28 장

써늘한 혐오의 땅 런던

1.

만찬 장소에 도착하자마자 재현은 정원으로 안내되었다. 안주인, 앤 스펜서(Ann Spencer)는 템스(Thames) 강변의 넓적한 정원에 홀로 앉아 있었다. 지난 시월 팔일 조선소의 명명식에서 대모 역할을 했던 사람이다. 변두리에 나무들이 높이 서서 옆집과 경계를 이루고 있다. 울타리 같은 것은 없다. 잘 손질된 잔디밭 정원은 템스강 기슭의 보트 계류장에 닿아 있다.

"아, 미스터 리, 첫 번째 손님이네요. 환영합니다."

"혼자 그렇게 쓸쓸히 앉아 계세요?"

"쓸쓸히? 아니에요. 여태까지 먹을 것 준비하랴, 저녁 식탁 정리하랴, 여기 정원에 칵테일 재료들 내놓으랴 눈코 뜰 사이가 없었어요. 지금 잠깐 정신을 차리고 앉아 몇 주일 전 다녀온 한국 여행을 되돌아보고 있답니다. 혼자 오셨어요?"

"네, 톰이 할 일이 있어서 좀 늦게 오나 봐요. 저는 오늘 오후, 여기 오는 길에 혼자 짤막한 추억 여행을 했답니다."

"추억 여행이요? 로맨틱한 냄새가 나네요."

"지도를 보니까 오늘 파티 장소가 제가 78년부터 살았던 곳과 가까운 곳에 있더군요. 그래서 살던 곳을 둘러보고 파티에 참석하자고 작정을 했지요."

"어디 사셨는데요?"

"햄(Ham)이예요."

"햄이라면 여기서도 강 건너 빤히 보이는 곳이지 않아요? 햄 어디쯤인데요?"

"바로 템스강 건너 여기서도 바로 보이는 동네예요. 내가 친구들에게 살던 집에 대해 뻥을 좀 쳤더니 우리 집 아이들이 학교 가서 선생님들에게 내 말을 그대로 옮겨 여러 사람들을 웃기기도 했지요."

"무슨 말이었는데요?"

"우리 집은 작고 볼품없지만 집 뒤에는 작은 동산이 있고 집 앞에는 아름다운 냇물이 흐른다."

"와우, 마치 환상적인 꿈의 나라 이야기 같네요."

"들어보세요. 뒷동산에는 기천 마리의 사향노루가 노닐고 앞 개천에는 아름다운 요트들이 줄을 지어 흘러내린다."

"이건 마치 시의 나라 강변궁전에서 사는 사람 이야기 같잖아요?"

"폼을 잡아 본 것일 뿐이에요. 아주 평범한 작은 이층 연립주택이었지만 자동차로 오 분쯤 가면 아름다운 리치먼드 공원(Richmond Park)이 언덕 위에 자리 잡았고 한 오 분 걸어 나오면 템스(Thames)강이 흐르고 있거든요."
"멋진 곳에 사셨네요. 표현이 더 멋지구요."
"그러나 템스 강변의 사모님의 이 저택이야말로 꿈속의 궁전이네요."
그녀는 딱 잘라 말했다.
"앤이라고 부르세요. 저도 제리라고 부를게요."

"그래 추억여행은 어땠어요?"
"하이드파크(Hyde Park) 근처의 힐튼호텔에 방을 잡았어요. 거기서 택시를 잡아타고 리치몬드 공원으로 가자고 했지요. 공원을 한 바퀴 돌고 뒷문으로 나와 옛날 살던 동네를 한 바퀴 돌아보았지요. 그 다음 템스강 위에 걸린 다리를 건너 여기로 왔어요. 옛날 전세 들어 살던 집엘 갔지요. 떠난 지 삼십여 년이 지났어요. 그동안 무수히 런던을 들락거리면서도 한 번도 들를 엄두를 못 내었어요. 그런데 문득 오늘 찾아갈 곳이 이웃 동네라는 생각이 들었어요. 마침 한가한 일요일 오후잖아요? 그래서 호텔을 좀 여유 있게 일찍 나와 천천히 유람하고 오는 길이예요."
"햄은 아름다운 동네에요. 얼마나 사셨는데요?"
"삼 년 반쯤 살았어요. 저의 생활이란 다람쥐가 쳇바퀴 돌듯 해외 출장으로 지새는 나날이었지만, 저의 가족들은 거기서 아주 소중한 시기를 지났지요. 초등학교 다니던 아이들은 소외감을 느끼지 않을 만큼 영어를 몸에 익혔고 좋은 친구들도 사귀었죠. 대학에서 영문학을 전공한 아내에게도 영국의 문학적 분위기를 느낄 수 있는 좋은 기회였어요."
"배우는 것이 아닌 느끼는 기회였군요. 아주 좋은 경험이었던 것 같네요."

"그래요. 긴 시간은 아니었지만 우리 가족들의 생애에 크나큰 자산이 되었어요."

"그래 추억 여행은 좋았어요?"
그녀는 끈질기게 같은 질문을 반복했다.
"리치먼드파크는 여전히 푸르렀고, 노루들은 변함없이 귀족스럽게 노닐면서 오랜만에 찾아온 옛 친구에게 헬로우를 하더군요. 택시 기사는 내 기분을 읽고 편안하게 공원을 한 바퀴 돌았어요. 삼십 년이 바로 어제였던 것처럼 사람들은 조용하고 평화스럽게 자연 속에서 서성거리고 있었지요. 그리고 살던 동네에 갔지요. 아이들이 다니던 초등학교, 중학교를 둘러보았어요. 아름다운 동네죠. 때 묻지 않은 흰 벽과 선명한 여러 색깔의 지붕까지 어느 것 하나 변한 것이 없었어요. 사람들도 마치 삼십여 년 전 살던 바로 그 이웃들 같았어요. 아름답다는 것은 어쩌면 변하지 않는 것, 눈에 익숙한 것을 의미하는 것이 아닐까? 하는 생각을 했어요."
앤은 금방 고개를 끄덕였다.
'익숙한 것이 아름답다? 그렇겠군요. 어떤 사람은 새로운 것이 아름답다고도 하지만 역시 손에 익은 것, 잘 아는 것이 아름답지요. 또 어떤 사람은 '사랑이란 익숙한 것에 대한 다른 표현이다'라고도 말하지요."
"그리고 살던 집으로 갔지요. 택시를 세워놓고 집을 돌아보았어요. 사실 조그만 보잘것없는 이층 연립주택이에요. 그러나 작은 뒤뜰에는 나무가 많이 자랐어요. 옛 둥지가 아름다웠어요. 식구들에게 보여주려고 사진을 여러 장 찍었지요. 그런데 그 집에서 한 남자가 툭 튀어나오는 거예요."

재현은 쑥스러웠다. 남의 집 주위를 배회하고 사진까지 찍었으니 수상한 사람으로 의심받을 수 있는 일이다. 재현이 그에게 다가갔다. 그리고 변명을 했다.
"제가 삼십여 년 전에 식구들과 함께 이 집에서 한 삼 년 반 살았답니다. 다시 와보니 추억이 새로워서 식구들에게 보여주려고 사진을 좀 찍었습니다. 허락도 받지 않고 한 일을 용서해 주시기 바랍니다."
나이가 쉰 중반쯤 된 주인은 만면에 미소를 지으며 재현의 손을 끌었다.
"들어오세요. 집 안도 돌아보세요."
재현은 약속시간 때문에 들어가서 노닥거릴 형편이 되지 않았다. 그런데 그는 끈질기게 들어오라고 하였다.
"들어오세요. 제 집사람이 지금 스코틀랜드 갔다가 버스터미널에 도착합니다. 마중을 나가기로 되었거든요. 금방 돌아올게요. 안에 들어와서 우리가 돌아올 때까지 집 안을 둘러보며 추억을 되새겨 보세요. 오래 걸리지 않아요. 아내가 돌아오면 함께 차나 한잔 하시지요. 아내도 아주 좋아할 거예요."
모르는 사람을 빈집에 들어와 있으라고 할 수 있는 그들의 마음속 여유가 고맙고 부러웠다. 재현은 다음 약속을 설명하고 간곡히 거절했다. 택시를 타고 오며 전통 있는 사회의 변하지 않는 사람들의 생활 모습을 되새겼다. 아이들이 그런 분위기 속에서 생활할 수 있었다는 것이 고마웠다. 그들이 그런 좋은 이웃과 함께했음을 오래 기억하기를 염원했다.

"앤, 또 중요한 손님을 독점하고 있구먼."

집주인 윌리엄 스펜서(William Spencer)가 어느새 다가와 재현의 등을 두드렸다. 클랜시의 선박을 양도받을 해운회사의 회장이다. 계약을 앞두고 서명하기 전날 관계자들을 그의 집으로 초대를 하였다.

"제리가 오늘 저녁 첫 손님이에요. 제리의 옛날 살던 집 이야기를 하고 있었어요. 저 강 건너 햄에서 사 년 동안 살았다네요."

"오, 그래요? 우리는 옛날부터 이웃이었구먼."

"참 편안하고 살기 좋은 곳이었어요. 템스강 건너편에서 바라다보니 또 다른 맛이 있네요. 그건 그렇고 미스터 스펜서, 이번 일은 멋지게 마무리되었습니다. 여러모로 축하합니다."

스펜서는 마치 앤의 이야기를 듣고 있었다는 듯이 같은 말을 했다.

"제리, 윌리엄이라고 불러줘요. 윌이라고 불러도 좋아요. 미스터를 붙이면 서로 경원하는 사이 같잖아?"

"한국의 유교적 사고방식이 서양 사람들과의 대인 관계에서 늘 벽이 되고 있어요. 그럼 지금부터 윌리엄이라고 부르지요."

"하긴 한국의 그런 예의는 존중받아 마땅해. 처음 보는 사람의 이름을 마구 부르고, 새파란 아이들이 할아버지뻘이 되는 사람과 너나 하는가 하면 심지어는 아버지를 이름으로 부르는 사람들도 많아. 물론 친근감을 나타낸다는 이점은 인정하지만 꼭 본받아야 할 전통이라고는 생각지 않아."

그는 주변을 둘러본 뒤 어조를 바꾸었다.

"이제 사람들이 곧 모여들 거야. 앤은 한국 다녀와서 한국 사람이다 되어 버렸어. 늘 한국 타령이야."

"고마워요. 그 한마디가 무엇보다 고맙네요."

재현은 일부러 업무에 관한 일을 더 이상 꺼내지 않았다. 다음 날 아침 관계자들이 스펜서 회장의 사무실에 모여 서류를 매듭짓고 오후에 계약서 서명 그리고 저녁에 왕립 중역협회(Royal Institute of Directors)에서 만찬을 갖는 일정이다.

2.

클랜시는 정시에 도착했다. 그가 도착했을 때 모든 참석자들은 칵테일 잔을 들고 정원에서 이야기를 나누고 있었다. 기온은 약간 싸늘했지만 집 안으로 들어가려는 사람이 없었다. 모두 열 명이 좀 넘었다. 스펜서와 클랜시 회사의 법률 자문, 은행, 금융관계자들이 초대받았다. 모두 계약서 작성과 협상에 직접 관여했던 사람들이다. 재현은 직접적인 협상에는 참여하지 않았다. 제삼자적 방관자였다. 그런 의미에서 그 집 안주인과 역할이 비슷했다. 모두들 업무 상대방과 미진한 부분에 대한 협의를 하는 동안 재현은 안주인과 넓은 뜰을 거닐며 런던의 하늘에 대한 이야기를 나누었다.

"제가 런던을 처음 방문한 것이 72년이었어요. 그때만 해도 안개가 자욱한 날이 많았지요. 그 뒤 78년에 지점장으로 부임했을 때 벌써 영국의 하늘은 72년과 달라지고 있었어요. 환경보호에 대한 국가적 배려 탓이겠지요. 하늘과 강물이 청명해졌고 무엇보다 길가에 서 있는 나뭇잎들의 색깔이 신록이건 단풍이건 훨씬 선명해졌어요."

스펜서 부인은 환경운동가로서 그 주제에 적합한 대화의 상대였다.

"70년대부터 영국도 환경에 신경을 쓰기 시작했죠. 우선 석탄 사용을 줄이고 대기오염물체 방출에 대한 규제를 철저하게 한 결과가 아닌가 생각하고 있습니다."

"1950년대에는 대기오염으로 며칠 사이에 수천 명의 영국인들이 호흡기질환으로 사망했다는 이야기도 들었어요."

"그 뒤로 환경에 대한 정책적인 고려가 보다 실질적으로 시작되었지요."

"하긴 산업화 시기에는 공장에서 연기 뿜어내는 것을 자랑으로 삼았었죠. 매연이 산업화의 상징이었으니까요."

"환경운동가들이 공장 배기를 감시하기 시작하면서 달라졌어요. 처음에는 그들은 까다롭고 불필요한, 산업 발전의 발목을 잡는 자들로 경원되기도 했죠. 그러나 끈질기게 대기오염 문제를 제기해서 일반시민들의 환경에 대한 의식을 바꾸어 놓았어요."

"재미있는 이야기 하나 해 드릴까요? 70년대 말 80년대 초 제가 런던 지점장일 때였어요. 그때나 지금이나 런던은 본사에서 손님들이 빈번하게 드나드는 곳이에요. 중요한 손님은 제가 차를 몰고 런던 구경을 시켰죠. 나이 든 분들은 워털루 브릿지(Waterloo Bridge)를 보고 싶어 했어요. 비비안 리 와 로버트 테일러가 주연한 낭만적인 영화 '애수(Waterloo Bridge)' 탓이겠죠. 밝은 대낮에 건너편 다리에 차를 세우고 워털루 브릿지를 건너다보며 저것이 워털루 브릿지라고 설명하지요. 그들은 나를 바보로 만들었어요. '아니 자네 런던에 얼마나 있었어? 그래 워털루 브릿지도 몰라? 그건 워털루 브릿지가 아니야.'라고 야단을 치는 거예요. 런던을 처음 방문하는 사람이 런던에 몇 년씩 근무한 사람을 바보로 만든 거지요. 그들의 머릿속에는 안개가 자욱한 템스강 위에 걸려 있는, 코앞에 있는 사람도 식별되지 않는, 전통의 때가 겹겹이 묻어 있는 고성의 담벼락 같은, 연인들의 슬픈 만남의 장소로 워털루 브릿지가 들어앉아 있었거든요. 청명한 하늘 아래 푸른 템스강, 맑고 상큼한 공기, 그 위에 걸린 새하얀 현대식 콘크리트의 날렵한 다리는 전혀 상상할 수 없는 이미지였지요."

어둑해지면서 모두들 집 안으로 들어갔다. 만찬 동안 클랜시는 전혀 표정 없는 얼굴로 신중하게 주인과 짤막짤막하게 이야기를 나누었다. 재현은 런던의 변호사 옆자리에 앉았다. 재현이 덕담으로 말문을 열었다.

"이번에 애 많이 쓰셨습니다. 무슨 일이든 법률가가 끼지 않으면 매듭이 지어지지 않는 세상이 되었습니다."

"그것이 칭찬인지 꾸지람인지 모르겠습니다. 하긴 세상에 늘어나는 것이 법률사무소들이고 확장하는 것이 변호사 그룹들이에요."

"이 시대가 그것을 요구하기 때문이 아니겠습니까? 어떤 영국 변호사는 이렇게 이야기하더군요. '유럽이나 미국은 런던에 고마워해야 한다. 만일 런던의 변호사 집단이 중재하는 능력을 갖고 있지 않았으면 세계는 끊임없는 분쟁과 전쟁 속에 휘말려 있을 것이다'라고 말이에요."

"좋게 말하면 그렇지요."

만찬은 조용히 끝났다. 다음 날 세상을 떠들썩하게 할 큰 행사를 앞두고 마음을 가다듬는 모임이었다.

저녁이 끝나고 다른 손님들이 떠났다. 클랜시와 재현이 스펜서의 서재에 남았다. 클랜시도 마음 놓고 소파에 깊이 파묻혔다. 스펜서가 입을 열었다.

"제리, 제리는 선박 브로커라면서 요즈음 선박 신조계약을 하지 말라고 권고하며 다닌다면서?"

재현은 허리를 꼿꼿이 세운 채 대답했다.

"그랬지. 그러나 투기성 신조를 말리는 것이야. 그것이 선복 과잉의 원인이 되고 필요 없이 선가만 올리는 역할을 하니까. 그래서 선량한 전통적인 선주들을 괴롭히니까. 그러나 나는 전통적인 선주들에게는 계속해서 선박 건조를 권유하고 있어. '세상에 양질의 화물은 넘쳐난다. 화주(貨主)와 합의를 해라. 아직도 좋은 화주는 많다. 그들과 적당한 운임을 합의하고 거기 합당한 신조 가격으로 계약을 하라'고 권고하고 있지."

클랜시는 스펜서와 재현 사이의 대화에 끼어들 생각은 않고 만면에 웃음을 머금고 건너다보고 있었다. 스펜서가 계속했다.

"그래, 우리 프로젝트에 대해서 어떻게 생각하나?"

"이것이야말로 내가 권장하는 이상적 형태의 거래이지. 좋은 화물이 장기간 확보되어 있고, 그에 대한 용선료가 보장되어 있는 선박에 대한 합당한 선가의 인수계약, 문자 그대로 모든 관련자들을 이롭게 하는 원원 게임이지."

"선가는 어떨 것 같아? 더 오를까?"

"그건 윌리엄 당신이 나보다 더 잘 알고 있는 일이야. 하지만 내 개인적인 생각을 이야기하라면 VLCC 한 척당 1억 불 가격표는 이미 깨어졌어. 곧 1억 5천만 불까지 갈 것이라고 이야기하고 있지. 중국의 산업화에 편승한 해운시장의 활황은 한동안 수그러들 것 같지 않아."

스펜서는 곰곰이 생각하는 자세를 취했다. 클랜시가 끼어들었다.

"중고선가(中古船價)도 심상치 않아. 인도된 지 5년 지난 중고선의 가격이 신조 가격보다 높게 형성되고 있어. 배의 근본가치보다 즉각적인 가용성이 배의 가격을 결정하고 있어. 세상에 배가 넘쳐나는 것 같지만 어떤 순간에 필요한 배를 잡으려 하면 손에 잡히는 것이 없는 거야. 그때는 부르는 것이 값이지."

재현이 계속했다.

"또 내 생각이야. 내 생각으로는 '지상의 모든 선종 중에 VLCC는 가장 안정적인 투자대상이다'라고 생각해. 장기간 용선계약의 대상인가 하면 에너지 수요가 높을 때 가장 빠른 대량 수송수단으로 운용되고, 수급이 불균형을 이루었을 때는 금방 저유(貯油)시설로 전용될 수 있거든. VLCC가 실을 수 있는 이백만 배럴은 어마어마한 용량이잖아. 한 척이 실을 수 있는 기름은 한국 전체가 하루를 버틸 수 있는 양이야. 십 년 전만 해도 그것은 거의 한국의 일주일 소비량이었어."

스펜서는 클랜시와 같은 웃음을 짓고 있었다. 재현이 덧붙였다.

"또 콘탱고(Contango)가 있잖아? 지난 수십 년 동안 탱커 선주들이 곤경에 처할 때마다 그들을 구해내었던 콘탱고 말이야."

콘탱고는 원유 거래에서 가끔 일어나는 현상이다. 보통 원유의 공급은 선물(先物) 계약을 하기 마련인데 가끔 현물(現物) 가격이 선물 가격보다 현저하게 떨어지는 경우가 생긴다. 가령 삼 개월 뒤 원유를 배럴당 100불에 공급하기로 선물 계약을 하였다. 그런데 수급상의 문제이거나 과잉 생산 때문에 산유국에서의 원유 현물 가격이 배럴당 60불로 갑자기 떨어진다. 그럴 때 활용할 수 있는 대형 유조선이 있으면 현물을 사서 저장을 해두었다가 삼 개월 뒤 구매자에게 인도하면 엄청난 차익을 실현하게 되는 것이다. VLCC의 경우 저장용량이 200만 배럴인데 선물 가격과 현물의 가격 차이가 40불이라고 하면 차액이 8천만 불이 된다. 하루 용선료 10만 불을 준다 해도 3개월 동안 지불할 금액은 900만 불이다. 그것으로 벌 수 있는 금액이 자그마치 8천만 불인 것이다. 현물과 선물의 가격 차이가 더 벌어지면 수익은 그만큼 확대된다. 선물과 현물의 시간 차이가 달라지더라도 단순한 산술로 그 이익은 계산된다. 콘탱고가 왔을 때 선물을 다루는 화주가 VLCC를 이용해서 크게 이익을 보는 경우이다.

VLCC 선주도 큰돈을 벌게 된다. 하루 유지비를 넉넉하게 3만 불로 보고 용선료를 하루 10만 불씩 받는다고 하면 하루 7만 불을 거저 벌어들이게 되는 것이다. 배를 운항하지 않고 계류(繫留)시켜 놓는 경우 유지비는 운항 상태의 절반 정도도 되지 않는다. 하루 1만 5천 불로 보면 콘탱고로 인한 순이익이 하루에 8만 5천 불을 기록하게 된다. 삼 개월이면 가만히 앉아서 765만 불을 벌어들인다. 물론 용선료가 더 높아지거나 기간이 길어지면 그만큼 수익은 자동적으로 늘어나기 마련이다.

어떤 선주는 20년 지난 VLCC를 고철로 처분할 준비를 하고 있었다. 그때 콘탱고 화물의 저유 제안이 들어왔다. 3개월간 자그마치 하루 용선료가 20만 불로 확정되었다. 그는 즉각 최소한의 인원으로 저유 시설로서의 VLCC 관리를 시작했다. 만 불 미만의 하루 유지비가 계산되었다. 선주가 3개월 동안에 90만 불 미만의 유지비로 1천8백만 불을 벌어들이는 거래였다. 물론 콘탱고 화주는 1천8백만 불을 선주에게 지불하고 대신 8천만 불의 수입을 얻게 된다.

재현이 이야기하는 동안 클랜시는 그저 미소를 지었고 스펜서는 계속 고개를 끄덕이고 있었다. 말이 길어지면서 재현은 쑥스러워졌다.

"동양에서는 공자 앞에서 문자 쓴다는 말이 있어. 서양의 속담으로 치면 '물고기에게 헤엄 가르치려 든다'와 비교될 수 있을까? 업계를 빠삭하게 꿰뚫고 있는 분들 앞에서 내가 너무 아는 척하는 것 같아서 쑥스러운데."

스펜서가 크게 고개를 저었다.

"아니야 아니야, 내가 생각하는 것과 제3자로부터 듣는 것은 그 의미가 크게 달라. 고마워, 제리."

그날 저녁 그들은 느긋하게 세상 이야기를 나눈 뒤 흐뭇한 마음으로 헤어졌다. 다음 날 런던 시티 한가운데 있는 스펜서의 사무실에서 오후에 만나기로 일정이 잡혔다.

3.

그날 저녁 스펜서의 집을 나설 때까지 재현은 클랜시와 둘이서 인사조차 제대로 나누지 못했다. 클랜시가 만찬시간에 딱 맞춰 도착해서 도착하자마자 지정된 자리에 앉았기 때문에 둘이서 이야기를 나눌 겨를이 없었다.

"해저 터널의 고속열차가 너무 편하고 빨라서 게으름을 피우게 한 단 말이야. 비행기를 타면 하루 종일 종종거려야 하는데 해저터널 기차를 타면 출발지에서 도착지까지(Door to Door) 세 시간이면 편안하게 움직일 수 있으니 오히려 집에서 필요 없이 미적거리게 되거든."

만찬을 끝내고 호텔로 돌아가는 택시 속에서 클랜시가 변명 삼아 중얼거렸다.

"도버 해저터널이 개통된 것이 작년이었지? 한국의 KTX와 거의 같은 시기였어. 뭐니 뭐니 해도 기차여행이 최고야. 공항의 출입국 수속, 보안검색, 좁은 자리, 하늘에 떠 있는 불안함, 이런 불편과 불안이 일거에 해결되잖아?"

"맞아, 나는 특히 한국의 KTX에 매료된 사람이야. 그 정확성, 깨끗함이 특히 마음에 들어."

재현이 업무 이야기로 화제를 바꾸었다.

"수고 많았어, 톰. 여기까지 마무리 짓느라고 애썼어."

"은행들과 특히 변호사들끼리 모든 상세사항들을 매듭짓기 때문에 편하게 끝냈어. 참 좋은 세상이야. 중요 사항들에 대한 지침을 주면 쌍방의 변호사들이 각자의 이익을 보호하도록 상세 계약사항들을 확정 지어 내놓거든."

"그만큼 복잡해지고 서로 믿지 못하는 세상이 되어간다는 이야기일 수도 있어. 거의 백 페이지에 가까운 법률 서류는 선박의 건조와 운행에서 일어날 수 있는 모든 경우를 나열하고, 이러면 안 된다, 이렇게 되면 이러이러한 벌금을 문다, 이런 일이 일어나면 계약을 파기할 수 있다는 등 온갖 부정적인 일들을 나열해 놓지. 수도 없이 많은 법적 조항으로 당사자들을 꽁꽁 묶어 놓는 것 같지만 그것이 오히려 선박의 건조나 운행에 있어서 분쟁의 불씨가 되고 나중에 법적 분쟁의 시발점이 되고 있지 않아?"

"그래, 옛날 사람들은 아침 먹으며 배를 살 사람과 지을 사람이 선박 건조 조건을 냅킨에 적어 서명해서는 계약서로 삼았다지 않아? 그 냅킨 계약(Napkin Contract)의 시대는 영원히 낭만적 유물이 되었어."

옛날, 좋던 시절, 선주와 조선소 대표는 아침에 만난다. 조반을 같이하며 배 지을 일을 의논한다. 조반이 끝날 무렵 그들은 선박건조에 관한 조건에 합의한다. 그들은 그들의 무릎을 덮었던 냅킨에 합의사항들, 즉 배의 종류, 크기, 척수, 선가, 인도 날짜, 기술적 특별 사항들을 적어 서명한 뒤 서로 교환했다고 한다. 그 시절 그것이 선박건조 계약서였다.

"그때는 사람과 사람 사이의 믿음의 시대였지. 믿으면 말 한마디로 끝났지. 단 한 장의 냅킨이 백 페이지의 법률 서류보다 더 믿음을 주는 문서였던 거야. 그러나 지금은 그 믿음을 수많은 구절과 단어로 법률화하지 않으면 꼼짝도 못 하는 시대가 되었어. 복잡하고 까다로운 법률조항은 세상의 불신을 더 심화시키고 세상을 더 불편한 곳으로 만들고 있어."

"그래, 어쩔 수 없지. 그걸 받아들이고 대비해야지."

호텔에 도착했다. 둘은 조용한 와인 바에 앉았다.
"와줘서 고마워, 제리."
클랜시는 새삼스럽게 고맙다고 했다.

"와야 할 곳에 왔지. 톰의 균형 잡힌 종결에 증인이 되게 해줘서 고마워."

"이것은 제리가 시작한 균형 잡힌 거래였어. 모두들 만족해하고 있어. 나도 물론 만족하지. 스펜서가 가장 만족하는 사람이야. 그도 이제 곧 선주가 되거든."

"혹시 스펜서는 '상투 잡은 것 아닌가?' 혹은 톰은 '좀 더 받을 수 있는데 졸속하게 결심한 건 아닌가?' 하는 후회 같은 것은 없나?"

"두 번씩 세 번씩 상황 점검을 한 뒤 내린 결심이기 때문에 아쉬움이나 후회 같은 것은 없어. 오히려 쌍방이 조금씩 아쉬움을 남긴 만족이랄까? 완벽하지는 않지만 충분히 만족스럽다 그런 기분이 가슴에 가득해."

"그래 언제 도착했어?"

클랜시가 물었다.

"어제 10월 23일 토요일 오전에 도착했지."

"또 주말에 여러 사람 분주하게 만들었겠구먼."

"아니야 혼자 조용하게 지냈어. 조선소 초창기에 사무실이 이 근처에 있었거든. 해로드(Harrods) 백화점이 있는 브롬튼 로드(Brompton Road)에 사무실이 있어서 여길 오면 마치 옛 동네에 온 것 같아. 호텔에서 오 분만 걸으면 하이드 파크잖아. 써펜타인(Serpentine) 호수와 피터 팬(Peter Pan) 동상을 한 바퀴 잘 돌아보았지. 옛날에 아이들 데리고 여러 번 왔던 곳이야."

"오랜만에 머리 식히는 시간이 되었겠구먼."

"변함없는 런던의 침착한 거리가 나 때문에 좀 분주해졌을까?"

클랜시가 껄껄거렸다.
"그래 어디가 제일 맘에 들었어?"
"옥스포드 스트리트(Oxford Street)의…."
재현이 말을 끌었다. 클랜시가 말을 가로챘다.
"쇼핑을 하셨구먼."
"그게 아니고 끝에 있는 마블 아취(Marble Arch)…."
"거기 뭐 볼게 있다고."
재현이 말꼬리를 달았다.
"-건너편 하이드 파크의…."
클랜시가 장단을 맞췄다.
"하이드 파크의 잔디를 밟았다는 거야?"
"-입구의…."
클랜시가 덤벼들어 재현의 말을 끊었다.
"아 연설가들의 광장(Speaker's Corner)에 갔었구나."
"오늘 아침 거기 가서 할 일 없이 어정거리며 여러 사람들의 연설을 들었지."
"거기 뭘 경청할 만한 연설이 있나?"
"처칠의 명연설은 없어도 나는 그 분위기가 좋아."

영국식 표현의 자유라는 것일까? 말할 것이 있는 사람은 누구나 나와서 무슨 말이건 마음대로 할 수 있도록 허용된 장소이다. 그러나 자기의 연단(演壇)을 가지고 나와야 한다. 작은 의자라도 좋고 심지어는 작은 나무토막이라도 가져와 거기 올라서야 연설을 하게 된다. 청중 없이 진행되는 연설은 없다. 구석구석에 연사들이다. 어떤 곳은 몇십 명의 청중들이 모이고 어떤 곳은 단 한 명의 청중을 향해 사자후를 토하는 사람도 있다. 연설 뒤에는 예외 없이 적극적인 토론이 벌어진다. 연설하는 사람들은 주로 인도 사람들이나 아프리카 출신들이다. 청중도 대부분 그들이다. 주로 그들에 대한 차별대우이거나 사소한 사회적 문제에 대한 불만이 주제이다.

어떤 연사는 외친다.

"영국인들은 우리 인도인들을 몰아내지 못해 안달입니다. 말도 안 되는 법을 만들어 우리의 입지를 축소시킵니다. 그러나 영국인들의 단견(短見)이 내게는 한없이 딱해 보입니다. 가령 우리기 모두 인도로 돌아가 버리면 영국은 어떻게 될 것 같습니까? 길거리에 쌓이는 쓰레기는 누가 치울 것이며 버스는 누가 몰 것입니까? 병원의 허드렛일은 누가 합니까? 나는 우리의 영국 사회에 대한 헌신적인 봉사가 제대로 보상받기를 강조하는 것입니다."

박수를 받고 나서 곧 청중들과 토론을 시작한다. 각자 자기의 불만과 개선책을 말한다. 재현은 연설이나 토론의 내용보다 그 분위기를 즐긴다. 의미 없어 보이는 토론이 때로는 큰 울림을 갖기도 하기 때문이다.

"나는 그 대화의 분위기가 성숙된 대영제국의 민주주의의 바탕이 아닌가 하고 생각하거든."

밤도 늦었다. 포도주도 제법 마셨다. 잠잘 시간이 지났다.

다음 날 클랜시와 느지막하게 아침을 먹고 재현은 방으로 돌아와 아침잠을 청했다. 잠이 들려는데 전화벨이 울렸다. 클랜시였다.

"윌리엄이 오후에 회의를 하기 전 나만 오전에 잠깐 사무실로 나오라는구먼. 의논할 일이 있다나 봐."

클랜시의 어조가 편안했다. 재현도 거리낌 없이 대답했다.

"다녀와. 나는 그동안 한숨 자 둘게."

4.

클랜시는 가벼운 마음으로 스펜서의 비서가 안내하는 대로 사무실에 들어섰다. 스펜서는 소파에 온몸을 파묻고 앉아 있었다. 얼굴도 들지 않고 아침인사도 하지 않았다. 건너편 소파에 앉으라는 손짓을 했다. 클랜시는 가슴이 서늘해왔다. 이건 뭔가 잘못되고 있는 것이다. 스펜서의 표정과 몸짓이 정상이 아니었다. 점잖고 적극적이던 평상의 스펜서가 아니었다. 클랜시는 맞은편 소파에 엉거주춤 앉았다. 스펜서는 한참을 그렇게 웅크리고 있더니 가래를 토하듯 목을 꽉 막고 있던 말들을 한 숨에 내뱉었다.

"모 회사인 오일 메이저가 이번 계약에 대한 최종 승인을 유보했어."

클랜시가 벌떡 일어서며 소리를 질렀다.

"뭐야? 이 마지막 순간에?"

"면목이 없어. 오일 메이저들은 원래 선박 용선을 해왔고 소유하는 것은 꺼려 왔지. 이번에 호황을 업고 좋은 선박을 소유하자는 결정을 내렸지만 결국 마지막 고비를 넘기지 못했어. 선가가 너무 높다는 것이 그 이유야."

클랜시는 스펜서를 노려보고 서서 씩씩거리며 아무 말도 하지 않았다. 스펜서가 기어 들어가는 목소리로 덧붙였다.

"8천만 불 정도라면 진행하라, 이런 지시가 내려왔어."

클랜시가 차갑게 대꾸했다.

"내가 이런 지능이 낮은 인간들과 몇 달 동안 정성을 다해 대화를 해 왔다는 것이 수치스럽구나. 나는 윌리엄 당신의 이야기를 안 들은 것으로 하겠다. 오늘 오후 우리 팀은 당신 사무실을 방문할 것이다. 거기서 당신이 우리 법률 팀에 정식으로 이야기해. 이 일로 인해 발생되는 모든 법적 재무적인 손실은 당신이 책임져야 돼."

"나도 너무 실망해서 이제 말할 기력도 없어. 어떤 욕설을 들어도 대꾸할 염치가 없어. 톰, 저들이 요구하는 선가에 접근해 줄 수 없겠나?"

"놉(Nope), 나는 합의한 사항을 따를 뿐이야. 나는 이런 저질의 재협상에 응할 정도로 미개한 종족이 아니야. 나는 나의 권리를 보호하기 위한 조처를 취할 수 있는 능력을 갖추고 있다는 것을 확실히 보여줄 거야."

"톰, 오늘 오후 회의는 취소야. 당신들 팀이 여길 와도 만날 사람이 없어. 한 번 더 생각해 줘. 당신은 지금 메이저와 상대하고 있는 거야. 당신이 평생을 함께해야 할 사업 파트너잖아? 이번 한 건으로 평생 원수가 되어서는 안 돼."

클랜시는 물어뜯겠다는 듯 으르렁거렸다.

"나는 회사에 대해 화를 내는 것이 아니야. 이런 덜 떨어진 결정을 도출해 내는 얼간이들 때문에 화가 나는 거야, 마음대로 해. 나도 모든 필요조처를 취할 테니. 메이저라고? 이런 기본 도덕도 갖추지 못한 메이저? 나는 조금도 두렵지 않아."

클랜시는 벌떡 일어나 방을 나섰다. 스펜서는 일어나지도 고개를 들지도 않았다.

클랜시는 호텔에 돌아오는 즉시 그의 변호사와 금융관계 팀들에게 오후에 호텔에서 자체 회의를 할 것이라고 알렸다. 그리고 재현과 식당으로 내려갔다. 재현이 입을 떼었다.

"얼굴색이 좋지 않아. 많이 아픈 사람 같애."

클랜시는 갈라진 음산한 목소리였다.

"내가 지금 많이 아파."

클랜시는 그날 아침 스펜서와의 대화를 설명했다. 있을 수 없는 일이다. 메이저가 스펜서를 앞세워 해운회사를 차리고 운송까지 관여하려는 꿈같은 계획을 세우고 모든 준비를 마쳤다. 그러나 계약의 서명을 앞두고 자신을 잃은 것이다. 자신이 없어지자 스펜서를 바보로 만들고 그를 희생양으로 해운회사를 차리려던 꿈을 깨려고 하는 것이다. 실질적인 이해관계가 없는 재현의 얼굴마저 실망으로 쪼그라들었다. 재현의 얼굴을 보며 클랜시가 오히려 얼굴을 폈다.

"제리, 얼굴이 그게 뭐야. 아주 아픈 사람 같잖아."

재현이 쉰 목소리로 대꾸했다.

"나? 아주 아파, 아주 아파. 가슴이 조여들어. 이런 일이 여기서 벌어지다니."

그들은 한동안 말없이 앉아 있었다. 지난 몇 달 동안 정성을 다해 다져 온 프로젝트였다. 그 노력이 헌신짝 버려지듯 내팽개쳐진 것이다. 클랜시가 침묵을 깨었다.

"팔천만 불로 선가를 깎자는 거야. 윌리엄의 눈치로 봐서 구천만 불 선이면 계약은 살릴 수 있을 것 같아. 메이저와의 장래 관계를 고려해서 타협을 할까?"

재현이 소리를 질렀다. 그러나 설득하는 어조였다.

"놉, 현재 시장상황으로 보아 일억 불도 싼값이야. 메이저와의 용선계약은 살아 있잖아? 그건 확실히 살리고 다른 방법을 찾아보자고. 메이저들이 배가 아파할 정도로 좋은 프로젝트를 만들자고. 배값은 현재 일억 천만 불까지 호가되고 있어. 곧 일억 오천까지 가능하리라는 이야기야. 이제 방향을 바꿔야 돼. 투자회사 쪽으로 대상을 찾아보자고. 살 사람은 얼마든지 있어. 이렇게 좋은 배를 갖고 있는데, 거기다 두둑한 용선료까지 확보한 배가 좋은 값을 못 받을 리가 없지. 만일 팔지 못한다면 그냥 자체 운용하는 거야. 하루에 수만 불씩 이익이 남는데 서두를 것 없잖아? 메이저 관련자들이 크게 후회하도록 멋진 프로젝트를 새로 만들자고."

클랜시가 중얼거렸다.

"윌리엄과의 오후 회의는 취소되었어. 우리 팀의 자체 회의를 하기로 했어."

클랜시를 실망의 나락으로 떨어뜨려서는 안 된다. 재현이 먼저 마음을 추스리고 클랜시를 다독거렸다.

"그래 이것을 전화위복(轉禍爲福)의 기회로 만들자. 우선 법률 팀은 스펜서에 대해 손해배상청구 가능성을 검토한다. 선박 운용팀은 선원들을 제대로 확보하도록 한다. 선박을 양도하느라 선원들이 모두 배를 떠날 준비들 하고 있을 것 아냐? 그리고 이 배로 훨씬 더 높은 이익을 남길 방법을 찾는다. 긴 안목으로 보면 이번에 성사되지 않은 것이 훨씬 잘된 일인지 몰라."

클랜시가 빈정거리듯 한마디 던졌다.

"무엇이 제리를 그렇게 신이 나게 하나? 조금 전에 새까맣게 쪼그라들었던 얼굴이 금방 환해졌잖아. 판이 깨어진 상황에서."

"아냐 이건 확실해. 우린 분명히 더 나은 상황을 만들어 낼 수 있어. 아 그리고 톰, 우리가 긴급하게 해결해야 할 일이 있어."

"또 뭐야?"

"점심을 먹자. 뱃가죽이 등에 붙었어."

그때까지 식사 주문을 하지 않았다. 오후에 제대로 회의를 하자면 배를 든든히 해 두어야 한다. 클랜시가 재현의 어깨를 쳤다.

"아아, 정말 배고프다."

참담했다. 비즈니스가 깨어져서가 아니다. 클랜시에게는 믿었던 인간적 신뢰를 잃었다는 것이 안타까웠다. 일은 스펜서가 시작했다. 그가 모 회사인 정유회사와 클랜시 사이에 들어 계약 조건들을 조율하였다. 이 호황에서, 날이면 날마다 선가가 오르고 있다. 그런 상황에서 클랜시는 크게 양보해 가며 계약을 추진해 왔다. 전날 저녁, 스펜서 집에서 만찬을 할 때까지도 아무 조짐이 없었다. 희희낙락하며 미래에 대한 온갖 덕담을 나누었다. 그리고 다음 날 계약 시간표까지 확정했다. 그런데 계약 당일 아침, 이 무슨 청천벽력이란 말인가?

변호사들은 차분했다. 감정적이기보다 사무적으로 서류를 검토했다. 지금까지의 진행에서 바이어(Buyer) 측이 사전에 서명한 서류는 아무것도 없었다. 그날 서명하고자 했던 계약 서류만 준비되었을 뿐이다. 바이어의 약속 불이행을 따질 확고한 증거가 없는 셈이다. 물론 그동안의 교신이 있으나 그것의 법적 구속력은 좀 더 검토해 보기로 했다. 다행히 정유 회사와의 용선 계약은 조금도 손상되지 않고 남아 있다. 선박이 양도되고 난 뒤 하선시키기로 한 선원들도 그

대로 승선해 있었다. 그들은 간단히 결론을 내렸다. 선박의 매매 계약을 이행하지 않은 행동에 대한 법적 조치는 신속히 검토한다. 용선 계약은 그대로 유지한다. 선원들은 종전대로 선박에 남아 운항한다. 회의는 오후 일찍 끝났다.

5.

"제리, 당신 일정은 어떻게 잡았어?"
모두들 돌아가고 둘만 남자 클랜시가 물었다.
"나는 런던에서 하루 이틀 친구들 만나고 귀국할 계획이었어. 톰, 당신은?"
"나는 오늘 브뤼셀로 돌아가려고 해. 이 지긋지긋한 동네에서 한 순간도 머물고 싶지 않아."
"톰, 당신을 혼자 보낼 수가 없구나. 나도 브뤼셀 가서 하룻밤 자고 거기서 한국으로 떠나도록 해야겠다."
재현은 한국의 사무실로 전화를 걸어 런던에서의 다음 날 일정을 모두 취소하도록 했다. 그리고 귀국 비행기 편을 다음 날 암스테르담에서 출발하는 것으로 바꾸라고 했다. 클랜시는 그의 브뤼셀 사무실을 통해 재현의 런던과 브뤼셀 사이의 기차표와 브뤼셀에서의 하룻밤 호텔을 예약했다. 예약이 끝나자 둘은 짐을 꾸리기가 무섭게 세인트 판크라스(Saint Pancras)역으로 출발했다. 친근하고 따뜻하고 우호적이던 런던은 순식간에 잠시도 발을 붙이고 싶지 않은 생소하고 써늘한 혐오의 땅으로 변했다.

해저 터널을 지나가는 기차에 자리 잡은 뒤 브뤼셀까지 세 시간을 재현은 4차 산업혁명에 클랜시의 관심을 모으기로 했다. 그의 상처 받아 산만해진 마음을 집중시키기에 그만한 주제가 없다고 생각했다. 기차가 움직이기 시작하자마자 재현은 클랜시에게 말을 걸었다. 만사가 귀찮다는 표정이었지만 재현이 자신의 일정을 취소하고 동행이 되어 준 것을 고마워하고 있었다.

"4차 산업혁명 말이야. 좀 생각해 봤어?"

"그렇지 않아도 골치 아파 죽을 지경인데 무슨 4차 산업혁명이야."

클랜시가 신경질적인 반응을 보였다.

"아니야. 이것은 우리 모두가 집중해서 준비해야 할 근원적인 문제야. 우리 코앞으로 바로 진행되어 오고 있어. 모든 시스템의 숫자화(Digital), 나노(Nano) 기술, 로봇(Robot), 인공지능, 삼차원 복사 기술 등은 먼 미래의 일이 아니야. 우리의 생활을 변화시키려고 하고 있어. 당장 해운 산업의 구조부터 바꿔 버릴지도 몰라."

1760년경 1차 산업혁명은 증기기관의 발명으로 시작되어 사람의 손으로 이루어지던 수공업을 기계화했다. 1870년경 전기가 발명되어 2차 산업혁명이 시작되었다. 대량 생산의 시대가 왔다. 1950년 들어서며 컴퓨터, 자동화 시대가 시작되었다. 3차 산업혁명이라 불렀다. 세계화의 시대라고도 불렀다. 지역적 분업의 시대였다. 생산을 맡은 지역과 소비자가 모여 있는 지역이 나누어졌다. 그 뒤를 이어 이제 4차 산업혁명으로 인공 지능의 시대가 재빠르게 다가오고 있다. 지금까지 인공두뇌는 인간의 지능을 따라잡을 수 없다고 생각해 왔다. 그러나 인공지능이 인간의 두뇌와 같거나 심지어 더 나아질 수 있다는 가능성을 보이고 있다. 재현은 근래에 4차 산업혁명에 관한 논문들을 집중적으로 읽었고 그는 그의 지식을 잘 정리해서 클랜시에게 들려주었다. 클랜시는 점점 끌려들었다. 그러나 여전히 퉁명스러웠다.

"4차 산업혁명은 인간이 하고 있는 일을 대폭 줄여서 대량 실업을 유발할 것이라고들 걱정하고 있잖아?"

"그거야 그동안 기계화, 자동화, 전산화 산업혁명이 이루어질 때마다 제기되었던 걱정이었지. 인간들은 그때마다 슬기롭게 극복해 왔어. 이번에도 보다 질이 높은 고용이 창출될 거야. 그리고 인간들에게 보다 나은 삶을 안겨줄 거야. 그러나 해운 산업은 문제가 될 수도 있어. 크게 영향을 받을 수 있다는 생각을 해야 돼."

"삼차원 조립 기술이 도입되어 실수요자들이 현지에서 제작 조립 사용 가능하다는 것인가? 그래서 완제품의 수송량이나 수송거리, 수송의 형태가 달라질 수도 있다는 것 아닌가? 그 상투적인 논쟁은 이제 넌덜머리가 나."

"그런데 그 상투적 형태의 변화가 이 변혁을 이끌 첫 번째 과제가 될 거야. 아마 중국은 싼 노동력으로 싸구려 물건을 대량으로 만들어 전 세계로 쏟아부을 수 있었던 마지막 나라가 될 거야. 인구가 많은 인도나 인도네시아가 중국의 뒤를 따라가려고 준비를 하지만 이제 그런 대량 공급으로 세계를 석권하던 시대는 지나가는 것 같아. 더구나 세계 인구의 고령화로 소비 패턴이 개편되고 있어. 저가품에 대한 대량 소비가 억제되고 고가의 취향에 맞는 제품을 찾는 경향으로 변화하고 있어. 여행, 건강 같은 생활의 질을 높이는 서비스에도 투자가 늘어나는 추세야."

"결론은 물동량이 줄어들어 해운이 타격을 받을 것이라는 이야기겠구먼."

"아마도 완제품의 이동이 줄어들면서 컨테이너선 쪽이 제일 먼저 힘들어지겠지. 대량 생산을 위한 대량 원자재 수송도 줄어들 거야. 철광석, 석탄들의 수송량은 많이 감소하겠지."

"석유 같은 화석 연료의 수송은 별 영향을 받지 않겠지?"

"그렇지. 그것은 우리가 살아 있는 동안 내내 번영을 누릴 거야. 생산자와 소비자가 확연히 구분되어 있어서 그 둘을 해운으로 연결시켜야 하니까. 단 환경 보호에 대한 부정적인 영향만 잘 조정한다면 그 번영이 오래 계속될 수 있겠지."

클랜시는 점점 대화에 몰입하였다.

"65세 이상의 인구 비중이 눈에 띄게 증가하고 있다. 이들의 소비에 대한 취향이 생산의 형태를 바꾸어 놓을 수 있다."

좀 뜸을 들인 뒤 클랜시가 물었다.

"그래 결론이 뭐야? 우리 해운은 결과적으로 문 닫아야 한다는 거야?"

재현은 느긋하게 대화를 이끌었다.

"해운은 세계에서 가장 오랜 역사를 가진 산업이야."

클랜시가 가로챘다.

"아니야, 두 번째로 오래된 산업이야."

"두 번째? 첫 번째는 뭐야?"

클랜시는 한쪽 눈을 찡긋했을 뿐 대답하지 않았다. 재현은 알아챘다. 모른 체했다.

"유조선의 수요는 4차 산업혁명의 영향도 한동안 피해 갈 수 있을 것 같아."

"나도 그렇게 생각해. 이번에 여섯 척의 VLCC를 지으면서 그 확신은 점점 굳어지고 있어."

"그리고 해운 산업은 믿는 구석이 하나 더 있지."

재현이 느긋한 웃음을 지었다.

"로망(Romance). 인간이 바다에 대해 지니고 있는 깊은 사랑, 대로망이 어떤 경우에도 해운 산업을 지탱해 주는 힘이 될 거야. 인간은 푸르고 넓은 바다로 나가고자 하는 원초적 열망을 갖고 있거든."

클랜시는 재현을 끌어안았다.

"그래 기억하자. 인간의 바다에 대한 로망."

재현이 클랜시를 마주 껴안은 팔에 힘을 실었다.

"4차 산업혁명은 우리를 골탕 먹이는 괴물이 아니야. 우리는 앞으로 다가올 날, 같이 살아야 할 동반자로 그들을 잘 다스려야 돼. 준비를 잘 해야지."

브뤼셀의 호텔에 도착해서 재현은 체크인을 먼저 하고 짐을 방에 올려다 둔 뒤 식당으로 갔다. 식당의 구석 자리 한갓진 곳에 보름달처럼 환하게 정장을 한 인숙이 클랜시와 자리 잡고 있었다. 재현은 인숙을 꼬옥 안아주었다. 재현도 기대하고 있던 장면이었으나 생각보다 인숙은 훨씬 성숙하고 아름다웠다. 어머니 장례식 이후 처음 보는 인숙이다.

"마치 여왕님이 후줄근한 근위병들을 거느린 것 같구나."

인숙은 미끄럽게 빠져나갔다.

"대왕님들을 모시는 시녀가 문안드립니다."

재현은 클랜시와 인숙을 번갈아 보며 찬탄했다.

"아름답구나. 아름답구나."

그동안 변해도 너무 변했다. 인숙은 자리를 압도했다. 아니 식당 전체에 그녀의 빛깔을 환하게 뿌리고 있었다.

"빠듯한 일정에 수고 많으셨어요. 제가 두 분이 좋아하실 만한 식단으로 주문을 해 두었습니다."

도버 해협에서 나는 담백한 가자미(Dover Sole) 구이로 시작을 해서 프랑스 포도주로 숙성한 부드러운 스테이크로 끝났다. 포도주 주문은 클랜시의 몫이었다. 그의 포도원에서 나는 것과 비슷한 프랑스 포도주를 주문했다. 클랜시가 새삼스럽게 재현에게 고맙다고 했다.

"런던에서의 일정까지 취소하고 동행을 해줘서 고마웠어. 그 깊은 마음 씀씀이가 언제나 나를 편안하게 하고 있어."

"런던에서의 나머지 일정은 그저 그런 것이었어. 중요한 일은 없고 거기 갔으니 만나고 온다는 그런 계획이었어. 신경 쓰지 마."

인숙은 이미 런던에서 일어난 참담한 일을 잘 알고 있었다. 내색하지 않았다.

"톰, 윌리엄 스펜서는 잊어버리자고. 그 친구도 지금 제정신이 아닐 거야. 그 친구를 궁지에 몰아넣으면 안 돼. 그 친구는 고귀한 정신을 가진 훌륭한 친구야. 그 친구의 입장을 어떻게 살릴 것이냐? 그것이 우리의 첫 번째 목표가 되어야 해. 비즈니스는 그다음이야. 이미 이야기했지만 이 일을 전화위복의 기회로 만들자고. 한꺼번에 여러 척을 처분하는 것이 어려우면 한 척 한 척 좋은 구매자가 나타날 때마다 서두르지 않고 팔아 나간다, 이렇게 작전을 짜는 거야."

"제리가 살 사람을 데려다 줘."

"나는 적임자가 아니야. 물론 작자가 나타나면 적극적으로 추천할게. 그러나 그쪽 사람들, 은행 쪽 투자 자본들은 톰 당신이 일상적으로 접촉하는 사람들이야. 그들에게 서두르지 않고 여유롭게 접근하는 거야. 우리가 서두른다는 인상을 주면 안 돼."

"그래, 우리가 힘을 합치면 안 될 일이 없지. 아무리 생각해도 우리는 누구와도 비교할 수 없는 최고의 팀이야."

조선소와의 모든 계약이 끝나는 마지막 배의 인도 날짜도 다음 해 5월로 잡혀 있다. 모든 프로젝트는 반년 안에 끝난다. 인숙과 클랜시의 관계도 한 단계 진전되어야 할 때이다. 그러나 그들은 말할 듯 할 듯하며 그들의 장래에 대해 입을 열지 않는다. 재현이 입을 열 입장은 더더욱 아니다.

"지금부터 일정이 어떻게 되지, 제리?"

"톰을 인숙에게 잘 인도했으니 나는 한국으로 빨리 돌아가야지. 내일 오후 암스테르담에서 출발하는 한국행 비행기가 예약되어 있어."

"그럼 아침에 호텔 체크아웃한 뒤 짐을 가지고 사무실로 와. 상황 점검을 한 뒤 암스테르담의 스키폴 공항으로 가자고. 내가 데려다 줄게."

재현도 고단했다. 토요일 런던에 도착해서 시차를 극복할 틈도 없이 화요일에 돌아가는 일정이다. 그는 클랜시와 악수했다. 그리고 인숙과 긴 포옹을 하였다.

"오래 부아(Au revoir)"

인숙은 재현과 뺨을 맞댄 채 한참을 있다가 미끄러져 갔다.

"또. 봐요."

제28장 써늘한 혐오의 땅 런던

다음 날 아침 열 시쯤 재현은 클랜시 사무실로 갔다.

간단한 점심을 마치고 클랜시가 모는 차로 암스테르담 공항으로 갔다. 브뤼셀에서 기차로 가면 암스테르담 한 정거장 전에 스키폴 (Schiphol)역이 있다. 클랜시는 전날보다 표정이 훨씬 밝았다. 재현이 차를 모는 클랜시에게 말을 걸었다. 그의 마음을 풀어줄 가벼운 이야기를 시작했다.

"저기 말이야, 톰, 요즈음 일상적으로 보게 된 변소의 소변기에 그려진 벌레 그림 말이야, 그것이 스키폴 공항에서 시작되었다는 것 알아?"

"아니 그건 또 무슨 이야기야? 왜 하필 스키폴 공항이야?"

재미있는 이야기가 있다. 암스테르담 대학의 미술 교수가 공항 변소에서 소변을 보고 있는데 청소부 영감이 투덜거렸다.

"좀 제대로 싸면 뭐가 잘못되나? 제대로 싸면 동네가 깨끗해질 것 아냐?"

소변기 주변에 아무렇게나 뿌려진 소변에 대한 불평이었다. 교수가 청소부에게 제안을 했다.

"자, 이 변기 하나만 깨끗이 씻은 뒤 바짝 말려 주세요. 내가 사람들이 깨끗이 쓰지 않으면 안 되도록 만들어 드릴 테니."

청소부는 그가 해달라는 대로 소변기 하나를 깨끗이 씻은 뒤 바짝 말려 놓았다. 교수는 그의 가방에서 화구를 꺼내 유화 페인트로 소변기 물 빠지는 곳 바로 위에 파리를 한 마리 그려 넣었다.

"이제 두고 보세요. 다른 일이 벌어질 거예요. 이 변기 주변에 다른 변기와 다른 현상이 일어나면 내게 연락하세요."

그 뒤 청소부가 보니 그 변기 주변만 놀랍게도 깨끗하게 유지되었다. 인간의 조준 본능이랄까? 오줌 누는 사람들이 본능적으로 그 파리에 조준을 하는 것이다. 그에 따라 바깥으로 흩어지는 소변의 양이 확실히 줄어들 수밖에 없다. 청소부가 공항 당국에 이야기했고 당국은 모든 소변기에 파리를 그려 넣게 했다. 이제 변기는 만들어질 때부터 파리 한 마리씩 달고 나온다.

"조준 본능, 재미있는 아이디어 아니야?"

클랜시는 미친 듯이 웃었다.

"아니 그 이야기는 또 어디서 주워들었어. 나는 여기 살면서도 모르는 이야기인데. 제리, 당신의 센스와 집중력은 아무리 찬탄해도 다했다 할 수 없어."

"아무 쓸데없는 것들이야. 읽은 것들을 그냥 주워섬길 뿐이야."

"아니야. 흘려들을 수 있는 것들을 기억해 두었다가 적재적소에 써먹을 수 있는 것, 그것은 특별한 재능이야."

"듣기 좋았다니 나도 즐겁구먼."

"나락으로 떨어질 뻔했던 이번 여행도 제리 때문에 오히려 알찬 것이 되었어."

클랜시는 주차하고 출국장까지 따라왔다.

"하마터면 큰일 날 뻔했잖아. 그 영국 부자 놈들한테 내 소중한 배를 헐값에 팔 뻔했으니."

재현은 되풀이했다.

"그러게 말이야. 한 척씩이라도 좋은 값으로 팔자고."

재현이 출국장으로 나가기 전 그들은 한동안 보지도 못하고 이야기도 나누지 못할 사람들처럼 오래 껴안고 서 있었다.

비행기 좌석에 앉자 재현은 눈을 감았다. 나흘간의 짧은 여정이었다. 그러나 많은 사람들의 마음이 그를 스쳐갔다. 클랜시는 처참한 패배감에서 소생해서 원기를 회복했다. 이제 배를 팔아야 할 때이다. 지금 시장이라면 파는데 문제가 없을 것이다. 클랜시가 원기 왕성해야 한다. 그와 나누었던 화제인 4차 혁명은 그의 마음을 달래기 위해서 꺼낸 이야기이지만 재현도 앞으로 닥칠 나날에 대비하기 위해 명심해야 할 일이다. 클랜시와도 많은 이야기의 단초가 될 것이다. 역사 연구회에서도 잘 다루어야 할 주제이다. 이번에 만난 사람 중 윌리엄 스펜서에 가장 마음이 쓰인다. 그가 가장 마음을 상한 사람이다. 밤사이에 모회사의 마음이 바뀌어 영국 신사의 체면을 완전히 구겼다. 클랜시를 달래서 스펜서와 법정 싸움은 하지 않도록 해야겠다. 더 좋은 가격으로 팔 수 있는 기회를 준 것이라고 고맙게 생각해야 한다. 앞으로 좋은 친구가 될 수 있는 사람이다. 제일 섭섭한 사람은 윌리엄의 아내 앤일지 모른다. 한국에 올 기회를 놓쳐 얼마나 남편을 들볶을까? 그럴 여자는 아니지만 아주 섭섭해할 것이다. 인숙의 성숙한 모습은 재현을 편안하게 했다. 그 자유로운 아름다운 영혼. 어떻게 정착할까? 그는 어느새 깊은 잠 속으로 빠져들었다.

제 29 장

시민의식에 관하여

1.

재현이 영국에서 돌아온 뒤 이틀이 지났다. 퇴근 무렵 재현의 사무실로 영균이 찾아왔다. 언제나 그렇듯 꾸밈없는 담담한 모습이다. 재현이 반겼다.

"어서 와요. 어서 와요. 그렇잖아도 보고 싶었어. 혜진 씨도 오셨구먼. 반가워요." "별 특별한 일은 없습니다. 지난 10월 8일 명명식의 그 감동이 너무 컸습니다. 그 뒤풀이를 꼭 해야 할 것 같아서 회장님이 편하실 것 같은 날을 골라 불쑥 찾아왔습니다. 아직 여독도 풀리지 않으셨을 텐데 귀찮게 구는 것이 아닌지 송구스럽습니다."

"괜찮아요. 혜진 씨까지 왕림하는 영광을 베푸셨구먼."

"오늘은 남자들끼리 소주 한잔 하려고 빠지라 했는데 찰거머리처럼 따라붙었습니다. 특히 회장님 만나는 날은 말릴 방법이 없어요."

혜진이 끼어들었다.

"회장님 만나면 살이 되고 피가 되는 이야기를 얻어듣거든요. 그걸 빠뜨릴 수 없죠. 기침 소리까지 기록하고 있습니다. 삼촌도 제가 따라오면 좋으시면서 괜히 그러시는 거예요."

"그러엄, 혜진 씨를 억지로라도 모셔야 할 판인데, 스스로 오신다는데 누가 말린단 말이야? 분에 넘치는 영광이지."

혜진은 헤헤거렸다.

"그런데 혜진 씨 혹시 아난존자라는 이름을 들어 본 적이 있나?"

"아난존자라, 불교 이야기 같은데, 저는 전혀 들어 본 적이 없는 이름이에요."

"부처님이 불법을 세상에 펼치실 때 그의 시자(侍者)로 선택한 고승이었지. 부처님을 모시고 있으면서 부처님의 말씀을 듣고 기억하고 기록하였어."

아난존자는 부처님의 제자들 중에서 나이가 어렸고 미남자이며 대인관계가 원만했다. 수명도 타고나서 120세까지 살았다고 한다. 기억력이 뛰어나서 부처님의 행동, 말씀을 하나하나 다 기억하고 기록해서 후세에 남겼다. 부처님 삶의 녹화기, 녹음기 역할을 하였다. 그는 부처님과 시봉(侍奉)관계를 맺을 때 부처님으로부터 다음과 같은 약속을 받아 내었다.

"제가 없는 장소에서 설하신 법도 돌아오셔서 제게 모두 이야기해 주셔야 합니다."

'나는 이렇게 들었다(如是我聞)'로 시작되는 불교의 경전은 아난존자의 손으로 시작되었다. 부처님은 29세에 출가해서 6년 만에 불법을 깨달았다. 6년 동안에 깨우친 불법을 가르치는데 45년이 걸렸다. 생사의 윤회와 미혹의 세계에서 해탈한 뒤 바로 열반(涅槃)할 수도 있었으나, 부처님은 쉬운 그 길을 택하지 않으시고 80세까지 고된 시간을 신발도 신지 않은 맨발로 전국을 탁발편력(托鉢遍歷)하면서 법을 설하였다. 중생들이 알아듣도록 법을 가르치는 것은 그만큼 어렵고 시간이 걸리는 일이다. 부처님이 꺼린 것은 중생들이 불상을 세워놓고 그것에 맹목적으로 기대는 것이다. 부처님은 불상(佛像)을 만들지 말라고 가르쳤다. 부처님의 상에 의지하고 그 앞에 절함으로 복을 비는 기복(祈福) 종교가 되지 않도록 끊임없이 경고했다. 무엇에도 기대지 않고 마음을 닦아 스스로 깨닫는 법을 가르쳤다. 그분이 열반하지 않고 45년 동안 이 사바 세계에 남아 있었던 것은, 그가 깨달은 법을 완성된 형태로 만들기 위해서였다. 시간과 공간을 초월해서 받아들여지는 법으로 체계화시키는데, 그것을 중생들이 체감할 수 있는 보편적인 법으로 만드는데 그처럼 오랜 시간이 필요했기 때문이다. 많은 제자들, 존자들이 그 미묘한 불법을 기록하였고 해석해서 수많은 경전을 남겼다. 그 시작은 아난존자의 '나는 이렇게 들었다'이다.

재현의 설명이 끝나자 혜진이 나섰다.
"그래서 제가 이 회장님의 아난존자가 되려는 거예요. 회장님의 말씀 한마디, 숨소리 하나까지 기록하려고 하는 거예요."
재현이 정색을 했다.
"부처님과 나를 비교한다는 것은 한참 불경스런 일이야. 하지만 역사 연구회를 위해 그런 생각을 가진 사람이 있다는 것은 다행한 일이다. 명심해라. 혜진은 나를 위해서가 아니라 차 이사장의 아난 존자가 되어야 해. 우리 역사 연구회의 시작과 진행을 꿰뚫는 녹화기가 되고 녹음기가 되고 때로는 기록자가 되어 우리의 역사를 만드는 팀의 구원(久遠)의 증인이 되어야 해."

잠깐 뜸을 들인 뒤 재현이 영균에게 물었다.

"역사 연구회는 잘되어 가지요?"

영균이 대답했다.

"상상할 수 없을 정도로 모두들 진지합니다. 회원 여러 명은 아예 휴일도 반납했습니다. 토요일, 일요일에도 저의 사무실에 전국에서 열 명 이상이 모입니다. 각 주일마다 주제를 정해 놓고 토론을 합니다. 지도하는 사람 없이 회원들 스스로 주제를 정하고 끝장 토론을 하는 것입니다."

혜진이 덧붙였다.

"토론의 내용을 기록하면 벌써 책으로 몇 권이 될 거예요. 저도 이렇게 진지한 주제로 열정적인 토론이 벌어질 줄은 상상하지 못했어요."

재현도 그들의 감동을 나누었다.

"요즈음 하루하루 내게 다가오는 모든 일들이 감동의 연속이지만 연구회의 일들처럼 가슴을 뜨겁게 하는 것이 없어. 그래 어떤 주제들이야?"

영균이 설명했다.

"여러 가지 역사 연구의 기초가 되는 주제들이예요. 이번 주말 토론할 주제는 '시민의식(市民意識)'이예요. 현재 우리나라 사람들이 체감하는 시민의식을 분석하고, 그것을 세계 역사 속의 본받을 만한 시민의식과 접목시켜서 바람직한 시민의식의 모델을 만들어 보자는 시도입니다."

재현이 감탄했다.

"거기까지 이르렀구먼. 나도 이번 주말은 특별한 약속이 없는데 가서 들어 볼까?"

혜진이 냉큼 받았다.

"그것 때문에 왔어요. 좀 무거운 주제여서 토론이 중구난방이 될까 염려스러웠어요. 해외여행에서 방금 돌아오신 회장님께 여독도 풀리기 전에 부탁드리기가 송구스럽지만 회장님이 함께하시면 어려운 주제일지라도 올바른 방향으로 토론이 진행되지 않을까 생각했거든요."

재현은 혜진의 말문을 막았다.

"갈게. 그런데 나는 들으러 가는 거야. 내가 말하기를 기대해서는 안 돼."

그들은 맥주 몇 잔을 마시며 지난 명명식, 역사 연구회 이야기를 나누었다. 늦지 않게 헤어졌다.

2.

토요일 아침 열 시 재현은 영균의 빌딩, 지정된 방에 도착했다. 스무 명쯤 되는 남녀 학생들이 그들이 준비해 온 자료들을 가지고 토론을 시작할 참이었다. 재현이 자리를 잡고 앉자 토론이 시작되었다. 강기욱이라는 남학생이 토론을 이끌었다. 어디서 본 듯한 얼굴이지만 어디서 보았는지 기억나지 않았다.

"우리 사회의 역사적 구조를 정의하고 개혁 방향을 토의하기 위해서 우리는 우리 사회가 갖고 있는 시민의식을 먼저 들여다보아야 한다고 생각합니다. 시민의식이란 우리의 정체성에 대한 인식일 수 있습니다. 사회의 발전은 뛰어난 지도자에 의해서 이루어진다고 생각들을 합니다. 그러나 지도자보다 더 큰 결정력을 가진 것이 시민의식이라고 생각합니다. 뛰어난 지도자의 이상도 치졸한 천민의식에 의해 좌절될 수 있고, 교활한 지도자의 왜곡된 사회정의도 고귀한 시민의식에 의해 바로잡을 수 있기 때문입니다. 우리는 그동안 잘 살던 나라가 짧은 기간 동안에 나락으로 떨어진 경우들을 검토하였습니다. 그런데 그러한 국가경영의 실패는 지도자의 과실이 시작이겠지만 그보다 천박한 시민의식이 더 큰 원인이었다고 생각합니다. 지도자의 얄팍한 사탕발림에 무릎을 꿇는 시민들에게서 사회의 건전한 발전을 바랄 수 없습니다. 지도자의 삐뚤어진 방향 제시에 대해 저항할 수 있는 건전한 시민의식이 올바른 역사를 정립하는데 있어서 기본이 되어야 할 것입니다."

영균은 팔짱을 끼고 머리는 뒤로 젖힌 채 경청했고 혜진은 녹화를 하고 있었다. 재현은 신경을 곤추세워 기욱이라는 젊은이의 미세한 얼굴 표정의 변화를 읽으며 말 한 마디 한 마디에 귀를 기울였다.

"우선 시민이라는 용어는 일상생활의 어떤 특정지역, 특정집단을 뛰어넘어 국가 공동체로서 정체성을 갖는 사람들을 의미합니다. 시민의식은 지리적이나 정치적인 경계를 초월한 인간다움에서 나온다고 정의됩니다. 우리는 전통적 시민의식을 갖고 있느냐? 있으면 어떻게 생성되었느냐? 어떤 방향으로 이끌어 가야 하느냐? 없다면 어떤 형태로 창출해야 하느냐? 를 오늘 토의해야 할 것입니다. 오늘로 모자라면 두고두고 토의해야 할 과제입니다. 시민의식은 한 사회를 유지 발전시키는 기본 요소이기 때문입니다. 그것은 우리의 현대 산업혁명에 따른 사회적 변화를 이끌어 갈 지표가 될 것입니다. 한 사회가 정착된 뒤 시민의식이 하나의 역사처럼 자연스럽게 따라오는 경우가 대부분입니다. 그렇지 않은 경우, 사회의 지도자들이 뚜렷한 시민의식의 모델을 정립하고 그에 맞게 사회를 개조해 나갈 수도 있을 것입니다."

재현은 영균의 손등에 그의 손바닥을 올려놓았다. 짙은 감동을 받았다는 표시였다. 영균은 끊임없이 고개를 끄덕였다. 약간 현학적인 데가 있으나 토론이 올바른 방향으로 가고 있음을 인정하였다. 우리 사회에서 시민의식이 존재하느냐? 라는 주제로 토론이 진행되었다. 한 학생은 말했다.

"우리에게도 성공한 사례가 있습니다. 신라에서 불교와 화랑과 시민들 그리고 정권이 함께 만들어 낸 세속오계(世俗五戒)는 지금도 그 울림이 큰 사회적 약속입니다. 그것이 이루어 낸 크나큰 에너지가 가장 약소국가였던 신라로 하여금 한반도 통일의 대업을 이루게 하는 원동력이 되었던 것입니다."

화랑의 세속오계는 모두가 받아들이는 시민의식의 모델이어서 반론이 제기되지 않았다. 다른 학생은 그의 자료를 슬라이드에 비추어 가며 다음 주제를 설명했다.

"한국의 정신으로 선비 사상을 여러 사람들이 이야기하고 있습니다. 근래에 정주영 회장님이 한국을 이끈 기본 이념으로 처음 주장한 것으로 발견되었습니다. 일본인들과의 경제 회의에서 정주영 회장이 일본인들의 높은 콧대를 눌러놓을 생각으로 일본의 사무라이 정신에 대응하는 의식 체계로 한국의 선비 사상을 이야기하였지요. 상대방의 목을 베느냐? 아니면 자기의 목이 베이느냐? 의 살벌한 칼날 위에서 형성된 윤리의식이 아니고, 한국은 학문을 통한 선비들의 평화적 토론을 통해 의식 체계가 발전하였다고 설명을 해서 거기 참석했던 많은 일본인들에게 충격을 주었던 것으로 기록되고 있습니다. 그러나 실질적으로 조선시대는 경제의 기본 논리를 무시한 주자학의 오류로 국가의 권위와 시민의 자존심을 뒷받침할 만한 물질적 기반을 조성하는데 실패했습니다. 국민의 절반은 노예였고 국가는 주자학을 등에 업은 선비들에 의해 관리되었습니다. 주자학은 대중화 보편화에 실패하면서 소멸되었습니다. 자명한 결말이었습니다. 결국 조선시대에는 보편적인 시민의식이 생성 성장될 토양이 마련되지 않았다고 보아야 합니다."

재현은 정 회장의 그 논쟁을 잘 기억하고 있다. 정 회장은 별 준비 없이 운을 뗀 주제였지만 울림이 큰 주장이었다. 연구원의 발표는 계속되었다.

"그리고 선비 사상이라는 것이 시민의식으로 발전하기에는 여러 가지 제약이 있습니다. 선비란 시민이 아니기 때문입니다. 양반과 상놈으로 갈라진 사회에서 상놈의 봉사로 생계를 이어가는 융통성 없는 사회의 소수 지배계층에 있던 사람들이 선비이기 때문입니다. 선비란 자신을 닦고 공부하며 밖으로 사람을 다스리고 군주를 잘 받들어 이 땅에 이상향을 건설한다는 목표를 가진 선택된 사람들입니다. 더구나 그들은 나라를 지키는 군역(軍役)에서 스스로를 면제시켰습니다. 서민들을 이끌 계층이었지 시민들과 함께 권리와 의무를 나누는 전통을 세우기에는 맞지 않는 계층이었습니다."

선비들에 대한 논의는 그쯤에서 그치고 앞으로의 연구 과제로 남겨 놓았다.

기욱이 대화의 방향을 현대로 옮겼다.

"우리는 일제의 지배, 그에 대한 저항, 해방과 육이오 전쟁을 통한 민족 내부의 갈등, 4·19 혁명, 5·16 군사정변 그리고 민주화 과정을 통해 짧은 기간 동안에 엄청난 변화를 겪었습니다. 그동안 우리 사회는 시민의식의 어떤 체계적인 모습이나 그 진화를 보여주었습니까?"

마치 서로 사전에 말을 맞춘 듯 한 학생이 그의 준비물을 보이며 설명했다.

"제가 지금까지 수집한 자료를 검토한 결과는 전혀 만족스럽지 않습니다. 해방 후의 시민운동은 지리멸렬한 데모이거나 인민재판으로 대변됩니다. 타협이나 협상력이 없는 정치가들이 이끄는 소모적인 찬성 집회나 극단적 반대 집회로 일관하였습니다. 거기다 소위 인민재판이라는 것은 시민들을 모아놓고 사형 선고를 하는 절차입니다. 거기는 법의 공정성이 없고 이론적인 절차도 없습니다. 전문가들의 참여도 배제됩니다. 몇 사람들 조직원들의 선동에 의해 뇌를 빼앗긴 대중들이 무조건 '죽여라'를 외치는 집단으로 이용된 것입니다. 잠자다 끌려 나온 사람들이 영문도 모르고 정당한 법의 판결 없이 이웃들의 '죽여라'에 의해 그 자리에서 참살을 당했던 것입니다."

"그런데 가장 우려되는 것은 그런 행태가 지금까지 반복되고 있다는 것입니다. 우리는 최근 세계의 가장 모범적인 산업혁명을 통해 엄청난 국부를 창출하였고 국가적인 자부심을 키울 수 있는 민주주의의 토대를 마련하였습니다. 그러나 그 산업혁명을 이룬 정신을 시민의식으로 승화시킬 기틀을 마련하지 못했습니다. 툭하면 열리는 촛불집회가 이제 시민운동으로 정착되어가고 있습니다. 아무 생각 없이 가을바람에 휩쓸리는 낙엽처럼 몇몇 조직된 집단에 의해 끌려다니는 촛불집회를 그들은 시민운동이라고, 그들의 관조 능력이 빠진 생각을 시민의식이라 부르고 있습니다. 전혀 논리에 맞지 않는 뻔한 거짓말을 어두운 밤에 흔들리는 촛불 아래서 진실이라고 우기는 것입니다. 그들은 '죽여라'보다 더 무서운 슬로건을 준비할 수도 있습니다. 그런 행동이 떳떳할 수 없습니다. 밝은 대낮에 스스로를 드러내놓고 소신을 밝히는 시민 문화가 정립되어야 합니다."

그의 준비물 설명이 끝나자 영균이 반론을 위한 반론을 폈다.

"그러한 촛불 집회도 우리 사회 안팎에서 사회정의를 실현하는 한 방법으로 받아들여지고 있지 않습니까?"

여러 사람들이 영균의 말에 토를 달았다. 논쟁을 준비한 학생이 매듭을 지었다.

"짧게 보면 그럴지도 모르지요. 그러나 그들은 자발적으로 생성된 모임이라기보다 잘 조직된 공작원들에 의해 능숙하게 조정되는 뇌가 빠진 좀비로 전락하고 있습니다. 때로는 정치인들이 정권을 잡기 위해, 그 정권을 유지하기 위해 시민들을 호도하고 역사를 왜곡할 수 있지요."

재현은 시간이 지날수록 그들의 소박한 진지함에 몰입되어 갔다. 결론이 어떻게 나든 간에 이렇게 시작되어야 한다. 이런 일이 이제야 시작되었다. 그러나 이렇게라도 시작했으니 얼마나 다행한 일인가?

발제자는 그의 이야기를 계속했다.

"우리는 근래에 중국에서 있었던 소위 문화혁명이라는 운동을 기억합니다. 몇 사람이 주동이 되어 멀쩡한 사람들을 바보로 만들고 좀비가 된 그 바보들이 수억의 민중들을 들볶은 일입니다. 그들은 지금 생각하면 유치하기 짝이 없는 행동 강령을 정하고 민중들에게 지키도록 강요했습니다. 그중에는 이런 것도 있습니다. '인민은 반드시 육체노동을 해야 한다' '모택동 사상을 반영하지 않은 책은 모두 불태워야 한다' 거기다 기상천외(奇想天外)의 주장까지 따릅니다. '북경의 이름을 동방홍(東方紅)으로 바꿔야 한다' '교통신호도 빨간 불이 들어오면 가고 파란 불이 들어오면 서도록 바꿔야 한다'. 붉은색이 지배하는 사회라지만 상식이 통하지 않는 무뢰배들의 횡포였습니다. 이런 어처구니없는 행패가 십 년 동안 대륙을 암흑세계로 몰아넣었습니다. 몇 사람의 선견지명이 있는 지도자들이 이 행패를 요령껏 막아서 행정 기능을 유지하고 오랜 전통의 명맥을 유지할 수 있었습니다. 그들 덕에 혼란은 십 년으로 끝났습니다. 그렇지 않았으면 오랫동안 중국은 그 구정물 속에 잠겨 있었을 것입니다. 그리고 그 후유증은 몇 세대에 걸쳐 중국 문화를 초토화시켰을 것입니다. 몇 사람의 잘못된 지도력은 현명한 시민들의 두뇌와 심장에 연막을 씌워 진실을 외면하게 합니다. 우리 사회에서도 그런 현상을 가끔 보게 됩니다. 뻔한 거짓말을 진실이라 우기고 일방적인 패거리 논리로 상식을 짓밟으려 합니다. 올바른 역사가 이루어지기 위해서는 그것을 바로잡아야 합니다. 우리가 우리의 확고한 시민의식을 확립해야 하는 이유입니다."

학생들의 주제 발표와 반론으로 오전이 훌쩍 지나갔다. 사무실 근처의 식당에서 곰탕이 배달되었다. 그들은 밥 먹으러 가는 시간까지 아꼈다. 간단하게 곰탕으로 점심을 때운 뒤 그들은 대화를 이어갔다. 기욱이 본격적인 토론을 이끌었다.

"역사적으로나 전통적으로 우리의 시민의식은 싹을 내리지 못했고 성장하지 못했음이 확인되었습니다. 이제 아주 위험한 방향으로 발전해 나갈 가능성까지 발견하였습니다. 그것은 이 사회를 암흑시대로 이끌어 나갈 수도 있습니다. 이제 우리 회원들은 우리의 역사 연구를 위해 곧 영국으로 떠나게 됩니다. 막연히 가서는 안 되고 확실한 주제를 갖고 가야 할 것입니다. 특히, 유럽에서 성공한 몇 개의 테마를 선택해서 그것이 그곳에서 어떻게 생성되고 성장되며 현대사에 편입이 되었는지를 잘 검토해서 우리의 역사 인식에 접목시키고 결국 세계에서 가장 훌륭한 우리 것을 만들어야 할 것입니다. 그를 위해 저는 오늘 몇 가지의 모델을 제시합니다."

재현은 눈을 감았다. 눈물이 났다. 그 짧은 기간 동안에 작은 젊은이들의 모임이 이토록 내실 있게 성장하다니. 모두가 영균의 말없는 지도력 탓이다. 그가 필생의 사업으로 그 자신의 모든 것을 건 결과였다. 영균도 학생들의 토론에 끼어들지 않고 그들의 한 마디 한 마디에 몰입하였다. 기욱이 계속했다.

"수많은 분쟁과 권력 싸움으로 불안정했던 10세기와 11세기의 유럽을 평화의 땅으로 정착시킨 기사도(騎士道)가 있습니다. 또 합리주의로 근대 자본주의를 이끌어 낸 미국의 청교도(淸敎道) 정신도 깊이 검토해야 합니다. 지역적으로나 문화적으로 다른 유형이지만 전국시대(戰國時代)를 종식시키고 근대 일본을 세운 무사도(武士道)

또한 한번 짚어 보아야 할 주제라고 생각합니다."

혜진은 바빴다. 녹화하랴, 준비된 서류를 나누랴, 점심을 준비하랴, 차를 끓여 대랴. 그 '사무실의 모든 것'으로서의 역할을 한 치 차질 없이 해내었다. 조금도 어색한 구석이 없구나, 이것은 완벽한 톱니바퀴들의 조합이구나, 재현의 눈에서 눈물 한 방울이 쓱 빠졌다. 감동적이다.

3.

한 학생이 기사도에 대한 자료를 소개했다. 유럽이 한창 권력 싸움과 국경 분쟁으로 극단적인 혼돈에 빠져 있을 때 교회가 왕과 귀족들에 대한 영향력을 키우는 과정에서 이끌어 낸 것이 '하느님의 평화 운동'이었다. 그 운동의 핵심 멤버가 확고한 윤리 체계를 갖춘 기사들이었다. 옛날이야기이지만 참석자들은 열심히 검토했다. 그리고 서서히 결론을 도출하였다. 그것은 정치 권력을 장악하기 위한 움직임의 하수인으로 시작되었고 결국 권력층에 들어가서 사회의 하류 계급에 폐해를 주는 경우도 있었으나 그들의 윤리 의식은 뒷날 모든 시민들에게 적용될 수 있는 신사도(紳士道)로 발전하였고 현대의 스포츠 정신으로 흡수되었다. 그들의 행동 수칙은 지금도 보편적으로 받아들여지는 기본적인 덕목이 되었다. 교회를 지켜라, 충성하라, 금전적 보상을 경멸하라, 겸허하고 관용하라, 부녀자와 약자를 보호하라 라는 수칙은 지금도 이 시대를 이끌어 가고 있고 앞으로도 이 사회를 건강하게 유지하는데 필요한 덕목이 될 수 있다.

발표자는 계속했다.

"옛날의 기사도는 현대 동양 사람들에게 쉽게 이해되지 않습니다. 너무 종교에 얽매어 있고 때로는 너무 젠체하기 때문입니다. 그러나 기사도의 근본적 의식을 근래에 일어난 사건에서 찾는다면 훨씬 받아들이기 쉬울 것입니다. 저는 유럽의 기사도 정신을 타이태닉(Titainic)호의 조난에서 찾고 싶습니다."

1912년 사월, 세계 최고의 기술을 총동원해서 지은 타이태닉호는 세상에서 가장 안전한 배라고 스스로 자랑했다. 그러나 그 배는 처녀항해에서 빙하와 충돌하여 조난했다. 그 사고로 1,500여 명이 사망했고 700여 명이 구조되었다. 전혀 예측하지 못한 상황이었지만 승객들은 질서정연했고 흔들림이 없었다. 선박의 침몰이 확실해지자 선장은 부족한 구명보트의 자리를 여성과 아이들에 양보하라고 명령했다. 많은 사람들이 그것을 명령이라기보다 자기 양심이 시키는 당연한 일로 받아들였다. 많은 여성들은 사랑하는 사람과 마지막을 같이하겠다며 하선을 거부하고 남편 곁에서 배와 함께 침몰했다.

당시 세계 최고의 부호 에스터 씨는 임신 5개월 된 아내를 억지로 구명보트로 내려보내고 시가 한 대를 물었다. 그리고 멀어져 가는 보트를 향해 외쳤다. "사랑해요, 여보." 그는 타이태닉호 열 척을 지을 수 있는 재력을 가졌지만 아내를 떠나보냄으로써 '사람의 최소한의 양심'과 '아내에게 바칠 수 있는 최고의 사랑'을 지켰다.

성공한 은행가였던 구겐하임 씨는 배가 가라앉기 전 객실로 돌아가 턱시도로 갈아입고 갑판에 나와 앉아 '체통을 지키는 신사답게' 죽음을 맞았다.

미국 메이시(Macy's) 백화점의 창업자는 세계 두 번째 부자였다. 선원이 67세인 그에게 "누구도 어르신의 구명정 승선을 반대하지 않을 것입니다"라고 하며 구명정 승선을 강권했다. 그러나 그는 약자에게 그 기회를 양보했다. 홀로 남편을 남겨 놓기를 거부했던 아내와 갑판 위 의자에 앉아 '바다도 침몰시킬 수 없었던 사랑'으로 죽음을 초연하게 맞았다.

신혼여행을 떠난 신부는 하선하기를 거부하고 신랑과 마지막을 함께하겠다고 신랑에게 매달렸다. 신랑은 신부를 때려 기절시킨 뒤 구명정에 승선시켰다. 신부는 그녀를 강제로 떠나보낸 신랑을 평생 동안 기리며 재가하지 않았다.

한 부인은 아이들을 태운 뒤 보트가 만선이 되어 아이들과 작별할 수밖에 없었다. 그러나 보트에 자리를 잡고 앉았던 여인이 어머니의 손을 끌어당겨 자기 자리에 앉히고 그녀는 가라앉고 있는 타이태닉호로 올라갔다. "아이들은 엄마가 필요합니다" 그녀가 남긴 말이었다.

타이태닉호의 악단을 이끌던 월리스 하틀리(Wallace Henry Hartley)는 그의 단원들과 함께 그들의 몸이 물속에 잠길 때까지 연주를 계속했다. 죽음에 맞닥뜨린 승객들은 연주를 들으며 그들의 삶을 편안하게 마무리했다.

억만장자, 저널리스트, 장군, 저명 엔지니어들이 모두 곁에 있던 이름 없는 부녀자들에게 자리를 양보하고 겸허하게 그들의 죽음을 맞았다.

예외는 있었다. 한 일본인 철도회사 간부는 여성으로 가장을 하고 구명보트에 올라 생명을 건졌다. 그러나 그의 삶은 많은 사람들의 손가락질과 자신의 자의식에 몰려 오욕에 가득한 짧은 인생으로 마감되었다. 그의 행위는 하나밖에 없는 자신의 생명을 살리고 싶은 인간의 원초적 욕망을 대변했다고 변명하는 사람도 있지만, 기사도 정신에 뿌리를 둔 서구의 시민의식과 일본의 천민 정신의 극단적인 차이로도 인용되었다.

그는 준비된 영상 자료를 보여주며 감명 깊은 발표를 마쳤다.

기욱이 대화를 계속 시켰다.

"기사도라는 것을 케케묵은 종교적 사상의 추종자, 집권자에 대해 아부하는 졸개들이라고 폄하하는 사람들도 있습니다. 그러나 타이태닉호 한 케이스로 그것이 바람직한 시민정신의 모델이 될 수 있다고 이해될 수 있을 것입니다. 침몰하는 배 위에서 완벽한 질서를 지키며 자신의 하나밖에 없는 생명을 의연하게 다른 사람을 위해 희생하는 행위는 고도로 성숙한 시민의식으로 가능한 것이라 생각합니다. 반론이 없으면 다음 주제로 넘어가겠습니다."

기욱은 다음 발표자에게 기회를 넘겼다.

"다음으로 청교도 정신에 대해 고찰을 하도록 합시다. 여러 반론이 있겠지만 엄연히 세계 최고의 나라 미국을 만들었고 그의 건강한 성장을 이끌었고 미래 번영을 확실히 열어 가는 기본 정신이 되었다고 여기고 있습니다. 그에 대한 발표를 부탁합니다."

청교도 정신의 발표를 맡은 학생도 충실한 준비를 해 왔다.
청교도들은 영국 내에서 소수파였음에도 불구하고 상공계급(商工階級)에서 다수를 차지했기 때문에 의회 안에서는 큰 영향력을 누렸다. 실질적으로 그들은 종교개혁파들의 영향을 받아 왕당파나 영국 국교와는 양립할 수 없는 위치에 있었다. 1640년대에 청교도들은 한때 왕당파 군대를 무찌르고 크롬웰의 청교도 혁명을 완수하였다. 그러나 크롬웰이 죽은 뒤 큰 박해를 받게 된다. 그들은 영국 국교회의 상투적 설교와 진부한 의식을 거부하고, 성경의 교리에 따른 설교를 중시했다. 그들의 개혁은 영국에서 실패했고 청교도의 이상은 미국이라는 신세계로 이식된다. 미국에서 그들은 공화정을 선택했다. 하느님의 선민만이 특권을 누리는 신앙 독재 시스템이다. 아메리카 대륙으로 이민이 넓게 퍼지면서 다양한 계파의 청교도 실험이 지속되었다.

어떤 사람들은 건국 초기 미국으로 건너간 사람들을 청교도라 부르는 것이 잘못되었다고 주장을 한다. 그들은 영국 교회에서 떨어져 나올 것을 주장하는 분리주의자들일 뿐이고 진실한 청교도는 영국에 남아 저항을 계속했기 때문이다. 메이플라워(Mayflower)호를 탔던 이들은 그 자신을 청교도(Puritan)라고 부르지 않았다. 그러나 사람들이 자신을 무엇이라 부르던 많은 청교도의 자손들이 종교와 소신을 지키기 위해 신세계로 이주했다. 따라서 청교도라는 말은 어느 특정 교파를 지칭한다기보다 '근면과 절약에 의한 부'의 축적을 하느님의 영광으로 돌리는 사람들의 대명사로 평가되고 있다. 그 정신이 자본주의 정신으로 자연스럽게 전이된 것이다. 미국 자본주의의 정신적 보루인 하버드 대학은 자신들의 뿌리가 청교도 정신에 있음을 확인하고 있다.

학생의 길고 복잡한 발표가 끝나자 마이크가 영균에게 주어졌다. 영균이 미국에서 여러 번 다양한 업무로 근무한 경험을 기욱이 알고 있었다.

"여러분들의 크고 복잡한 역사적 테마를 요약한 노력을 높이 평가합니다. 그러나 나는 청교도가 태어난 시대적 배경에는 그리 큰 관심이 없습니다. 그 시대의 타락한 정치적 종교적 난맥상을 따라다닐 시간이 없기 때문입니다. 중요한 것은 그 정신의 요체가 무엇이냐? 그것이 어떻게 미국을 성장시키고 안정시켰느냐?를 요약 정리해서 우리의 시민의식에 접목시키는 것입니다. 나는 언젠가 미국의 플리머스(Plymouth)에 있는 '선조를 기리는 국립 기념탑(National Monument to the Forefathers)'에 가본 적이 있습니다. 1620년 66일간의 항해 끝에 102명의 선구자들이 첫발을 내디딘 곳에 세워진 기념탑입니다. 메이플라워호에서의 상륙을 기념하는 순례 기념탑(Pilgrim Monument)이라고도 부릅니다. 그 받침돌에는 믿음(Faith)이라는 글자가 새겨져 있습니다. 그들이 가장 먼저 올린 깃발입니다. 그 아래 네 개의 지지대에는 '자유(Freedom), 도덕(Morality), 법(Law), 교육(Education)'이 적혀 있고 '이 기념탑은 정치와 종교의 자유를 위한 수고와 희생, 고난을 기억하는 위대한 사람들에 의해 세워졌다'라고 적혀 있습니다. 이것은 미국의 안정과 풍요를 창조한 기본 정신의 요약이 아닐까 생각합니다. 여기에 아까 학생이 발표한 주제 '근면과 절약으로 이룬 부의 축적을 하느님의 영광으로 돌리는 정신'을 더하면 미국 사회의 시민의식으로 요약될 수 있을 것입니다. 보다 깊고 넓은 연구에 회원들의 적극적 참여 바랍니다."

기욱은 다음으로 건너갔다.

"이번에는 시민의식과 직결된다고 보기는 어려우나 주군을 섬기는 무리들의 행동 규범을 들어 보겠습니다. 일본 중세의 질서의 표상이었던 무사도를 설명하시지요."

한 학생은 그의 준비물을 가지고 발표를 시작했다.

전쟁과 살상으로 밤낮이 없던 전국시대를 종식시킨 에도 막부는 난폭하고 무질서한 무사들의 행동을 규제하는 평화 시대의 도덕률을 만들 필요를 느꼈다. 그들은 유교(儒敎)를 그들이 편리한 대로 원용하여 무사의 윤리를 체계화시켰다. 주군에 대한 충성과 자기 절제, 용기, 희생정신을 기본으로 하였다. 세상의 많은 사람들이 자살을 큰 죄악으로 생각하고 자포자기적인 굴복으로 여기지만 일본의 사무라이 전성기에는 주군에 대한 충성심을 보여주는 할복 행위를 '아름다운 이상'으로 여겼다. 주군은 그들에게 사회적 지위와 권한을 부여했고 봉록으로 보상하였다. 그러나 그것은 보편적 도덕률이라기보다 서슬이 시퍼런 칼날 앞에서 이루어지는 지배계급을 보호하기 위한 인위적인 규범이었다. 칼을 찬 자와 칼을 가지지 않은 자 사이의 하늘과 땅만큼 넓은 사회적 지위의 차이가 있었다. 칼을 가진 자의 늠름한 모습에 비해 그 아래 사람들의 비굴하고 허둥대는 모습은 무사도가 지배하는 사회의 민낯이라 할 수 있다. 이백여 년간의 막부시대를 통해 무사들은 칼을 차고 그들의 신분을 과시하면서 그들의 가풍을 이루고 사회적 모범을 보였다.

그는 결론을 내렸다.

"모두 사무라이들이 다이묘들을 등에 업고 거들먹거린 것으로 상상하지만 그들의 녹봉은 그들의 생계를 유지할 정도의 것밖에 되지 않았습니다. 그들은 절제와 겸손, 희생정신, 예의범절이라는 높은 덕목에 관심을 두었습니다. 그에 대한 보상으로 시민 위에 칼을 차고 군림하는 지위를 얻었던 것입니다." 간단한 반론이 나왔다.

"그러나 사무라이 정신은 우리의 선비 정신처럼 평등과 자유라는 현대의 시민의식과는 많이 괴리되는 사상이 아닐까 생각합니다."

잠깐 반론이 있었지만 기욱이 마무리 지었다.

"사무라이 정신도 검토해야 될 하나의 과제로 기억해 둡시다."

4.

기욱이 다시 마이크를 돌려받았다.

"일본의 무사도는 비교적 간단히 끝났습니다. 좀 더 공부하신 분이 있으면 언제라도 발표하시기 바랍니다. 없으면 외국의 시민의식에 관해서는 이쯤에서 마무리 짓고 우리나라의 시민의식으로 돌아가겠습니다. 모두(冒頭)에 신라의 화랑도(花郞道)와 조선조의 선비 정신을 이야기했습니다. 이에 대해 더 말씀하실 분이 있으면 발표하시기 바랍니다."

외국의 사례를 연구하자는 시간이어서 우리 것을 검토할 여유가 없었던 것 같다. 더 이상 토론이 진행되지 않았다. 시간도 많이 지났다.

"선비 정신은 두고두고 보다 긍정적으로 검토할 필요가 있을 것입니다. 그저 케케묵은 사상이라고 외면할 수만은 없습니다. 외국의 침범이 있을 때마다 민중을 이끌고 의병을 일으켜 외적과 싸운 사람들이 선비들입니다. 한편 화랑도는 우리가 꼭 짚고 넘어가야 할 주제입니다. 충성, 효도, 믿음, 용맹, 자비 등을 가르친 세속오계(世俗

五戒)는 세계 어디에 내어놓아도 손색없는 시민의식의 한 모델이 되지 않을까 생각합니다. 뒷날 이 두 안건을 놓고 한국의 전통적 시민의식을 다시 토론할 것을 제안합니다."

모두 동의했다. 다른 학생이 나섰다.

"우리의 대선배들은 우리 한민족의 민족성을 '은근과 끈기'로 정의하였습니다. 어떤 분은 '흥과 한'이라 부르기도 합니다. 몇천 년을 은근과 끈기로 버텨 오던 우리 민족이 지난 세기에 우리 정신의 밑바닥에 숨기고 있던 신명으로 억눌린 한을 터뜨렸습니다. 어느 나라도 경험하지 못한 멋진 산업혁명을 깔끔하게 이루어 내었습니다. 세계에서 가장 가난했던 나라가 느닷없이 세계 십 위권의 경제 대국이 되었습니다. 세계에 모범이 될 만한 민주주의도 이루어 내었습니다. 그리고 우리는 갑자기 우리를 잃어버렸습니다. '우리가 무엇이었던가?' '우리는 누구인가?' '우리는 어디로 가고 있는가?'라는 질문에 맞닥뜨렸습니다. 잃어버렸다는 의식은 과거에 갖고 있던 것을 내동댕이쳐 버렸다는 이야기가 되기도 하고, 새로운 정체성을 찾기 위한 노력을 시작했다는 의미도 됩니다. 우리의 시민의식에 대한 검토는 그러한 우리의 민족적 정체성을 추적하는 데서부터 시작되어야 하리라 생각합니다."

기욱을 비롯한 모든 참가자들이 그의 의견에 동의했다.

기욱이 영균에게 부탁했다.

"오늘을 마무리 짓는 말씀을 해 주십시오."

영균은 재현에게 팔밀이하였다.

"바쁘신 중에도 오늘 하루 종일 우리와 함께해 주신 이재현 회장님의 총평을 듣는 게 어떨까요?"

모두들 박수로 재현을 이끌어 내었다.

"오기 전에 나는 혜진 씨와 여기서 오늘 듣기만 하고 말은 하지 않기로 약속을 했습니다. 혜진 씨, 그 약속은 어떻게 할까요?"

혜진은 당돌했다.

"국민이 원한다면 대통령도 하야하는 것이 한국의 민주주의입니다. 회원들의 열망에 비하면 저와의 약속은 하찮은 것 아닙니까?"

재현이 생각했다. 이 진지한 주제에 도움이 될 만한 한마디는 해도 괜찮겠다는 마음을 먹었다.

"'공짜 점심은 없다'는 서양 속담을 거스를 수가 없군요. 점심을 얻어먹었으니, 또 저녁까지 얻어먹을 참이니 밥값으로 한마디 하지 않을 수 없습니다. 여러분들이 심혈을 기울여 공부한 고귀한 결과를 들으며 우선 '나는 얼마나 많은 복을 받은 사람인가' 하는 것을 느꼈습니다. 이런 모임에 초대되고 당당한 발표와 진솔한 대화를 경청할 수 있었다는 것이 감격스럽습니다. 주말인데도 불구하고 이처럼 전력투구하는 여러분을 보며 저는 역사 연구회가 올바른 방향으로 가고 있다는 확신을 얻게 되었습니다. 시민의식은 시의 적절한 주제였고 발표자마다 올곧은 신념으로 주제를 가다듬고 나와서 저도 깜짝 놀랄 만큼 큰 지식을 얻었습니다. 이것은 시작입니다. 바라건대 이러한 시작이 한국 역사를 바로 세우기 위한 위대한 흐름으로 태어나기 바랍니다."

재현은 숨을 가다듬었다.

"기회가 주어졌으니 저도 제가 생각해 오던 바를 말씀드리겠습니다. 좀 길어져도 괜찮겠습니까?"

참석자들은 우레와 같은 박수로 재현의 말을 재촉했다.

"우리가 이야기하는 시민의식이라는 것은 살아 있는 자들이 지켜야 할 하나의 불문율입니다. 올바른 시민의식은 사회를 건강하게 하고 건전한 미래를 약속합니다. 시민의식을 세워 나가는 데는 여러 길이 있습니다. 시민이 지켜야 할 윤리가 있습니다. 우리가 살면서 직면하는 여러 가지 문제에 대응하는 방법입니다. 다른 관점은 조금 전 한 회원이 발표한 타이태닉호의 경우가 될 것입니다. 그것은 죽음에 직면했을 때 우리의 삶은 어떤 모습이어야 하는가 하는 것입니다. 다시 말하면 우리는 어떻게 죽음을 맞이해야 하는가? 하는 명제를 보여주었습니다. 저는 또 하나의 경우를 제시하고자 합니다. 다른 사람들의 죽음, 그리고 주검에 대해 우리는 어떤 자세를 취해야 하는가 하는 의문입니다. 저도 제가 잘 기억하는 해난 사고를 하나 말씀드리고자 합니다. 제가 얼마 전 잡지에 기고한 내용이어서 지금도 명료하게 기억하고 있습니다. 북유럽의 여객선 '에스토니아(Estonia)'호 해난사고를 말씀드리겠습니다."

재현은 칼럼에 사용했던 데이터를 적어 놓은 수첩을 꺼내 숫자를 인용하며 설명을 시작했다. 에스토니아호는 1994년 9월 28일 19:00시 에스토니아(Estonia)의 수도 탈린(Tallinn)을 출발하여 스웨덴의 스톡홀름(Stockholm)으로 향하는 도중, 그날 자정쯤 중간 지점인 발틱(Baltic)해 한가운데서 조난했다. 세계 역사상 가장 많은 인명이 희생된 해난 사고 중 하나였다. 그때 배에는 989명이 타고 있었고 그 중 803명이 승객이었다. 347명의 에스토니아인, 552명의 스웨덴인,

23명의 라트비아인, 15명의 러시아인, 13명의 핀란드인들 외에도 유럽 여러 나라의 여행객들이 타고 있었다. 그중 137명이 구조되었고 95명이 사망, 757명이 실종되었다.

에스토니아호가 조난당한 뒤 에스토니아, 핀란드, 스웨덴 세 나라 수상들은 즉각 합동 사고조사위원회를 설립하였다. 전문가들로 구성된 조사위원회는 사고의 원인을 규명하고, 순식간에 많은 생명이 희생된 이유를 밝히고, 미래에 같은 유형의 사고를 방지하기 위한 법규를 제정한다는 목표를 세우고 조사에 착수했다.

삼 개월 뒤 조사위원회의 조사 결과가 발표되었다.

선박의 출항에는 문제가 발견되지 않았다. 차량들은 함수(艦首) 램프(바이저, Visor)를 통해 적기에 적재 완료되었고 차량과 화물은 안전하게 고정되었다. 중량의 분포가 약간 편중되었고, 거기에 강한 바람이 불어 배는 약 1도 정도 우현으로 기울어진 상태로 출항하였으나 운항에 문제를 일으킬 정도는 아니었다. 차량 적재 후 함수폐쇄장치는 적절히 고정되어 있었다.

에스토니아호가 항로의 중간쯤, 발틱해 한가운데를 지나가고 있을 때 기상 조건이 악화되었다. 선박의 속도가 19노트에서 14노트 정도로 떨어졌다. 높고 강한 파도가 선박을 휩쓸며 선박의 각 부분에 충격을 주기 시작했다. 배의 앞쪽에서 금속성 굉음이 들린다는 보고가 있은 뒤 바이저 잠금장치가 파손되었다. 파손된 틈으로 해수가 들어와 차량 갑판을 채우기 시작했다. 선박이 동요하면서 잠금장치 파손이 점점 커져 침수가 급격히 증가했고 결국 바이저 전체가 떨어져 나갔다. 해수가 차량 갑판에 가득 찼다. 선박은 순식간에 15도 각도로 기울었다. 선박이 기울자 항해사는 엔진을 정지시켰고 선박은 좌현으로 회전하며 표류하기 시작하더니 곧 30도까지 기울어졌다. 10분도 지나지 않아 90도까지 기울어졌고 배는 침몰했다.

대부분의 승객은 객실 내부에서 잠들어 있었다. 담당 승무원은 정상 근무 중이었다. 선체는 순식간에 옆으로 기울었는데 선체가 15도 이상 기울면 탈출이 불가능하게 된다. 나이트클럽에 있던 승객, 배에서 나는 소음 때문에 잠이 깨어 갑판으로 나온 승객, 갑판 위에서 근무 중이던 승무원 등 237명만이 탈출할 수 있었다. 선박이 급격히 기울어 구명정을 바다에 투하하는 것조차 불가능했다. 바다로 뛰어든 승객들은 바다에 떠 있던 나무판자나 부유물에 의지하여 구조를 기다렸으나 낮은 발틱해의 수온(水溫) 때문에 체온이 급격히 떨어져 오래 견디기 어려웠다. 선박이 기울기 시작한 뒤 5분이 지날 때까지 경보가 울리지 않았다. 따라서, 내부의 승객들은 탈출할 수 있었던 골든 타임을 놓쳤다.

바람이 초속 20미터로 불었고 파도는 최고 8미터 높이로 배를 몰아쳤다. 칠흑 같은 자정이었다. 핀란드의 해상구조 센터가 구조작업의 본부가 되었다. 근처에 항해 중이던 모든 선박들에 구조를 요청하였다. 근처를 지나던 다섯 척의 대형 페리가 즉각 현장으로 달려와 구명정을 띄우고 구조 작업을 벌였다. 핀란드 해안경비선과 구조 헬리콥터가 투입되었다. 투입된 여객선들은 하루 종일 수색을 계속하여 34명을 구조했고 헬리콥터는 104명을 구출했다. 94구의 시체가 발견되었다. 악천후에서의 구조작업에 익숙하지 않아 투입된 노력에 비해 많은 생명을 구할 수 있는 기회를 놓쳤다. 구조에 참여했던 대부분의 선박들은 저녁 무렵 원래의 항로로 복귀했다.

9월 30일 음향탐지기를 이용하여 침몰한 선박의 위치를 확인하고 그 위 해상에 부표를 설치했다. 에스토니아호는 수심 58미터 해저에서 우현으로 약 120도 기운 상태로 누워 있었다. 10월 18일 선박으로부터 1마일쯤 떨어진 곳에서 떨어져 나간 바이저를 발견하였고, 11월 18일 인양하여 사고 당시에 입은 파손 상황을 검토하였다.

12월 2일부터 다이빙 조사를 실시하였다. 선박 내부 상태를 점검하고 에스토니아 호의 인양 가능성을 점검하였다. 12월 14일 옆으로 누워 있는 선체를 바로 세우는 것과 선박을 인양하는 작업이 가능하다는 보고서가 나왔다.

"여기서 주목해야 할 사실은 그 조사위원회가 조선 해양업계의 최고 전문가들로 구성되었다는 점입니다. 인기 영합을 위한 방향으로 유도할 수 있는 정치가나 자칫 개인적 감정에 휘말릴 수 있는 유가족은 위원회에서 철저히 배제되었습니다. 위원회는 사실 확인을 마친 뒤 보고서를 제출하고 바로 해체되었습니다. 그런 뒤 세 나라 정부는 바로 윤리위원회를 구성하였습니다."

인양 문제와 유해의 처리를 위해 당사국 세 나라는 윤리위원회를 구성했다. 주어진 모든 상황을 검토한 뒤, 윤리위원회는 마지막 결론을 내렸다.

'선체를 인양하지 않는다' '시신을 수습하지 않는다' '침몰 장소를 집단 묘지로 선포한다'는 것이었다. 명쾌한 결론은 명쾌한 이유로부터 나왔다. '훼손된 시신을 공개함으로서 망자들의 존엄성을 해칠 수 있다'는 것과, '인양에 들어가는 막대한 비용에 상응하는 가치를 얻을 수 없다'는 것이 이유였다. 윤리위원회의 제안을 받아들여 삼 개 국 정부는 침몰한 선체에 콘크리트를 부어 그 위치를 보존, 집단 묘지로 할 것을 결정했고, 사고 해역에 부표를 띄워 그 지역을 지나는 배들이 조의를 표하도록 했다. 정부는 각국 여러 곳에 희생자를 추모하는 추모비를 세웠다.

에스토니아호의 조난은 참혹했으나 그 뒤처리는 깔끔하였다. 사고 조사위원들은 그 사고를 냉정하고 전문가적인 안목으로 검토 분석하여 사고의 원인과 진행 과정을 밝혔다. 어떤 사적인 감정이나 인기영합적 간섭이 끼어들 여지가 없었다. 모든 관련자들이 그 보고서를 받아들였다.

"제가 이 말씀을 장황하게 드리는 이유는 큰 사고가 났을 때 우리 사회가 보여주는 망자에 대한 미숙한 예의 때문입니다. 위의 에스토니아호의 처리 과정에서 보았듯이, 안전사고이건 다른 재난이건 발생 후 제일 먼저 고려되어야 할 것은 망자에 대한 존엄성을 지키는 일입니다. 생자들의 이해에 앞서 망자의 존엄성이 고려되어야 합니다. 그것이 역으로 생자의 생명에 대한 고귀함을 인식하는 방법이기 때문입니다. 사고 현장에서 해야 할 가장 급한 일은 망자를 제대로 된 자리에 모시고 시신이 훼손되기 전 장례를 치르는 것입니다. 그러나 우리 현실은 어떻습니까? 안전사고가 난 현장에서 가끔 일어나는 끔찍한 모습을 봅니다. 시신이 훼손되고 있는데 관을 사업장의 출입구에 방치해 놓고 모든 차량의 출입을 막은 뒤 유족들은 보상금 협상을 벌인다고 회사 관계자에게 악다구니를 쓰고 있습니다. 다른 주변 잡배들은 그들의 목적으로 시신을 악용합니다. 이것은 제일 먼저 타파해야 할 우리의 삶 속에 뿌리 깊게 자리 잡고 있는 천민 의식입니다. 망자에 대한 예의를 우선 갖추고 보상 문제는 관련된 법규에 따라 진행하는 것이 망자에 대한 예의이며 살아 있는 사람들의 자존심을 지키는 일이 될 것입니다. 저는 여러분들이 시민의식을 다룰 때 망자에 대한 예의는 어떻게 고려되어야 하는가? 하는 문제도 기억해 주시기를 부탁드립니다."

회원들이 큰 박수로 재현의 말을 받아들였다. 영균이 긴 하루를 마무리 지었다.

"오늘의 토론을 끝내기 전 저도 한 말씀 드리겠습니다. 우리는 사회의 이상적인 구조로 자본주의와 자유경제를 생각하고 있습니다. 그러나 거기에는 대립하는 양면성이 있습니다. 정신과 물질의 이질성입니다. 어떤 사람들은 '정신 없는 물질은 타락이며 물질 없는 정신은 위선이다'라고 말합니다. 두 요소가 조화되는 길이 없을까? 자본주의의 천민성(賤民性)과 지식사회의 위선(僞善)을 극복하고 조화하는 방법은 없을까? 다른 선배 나라들의 사례를 보며 공부할 과제라 생각합니다. 이것은 시민의식의 정립에도 좋은 이정표가 되리라 생각합니다."

그는 요약해서 말했다. 그리고 영균은 잠시 숨을 고르고 계속했다.

"한 말씀만 더 드리겠습니다. 오늘 우리는 여러 유형의 시민의식을 이야기하였습니다. 특히 외국의 사례는 감동적이었습니다. 우리가 앞으로 우리의 것을 정립하는데 있어서 피가 되고 살이 될 것입니다. 이 모든 논의는 우리의 시민의식을 어떻게 정립할 것인가에 초점을 모아야 할 것입니다. 화랑도의 세속오계, 조선시대의 선비 정신 등은 우리가 깊이 있게 공부를 해야 할 사항입니다. 해방 후의 인민재판, 근래에 우리가 경험하고 있는 촛불집회 같은 것은 세계적인 의미에서 시민운동의 범주에 넣기 어려운 일입니다. 지금까지 우리는 세계에 내놓을 만한 시민의식이 없습니다. 그렇다면 우리 민족은 바른 시민의식이 결여된 천민들의 집단인가? 라는 의문이 듭니다. 저는 그렇지 않다고 봅니다. 그에 관해 내가 나의 관점을 말씀드리기보다 요즈음 외국인들이 이야기하기 시작한 한국 사람들의 시민 정신에 대해 한 말씀 드리고자 합니다. 한국이 지난 40년 동안에 이룬 사회 변혁은 세계에 유례가 없는 것입니다. 세계의 밑바닥에 있던 경제가 세계 10위권으로 올라섰습니다. 쓰레기 더미 속의 장미로 비유되던 한국의 민주주의는 세계의 모범으로 그 아름다운 꽃을 활짝 피웠습니다. 세계인들은 묻습니다. 그러한 변혁의 원동력은 무엇이냐? 그들은 스스로 딱 부러지게 대답하고 있습니다. 한국인들의 놀랄 만한 시민정신이다. 시민정신? 이렇게 되면 우리가 솔직히 아연해집니다. 한국인의 시민정신이라니? 우리가 그런 것을 가지고 있었단 말인가?

   그들은 말합니다. 60년대 초에 이루어진 한국의 삼림녹화 사업을 보라. 한국의 산은 내전으로 발가벗겨졌다. 헐벗은 산에 시민들이 나무를 심기 시작했다. 자발적으로 모임을 만들거나, 혹은 가족들과 함께 산의 구석구석을 찾아다니며 나무를 심었다. 이제 한국은 울창한 숲으로 덮인 금수강산이 되었다. 시민들의 자발적 참여 없이 그 같은 단시일 내에 그런 녹화산업이 성공할 수는 없는 것이다.

   그들은 또 이야기합니다. 1997년 시작된 IMF 외환위기를 보라. 많은 기업들이 도산하고 통제 능력을 상실한 정부는 국제통화기금에 구제금융을 신청했다. 국가의 재정이 IMF의 관리 아래로 들어간 것이다. 모든 사람들은 그때 '한때 반짝이던 한국은 이제 끝났다. 더 이상 성장할 동력은 없다'라고 단언했다. 그러나 그때 한국에서 어떤 일이 벌어졌던가? 세상에 유례없는 금 모으기 운동이 시작되었다. 장롱 깊숙이 가보로 감추어 두었던 금붙이들을 국민들은 서슴지 않고 조국의 경제회생을 위해 바친 것이다. 200여 톤의 금이 모이는 것을 우리들은 눈물을 흘리며 주목하였다. 한국은 그런 정신으로 단시일 내에 기적같이 IMF 위기를 스스로 극복하였다.

그들은 2002년의 월드컵을 기억합니다. 세계 축구의 변방인 한국에서 월드컵이 열렸습니다. 사람들은 말합니다.

세계 어느 축구인도 한국에서 그런 성대한 행사가 그렇게 성공적으로 열리리라고 생각을 하지 못했다. 그런데 결과가 어떠했던가? 시민들은 자발적으로 붉은 셔츠를 입고 운동장으로 나갔다. 운동장에 갈 수 없었던 사람들은 시청 앞으로, 광장으로 몰려나갔다. 거기 켜 놓은 대형 스크린 아래서 대한민국을 외쳤다. 그것은 국수적인 구호가 아니다. 세계의 친구들을 불러 모으는 애절한 호소였다. 그것은 월드컵 경기 자체보다 큰 세계적인 울림을 자아내었다. 거기 수백만 명이 몰려다닌 사람들의 물결 위에 무언가가 있었다. 보라, 단 한 건의 폭력도 단 한 톨의 쓰레기도 눈에 띄지 않았다. 세계 어느 곳에서도 볼 수 없었던 완벽한 자발적 사회질서였다. 그러한 정신은 축구 경기에까지 그 착한 영향을 미쳤다. 한국 축구를 세계 4강까지 끌어올렸던 것이다. 상상도 하지 못한 결과였다. 이것이 시민정신이 아니고 무엇인가?

제가 지금 말씀드린 외국인의 뇌리에 박힌 세 가지 사례는 우리 민족이 무의식적으로 발현한 뚜렷한 사회의식의 극히 일부분이라고 생각합니다. 세계 역사상 유례없는 한국의 사회변혁은 우리 민족의 마음 밑바닥에 깔려 있는 특유의 정신이 만들어 낸 것입니다. 끈질긴 인내심, 흥을 곁들인 에너지의 분출 능력, 지혜가 함께하는 절제된 효율성들이 그것입니다. 우리에게 시민의식이라는 이름으로 정리된 전통이 있었느냐는 질문에 매달릴 것 없습니다. 위와 같은 우리 민족의 영혼에 내재된 정신을 정리하고 체계화하는 작업이 필요하다는 생각을 합니다. 그래서 우리의 전통적 시민의식으로 정립시켜 주시기 바랍니다. 여러분들의 오늘 하루 열정적인 연구 발표를 듣고 너무나 감동스러워서 저도 한 말씀 드렸습니다."
　밤이 늦었다. 저녁 먹으러 가며 그들은 떠들썩하게 그날 그들이 준비하던 과정의 어려움과 그날의 배움에 대한 진한 감동을 나누었다.

　"차 이사장의 경륜과 통솔력이 빛나는구먼."
　재현이 자신의 감동을 되새기며 영균에게 말했다.
　"시간이 지날수록 이 일은 잘 시작한 일이다, 큰 물건이 되겠다, 참여를 했다는 것이 가문의 영광이다, 그런 생각을 합니다. 물론 이것은 국가적 민족적 사업이고 개인의 성취가 들어설 자리는 없지만요."
　"차 이사장께서 계셨으니 이만큼 이루어졌지. 누가 감히 이런 일을 이처럼 진행할 수가 있겠어요. 좌우지간 정말 좋은 결말이 나오기를 고대합니다. 그래 내일은 어떤 제목으로 논의가 진행되는가요?"
　"오늘 토론의 연장이 될 것입니다. 밤새도록 생각들을 해서 내일 또 멋진 이야기들이 나타날 것입니다."

토론 중 목소리 한번 내지 않던 혜진이 영균과 재현 사이에 끼어들었다.

"토론 중 이 회장님의 얼굴을 살폈어요. 감동스럽다, 만족스럽다, 그런 표정이었어요. 그럴 줄 알았어요. 이 분위기라는 것이 이 회장님이 추구하시는 것과 꼭 맞아떨어진다고 믿거든요. 좋으셨죠? 참가자들의 열정은 이제 본궤도에 오른 것 같지요?"

"그래 아주 잘됐어. 이런 분위기를 만들어 낸 것이 혜진 씨라는 것도 알아. 고맙고 감탄스러워."

"이제 시작이에요. 이대로 죽죽 뻗어 나가야죠. 모두 회장님 그리고 이사장님이 보이는 곳에서 보이지 않는 곳에서 밀어주신 덕택이에요."

재현이 혜진의 어깨를 토닥거렸다. 영균이 한마디 보태었다.

"내 조카라서 하는 말이 아니고요, 어떻게 이렇게 때맞추어 혜진이가 여기 끼어들었는지 신기해요. 이렇게 적절한 사람이 적절한 곳에 적절한 때에 함께하다니."

재현이 맞장구를 쳤다.

"일이 되려면 그렇지요. 모두가 차 이사장의 사람을 보는 혜안 덕이지요."

혜진도 지지 않았다.

"회장님이 말씀하셨던 아난존자가 될 수는 없겠지만 연구회를 위해 아난존자 비슷하게 되도록 신명을 바치겠습니다. 그럴 가치가 있는 일이거든요. 그렇죠? 회장님."

식당에 도착하자 기욱이 재현에게 다가왔다.

"회장님을 꼭 뵙겠다는 분이 계셔서 오늘 모시고 나왔습니다."

재현이 그가 이끄는 대로 멀찍이 떨어진 탁자로 갔다. 오십 대 중반의 여인이 혼자 앉아 있었다. 기욱이 소개했다.

"제 어머니입니다."

그녀는 조용히 일어나 재현에게 인사했다. 그리고 재현의 눈을 들여다보며 말했다.

"혹시 이 회장님 저를 기억하실지 모르겠습니다."

재현에게는 전혀 기억나지 않는 얼굴이었다.

"문정연이예요."

재현이 그녀의 눈을 똑바로 바라보았다. 재현의 눈에 눈물이 핑 돌았다. 재현이 그녀의 손을 잡았다.

"정연이라고? 정연이라고?"

장충동 가정교사 시절 국민학교 삼 학년이었던 그 소녀가 이제 같이 늙어가고 있었다. 그제야 알 수 있었다. 낯이 익은 기욱의 얼굴이었다. 그는 외할아버지를 빼닮은 것이다. 기욱이 끼어들었다.

"오늘 저녁에는 회장님이 학생들과 함께해야 합니다. 그러니까 회장님을 학생들에게 양보하고 어머니는 여기서 구경만 하세요."

재현은 알고 싶은 것이 많았지만 기욱이 하자는 대로 할 수밖에 없었다.

기욱이 밥 먹는 자리에서도 리더였다.

"여러분 오늘 또 멋진 하루였습니다. 모두 애썼습니다. 하느님 같은 차 이사장님의 헌신적인 보살핌 없이는 우리는 아무것도 할 수 없습니다. 차 이사장님 고맙습니다. 오늘은 이재현 회장님이 바쁜 시간 내시어 우리와 함께하셨습니다. 여러분 두 분에게 감사의 박수 부탁합니다."

박수가 잦아들자 기욱은 스스로 건배를 제안했다.

"사실 우리들 중에 누가 이번 영국 유학에 선발될지 모릅니다. 그것은 전적으로 재단 이사회가 결정할 사항입니다. 누가 영국에 가든 누가 남아서 뒷일을 보든 우리는 모두 자랑스런 역사 연구회 멤버입니다. 우리 스스로가 만들어 나갈 미래와 우리의 자부심을 위해서 건배."

모두 즐거웠다. 재현도 앞으로 선약이 없는 주말에 참석하겠다고 약속했다. 첫 연구원들이 영국으로 출발할 날도 서너 달밖에 남지 않았다.

"아드님을 참 잘 키우셨네요. 지혜롭고 의젓하고 건강한 젊은이야. 그런 친구를 볼 수 있었다는 게 얼마나 큰 즐거움이었는지 몰라."

저녁이 끝나고 기욱은 어머니와 재현을 남겨두고 다른 사람들과 함께 떠났다.

"두 형제 중 막내예요. 내 아들이라서가 아니고 참 자랑스런 자식이지요. 꼭 외할아버지를 닮았어요."

"그래 처음 보았을 때 낯익은 얼굴이라 했는데 정연 씨의 아들이라는 말을 듣고 외할아버지를 빼닮았다는 생각을 했지. 생각하는 것까지 너무 닮았어. 그래 아버님은 잘 계신가?"

정연의 얼굴이 어두워졌다.

"아버님은 이 선생님이 떠나신 뒤 몇 년이 지나지 않아 돌아가셨어요. 우리나라 증권 시장을 시작하신 분인데 군사 정권과는 사이가 좋지 않았어요. 구악의 상징으로 들볶이시다가 스트레스로 여러 병이 겹쳤던 것 같아요. 많이 앓지 않고 돌아가셨어요. 그런데 아버님은 일찍 돌아가실 것을 예측하셨던지 우리들이 편히 공부할 수 있는 자금을 마련해 놓으셨어요. 우리는 풍요롭지는 않았지만 별 어려움 없이 자랐어요. 저도 잘은 모르지만 우리 각자에게 충분한 신탁을 들어 두셨던 것 같아요."

"그랬구나. 오빠와 동생은?"

"동생은 잘 지내요. 지금 여자대학교 교수예요. 오빠는 몇 년 전에 세상을 떠났어요. 원래 비만 체질이었잖아요? 그걸 결국 극복하지 못한 거예요."

그들은 정연의 어머니 이야기는 하지 않았다.

"그런데 아버님은 이 선생님을 참 좋아하셨어요. 어쩌면 말할 수 없이 존경하셨다고 해야 할 거예요. 늘 선생님 이야기를 하시면서 저희들에게 선생님과 가까이 지내라고 말씀하였어요. 그 말씀 때문에 저는 선생님이 떠난 뒤로 어떻게 지내시는지 수소문하는 것이 일과가 되었어요. 제가 대학을 나올 때쯤 선생님 소문이 들리기 시작했어요. 세계적 조선소 창설 멤버가 되시고 세계 각국을 다니시며 활약을 하신다구요."

"그랬구나. 그랬구나."

그 말밖에 나오지 않았다.

어느 천둥 치던 밤 국민학교 삼 학년이던 정연이가 바들바들 떨며 재현의 이불 속으로 기어들었다. 재현이 꼭 껴안아 주자 편히 자고 갔다. 그 뒤로 정연은 가끔 재현의 이불 속으로 들어와 쌕쌕 자고 갔다.

"그래 기욱이 아버님은 뭐하셔?"

"제 팔자가 너무 센 것 같아요. 주변의 남자들이 모두 오래 살지를 못해요. 중소기업을 잘 운영했었는데 몇 년 전 교통사고로 돌아가셨어요. 제가 작고한 분을 대신해서 큰아들과 함께 회사를 운영하고 있어요."

"그랬구나. 그랬구나."

그녀의 기복 있는 일생을 그렇게밖에 위로할 길이 없었다.

"그런데 언젠가 기욱이가 선생님 이야기를 하잖아요? 그리고 오늘 하루를 함께한다고 했어요. 저녁도 같이한다는 거예요. 저는 체면이고 뭐고 차릴 사이 없이 달려왔어요. 오후 내내 연구회의 토론을 구석에 숨어서 지켜보았어요."

재현은 반복했다.

"그랬구나. 그랬구나."

어릴 때 그녀가 심하게 울거나 소리를 지르며 떼쓰는 것을 보지 못했다. 그래서 아버지도 그녀를 아주 예뻐했다. 사십 년이 지나도 그녀는 차분하고 단정했다.

"만나서 반가웠다. 옛날의 좋은 시절을 생각하게 해줘서 즐거웠다. 아버님이 돌아가시기 전에 내가 한번 찾아뵈었어야 하는데 내가 너무 무심했구나."

정연은 한마디 덧붙였다.

"어머니는 아버지 돌아가신 뒤 두 해 뒤 돌아가셨어요. 이제 우리 집은 저와 동생 정수만 남았어요. 둘 다 잘살고 있어요."

"그때 장충동 집은 참 편안한 곳이었는데."

"우리는 이사한 지 오래되었지만 그 집은 아직도 남아 있을 거예요. 너무 멋진 집이었어요."

헤어지면서 재현은 정연을 요란하지 않게 껴안아 주었다. 정연도 얌전하게 안겼다. 재현은 잠깐 정연의 어머니를 생각했다. 정연은 전혀 칼멘이 아니었다. 기욱처럼 정연도 재현이 그녀의 아버지를 생각하며 끌어안아야 할 존재였다. 밤이 늦었다. 재현은 정연과 헤어져 코트의 깃을 세우고 귀갓길을 서둘렀다.

제30장

전화위복(轉禍爲福)

1.

"그래 한국 조선소들의 사정은 어때?"

클랜시의 전화였다. 어조는 느긋했다. 대답은 듣지 않아도 알고 있다는 말투였다. 클랜시를 무시하고 누구에랄 것 없이 재현은 담담하게 자기 생각을 이야기했다.

"한국 조선은 큰 혼란에 빠졌어."

"혼란이라니. 이 좋은 시절에?"

"좋은 일과 나쁜 일들이 뒤죽박죽이 되어 대혼란이 일어난 거야. 한국은 금년에 사상 초유의 선박 신조 주문을 받았지. 값으로 쳐서 전 세계 조선 수주량의 절반가량을 휩쓸었어. 동시에 선박의 인도량도 세계의 절반에 육박하고 있어. 그건 좋은 일이야. 문제는 수익성이야."

한국 조선공업은 전 세계 수주량의 45퍼센트를 차지하며 따라오는 일본과 중국을 멀찌감치 따돌렸다. 건조량도 같은 수준이다. 선가도 지속적으로 오르고 있다. 그러나 2004년 말 결산을 예상하며 조선소의 경영층들은 안절부절이다. 2004년 수지는 적자가 확실하기 때문이다. 여러 가지 이유가 있었다. 상황이 어려웠던 2002년에 싼값으로 수주한 배들이 2004년과 2005년에 완공되어 인도된다. 원가에 턱도 없이 못 미치는 선가로 계약한 선박들이다. 선박의 인도량이 많으면 많을수록 적자가 커진다는 말이 된다. 그러니 선박의 건조량이 많다는 것이 도무지 자랑거리가 되지 않는다. 게다가 철판을 비롯한 기자재 값이 하루가 다르게 상승하고 있다. 2002년 계약 당시 철판 값이 선박 건조 원가에서 차지하는 비중이 13내지 14퍼센트 정도였다. 그러나 그동안 철판 값은 두 배 이상 뛰어 철판 가격이 원가에 미치는 영향이 거의 30퍼센트에 육박하고 있다. 그만큼 적자 폭이 커지는 것이다. 거기다 미국 달러에 대한 원화 환율의 강세도 문제이다. 그동안 원화 강세는 5퍼센트를 넘어서고 있다. 환율이 5퍼센트의 강세를 보이면 수익율은 12 내지 18퍼센트 갉아 먹게 된다. 조선소들은 상반기 몇 척의 배에서 어렵게 작은 이익을 기록했지만 하반기에는 대량 물량을 쏟아 내며 적자 전환이 불가피할 것으로 예상한다.

"아마도 조선소의 경영진에 큰 변화가 있을 것 같아. 2004년 말의 적자 결산은 2002년 계약 당시 이미 예견된 것이라 하더라도, 그 결과에 대해 누군가가 책임을 져야 하니까."

클랜시가 듣기에 기분 좋은 이야기는 아니다. 마치 그가 너무 싼값으로 배 값을 후려쳐서 조선소가 적자의 수렁으로 빠지게 되었다는 말로 들리기 때문이다. 클랜시가 퉁명스럽게 계속했다.

"그 뒤로 계약한 배들은 좋은 가격을 받았잖아?"

"그러엄, 배 값이 엄청나게 올랐지. 앞으로의 경영은 순풍에 돛을 단 셈이지. 그러나 뼈를 깎는(bone cutting) 값으로 싸게 계약한 배를 인도하는 2004년 말, 결산은 해야 할 것 아냐? 큰 적자를 모면할 방법이 없어."

2004년 들어서며 배 값은 껑충 뛰었다. VLCC 가격이 드디어 척당 1억 불을 넘어섰다. 12년 만에 처음이다. 중동의 한 선주가 1억 불 넘는 가격으로 신조 계약에 서명했다. 한 그리스 선주는 32만톤급 VLCC를 인도와 동시에 중동 선주에게 1억 2500만 불에 팔아넘겼다.

"내년 말부터 조선소도 경영 상태가 아주 좋아질 거야. 그러나 문제는 금년 말이야. 금년 말에는 톰 당신도 이 근처에 얼쩡거리지 않는 게 좋아. 조선소가 어떤 투정을 부릴지 모르니까."

"우리 것은 다 끝난 일이지 않아? 확정된 계약을 두고 깐죽거리면 서로 불편해질 뿐이야."

"알아 알아. 겉으로 시장이 흥청거리고 있지만 속으로 들어가 보면 그런 어려운 부분도 있다는 것을 이야기했을 뿐이야."

"그런데 톰, 조선은 그렇다 치고 이 미친 해운 경기는 또 어떻게 된 거야? 건조된 지 10년이 지난, 중늙은이가 다 된 28만 톤짜리 VLCC가 한국 정유 회사에 세계 탱커운임지수(WS, World Scale) 275로 계약되더니 금방 비슷한 배가 WS 270으로 타이랜드 정유회사에 용선이 되었어. 일일 용선료로 환산하면 20만 불이 넘는 금액이잖아. 이건 사상 유례없는 일 아냐? 톰, 당신의 새로 인도된 배가 일일 10만 불로 용선되었다고 흥분한 것이 몇 달 전이었는데 벌써 20만 불이라니."

"지금 유조선 시장은 미쳤어. WS 300을 넘어섰어. 곧 사상 최고인 1973년의 WS 400까지 갈 것이라고 예상들을 하고 있어. 원유 운송 업자들이 장기 운송 계획을 세워야 하는데 배가 없어. 그러니 부르는 게 값이 될밖에."

"언제까지 이런 혼란스런 상태가 계속되려는지. 조선과 해운 그리고 화주가 상생할 수 있는 균형을 이룬 분위기가 만들어져야 할 텐데 말이야."

"선가는 지금도 엄청나게 오르고 있잖아?"

"조선소는 2007년 인도분까지 계약을 확정시키고 2008년 인도분은 계약을 꺼리고 있지. 선주와의 선박 신조에 대한 대화를 거의 중단한 상태야. 지금부터 2008년까지 자재비, 환율에 덧붙여 임금 인상 속도가 어떻게 변할지 예측하기가 어렵기 때문에 원가를 계산할 수 없는 거야."

클랜시가 물었다.

"선가가 어디까지 갈 것 같아?"

"가늠하기가 어려워. VLCC가 곧 적당 1억 5천만 불에 이른다는 것은 확실해. 문제는 이 미친 열기의 종착점이 어디냐? 언제까지 지속될 것인가? 하는 거야."

"톰, 이런 이야기 들었어? 세계 최대의 해운 전문 투자회사가 한국의 주요 해운회사 주식을 매집(買集)하기 시작했어."

"와우 그건 또 무슨 이야기야?"

한국의 주요 해운회사 네 곳은 액화천연가스(LNG)선과 VLCC 운항으로 큰 이익을 남기기 시작했다. 그들의 연간 이익이 전년 동기 대비 400퍼센트를 넘어섰다. 그들의 부채 비율이 보통 1000퍼센트를 넘나들었는데 그때 사상 가장 낮은 200퍼센트 아래로 떨어졌다. 주가도 일 년 동안에 네 배 내지 다섯 배로 로켓처럼 솟아올랐다. 노르웨이 최대의 투자회사는 야금야금 한국의 유력한 선사들의 주식을 사들이기 시작하더니 최근에는 노골적으로 기업 합병 의욕을 보이고 있다.

"이 시장은 지금 무엇이건 가능하게 만들고 있어. 세상에서 지금까지 생각도 못했던 일이 벌어지고 있어. 그런데 모든 것이 한국을 중심으로 벌어지고 있거든."

클랜시가 잘라 말했다.

"한국의 역동적인 기운이 세계를 압도하고 있는 거야."

"그것이 오래 지속되어야 할 텐데."

"얼마나 오래 지속될지 모르지만 그것이 현재 세상의 도도한 흐름이야."

2.

"내주에 시간을 낼 수 있을까?"

클랜시의 목소리가 진지해졌다. 본론으로 들어가는구나 재현은 생각했다. 그는 대답하지 않았다. 클랜시가 계속했다.

"세 번째 배를 팔기로 했어. 중동 산유 회사가 직속의 수송 회사를 설립하기로 하고 우리 배를 사기로 했어. 이게 추세야. 중동의 산유국들은 그들이 파는 원유의 일정 부분을 스스로 수송하기로 결심한 거야."

우선 3호선 한 척이지만 4호선 5호선까지 살 수 있는 선택권을 갖는 계약이라고 했다. 그 배들은 이미 영국의 메이저와 수송계약을 맺고 있어 좋은 용선료가 확보되어 있고 그 용선이 자신의 기름을 영국의 메이저에게 수송하는 계약이어서 그들은 조금도 망설이지 않고 그 배를 사겠다고 덤벼들었다. 선가는 1억 2,500만 불로 확정되었다.

"바쁜 사람을 또 나오라고 해서 정말 미안하지만 제리가 나오면 내가 편해서 말이야. 아니 아니 나오지 않아도 좋아. 내가 너무 무리한 요구를 했어. 제리도 바쁜 사람인데 내 생각만 하고 있구먼."

재현이 선선히 제안을 받아들였다.

"좋은 일에 초대받는 것만큼 행복한 일이 어디 있나? 내가 나가야지. 어디로 언제 나가야 돼?"

"11월 7일 일요일, 리아드(Riyadh)에서 계약을 서명하기로 했어. 처음 한 척이지만 그들은 확실히 세 척을 원하고 있어."

"윌리엄과의 계약은 2, 3, 4호선을 파는 것이었잖아? 3, 4, 5호선으로 바뀌었나?"

클랜시는 기분 좋게 너털웃음을 터트렸다.

"내가 약간 신경을 썼지. 그들도 그들이 가지고 가는 배들 중에 최소한 한 척 정도는 스스로 명명식을 해야 하지 않아? 최소한 한 척만이라도. 그러자면 앞으로 인도될 배 한 척이 포함되어야지."

재현은 클랜시의 섬세한 배려에 감탄하지 않을 수 없었다.

"아아, 그 생각을 못했구나. 정말 환상적 생각이야. 그런데 선원들은 어떡하나? 그들이 배를 운항할 선원들을 확보할 수 있을까?"

"아니 선박 관리는 독일의 선박 관리 회사에 맡길 것 같아."

"아아 잘됐다. 이런 결말을 보다니. 런던에서 그 참담한 꼴을 당하고 가슴이 찢어졌었는데."

"제리의 전화위복이 될 수 있다는 그 한마디가 큰 힘이 되었어. 고맙다는 말은 하지 않을게. 말하지 않아도 제리는 내 마음을 알고 있으니까."

"아아 멋지다. 멋지다. 그 짧은 시간에 이런 반전이 이루어지다니."

클랜시가 속삭이는 음성이 되었다.

"제리, 이 일을 주선한 사람이 누군지 알아?"

"런던의 선박 브로커가 끼었겠지."

"아니야. 놀라지 마. 윌리엄 스펜서야. 그는 그의 모 회사가 마지막 순간 결정을 번복함으로써 마음을 많이 상했지만 주저앉지 않았어. 자기 회사가 운영하려던 배를 사우디 산유 회사가 맡도록 나와 직접 연결을 시켜 준 거야."

또 하나의 생각하지 못했던 감동이었다.

"그랬구나. 윌리엄은 역시 범상한 사람이 아니야. 자신의 말과 자존심을 무책임하게 내동댕이칠 사람이 아니지. 아아 정말 고맙구나."

"만날 시간과 장소를 알려 줄게. 너무 빡빡한 일정에 끌어넣어 미안해."

"아냐 아냐. 톰 당신과의 모든 일은 내게는 축복이고 감동이야. 고마워."

재현은 사우디로 출국하기 전, 선주 감독관 대표 카이로스, 조선소의 한 본부장과 전화를 해서 남은 두 척의 진행 사항을 면밀히 검토했다. 차질 없이 진행되고 있었다.

　재현은 클랜시가 지정한 대로 11월 6일 토요일 저녁, 리아드에 도착했다. 리아드는 안정된 도시이다. 다른 아라비아의 항구 도시들처럼 서구 문화와의 뒤섞임이 적었다. 꽉 짜인 순수한 아랍 문화권이라는 인상이다.
　1980년대 초 재현은 사우디 왕가의 실권자와 홍해의 건설 플랜트 공사 계약을 종결짓기 위해 리아드를 방문한 적이 있었다. 런던에서 모든 계약 협상은 진행되었고 플랜트의 설치장소는 제다(Jeddah)였지만 계약 서명은 리아드에서 하였다. 약간은 아옹다옹하였고 몇 번의 고비를 넘긴 뒤, 쌍방이 만족할 만한 계약으로 종결되었다.

　재현은 지정된 호텔에 도착해서 방에 들어서자마자 목욕도 하기 전 TV부터 켰다. 아라비아에 왔을 때 늘 하는 재현의 버릇이다. 뉴스가 진행되고 있었다. 한 마디도 알아들을 수 없는 아랍어 뉴스이지만 그 뉴스에 귀 기울이는 것이 버릇이 되었다. 아랍인 아나운서가 좋았다. 사막의 모래바람에 풍화된 것 같은 굴곡이 많은 얼굴에는 깊은 우수와 달관이 담겨 있었다. 그의 뉴스를 읽는 목소리도 좋았다. 컥컥 막히는가 하면 유연하게 리듬을 타고 여운을 남기는 뉴스 읽기는 마치 오마 카이엄(Omar Khayyam)의 명상의 시를 듣는 기분이었다. 모스크로부터 흘러나오는 코란 읽는 소리도 마찬가지이다. 처음 시끄럽고 불편했지만 어느새 자장가처럼 편안하게 들려왔다. 풍요롭다는 분위기가 세상에 흘러넘쳤다. 척박한 땅에서 오랫동안 지켜 낸 그들의 굳건한 믿음에 대해 알라 신이 은총을 내리신 것인가? 그들은 무한정 쏟아져 나오는 기름으로 이승의 풍족한 삶을 마음껏 누리고 있었다.

호텔에 도착한 지 얼마 지나지 않아 클랜시 일행이 협상을 마치고 돌아왔다.

그들은 식당에 앉았다. 모두 느긋했다. 클랜시의 아들이 재현에게 인사를 했다.

"먼 길 와주셔서 고맙습니다. 제리가 계셔야 아버지는 마음의 안정을 유지합니다."

모두 껄껄거리며 웃었다. 재현은 아무 말도 하지 않았다. 클랜시가 설명했다.

"알레스 클라(Alles Klar). 내일 계약에 서명하는데 아무 문제도 없어. 그리고 계약 서명 후 저녁은 셰이크(Sheikh)의 자택에서 하기로 했어. 모레는 석유 채굴 현장을 방문하고 저녁에 출발할 예정이야."

금융담당 사장이 누구에게랄 것 없이 중얼거렸다.

"참 만족스런 결말입니다. 모든 관련자들을 편안하게 하는 계약입니다."

재현과는 껄끄러운 사이이다. 재현이 한마디 하였다.

"파는 사람뿐 아니라 사는 사람도 모두 만족하는 결말이겠지요?"

그는 씨익 웃었다. 클랜시가 재현의 어깨를 껴안았다.

"알레스 클라. 모든 것이 잘되었어."

1억 2,500만 불이라. 스펜서에게 팔기로 한 가격보다 2,500만 불이라는 거금을 더 받은 계약이다. 클랜시가 지불한 계약 금액 6,000만 불의 두 배를 넘어섰다. 대박이다. 무엇보다 스펜서와의 개인적 깊은 신뢰를 고스란히 유지할 수 있게 되었다는 것이 큰 소득이다.

"나머지 두 척은 어떻게 한대?"

"시간의 문제야. 바로 계약이 될 것 같아. 이미 선박 관리 회사도 지명했고 세 척을 함께 운영하는 규모로 모든 계획을 짜고 있어."

재현이 물었다.

"선박 관리도 톰의 회사가 맡지 그래?"

"아니야. 깨끗이 그들의 손에 넘겨주는 것이 좋아. 배를 넘길 때 깨끗이 넘기고 내 손에 권리이건 의무이건 아무것도 남겨서는 안 돼."

클랜시는 당당했다.

3.

다음 날 사우디 정유 회사 대회의실에서 계약이 서명되었다. 선박 인수 인도에 대한 계약과 장기 화물 운송 계약의 양도가 포함된 큰 계약이다. 절차는 간단했다. 그동안 모든 계약 사항이 합의되었고 상세 계약 조항은 쌍방의 변호사들끼리 샅샅이 검토하고 확인되었다. 그러나 워낙 높은 값을 지불하기 때문에, 사는 사람 쪽에서는 좋은 배를 잡았다는 만족과 너무 비싼 값을 치르는 것은 아닌가 하는 걱정이 함께하고 있었다. 파는 쪽 사람들의 얼굴이 느긋한 반면 사는 쪽 사람들의 얼굴은 딱딱했다. 서명을 끝내고 양사의 최고 경영자들이 사장실의 안락의자에 편안하게 자리 잡았다. 사우디 측 사장이 재현에게 시비 걸듯 불쑥 물었다.

"요즈음 한국 조선소의 사정은 어떻습니까?"

재현은 느긋하게 대답했다. 클랜시가 했던 질문이지만 대답은 달랐다.

"지금 조선소들은 사상 유례없는 현금 유동성에 비명을 지르고 있지요. 모두 현금 계약인데다 조선소가 짓고 있는 배의 양이 엄청나기 때문에 현금 유입이 자금 관리능력을 초월하고 있습니다."

사우디 사장은 계속 물어뜯는 듯한 어조였다.

"조선소마다 적자가 심하다면서요?"

"금년이 최악입니다. 2002년도 시장의 밑바닥에서 원가 미만으로 계약한 배들이 금년에 인도가 되거든요. 예견된 적자이지요."

"많은 조선소 사장들이 물러나게 된다면서요?"

재현은 아무 일도 아니라는 듯 담담하게 대답했다.

"조선소에 따라서는 그럴 수도 있지요. 내년에 아무리 큰 이익이 기대된다 하더라도 금년 연말 결산이 나쁘면 그에 대해 누군가는 책임을 져야 하니까요."

그의 어조가 점점 사나워져 갔다.

"금년의 적자를 보전하고 다음 해에 더 많은 흑자를 내기 위해 지금 매출을 올리고 작업량을 늘려야 하는 것 아닌가요? 그러자면 선가를 내려서라도 더 많은 수주를 해야 하고요."

재현은 클랜시가 그의 동행을 요구했던 이유 중의 하나가 이런 질문에 대한 준비였을 것이라고 짐작했다. 그는 사우디 사람들을 편안하게 했다.

"2003년 한 해 동안 계약 선가가 평균 50퍼센트 정도 올랐습니다. 2007년 인도분까지 선대가 다 계약되었습니다. 이제 2008년 선대에 대해 조선소는 오퍼 내기를 꺼리고 있지요. 철판 값은 뛰어오르지요, 환율은 강세를 유지하고 있지요, 임금은 끊임없이 인상되고 있습니다. 선가가 오른다지만 어느 수준으로 값을 내어야 원가를 맞출지 종잡을 수가 없어요. 모든 조선소들이 오퍼 내는 것을 중단한 상태입니다."

"그래도 계약은 계속되고 있잖아요? 어제도 큰 계약서명 소식이 있던데요."

"요즈음 조선소의 딜레마를 보여주는 케이스입니다. 선주가 2008년 인도분에 대한 오퍼를 요구한다. 조선소는 중요한 선주에게 오퍼 내는 것을 마냥 거절만 할 수가 없다, 욕먹을 각오를 하고 우스꽝스럽게 높은 가격을 낸다, 선주가 제풀에 물러났겠지 하고 그 다음 날 아침에 출근해 보면 그 오퍼가 받아들여져 있다, 그리고 선주는 바로 계약을 하자고 독촉을 한다, 그러면 조선소는 궁지에 몰린다, 너무 싸게 오퍼를 낸 것 아닌가? 도대체 얼마나 가격을 더 올려야 올바른 것인가? 실제로 요즈음 조선소에서 벌어지는 상황이 그렇습니다."

사우디 측의 초조하고 걱정스럽던 얼굴이 많이 풀어졌다. 클랜시는 몸을 소파에 묻고 사우디 관계자들에게 그것 봐 하는 표정을 짓고 있었다.

좀 느긋해진 사우디 측은 다른 선주들의 동향을 물었다.

"요즈음 조선소가 느끼는 선주들의 움직임은 어때요?"

재현은 사우디의 라이벌인 카타르(Qatar)의 움직임부터 들먹였다.

"세계 최대 액화 천연가스 수출국 중의 하나인 카타르 가스(Qatar Gas)는 LNG 선대를 앞으로 사오 년 내에 70척 정도 확장할 계획을 세우고 있고, 브라질의 최대 철광석 생산자인 벨라(VELA)사는 40만

톤급 초대형 철광석 운반선(VLOC) 30척 정도를, 그리고 홍콩의 에버그린(Evergreen)사는 최소한 30척의 대형 컨테이너선 건조를 계획하고 있지요. 그뿐인가요? 일본은 2010년까지 600여 척의 다양한 일본 국적선을 지을 계획을 세워 놓았습니다. 이런 신조 계획은 그 자체로 엄청난 것이지만, 세계 각국의 동업자들의 경쟁의식을 부추겨서 막대한 추가 투자를 이끌어 들이고 세계적인 선대 확장을 유도하게 되지요."

　사우디 측은 선가가 높다고 느끼지만, 그들은 자신이 생산한 원유를 영국의 메이저 오일에 좋은 가격으로 팔고, 그 기름을 자신들의 배로 수송하게 된다. 따라서 원유 공급 가격, 선가, 그 선가로도 이익을 낼 수 있는 용선료가 맞물려 있어 절대 손해 볼 수 없는 프로젝트이다. 어찌 보면 땅 짚고 헤엄치는 장사를 하는 셈이다. 그들은 선박 확보를 위한 자금 동원에 전혀 어려움을 느끼지 않는다. 게다가 세계의 조선 해운 시장은 끝없는 고공비행을 계속하고 있다. 사장의 시비조 말투가 차츰 나긋해졌다.

　　　　　　　　　　　4.

　관계자 전원이 저녁에 셰이크의 집에 모였다. 넓고 넓은 사막에 말뚝만 박으면 자기 땅이 되고 기둥만 세우면 자기 집이 될 것 같지만 그렇지 않다. 고귀한 사람들은 정해진 구역에 땅을 나눠 일정한 규격으로 집을 짓는다. 담으로 둘러싸인 저택의 입구에 셰이크의 서재 겸 거실 겸 침실이 자리 잡은 삼층집이 자리 잡았다. 그 뒤로 간소한 창고 같은 단층집이 있다. 그곳은 머물 곳이 없는 나그네가 마음 편히 들러서 요기를 하고 자고 갈 수 있도록 열려 있다고 한다. 늘 국이 끓고 있고 빵이 따뜻하게 구워져 있으며 간이침대가 준비되어 있다고 한다. 그리고 네 개의 이층집들이 있다. 그의 부인들의 집이다. 그는 네 명의 부인을 거느릴 권한을 갖는 동시에 그들을 공평하게 대우할 의무를 갖는다. 모든 거주구는 하나의 담 안에 있다. 거주구는 또 하나의 담으로 나누어진다. 담의 뒤편에는 작은 수영장과 운동장이 있다고 한다. 네 명의 부인들로부터 태어난 아이들의 놀이터이다. 거기서 수영을 하고 축구를 하며 논다는 것이다. 그는 부인들에게 하듯 그의 아이들도 공평하게 보살펴야 할 의무를 지닌다.

셰이크의 저택에서의 만찬은 재현에게 특이한 경험이었다. 음식도 음식이지만 셰이크 자신이 손님들에게 베푸는 호의와 정성이 감동을 주었다. 사막에서 자라는 약초와 날짐승들을 잘 조합한 전채들이 나왔다. 비둘기 같은 새 요리가 중심이었다. 고소하고 먹을 만했다. 몇 가지 음식이 더 나온 뒤 그날의 중심 요리가 나왔다. 넓은 은쟁반 위에 어린 양 한 마리가 놓여 있다. 양은 한국의 삼계탕처럼 뱃속을 비운 뒤 양념으로 맛을 낸 쌀밥과 대추 같은 과일, 약초들로 가득 채워서 구워 낸 것이다. 살이 부드럽고 양고기의 노린내가 전혀 나지 않는다. 셰이크는 그의 손으로 양고기를 뜯어 손님들의 접시에 나누어 담는다. 그러던 그가 갑자기 양고기에 손을 넣더니 뻑 소리 나게 뭔가를 뜯어내어 재현의 입에 들이밀었다. 입 하나 가득 들어온 것은 세상에 나서 한 번도 맛보지 못한 음식이었다. 모두들 숨을 죽이고 재현의 반응을 기다렸다. 갑자기 기억이 났다. 아랍 사람들은 가장 소중한 손님에게 양의 눈을 대접한다는 이야기이다. 물렁물

렁한 것을 씹어서 터뜨리기도 거북하고 어물거리다가 그 커다란 덩어리를 통째로 삼켜 버렸다. 그 알 수 없는 덩어리가 식도를 꽉 메우며 소화 기관을 내려가는 동안 모두들 박수를 치며 재현의 성공적인 아라비아 음식의 소화를 축하했다. 셰이크는 선주도 아닌 재현에게 신경을 썼다. 재현은 그것을 앞으로 다가오는 한국과의 업무에 재현의 도움을 바라는 행위라고 이해했다. 셰이크는 낮고 부드러운 목소리로 새로 나오는 요리를 설명하고 그것을 각자의 접시에 담아 주었다. 분위기는 따뜻했다. 그러나 셰이크가 분위기를 띄우려고 노력했고 손님들도 거기에 맞춰 보려고 했으나 술이 없는 만찬에 서구인들은 흥이 나지 않았다. 저녁이 끝날 때쯤 셰이크는 선언했다.
"두 번째 세 번째 배의 계약은 브뤼셀에서 합시다. 첫 배는 아랍 식으로 했으니 나머지 배들의 인수 계약 만찬은 유럽식으로 하지요."
선택 사항으로 있던 나머지 두 척의 계약까지 결정되었다.

"양의 눈을 먹어 본 적 있어?"
모두들 호텔로 돌아와 서양식 후식과 스카치위스키를 시켜 놓고 나서 재현이 클랜시에게 물었다.
"나는 그런 환대를 받아 본 적이 없어. 그래 그 맛이 어땠어?"
"맛이고 뭐고가 없었어. 그냥 꿀떡 삼켜 버렸어. 무슨 맛이었는지 심지어는 뭘 먹었는지도 몰라. 그래도 소화는 되었나 봐."
"제리가 셰이크의 마음에 쏙 들었던 모양이야. 양의 눈을 덥석 제리의 입에다 넣는 걸 보면. 나는 깜짝 놀랐어. 이제 어떤 광경이 벌어지나 하고 흥미진진했었지. 그러나 제리의 소화력이 그 순간을 멋지게 넘겼어. 하나의 문화에 대한 이해는 그 지방의 음식에 대한 소화력을 통해 얻어진다고 하잖아. 오늘은 제리의 날이었어. 한국 조선소의 상황을 누가 그렇게 그의 마음에 쏙 들게 설명을 할 수 있겠나? 역시 제리야."

"나는 그것을 매일 보고 있으니까. 나는 매일 그 상황을 씹고 곱씹고 있잖아. 있는 그대로 설명을 했을 뿐이야. 더한 것도 없고 덜한 것도 없어."

"사실 어제 계약 내용을 마지막으로 점검할 때만 해도 셰이크는 트집을 많이 잡았어. 비싼 가격 때문이지. 상투를 잡는 것 아닌가 하는 걱정에 신경질적이었어. 그것이 오늘 제리의 설명으로 거의 씻어진 셈이야."

"그들은 세상에서 석유를 가장 싸게 가장 많이 생산할 수 있는 사람들이야. 그들이 VLCC를 가지겠다는 생각을 한다면 값은 그렇게 문제될 것이 없어. 어떤 형태로든 이익을 남기며 장사할 수 있거든."

"이제 두 척 더 사는 것은 결정되었어. 제리가 또 한 번 원정을 나와야겠구먼."

"톰이 나를 필요로 한다면 어디든 어느 때든 가야지. 말만 해. 준비하고 있을게."

"서구식 저녁의 여흥을 곁들이자면 아무래도 런던이 브뤼셀보다 낫겠지?"

"브뤼셀도 나쁘지 않잖아?"

"아니야 런던에 비하면 촌구석이야. 윌리엄도 부담 없이 참석할 수 있잖아."

"아, 그 생각을 못했구나. 런던이 좋겠다. 날짜를 잡아봐."

좋은 계약을 끝내고도 스위스에서 온 금융담당 사장은 걱정을 시작했다.

"조선 해운 시장이 너무 흥청거리고 너무 많은 돈이 집중되니까 점점 걱정스러워. '파티는 끝났다' '축제는 끝나고 궁핍의 시절이 다가온다'라고들 하고 있잖아. 이것은 제리의 폭탄 돌리기의 마지막 단계를 이야기하고 있는 것일까?"

클랜시는 재현을 건너다보았다. 재현의 생각을 묻고 있었다.

"또 '선박 신조 가격이 천장을 뚫었다'라고들 말하지. 그러면서도 가격이 고개를 숙일 기미를 보이지 않아. 지금까지 호경기라고 하면 일 년을 넘긴 적이 없어. 반년쯤의 반짝하는 호황의 힘으로 이삼 년의 불황을 견뎌 내는 사이클이 반복되었지. 그러나 지금 이 붐은 벌써 3년 동안 불붙듯 타오르고 있어. 언제까지 계속될지 누구도 가늠할 수가 없어."

"해운도 그래. '잠자던 중국 대륙이 깨어나서 정신없이 설치고 있다, 온 세상의 자원을 블랙홀처럼 빨아들인다'라고 이야기들 하지. 하지만 그 공산주의 국가의 경제가 앞으로 어디로 튈 것인지는 아무도 종잡을 수가 없는 것 아닌가?"

"한국의 해운 회사들도 지금 어리둥절한 입장이야. 이익률이 천장을 뚫었어. 전년대비 네 배 내지 다섯 배의 이익을 기록하고 있어. 노르웨이의 세계 최대 해운 재벌이 한국의 해운회사 주식을 매집하고 있는 것도 이해할 수 있는 일이야."

클랜시가 매듭을 지었다.

"눈을 뜨고 있는 사람들은 결코 쓰러지지 않아. 두려워할 것도 없고 환호작약(歡呼雀躍)할 일도 없어. 눈을 바짝 뜨고 이 시장의 움직임을 지켜보자고."

다음 날 석유 생산시설을 돌아보고 바로 호텔로 돌아와서 씻고 오후 비행기를 탔다.

산유국은 어디서나 펑펑 솟아나는 기름을 퍼 올리는 것으로 만족했다. 석유를 수송하거나 정유 공장을 세워 석유 화학제품을 스스로 만들어 수출할 생각을 하지 않았다. 기름만 팔아도 돈이 넘쳐나기 때문이었다. 그러나 미국에서 셰일가스 개발을 시작하자 아랍산 원유의 경쟁력이 떨어지고, 지구 환경 문제로 석유의 환경오염에 대한 비판이 쏟아지기 시작하고, 태양광 풍력 조력 등의 신재생 에너지 개발이 가속화되면서 중동 산유국들도 생존을 위한 경쟁력 강화에 몸부림을 치기 시작하였다. 그들은 석유의 탐사, 개발, 생산에 머물던 영업 전략을 바꾸었다. 원유 수송에 참여하는가 하면, 유전 바로 옆에 정유공장을 세워 원유를 가공하여 휘발유, 나프타, 항공기 연료 등 각종 값비싼 석유제품까지 생산 공급하는 형태로 진화하고 있었다.

리아드에서 런던으로 가는 비행기 속에서 재현은 클랜시의 옆자리에 앉았다. 지난 주일 서울에서의 역사 연구회의 토론을 설명했다. 특히 시민의식을 제대로 보자는 학생들의 논조에 클랜시도 공감을 넘어 감동했다.

"와우 거기까지 갔나? 이 젊은이들이 일을 치러 낼 것 같구나. 인숙의 기성세대를 배제하자는 생각은 옳은 것이었어."

재현도 동감이었다.

"깜짝 놀랐어. 학생들이 들고 나온 주제가 놀라운 것이었을 뿐 아니라 토론의 내용, 진행 방향이 상상을 뛰어넘었어."

"나는 역사 연구회와 관련이 없다고 늘 다짐을 하면서도 그 진행 상황을 보면 자연스럽게 빨려 들어가지 않을 수 없어. 믿을 수 없는 일이야."

그들은 런던에서 헤어졌다. 클랜시는 브뤼셀로 재현은 인천으로 그날 저녁 비행기를 갈아탔다.

5.

"런던에서 서명하기로 했어. 날짜는 11월 18일로 잡았어. 두 척 모두, 처음 한 척과 같은 가격이야. 이것으로 3, 4, 5호선 매각이 종결되었어."

클랜시의 차분한 목소리를 들으며 재현의 가슴이 끓어올랐다. 드디어 완벽한 결말을 지은 것이다. 이로써 클랜시는 폭탄 돌리기에서 빠져나오게 되었다. 배를 인수하는 사우디 측도 여러모로 안전한 장사를 하였다. 직접 조선소에서 배를 짓는 수고를 하지 않고 잘 지어 놓은 성능 좋은 배를 시장 가격에 확보하는 것이다. 그들은 투기 자본들이 벌이는 폭탄 돌리기 게임에서도 자유로웠다. 자기들의 원유를 자기들의 고객에게 자기들의 배로 정해 놓은 운임으로 고정된 이익을 남기며 수송하기 때문이다.

"이것이야말로 문자 그대로 윈 윈 게임이구나."

"그런데 제리, 이번에는 나오라는 소리를 못하겠구먼. 한 달에 세 번을 지구 반대편으로 나오라고 하기가 염치가 없어서 말이야."

"불러 주지 않으면 내가 섭섭하지. 열 번이라도 좋아. 십칠 일 밤 런던에 도착하도록 할게."

스펜서의 얼굴이 먼저 떠올랐다. 그를 보고 싶었다. 무엇보다 그의 고뇌를 쓰다듬고 그의 닫힌 마음을 열어 우정을 단단하게 할 일이다.

아랍 석유 회사의 런던 지점, 자그만 회의실에서 계약은 서명되었다. 계약의 규모에 비해 간소하게 진행되었다. 기자는 초대되지 않았고 관계자 외에는 누구도 참석하지 않았다. 사무적으로 계약서를 확인하고 바로 서명하였다. 그리고 계약금의 송금이 확인되었다. 그렇게 깔끔할 수가 없었다. 클랜시가 셰이크에게 물었다.

"저녁은 어디서 할까? 아랍식 벨리댄스홀에서 할까?"

셰이크는 잘라 말했다.

"노옵(Nope). 그냥 평범한 양식으로 조용히 하자고. 물론 돼지고기는 나오지 않도록 하고, 가능하면 양고기 요리로 부탁해."

"오케이. 호텔의 꼭대기층 라운지의 특실을 예약할게. 저녁 일곱 시에 봐."

호텔 커피숍에 앉아 손을 잡았다. 클랜시의 손은 가볍게 떨고 있었다.

"제리, 이제 고맙다는 말을 해도 되겠지? 큰소리로 드러내 놓고 해야겠어. 고마워. 폭탄 돌리기로부터의 탈출, 그리고 전화위복, 모든 것은 제리가 인도하는 대로 되었어. 나는 말할 수 있어. 더 이상 완벽한 거래는 있을 수 없어."

재현의 가슴도 뜨거워졌다.

"그렇지, 그렇지. 정말 잘되었다. 톰의 모범 답안이야. 모든 해운 회사 경영자들이 들여다보아야 할 표준 경영 지침서야. 잘됐다. 정말 잘됐다."

"평범한 서양식 요리가 괜찮을까?"

"아랍 사람들에게는 그것이 더 마음 편할 거야. 특히 셰이크 아흐메드의 성격상 요란한 것보다 평범하고 조용한 것 그런 것이 좋을 거야. 아랍식 식당에서의 접대 방식은 너무 요란하고 너무 많은 사람들에게 필요 없이 노출이 돼. 마치 벼락부자들의 돈 자랑하는 무대 같아. 사전에 호텔 주방장에게 아랍 손님들이라는 귀띔을 해 두면 알아서 식단을 준비할 거야."

"런던에는 아랍식 식당이 많을 텐데."

"많았어. 아직도 있는지 모르지만, 80년대 초까지만 해도 시티에 고급 배꼽춤(Belly Dance) 집들이 많았지."

제다에 설치된 시멘트 하역 설비 공사를 위한 계약 협상은 어려웠다. 아랍 선주, 한국 조선소, 그들의 런던 변호사들, 노르웨이 브로커 등 문화와 사고방식이 다른 여러 나라 사람들이 뒤엉켜 논쟁이 궤도를 벗어나면 수습하기가 어려웠다. 자주 협상이 끊겼고 때로는 새벽까지 논쟁을 계속했고 협상이 깨어질 지경까지 이르곤 했다. 그때마다 셰이크가 슬그머니 나타나서 논란을 벌이던 영국 변호사들과 조선소 관계자들을 배꼽춤 집으로 데리고 갔다. 그렇게 셰이크는 관계자들의 얼어붙은 마음을 녹였다. 산유국 경제가 흥청거리던 시절이었다. 식당에는 중동의 부자들이 예약한 큰 테이블이 여럿 있었다. 그들의 집사는 주인의 세를 과시라도 하듯 무대에 돈을 뿌리는 일을 맡았다. 식당에는 세계에서 제일이라는 배꼽춤 댄서들이 줄을 이어 나왔다. 신체의 모든 신경과 근육이 배꼽 주위에 모였다는 듯 그녀들이 배꼽을 돌리고 엉덩이를 떨기 시작하면 집사들은 그녀들이 움직이는 대로 따라다니며 5파운드 지폐를 그녀들의 발뒤꿈치에 뿌렸다. 인기 있는 남자 가수도 있었다. 그는 마치 오열하는 듯한 목소리로 노래를 불렀다. 사랑과 이별의 노래라고 했다. 집사들은 5파운드 지폐로 무릎까지 내려오는 목걸이를 만들어 노래 한 소절이 끝날 때마다 가수의 목에 걸어 주었다. 오일 머니가 세상을 덮던 시절이었다.

"이제 아랍인들도 그런 돈 자랑은 하지 않아. 졸부 노릇을 졸업했다고 할까?"

"졸부라니?"

"1970년대의 오일쇼크 뒤 아랍인들의 졸부 행각은 도에 넘치는 것이었어. 갑자기 늘어난 돈이 하늘에서 떨어진 것처럼 쏟아져 들어와 주체하지를 못했지. 가는 곳마다 돈을 뿌리고 다녔어."

1973년 10월부터 74년 1월 사이에 제1차 오일 쇼크가 왔다. 물값보다 싸던 기름이 제값을 찾기 시작했다. 울산 조선소가 태어나 생존을 위한 몸부림을 시작할 때였다. 73년 가을 제4차 중동전쟁을 계기로 중동 산유국들은 이스라엘 편에 있던 나라들에 대한 석유 수출을 중단하고, 생산량을 감축했다. 석유를 무기로 쓰겠다는 위협이 시작되었다. 배럴당 2.5불 하던 석유가 11.7불로 다섯 배 정도 치솟았다. 제2차 오일 쇼크는 이란으로부터 왔다. 1978년 이란 혁명에 따라 석유 생산이 줄어 78년 12월 배럴당 12.9불 하던 원유가 80년 7월 31.5불로 2.4배 올랐다. 70년대에 배럴당 2.5불 하던 것이 31.5불까지 치솟은 것이다. 열두 배가 넘게 올랐다. 곧 100불까지 치솟을 것이라고 예상하고 있었다. 세계의 돈이 산유국으로 특히 중동으로 흘러 들어 갔다. 주체할 수 없는 흐름이었다. 70년대 재현은 런던에서 살았다. 거기서 보았다. 런던의 이정표가 될 만한 보석 같은 건물들이 줄줄이 중동 왕족들의 손으로 넘어갔다.

런던의 일간지에는 이런 기사도 있었다. 일류 호텔에 머물던 중동의 왕족이 최신형 롤스로이스 리무진을 사서 런던에 체류하는 동안 사용하였다. 몇 달 뒤 그가 귀국할 날이 왔다. 그동안 그를 태우고 다니던 차의 기사가 공항에서 그와 작별하며 물었다.
"이 자동차와 키를 어떻게 보관할까요?"
그의 대답은 지극히 간단했다.
"가져."
최신형 롤스로이스 같은 것은 그의 용돈 목록에도 들어가지 못했다.

6.

"이제 조선소에 두 척 남았지? 내년 2월 초, 5월 초 각각 인도되면 이번 프로젝트는 일단락되는 거지?"
"시작이 좋았고 끝도 잘되었다. 그동안 수많은 고뇌를 잘 이겨 내었어. 톰 모든 것을 축하한다."
"마음이 편안해졌어. 좀 쉬고 싶어."

"그래 나머지 세 척은 어떻게 할 거야?"

"가지고 있어야지. 선주라는 이름을 유지하려면 최소 VLCC 세 척 정도는 갖고 있어야 하지 않겠어?"

"허긴 그래. 투자했던 자금은 회수되었고 남은 세 척은 거저 얻은 것이 되었다. 자금 압박으로부터 완전히 자유로워졌다. 그러나 임자가 나서면 손을 터는 것도 좋은 선택일 수 있어."

"그래 어떤 경우가 올지라도 의논해서 결정하자고."

"자, 이제 마지막 두 척이 끝나기 전 다음 프로젝트를 시작할 생각은 없어?"

클랜시는 얼굴을 찌푸렸다.

"생각하기 싫어. 생각해 두었다가 프로젝트 마무리 지은 뒤에 이야기하자고."

"나름대로 준비를 해 볼게. 다가오는 우리의 남은 생애를 어떤 형태로 열어 나갈 것인가? 이 조선 해운 산업에 어떤 방향으로 우리 스스로를 적응시켜 나갈 것인가? 준비해서 보고 드릴게."

"고마워. 그런데 이번 프로젝트에 대해 어떻게 제리에게 보상해야 될까?"

클랜시가 불쑥 운을 띄었다.

"보상이라니?"

"제리가 이 일을 위해 지구의 반대편으로 세 번씩 나오고 시간과 경비를 엄청 썼는데 내가 그것을 반드시 보상해야지. 하지 않으면 내가 아주 불편할 것 같아."

재현이 정색을 하고 말했다.

"이것은 우리의 VLCC 여섯 척 신조 계약에 모두 포함된 사항이야. 나는 마땅히 톰의 일에 입회해야 할 의무를 지니는 거야. 또 나는 톰의 일에 관여하는 것 자체가 무한한 즐거움이야."

클랜시는 큰 소리로 재현의 말을 막았다.

"아냐, 이건 다른 이야기야. 신조 계약은 그것으로 끝났어. 선박 판매(Resale)는 다른 일이야."

클랜시는 목소리를 낮추어 결론을 지었다.

"이 일은 나에게 맡겨. 내가 알아서 적절히 처리할게."

아랍 선주 측은 말수가 적었다. 그러나 다정했다. 저녁 먹는 동안 조용조용히 대화가 이어졌다. 클랜시로서는 아랍의 대 회사와 맺은 첫 프로젝트이다. 중년의 셰이크와 많은 일을 함께할 수 있는 기틀이 마련되었다. 클랜시의 아들도 적극적으로 셰이크와의 우정을 쌓고 있었다. 모두들 만족스런 흥정이었고 흐뭇한 결말이다. 셰이크가 재현에게 말을 걸었다. 그는 대화의 상대가 마땅치 않으면 재현을 향했다. 만만하다는 표시이다.

"그래 미스터 리는 언제 돌아가세요?"

클랜시가 대신 대답했다.

"내일모레 귀국한대요. 제리는 런던에 연고가 깊어서 런던이 고향 같은 모양이에요. 런던에 친구들이 많아요."

재현이 말을 받았다.

"내일은 친구들을 만나서 세상 돌아가는 이야기를 나누고 모레 토요일 아침에 친구들과 골프 모임을 가질 예정입니다. 모레 밤 비행기로 아테네를 들러 귀국하는 일정입니다. 셰이크 일정은 어떠세요?"

"저도 주말을 런던에서 보내려고 합니다. 런던만 나오면 할 일이 많아요. 중동 사람들에게도 런던은 편안한 곳이지요."

중동 사람들에게 영국은 가깝고 편안한 곳이다. 왕족들은 대부분 영어권에서 교육을 받았기 때문에 영국은 마치 그들의 이웃 같다.

쿠웨이트의 유치원은 영국 항공이 첫 비행기로 실어 온 런던의 샌드위치로 아이들의 점심상을 차린다고 한다.

셰이크는 재현의 손을 힘주어 잡았다.

"우리는 한국에서 많은 일을 할 계획입니다. 공식적인 창구는 물론 있지만 저는 미스터 리와의 만남이 고귀하게 느껴집니다. 개인적인 연락을 계속합시다."

만찬은 일찍 끝났다. 그러나 밤새 자리를 함께한 것처럼 모든 참석자들의 마음이 가까워졌다. 클랜시도 일찍 침실로 갔다. 재현도 시차 때문에 괴로웠다. 뜨거운 물로 목욕을 하고 일찍 잠자리에 들었다.

다음 날 아침 식사를 끝내고 클랜시는 떠났다. 그의 얼굴은 자신에 차 있었다. 재현은 자신만만한 클랜시를 보며 기쁜 마음으로 작별했다. 그가 떠난 후 재현은 스펜서 회장에게 전화를 걸었다. 그는 일의 진행을 이미 잘 알고 있었다.

"나는 윌리엄이 어제 계약 서명 현장에는 나오지 않더라도 저녁 먹을 때는 나올 줄 알았는데."

"아니야, 내가 나갈 자리가 아니었어. 좌우지간 모든 일이 잘되어서 다행이야. 톰과 제리의 마음이 밝아진 것이 내게는 큰 위안이지."

"고마워. 아름다운 윌리엄의 마음이 이 모든 일을 성공으로 이끈 거야."

"고마워, 제리. 정말 고마워."

가는 곳마다 고마운 마음으로 가득했다.

"나는 오늘 오후에 거제도 조선소의 런던 지점장 용훈과 사적인 이야기를 하고 저녁을 같이할 거야. 내일은 오전에 골프를 하고 밤에 아테네로 가는 일정이야. 저녁이나 내일 골프 함께할 수 있을까?"

거제도 조선소와 스펜서는 거래가 있었다.

"아니 어디에도 끼고 싶지 않아. 혹시 우리 둘이서 오늘 저녁을 할 수 있을까?"

재현은 서슴지 않고 대답했다.

"물론이지. 조선소와의 저녁은 취소할게. 우리 호텔로 나올 수 있겠어?"

"그래 일곱 시까지 갈게."

오후에 재현은 용훈의 사무실을 찾았다. 지용훈이 런던 지점에 부임한 뒤 지점 사무실을 옮겼다. 그동안 시티 한가운데에 있는 협소한 건물에 사무실을 열어 놓았었는데 용훈이 부임한 뒤 도심과 공항 중간 지점에 있는 고속도로 곁의 교외에 넓적한 이층 건물을 통째로 사들여서 넉넉한 공간을 확보했다. 직원들의 외국 출장이 잦고 본사에서 방문하는 사람들이 많은 조선소의 지점 사무실을 교통이 불편하고 비싸기만 한 도심에 둘 필요는 없다. 오히려 공항 가까이 있는 것이 효율적이다. 더욱이 직원들이 그 근처에서 살고 있어서 출퇴근이 편했다. 여러모로 현명한 결정이다. 만나자마자 용훈은 시비조였다.

"몇 주 전에 런던을 다녀가면서 저와의 약속을 펑크 내셨지요. 저를 그렇게 홀대해도 된다고 생각하십니까?"

"완전 공갈이구먼. 아이구 무서워라. 그래 잘못했다. 용서해 줘. 야단을 치더라도 우선 차나 한잔 주고 야단을 쳐라."

용훈은 역사 연구회 회원들의 영국 체류를 위해 그동안 검토한 결과를 설명했다. 이미 박영호가 정리해서 보고한 것들이다. 재현은 모임의 한국 쪽 움직임을 이야기해주었다. 특히 팔월의 개소식 세미나, 시월 초 명명식에 학생들이 참여했던 일, 지난 주말의 시민의식에 대한 토의를 설명했다. 용훈도 깊이 감동을 받았다.

"곧 지원자들의 논문을 검토하고 파견 인원을 뽑아야 할 것 같은데 공부할 내용이나 범위로 보아 다섯 명으로는 부족할 것 같아. 다섯 명에서 열 명 사이의 인원이 파견된다고 보고 준비를 해야 할 것 같아."

"알겠습니다. 여기서도 신경을 써서 준비를 하고 있습니다. 차질이 없도록 최선을 다하겠습니다. 무엇보다 예산을 짜는 것이 시급합니다. 예산은 빠듯한데 여기 체류 비용이 만만치 않거든요."

용훈이 화제를 바꾸었다.

"이번 클랜시의 프로젝트는 잘 듣고 있습니다. 지옥에서 천국을 오가는 롤러코스터(Roller Coaster)였지요? 그러나 결말이 환상적입니다. 정말 잘되었습니다. 선배님의 솜씨가 유감없이 발휘된 또 하나의 작품입니다."

"벌써 다 알고 있구먼. 내가 한 일이 뭐 있나? 그냥 모르는 척해 둬. 거래가 좀 미묘한 점이 있는데다 중동 사람들의 비밀주의 때문에 여간 조심스럽지 않아."

"알았습니다. 아직 종결된 게 아닙니까?"

"돈까지 다 들어왔지만 그래도 뒷맛이 남는 짓은 하지 말아야지."

"좌우지간 멋집니다. 축하합니다. 그런데 우리 조선소는 돌보아 주지 않습니까?"

"삼 년치 일거리를 확보해 놓고 무얼 도우라는 말이야?"

"좀 더 내실 있는 프로젝트를 클랜시같이 내공을 갖춘 선주와 해야요. 이건 미래를 위한 포석입니다."

"말은 그렇게 하지만 견적을 내라면 도망칠 걸. 지금은 조선소 선주 화주 모두에게 불확실한 시점이야."

"그래도 선배님이 클랜시 같은 선주를 데리고 온다면 우리는 최고의 오퍼를 낼 준비가 되어 있습니다."

"그건 한동안 이루기 어려운 목표일 것 같아. 클랜시는 신뢰를 중시하는 사람이야. 울산 조선소와 뗄 수 없는 신뢰 관계가 형성되어 버렸어."

"알고 있습니다. 우리도 최선의 노력을 할게요. 앞으로 신뢰가 구축되도록. 꼭 클랜시가 아니라도 그 수준의 좋은 선주와 일할 날을 기다리고 있습니다."

"아. 그리고 오늘 저녁 말이야. 스펜서와 약속을 했어."

"스펜서라면 제가 함께해도 괜찮을 겁니다. 저와는 아주 가까운 사이거든요."

"나도 그렇게 제안을 했지. 그러나 스펜서가 여기저기 자신을 드러내고 다닐 형편이 아니라고 생각하고 있어. 이번은 양해를 해줘."

"아, 그랬군요. 저도 이해합니다. 그래도 제가 옆에서 너스레를 떨면 그 친구도 마음이 좀 풀릴 텐데."

"다음에 꼭 같이하자고. 그리고 내일은 몇 시에 호텔에 나를 데리러 올 건가?"

"여덟 시쯤 갈게요. 아침 같이하고 아홉 시쯤 출발하지요. 일찍 체크아웃하고 기다리셔야 할 거예요."

스펜서는 30분쯤 늦었다.

"나오려는데 앤이 같이 오겠다고 따라나서서 좀 늦었어. 미안해."

앤이 남편 뒤에서 손을 내밀었다.

"아, 이건 또 웬 즐거움인가? 앤. 만나서 반가워요."

그들은 식탁에 앉았다. 클랜시의 아랍 프로젝트의 결말은 스펜서를 편안하게 하였다. 그러나 앤은 그 일의 충격에서 벗어나지 못한 표정이다. 조선소에서의 명명식, 그녀의 집에서의 저녁, 그리고 미래 한국과의 관계에 대한 여러 가지 풍요로운 약속들, 그 모두가 가소로운 허튼 기대로 끝난 것이다. 좋게 결말이 났다고는 하지만, 그것이 스펜서가 물길을 터준 결과라고 하지만, 문제는 산산이 조각난 앤의 꿈이었다. 앤은 그 모든 프로젝트가 스펜서가 처음 의도한 대로 진행되기를 바랐고, 스펜서가 주인공이고 그녀가 늘 스펜서의 곁에 있으면서 한국을 안방처럼 휘저으며 다니고 싶었다. 그러나 꿈이 무너졌다. 재현은 앤을 달랠 수 있는 대화에 집중했다.

"앤, 나는 존경하는 정치가 한 사람을 영국에서 발견했어."

"또 처칠이네 뭐네 하는 큰 체하는 사람이겠지."

"아니야. 맞춰 봐요. 근래에 제대로 된 정치가가 누구였던지."

앤은 말을 하지 않았다. 재현이 계속했다.

"나는 1978년 영국 지점장으로 발령을 받아 런던으로 왔지. 그분도 내 재임기간 중에 영국 수상으로 임명되었어."

앤이 실망했다는 듯 목소리를 높였다.

"마가렛 대처(Margaret Thatcher) 이야기야?"

"그래, 어떤 남자보다 용기 있고 결단력 있던 영국의 유일한 남자, 마가렛 대처 여사. 나는 그녀의 하루하루를 지켜본다는 것이 그렇게 즐거울 수 없었어. 노동조합 지도자들은 농성장마다 마녀처럼 그린 그녀의 포스터를 걸어 놓고 있었지만, 그녀는 영국의 산업 기반을 좀 먹던 노동조합의 불합리한 억지를 하나하나 무너뜨리고 산업을 부활시킨 철녀(鐵女)였어. 아르헨티나 전쟁을 완벽한 승리로 이끌었는가 하면 지리멸렬한 영국의 정치, 외교를 옛 영광의 자리로 다시 올려놓은 맵시 있는 지도자, 미국의 로널드 레이건(Ronald Reagan) 대통령과 함께 세계의 보수 세력을 새롭게 이끈 늠름한 정치가였지."

앤의 얼굴에 생기가 돌아왔다.

"대처 수상이 그렇게 좋아?"

"너무 좋았어. 총선거 개표가 시작되어 보수당의 표가 예상보다 저조하자 모든 간부들이 패배를 예상하고 주눅 들어 있는데 그녀는 기자들에게 의연하게 한마디 했지. '밤은 아직도 자라고 있습니다(Night is still young)'. 나는 그 말에 온몸에 소름이 돋았어. 밤이 깊어질수록 보수당의 상승세가 확대되더니 결국 압도적 다수가 되어 버렸지. 그녀는 또 얼마나 우아해. 나는 앤을 처음 보았을 때 대처 수상의 젊은 시절을 보는 것 같았어. 아름답고 총명하고 결단성 있는 여인."

윌리엄이 탁자를 치며 껄껄거렸다.

"앤. 이쯤 되면 오늘 저녁 한턱내지 않을 수 없지?"

앤은 좋알거렸다.

"나는 마가렛 대처가 아주 아름답다고 생각하지 않지만 제리의 코멘트를 최상의 칭찬으로 받아들이겠어."

그녀는 재현의 볼에 그녀의 따뜻한 입술을 갖다 댔다. 만찬 동안 마땅한 이야깃거리가 없었다. 스펜서 부부의 마음속 아쉬움을 달랠 만한 화제로 대처 수상을 선택한 것이 적절했다. 앤은 활기를 되찾았고 만찬은 유쾌하게 끝났다. 가벼운 마음으로 헤어지면서 스펜서는 앞으로 여러 가지 일을 같이하자고 되풀이해서 다짐했다.

7.

재현에게 용훈은 가장 마음 편안한 벗이다. 나이 차이는 열다섯 살이나 되지만 나이 차이를 전혀 느끼지 않는다. 남의 마음을 이해하는, 상대방의 마음을 보듬는 능력을 그는 지녔다. 그것은 그 자신의 인생에 큰 자산이 되고 있다. 그들은 호텔에서 느긋하게 아침 식사를 끝내고 열 시쯤 용훈이 사는 동네의 골프장으로 나갔다. 토요일인데도 골프장이 텅 비었다.

"윌리엄이 나왔으면 좋았을 텐데."

용훈이 아쉬워했다.

"그러게 말이야. 그 친구가 마음에 너무 큰 상처를 받았어. 상처가 너무 깊어. 빨리 회복되어야 할 텐데."

"참 훌륭한 친구입니다. 우리가 보살펴서 빨리 마음을 추스르도록 해야죠."

골프장은 질퍽거렸다. 용훈이 운을 띄웠다.

"선배님, 선배님에게 골프는 무엇입니까?"

느닷없는 질문에 마땅한 대답이 생각나지 않았다.

"글쎄."

"자연으로 나와서 자연을 느낄 수 있게 하는 운동은 골프만 한 것이 없습니다. 비즈니스의 스트레스에서 빠져나와 자연에 자신의 내면을 비추어 보는 시간을 갖는 것, 그것이 골프에 빠지는 이유라고 생각합니다. 주말에 골프장에 나왔다 가면 다음 주일은 일을 대하는 기분이 훨씬 가볍고 부드러워지거든요.

"그 정도인가? 듣고 보니 그럴 것도 같구먼.

"영국 골프장은 비용이 적게 들어 경제적 부담도 크지 않고요."

진흙에 볼이 박히기도 하고 바지는 진흙투성이가 되었다. 성적은 좋지 않았지만 그들은 일요일 오전의 조용한 숲속 분위기를 즐겼다.

재현이 용훈에게 그의 경험을 이야기했다.

"영국의 주재원 생활에서의 가장 큰 소득 중 하나는 영국 사람들의 스포츠를 본다는 것, 그들의 스포츠맨십을 체험한다는 것, 그들의 스포츠에 대한 사랑을 공유한다는 것일 거야. 그들의 스포츠에 대한 애착은 각별하지. 스포츠는 그들의 생활 그 자체라고도 할 수 있잖아?"

"정말 그들은 스포츠를 하는 동안 진지하고 한편 깊이 그 스포츠의 맛을 즐겨요. 스포츠와 생활이 잘 접목되어 있지요."

"그래. 내가 옛날 감동받았던 이야기를 하나 해 줄게."

이십여 년 전 어느 휴일, 재현은 미국 선급의 영국 대표와 런던 근교의 아주 소박한 골프장에 나가서 골프를 치고 있었다. 그들의 앞에서 육십 대의 우아한 부인이 여유롭게 카트를 끌며 혼자 앞서 나갔다. 재현의 친구는 그 부인의 운동 속도에 맞춰 유유히 따라갔다. 부인이 속도를 늦추자 재현의 친구가 그녀에게 접근했다.

"벨린다(Belinda), 뒤에서 골프 치는 모습을 보며 계속 뒤따라왔지. 그래 오늘은 혼자 나왔어요?"

그는 그녀를 재현에게 소개했다. 오래전 윔블던 테니스 대회 챔피언이라고 했다. 그녀는 부드럽게 대답했다.

"아니. 아서(Arthur)와 함께하고 있어."

그녀 곁에 사람이라곤 그림자도 보이지 않았다. 재현의 친구는 금방 이해했다.

"아, 아서가 이 코스를 아주 좋아했다지?"

"세상을 뜰 때까지 거의 매일 여기서 함께 라운딩을 했지."

아서는 작은 해운회사의 중역으로 재현의 친구와 가까운 사이였다.

"아서가 몇 년 전 죽을 때 유언을 남겼어요. 화장한 뒤 그의 뼛가루를 이 코스가 왼쪽으로 꺾이는 곳, 사과나무 곁에 뿌려 달라고 했어. 그는 이 골프장을, 특히 이 코스를 진실로 사랑했어. 그는 지금도 여기 와 있어. 나와 함께 있어."

재현의 친구는 그녀의 마음을 보듬어 주었다.

"우리는 지나갈게. 아서와 재미있는 시간을 보내요."

그것이 영국 사람들의 스포츠를 대하는 태도이다.

축구에 대한 영국인들의 열광도 그랬다. 일 년에 수십 명의 유해가

리버풀의 엔필드(Enfield) 축구장에 뿌려진다고 했다. 죽어서도 응원과 함성을 함께하겠다는 염원 때문이다. 영국인들의 스포츠에 대한 집착은 죽음까지도 뛰어넘는 것이다.

용훈이 업무 이야기로 돌아왔다.
"선배님은 이 시장을 어떻게 보십니까?"
"글쎄, 폭탄 돌리기가 계속되고 있다는 생각에는 변함이 없어."
"요즈음 묘한 분위기를 못 느끼십니까?"
"묘한 분위기? 무슨?"
"벌크 캐리어 쪽에서 말입니다. 특히 케이프 사이즈(17만 톤급 살물선)가 심상치 않습니다. 중국이 한없이 수입하는 철광석, 석탄 등의 물량을 업고 너도나도 배를 짓고 있는데 세상의 돈이 그쪽으로 쏠리고 있습니다. 특히 투기 세력이 몰려들고 있어요. 유행 같아요. 이번 호황의 초기에 세상의 돈이 VLCC에 몰렸듯이 지금 케이프 사이즈(capesize)가 인기 스타예요."

용훈이 잠깐 숨을 몰아쉬고 계속했다.
"신조 가격이 VLCC보다 훨씬 싼 케이프 사이즈 벌크선의 용선료가 VLCC 용선료보다 더 높아졌습니다. 중국으로 철광석과 석탄을 실어 나를 배가 동이 난 것입니다. 부르는 게 값입니다. 선가도 1억 불을 넘었어요. 벌크선 값이 1억 불을 넘긴 겁니다. 말이 안 되는 상황이지요. 원가의 두 배를 훌쩍 넘어섰어요. 단순 저가 선형이라고 계약을 피하던 한국 조선소까지 케이프 사이즈 건조에 전력투구하고 있어요. 엄청난 이익을 외면할 수 없는 거죠. 폭탄은 케이프 사이즈에서 제일 먼저 터질 것 같아요."

"아 그랬구나. 한국 조선소는 싸고 쉬운 배는 하지 않는다는 선입견 때문에 내가 그 사실에 크게 주목하지 않았구나. 케이프 사이즈의 신조 선가가 1억 불에 이르렀다는 말은 들었어. 그러나 그렇게까지 불타고 있는지는 몰랐어. 이제 한국 조선소까지 뛰어든다면 순식간에 공급과잉이 되겠지?"

"독일 쪽 소액 주주를 모아서 배를 짓는 KG은행들이 위험해요. 그들은 소형 컨테이너선과 케이프 사이즈 살물선에 투자를 집중하고 있어요."

KG은행들이 선박 건조 금융 기금을 모집하는 날이면 은행 앞에 그 기금에 가입하려는 사람들이 긴 줄로 늘어선다. 정부는 투자자에게 세금 혜택을 주고 있고 은행도 안정적인 이익을 보장하고 있어 인기 있는 금융제도이다.

"그렇구나. 그쪽을 조심스럽게 보아야겠구나. 케이프 사이즈를 생각하지 않았구나."

재현의 등골이 서늘해졌다. VLCC는 범용성이 높아서 시장의 부침에 적응력이 있다. LNG 운반선은 장기적으로 가스 공급 계약과 연계되어 있어 위험에 노출될 가능성이 적다. 그러나 살물선은 장기 용선보다 현물 시장(Spot market)과 직결되어 있다. 시장의 부침에 따라 운임이 열 배씩 뛰기도 하고 십 분의 일로 떨어지기도 한다. 시황의 하향기에 걸리면 아무리 재무 상태가 좋은 회사라도 골탕을 먹을 수밖에 없다.

"눈이 번쩍 뜨이는 소식을 얻어 가는구나. 역시 생각 깊은 사람과 놀아야 해. 고마워. 신경을 곤두세우고 살펴야겠어."

"선배님이 더 잘 알고 계시겠지만 이 시장은 이제 누구도 손을 쓸 수 없습니다. 제 마음대로 마지막 코스를 돌고 있습니다."

"조선소 영업 담당이 그런 말을 하면 어떻게 해."

"우리는 선배님의 폭탄 돌리기 발언에 맞추어 선택된 선주, 선택된 선박만 짓고 있으니 큰 걱정 하지 않습니다."

"조심하고 조심해야지. 한번 터지면 멀쩡하기가 힘들 거야."

"명심하겠습니다. 역사 연구회의 영국 쪽 일은 마음 놓으십시오. 정성을 다하겠습니다."

재현은 골프장에서 간단히 샤워를 한 뒤 히드로 공항으로 향했다. 낮에 작은 공을 따라다니느라 피로해진 눈은 비행기에 오르자마자 꽉 감겼다. 그리스에서의 팽팽한 일정을 생각하며 재현은 깊은 잠으로 빠져들었다.

제31장

줄리아의 꿈

1.

11월 21일 일요일 새벽, 아테네 공항에 도착했다. 재현은 공항 근처에 있는 비싸지 않은 호텔에 방을 예약해 두었다. 비행기에서 내린 이른 시간에 누구를 만날 수도 없다. 일정을 시작하기 전 한숨 자두기로 했다.

그리스 방문은 예정된 것이 아니다. 두어 주일 전 받은 줄리아의 편지에 따라 갑자기 결정되었다. '아버지의 10주기 추도식에 참석할 수 없겠느냐?'는 줄리아 식의 편지였다. 참석해 달라는 말도 아니고 참석할 수 없겠느냐는 어정쩡한 초청이지만 그 편지는 꼭 참석해 달라는 강력한 호소력을 갖고 있었다. 마침 런던 나왔다 가는 길에 들르면 딱 맞는 일정이었다. 줄리아에게 참석한다고 바로 회신을 하였다. 오후 느지막이 아리아드네(Ariadne)를 만나보고 저녁에 에게 해의 터키 가까이 있는 섬으로 떠나는 여객선을 타기로 예약했다. 배는 파이레우스(Piraeus)에서 떠난다. 아리아드네 사무실에서 멀지 않은 곳에 여객선 선착장이 있다.

호텔 방에 들어서는 길로 재현은 뜨거운 물로 목욕부터 하고 늘어지게 아침잠을 잤다. 토요일 낮에 걸으며 운동을 한 뒤 바로 비행기에 올라 좁은 좌석에서 밤새 웅크리고 왔다. 뜨거운 물 목욕과 침대에서의 편안한 잠은 뭉쳤던 전신의 뼈와 근육을 기분 좋게 풀어주었다. 힘든 한 달이었다. 10월 22일 런던으로 가서 엿새 동안 유럽에 머물렀다. 11월 7일 사우디아라비아의 리야드 출장, 11월 18일 다시 런던으로 나가 클랜시의 선박 양도 현장에 함께했다.

재현은 간단한 점심을 호텔에서 먹은 뒤 짐을 모두 싸서 택시에 싣고 아리아드네 사무실로 향했다. 급히 짠 일정이라 재현도 확실한 이야깃거리가 없었고 아리아드네도 마찬가지였다. 그러나 그녀는 정성껏 회의를 마련했다. 중역들 네 명을 참석시켰다. 아리아드네는 불타오르는 시장에 뛰어들어 배를 지을 준비가 되지 않았다. 재현도 시장에 뛰어들라고 권유할 생각이 없다. 가지고 있는 배들은 높은 운임을 벌어들이고 있다. 시장에 내어놓으면 좋은 값을 받을 수 있지만 판다는 결심을 내리기가 어려웠다. 그들은 시장의 움직임에 대한 이야기들을 나누었다. 그러나 초점이 불확실한 막연한 화제였다. 이런저런 이야기 끝에 재현이 줄리아 아버지 10주기 추도식에 참석한다는 이야기를 꺼내자 분위기가 어색해지기 시작했다. 아리아드네의 아버지는 줄리아 아버지가 살아 있을 때 아주 가까운 친구이며 경쟁자였다. 별세한 뒤에도 줄리아 가문과는 경쟁적인 우호 관계를 유지하고 있다. 아리아드네도 재현과 줄리아 아버지 사이의 특별한 관계를 알고 있다. 재현은 아리아드네가 왜 어색해하는지 이해할 수 없었다. 재현이 물었다.

"줄리아 네 선대 회장의 10주기인데 아리아드네는 참석하지 않나요?"

그녀는 어물어물했다.

"저희들은 요새 파이레우스에서 일이 많아 참석할 수가 없어요."

줄리아와의 라이벌 의식 때문이거니 하였다.

"아버님은 어떠세요?"

"아시다시피 아버지는 걷지를 못하셔서 바깥출입을 거의 하지 않으세요. 일주일에 두세 번 제가 집으로 찾아뵙고 중요한 일을 의논드려요. 또 수시로 업무 보고를 드리고 있고, 일상 업무에 대한 그의 지혜는 전화를 통해 얻고 있지요."

"아리아드네 같은 능력 있는 후계자가 있다면 집에 계셔도 마음이 편안하시겠지."

우선 그렇게 어색한 분위기를 넘겼다.

재현은 지난 몇 주 동안 중동과 런던에서 있었던 클랜시 프로젝트를 요약해서 이야기해 주었다. 이미 여러 신문 잡지에 떠들썩하게 소개된 이야기이다.

"6천만 불에 계약한 VLCC 세 척을 1억 2,500만 불에 팔았어. 엄청난 거래이지요?"

"미스터 리, 섭섭해요. 그들에게 그런 행운을 안기면서 우리들은 깨끗이 비켜 갔잖아요?"

"그래, 이번에 그렇게 되었어. 그러나 당신들은 젊고 현명하니까 얼마든지 좋은 기회를 맞을 수 있을 거야. 너무 늦었다는 일은 결코 있을 수 없어. 언제나 기회는 오고 있지. 머뭇거릴 것도 서두를 것도 없어. 준비된 사람에게는 어느 순간에도 찾아올 수 있는 것이 기회야."

저녁 여섯 시 아리아드네는 퇴근하는 길에 그녀의 차로 재현을 선착장에 데려다 주었다. 일곱 시 정각에 배는 파이레우스를 떠나 터키 쪽 섬으로 향했다.

줄리아의 편지를 받았을 때 재현은 그답지 않게 들떴다. 20여 년 전 줄리아 아버지를 만나러 가던 그 뱃길을 생각했다. 그때는 가고 싶지 않은 길이었다. 그의 완고한 협상 태도, 사람을 윽박지르는 그의 고집에 넌덜머리가 나 있었지만, 그때 조선소 형편으로는 그 프로젝트를 놓치면 조선소의 일감이 떨어지는 형편이었다. 그러나 그 작은 섬에 머물렀던 이박삼일(二泊三日)은 잊을 수 없는 감동으로 가슴에 남아 있다. 그는 거기서 완전히 다른 사람이었다. 그리스 문화, 역사와 사회적 전통의 진솔한 모습을 있는 그대로 재현에게 보여주어, 재현이 막연히 갖고 있던 그리스에 대한 긍정적이거나 부정적인 편견을 완전히 바꾸어 놓았다. 그는 마치 재현의 아버지 같았다. 선생님 같았다. 그곳에 머물던 매 순간, 가는 곳마다, 만나는 사람과의 말 한마디, 그의 작은 행동거지 하나하나가 재현의 가슴에 깊은 감동으로 새겨졌다. 줄리아의 편지를 받았을 때 재현은 거리낌 없이 방문하겠다고 회답했다. 마치 선대 회장이 아직도 거기 살아 있다는 듯 그는 서둘렀다. 그러나 그리스 땅에 발을 들여놓고 나서 아리아드네와의 떨떠름한 대화가 있은 뒤, 그 방문이 경솔한 결정일 수도 있다는 생각이 들기 시작했다. 무엇일까? 그의 마음을 불편하게 하는 것은.

낡은 배의 선체는 배가 파도를 탈 때마다 곳곳에서 삐그덕거렸지만 선실은 깔끔하게 정돈되어 쾌적했다. 배가 바다로 나서자 어두워졌다. 재현은 침대에 누워 눈을 감고 뱃길을 생각했다. 그리스의 영웅들, 아가멤논, 메넬라오스, 아킬레스, 오디세우스 들이 수백 척의 배를 이끌고 트로이 원정을 떠난 험한 뱃길이다.
줄리아의 아버지 네스토르(Nestor) 회장은 재현과 꿈길을 함께했다. 네스토르는 세계적으로 알려진 선주는 아니다. 가진 배도 많지 않았다. 그러나 그는 가장 이익을 많이 남기는 선주 중의 한 사람이었다. 그는 배를 효과적으로 운용했을 뿐 아니라 팔 때와 살 때의 타이밍을 절묘하게 맞추어 큰 차익을 남겼다. 그는 그의 직원들을 세심하게 돌보았고 선원들을 잘 다스렸다. 그의 사무실 분위기는 함께 사는 가족 같았다. 그는 그의 직원들이 그를 아버지처럼 생각하게 하는 능력을 가졌다. 그가 그들을 따뜻하게 돌보아 줌으로써 얻은 보답이다. 이십여 년의 세월을 추억 속에서 오가며 고인의 큰 모습을 생각하는 동안 재현은 잠 속으로 빠져들었다. 자도 자도 잠이 왔다. 배의 삐그덕거리는 쇳소리는 달콤한 자장가가 되었다.

새벽 다섯 시 선실 방송이 떠들기 시작했다. 종착지가 가까워졌으니 하선할 준비를 하라는 방송이다. 재현은 세수를 하고 단정하게 옷을 차려입었다. 제법 큰 섬이다. 그리스의 여러 섬들이 그렇듯 그 섬은 그리스 굴지의 선주들을 배출한 곳이다. 울산 조선소에 배를 발주한 선주들의 근거지이기도 했다.

아침 대기는 싸늘했다. 재현은 분주하게 그의 짐을 챙겨 선착장에 내렸다. 이른 시간이어서 손님을 맞이하러 나온 사람이 드물었다. 나온 사람들도 허름한 실내복이나 작업복 차림이었다. 재현을 마중 나온 사람은 보이지 않았다. 재현은 선착장 근처의 호텔로 향했다. 선착장에 눈을 사로잡는 여인이 서 있었다. 엷은 하늘색 원피스를 입고 베이지 색 밀짚모자를 썼다.

'아아 그리스 신화에 나오는 바다의 요정 같구나.'

재현은 찬탄하며 그녀를 지나치려는데 그녀는 재현의 작은 짐 하나를 낚아채며 소리를 질렀다.

"미스터 리, 이 추운 데서 한 시간 동안 기다린 사람에게 눈길도 한번 주지 않고 지나가는 거예요?"

줄리아였다. 또 하나의 감동이었다. 그 멍청한 줄리아, 눈치도 없고, 행동이 굼뜨고 패션 감각도 없는 못생긴 줄리아, 그것이 재현의 그녀에 대해 가졌던 인상이다. 그러나 선착장에 서 있는 여인은 그녀의 멍청한 탈을 벗고 그리스 신화에서 바로 집어낸 어떤 요정보다 나긋나긋하고 아름다운 모습으로 거기서 재현을 기다리고 있었다.

2.

줄리아가 앞장서서 그녀의 요트로 재현을 이끌었다. 요트는 가까이 정박되어 있었다. 조종석 옆 탁자에 도넛이 몇 개 놓여 있다. 네스토르 회장도 도넛을 좋아했다. 재현이 이십 년 전 이 요트에 들어섰을 때 제일 먼저 그를 반긴 것이 도넛이었다.

"줄리아, 당신도 도넛을 좋아하나?"

"아버지 따라 먹다 보니 어느새 내가 가장 좋아하는 간식이 되어 버렸어요."

줄리아가 40피트(약 12미터) 길이의 요트에 시동을 걸고 그들은 그녀 가족의 섬으로 향했다. 바다는 잔잔했다.

"피곤하실 텐데 앉아서 쉬세요."

그러나 재현은 줄리아의 곁에 서서 조종간을 쥔 그녀의 섬세한 손을 지켜보았다.

"도넛 드세요."

그녀가 먼저 하나 베어 물었다. 그제서야 재현도 도넛에 손이 갔다. 다디단 네스토르 회장의 맛이다. 요트는 부드럽게 수면을 미끄러졌다. 오른쪽으로 터키의 해변이 따라왔다. 돌을 던지면 닿을 듯 가까워 보였다. 압도적인 군사력으로 수없이 쳐들어가서 약탈하고 살육을 반복했지만 터키는 자기 코앞에 있는 수많은 섬들 중 어느 것 하나 점령하지 못하고 고스란히 그리스의 영토로 남겨 놓았다. 섬들은 점령했으나 주민들을 복속시키지 못했던 것이다. 트로이 전쟁의 유산일까? 트로이 전쟁은 에게해의 제해권을 완벽하게 그리스에게 넘긴 역사적인 사건이었다.

지금 찾아가고 있는 작은 섬에도 전통적 해운 가문이 몇 있다. 네스토르는 그중 큰 가문이지만 다른 가문들도 만만치 않은 내공의 힘을 뽐내고 있다. 재현이 이 섬을 다시 방문하겠다고 결심한 데는 네스토르 가족들은 물론이고 다른 가문의 선주들도 이번 추모식에서 만날 수 있으리라는 기대 때문이다.

한 시간 남짓 갔을까? 줄리아의 섬에 도착했다. 네스토르 가문은 선착장에서 멀지 않은 언덕 위에 지은 이층의 넓은 집에서 살아왔다. 도우미 아주머니가 요트 선착장에서 짐을 받아 집으로 옮겼다. 집이 너무 적막했다. 집안 큰 어른의 10주기 추모식이라면 지금쯤 가족들이 집을 가득 채우고 북적거려야 하는데 집은 텅 비어 있었다.

"줄리아, 형제들은 언제 도착하는 거야?"

그녀는 아무렇지 않다는 표정으로 말했다.

"아무도 오지 않아요. 모두 바쁘대요. 아버지의 10주기보다 더 중요한 일들이 많은 모양이에요."

아들들은 외국에서 살았다. 그들은 선박을 운영하는데 관심이 없었다. 아버지가 남겨준 선박도 고인이 돌아가신 뒤 팔아 치워 현금으로 챙겼다. 그들은 아버지의 폭군적인 집안 다스림에 반발했고 아버지와 친하지 않다는 것을 노골적으로 드러내 보이고 있었다. 상속할 것 다 받았고 아버지도 돌아가셨다. 눈치 볼 일이 없었다. 외딴 고향에는 다시 돌아오지 않았다.

"언니는?"

"언니는 지금 정신이 없어요. 아들들이 언니의 배와 해운회사를 관리하기 시작한 뒤 언니는 하루도 편한 날이 없어요. 아들들의 경영 방식을 믿지 못하는 거예요. 언니 해운회사의 앞날도 험난할 것 같아요. 언니는 지금 이 섬에 올 형편이 전혀 아니에요."

재현은 지금까지 참아 왔던 질문을 어렵게 내뱉었다.

"아 그랬구나. 그런데 줄리아, 남편은 어디 있어. 지난 유월 아테네에서 그 사람이 요트를 몰고 다녔잖아."

"예, 그랬지요. 그는 여러모로 유능하고 자상한 사람이에요. 그러나 그는 집안에 얽매이기보다 바깥으로 유랑하는 것에 마음을 빼앗기고 있었어요."

줄리아는 남의 말 하듯 아무렇지도 않게 대답했다.

"그래 그 사람은 지금 어디 있어?"

"제가 그이를 자유롭게 해주었어요. 그를 자유롭게 하는 것이 저를 자유롭게 하는 길이라 생각했어요."

"이혼을 했단 말이야?"

"속된 말로 그렇게 된 셈이에요."

재현은 갑자기 막막해졌다. 이 집에 이박삼일 동안 줄리아와 단둘이 있게 된 것이다. 다급했다.

"줄리아, 여기 소박한 호텔이나 여관 같은 것은 없을까?"

그녀는 미소 지었다.

"왜요. 나가서 계시게요. 괜찮아요. 여기서 계세요. 이 작은 섬에 무슨 변변한 호텔이 있겠어요."

"아니 줄리아가 외간 남자를 들여놓고 사람들에게 괜한 눈길을 받게 될 것 같아 걱정이 되어서 그러지."

"괜찮아요. 사람들 눈치 같은 것 신경 쓰지 않아요. 미스터 리는 아버지가 쓰시던 이층을 쓰세요. 저는 아래층을 쓸게요."

줄리아의 암팡스런 덫에 걸려든 것인가?

재현은 네스토르 회장의 침실에서 자고 싶지 않았다. 그는 회장 침실 옆, 작고 아담한 방에 짐을 풀었다. 그는 바다가 바라다보이는 곳에 놓인 의자에 앉았다. 창밖으로 섬의 선착장이 있는 작은 만이 내려다보였다. 줄리아가 몰고 온 요트와 몇 척의 어선들이 거기 있었다. 조용한 포구였다. 후회스러웠다. 어쩌면 그토록 경솔한 결정을 내렸단 말인가? 현지 상황을 따져 보지 않고 혼자의 상상에 따라 덜컥 먼 길을 와 버린 것이다. 네스토르 회장과의 옛 추억을 회상하고 줄리아의 언니와 오빠들을 만나고 섬에 근거를 둔 다른 선주들을 만난다는 독단으로 줄리아의 초대를 덥석 받아들인 것이다. 그러나 회장의 식구들마저 참석하지 않는다. 결국 혼자 있는 여인의 집에 외간 이방인 남자가 와서 작은 섬 주민들의 호기심 어린 시선만 모으게 되었다.

'그래 자연스럽게 행동하자. 여기까지 왔으니 줄리아가 편안하게 느끼도록 그녀를 돕자. 네스토르 회장의 10주기도 중요한 행사니까.'

재현의 생각이 거기까지 이르렀을 때 가사 도우미 아주머니가 방문을 두드렸다. 점심이 준비되었다.

3.

미음(ㅁ) 자 형태로 지은 제법 큰 이층집이다. 집으로 둘러싸인 가운데 공간은 햇빛을 듬뿍 받는 작은 정원이다. 햇볕이 잘 드는 쪽에 하얀 탁자와 두 개의 의자가 놓였다. 비치파라솔이 탁자 위에 그늘을 드리우고 있다. 이십 년 전과 꼭 같은 모습이다. 그러나 적막하다. 그때는 북적거렸다. 방문한 사람이 세 사람이었고 장대한 몸집의 줄리아의 어머니가 장군 같은 너그러운 몸짓으로 부산한 집안 일꾼들을 거느렸다. 네스토르 회장은 느긋이 앉아 부인의 부산한 움직임과 고함지르는 듯한 너털웃음을 마치 손님의 한 사람인 것처럼 지켜보고 있었다. 또 한 사람이 있었다. 그림자 같은 여인, 부인과 정반대 모습과 마음씨를 지닌 회장 비서였다. 늘 그림 속에 있는 것처럼 단정한 미소를 띠고 말이 적은, 말을 해도 아주 낮은 목소리로 소곤거리는 소녀 같은 작은 여인이었다. 부인이 섬에서 집안을 관리하는 동안 비서는 파이레우스에서 회장의 생활을 관리한다고 했다. 두 여인은 역할을 나누어 회장을 보살핀다는 것이다. 십 년 전 회장이 작고한 뒤 두 여인도 아주 자연스럽게 뒤따라 세상을 떠났다고 한다.

"마실 건 무엇으로 할까요? 포도주 좋은 것이 있어요. 아버지가 큰 섬의 포도 농장에서 생산하는 것이에요. 그리스에서 제일 맛이 있는 포도주예요."

그녀는 옅은 분홍색 하늘거리는 원피스를 입고 있었다. 원피스는 그녀의 그리스 여신 같은 풍요로운 몸매를 돋보이게 한다는 생각이 들었다.

"우조가 있을까? 전에 왔을 때 네스토르 회장과 우조를 마셨지. 문어를 구워놓고 참 많이 마셨어."

"우조 좋은 것 있어요. 점심시간이니까 간단히 드세요."

이십 년 전 줄리아의 어머니는 앞바다에서 잡은 커다란 문어를 빨랫줄에 널어 꾸덕꾸덕하게 말려 놓았다. 그 문어를 썩둑썩둑 잘라 숯불에 올렸다. 한국의 선술집 골목에서 흘러 다니던 약간 퀴퀴하지만 한편으로 고소한 냄새가 정원을 가득 채웠다. 우조와 곁들여 문어는 먹어도 먹어도 질리지 않았다.

줄리아는 장군 같은 어머니와 달랐다. 자유분방한 그녀의 언니와도 딴판이었다. 조용히 시중을 들며 상대방을 편안하게 하였다. 집주인으로서의 품위를 갖추었다. 점심은 간단히 끝났다. 줄리아가 재현에게 제안했다.

"방에 올라가서 잠깐 눈을 붙이세요. 세 시쯤 저와 요트로 섬을 한 바퀴 돌아보면 어때요?"

재현은 그녀의 제안을 편안하게 받아들였다. 방에 올라가 꿈같은 낮잠에 빠져 들었다. 누우면 잠이 드는 것, 재현이 건강을 지키는 첫 번째 비결이다.

방문을 두드리는 소리가 났다. 재현은 좀 두꺼운 옷을 입고 아래층으로 내려갔다. 줄리아가 흰 바지에 금색 단추가 달린 검푸른 상의를 걸치고 기다리고 있었다. 그녀의 아버지 스타일이다. 마치 큰 여객선의 선장 같은 차림새다. 그들은 요트에 올랐다. 배는 천천히 섬을 돌았다. 줄리아는 이십 년 전 그녀의 아버지가 했듯 섬의 구석구석을 재현에게 설명했다. 먼저 산꼭대기에 있는 수도원이다. 섬에서 가장 큰 건물이다.

"저 큰 성당이 사람들로 가득 찰 때도 있나?"

"보통은 반도 채우지 못해요. 그러나 일 년에 한두 번 특별한 날에는 가득 차요. 이번 추도식에는 가득 찰 거예요."

성당의 뾰족탑은 섬의 어디서나 보인다. 성당은 섬사람들의 정신적인 지주이다. 지나가는 뱃사람들에게는 마음 든든한 이정표이며 거친 뱃길의 지친 마음을 쓰다듬어 주는 자비로운 손길이기도 하다. 그 섬 출신의 뱃사람들은 그 섬을 지날 때 뱃고동을 울려 성당에 그들의 믿음을 알리고 사원은 종을 쳐 그들의 편안한 뱃길을 기원한다. 선원들은 항해가 끝나면 사원부터 찾아 헌금을 한다. 그 항해로 큰돈을 번 배의 주인은 섬에 있는 성당에 종을 만들어 바친다. 그리하여 바다와 섬과 사원과 배와 사람이 일체가 되는 것이다.

이십 년 전 요트 위에서 네스토르 회장은 워키토키에 대고 장난을 쳤다.

"터키 해안 경비대, 터키 해안 경비대, 여기 한국에서 온 수상한 밀수꾼을 잡았음. 빨리 체포해 가기 바람. 오버."

해안에서 바로 해안 경비대의 순시선이 튀어나올 듯 터키는 지척이다.

그녀의 아버지가 했듯 줄리아는 구석구석 살펴서 손보아야 할 곳을 가리키고 앞으로 고쳐야 할 일들을 설명했다. 재현이 빈정거렸다.

"마치 읍장(邑長)이라도 된 듯 설치시는구만."

줄리아는 밝게 대답했다.

"실제로 읍장이 될 생각이에요. 그것은 완전히 봉사하는 자리이지만 회사가 좀 안정되면 아버지가 했듯이 읍장을 자청해서 맡아 이 섬을 지상 낙원으로 만들려고 해요."

오후 여섯 시쯤 배에서 내렸다. 집으로 걸어오며 줄리아가 말했다.

"이 작은 섬에는 반듯한 식당 하나 없어요."

"레스토랑 네스토르, 더 이상 좋은 곳이 어디 있어. 오늘은 어떤 멋진 식단이 준비되려나?"

줄리아의 목소리가 가벼웠다.

"오늘 저녁에는 이 바다에서 잡은 도미구이가 나올 거예요. 성게도 준비되었어요."

"내일 긴 하루가 될 테니 오늘 저녁은 아주 간소하게 듭시다."

"좋아요."

식탁은 이층 네스토르 회장의 거실, 바다를 바라보는 창가에 차려졌다. 줄리아는 가벼운 흰 이브닝드레스 차림이었다. 줄리아는 새로운 일이 있을 때마다 적절하게 옷을 바꿔 입으며 그녀의 숨겨졌던 매력을 드러냈다. 우조와 함께 먹는 도미 소금구이는 별미였다. 그리스의 저녁은 늦게 시작해서 오래 끈질기게 밤늦게까지 계속된다. 그래서 아침에 일찍 일어날 수 없고 보통 점심시간이 되어야 하루가 시작된다. 재현은 뜻깊은 다음 날을 생각하며 여덟 시 좀 지나 자리에서 일어났다. 줄리아도 깍듯이 저녁 인사를 나누고 아래층으로 내려갔다.

다음 날 화요일 아침이 밝았다. 재현은 일찍 일어나 해변을 걸었다. 이십 년 전 그는 그 짧은 해변을 서너 번 뛰어서 오르내렸다. 줄리아의 어머니는 온 섬이 들먹거릴 정도의 큰 소리로 호들갑을 떨었다.

"제리, 지진이 난 줄 알았어요. 그렇게 쿵쿵거리며 뛰어다니니까 이 작은 섬이 들썩거리다가 가라앉으려 하잖아요."

"자동차가 없으니 뛰어다녀야지요. 자동차 없으니 이렇게 편하고 좋네요."

그 작은 섬에는 자동차가 없다. 자전거도 보지 못했다. 사람이 기계의 도움 없이 사는 곳이다. 500미터 남짓한 해변을 걸으며 주변을 찬찬히 돌아보았다. 어선들은 출항할 준비를 하고 있었고 줄리아의 요트에 두어 사람이 올라 부지런히 갑판을 닦고 있었다. 에메랄드빛 깨끗한 바다, 상쾌한 공기가 재현의 한 달 동안의 피로를 말끔히 씻어 내었다. '오늘은 멋진 날이 되겠구나.' 재현은 예감했다.

4.

　추모 미사는 열 시에 시작된다. 줄리아는 검은색 정장을 입고 재현과 함께 집을 나서 아침에 재현이 걸었던 해변을 따라갔다. 해변의 끝에 언덕으로 오르는 길이 있고 언덕 위, 네스토르 저택과 마주 보는 곳에 성당이 있다. 섬 바깥에서 온 사람은 재현 외에 아무도 없었다. 섬의 주민들로 성당은 거의 채워졌다. 성당의 신부는 네스토르 회장의 일생을 간략하게 설명하고 그의 평화로운 안식을 기원했다. 줄리아가 유족 대표로 참석한 손님들에게 감사의 인사를 한 뒤 섬의 유지들이 차례로 나와 그가 섬을 위해 남긴 공적을 찬양했다. 그는 섬의 진흙 길을 아스팔트로 포장했고, 학교를 세웠고, 섬의 둘레 해변을 정리했고, 그의 요트 하나를 구급 병원선으로 내어놓았고, 섬 사람들이 오늘처럼 넉넉한 삶을 살 수 있게 한 독지가이며 지도자였다. 거기까지는 그리스어로 진행되었다. 간간이 줄리아가 재현에게 영어로 통역을 하였다.

　사십 대 여인이 연단에 올랐다. 그녀의 추도사는 영어였다.
　"제가 이 섬에 왔을 때 스물두 살이었습니다. 저는 미국인입니다. 미국에서 태어나 거기서 공부를 마치고 이 섬의 학생들을 가르치기 위해 부임하였습니다. 모두들 그렇듯 저도 이 섬에서의 생활을 인생의 추억을 쌓기 위한 통과 의례로 생각했습니다. 오래 있어야 일이 년 여기서 아이들을 가르치다가 미국으로 돌아가리라 계획했습니다. 그런데 그동안 22년이 훌쩍 지나갔습니다. 저는 여기서 가정을 꾸렸고 정착해서 그리스인이 되었습니다. 바로 까피탄 네스토르

(Captain Nestor) 때문입니다. 그는 읍장을 자청해서 맡아 이 섬의 삶을 대대적으로 개선했습니다. 학교 건물도 그때 새로 지었습니다. 높은 월급을 주고 저를 이 섬으로 초청한 것도 까피탄이었습니다. 그는 제가 해달라는 것은 무엇이건 들어주었습니다. 학교의 수업자료도 미국에서 가져왔고 교실의 수업 환경도 개선했습니다. 어느 날 저는 까피탄에게 당연한 요구를 하였습니다. 학교의 크기에 맞게 운동장을 지어 달라는 것입니다. 학생들의 체력 향상을 위해 마땅히 있어야 할 것이고 돈도 크게 드는 일이 아니어서 당연히 '예스'라고 할 줄 알았습니다. 그러나 놀랍게도 대답은 'No'였습니다. 한 번도 제게 No라는 말을 한 적이 없는 분입니다. 그분은 이렇게 말씀하였습니다.

'저 넓은 바닷물은 하느님이 이 섬의 아이들을 위해 만들어 주신 운동장입니다. 아이들은 물의 운동장에서 놀아야 돼요. 아이들이 물에서 나와 뭍의 운동장에서 놀기 시작하면 아이들과 이 섬의 운명은 끝나게 됩니다.'

나는 그 일이 있은 뒤 나의 생애를 이곳의 아이들과 함께하기로 결심했고 오늘에 이른 것입니다. 저를 그리스인으로 만들어 주신 까피탄 네스토르, 고맙습니다. 저희들을 지켜보시고 한결같이 올바른 길로 인도해 주시기 바랍니다."

마지막으로 재현이 네스토르 회장의 10주기를 추모하기 위해 일부러 먼 길을 온 까피탄의 친구로 소개되었다. 그런 경우를 예상하고 재현은 전날 밤 A4 용지의 절반쯤 되는 종이에 메모를 해두었다. 그는 메모를 참고하며 영어로 추도사를 시작했다.

"제가 까피탄 네스토르를 안 것은 20여 년 전입니다. 그는 너무 당당하고 독선적이어서 그의 앞에 서면 마치 절벽을 대하는 것 같았습니다. 그와 대화를 하는 것은 피곤했습니다. 말 한마디가 그의 입에서 떨어지면 그것으로 끝입니다. 그는 전혀 융통성을 보이지 않았습니다. 그분과의 협상은 늘 일방적이었습니다. 그는 20년 전 10월 말 저를 이 섬에 오라고 강요했습니다. 오고 싶지 않았습니다. 그러나 오지 않을 수 없었습니다. 그는 우리의 소중한 고객이었기 때문입니다."

청중들의 얼굴 표정이 못마땅하게 변해갔다. 추도사라는 것이 고인을 성인으로 추켜세우는 것이 보통인데 반대로 고인을 폄하하는 내용이기 때문이다.

"저는 유럽에서의 피곤한 일정을 끝내고 긴 시간 동안 비행기를 타고 아테네에 와서 또 배를 타고 몇 시간을 보낸 뒤 이 섬에 도착했습니다. 그저 빨리 일을 보고 한국으로 돌아가겠다는 생각뿐이었습니다. 저는 이틀 밤을 이 섬에서 묵었습니다. 그동안 그는 비즈니스에 대한 어떤 이야기도 하지 않았습니다. 그는 아침부터 밤까지 이 섬의 역사와 이 지역의 전통을 보여주었습니다. 100여 가구 300여 명의 주민이 사는 작은 섬입니다. 그러나 까피탄은 이 작은 섬이 하나의 세계라는 것을 제게 보여주었습니다. 까피탄 네스토르를 위시해서 세계적인 존경을 받는 해운 명가들을 배출한 섬입니다. 이 섬은 세계가 지닌 시스템을 모두 갖추고 있었습니다. 훌륭한 성당이 있고 시청이 있고 소방서가 있고 학교가 있고 여러 방면의 지도자를 갖추었습니다. 주민들은 친절하고 동네는 깨끗했습니다. 저는 철학자도 보았고 무덤 파는 사람도 만났습니다. 그들 사이의 철학적 논쟁도 엿들었습니다. 이 섬에는 공산주의자도 있었습니다."

그때 철학자와 묘지 파는 사람의 논쟁을 네스토르 회장이 들려주었다.

"회장은 철학자가 무덤 파는 사람에게 야단맞은 이야기를 들려주었습니다. 인생의 의미에 관해 떠벌리는 철학자에게 그 말 없는 분이 한마디 가르쳐 주었다고 합니다. '인생의 진실한 의미는 그런 입방아로 배울 수 있는 것이 아니야. 일 년만 묘를 파고 죽은 사람의 입과 항문을 솜으로 막아 봐. 그리고 그 시체를 땅에 묻어 봐. 한마디 말이 없어도 삶과 죽음의 엄숙함을 이해하게 될 테니.' 그는 제게 물었습니다. '어때 누가 더 철학자 같아?'"

청중들의 얼굴이 밝아지기 시작했다.

재현은 계속했다.

"그리고 저는 이 섬에서 한 분의 성자를 보았습니다. 네스토르 회장입니다. 어렵고 고단한 사람들은 그에게 스스럼없이 다가갑니다. 그는 작은 나무 의자를 하나 갖다 놓고 앉아서 상대방의 이야기를 듣습니다. 깨끗하지 않은 유리잔에 담아 온 물을 성수처럼 천천히 마시거나 그리스 커피를 홀짝거리면서 모든 사람들의 온갖 수다에 귀를 기울입니다. 때로는 맞장구를 쳐서 그들의 수다를 부추깁니다. 저는 그분의 곁에 있던 사흘 동안 삶이 어려운 많은 사람들을 만났습니다. 그의 자세는 늘 의자에 앉아 지팡이를 세우고 그 위에 두 손을 얹은 채 마음을 열고 경청하는 자세였습니다. 그것은 거룩한 성자의 모습이었습니다. 비즈니스를 할 때의 완고하게 마음이 닫힌 사람과 이분은 완전히 다른 사람이었습니다."

청중들은 재현의 이야기에 빠져들었다.

"저는 20년 전 10월 28일 아침 이 성당에 까피탄과 함께 왔습니다. 그리스 최대 국경일인 'No라고 말한 날(Day of Ohi)'의 기념 미사에 참석했습니다."

이차대전 중 독일과 추축군(樞軸軍)을 이룬 이탈리아의 파쇼 군대가 그리스에 쳐들어왔다. 그들은 그리스 정부에 항복을 요구했고 추축군에 가담할 것을 강요하였다. 그리스는 결연히 'No'라고 대답하여 그리스의 명예와 자존심을 지켰으나 이탈리아 연합군에게 나라가 짓밟히게 되었다. 그러나 후손들에게 자존심을 남긴 날이다.

"그는 검은색 정장으로 참석해서 이 성당으로부터 부두의 '무명 선원의 탑'까지 이르는 행렬의 선두에 섰습니다. 섬에 사는 모든 사람이 참석했지요. 어린 학생들로부터 나이 많은 원로들까지 함께하였습니다. 모두들 기억하시겠지만 그는 120킬로가 넘는 체중을 지닌 거구입니다. 그러나 그는 날개를 달았다는 듯 사뿐사뿐 춤추듯 움직이지요. 그는 행진 도중 행렬에서 살그머니 벗어나 나를 이끌고 길가의 허름한 토담집으로 들어섰습니다. 정돈이 되지 않은 집에는 마구 자란 잡초 사이로 나팔꽃, 달리아꽃들이 풍성하게 피어 있었습니다. 그리스에서 제일 유명한 공산주의자의 집이라고 했습니다. 예순의 나이가 되도록 감투 하나 얻어 쓰지도 못하면서도 공산주의의 꿈에 빠져 있는, 감옥에 들락거리면서 고문을 당해 오른쪽 다리를 저는 사람이라고 했습니다. 주름투성이의 그의 아내가 까피탄을 반색하며 맞았습니다. 그리스 커피와 물잔이 나오고 까피탄은 특유의 묵중한 자세를 취했습니다. 사회에 적응하지 못하는 공산주의자의 아내는 끊임없이 열변을 토했습니다. 나는 그리스어를 이해하지 못하지만 까피탄의 표정으로 어떤 연설이 진행되는지 이해하고 있었습니다. 그의 앞에서는 누구나 열정적인 웅변가가 된다는 것을 보았습니다. 적절히 맞장구를 치며 경청하는 그의 모습을 기억합니다. 그는 제게 어느 누구보다 성스러운 모습으로 기억되고 있습니다.

제가 이 섬을 떠나기 전 저는 까피탄에게 물었습니다.

'언제 파이레우스로 돌아갈 것입니까?'

'로널드 레이건이 대통령이 된 뒤에.'

그때 미국 대통령 선거전이 치열할 때였습니다.

'만일 레이건이 선거전에서 지면 어떻게 할 겁니까?'

'다음 선거까지 사 년 동안 이 섬에서 아무데도 나가지 않고 기다릴 거야.'"

청중들이 박장대소하였다.

"살아계시는 동안 건전한 가치관의 토대 위에서 열심히 봉사하고 선한 일을 하셨던 까피탄 네스토르는 천상에서도 열심히 일을 하고 계실 겁니다. 바쁘신 중에도 가끔 우리 마음속에 내려와 무엇이 선한 일인지, 무엇이 옳은 일인지를 가르치십니다. 감사합니다. 까피탄. 편히 쉬십시오."

재현의 가슴에 스스로 피어 올린 감동이 손님들에게 잘 전달되었다.

5.

성당에서 나와 언덕길을 내려오며 줄리아는 스스럼없이 재현과 팔짱을 끼었다. 재현이 움찔했다. 조그만 동네에서 줄리아가 공연히 구설수에 휘말릴까 걱정이 되었던 것이다. 줄리아는 깔깔 웃었다.

"그리스는 오랫동안 여성이 불평등한 대우를 받아왔어요. 남녀 관계에 있어서 여성은 늘 편파적 차별 대우를 받았지요. 그러나 요즈음 법이 바뀌었습니다. 제법 사람답게 사는 사회가 되었답니다. 외간 남자와 팔짱을 끼고 다녀도 아무도 흉보지 않아요."

줄리아가 언덕을 다 내려와서 발을 멈추었다.

"저 집 기억나세요?"

"글쎄."

그러나 곧 기억났다. 공산주의자의 집이다. 잡풀이 키를 높여 담을 넘었다. 꽃은 보이지 않았다. 폐가였다.

"공산주의자도 죽고 부인도 뒤따라갔답니다. 들어가 보실래요?"

"아니."

줄리아는 해변을 걸으며 그녀 체중을 재현에게 실어왔다. 재현도 이제 모든 일정이 끝나고 마음이 가벼웠다. 그녀의 체중을 기꺼이 받아주었다.

"오늘 오후에 뭐 하실래요?"

"글쎄."

"섬이나 한 바퀴 더 돌까요? 아니면 아버지와 했듯이 카페 순례를 하시겠어요?"

작은 섬에서 할 수 있는 일이 없다.

"배가 고파. 점심이나 먹고 좀 쉬고 싶어. 이번 여행은 너무 혹독한 강행군이었어."

줄리아는 선선히 동의하였다. 성큼성큼 걸어 집으로 돌아왔다.

간단한 점심을 먹고 네스토르 회장의 사무실에 앉았다. 인터넷은 거기에서만 연결되었다. 한국을 떠난 지도 엿새가 지났고 지난 이틀 동안 사무실과 전혀 연락을 하지 못했다. 인터넷이 연결되면서 그동안 쌓였던 이메일들이 재현의 컴퓨터로 쏟아져 들어왔다. 시장은 여전히 맹렬히 불타고 있었다. 영호와 통화가 되었다.

"별로 보고 드릴 일이 없어 전화를 하지 않았습니다."

"전화가 없어서 안심했어. 무소식이 희소식이니까. 급한 일이 있으면 박 이사가 무슨 수를 써서라도 연락했을 거 아냐?"

"이번 그리스 방문은 어떻습니까? 사장님은 그리스 방문을 늘 높게 평가하지 않습니까?"

"그렇지. 이곳은 참으로 많은 것을 주는 곳이야. 올 때마다 많은 것을 얻어가지. 그렇지만 이번 여행은 네스토르 회장에 대한 단순한 추억 여행이 될 것 같아."

특별한 일은 없다 해도 이틀 동안 밀린 이메일에 회신을 하고 처리하는데 오후가 지나갔다. 그동안 줄리아는 차도 끓여오고 우조도 만들어 오며 살뜰히 재현이 하는 일을 도왔다.

재현이 더운물에 목욕을 마치고 산뜻한 마음으로 가볍게 저녁 차림을 마쳤을 때 가정부가 조용히 문을 두드렸다. 저녁 식사가 준비됐다는 신호이다. 이 집의 모든 움직임은 그림자 같다. 까피탄과 그 부인의 너무 크고 압도적인 삶이 십 년이 지나도 이 집을 지배하고 있다. 남은 사람들은 상대적으로 작아지고 조용해진다. 까피탄의 응접실 어두운 창가에 식탁이 마련되었다. 줄리아는 베이지 색 엷은 원피스 차림이다.

"줄리아, 정말 눈부시구나."

줄리아는 아름다웠다. 줄리아가 맞장구를 쳤다.

"목욕을 하셨어요? 몸에서 빛이 나네요. 아폴로가 지상으로 강림하신 것 같아요."

모든 저녁거리가 테이블에 놓았다. 시중들러 사람들이 들락거릴 일이 없었다.

"오늘은 와인이에요. 아버지의 농장에서 만들어 온 백포도주예요. 들어 보세요. 향이 괜찮을 거예요."

달지도 않고 신맛이 전혀 없었다. 담백한 차가운 와인은 특이한 상큼한 과일 향을 뒷맛으로 남겼다.

"줄리아, 이 와인 정말 맛있구나. 그 농장은 지금 누가 관리하고 있어?"

"아버님이 고르고 고른 와인 전문가예요. 그 사람은 그 농장이 마치 자기 것인 양 농장에 살며 정성을 들이고 있어요."

"까피탄이 고른 사람이라면 으레 그렇겠지."

이십 년 전 방문했을 때 네스토르 회장은 이 섬으로 향하기 전 재현을 큰 섬의 농장으로 데리고 갔다. 그리고 함께 농장을 둘러보았다. 오랫동안 돌보지 않아 황폐했던 농장을 사서 새로 포도나무를 심고 고랑을 파고 급수관을 연결하고 관리실을 복구하고 있었다. 수백 명의 작업자들이 일하고 있다고 했으나 모두 나무에 가려져 눈에 띄는 사람이 없었다. 로마시대부터 좋은 포도주를 생산하던 농원이라고 했다. 20에이커(약 2만5,000평)쯤 되는 넓은 들이 포도나무로 덮여 있었다. 그 둘레를 오렌지, 올리브, 레몬 등의 나무들이 끝없이 울타리를 지었고 그들의 짙은 초록색 나뭇잎들이 햇살에 건강하게 출렁이고 있었다. 궁전 같은 이층 석조 건물은 수리가 거의 끝났다. 멀찍이 떨어진 작업 인부들의 집, 마구간, 마부의 숙소도 마지막 손질을 하고 있었다. 거대한 우물에서 퍼 올린 물이 밭고랑을 타고 과수 사이로 흐르고 있었다.

"어떻게 표현해야 할지 모르겠습니다. 싱그럽고 아름답습니다. 이 건강한 생명력을 표현할 말이 없습니다."

그는 마치 피붙이라도 되듯 포도나무와 주변의 과실수들, 그리고 물을 뿜어대는 스프링클러들을 어루만지며 입으로는 소슬한 말을 한숨 쉬듯 내뱉었다.

"삼십 년 전에 샀어야 하는데 나이 칠십에 만들어 언제 내 것으로 즐겨 보겠어?"

재현은 귀국해서 한국 화가의 좋은 산수화 한 폭을 보냈다. 궁전의 벽들이 너무 허전하게 비어 있었던 것이다.

재현이 줄리아에게 물었다.

"내가 그때 한국 전통 산수화 한 폭을 보냈는데 잘 있나 모르겠다."

"신경을 쓰지 않아서 모르겠는데요. 다음에 가서 챙겨 보고 현 상태를 보고 드릴게요. 미스터 리가 보낸 것인데 아버지가 범연히 취급했겠어요?"

느긋하게 저녁을 먹었다. 바쁠 것이 없었다. 두어 잔의 와인을 비우고 난 뒤 줄리아가 테이블 너머로 그녀의 입술을 재현에게 내밀었다. 재현은 조금도 어색하지 않게 그녀의 입술을 받았다. 그녀의 입술은 와인의 과일 향을 풍기고 있었다. 그리고 밥을 먹고 와인을 마셨다. 배도 채웠고 와인도 머리 위로 차올랐다. 별로 할 말이 없었다.

줄리아가 일어섰다. 재현의 손을 잡고 까피탄의 침실로 향했다. 재현은 그녀를 번쩍 안아 들었다. 그리고 까피탄의 침실 반대편 그의 침실로 가서 우아한 그녀의 몸을 그의 작은 침대에 눕혔다. 그녀는 원피스 속에 입은 것이 없었다. 그녀의 몸에서는 풋과일 냄새가 났다. 쉰이 지난 그녀의 몸은 마치 소녀 같았다. 작은 연못 같았다. 연못에 이는 잔물결 같았다. 잔물결 위 미풍에 떨며 몸을 내맡긴 작은 잎새 같았다. 상큼한 소나기가 지나간 뒤 그들은 천장을 보고 누웠다. 재현의 팔을 벤 채 그녀가 한숨 쉬듯 입을 열었다.

"저는 우리 남매들 중에서 제일 못난 막내딸이지요. 멍청하고 늘 우물거리고 못생겼어요. 모두들 그렇게 나를 평가했어요. 저는 알고 있어요. 미스터 리도 그렇게 저를 보고 계셨지요. 그러나 오늘 저 어때요? 저는 얼마나 약아요? 미스터 리가 바쁜 일정에도 그 먼 길을 오지 않을 수 없게 했고 내 곁에서 아버지의 10주기를 함께하게 했고 저를 예쁘다고 여기게 했으니 저는 오늘 누구보다 예쁘고 현명한 사람 아닌가요?"

"그래, 그대는 아름다워. 그런데 지금부터 나를 남들이 하듯 제리라고 불러 줘."

"아뇨, 그렇게 되지를 않아요. 제리라고 부르면 미스터 리가 딴 사람이 될 것 같아요."

재현이 화제를 돌렸다.

"비교할 일은 아니지만 줄리아는 누구보다 생각이 자연스럽고 유연하다는 것을 오늘 발견했어. 그리고 줄리아는 나이 들지 않는 영생의 요정 같아."

그녀는 온몸을 재현에게 비벼댔다.

"미스터 리, 나는 이제 자신이 생겼어요. 오늘부터 나 자신의 개성 있는 삶을 개척해 나갈 거예요."

"어떤 삶인데?"

"아버지를 뛰어넘는 인생을 살고 싶어요."

재현이 그녀의 배를 쓰다듬으며 약을 올렸다.

"아버지처럼 되려면 우선 체중을 120킬로그램으로 늘려야 할 걸."

그녀는 진저리 치며 그녀의 몸을 재현에게 밀착했다.

"아니 배 말고 머리와 심장을 아버지처럼 만들어야지요."

"그래 기대할게. 줄리아를 보면 '모든 것을 가능하게 할 수 있는 사람이다'라는 믿음을 갖게 돼."

"고마워요. 기대에 어긋나지 않게 만들어 볼게요."

"뭘 만들 건데."

"우선 이 섬을 아버지가 꿈꾸던 이상향으로 만들어 놓을 거예요. 어제 요트에서 말씀드렸던 것처럼 나는 나의 시간의 반을 피레아스 사무실에서 반은 여기서 지내려고 해요. 여기 읍장도 맡을 거예요. 그래서 이 섬을 인간이 살고 싶어 하는 가장 이상적인 곳으로 만들어 낼 거예요."

재현은 감동했다. 그녀를 꼭 껴안았다.

"나는 할 수 있어요. 아버지처럼 할 거예요. 아버지를 뛰어넘을지 몰라요."

줄리아는 재현의 품으로 파고들었다.

재현은 아침 일찍 일어났다. 20년 전 출발하던 날 아침, 바람이 일었다. 요트가 뜨지 못해 정기선으로 큰 섬까지 갔었다. 조금만 바람이 거세어도 요트는 띄울 수 없다고 했다. 오디세이가 천신만고 끝에 뚫고 지나간 험한 뱃길이다. 그날 다행히 하늘은 맑고 바다는 잔잔했다. 여덟 시쯤 아침을 먹고 아홉 시 좀 넘어 섬을 떠났다. 줄리아가 요트를 몰았다. 줄리아는 놀랄 만큼 싱싱하고 발랄했다. 요트가 섬의 해안을 떠나자 그녀는 조종간을 잡은 채로 곁에 선 재현과 입을 맞췄다.

"조심해. 운전에 집중해야지."

"걱정 없어요. 여기는 눈감고도 다니는 길이에요."

그녀는 앞을 바라보며 물었다.

"언제 또 오실 거예요?"

"글쎄."

이 섬에 다시 올 일은 없다. 그러나 그리스에는 자주 오지 않을 수 없다. 올 때마다 삶의 깊이와 넓이를 더해 준 만남들이 있었다.

"선박 신조 계약을 하면 오시겠죠?"

"오지 않을 수 없지."

재현은 줄리아의 따뜻한 조그만 어깨를 감싸 안았다.

"아아, 매일 계약을 하고 싶다."

줄리아가 투정 부리듯 중얼거렸다. 재현은 전혀 그 분위기에 맞지 않은 말을 하고 있었다.

"줄리아, 빨리 결혼해라. 멋진 그리스 신사와 가정을 이루어야지."

"저는 사람들과 함께하는 것이 서툴러요. 가정을 이루어 갈 자신이 없어요."

"줄리아는 가정을 멋지게 꾸려갈 모든 자질을 갖추고 있어. 아름답고 헌신적이고 재치가 있잖아."

줄리아는 머리를 끄덕였다.

"이틀 동안이지만 미스터 리가 제가 모르던 부분을 많이 깨우쳐 주셨어요. 무엇보다 대인 관계에 대한 자신이에요."

"거봐, 그것이 무엇보다 중요한 거야. 스스로 자신이 있어야 상대방을 이해하게 되고 상대방의 이해도 기다릴 여유가 생기지."

"내가 결혼하고 가정을 차리면 미스터 리는 내게 무엇이 되나요?"

재현은 정색을 했다.

"줄리아, 나는 그리스에 올 때마다 신을 만났고 이번 여행을 통해 또 다른 여신을 만났어. 네스토르 회장을 뛰어넘을 해운업계의 큰 별을 보았지. 나는 줄리아의 친구, 존경하는 비즈니스 파트너, 경애하는 아버지의 친구, 무엇이든 될 수 있어."

배가 큰 섬에 닿았다.

"아아 미스터 리와 함께 파이레우스 가는 여객선 타고 싶다."

재현은 줄리아가 그렇게 하지 못하리라는 것을 알면서 약을 올렸다.

"그래 같이 가자. 가면서 또 많은 재미있는 이야기 나누자."

줄리아는 눈을 흘겼다. 떠날 시간이었다. 바람이 불기 전에 작은 요트는 돌아가야 한다. 요트를 정박하고 줄리아는 계류지에서 뛰어올라 여객선 선착장까지 따라와 재현을 꼭 껴안았다. 가볍게 입을 맞춘 뒤 그녀는 다시 요트로 돌아가 시동을 걸고 재빨리 뱃길을 돌렸다.

재현은 멀어져 가는 요트를 보며 줄리아를 생각했다. 아둔하고 멍청한 못생긴 여인이 아니다. 모두 배를 짓지 못해 안달하던 때 가지고 있던 배를 과감하게 팔아 큰 이익을 남기고 현금을 챙기는 냉정한 사업적 감각을 지녔다. 재현을 자연스럽게 꼬드겨 먼 길을 오게 하고 자신에 대한 찬미자로 만든 영악한 여인이다. 세상에서 가장 발랄하고 재치 있는 아름다운 사업가이다. 그녀의 아버지를 뛰어넘는 왕국을 세우리라 확신했다. 그리스의 아니 세계의 해운 시장이 그녀의 어깨에 올라앉을 날이 오기를 빌었다.

제 3 2 장

그분에 관한 작은 이야기들

1.

11월 26일 금요일, 재현은 사무실에 일찍 나와 앉았다. 긴 유럽 출장에서 돌아온 뒤 첫 출근이다. 지난 한 달 동안 런던을 세 번 다녀왔다. 런던만 갔다 온 것이 아니라 런던 가는 길에 브뤼셀, 리야드, 마지막에는 그리스, 그리스 국경의 가장 바깥쪽에 있는 외딴섬까지 작은 여객선으로 들러 왔다. 그러나 고단하지 않았다. 무엇보다 클랜시의 VLCC 세 척을 성공적으로 파는 일에 관여할 수 있었다. 그 거래의 현장에 있었다는 사실만으로도 마음이 가벼웠다. 가격이 바닥일 때 계약한 클랜시의 VLCC 여섯 척 건조는 큰 성공 사례이지만 점점 걱정거리가 되어 갔다. 폭탄 돌리기의 끝에 남겨질 대형선 여섯 척은 보유하기에는 너무 무거운 짐이다. 그것을 아주 가볍고 편안하게 정리하였다. 클랜시의 현실적인 짐을 덜고 미래를 대비할 수 있도록 한 것이다.

오전에 박영호의 업무 보고를 받다. 그런 뒤 카이로스와 조선소 관계자들과 통화를 해서 선박 건조 진행 상황을 파악했다. 만사형통(萬事亨通)이었다.

저녁 여섯 시 하루 일을 끝내고 퇴근하려는 참에 전화벨이 울렸다.
"하이 제리, 잘 돌아갔어?"

윌리엄 스펜서가 런던으로부터 전화를 걸어왔다. 지난 한달 동안 재현이 얻은 가장 큰 수확이라면 스펜서와의 우정을 되찾았다는 것이다. 그것은 단순한 우정이 아니다. 실망과 좌절을 뚫고 이룩한 인간적인 신뢰 위에 단단히 구축된 형제들 사이의 확고한 사랑 같았다.

"어제저녁 귀국했어. 오늘 하루 사무실에 나와 그동안 밀린 일 마무리하고 지금 막 윌리엄에게 전화하려는 참이었어. 정말 고마웠어. 당신의 시의적절(時宜適切)한 개입이 아니었으면 그 중대하고 복잡한 딜이 이처럼 깔끔하게 정리될 수가 없었을 거야."

스펜서는 쑥스러워했다.

"내가 구멍 낸 일 내가 땜질한 셈이지."

"아니야. 그건 아무나 할 수 있는 일이 아니야. 어려움에 빠질 뻔한 여러 사람들을 구제한 획기적인 일이었어."

큰 망신을 당할 뻔했다. 스펜서는 클랜시의 VLCC 세 척을 자기 회사가 사는 것으로 약속을 하고 계약을 준비했으나 그의 모회사인 영국의 메이저가 계약 서명을 거부하는 바람에 거래가 마지막 순간에 무산되었다. 그러나 그는 그대로 주저앉지 않았다. 순발력을 발휘해서 석유를 공급하는 사우디의 석유회사로 하여금 수송까지 맡게 하여 그 세 척을 인수하도록 설득했던 것이다. 그가 사려고 했던 가격보다 더 높은 값이었다. 자칫 그의 개인적인 신뢰에 결정적인 타격을 줄 뻔한 경우를 오히려 그의 능력과 신용을 드높이는 기회로 만들었다.

재현이 물었다.
"그래 웬일로 전화했어?"
"아, 그래 진짜 하려고 하던 말을 잊고 있었군. 앤이 보채서 말이야. 앤은 지금 완전히 한국의 광적인 팬이 되어 버렸어."
재현이 다그쳤다.
"앤의 소원이라면 들어 주어야지. 뭔지 말해봐."
스펜서는 껄껄거리며 웃기 시작했다.
"명명식에서 나누었던 이야기 있잖아. 역사 연구회 말이야. 자기가 적극적으로 돕겠다는 거야. 우리 런던 집에 방이 많으니 학생들에게 방도 내줄 수도 있고 그들이 공부하는데 어떤 형태로든 돕고 싶다는 거야."
"또 하나의 감동이로구먼. 고맙고 고맙다."
"지금 어떻게 진행되고 있어?"
"옥스포드 대학에서의 학습 방법, 기숙사 확보, 예산의 편성 등 영국에서의 제반 문제들을 협의하고 있는데 아직 확정된 것이 없는 것 같아."
"진행이 너무 느려. 이렇게 가면 잘못될 수도 있어. 이러다가 해를 넘기면 계획 자체가 흐지부지되어 우스꽝스러운 꼴을 당할 수도 있지. 우리가 도울 일이 없을까?"

"글쎄. 학생들의 일정을 흐트러뜨리지 않는 범위 내에서 도울 수 있지 않을까? 영국 역사학회 관계자들과의 저녁 모임이나 가끔 런던에서 일박을 하게 해서 영국의 일상을 배우게 한다거나."

"그런데 앤이 그런 역할로는 만족하지 않을 것 같아. 좀 더 실질적인 도움이 되면서 한국의 역사 설정 작업에 스스로 기념비적인 역할을 하고 싶은 거야."

"지금 영국 쪽 업무는 거제도 조선소의 지용훈이 맡고 있어. 그 친구와 의논해 봐. 윌리엄과 같이하는 일이라면 그 친구도 발 벗고 나설 걸."

스펜서는 마지못해 그러겠다고 했다.

"하지만 말이야, 앤은 제리를 통해서만 이야기를 하려고 해. 그녀는 한국과 제리에 푹 빠져 있어."

"고마워. 정말 고마운 이야기야. 내가 연구회 관계자들과도 이야기를 해 볼게."

그 정도로 마무리 짓고 전화를 끊었다.

윌리엄의 전화를 끊고 나니 바깥은 깜깜해졌다. 재현은 귀가 시간을 늦추었다. 친구들에게 귀국 보고를 하고 사무실을 떠나기로 했다. 재현은 클랜시에게 전화를 걸었다. 귀국 보고 끝에 스펜서와의 통화 내용을 들려주었다.

"인숙의 꿈이 점점 넓게 호응을 얻어가는구먼."

그는 담담하게 결론을 지었다. 배는 공정대로 건조되었고 모든 지불도 계약대로 진행되고 있다. 인도된 배들은 건강하게 대양을 누비며 선주를 부자로 만들고 있다. 그는 상큼하게 통화를 끝냈다.

"알레스 클라(Alles Klar)."

재현은 런던으로 지용훈 상무에게 전화를 걸어 스펜서와의 통화 내용을 알렸다.
"고맙습니다. 윌리엄은 대화를 계속해야 하는 상대인데 이야깃거리를 주시는군요. 정말 고맙습니다."
"그는 진심으로 돕겠다는 생각을 갖고 있기 때문에 지 상무가 잘 인도하면 의외로 큰 도움을 얻을 수 있을지 모르지."
"좋은 작품을 만들어 보겠습니다."
재현은 줄리아에게 잘 돌아왔다는 소식을 전할까 생각했다. 그러지 않기로 하였다.

재현은 차영균에게 전화를 걸었다. 그는 그때까지 사무실에 있었다.
"차 이사장님, 귀국 신고합니다."
"그렇지 않아도 전화를 드리려고 했습니다. 무척 고단하시죠."
"워낙 역마살이 끼인 팔자라 장돌뱅이처럼 돌아다니는 것을 취미 정도로 여기고 살지요."
"결과가 좋으니 몸과 마음이 더욱 편안하시겠습니다. 좌우지간 이번 여행으로 또 하나의 이정표가 될 성공을 이루셨습니다. 축하합니다."
"감사 감사. 그런데 오늘 스펜서 사장으로부터 특별한 제안을 받았어요. 지난번 명명식 대모를 맡았던 분의 남편 말이에요. 우리 역사 연구회 회원들의 영국 체제 중 숙소를 제공하겠다는 거예요. 괜찮을까?"

영균의 대답은 부정적이었다.

"숙소로 쓸 장소가 어디에 있는지는 모르겠지만 학생들의 시간이 빠듯하기 때문에 교육받는 동안 대학의 기숙사에 있는 것이 최선일 것 같습니다. 혹시 영국 역사학회 고위 인사들과의 교류를 주선한다든지, 가끔 파티를 열어 사람들을 소개받고 영국 사회를 이해하는 기회를 갖게 한다면 학생들에게 긍정적인 경험이 되겠지요."

"나도 그 이야기를 해 두었어요. 또 모든 일을 지용훈 상무와 의논을 하라고 했고요. 진전되는 대로 정보를 공유하고 최종 결정을 내려주세요."

"알았습니다. 지용훈 상무, 박영호 이사와 상의해서 다시 보고 드리겠습니다."

"고단한 여행을 하고 돌아오신 분에게 또 어려운 부탁을 드려야겠습니다."

영균이 조심스럽게 말을 계속했다.

"뭐지요. 차 이사장과 나 사이에 어려울 게 뭐 있어요?"

"이번 주 일요일, 그러니까 모레네요. 시간 좀 내셔서 우리 학생들과 함께해 주실 수 없을까 해서요."

"아 그렇지요. 주말에 제가 참여하기로 약속했지요."

"이제 시간은 얼마 남지 않았고 학생들에게 들려주어야 할 주제가 아직도 많이 남았습니다."

"제가 맡아야 할 주제가 뭐지요?"

"조선소 선대 회장님, 창업자의 이야기입니다."

"그거야 많이 알려져 있지 않아요? 여러 대학교에 그분을 위한 강의도 개설되었고 그분에 관한 연구서도 시리즈로 출간되고 있잖아요?"

"그런 용비어천가(龍飛御天歌)에는 학생들이 흥미를 느끼지 않습니다. 보다 피부로 느낄 수 있는 것, 그분의 인간적인 모습, 그런 것들을 알고 싶어 합니다. 그런 의미에서 회장님이 한 번 더 수고를 해주셔야 할 것 같습니다."

"내가 이 모임에 봉사할 수 있다는 것은 내 일생의 영광이지요. 하지만 자꾸 과거의 일을 이야기해서 이제 미래를 개척해야 할 우리 회원들에게 도움이 될 수 있을까요?"

"제가 이 일을 맡고 난 뒤 절실하게 깨달은 것이 있습니다. 과거는 미래를 잉태하는 어머니다. 과거를 이해하는 사람만이 미래를 이야기할 수 있다는 진리이지요."

"듣고 보니 그렇네요. 명심하겠습니다. 내일 하루 종일 준비해서 모레 아침 연구회로 나갈게요."

"회장님, 고맙습니다. 정말 고맙습니다. 이제 좀 쉬십시오."

실컷 일거리를 맡기면서 쉬라고 했다.

2.

일요일 아침 열시 재현은 차영균의 건물에 도착했다. 혜진이 현관에서 기다리고 있었다.

"아니, 어떻게 내 도착시간에 맞추어 나와 있었어?"

"나는 다 알고 있어요. 언제 오시는지. 텔레파시로 회장님과 연결이 되어 있거든요. 또 늦으시면 좀 더 기다리면 되고요."

"나는 이제 혜진으로부터 숨을 곳이 없구나."

엘리베이터 속에서도 혜진은 발랄했다. 재현이 속삭였다.

"마치 오랫동안 못 본 사람 보듯 가슴이 두근거리는데."

"정말 오래 못 뵈었잖아요. 얼마나 뵙고 싶었는데요."

"그래, 그동안 별일 없었지?"

"완벽하게 진행되고 있어요. 모든 일들이 우리들이 그렇게 하기를 기다리고 있었다는 듯이 아귀를 딱딱 맞추고 있어요."

"정말 잘된 일이야. 조짐이 좋아."

재현이 회의실에 들어서자 서른 명 정도의 회원들이 박수로 맞았다. 겉치레 인사말 없이 바로 토론으로 들어갔다. 재현이 입을 떼었다.

"나는 대충 내가 할 이야기를 나름대로 준비해 왔지만 여러분들이 듣고 싶은 것은 어떤 것일까?"

기욱이 학생들을 대표해서 대답했다.

"그분은 한국 현대역사의 한가운데 우뚝 서 계십니다. 그분을 알지 않고는, 그분이 이룩한 일을 이해하지 않고는 현대사를 이야기하기 어렵습니다. 그분의 위대한 이야기는 곳곳에서 쉽게 읽고 들을 수 있습니다. 작은 이야기를 해 주십시오. 그 큰 분의 아주 작은 이야기, 작은 인간적인 이야기가 진실로 그분을 이해하고 우리의 현대 산업사를 엮어 나가는데 도움이 될 것입니다."

재현은 잠깐 생각을 하고 나서 그날 하루 종일 계속될 긴 이야기를 시작했다.

"그분이 작고(作故)한 것이 2001년 3월이니 한 삼 년 지났지요? 이

제32장 그분에 관한 작은 이야기들

제 그분에 관한 이야기를 활발히 시작할 때가 되었다고 봅니다. 그분은 워낙 큰일을 많이 이룬 큰 인물이어서 작은 이야기와 큰 이야기를 구분하기가 어려워요. 나름대로 내가 함께한 그분의 이야기를 해 보겠습니다. 우선 그분이 조선소를 시작할 때까지의 분위기를 설명해야 될 것 같아요. 그건 큰 이야기지요."

국토 건설 공사에 대한 그분의 공로는 말할 필요도 없이 독보적이다. 그분은 해방 후 국가 기간시설을 갖추는 데서부터 시작해서 6·25로 파괴된 나라를 재건하는데 크나큰 공헌을 하였다. 5·16 군사정변 뒤 그분은 수많은 국내외 건설공사를 맡아서 마무리 지었다. 가장 큰 공사 중 하나였던 경부고속도로 건설을 이끌었다. 가장 길고 어려운 구간을 맡아 불가능하리라던 공사를 세계에서 유례없는 단기간에 가장 싼값으로 완성하였다. 대부분 알려진 이야기이다.

천신만고 끝에 고속도로 건설사업을 성공적으로 마친 뒤 그분이 생각한 것이 그 고속도로 위를 질주할 자동차의 국산화였다. 미국의 자동차 회사들에게 도움을 요청했다. 그러나 그들은 한국을 그들 자동차 생산의 파트너로 생각하지 않았다. 부품을 미국에서 가져와 조립해서 국내 수요를 충족하라는 것이다. 한국이 자동차를 국내에서 제작한다거나 외국에 수출하겠다는 생각은 입에 담을 수 없었다. 일본은 더했다. 그들은 한국이 그들이 완성한 자동차의 단순 수입국으로 남아 있기를 바랐다.

그의 꿈이 향하는 곳마다 높다란 벽에 부딪치자 그분의 역발상이 시작되었다. '유럽에서 가장 인기 있는 차종이 무엇이냐? 폭스바겐이 생산하고 있는 '파사트(Pasat)'이다. 그것을 누가 설계했느냐? 이

태리의 세계적인 자동차 설계자인 지오르제토 주지아로(Giorgetto Giugiaro)이다. 그렇다면 주지아로에게 새로운 설계를 맡기자. 남의 부품 가져다 조립하는 것보다 우리 고유의 설계로 밑바닥에서부터 시작하자. 자동차 생산뿐 아니라 부품의 국산화, 시장개척까지 우리의 뜻대로 개발해 보자.'

그렇게 되어 주지아로에게 정상적인 설계료를 지불하고 자동차의 설계를 맡겼다. 그때 유럽에서 가장 높은 인기를 누리던 파사트와 꼭 같이 생긴 그러나 크기를 축소한 포니(Pony)가 탄생되었다. 모양이 예쁘고 성능도 좋고 값이 쌌다. 그 차는 탄생하자마자 전 세계로 불티나게 팔려 나갔다. 미국을 비롯한 선진국만이 아니다. 한국이라는 이름을 들어본 적이 없는 아프리카 대륙에서도 포니를 모르는 사람이 없었다.

"다른 나라의 인기 차종의 부품을 들여와 조립해서 팔면 쉽게 큰돈을 벌 수 있었지요. 그러나 그분은 그렇게 하지 않았습니다. 새로운 설계를 맡기고 우리 고유의 자동차를 만들어 우리 이름을 붙이고 세계로 수출을 하겠다는 모험을 선택했던 것입니다. 위험한 발상이지만 상상하지 못했던 것보다 단기간에 성공을 이루어 내었습니다."

"조선소를 그것도 세계 최대의 조선소를 한국에 짓겠다고 했을 때 국내 인사들뿐 아니라 세계의 조선 해운 관계자들이 느꼈던 놀라움과 의혹을 생각해 보세요. 역사상 중공업을 해 본 전통이 없는 나라에서, 작은 배 몇 척을 지어 본 것이 조선업의 전부였던 나라에서, 기술이 없고 자본도 없는 가난한 나라에서, 세계 최신 기술이 총동원되어야 하는 최고 최대 조선소를 지어 세계 시장을 석권하겠다고 선언한 것입니다."

　가진 것은 조선소가 들어앉을 백사장과 조선소를 지을 건설 능력, 그리고 선박 해운 시장이 그의 조선소 건설을 목마르게 기다리고 있다는 확신이었다. 조선소를 짓겠다는 발표를 한 뒤 가진 파티에서 일어난 일이다. 고뇌하고 있는 그분과 정부, 은행, 조선소 관계자들 앞에서 어떤 인사는 덕담은 고사하고 악담을 거리낌 없이 내뱉었다.

　"이 조선소는 안 되는 사업입니다. 이 조선소가 성공한다면 내 손가락에 장을 지지겠습니다."

　대부분의 참석자들이 고개를 끄덕였다. 이건 안 되는 일이야, 그나마 지금까지 이루어 놓은 작은 업적을 통째로 들어 엎고 패망을 자초하는 일이야, 그들은 그렇게 확신하고 있었다. 그분은 모든 고뇌의 짐을 스스로 졌다. 혼자서 그 역경을 뚫고 나갈 수밖에 없었다. 그분은 혈혈단신으로 세계를 누비며 세계 해운업을 이끌고 있던 선주와 선박 건조 계약을 맺었다. 조선소 장비를 도입할 외국 차관을 얻기 위해 세계의 은행을 설득했다. 사양화되고 있던 유럽의 조선소로부터 최신 기술을 도입했다. 비용을 아끼지 않고 조선 기술자들을 해외의 선박 건조 현장에 파견해서 조선업의 실무를 체득하게 했다. 그것은 피를 말리는 시간과의 싸움이었다. 세계에서 기술적으로 가장 뒤떨어진 나라가 최첨단을 걷고 있는 나라들에게 덤벼든 위대한 도전이며 처절한 투쟁이었다. 그분은 투철한 사명감과 성공에 대한 확신, 끈기와 배짱, 빛나는 기지로 그 모든 난관을 이겨 내었다. 결국 조선 공업은 보라는 듯이 세계의 정상에 우뚝 섰다. 손가락에 장을 지지는 인사는 나타나지 않았다.

외부 인사들만 조선소의 성공을 의심한 것이 아니었다. 시작을 함께한 조선소 간부들까지도 조선소의 장래에 대한 자신을 갖지 못했다. 상상을 초월하는 배의 크기, 기관실의 복잡한 구조, 최첨단의 자동제어 시스템, 섬세한 감각을 요하는 마무리 작업들에 자신을 갖지 못한 것이다. 그러나 그분의 간결한 설명은 간부들에게 확신을 주었고 그들을 작업장으로 이끌었다.

"자, 생각해 봅시다. VLCC를 짓는 것이 어려운 일입니까? 배는 선각(船殼)과 기관실과 선원들의 거주구로 이루어져 있습니다. 선각이요? 모양대로 자른 철판을 용접해서 만든 철 구조물이지요. 기관실이요? 작은 발전소입니다. 선원들의 거주구요? 아주 간단한 호텔이지요. 우리는 세계 방방곡곡을 다니며 이보다 훨씬 더 크고 복잡한 철 구조물, 발전소, 호텔을 성공적으로 건설해 왔지요. 안 그렇습니까? 우리가 안 해 본 것은 꽁무니에 프로펠러를 달고 그것을 돌리는 것이에요. 그래서 배를 앞으로 가게 하는 일이지요. 그것은 여러분의 능력으로 충분히 해결할 수 있는 간단한 기술입니다. 무슨 문제가 있습니까?"

듣고 보니 그랬다. 간결한 정리. 아무리 복잡한 일도 그의 머리를 거치면 헝클어진 실타래가 가지런히 풀려나오듯 정리되었다. 모두 그렇지, 그렇지 하며 어느새 그분의 명쾌한 논리에 끌려가고 있었다.

3.

"큰 이야기는 이쯤 하고 이제 작은 이야기를 시작하겠습니다. 조선소의 운영에 있어서 티끌 같은 존재였던 제가 그분의 곁에서 겪었던 이야기를 하겠습니다. 많은 이야기가 있지만 다 할 수는 없고 시간이 허용하는 대로 생각나는 대로 회고해 보겠습니다."

재현은 1971년 9월 새로 생기는 조선소의 입사시험을 치르고 1972년 1월부터 경력 사원으로 근무를 시작했다. 그리고 3월 말 스코틀랜드의 포트 글라스고우(Port Glasgow)에 있는 스코트 리스고(Scott Lithgow) 조선소로 현장 실습(On the job training)을 떠났다. 울산 조선소는 VLCC 설계도를 그 조선소로부터 사왔다. 그리스 선주와 계약한 1호선과 2호선은 그 조선소의 설계 도면으로 짓기로 되어 있다. 간부들의 현장 실습은 설계를 사 오는 계약의 일부였다. 그러나 서른 명이 넘는 간부들이 일 년 동안 외국 조선소에 가서 훈련을 받는다는 것은 쉽게 결정할 수 있는 일이 아니다. 돈이 많이 드는 착상이지만 그분의 기업 철학을 담은 결심이다. 한국의 낡은 조선소에서 근무한 적이 있는 경력 사원들이 가지고 있는 기술, 새롭지 않은 전통을 그분은 믿지 않았다. '새 술은 새 부대에 담는다'는 것이 그분의 철학이다. 새로운 환경, 새로운 기술에 훈련생들은 잘 적응해갔다. 조선소 옆 작은 마을인 그리녹(Greenock)에 이층집 한 채를 일 년간 빌려서 서른 명 정도의 간부들 두 팀이 각각 육 개월씩 머물며 분야별로 새로운 기술을 익혔다.

재현은 일차 팀에 포함되어 1972년 3월 말 스코틀랜드에 도착했다. 훈련이 시작된 뒤 3개월쯤 지난 72년 여름 그분이 그리녹을 찾았다. 그분의 방문은 그 동네의 축제였다. 작은 마을에 단 하나밖에 없는 호텔의 식당은 그날 그분이 마련한 저녁 만찬을 위해 외부 손님을 받지 않았다. 그리고 훈련생들과 스코틀랜드 조선소 임원들이 식당을 가득 채웠다. 호텔이 생긴 뒤 처음 치르는 대형 파티라고 했다. 보통 연말연시에나 맛볼 수 있는 스코틀랜드 정통 요리인 하기스(Haggis)로 모양을 갖추어 상을 차렸다. 하기스는 양이나 소의 염통, 허파, 간 등 내장을 잘게 썰고 오트밀과 섞은 뒤 양파와 고추로 양념을 해서 밥통에 가득 채운 뒤 삶아 내놓는 스코틀랜드 전통 특미이다.

전통의상인 킬트(Kilt) 스커트를 입은 잘생긴 친구들이 줄지어 들어왔다. 백파이프(bagpipe)를 부는 친구가 스코틀랜드 민요를 연주하며 행렬을 인도했다. 다음 청년이 은쟁반에 큼직한 하기스를 담아 어깨높이로 치켜들고 따라오더니 그분 앞에 쟁반을 내려놓았다. 다음 친구는 스코틀랜드 국민 시인인 번스(Robert Burns)의 시 〈하기스에 대한 인사(Address to Haggis)〉를 스코틀랜드 고유 언어로 멋지게 읊었다. 그런 뒤 다음 친구가 기다란 번쩍거리는 칼을 들고 나타났다. 모양 있게 하기스를 잘라 손님들에게 나누어 주었다. 있는 대로 격식을 갖춘 감동적인 만찬이었다.

그분은 그날 허리끈을 풀어 놓았다. 혈혈단신으로 세계 곳곳에서 온갖 냉대를 받아가며 추진하던 조선소가 문을 열었다. 조선소 건설을 위한 차관 도입이 결정되어 세계 최신 장비들이 유럽 각국으로부터 조선소로 들어와 설치되기 시작했다. 세계의 저명한 선주와 선박 건조 계약을 체결했고 철판과 부품이 발주되기 시작했다. 무엇보다 조선소를 짊어지고 나갈 간부들이 먼 외국에 나와 씩씩하게 훈련을 받으며 선박 건조의 기틀을 잡고 있다. 그분은 편안해 보였다. 훈련받던 간부들은 그분이 나타나서 벌이는 상상하지도 못했던 쇼에 한껏 고무되었다. 스코틀랜드 조선소의 임원들도 넋을 잃었다. 지구 반대쪽의 들어 보지도 못했던 나라의 무지몽매한 사람들이 와서 그들도 하기 어려운 그들의 전통적 잔치를 벌인 것이다. 호텔 종업원들에게도 그것은 큰 구경거리였다. 그분은 최고급 스카치인 그 지역의 몰트위스키를 병째로 가져오라 이르고 모두들 마음껏 마시게 하였다. 봉사하던 스코틀랜드 여 종업원들도 봉사를 중지하고 모두 남자들의 사이에 끼어 앉으라고 하였다. 손님과 주인이 뒤섞여 풍성한 파티가 되었다. 새벽 세 시까지 파티는 계속되었다. 사람들은 개개인의 격식대로 노래 부르고 춤을 추었다. 모두에게 잊을 수 없는 밤이었다. 여자 종업원들은 두고두고 이야기하였다.

"생전 그날처럼 즐거웠던 적은 없었어."

그분다운 그분의 잔치였다.

감동은 계속되었다. 다음 날 오전 그분은 훈련생들의 숙소에 예고 없이 나타났다. 일요일이어서 훈련생들은 대부분 집에 있었다. 집 안에서도 신을 신고 생활을 하고 있었는데 그분은 현관에서 이십 년도 더 신은 낡은 구두의 끈을 꼼꼼하게 풀고 맨발로 들어왔다. 그런데 놀라운 광경이 벌어졌다. 그의 길다란 엄지발가락이 해진 양말 밖으로 쑥 뻗어 나와 있었다. 그분은 아무렇지도 않게 숙소로 들어왔고 훈련생들과 어울렸지만 엄지발가락을 본 사람들에게 그것은 눈물겨운 장면이었다. 그 전날 기 살리기 파티에 참석한 뒤 그 장면까지 본 훈련생들은 확신했다.

"이분과 함께하는 생애는 행복하겠다."

"그때는 VLCC 전성기였습니다. 한국에 최신 설비를 갖춘 조선소가 문을 열자 세계의 해운회사들이 몰려들기 시작했습니다. 서로 자기 배를 지어 달라고 했습니다. 현금 보따리를 싸 들고 와서 당장 계약을 하고 현금으로 배 값을 지불하겠다고 했습니다. 선박의 가격이 자연스럽게 오르기 시작했습니다. 첫배는 3,000만 불에 계약했습니다. 다음 네 척을 20퍼센트 정도 가격을 올려 계약을 했고 따라오는 네 척은 5,000만 불 가까운 금액으로 계약을 하게 되었습니다. 그러자 그분은 3,000만 불에 계약한 첫 번째 배 두 척의 가격에 대해 아쉬움을 느끼기 시작했습니다."

그분은 배의 가격을 올려야겠다고 작정했다. 논리는 간단했다. 급해서 계약을 하기는 했다. 그러나 찢어지게 가난한 나라가 왜 잘사는 배부른 사람들을 위해 본전도 안 되는 값으로 좋은 물건을 상납해야 되느냐는 것이다. 처음에 점잖게 영국 변호사를 통해 값을 올려야겠다는 의사를 알렸다. 선주는 콧방귀도 뀌지 않았다. 그들은 계약서는 성경과도 같은 것이어서 글자 한 자, 문장의 한 구절도 고칠 수 없다며 의연했다. 조선소를 돕고 있던 변호사마저 이것은 달걀로 바위를 치는 행위라며 한발 비켜섰다. 그때 그분은 자신의 싸우는 방식을 직원들에게 가르쳤다. 재현이 그에게 불려갔다. 재현은 선주와의 선가 인상에 대한 그때까지 싸움의 진행을 차근차근 설명했다. 문자 그대로 달걀로 바위 치기였다. 다 듣고 나서 그분은 담담하게 재현에게 지시했다.

"받아써. 수신은 엔진을 만들고 있는 프랑스 회사 사장으로 해. 내용은 '이 엔진은 더 이상 현재 선주와 관련 없는 제품이 되었다. 따라서 오늘부터 선주 감독관의 엔진 제작 과정에서의 입회 검사를 불허

하기 바란다'라고 해. 분명하게 쓰란 말이야.”

 선주에게 더 이상 값을 올리라고 하지 않았다. 엔진 제작자에게 선주 감독관의 검사 입회를 허용하지 말라고 했다. 그 편지는 순식간에 상황을 조선소 편으로 돌려놓았다. 조선소의 선가 인상 요구를 들은 척도 하지 않던 선주가, 엔진 공장의 선주 검사 금지 통보를 받고 나서 심각하게 움직이기 시작했다. 엔진은 완성 단계에 있었고 선주는 시운전에 입회할 준비를 하고 있었다. 결국 10퍼센트 선가 인상에 동의했다. 단지, 'without prejudice(기득권을 해치지 않고)'라는 단서를 붙였다. 조선소가 이해하지 못하고 받아들인 그 두 개의 법률 단어는 선박의 인도 후 런던에서 진행된 오랜 법정투쟁에서 조선소를 곤경으로 몰아넣고 선주 이익을 보호하는 방패막이가 되었다. 조선소는 그때 10퍼센트 선가 올려 받은 것만 좋아했다. 척당 300만 불은 어마어마한 금액이었다. 그 뒤 그분이 조선소에 내려왔다. 마침 엘리베이터에서 재현과 맞부딪쳤다. 그분은 휘파람을 불고 있었다. 재현의 어깨를 감싸며 그분은 말했다.

 “억지가 사촌보다 낫지?”

 재현은 그저 황송했다. 얼마나 내공을 쌓으면 이 같은 지혜가 나올까?

 1970년 초반 흥청거리던 조선 경기가 후반으로 들어서며 급격히 위축되었다. 휘청거리던 유럽의 조선소들이 모조리 쓰러졌다. 80년대 들어서며 불경기의 터널은 더 깊고 길어졌다. 사상 가장 어두운 터널 속이라고 불렀다. 그때까지 세계 조선업을 이끌던 일본 조선소들마저 '모자를 벗고 조선 공업에 작별을 고할 때가 왔다'고 할 정도였다. 신생 조선소의 형편은 최악이었다. 그런데 상황을 더욱 악화시킨 것은 그 어려운 시기에 문을 연 다른 한국 조선소들이었다. 울산 조선소의 성공에 고무되어 뒤따라 문을 연 것이다. 그들은 공공연하게 선주들에게 접근해서 '우리는 울산 조선소 가격보다 무조건 10퍼센트 싸게 해 주겠다'고 약속하고 다녔다. 원가 계산도 없었다. 무조건 10퍼센트 싸게 해 주겠다는 것이다. 처음 그분은 그 회사의 회장을 아주 좋아했다. 가는 곳마다 재현의 나이 또래인 거제도 조선소 회장을 칭찬했다.

"훌륭한 젊은이야. 예의가 바르고 국제 비즈니스에 대한 센스가 있어."

그러나 언젠가 좋은 선주와의 협상 중 마무리 단계에 그들이 끼어들어 계약의 진행을 어지럽히자 그분은 재현이 마치 그 젊은 회장이기라도 하듯 타이르는 것이었다.

"기업이란 것은 말이야, 자기 땅에 자기 말뚝을 스스로 박고 시작해야 자기 것이 되는 거야. 온갖 어려움을 이기고 척박한 땅에 자기의 땀과 눈물이 스며들어야 그 공장에 대한 진실한 애정이 생기고 종업원들과의 일체감을 갖게 되고 진짜 기업인이 되는 거야. 남이 만든 공장, 피땀 흘려 지은 남의 공장이 파산하자 그것을 싸구려로 사서 사업하네 하는 사람은 기업인이라 할 수 없어. 단지 장사꾼일 뿐이지. 공장을 스스로 지어 보면 기업인으로서의 사고와 행동의 호흡이 길어지게 되고 짧은 생각, 가벼운 행동을 감히 할 수 없게 되는 거야. 반대로 장사하는 마음으로 기업을 하는 사람들은 그들의 호흡이 짧고 바깥에서 일어나는 작은 일에도 기둥뿌리가 흔들릴 수밖에 없어."

그분의 울림이 큰 기업 철학이었다.

4.

 "1979년 4월 그분이 전국경제인연합회(全國經濟人聯合會) 회장단을 이끌고 나이지리아(Nigeria)를 방문하였습니다. 석유값의 폭등으로 국가 재정이 크게 좋아져서 돈을 풍성하게 쓰기 시작한 그 나라는 세계적인 큰손이 되었습니다. 나이지리아에서의 시장 점유율을 높이기 위해 스무 명이 넘는 전경련 소속 대기업의 회장단이 그 나라를 방문했습니다. 우리나라 경제의 본부가 나흘 동안 나이지리아에 옮겨 앉은 셈입니다."

 그분은 그때 한국에서 많은 일에 시달렸다. 국내 정정이 불안했고 국제 경제 상황도 좋지 않았다. 조선 해운 경기도 깊은 침체에 빠져 있었다. 나이지리아에 도착하기 전 그분은 중동의 건설 현장을 둘러본 뒤 런던 지점에서 업무 보고를 받고 전경련 회장단과 합류해서 나이지리아로 들어왔다. 심신이 피곤했던 그분은 신경이 날카로워져서 가는 곳마다 현장 담당자들이 심하게 야단을 맞았다고 했다. 재현은 런던 지점장이 겸임하던 유럽-아프리카 본부장 자격으로 나이지리아에 먼저 내려와 한국 최고 중량급 사절단을 모실 준비를 하였다. 더위와 습기, 전염병에 대한 공포, 불안한 치안에 더하여 기간시설마저 갖추지 못한 곳이다. 재현은 아프리카에 흩어져 있는 지점장들을 라고스에 집결시키고 나이지리아에 체류 중인 코트라(KOTRA 대한무역진흥공사)를 위시한 다른 한국 상사 지점들의 협조를 받았다.

그분은 라고스(Lagos) 공항에 도착해서도 긴장을 풀지 않았다. 재현을 보고 아는 척도 하지 않았다. 재현이 가방을 받아 들자 재현을 쳐다보지도 않고 스적스적 앞장서 공항을 빠져나갔다. 재현은 생각했다.

'아, 이 나흘이 고달프겠구나.'

다행하게도 새로 문을 연 호텔의 꼭대기 특실(Presidential Suite)을 예약해 두었다. 재현은 그분을 모시고 깨끗한 특실로 가서 짐을 정리한 뒤 무거운 커튼을 열었다. 그리고 밝은 목소리로 외쳤다.

"회장님, 대서양입니다."

망망한 대해가 눈 아래 아스라이 펼쳐져 있었다. 그분의 표정이 금방 밝아졌다. 날아가서 시원한 물에 뛰어들고 싶다는 표정이었다.

"오 태서양이구나. 태서양."

태서양이라고 불렀다. 그분은 창가에 서서 태서양을 바라보며 마음과 몸에 맺힌 피로를 풀어내고 있었다.

특실은 큰 침실, 쉰 명 정도가 편히 앉아 회의를 할 수 있는 거실, 스무 명 정도 인원이 식사를 할 수 있는 식당, 그리고 입구에는 부속실이 있었다. 재현은 부속실에서 자며 전체 일정을 조율했다.

"그분이 도착한 다음 날 새벽 저는 혼란스러운 꿈에 빠졌습니다. 나이지리아 거리에 한국의 청소차가 나타난 거예요. 쓰레기차가 쓰레기를 가져오라고 '메기의 추억' 노래를 틀어 놓고 있었습니다. 비몽사몽 중 여기가 서울의 뒷골목인가 나이지리아 라고스인가 한참 헤매었지요. 갑자기 정신이 번쩍 들었어요. 벌떡 일어나 간단히 옷을 챙겨 입은 뒤 거실로 들어갔지요. 그분은 거실의 한쪽에 놓인 그랜드 피아노 앞에 앉아 있었습니다. '메기의 추억'은 쓰레기차 마이크에서 울려 퍼진 것이 아니라 양손의 집게손가락으로 또박또박 짚어 나간 그분의 피아노 독주였던 것입니다. 제가 들어서자 그분의 첫마디가 떨어졌습니다. 피로가 풀린 건강한 목소리였습니다.
'그 커튼 좀 걷어 봐. 태서양을 보여줘.'
태서양은 새벽 어스름 속에 밝아 오고 있었습니다."

그분은 씩씩했다. 피아노 독주를 마친 뒤 방을 나섰다. 재현이 양복을 입은 채 습기 찬 무더위 속에서 땀투성이가 되어 그분을 바짝 뒤따랐다. 그분은 해변 모래사장을 걸으며 해변의 나이지리아 사람들의 부산한 아침 일상에 참견했다. 한 젊은이가 바닷가로 떠밀려온 커다란 통나무를 도끼로 패고 있었다. 그분은 나이지리아 젊은이에게서 도끼를 건네받았다. 그러나 바닷물에 불은 통나무는 질겨서 천하장사로 소문난 그분도 토막 내지 못했다. 그분은 도끼를 돌려주고 해변 산책을 계속했다. 밤에 바다에 나가 투망을 해서 잡은 생선들을 가득 실은 작은 배가 들어왔다. 그는 재현에게 눈짓을 했다. 사라는 것이다. 재현이 동전으로 흥정을 시작하자 그분은 딱 잘랐다.
"종이돈을 주란 말이야."
그 친구는 횡재를 하였지만 커다란 물고기 몇 마리를 들고 따라다니던 재현의 새로 지은 신사복 바지는 완전히 망가지고 말았다. 마침 라고스 지점장은 낚시광이었다. 낚시를 하며 익힌 솜씨로 생선을 멋지게 다듬고 맛있게 구워 내었다. 그분은 동행 몇 분을 그의 식당으로 초청해서 생선 소금구이로 맛있는 아침을 마쳤다.

문제는 그 다음 날 아침에 일어났다. 그분은 호텔의 식당에 내려가서 식사를 하기보다 특실 안에 있는 식당에서 만든 음식을 더 좋아했다. 나이지리아 국영해운과의 선가 지불 문제의 해결을 위해 라고스에 머무르던 간부가 아침밥을 짓기로 했다. 밥 짓는 것쯤 문제없다고 자신했다. 그러나 곧 그의 허풍이 드러났다. 밥 타는 냄새가 특실 전체로 퍼졌다. 삼층밥이 되었다. 밑은 눌었고 위는 설고 그나마 가운데는 제대로 익었다. 재현은 가운데 부분만 골라 퍼서 그분에게 올렸다. 그분은 그 탄내 나는 밥에 버럭 짜증을 내었다.

"이걸 먹으라는 거야?"

재현은 다급했다. 그분은 하루 종일 나이지리아 고관들을 만나야 하는데 배가 든든해야 한다. 식당에 주문할 시간이 없었다. 그는 우격다짐으로 밀어붙였다.

"죄송합니다. 밥 짓는 솜씨가 서툴러서 그랬습니다. 우선 이것을 물에 말아서 요기를 하십시오. 회의를 마치고 오시면 제대로 된 밥을 만들어 놓겠습니다."

그분은 재현을 잠시 건너다보더니 아무 말도 않고 물에 말은 밥을 후룩후룩 마시고 외출 채비를 하였다. 그 밥을 지은 사람은 뒷날 그룹의 중요한 회사 사장이 되었다.

그분은 하루 종일 나이지리아의 정치와 경제를 주무르는 지도자들을 만났다. 나는 새도 떨어뜨린다던, 북한에 우호적이라던 군인 출신의 석유성 장관, 세계적으로 명망이 높은 중앙은행장에게 그분은 같은 말을 되풀이했다.

"나는 세계에서 가장 뒤떨어졌던 경제를 활성화시킨 가장 최근의 기업인입니다. 우리의 경험은 나이지리아에게 가장 잘 맞는, 나이지리아가 가장 배우기 쉬운 성공 사례입니다. 내가 하자는 대로 하십시오. 나이지리아는 곧 선진국으로 올라설 것입니다."

그분은 안하무인이었다. 고뇌의 표정은 사라지고 가지고 싶은 모든 것을 차지한 어린아이처럼 의기양양했다.

"아찔한 일도 있었습니다. 떠나기 전날 시내에 있는 중국집에서 만찬을 하였습니다. 송별 파티였습니다. 한식에 가까운 식단으로 준비하였습니다. 음식도 좋았고 분위기도 좋아 초대된 나이지리아 고관들까지 흡족해하였습니다. 저는 뒤처리할 일이 있어 음식점에 남고 우리 쪽 어른들은 먼저 호텔로 돌아갔습니다. 식당 일을 처리하고 제가 조금 늦게 호텔에 도착해 보니 우리 직원들이 로비에서 초조하게 서성거리고 있었습니다. 그분을 포함한 원로 회장 몇 분이 그때까지 돌아오지 않았다는 것입니다."

정신이 번쩍 들었다. 이 낯설고 치안이 불안한 곳에서 우리나라의 대들보인 원로들의 행방을 놓친 것이다. 재현은 모두를 불러 놓고 중국 음식점에서 호텔까지의 움직임을 추적했다. 자동차도 제대로 도착했고 움직임에 어떤 이상도 없었다. 그런데 그분들이 없는 것이다. 다시 방으로 올라가 보았지만 텅 비어 있었다. 우선 사람들을 풀어 수영장, 바, 커피숍을 뒤지게 하였다. 어느 곳에도 그분들은 없었다. 재현은 마지막으로 지하에 있는 나이트클럽을 찾았다. 어두운 조명 속에 요란스러운 아프리카 음악으로 귀가 멍멍했다. 거기 있었다. 나이지리아 사람들로 가득한 나이트클럽의 한가운데 키 큰 네 명의 한국 신사분들이 나이지리아 젊은 여인들과 열심히 춤을 추고 있었다. 재현은 사람들에게 연락해서 안심을 시키고 자신은 그분들의 눈에 쉽게 띌 수 있는 입구 높은 곳에 서서 나오기를 기다렸다. 제법 땀을 흘린 뒤 그분들은 나왔다. 디스코를 아주 즐겼다는 표정이었다. 그분들의 대화는 활기찼다.

"야아, 여기 애들 말이에요, 디스코 정말 잘 추지요?"

"그런 춤은 원래 아프리카에서 생긴 것 아닌가요?"

"배워서 추는 것이 아니에요. 본능적으로 몸을 흔드는 거예요. 생긴 것은 그렇지만 그 여자애들 춤 하나는 우리나라 일류 댄서들 저리 가라예요."

"몸만 움직이는 게 아니에요. 리듬이 시작되면 손가락이 따로 놀아요. 입도 율동을 하고 심지어 눈동자까지 장단을 맞춰 돌아가지 않아요?"

"그뿐인가요? 그 빡빡하게 땋아 내린 머리카락 한 올, 한 올이 음악에 맞춰 따라 놀잖아요?"

그분들을 찾아 헤매던 사람들의 조바심은 그분들의 만족스러운 마지막 밤의 여흥으로 충분히 보상받았다.

재현이 잠깐 숨을 돌리는데 한 여학생이 손을 들었다.

"주제에서 벗어난 것 같지만 질문 하나 드리겠습니다. 그분은 일에도 열심이셨지만 일에서 오는 긴장을 푸는데도 나름대로의 방법을 지니신 것으로 알고 있습니다."

재현의 입에 미소가 떠올랐다.

"그분은 세상의 온갖 긴장에 덮여 살았지요. 또 업무 관계로 접대를 해야 할 경우가 많았지요. 그것도 스트레스를 일으키는 원인이 되지요. 그분은 그때마다 노래를 불렀어요. 아니 사람들로 하여금 노래를 부르게 했어요. 손님들도 노래를 불렀지만 그분은 회사에서 노래 잘 부르는 임원을 늘 데리고 갔습니다. 노래를 시켰지요. 조 상무는 '오 대니 보이,' 박 이사는 팝송, 이 전무는 '오 솔레 미오' 하는 식으로 정해 놓았어요. 꼭 원어로 부르게 하였습니다. 이 노래들을 분위기에 맞춰 불러서 좌석에 흥을 돋우었지요."

학생이 물었다.

"그분도 노래를 잘 부르셨다면서요?"

"그분은 노래를 잘한다기보다 씩씩하게 불렀지요. 그분 18번은 여러분 중 아는 사람은 알겠지만 윤항기의 '이거야 정말'이었지요. '이거야 정말 만나 봐야지. 여름, 가을, 겨울, 또 봄이 오면 이거야 정말 만나 봐야지, 아무 말이나 해 볼걸' 그 노래를 꼭 사절까지 다 부릅니다. 언젠가 그 노래를 부르고 나서 좀 쑥스러운지 이렇게 매듭을 지었어요. '나는 말이야 이걸 노래로 불렀다기보다 그 가사를 음미한 거야.'"

한순간도 허비하지 않은 나흘간의 나이지리아의 꽉 찬 일정을 마치고 돌아가는 날 밤이었다. 라고스의 새로 지은 최신식 공항은 먹통이었다. 비행기의 출발은 마냥 늦어지는데 어디에도 비행기 출발 시간을 안내하는 곳이 없었다. 나이지리아 지점장이 관제실까지 뛰어가 알아본 것을 수시로 보고하는 것이 전부였다. 그러나 어려운 곳에서의 나흘간 일정을 기분 좋게 소화한 한국 경제계 원로들은 느긋했다. 마냥 늦어지는 비행기 이륙에도 별 불평을 하지 않았다. 특이한 나이지리아의 풍물에 대한 체험을 즐겁게 나누고 있었다. 그분이 화장실로 향했다. 재현이 따라갔다. 화장실 밖 발코니에서 비행장 대합실을 내려다보며 그분이 나오기를 기다렸다. 비행기의 이착륙 상황을 알려야 할 대합실 위의 최신 전자 안내판은 깜깜했다. 갑자기 하나의 숫자가 나타나 좌르륵 전면을 덮는가 하면 스르륵 없어지고 캄캄한 먹통으로 되돌아갔다. 그저 그 짓만 반복하고 있었다. 갑자기 부자가 되어 많은 좋은 것들을 들여왔지만 자기 것으로 소화하기에는 좀 더 시간이 걸릴 것 같았다.

"저기 저 여자들 좀 봐."

그분은 화장실에서 나와 기다리고 섰던 재현의 곁에 서서 대합실을 내려다보며 말을 걸었다.

"암스테르담 공항 같은 데서는 말이야, 여자들이 걸으면 스커트가 여자들 엉덩이를 따라 휙휙 돌아가지. 여기는 몸뚱이가 옷을 따라 마지못해 움직이는 것 같아."

5.

"1982년 아시안 게임이 인도에서 개최되었습니다. 그때 대한체육회장이었던 그분은 대회기간 동안 뉴델리에 머무르며 개막 후 며칠간 선수단과 함께했습니다. 그분은 뉴델리에 가기 전 뭄바이에 들러 인도 국영해운의 최고 경영자도 만났습니다. 제가 뭄바이에서 그분을 모셨죠. 자연스럽게 그분과 뉴델리로 동행을 하였습니다. 그분이 관여한 일이 대부분 그렇듯 아시안 게임도 상상외의 대박을 터뜨렸습니다. 메달 경쟁에서 중국, 일본, 북한, 인도에 이어 5위 정도 하리라고 예상했는데 게임마다 금메달이 쏟아져 나와 북한을 압도적으로 누르고 중국, 일본에 이어 3위로 올라섰습니다."

재현은 그분과 함께 몇몇 경기장을 들렀다. 그중 뜨거웠던 경기가 한국과 북한의 탁구 경기였다. 관중들은 대부분 한국 사람들이었으나 상당히 많은 북한 관중들도 자리를 채웠다. 작은 공을 다루는 경기여서 미세한 움직임이 승부를 결정지었다. 관중들은 흥분하지 않을 수 없었다. 하나의 결정구, 한 번의 실수가 승패를 갈랐다. 한 점 한 점에 열광하던 한국 관중들은 볼이 한국 쪽으로 넘어오면 소리소리 질렀다.

"킬(Kill), 킬(Kill), 죽여. 죽여."

게임이 점점 한국 쪽으로 흐르기 시작했다. 갑자기 북한 쪽에서 관중 몇 명이 튀어나오더니 소리소리 지르며 사진기로 한국 관중들을 찍기 시작했다.

"어느 간나 쌔끼들이야? 평화적인 경기에서 동족을 죽이라고 외치는 쌔끼가. 사진을 찍어 두었다가 통일이 되는 날 모두 총살시켜 버릴 거야."

관중들은 별 신경 쓰지 않고 '죽여, 죽여'를 계속 부르짖었지만 재현에겐 씁쓸한 여운을 남긴 광경이었다. 그분도 아주 어두운 표정이었다. 숙소로 돌아오는 차 속에서 그분은 재현에게 조용히 물었다.

"아까 그 북한 사람들 설치는 것 보았어?"

재현은 짧게 대답했다.

"예."

"점점 거칠어져 가지?"

그러고는 그분은 혼자 말하듯 조용히 말했다.

"저 사람들의 닫힌 마음을 여는 것, 그것이 우리나라가 통일로 가는 첫걸음이 되어야 해."

아시안 게임 기간 중 파티도 많고 회합도 잦았다. 그분이 불쑥 재현에게 물었다.

"테니스 할 줄 알아?"

"네. 조금 합니다."

"준비해. 인도 주재 미국 대사와 인도 상공부장관이 함께 운동을 하자니까 같이 가자구."

그분은 대한체육회장의 자격으로 가는 곳마다 대접을 받았지만, 인도 사람들은 오히려 성공한 기업인으로서 그분을 만나려고 하였다. 인도의 경제 개발을 위해 그분의 도움이 필요했기 때문이다. 테니스도 인도 사람들이 그분과의 만남을 갖기 위해 마련한 자리였다. 영국 식민지 시절부터 테니스는 인도에서 잘 자리 잡은 운동이었다. 재현은 인도 출장 나갈 때마다 테니스 라켓과 운동화를 가져갔다.

잘 갖추어진 잔디 테니스장이었다. 인도 정부의 외무부 차관이 예고 없이 참가해서 재현이 테니스를 할 기회는 없어졌다. 그러나 그는 우물쭈물하지 않았다. 테니스 코트의 심판석에 올라앉아 게임을 관리하기 시작했다. 재현이 커다란 목소리로 마치 윔블던 테니스 시합의 주심이라도 된 듯 국제적인 룰에 따라 경기를 진행하자 그분은 '요놈 봐라' 하는 표정을 지었다. 그분은 그날 저녁 인도를 떠났다. 테니스를 하다 라켓에 쓸려 난 빨간 생채기를 콧등에 남긴 채 공항으로 나갔다. 힘으로 라켓을 휘두르기 때문에 공이 빗맞아 라켓이 미끄러지며 그분의 콧등을 스친 것이다.

"윔블던 테니스 공식 심판으로 나가도 되겠어."

그분은 더 이상 말하지 않았다. 재현은 알고 있다. 그분은 우물쭈물하는 것을 싫어한다는 것을. 큰 목소리로 뚜렷이 자기 의견을 말하는 것, 상대를 당당하게 설득하고 관리하는 모습을 좋아한다는 것을. 그날 테니스를 함께한 것보다 심판으로서 큰 목소리로 테니스 게임을 잘 관리한 것이 새로운 깊은 인상을 그분에게 주었다는 것을.

한 학생이 손을 들었다. 목소리가 느긋해졌다.
"그분에 관한 이야기 중에서 여러 사람들이 인용하는 '유조선에 의한 물막이 공법'이라는 것이 있었잖아요. 재미도 있고 신기하기도 하지만 좀 이해하기 어려운 부분이 많아요. 30만 톤이나 되는 배를 가라앉혔다는 것도 그렇고 물막이 작업도 그렇고 그 배의 뒤처리가 불명확해요. 또 어떻게 그렇게 비싼 배를 그렇게 함부로 다룰 수 있는지 연관된 설명이 지금까지 충분하지 않았던 것 같아요. 그 물막이 공사의 배경과 유조선 공법을 이해하고 싶습니다."
재현은 잠깐 생각을 정리한 뒤 이야기를 시작했다.
"우선 서산 물막이 공사에서 제가 한 역할은 없습니다. 그러나 그것은 그분의 일하는 방법을 너무나 진솔하게 보여주는 일화여서 누구나 흥미를 느끼지 않을 수 없는 사건이었습니다. 세계 언론의 눈길을 끌었고 업계 모든 사람들이 관심을 보였죠. 저도 현장까지 찾아다니며 충분히 이해될 때까지 그분의 발자취를 더듬었습니다."
물길을 막아 바다를 방대한 육지로 만드는 사업이다. 아이디어는 정부로부터 나왔다. 돈이 없고 일을 추진할 방법을 모르는 정부는 그 국토개발사업을 민간 기업에 맡기려 하였다. 그러나 그 방대한 사업을 맡겠다고 자신 있게 나서는 민간 기업이 없었다. 거기에 그분이 있었다. 그분이 맡았다. 그것은 그분의 땅에 대한 애착에서부터 시작된 일이다. 땅 한 뼘이라도 늘리려고 허리가 휘도록 밤낮없이 일하던 아버님을 기리는 마음에서 시작되었다. 먹을 것이 없어 허덕이던 우리 후손들을 배고픔으로부터 벗어나게 하자는 염원으로 확대되었다.

"갑자기 맡은 일이지만 그분은 준비가 되어 있었습니다. 그분은 그분 나름대로의 소명의식에 덧붙여 성공적으로 이루어 낼 방법도 갖고 있었습니다. 그분은 중동 공사가 끝나면서 놀고 있던 고급 건설 장비를 즉각 투입할 수 있었습니다. 중동 건설 현장에서 돌아온 경험 많은 기술자들이 공사에 참여하였습니다."

1980년 그분은 바다를 막아 여의도 면적의 서른세 배나 되는 4,700만 평 (1억 5,000만 평방미터)의 땅을 만들어 내는 작업에 착수했다. 바다의 물목을 막는 공사였다. 바다를 막기 위해 6.4킬로미터의 방파제를 건설해야 했다. 준비된 장비와 기술 인력으로 방파제 공사는 순조롭게 시작되었다. 그러나 양쪽으로부터 시작한 방파제 건설이 진행되어 그 간격이 좁아지면서 문제가 생겼다. 물목이 좁아질수록 그곳을 지나는 바닷물의 속도는 빨라졌다. 간격이 270미터 정도 남았을 때 간만의 차가 큰 서해바다의 물의 흐름은 초속 8미터(시속 30킬로미터) 정도로 그 물목을 통과하였다. 이것은 거대한 바위도 가볍게 쓸어버릴 수 있는 위력이다. 공사는 거기서 중단되었다. 진행할 방법이 없었다. 건설 기술자들은 외국에서 엄청난 돈을 들여 특수 장비를 들여와야 한다고 건의했다. 돈이 문제가 아니었다. 건설 공사란 어디서나 시간과의 싸움인데 맞춤 장비가 도착하려면 일 년 이상 걸린다고 했다.

"거기서 유조선 공법이라는 발상이 나옵니다. 이것은 하도 유명한 이야기여서 많은 사람들이 자기가 한 일처럼, 최소한 자기가 한몫을 했다는 듯이 자신의 무용담을 지어냅니다. 어떤 사람은 자기가 그분에게 그 아이디어를 건의했다고도 하고 어떤 사람은 그 유조선을 그 목적을 위해 자기가 사왔다고도 합니다. 그러나 제대로 이해하기 위해서는 그때 그분의 조선소에 대한 통합개념을 이해하여야 합니다."

그때 울산 조선소는 '요람에서 무덤까지'라는 선박의 전 생애를 아우르는 세계 유일의 조선 공업 복합체였다. 배의 설계와 성능 예측을 맡은 세계 최고 선박 연구소가 있고 최대의 설계진을 보유하고 있었다. 물론 조선소는 최고의 선박 건조 능력을 뽐내었다. 그뿐만 아니다. 배가 고장이 났을 때 고칠 세계 최대의 수리조선소가 있었다. 거기다 선박 해체 시설까지 갖추어서 수명이 다 된 선박의 마지막을 챙기는 역할까지 하였다. 그때 울산 앞바다에는 해체를 기다리는 고선들이 여러 척 차례를 기다리고 있었다. 두꺼운 철판으로 건조된 초대형 유조선이 가장 인기가 좋았다. 두꺼운 철판은 잘라 바로 압연(壓延)해서 철근 등을 만들 수 있고 나머지 해체된 고철은 바로 인천 제철로 옮겨서 전기로로 녹여 재활용되었다. 몇 척은 인천 제철에서 해체되기도 했다. 그때 물막이 공사의 문제점이 터졌다. 그분의 평생을 관류한 지혜와 순발력이 번뜩였다. 방파제의 문제가 된 부분이 270미터이다. 270미터라는 숫자는 그분의 머리에서 유조선의 길이가 320미터에서 350미터라는 사실과 연결되었다. 그 간격을 메우기에 그보다 더 적절한 것이 없었다. 그분은 바로 울산의 시운전 담당에게 전화를 걸었다.

"해체를 대기하고 있는 배 중에 당장 엔진을 가동시킬 수 있는 VLCC가 있을까?"

대답은 긍정적이었다. 그러나 폐선시키려던 배의 엔진을 다시 살려내는 데는 약간의 시간이 걸린다. 그런데 때맞추어 새로 사들인 배가 조선소에 도착했다. 그 배는 자신의 엔진으로 조선소까지 온 것이어서 즉각 움직이는데 전혀 문제가 없었다.

"배가 정해지자 그분은 바로 배를 서산으로 보내라고 했지요. 모두들 영문도 몰랐지요. 배는 썰물과 밀물이 멈추는, 바다가 잠잠한 시간에 현장에 도착했고 기름을 싣던 공간에 물을 가득 채워 넣었습니다. 배는 가라앉았습니다. 깊지 않은 곳이어서 VLCC로 충분히 간격을 메울 수 있었습니다. 밀물은 배를 방파제에 밀어붙였습니다. 썰물로 바뀌기 전 모든 장비를 동원해서 방파제의 남은 구간 270미터를 돌과 흙으로 채워 넣은 것입니다. 작업이 끝난 뒤 배는 자체 펌프로 물을 퍼내고 다시 떠올랐습니다. 그리고 자신의 엔진으로 인천제철까지 운행해 가서 해체되었지요."

1984년 한국지도를 바꾼 대공사는 그렇게 마무리되었다. 그분은 그곳을 세계 최첨단 농업단지로 조성했다. 비행기로 볍씨를 뿌리고 재배, 수확, 도정까지 완전 기계화를 이루었다.

6.

"1980년대 중반 어느 날 저는 그분과 단둘이 오래 이야기할 기회를 가졌습니다. 저는 마음속에 담고 있던 생각을 말씀드렸습니다.

'일본의 니쎈 유센 해운회사(NYK)가 우리 조선소에서 자동차 운

반선을 연속으로 짓겠다고 합니다.'

그분은 바로 관심을 보였습니다. 니뽄 유센은 일본 최고의 해운 회사입니다.

'그래, 좋구먼. 바로 진행해야지.'

'그런데 한 가지 조건이 있습니다. 현대 그룹이 생산하는 자동차로 20퍼센트의 화물을 채워 준다는 조건입니다.'

그분은 입을 다물었습니다."

그분은 자동차 운반선을 아세아 상선의 중요 선단으로 키울 생각을 하고 있었다. 아세아 상선이 설립된 것은 78년이다. 75년부터 악화되기 시작한 VLCC 시장은 조선소가 짓고 있던 선박들의 계약에 큰 타격을 주었다. 그리스 선주는 첫 번째 배는 받아 갔지만, 용선이 되지 않은 두 번째 배는 온갖 트집을 잡아 인도를 지연시켰고 계약상의 계약해지 일자(Cut Off Date)를 넘겼다. 그날을 넘긴 뒤 어느 날 밤 그들은 조선소를 떠났다. 야반도주(夜半逃走)를 한 것이다. 아까운 외화를 들여 지은 VLCC 한 척이 갈 곳 없이 조선소 앞바다에 버려졌다. 그것으로 끝나지 않았다. 7호선 8호선에도 문제가 생겼다. 홍콩 선주가 주문한 배였다. 1호선보다 더 막무가내였다.

'시장 환경이 변화하였으므로 더 이상 계약 조건을 이행할 수 없다.'

말도 안 되는 이유라는 것을 그들도 알고 있었지만 선주에게는 죽느냐 사느냐의 문제였다. 물론 즉각 런던에서 법적 절차를 시작했다. 조선소 앞바다에서 산처럼 웅장한 VLCC 세 척이 닻을 내리고 하루하루 고철로 썩어가고 있었다. 암담한 풍경이었다.

그때 또 한 번 그분의 뚝심과 지혜가 빛났다. 그의 역발상은 VLCC 세 척을 가지고 스스로 해운회사를 시작하겠다는 것이다. 그분은 한국에 원유를 공급하는 오일 메이저들을 압박했다. 그들은 한국에 대해 원유 공급권을 가지고 있었을 뿐 아니라 독점적인 수송권의 혜택까지 누리고 있었다. 그분은 그들에게 제안했다.

"메이저들이 원유 공급권에 덧붙여 수송권까지 독점하고 있는 것은 한국에 원유를 자체 수송할 VLCC가 없기 때문이다. 이제 세 척의 세계 최신형 VLCC를 확보하였다. 이 배들에게 수송권을 나누어 달라."

이 제안은 획기적이었고 또 하나의 큰 외화벌이 수단으로 등장했다. 물론 정부도 적극적으로 밀었다. 오일 메이저들이 저항했지만 결국 그분의 제안을 받아들이지 않을 수 없었다. 아세아 상선의 시작이다. 게다가 오일 메이저들은 그들의 독점적 지위를 이용해서 높은 이익을 수송비에서 챙기고 있었다. 아세아 상선에게 같은 운임을 적용할 수밖에 없었다. 세 척의 VLCC는 큰 외화벌이 수단이었을 뿐 아니라 엄청난 이익을 올리는 황금거위가 되었다. 그분이 창조한 모든 것이 그러했지만 그분의 영혼을 담은 현대상선은 승승장구하였다.

"현대 건설은 1976년 사우디아라비아의 주베일 산업항 공사를 수주했습니다. 세계 최대의 심해 공사로 공사비 약 10억 불의 프로젝트였습니다. 지금 생각하면 그까짓 VLCC 열 척 값도 안 되는 것 하겠지만 그것은 그때 우리나라 경제 규모를 뒤집어 놓은 사건이었습니다. 1973년 우리나라 외화 보유고가 3,000만 불이 되지 않았습니다.

1976년 우리나라의 총 국가 예산이 5억 불 남짓할 때였습니다. 어떤 무식한 국회의원은 과도한 외화가 유입되어 국내 경제에 혼란이 온다고 불평을 하였습니다. 그뿐이 아닙니다. 그 어마어마한 프로젝트를 수행하는데 있어서도 그분은 세상을 깜짝 놀라게 하였습니다. 공사에 필요한 철 구조물을 사우디 현장에서 제작하는 대신 울산 조선소에서 만들어 바지선(Barge)에 싣고 아세아 상선이 현장으로 끌고 간다는 발상입니다. 일감 부족에 허덕이던 조선소의 작업 물량을 채우고, 생산 원가를 낮출 뿐 아니라 공기를 대폭 앞당기겠다는 의도였습니다. 결과적으로 막대한 이익을 남기게 되었습니다. 10억 불의 수주 금액 중 단 한 푼도 외국에 나가지 않고 몽땅 우리나라의 순수입으로 잡혔습니다. 물론 태풍 지대를 통과하는 수송 방식이라 치밀한 계획을 먼저 세웠지요. 그 해상 운송 작업은 아세아 상선의 경영을 반석 위에 올려놓았습니다."

  그분은 조선소에 내려와 조선소의 일감이 부족하면 당장 조선소가 짓기 편한 배를 지으라고 했다. 그리고 아세아 상선은 그 배를 가져가 운영을 하도록 하였다. 선박은 아세아 상선의 필요에 의해 계획되는 것이 아니라 조선소의 일감을 갖추기 위해 발주되었다. 80년대 중반으로 넘어가며 아세아 상선은 현대 자동차의 수출 물량을 실어 나르기 시작했다. 조선소는 빈자리가 있으면 자동차 운반선을 지어 아세아 상선에 넘겼다. 순식간에 아세아 상선의 자동차 운반선 선대가 늘어났다. 83년 회사 이름도 현대상선으로 바뀌었다. 그런데 문제가 생겼다. 자동차 수출이 활발할 때는 자동차 운반선들이 짐을 가득 싣고 쉴 사이 없이 움직였지만 미국 자동차 시장이 침체되면 자동차 수출도 떨어져서 때로는 울산 앞바다에 자동차 운반선이 열 척씩 일감이 없이 계류되어 있곤 했다. 재현은 그 계류된 자동차 운반선을 볼 때마다 가슴이 답답했다. 그때 일본 최대의 아니 세계 최대의 자동차 운반 선단을 보유한 NYK사가 선박 신조 제의를 한 것이다.

"화물의 20퍼센트만 확보해 주면 울산 조선소에서 연속 건조를 하겠다."

그것은 아주 합리적이고 안전한 비즈니스 제의였다. 그렇게 되면 현대 상선도 많은 배를 가지고 있으면서 때때로 일감이 없어 놀리는 경우를 피하게 되고 보다 합리적으로 선박 관리를 할 수 있을 것이다. 물론 조선소도 안정적 일감을 확보할 수 있다고 생각했다. 재현은 그 제안이 그분에게 아무 거리낌 없이 받아들여질 것이고 재현도 큰 칭찬을 들으리라 기대했다.

한참을 입을 다물고 있던 그분은 재현에게 물었다.
"자네 나와 얼마나 오래 일을 해왔나?"
그분의 질문의 의도를 모르니 대답을 할 수가 없었다.
"나는 우리 공장에서 만든 자동차 한 대도 일본 배에 싣지 않아."
그분은 단호했다. 재현은 일감이 없어 울산항 밖에 닻을 내리고 떠 있는 자동차 운반선을 생각했다. 그분은 재현의 마음속을 꿰뚫어 보고 있다는 듯이 말을 이었다.
"나는 일본에 대해 나쁜 감정이 있어서 말하는 것이 아니야. 두고 보라고. 지금 비실대는 것 같지만 자동차 운반선이 현대 상선의 캐시 카우(Cash Cow)가 될 테니."

그분은 영어로 똑똑히 캐시 카우라고 했다. 재현은 긴가민가했다. 그러나 시간이 지날수록 그분의 혜안이 현실이 되어 재현의 가슴에 박혀 왔다. 현대 상선의 경영은 자동차 운반선에 의존하게 되었고 한결같은 이익을 그 배들이 창출하였다.

7.

"그분과 오랫동안 비즈니스를 같이하며 애환을 나눈 분이 계시지요. 홍콩의 최대 재벌이며 세계 최대 해운회사의 설립자입니다. 두 분은 서로 존경을 하면서도 한편으로 늘 팽팽한 라이벌 의식을 지니고 있었습니다."

중국 공산당이 중국 대륙을 석권하기 직전 상해를 중심으로 활동하던 많은 재계 인사들이 그들의 재산을 챙겨서 영국이 관리하고 있던 홍콩으로 옮겨왔다. 라우 회장은 홍콩으로 옮겨온 많은 재계 인사들 중 한 사람이다. 그는 세상을 읽는 눈이 명철했다. 다른 사람들보다 빨리 중국 공산당과 화해를 해서 기업운영에 있어서도 중국의 뒷배를 받았다. 그는 중국의 가장 큰 전세 비행기 회사의 소유주였고, 홍콩 화폐를 발행하는 은행의 최대 주주였다. 그는 아시아에서 최고의 재벌이며 누구보다도 높은 지혜를 갖고 있다고 자부하고 있었다. 그는 철저한 법률주의자여서 한번 맺은 계약에 대해 문장을 고치지 않는 것은 물론이고, 단어 하나의 수정도 받아들이지 않았다. 그와의 계약은 완벽하게 법률적 검토를 거친 뒤 서명을 해야 했다.

그분과 라우 회장의 인연은 조선소가 시작되던 70년대 초반에 시작되었다. VLCC가 시장을 석권할 때 라우 회장은 다른 사람보다 한발 늦게 시작하였다. 그는 높은 값을 받아들였다. 첫배의 선가가 3,000만 불이었다. 2년 뒤 조선소가 배를 잘 지을 수 있다는 것을 확인하고 나서 라우 회장은 5,000만 불로 계약에 서명하였다. 동시에 그는 일본 최대의 선주와 5,000만 불의 선가(船價)에 상응하는 용선료(傭船料)로 장기 계약을 맺었다.

선박 건조 계약에 서명하기 전 모든 협상은 마무리되었다. 수백 페이지의 기술 사양서의 페이지마다 담당자의 약식 서명이 들어갔고 계약서도 완결되었다. 그분은 계약서의 서명을 위해 홍콩에 초대되었다. 라우 회장은 홍콩의 한복판 가장 비싼 건물을 소유하고 있다. 선주의 계약 담당자는 조선소 관계자들을 정중하게 대회의실로 안내하여 정해진 자리에 앉혔다. 선주의 임원들은 건너편에 앉았다. 모두 계약서 서류 뭉치를 바라다보며 설렘 속에 서명식을 기다리고 있었다. 배의 건조 과정에서 계약의 서명식은 배의 인도식과 함께 가장 중요한 의식으로 꼽힌다. 시작과 마무리를 짓는 의식이기 때문이다. 두 분 큰 어른들이 서명하는 절차만 남았다. 그런데 라우 회장이 한참을 뭉기적거리며 계약서 서명을 늦추었다. 그러더니 자리에서 일어나 밖으로 나갔다. 그분은 가벼운 어조로 옆 사람에게 한국말로 물었다.

"저 사람 뭐하는 거지?"

옆 사람도 가볍게 대꾸했다.

"아마 사진사 데리러 나간 것 같습니다."

그런데 잠깐 뒤 라우 회장은 시골 논에서 일하다 바로 온 것 같은 전혀 그 자리에 어울리지 않는 노인 한 분을 모시고 나오더니 탁자의 상석에 앉혔다.

"인사들 하시지요. 제 아버님이십니다. 이 계약은 아주 중요한 행사이기 때문에 서명하기 전에 아버님께 보고를 드려야 합니다."

그분은 일어나 노인에게 정중하게 인사를 드렸다. 라우 회장은 노인과 중국말로 짤막짤막하게 대화를 나누었다. 한 문장이 끝날 때마다 노인은 고개를 끄덕였다. 계속 고개를 끄덕이던 노인이 라우 회장이 마지막 질문을 드리자 표정을 싹 바꾸고 고개를 가로저었다. 라우 회장은 난감한 얼굴로 회의장 참석자들을 둘러보았다.

"난처한 일이 생겼습니다. 아버님이 모든 계약 조건은 흔쾌히 승낙을 하시는데 한 가지 승인을 하지 않는 사항이 있습니다."

모두들 라우 회장의 입만 쳐다보았다.

"가격입니다. 가격이 높다고 하시며 그 가격으로는 계약하면 안 된다고 딱 잘라 말씀을 하시네요."

유치한 연극이다. 오랫동안 협상을 거쳐 가격을 포함한 계약 조건을 마무리하였다. 마지막 순간, 계약에 서명하기 직전, 또 한 번 가격을 깎자고 아무 관계없는 노인을 데리고 와서 잔재주를 부리는 것이다. 그분은 피식 웃었다. 그는 한국말로 조선소 관계자들에게 이야기했다.

"아버지에게 '고개를 끄덕이세요, 고개를 저으세요'라고 쑤왈라 쑤왈라 했겠지. 그러나 아버님까지 모시고 나와서 하는 연극인데 어르신을 생각해서라도 못 이긴 듯 장단을 맞춰 주어야 하지 않겠나?"

그날 그분은 의외로 선선히 값을 깎아 성의를 표시했다. 워낙 넉넉한 선가였다.

"말도 안 되는 연극을 하고 또 그것을 모르는 체하며 들어주는 두 분의 익살스런 드라마였지요. VLCC 시장이 승승장구할 때 이야기입니다. 그러나 VLCC 시장에 곧 파국이 왔습니다. 다른 선주들이 계약 내용에 트집을 잡고 값을 깎거나 계약을 파기할 생각만 했지요. 그러나 제일 높은 값을 치른 라우 회장은 어떤 시비도 걸지 않았지요. 그보다 낮은 가격으로 계약한 다른 홍콩 선주가 '시장 환경의 변화로 계약을 파기한다'는 일방적 결정을 내리고 철수했어도 라우 회장은 끝까지 값을 치르고 배를 받아갔습니다. 그러나 그의 배를 용선한 일본의 대표적인 선사는 파산을 했습니다."

그분은 라우 회장에 대해 상반된 견해를 갖고 있었다.

"어려운 환경에서도 값을 깎자는 말 한마디 없이 배를 받아 간 것은 고맙고 존경할 만한 일이다. 그러나 살릴 수 있었던 좋은 회사를 파산으로 몰고 간 것은 심했다."

회사도 회사지만 그분은 그가 좋아하던 전도유망한 일본 해운회사의 젊은 최고 경영자의 몰락을 보며 마음 아파했다. 그리고 결론을 내렸다.

"라우 회장은 비즈니스의 상대방으로 존경할 만한 사람이다. 그러나 조심해야 한다. 그는 냉혈한이다."

"두 분은 86년 8월에 다시 만났습니다. 세 척의 VLCC 신조 계약 서명을 홍콩에서 하기로 한 것입니다."

재현은 미국에서 미국 선주와 협상을 벌이고 있었으나 지지부진했다. 그때 그분이 전화로 재현을 불렀다.

"라우 회장이 홍콩에서 VLCC 세 척 신조 계약을 직접 서명하자는

구먼. 얼른 귀국해서 나와 같이 홍콩에 가자고."

재현은 바로 귀국했다. 귀국하는 길로 조선소로 가서 서류 준비를 한 뒤 그분과 함께 다음 날 홍콩으로 갔다. 집에 들를 여유도 없었다.

시장은 바닥이었다. 시장을 읽는데 천재적인 소견을 가졌다는 라우 회장의 타이밍이다. 배 값은 바닥이지만 시장은 바닥에서 벗어나려고 발버둥 치고 있었다. 그분은 원가가 되지 않는 선가를 받아들였다. 라우 회장 같은 사람이 물꼬를 트면 다른 선주들을 자극해서 시장이 살아날 수 있으리라는 것이 그분의 소망이었다. 기술 사양과 계약서 내용은 단어 하나까지 합의되어 두 어른들의 서명만 남겨 놓았다. 엘리베이터에서 내려 회의실에 들어가려다 대회의실 입구에 놓인 라우 회장 부친의 흉상을 보고 그분은 긴장했다. 첫 번째 계약 하던 때 일이 기억난 것이다.

계약 서명을 위해 모든 사람들이 자리를 잡았다. 그러나 라우 회장은 계약에 서명할 생각은 하지 않고 조용조용히 그분에게 훈계하기 시작했다. 어려울 때 계약서에 서명한 뒤 값이 오르면 선가를 올려 달라고 떼를 쓰는 것으로 울산 조선소는 시장에 소문이 나 있었다. 그는 어떤 경우에도 계약서를 수정하자는 시도는 받아들이지 않으리라는 것을 반복해서 확실히 했다. 처음 그분은 덕담으로 그 경고를 받아넘겼다.

"이제 우리 둘이서 직접 계약 서명을 하게 되었으니 다시는 그런 일이 없을 것입니다. 오랫동안 좋은 관계를 유지해서 함께 장수를 누리고 노후의 번영을 향유합시다."

그러자고 하면서도 라우 회장은 낮고 지루한 톤으로 설교를 반복했다. 끝날 것 같지 않다. 드디어 폭발했다. 라우 회장의 말을 끊고 한국어로 재현에게 내뱉었다.

"나 이 계약 서명 안 해."

긴 시간을 두고 한 협상 끝에 이른 계약 서명이다. 그렇게 끝날 일이 아니다. 재현이 곧 사태를 수습했다. 재현은 큰 목소리로 제안했다.

"저와 라우 해운회사의 사장이 계약을 서명하겠습니다. 두 분 위대한 어르신들은 배석해 주시기 바랍니다."

그분도 라우 회장도 제안을 받아들였다. 재현과 사장의 권한 위임장(Power of Attorney)이 제출되고 두 사람에 의한 계약 서명은 마무리되었다.

계약 서명은 그럭저럭 끝내었으나 저녁이 또 문제였다. 저녁 식사는 같은 건물의 맨 위층에 있는 전용 식당에 마련되었다. 라우 회장은 계약 후 선가를 올리려 하는 그분의 못된 버릇을 고쳐 놓겠다고 작심한 사람 같았다. 만찬 중에도 라우 회장은 끈질기게 그 문제를 물고 늘어졌다. 그분은 참았다. 계속 앞으로 잘하자는 덕담으로 라우 회장을 따독거렸다.

"우리 두 사람이 확정시켰으니 특별히 신경을 써서 관리를 하여 가장 모범적인 계약을 만들어 봅시다."

그러나 라우 회장은 한 이야기가 끝났는가 하면 또 다른 이야기를 꼬투리 잡아 같은 주제로 돌아왔다. 그분의 기분이 완전히 흐트러졌다. 그분은 저녁을 먹으면서 거의 대꾸를 하지 않았다. 계약은 끝났고 만찬도 그런대로 모양을 갖추었다. 그러나 호텔로 돌아오는 그분의 발길은 무거웠다. 아무 말도 하지 않았다.

끈질기게 계속되는 라우 회장의 긴 이야기를 통역하느라 재현은 빵 한 조각 입에 넣을 수 없었다. 라우 회장은 계속 먹으라고 권했다.

"미스터 리, 이 해물 요리는 양자강에서 잡은 생선으로 세계 최고의 요리사가 만든 거예요. 먹어요. 꼭 먹어야 돼요. 여기 아니면 어디서도 맛볼 수 없어요."

그분도 걱정을 했다.

"먹으면서 통역해도 돼. 정말 맛이 있구만."

그러나 대화가 계속되는 한 제현은 입에 음식을 넣지 않았다. 음식을 씹으며 통역을 할 수 없다. 그저 포도주를 한 모금씩 마셔 목을 축일 뿐이다.

재현이 그분을 모시고 다닐 때 스스로 세워 놓은 규칙이 있다.

"먹을 것이 보이면 먹어 둔다."

"변소가 있으면 무조건 들른다."

"틈만 나면 눈을 붙인다."

그분의 활력 넘치는 생체 리듬에 맞추기 위해 언제나 준비가 되어 있어야 했다.

다음 날 새벽이었다. 그분의 옆방에 머물면서 그분의 방 열쇠를 갖고 있던 재현은 새벽 여섯 시 지나서 방 열쇠로 딸그락 소리를 내며 방문을 열었다. 그분은 이미 일어나 책상 앞에 앉아 있었다. 그분은 쾌활하게 재현을 반겼다.

"오늘 떠나는 날이지? 잠깐 기다려. 나 이것 금방 끝낼게."

재현은 그분의 어깨너머로 그가 쓰고 있는 편지를 보았다. '존경하는 교수님께' 편지는 그렇게 시작되었다. 저명한 시인이 보내준 수

필집을 읽고 그 독후감을 쓰고 있었던 것이다. 기가 막힐 노릇이었다. 그 고단한 일정에 그처럼 신경을 갉아먹는 하루를 마치고 돌아와 아무 일도 없었던 듯 새로 받은 수필집을 읽고 이른 새벽에 그에 대한 독후감을 쓰는 것이다. 그분의 영혼이 다스리는 영역은 어디까지인가? 그분이 짊어져야 하는 무거운 고뇌와 엄청난 체력의 소모는 아무도 흉내 낼 수 없는 이 유연한 정신적 내공으로 그 균형을 이루는 것인가?

8.

라우 회장과의 신조 계약은 기대했던 대로 세계 조선 시장 부활의 기폭제가 되었다. 바닥에 가라앉아 있던 배 값이 라우 회장이 움직였다는 소식을 듣고 슬슬 떠오르기 시작하더니 갑자기 치솟기 시작했다. 따라오는 계약 가격은 라우 회장이 지불한 것보다 20퍼센트 혹은 30퍼센트 높게 형성되었다. 그분의 도발 정신이 고개를 들었다. 특히 라우 회장에 대한 개인적인 감정이 그의 도발에 불을 붙였다. 그분은 배 값을 올려 달라는 편지를 쓰라고 지시했다. 재현은 난감했다. 이런 움직임을 예견하고 라우 회장은 계약서 곳곳에 지뢰를 묻어 두었다. 피해 갈 방법이 없었다. 그러나 그분의 결심이 확고했기 때문에 재현은 움직이지 않을 수 없었다. 계약한 뒤 반년쯤 지났을 때 공식적인 서신을 보내기에 앞서 재현은 홍콩에 가서 라우 회장을 만났다. 그동안 바뀐 한국의 달러 환율, 임금 상승, 원자재 가격의 급등 등을 설명하고 선가를 올려 달라고 간청했다. 라우 회장은 예견하고 있었다는 듯이 재현의 제안을 냉정하게 거절했다. 계약서는 성경과 같아서 한 단어 한 문장도 고칠 수 없다는 것이다. 이렇게 만나 주는 것만도 크게 호의를 베푸는 것으로 알라는 말도 했다.

그분은 보통 하듯 다음 절차로 넘어갔다. 조선소는 공식 문서로 선언했다.

'이 배는 더 이상 라우 회장의 배가 아니다. 그러므로 라우 회장의 감독관은 이 배에 오를 수도 없고 건조 공정에 관여할 수 없다.'

라우 회장은 대꾸도 하지 않고 기다렸다는 듯 그가 준비해둔 다음 수순을 밟았다. 런던 변호사 사무실을 통해 울산 법원에 수천만 불의 공탁금을 걸고 조선소가 가장 어려워하는 다른 선주의 배를 압류해 버렸다. 전혀 예상치 못했던 일이다. 라우 회장의 선박이 아닌 엉뚱한 딴 사람의 배로 불똥이 튄 것이다. 압류를 당한 배의 주위에는 이동식 말뚝이 둘러 쳐졌고 아무도 출입을 할 수 없게 되었다. 느닷없이 압류를 당한 미국 선주는 조선소에 당연히 강력하게 항의했다. 미국 배에 대한 압류를 풀기 위해 결국 조선소는 선가 인상에 대한 공식적 요구를 철회하고 라우 회장과의 전쟁을 중단할 수밖에 없었다. 그분에게 분통 터지는 패배였다. 그럴수록 재현은 들볶였다. 한국에 있을 수가 없었다. 일 년에 몇 달을 홍콩에 나가 있었다. 라우 회장을 설득하라는 것이다. 라우 회장은 한결같았다.

"젊은이 나는 당신이 좋아. 그래서 당신을 만나 주는 거야. 그러나 나는 이번에 그분의 그 촌스러운 버릇을 고쳐 놓기로 결심을 했어. 결코 양보하지 않을 거야."

그는 재현의 홍콩 체류를 편안하게 하기 위해 그의 회사 간부들과의 운동도 주선하고 문화 행사에 초대도 하였지만 선가 인상에 대해서는 한마디도 긍정적인 언질을 주지 않았다.

팽팽한 긴장 속에 선박 건조는 계속되었다. 88년이 밝았다. 그분은 올림픽 유치 위원장을 맡았다. 그분은 온갖 난관을 헤치고 보란 듯이 올림픽을 유치하는데 성공했다. 올림픽은 유치할 수도 없는 일이고 유치한다 하더라도 나라의 경제를 말아먹는 일이라고 모두 쑥덕거렸다. 나서기 좋아하는 정치인과 사회 저명인사들이 올림픽 유치 움직임에서는 꽁무니를 뺐다. 실패했을 때의 면피용으로 체육계에서 떠나 있던 그분을 내세웠다. 그러나 그분은 완벽하게 준비되어 있었다. 올림픽 개최는 뻗어 나가기 시작한 국력을 세계의 선두 그룹으로 올려놓는 일이고 미래를 건설하기 위한 초석이 되리라 확신했다. 불가능하다는 일을 그는 완벽하게 가능한 현실로 만들어 놓았다.

올림픽 개막식이 열리기 몇 달 전 어느 토요일 아침이었다. 재현은 아침에 결재 맡을 서류들을 챙겨서 그분 사무실로 갔다. 결재가 끝났을 때 그분은 재현을 바라보며 빙긋 기분 좋게 웃었다.
"또 뭐 이야기할 것 있어? 있으면 해봐."
그분은 느긋했다. 올림픽도 계획대로 준비되고 있고 모든 사업이 평온하게 진행되있다. 재현이 어렵게 운을 떼었다.
"라우 회장 말입니다."
그분의 평화롭고 따뜻하던 얼굴이 순식간에 험악해졌다. 듣고 싶지 않다는 표정이었다. 재현은 단숨에 내뱉었다.
"이번 올림픽 개막식에 라우 회장의 전 가족을 초청하면 어떻겠습니까?"

예상했던 대답이 터져 나왔다.

"뭐 이놈아. 그놈을 왜 성스러운 올림픽에 초청을 해. 너 정신이 제대로 붙은 놈이야. 그래 그런 생각밖에 할 수 없어? 이 멍청한 놈아."

재현은 그분이 야단을 치는 동안 틈틈이 그가 준비한 말을 마쳤다.

"초청하지 않겠습니다. 저는 단지 회장님이 만들어 내신 이 거룩한 올림픽을 라우 회장에게 보여 드리고 올림픽을 통해 두 회사 간의 긴장을 푸는 기회를 만들면 어떨까 해서 말씀드렸을 뿐입니다."

그러고는 그분의 방을 빠져나왔다. 더 있다가는 그분의 큰 주먹이 날아올 기세였다.

그날 오후 재현은 점심을 회사 식당에서 먹고 천천히 차를 몰아 집으로 돌아왔다. 갑자기 전화기 벨이 요란하게 울렸다. 재현은 차를 길 옆으로 대고 전화를 받았다. 그분이었다. 조용하고 따뜻한 음성이었다.

"라우 회장 가족을 올림픽 개막식에 초대해야겠어. 정중하게 초대 편지를 쓰란 말이야. 가족 중 한 사람도 빠지지 않도록 세심하게 챙기란 말이야. 정중하게 편지를 써. 아주 정중한 편지를 쓰란 말이야."

그분은 그 생각이 방금 그의 머리에서 떠올랐다는 듯이 재현에게 당부를 했다. '정중하게'를 몇 번씩 반복했다. 집으로 돌아오는 동안 재현은 운전을 할 수 없을 만큼 눈물을 흘렸다. 불같은 성격, 곰처럼 밀어붙이는 추진력, 즉흥적인 판단과 결단력이 그분을 묘사할 때마다 인용되는 특성이다. 그러나 보라. 그분은 한번 내뱉은 말을 맹목적으로 밀어붙이는 단순한 고집쟁이가 아니고 다시 한 번 깊이 생각하고 모든 것을 살펴서 마지막 결정을 내리는 시인보다 섬세한 심성을 가진 사람이다.

재현은 다음 주 월요일 정중한 편지를 만들었다. 라우 회장의 손주, 손녀까지 포함해서 가족 모두의 이름을 거론하며 스무 명 가까운 사람들을 초청하는 편지였다. 그분은 편지에 정성스레 서명을 하였다. 그러나 라우 회장의 올림픽 참석은 성사되지 않았다. 내색은 하지 않았지만 그는 회복할 수 없는 깊은 병을 갖고 있었고 그때 그의 일상은 하루하루가 죽음을 맞이하는 의례에 불과했다. 그는 정중하게 감사의 회신을 보내면서 참석하지 못함을 아쉬워했다. 그 편지는 얼어붙었던 두 분 사이의 관계를 녹였고 큰 잡음 없이 선박 건조 작업은 계속되었다. 89년 10월 라우 회장은 재현을 홍콩으로 불렀다. 마지막 배가 완성될 때였다. 많지는 않지만 표가 나게 선가를 올려 주었다. 그는 그때 세상 떠날 준비를 마치고 유산을 정리하고 난 다음이었다. 그는 그의 통통한 손으로 재현의 손등을 따뜻하게 토닥거렸다.

"이건 그분에게 주는 것이 아니야. 사랑하는 젊은 자네에게 주는 나의 선물이야. 잘 기억해 둬."

그분의 초청장으로 시작된 해빙(解氷)은 라우 회장의 마지막 양보로 마무리되었다. 두 거인 사이에 있던 빙벽은 화해 편지로 녹아내렸다. 재현은 홍콩에서 돌아와 라우 회장의 마지막 선물을 자신의 사직서와 함께 그분에게 제출했다. 라우 회장은 곧 타계하였다. 재현은 회사를 떠났다.

잡일로 분주하던 혜진이 나섰다.

"회장님이 그분으로부터 배운 것이 있다면 가장 중요한 것은 어떤 가르침이었을까요?"

재현은 잠깐 생각한 뒤 계속했다.

"싸우는 법입니다. 싸움을 시작하는 방법, 진행하는 방법, 이기는 방법을 배웠다고 생각합니다. 우리는 싸워야 할 경우가 닥쳤을 때 우선 화부터 내고 짜증을 부리지요. 그렇지 않으면 피해 버리지요. 그런데 그분은 그렇게 하면 진다는 것을 가르쳤습니다. 담담한 마음으로 당당하게 맞서야지요. 그분은 겉으로는 뚝심으로 밀어붙이는 듯 행동하지만 늘 다음 수순 그다음 수순을 오래 생각하며 준비해 나갑니다. 상대방이 끌려오지 않을 수 없는 방법을 창출하는 것입니다. 그것은 상대방을 묵사발로 만든다는 것을 의미하지 않습니다. 싸울 때는 치열하게 싸우지만 어떤 경우에도 상대방의 체면을 살려 우호 관계는 유지해야 하는 것입니다. 이기고 상대방과 원수가 되면 그것은 결코 이긴 것이라 할 수 없습니다."

"이제 그분 이야기를 마무리 지어야지요?"

재현도 약간 지쳤다. 하루가 저물어가고 있었다.

"나는 할리우드 영화배우 중에 제일 좋아하는 사람이 존 웨인입니다."

모두 '존 웨인?' 하는 표정이다.

"나는 그분과 다니면서 존 웨인과 그분이 서로 참 많이 닮았다고 생각했지요. 크게 로맨틱한 스타는 아니지만 인간적인 따뜻함과 굳건한 정의감, 강력한 의지, 이런 것들이 그분의 모습과 닮은꼴이었어요. 특히 주변의 변화와 박자를 맞추는 육체적 유연함과 마음속 깊은 느긋함이 아주 비슷하게 여겨졌어요. 또 재미있는 것은 현재 조선소 사주는 존 웨인의 젊은 시절과 완전한 판박이라는 것입니다. 혈통인 것 같아요."

재현은 잠깐 말을 멈추고 생각했다. 그리고 그의 하루를 매듭지었다.

"나는 우리 사회가 지향해야 할 목표를 기업 경제라고 생각합니다. 시장 경제라고들 이야기하는데 그것은 아주 모호한 개념입니다. 아무나 생산해서 아무 것이나 시장에 내놓는 물물교환 경제가 시장 경제입니다. 잘 준비된 기업이 계획된 양질의 제품을 생산하고 적절한 값으로 시장에 내놓아 소비자들의 선택을 받는 것이 기업 경제입니다. 그런 경제 체제가 사회를 발전시키고 균형을 이루는 것입니다. 그러기 위해 훌륭한 기업가가 필요합니다. 우리 사회는 다행히 뛰어난 기업가 정신을 지닌 분들을 배출하였습니다. 출중한 분들 중 한 분이 그분입니다. 그분은 과거의 사람입니다. 그러나 나를 오늘 이 자리에 나오도록 만든 차영균 이사장의 말을 생각합니다. '과거를 정확하게 이해하는 사람만이 미래를 이야기할 수 있다.' 그분은 단순한 과거의 인물이 아니라 미래를 열어가는 모든 사람들에게 이상적인 '닮고 싶은 사람(Role Model)'이 될 것입니다."

제33장

일은 이렇게 되도록 정해져 있었다

1.

12월에 들어서도 날씨가 포근했다. 12월 6일 첫 월요일 재현은 집에서부터 사무실까지 천천히 걸어서 출근했다. 4킬로미터 정도 되는 거리이다. 내리막길이어서 오십 분 정도 걸린다. 급히 처리해야 할 일이 없었다. 습관처럼 자리에 앉자마자 간밤에 들어온 이메일들을 챙겼다. 시장은 여전히 들끓고 있다. 당장 소매를 걷어붙이고 나서면 거래를 성사시킬 수 있는 프로젝트가 제법 있다. 그러나 그는 뛰어들지 않았다. 새로운 프로젝트에 덤벼들기보다 클랜시의 것처럼 이미 확보된 프로젝트를 제대로 마무리 짓자는 생각이 앞섰다. 울산 조선소에서의 클랜시 프로젝트는 알레스 클라였다.

그 즈음 재현의 마음이 늘 찌뿌듯했다. 뭔지 꼭 집어낼 수 없는 작은 가시 같은 것이 마음 한구석에 박혀 있었다. 무얼까 무얼까, 잡힐 듯하면서 잡히지 않았다. 다잡아 생각하려고 하면 그때마다 전화가 오거나 사람들과의 모임이 있어 그 가시를 마음속에 박아 놓은 채 찜찜하게 지나갔다.

월요일 재현이 점심을 먹고 사무실로 돌아오자 차영균이 전화를 걸어왔다.

"회원들은 15일까지 논문을 써 내기 위해 일분일초를 아끼며 정성을 다하고 있습니다."

"아, 그렇지. 15일까지였지? 이제 열흘도 남지 않았구먼. 그런데 논문 심사는 누가 하지요?."

"예. 좀 특이한 방법을 써 볼까 합니다. 근본적으로 기성세대를 배제하자는 원칙 아래 시작된 일입니다. 회원들이 쓴 논문 심사를 외부 인사들에게 맡기지 않고 회원 전원이 돌려 읽고 스스로 심사해서 점수를 매겨 선정하는 겁니다."

그것은 또 하나의 쇼크였다.

"아니, 경쟁자들이 경쟁자들의 논문을 심사한다구요?"

영균이 잠깐 뜸을 들인 뒤 계속했다.

"이제 회원들은 더 이상 경쟁자들이 아닙니다. 완전히 한 몸이 되었습니다. 그들은 이번에 누가 영국에 가느냐가 중요한 것이 아니고 어떻게 함께 우리의 역사를 제대로 정립해 내느냐에 온 정성을 기울이고 있습니다."

"나도 생각날 때마다 걱정하던 사안이었는데 차 이사장님이 세상의 유일무이한 해법을 창안하셨네요. 오직 차영균 이사장만이 생각하고 실천할 수 있는."

"이 회장님이 허락을 해 주시니 용기백배입니다. 앞으로 일정은 이렇습니다. 12월 15일 원고 수집, 12월 16일 원고를 제본해서 각 회원에게 배부, 크리스마스 휴일까지 읽게 하고 28일부터 모여 난상토론을 거쳐 연말까지 채점을 마치고 금년 안으로 영국 파견 팀을 결정한다. 이렇게 잡았습니다."

"이거야말로 아귀가 착착 맞아 들어가는 해법이네요. 아아, 후보자들이 후보자들을 심사한다. 이건 세계 어느 문명의 역사에도 없었던 해법 같네요."

"제가 바라는 것은 이 회장님이 연말 마지막 며칠을 저희들과 함께해 주셨으면 하는 것입니다. 아무 말씀하시지 않아도 좋습니다. 회원들의 토론을 지켜보아 주셨으면 하는 겁니다."

재현은 그의 일정이 적힌 수첩을 꺼내지도 않고 대답했다.

"이것은 마땅히 해야 할 일이고 차 이사장님이 필요하다고 하시는데 마다할 수 없지요. 만사를 제치고 참여하겠습니다."

한시름 놓았다는 듯이 영균의 목소리가 느긋해졌다.

"정말 고맙습니다. 저희들의 어설픈 작업이 제대로 축복을 받고 있습니다."

"저는 그동안 구체적인 채점 방법을 생각해 왔습니다. 각자가 제출하는 논문의 끝에 채점표를 붙이려고 합니다. 이번 옥스퍼드 대학 파견 인원 선발에는 영어 구사능력이 큰 역할을 할 것 같습니다. 그래서 자신들의 영어 수능 점수를 논문 이름 곁에 적어 넣도록 하겠습니다. 그리고 참가자 전원이 다른 사람들의 논문을 읽고 각 논문에 대한 점수를 매길 수 있도록 채점 칸을 만들겠습니다. 그래서 우리는 학생들이 매긴 점수를 집계만 하면 일단 최초의 선발을 할 수 있을 것입니다."

재현은 할 말을 잊었다. 영균의 치밀함이 고마웠다. 영균의 지도 아래 모든 일이 안정적으로 진행되고 있다. 걱정되는 부분도 있다.

"학생들끼리 다른 사람들의 논문을 채점하게 되면 논문의 가치보다 개인적인 감정이 평가에 영향을 주지 않을까?"

"저도 처음 그런 걱정을 안 한 것이 아닙니다. 그러나 이제 확신이 섰습니다. 학생들은 역사 연구회 회원이라는 자부심과 훌륭한 회원이 되겠다는, 좋은 역사를 만들겠다는 결의로 똘똘 뭉쳐 있습니다. 개인적인 감정이 끼어들 여지가 없으리라 확신합니다. 틀림없이 공정한 채점 결과가 나올 것입니다."

"어련하시겠습니까? 지켜보겠습니다."

"그런데 말입니다."

영균의 목소리가 가라앉았다.

"이쪽의 준비는 제대로 진행되고 있는데 옥스퍼드 쪽에서 딱 부러지는 그림이 보이지를 않는군요. 옥스퍼드 대학의 지도 교수 선정, 교과 선택, 그리고 무엇보다 예산을 세우기 위한 비용에 대한 확정적 자료가 전혀 없습니다. 그것들이 없이는 여기시 움직일 수가 없는데 말입니다."

재현은 아차 했다. 그의 마음을 옥죄고 있던 것은 바로 그것이었다.

"아 그래. 나도 그것 때문에 늘 마음이 답답했어요. 오늘 저녁 런던의 지용훈 상무와 의논을 해 볼게. 그냥 허송세월할 사람이 아니니까 그동안 확실한 진전이 있었을 거야. 한번 통화를 해 봐야겠어요."

"그러시죠. 저도 퇴근길에 회장님 사무실에 들르겠습니다. 저녁을 같이하시죠."

선호도 서울에 있었다. 저녁을 함께하기로 하였다.

재현은 퇴근을 늦추었다. 영호도 그와 함께했다. 영국의 아침 아홉 시면 한국은 저녁 여섯 시이다. 일곱 시 되기를 기다리기로 했다. 월요일 출근 후 한 시간 정도 용훈이 책상 정리할 시간이 필요할 것이라 생각했다. 그러나 기다릴 것도 없었다. 여섯 시 반쯤 되자 마치 재현의 마음을 읽고라도 있었다는 듯 지 상무로부터 전화가 걸려왔다.

"댁입니까?"

반가운 마음과는 다르게 아무렇지도 않은 척 재현은 대꾸했.

"사무실이야. 사무실에서 할 일이 좀 남아서."

영훈은 애교를 담뿍 담아 그의 이야기를 시작했다.

"제가요오 오늘 저녁은요오 선배님과 좀 길게 이야기를 할 거거든요오. 물론 괜찮겠지요?"

재현도 용훈의 어조에 맞추었다.

"사실은요오, 제가요오, 지 상무에게 전화하려고 퇴근을 하지 않고 사무실에 남아 있었거든요오."

용훈도 목소리가 밝아졌다.

"역시 바이오 리듬이 맞네요. 제가 선배님 마음을 만리타향에서도 빠삭하게 들여다보고 있거든요."

재현은 지어낸 무뚝뚝한 음성이었다.

"그래 무슨 이야기를 하려고 그래?"

용훈은 살살거렸다.

"선배님은 무슨 말씀하시려고 했는데요? 제가 맞춰볼까요?"

"그래 말해 봐."

"옥스퍼드 대학의 준비 사항이 궁금하셨던 거지요?"

재현은 아무 말도 하지 않았다.

"맞지요? 제가 선배님 가슴속에 들어앉아 있다니까요."

재현은 가슴을 쓸어내렸다. 그렇다. 용훈 같은 사람과는 무슨 일이든 편하게 할 수 있다. 서로의 가슴을 들여다보고 있기 때문이다.

"지난 한 주일 아주 바빴습니다. 앤 아줌마가 얼마나 들볶아 대는지 사무실 일을 할 수 없을 지경이었습니다. 저도 역사 연구회에서 특별 수당을 톡톡히 받아야겠습니다."

그는 지난 주일 있었던 일을 차근차근 풀어내기 시작했다. 재현과 영균, 선호, 영호가 같이 들었다.

시월 말 재현이 런던을 다녀간 뒤 용훈은 계속 윌리엄 스펜서의 사무실 문을 두드렸다. 특별한 프로젝트가 있는 것은 아니지만 업계에 큰 영향력을 지닌 스펜서 회장과는 대화를 계속할 필요가 있다. 최근 선박 신조 프로젝트는 울산 조선소와 진행을 했지만 언젠가 거제도 조선소도 계약을 해야 할 선주이다. 스펜서는 차일피일 미루더니 노골적으로 용훈의 전화를 피하기 시작했다. 용훈도 맥이 빠져 스펜서와의 만남을 포기했을 때쯤 느닷없이 스펜서로부터 전화가 걸려왔다.

"하이 용훈. 그동안 용훈의 전화에 제대로 대꾸를 하지 못해 미안했어. 언제 저녁이나 같이하지."

"정말 반가운 제안이군. 언제가 좋을까? 이번 주일 나는 언제라도 좋아."

"아니 이 바쁜 시절에 조선소의 런던 지점장이 일주일 내내 저녁 약속도 없이 지낸단 말이야?"

"아니 아니. 윌리엄의 제안이라면 어떤 선약도 바꿀 수 있다는 거지."

"다른 사람과의 선약을 깨지는 마. 내일 저녁 어때?"

"오늘이 11월 29일, 내일이 30일 화요일. 마침 내일 저녁 나는 완전히 자유스러워."

"그럼 우리 집에서 저녁을 하도록 하지. 집의 위치를 이메일로 곧 알려줄게."

"나도 윌리엄의 집이 어디쯤인지 알아. 나도 거기서 멀지 않은 곳에서 살거든. 그러나 확실히 하기 위해서 주소와 약도를 이메일로 보내 줘."

2.

웬일인가 했다. 그렇게 피하기만 하던 사람이 자진해서 집으로 초대를 하다니. 용훈은 아무 사전 준비를 하지 않고 마음을 텅 비운 채 스펜서의 집을 찾았다. 템스 강가에 위치한 저택의 거실은 조용했다. 창밖은 깜깜했다. 스펜서와 그의 아내 앤 그리고 용훈, 세 사람이 전부였다. 그날 그를 저녁에 불러낸 것은 윌리엄이 아니고 그의 아내 앤이었다는 것이 금방 판명되었다. 배 짓는 것 조선소의 형편에 대한 대화는 인사치레로 금방 끝났다. 앤이 모든 대화를 이끌었다.

"한국의 제리가 이끌고 있는 '역사 연구회' 말입니다. 이쪽 옥스퍼드 대학에서의 일은 용훈이 맡고 있다면서요."

용훈이 붙임성 있게 대답했다.

"예. 제가 하고 있습니다. 새 학기는 다가오고 있는데 옥스퍼드 쪽과 확정된 것이 없어 걱정입니다."

"그럴 거예요. 그래서 제리에게 제가 여기서 도와주겠다고 자원을 하는데도 여기 일은 지용훈 상무가 맡고 있다면서 저를 자꾸 밀어내는 거예요."

용훈이 펄쩍 뛰었다.

"이 소중한 작업에 어떤 작은 도움이라도 필요한 판인데 앤처럼 영향력이 큰 사람을 밀어내다니요?"

"지금 진행은 어디까지 가 있습니까?"

"입학 에이전트를 통한 접근을 하고 있는데 사람마다 구구각각입니다. 청강하는 방법, 시간, 비용 등에 대한 자료가 딱 부러지게 나오지를 않네요. 몇 사람이 오퍼를 곧 제출할 거라고는 하지만요."

앤이 따지듯이 물었다.

"그래서야 어떻게 내년 삼월에 학생들이 공부를 시작하겠어요?"

사실 용훈도 어떻게든 되겠지 되겠지 하고 있었지만 답답하고 걱정스러웠다.

"이 문제는 제게 맡겨주세요. 저는 정말 이 일을 돕고 싶어요. 그냥 어물어물 돕는 것이 아니라 확실하게 도움이 되고 싶어요."

"그래 주시면 정말 고맙겠습니다."

"제가 내일 옥스퍼드 대학의 담당 교수를 만나기로 하였어요. 존 프리만(John Freeman)이 그의 모교에 연락을 해서 사전 약속을 해

두었거든요."

앤이 적극적이라는 말을 들어왔지만 이렇게 저돌적인 줄은 몰랐다.
"그렇게 해주신다면 정말 큰 힘이 되겠습니다."
옥스퍼드 대학과 직접 대화를 한다는 것은 용훈으로서는 생각지도 못한 일이었다.

11월 중순 재현과 저녁을 같이한 뒤 제법 시간이 지났다. 앤은 점점 조바심이 났다. 마냥 뭉기고 있을 일이 아니었다. 그녀는 마치 자신이 연구회의 회원인 것처럼, 마치 그녀가 옥스포드에 유학 가는 학생인 것처럼 서둘렀다. 세상일을 유연하게 보는 그녀도 진행 상황을 생각하면 할수록 발을 동동 구르지 않을 수 없었다. 한국 사람들이 제대로 된 꿈을 꾸었고 그 꿈은 반시 이루어야 할 목표이지만, 그 목표에 취해 실무적인 절차가 무시되고 있는 것이 아닌가 하는 걱정이었다. 하늘에 걸린 황홀한 무지개를 바라보며 걷다가 발밑에 있는 개울을 보지 못하고 물속에 처박힐 수도 있다는 걱정이다. 한국에서 학생을 선발하고 공부할 내용을 정하는 것도 중요한 일이지만, 정작 가장 먼저 해결해야 할 것이 옥스퍼드에서 무엇을 어떻게 할 것이냐 하는 문제이다. 그에 대해서 구체적인 대책이 없어 보였다. 모든 것이 잘될 것이라고 막연히 낙관만 하고 있었지 명확한 그림이 없어 보였다. 그녀는 시월 중순 울산 조선소의 명명식에서 만났던 존 프리만을 생각했다. 그녀는 바로 전화를 걸었다.
"앤 이 무슨 경악할 만한 기쁨인가? 앤이 내게 전화를 걸다니."
"존, 우리가 울산에서 보았던 학생들 말이에요. 그들이 내년 삼월 학기에 옥스퍼드에 오는 것으로 준비를 하고 있었잖아요? 한국에서의 준비는 차근차근 진행되는 것 같은데 정작 옥스퍼드 쪽은 전혀 준비가 되어 있지 않은 것 같아요. 곰도 잡기 전에 가죽 팔 생각부터 하지 말아라(Don't sell the skin, before you catch the bear)는 속담이 생각나요."

프리만이 심각해졌다.

"깜빡 잊었네. 그럴 수도 있겠구먼. 그래 내가 도울 일이 있을까?"

"그래서 의논드리는 거예요. 지도 교수 선정과 수업 일정, 비용, 기숙사 준비 같은 것을 옥스퍼드의 동문인 존이 한번 알아보면 어때요?"

"아, 이것 재미있는 일이 되겠는데. 알아보지. 알아보아야지."

별 다른 일 없이 하루하루를 한가롭게 지내던 프리만에게 신나는 일감이었다. 그는 바로 옥스퍼드에 연락을 취했고 프로젝트에 가장 적합한 역사학과 교수와 통화를 해서 12월 첫날, 대학교를 찾아가기로 일정을 잡았다.

앤이 열을 올리는 동안 윌리엄은 팔짱을 끼고 등을 의자에 기댄 채 입가에 미소를 머금고 건너다보고 있었다. 그러나 용훈은 뼈가 저리게 부끄러웠다. 일은 이렇게 하는 것이다. 그런데 모든 책임을 진 그는 지금까지 변죽만 울리며 문제의 핵심에는 근접도 못하고 있었던 것이다.

"곰도 잡기 전에 가죽 팔 생각부터 하지 말라고요? 정말 정곡을 찌르는 속담입니다. 한국 속담은 '떡 줄 놈은 생각도 없는데 김칫국부터 마시는 꼴'이라고 표현하지요. 부끄럽습니다. 제가 지금까지 한 일이 그 꼴이었습니다. 저는 내일 일정을 비우겠습니다. 그리고 앤,

존과 함께 옥스포드에 가겠습니다. 차량은 우리 사무실 것으로 합시다. 그래도 되겠습니까?"

"존은 아마 집에서 옥스퍼드에 버스로 직접 갈 겁니다. 거기서 가깝거든요. 그럼 용훈이 저희 집에 오후 한 시쯤 오셔서 같이 가도록 합시다. 우리 팀이라면 모든 일을 내일 깨끗하게 결정지을 수 있을 것 같습니다."

다음 날 용훈은 영국 지리를 잘 아는 현지인 직원에게 차를 몰도록 했다. 오후 한 시에 앤의 집에 들러 그녀를 태우고 옥스퍼드로 향했다. 한 시간 정도 걸렸다. 주차장에서 존을 만나 세계에서 가장 오래되었다는, 세계에서 가장 많은 장서를 가지고 있다는, 대학도서관 한쪽 구석에 붙어 있는 반즈(Barns) 교수실로 향했다. 가까운데 살면서도 용훈은 그동안 옥스퍼드에 와 볼 기회가 없었다. 해리포터(Harry Porter) 영화를 촬영한 고색창연한, 어찌 보면 마법사들이 우글거릴 것 같은 으스스한 분위기였다. 프리만은 회색 양복에 넥타이까지 메었고 앤도 검은색 투피스로 정장을 하였다. 옥스퍼드의 전통에 경의를 표하는 모습이다. 프리만은 교수의 방에 도착할 때까지 아무 말도 하지 않았다. 반즈 교수는 소탈한 차림이었다. 좀 요란한 인사가 앤과 교수 사이에서 교환된 뒤 반즈 교수가 대화를 풀어 나갔다.

"존의 말로는 진실로 흥미 있는 사건이 한국에서 벌어지고 있다고 하는데 이야기를 시작해 볼까요?"

앤이 총대를 메었다.

"한 독지가가 기금을 출연한 새로운 역사 연구회가 설립되었습니다. 한국의 산업화에 대한 역사적 고찰을 시작하고자 하는데 꼭 옥스퍼드에 와서 영국의 산업혁명을 배경으로 한 역사의 흐름을 배우고 그것에 한국의 산업 발전사를 접목시켜 한국의 현대사를 쓰겠다는 것입니다."

반즈 교수의 어조는 꾸밈이 없고 솔직했다.

"우리 대학을 선택했다는 것은 고마운 일입니다. 물론 협조해야지요."

용훈은 숨이 막혔다. 일이 이렇게 풀릴 수도 있구나 생각했다.

"금년 말까지 인원을 선발해서 내년 삼월부터 청강을 했으면 하거든요."

"빠듯하군요. 그러나 불가능한 일은 아닙니다. 함께 구체적으로 이야기해 보시지요."

프리만이 나섰다.

"보통 이런 일의 시작이 늘 그렇듯 한국의 관계자들은 이 일의 중요성이나 그 신선함에 취해서 옥스퍼드 쪽에서의 구체적인 준비가 전혀 되지 않고 있어. 우리만 준비되면 세상은 우리를 받아들일 것이다. 이런 꿈같은 생각에 잠겨 있거든."

"물론 그런 자신을 가져야 일이 시작되지요. 다행히 존 같은 분이 곁에 있어 그 구체적인 방법도 의논할 수 있지 않아요?"

용훈이 대화를 이었다.

"기성세대를 일체 배제하고 대학 졸업반 다섯 내지 열 명을 한 해 휴학을 시키고 영국에 파견해서 연구하게 한다는 계획입니다. 한국에 돌아가서 마지막 학년을 마친다는 것이지요. 그리고 그것은 해마다 계속한다는 것입니다. 그들의 연구 결과가 쌓이면 그것으로 한국의 산업 역사에 대한 하나의 뚜렷한 학파가 형성될 것이라는 생각입니다."

"그것은 정말 훌륭한 발상입니다. 충분히 존중해야 할 생각입니다."

반즈 교수는 이 계획을 자기가 세워 놓기라도 했다는 듯 거리낌이 없었다. 앤이 자신이 가졌던 걱정을 풀어내었다.

"반즈 교수께서 학생들을 위해 일주일에 정해진 시간 연구 방향을 이끌어 주실 수 있을까요? 또 학생들이 공부한 것에 대해 교수님의 지도를 받는 것이 가능할까요?"

"아, 그런 방법이 좋겠죠. 모든 것이 결정되면 제가 일주일에 네 시간 내지 다섯 시간 정도 학생들과 함께 그 주일의 연구 방향을 함께 정하도록 하겠습니다. 학생들의 연구 결과는 제가 각자 개인적으로 검토해서 지도하겠습니다. 그 외 다른 분야가 필요하면 제가 제 친구 교수들을 동원하겠습니다."

앤이 한 걸음 더 나아갔다.

"기숙사 시설을 쓸 수 있을까요? 학생들이 연구에 집중하는데 효과적일 텐데요."

"제가 존과 통화한 뒤 바로 알아보았습니다. 긍정적입니다."

너무 쉽게 모든 것이 풀려서 용훈은 반즈 교수의 말이 허풍이 아닌가 싶을 정도였다. 프리만이 물었다.

"학생들이 역사연구와 병행해서 영어를 배울 수 있을까?"

"그것은 필수입니다. 학생들이 제대로 된 공부를 하기 위해서는 영어를 잘한다는 사람도 여기서 고전 영어 공부를 하는 것이 좋습니다. 외국인들을 위한 영어 수업 과정이 본 과정과 병행해서 준비되어 있습니다."

시간이 제법 지났다. 반즈 교수는 물을 끓이고 차를 준비했다. 우유를 듬뿍 탄 영국 홍차와 더불어 쿠키가 각자 앞에 충분히 놓이자 다시 이야기는 계속되었다. 프리만이 입을 떼었다.

"반즈 교수가 이 분야에 있어서 세계적인 권위자이고 또 탁 트인 인품으로 소문이 나 있지만 이토록 쉽게 이 문제를 풀어낼 줄은 몰랐어. 마치 옛날부터 자기가 계획하고 있었던 사업을 풀어내는 것 같잖아?"

"놀라셨죠? 솔직히 말씀드리지요. 저는 오랫동안 한국의 산업개발에 대해 관심을 기울여 왔습니다. 단시간에 이룬 경제적 발전을. 한국 사람들은 듣기 싫어하겠지만 그건 기적이라고 말해도 손색이 없어요. 틈이 나는 대로 한번 연구 과제로 삼아야겠다고 생각했었죠. 그런데 존 선배님께서 전화를 주신 거예요. 이것은 한국을 배우기 위해 하늘이 주신 기회다 저는 그렇게 생각을 했지요."

앤이 깊은 생각에 잠기며 천천히 말했다.

"존, 이건 하느님의 계시예요. 어떻게 제가 그렇게 타이밍을 맞추어 존에게 운을 뗄 수 있었을까요?"

"정말 앤의 전화를 받고 나는 번개를 맞은 사람 같았어. 왜 그 생각을 못했을까 하고. 바로 반즈 교수에게 알렸지. 보아요. 여기 이런 결과가 나타났잖아요. 이건 모두 앤이 시작한 거예요."

반즈 교수가 끼어들었다.

"저는 학생들을 지도하며 한편으로 학생들로부터 한국 경제 개발에 대해 배울 기회를 갖게 되기를 바랍니다. 그런 방향으로 프로그램을 짜겠습니다."

앤이 용훈을 보며 생글거렸다.

"아 그럼 반즈 교수도 역사 연구회 멤버로 입회를 시켜야겠군요."

용훈도 대답했다.

"그건 역사 연구회로서는 대단한 영광이지요."

프리만이 끼어들었다.

"그건 역사 연구회 설립 취지와는 맞지 않는 일이지요. 역사 연구회에는 기성세대는 배제하기로 되어 있지 않아요?"

용훈이 반박했다.

"그것은 왜곡된 역사관을 가진 기성세대 이야기지요. 반즈 교수는 신선한 신입생으로 가입하는 것이니까 다른 케이스가 됩니다."

반즈가 껄껄거렸다.

"정말 오랜만에 즐거운 대화를 즐기고 있습니다. 저는 이 프로젝트에 정성을 다하겠습니다. 참여하는 것을 영광으로 알고 돕겠습니다."

차를 마시며 얼마간 잡담이 계속되었다. 역사 연구회의 시작에서부터 참여하고 있는 사람들의 면면에 대해서 그리고 그동안 이루어 놓은 일들에 이르기까지 프리만이 설명을 하고 용훈이 거들었다. 이야기가 끝날 때쯤 해서 용훈이 어렵게 말을 꺼내었다.

"오늘 여러분들의 말씀, 특히 반즈 교수의 고견을 들으면서 제 자신이 무한히 부끄럽게 느껴졌습니다. 제가 연구회의 영국 쪽 일을 책임지고 있으면서 이런 방안을 생각지도 못했을 뿐 아니라, 잡다한

에이전트나 브로커들에 끌려 다니느라 소중한 시간만 낭비했거든요. 이제 비용에 대한 말씀을 드려야겠습니다. 역사 연구회 법인은 150만 불의 출연금을 갖고 시작했습니다. 그동안 알아본 결과 수업료, 기숙사비들을 합치면 비용이 꽤 됩니다. 이 출연금으로 얼마나 버티어 낼지 걱정스럽습니다."

"얼마 정도를 예상하고 있습니까?"

"대리인마다 예상이 다릅니다. 대충 4만에서 5만 파운드, 생활비까지 합치면 거의 일인당 일 년에 7만 파운드(약 1억 원) 가까이 필요한 것으로 예상하고 있습니다."

그 점에서도 반즈 교수가 용훈의 마음을 편안하게 했다.

"저도 존과 통화한 뒤 나름대로 알아보았습니다. 이 케이스는 장학금을 받을 수 있는 경우입니다. 제가 보기에 학비, 기숙사비 및 책값, 생활비 합쳐서 일인당 2만 파운드면 충분할 것 같습니다."

용훈은 온몸의 막혔던 피가 콸콸 흐르는 느낌이었다. 앤이 나섰다.

"추가 장학금이 필요하면 제가 남편 회사에서 출연토록 하겠습니다."

용훈의 가슴이 따뜻해졌다.

"이제 안심하였습니다. 연구회는 재정적 압박을 받지 않고 오래오래 계속될 수 있다는 확신을 가졌습니다. 추가적인 장학금이나 재정적 보조는 필요 없을 것 같습니다."

반즈가 결론을 내렸다.

"오늘의 대화를 기본으로 해서 강의 프로그램을 짜고 필요한 비용을 계산해서 이번 주일 안으로 기본 안을 보내드리겠습니다."

3.

 이렇게 일이 진행될 수도 있구나. 용훈은 시골길을 달리며 생각했다. 프리만이 조용한 어조로 그의 감동을 말했다.
 "반즈 교수는 자유분방해 보이지만 결코 말을 함부로 하는 사람이 아니야. 이제 한국의 역사 연구회는 탄탄한 발판을 마련한 셈이야. 한국에 있는 제리와 브뤼셀의 톰에게 내가 자랑스럽게 고개를 들 수 있겠구먼. 그러나저러나 앤 정말 고마워. 모든 일은 앤 같은 긍정적이고 적극적인 마음을 지닌 사람이 있어야 시작이 될 수 있어."
 용훈이 입을 열었다.
 "세상일이 이렇게 진행되기도 하는군요. 제가 존과 앤을 역사 연구회 멤버로 강력히 추천을 하겠습니다."
 프리만이 말렸다.
 "나는 빼 줘. 나는 이제 어떤 사회적 활동도 할 수 없는 사람이야. 여기까지 끼어든 것으로 충분해. 더 이상의 어떤 도움도 줄 수 없어."
 "이번 일로 충분히 멤버 자격을 딴 겁니다."

 프리만의 따뜻한 집 창가에 앉아 그의 아내와 함께 차 한 잔을 하고 헤어졌다. 어두워지고 있었다. 프리만의 집으로 가는 차 속에서, 프리만의 집에서, 그녀의 집으로 돌아가는 차 속에서 앤은 조용했다. 기고만장할 만도 한데 한마디 말도 하지 않았다. 자신이 이루어 낸 일에 대한 감동을 깊이 반추하는 모습이었다.
 앤의 집에 도착했을 때는 이미 어둠이 깔렸다. 가라고 할까 봐 겁

먹은 사람처럼 들어오라는 말이 나오기도 전에 영훈은 얼른 집으로 들어섰다. 윌리엄은 퇴근해서 집에 있었다. 궁금해한 것은 윌리엄이었다.

"그래 어떻게 되었어?"

앤은 아무 말도 하지 않았다. 용훈이 엄지와 검지로 동그라미를 만들어 '만사 오케이' 신호를 보냈다. 앤은 코트를 벗어놓고 거실로 나왔다. 그제야 그녀는 긴장을 풀었다. 그녀가 용훈에게 물었다.

"이제 무엇을 해야지요?"

"너무나 엄청난 진전을 보여서 지금 다른 생각이 나지 않습니다. 제리와 우선 의논을 하겠습니다. 이제부터 앤에게 의논드려야 할 일들이 많이 생길 것입니다. 이처럼 황홀한 시작을 이끌었으니 뒷일을 잘 마무리 짓는 것도 도와 주셔야지요."

"그래요. 영광스럽게 시작에 관여를 하였으니 끝까지 함께 가야지요. 명명식에서 함께했던 학생들의 그 진지한 모습이 제 가슴에 남아 있어요. 제가 해야 할 일을 알려주세요. 그동안 제가 할 수 있는 일들을 이것저것 나름대로 생각해 둘게요."

차 한 잔 하고 용훈은 일어섰다. 윌리엄이 용훈의 어깨를 껴안았다.

"참 멋진 하루였구만. 수고했어."

"그래, 나는 앤에게 어떤 말로 고맙다고 해야 할지 모르겠어."

"그래 잘 가. 제리에게 안부 전해줘."

용훈의 마음을 아는지 운전하는 직원은 아무 말 없이 가로등이 띄엄띄엄 서 있는 어두운 샛길로 천천히 차를 몰았다. 윌리엄의 집을 떠나자마자 용훈은 전화를 꺼내 들고 재현의 전화번호를 찍기 시작했다. 그러다가 그만두었다. 지금 흥분한 상태에서 이야기를 하기보다 반즈 교수에게서 어떤 확정적인 자료가 올 때까지 기다리면서 이 사태를 좀 반추해 보자. 그래서 확고한 일의 내용과 진전을 함께 알려주자. 수요일이 저물었다. 주말까지 며칠 남지 않았다. 기다리자. 용훈은 그렇게 결론지었다.

반즈 교수의 자료들은 일요일 아침 이메일로 들어왔다. 내용이 충실한, 부피가 제법 되는 자료들이었다. 용훈은 월요일 아침 출근해서 우선 그 자료들을 재현에게 전송했다. 그런 뒤 사무실의 바쁜 업무를 처리하고 나서 바로 재현에게 전화한 것이다. 용훈이 물었다.
"아침에 보낸 서류들 보셨어요?"
재현과 영균이 동시에 대답했다.
"아직은 못 읽었어. 우리 앞에 놓여 있어."
"앤 아줌마의 집중력은 누구도 따라갈 수가 없어요. 어떻게 그렇게 제때에 존에게 일을 집어 주었는지, 저를 끌어넣었는지, 마치 꼭 맞는 악기를 불러내어 은은한 음색으로 즉흥 연주하게 하는 아담한 실내악의 지휘자 같았어요."
재현도 감동을 더 이상 감추지 않았다.
"정말 큰일 했다. 이제 안심이 되는구먼. 앤은 섬세할 뿐 아니라 통이 큰 여자야. 마가렛 대처 여사 같은 인물이야."
"존의 직관은 또 어땠습니까? 반즈 교수를 딱 찍어서 움직인 거예요. 반즈 교수의 적극성은 정말 저를 놀라게 했습니다. 자기도 참여하겠다는 거예요. 그리고 경비를 예상했던 것보다 반 이하로 줄일 수 있었어요."
"정말 놀랄 만한 일이야. 이번 일은 톰이 존을 명명식에 초대할 때부터 시작되었어. 이건 우연이 아니야. 이 사업이 성공할 수밖에 없다는 계시야."

재현도 스스로 놀랄 만큼 흥분했다.

통화가 끝나고 재현이 수화기를 내려놓았을 때 영균이 먼저 입을 열었다.

"참 멋지네요. 저희들의 오랜 걱정을 한방에 날려 버렸습니다. 저희들도 영국의 대리인들을 통해 알아보았는데 정보들이 들쑥날쑥해서 어떤 장단에 춤을 추어야 할지, 드러내어 말도 못 하고 걱정이 태산 같았어요. 게다가 비용도 석사 과정 수준으로 보아 학비, 기숙사비, 생활비를 합치면 일인당 거의 십만 불에 가깝거든요. 그렇다면 가까스로 시작은 한다지만 계속하는데 큰 부담이 될 수밖에 없었어요. 그마저 런던의 에이전트에게서 확실한 보고서 오기만 기다리며 조바심을 치고 있었지요."

선호는 다른 사람들처럼 감동하였으면서도 어조는 차분했다.

"반즈 교수는 어떤 사람이에요?"

"영국 사학계를 이끄는 최고 중진이라고 하잖아."

"그런데 한 사람의 교수가 옥스퍼드 같은 보수적인 틀에서 이처럼 재량권을 행사할 수가 있나요?"

재현이 대답했다.

"영국은 전통적인 룰에 꽉 갇혀 있다고들 생각하는데 들여다보면 교수들이 누리는 재량권은 놀랄 만큼 커요."

"교수들이 누리는 큰 재량권, 그것이 영국 대학의 전통일지도 몰라요. 그리고 그것이 영국 학계가 세계에서 큰소리칠 수 있는 바탕이 되는 거겠지요? 또 그것이 영국 사회를 이끌어 가는 힘이 아닐까요?"
 영균이 마무리 지었다.

 "모든 비용을 합치면 3만 파운드 미만이니까 일인당 오천만 원이 안 되는 수준이지요. 이 정도면 대여섯 명의 인원을 여러 해 파견할 수 있겠네요. 우선 반즈 교수의 제안에 대한 회신을 준비해야지요?"
 재현이 영균에게 물었다. 영균이 시원시원하게 대답했다.
 "반즈 교수의 우호적인 제안에 감사를 표하고 인원 선발 과정과 앞으로 일정을 알려 주겠습니다."
 "인숙이 시작한 일이라고 하지만 어쩌면 우리 모두의 꿈이 이렇게 이루어지는군요. 영국이 점점 더 친근하고 고맙게 느껴집니다."
 선호의 감동이었다.
 "그러게 옥스퍼드가 이렇게 우리 역사 연구회를 긍정적으로 받아들일 줄 몰랐어. 앤, 존, 반즈 교수, 그리고 차 이사장, 김 상무, 런던의 지 상무 모두 전생으로부터 큰 인연이 서리서리 얽혀 있다. 그렇게 느끼지 않아?"
 "좌우지간 회장님과 연결이 되면 완벽한 인간관계가 맺어지게 됩니다. 인숙, 톰으로부터 앤, 존, 반즈에 이르기까지."
 영균이 공을 재현에게 돌렸다.
 "내가 한 일이 무엇 있다고. 이번에 지용훈 상무가 애를 많이 썼어."
 선호가 농담조로 쐐기를 박았다.
 "지 상무께서 이 일로 큰 공을 세웠지만 배 짓는 일로 너무 스펜서를 집적거리지 말라는 경고를 해 주십시오."
 재현이 선호를 다독거렸다.

"다 양식을 가진 사람들이야. 서로의 양식을 믿고 살자고."

그들은 맥줏집으로 몰려갔다. 여주인은 그들을 방으로 이끌었다. 그러나 재현이 홀의 구석에 자리를 잡았다.

"아니야. 오늘 우리는 조용할 필요가 없어. 마음껏 떠들고 마음껏 마실 거야."

모두 같은 기분이었다. 왁자지껄한 맥줏집 분위기에 맞게 그들은 떠들고 마셨다. 그 한 해 그들의 어깨를 짓누르고 있던 짐을 홀가분하게 벗었다. 자유스럽고 만족스런 밤이었다. 맥주를 오래 마셔도 정신은 흐려지지 않았다. 헤어지면서 재현이 다짐했다.

"차 이사장, 이제 얼마 시간이 안 남았지요? 그러나 이 일을 해낼 사람은 차 이사장밖에 없어요. 이건 차 이사장이 꼭 해내야 하는 일입니다."

영균은 씩씩하게 대답했다.

"걱정 마십시오. 있는 힘을 다해 해내겠습니다. 여기까지 만들어 주셨는데 못한다면 그건 수치스런 일이지요."

선호와 영호도 모두 돌아가며 자기 맡은 일에 성심을 다할 것을 다짐했다.

4.

다음 날 저녁 다섯 시 재현은 클랜시의 사무실로 전화를 걸었다. 벨기에 시간으로 아침 아홉 시였다. 클랜시는 사무실에 나와 있었다. 그의 목소리는 힘이 있고 밝았다.

"하이. 내가 전화를 하려는 참이었어."

재현이 양보를 했다.

"그래. 무슨 이야기야. 먼저 말해 봐."

클랜시가 고집을 부렸다.

"아니야. 제리 당신이 먼저 해. 무슨 이야기야."

재현은 옥스퍼드 대학과 관련된 그동안 진전 상황을 설명했다. 클랜시는 기대했던 것보다 더 흥분했다.

"존이, 제리 당신의 친구 존이 큰일을 해내었구먼. 상상치도 못했던 일이야."

"그래 거기다 앤까지 합세해서 이 일은 우리가 예상했던 것보다 훨씬 높은 수준으로 진전되었어."

"정말 예상 못 했던 일이야. 나도 말로는 관여하지 않는다 않는다 하면서도 걱정하지 않을 수 없었어. 총체적으로야 모두 상식으로 생각할 수 있는 일이지. 그러나 세부적인 실행 방식에 대해서는 실무적으로 꼼꼼하게 챙겨야 할 일이 한두 가지가 아니잖아? 그런데 지금까지 명확하게 손에 잡히는 것이 없는 것 같아서 늘 찌뿌듯한 마음이었어. 특히 옥스퍼드에서의 진행을 어떻게 할 것인가 하는 걱정이 마음 한구석에 늘 자리 잡고 있었거든. 특히 한국 사람들에게 옥스퍼드와 직접 상대한다는 것은 아주 낯선 일이잖아? 그런데 존이 그토록 명쾌하게 그 매듭을 지어 내었구먼."

"그러게 말이야. 명명식에 존이 참석을 한 것이며, 그가 학생들과 그토록 따뜻하게 어울렸던 것이며, 앤과 교감을 이룬 것이며, 앤의 적극적인 개입이며, 반즈 교수의 탁 트인 포용에 이르기까지, 이것은 처음부터 '일은 이렇게 되도록 정해져 있었다'라고 계시록에라도 쓰여 있었던 것 같아."

클랜시가 대화의 매듭을 지었다.

"아, 참 기분 좋다."

클랜시가 화제를 바꾸었다.

"이제 내 얘기를 해볼까?"

"그럼 그럼, 무슨 이야긴데?"

"또 명명식 이야기야. 다섯 번째 배의 명명식 말이야."

"그렇지. 이제 차근차근 준비할 때가 되었지. 한 달도 남지 않았어. 이번에는 또 어떤 감동을 가져오려나?"

클랜시가 잠깐 말을 멈추었다.

"이번은 좀 복잡해. 이 배는 아랍 측에 팔렸잖아? 그래서 명명식의 주체는 당연히 아랍 사람들이 되어야지. 그런데 알다시피 그들은 나서는 것을 싫어하는 사람들이잖아. 그래서 그전처럼 내가 선주로서 조선소와의 모든 인도 절차를 진행하고 그 뒤 내가 아랍 측에 다시 인도하는 것으로 합의를 보았어. 이 배가 내게 인도될 때 선박 건조 계약서의 금액을 내가 조선소에 지불하고, 그런 뒤 배가 아랍 측에 재인도(Redelivery)될 때 선박 인도 계약서에 따라 그들이 내게 선가를 지불하는 방식이야."

"아 그랬구나. 복잡해 보이지만 그것이 보다 원활한 진행 방법이지. 선원들은 어떻게 할 거야?"

"그게 좀 복잡해. 우리 선원들은 벌써 승선을 해서 배의 마무리 작업을 같이하며 배의 시스템을 익히고 있는데 아랍 측 선원들은 아직 승선할 인원이 결정되지 않았잖아? 나는 아랍 측에 배가 완성되기 전 그들의 선원들을 배에 태워 함께 일하며 배의 시스템에 익숙해지도록 하라고 권고했지. 그러나 그들은 우리 선원들로 배를 완성시킨 후 자기들 선원에게 인계를 하라는 거야. 그런데 오늘 그들이 고용한 독일 선박 관리 회사가 결정을 했어. 그들의 선원을 다음 주 월요일부터 배가 인도될 때까지 배에 승선해서 배의 마무리 작업에 참여하도록 하겠다는 거야. 그래서 내가 막 편지를 안을 통해 조선소에 보냈지. 독일 회사 선원들을 마치 우리 회사 직원인 것처럼 취급해 달라는 요청 편지야. 배에 두 회사 선원들로 북적거리겠지만 지금은 다른 방법이 없어."

"그거야 조선소도 어렵지 않게 받아들이겠지. 명명식의 대모는 어떻게 되나?"

"대모가 아니라 대부(代父)가 되겠지? 아랍 사람들이 부인과 동행하는 것이 익숙하지 않아서 남자들만 참여하고 그중 한 사람이 명명을 해야겠지? 그들도 좀 쑥스러운지 우리에게 그것까지 맡으라는데 내가 거절했어."

"배가 완성되기 전에 선주가 바뀌는 것은 계약서상으로도 미묘한 문제인데 서류상으로도 잘 준비해야 되지 않을까?"

"변호사들이 완벽하게 준비했어. 조선소로부터의 선박 인수는 영빈관에서 하고 아랍 측으로의 인도는 장소를 바꾸어서 호텔에서 하게 될 거야. 그렇게 했을 때 뭐 다른 문제점이 있을까?"

"지금 생각나는 것은 없어. 면밀히 생각해서 차질이 없도록 하자고."

"오케이. 명명식 대부의 이름과 손님 명단을 곧 보내 줄게."

클랜시와의 대화가 끝났을 때 밖은 깜깜했다. 7시가 넘었다. 재현은 다시 전화기의 번호를 꼼꼼하게 찍었다. 인숙의 전화가 연결되었다.

"핼로우"

그녀의 느긋하고 나긋한 목소리가 들려왔다. 재현은 잠깐 망설였다. 인숙이 목소리를 높였다.

"굿 모우닝."

재현은 목소리를 가라앉혔다.

"인숙 씨, 나야. 재현이야."

정적이 왔다. 인숙은 한참을 조용히 숨을 고른 뒤 말했다.

"재현 씨, 웬일이세요. 오늘 정말 특별한 날이네요. 재현 씨의 전화를 받았으니."

재현은 인숙의 대사가 끝날 때까지 아무 말도 하지 않았다.

"이거 아세요. 저는 벨기에에 온 날부터 지금까지 매일 매시간 재현 씨의 전화를 기다리고 있었어요. 재현 씨의 전화를 받는 날은 대박이 터지는 날이다. 진정한 행운이 시작되는 날이다. 그렇게 생각해 왔어요. 오늘 전화를 하셨군요. 제가 벨기에에서 처음 받는 재현 씨의 전화예요. 무슨 특별한 일이 있으세요?"

"그럼 특별한 일이지. 대박이 터진 일이지."

재현은 옥스포드에서 생긴 일을 차근차근 설명했다. 재현이 설명하는 동안 인숙은 한 번도 끼어들지 않았다. 제현의 말이 끝났을 때 인숙은 울고 있었다.

"고마워요. 재현 씨 정말 고마워요."

"고맙기는 내가 고맙다고 해야지. 이런 일을 발상하고 준비해 준

것이 인숙 씨인데. 또 울어? 이제 웃어야지."

"아니에요. 저의 하찮은 생각을 하찮지 않게 만들어 주셨잖아요. 그 하찮은 일이 이처럼 엄청난 파장을 일으키는군요. 정말 고마워요. 애쓰셨어요."

"내가 한 일이 뭐 있나? 그저 이 고귀한 이상에 모두들 감동하고 신명을 바쳐 노력들을 한 것이지. 마치 완벽한 화음을 만들어내는 오케스트라라고 할까?"

"그 지휘자가 재현 씨지요? 정말 존경하지 않을 수 없어요."

"내게 팔밀이하지 말아요. 이 모든 존경과 감사는 인숙 씨가 받아야 하는 거예요."

인숙은 한동안 말이 없었다. 그리고 말을 이었다.

"저 참 부자지요? 엄청난 부자지요?"

"부자는 무슨 부자. 있는 것 탈탈 털어 다 내어놓은 알거지면서 무슨 부자야?"

"재현 씨, 아시면서 그래요. 저는 이 세상에서 누구보다 부자예요. 내 꿈이 무럭무럭 자라서 현실이 되고 그것을 세상이 잘 받아들일 것이라는 이 마음속 풍요로운 확신, 아시잖아요."

그녀의 자신에 찬 순수하고 자유로운 영혼이 재현의 마음을 채워 왔다.

"그래 나는 알지. 그 성취감을."

"재현 씨 그것은 성취감과 달라요. 고마움이에요. 톰에 대한 고마움. 재현 씨에 대한 존경, 그리고 고국과 동포들에 대한 사랑, 그런 뒤섞인 감정이에요. 나의 사사로운 성취감과는 거리가 멀어요."

재현이 숙연해질 수밖에 없었다.

"그렇구나. 그것은 인숙 씨의 사랑이었구나. 그래 그게 사랑이었어."

잠깐 대화가 끊어졌다.
"그래 그동안 어떻게 지냈나?"
"분주하게 지냈어요. 톰이 일감을 주었어요. 앤트워프(Antwerp)에 해양 박물관을 설립하는 일이예요. 옛날부터 앤트워프는 이 근처 산업과 무역의 중심지였잖아요? 앤트워프의 역사적인 자료들을 모으고 박물관의 기초를 만드는 작업이에요. 내년 말까지 개관할 예정이거든요. 건물도 골라 두었고 전시 자료도 많이 모였어요. 분류하고 역사적 설명문을 만들고 있어요. 톰의 배려에 부끄럽지 않도록 최선을 다하고 있어요."

인숙은 거리낌 없이 톰이라고 불렀다. 한동안 그녀는 톰이라고 부르기가 어려워서 늘 클랜시 회장이라고 불러왔다.
"이제 아주 자연스럽고 친숙하게 톰이라고 부르는구나."
"그렇게 들리세요. 톰은 늘 그렇게 살갑게 돌보아 주어요."
"고맙구나. 참 고맙구나."
인숙이 울먹이며 반복했다.
"너무 고마우신 분들이세요. 톰, 재현 씨 모두 모두."
재현의 눈시울도 뜨거워졌다.
"재현 씨 울고 계시죠. 울지 마세요. 재현 씨가 그러면 저는 또 하루 종일 울게 되요. 혼자 있으니까, 흉볼 사람이 없으니까, 말릴 사람도 없으니까, 무슨 일에나 따라다니면서 징징 울거나 감정이 북받치면 재현 씨가 말씀하신 대로 혼자 어느 구석에 박혀서 엉엉 울어

버려요. 우는 것이 습관이 되었어요. 그런데 재현 씨 저 요즈음 적게 울어요. 세상을 좀 더 밝게 보기 시작한 걸까요?"

"주변에 대해 자신이 생겼다는 증거가 아닐까? 좋은 징조야. 아주 좋은 징조야."

"재현 씨, 이제 꿈을 많이많이 꿀 것 같아요."
"또 무슨 꿈."
"제가 그렇게 가고 싶었던 옥스퍼드에 후배들이 가서 활개 치며 내가 하고 싶었던 공부를 할 것 아니에요? 그들의 옆자리에 앉아서 세계의 역사를 공부하고 한국 역사를 새롭게 써 나가는 일을 같이 하는 꿈이요. 신나는 일이죠? 마음대로 꿈꿀 수 있다는 것이?"
"그렇구나. 그렇게 함께하는 방법이 있었구나. 나는 그런 생각도 못 하고 그런 꿈 꿀 생각도 하지 못했구나. 인숙 씨의 삶은 나보다 한참 높은 차원에 있어."
"아니에요. 저는 아무 일도 하지 않고 하루 종일 그 일만 생각하고 있잖아요. 이제 정말 해야 할 일이 하나 더 생겼어요. 내 후배들의 작업을 상상하는 일, 그들의 꿈을 따라다니는 꿈을 꾸는 일."
"아, 인숙 씨 이번 영국 파견 팀들이 그들이 유럽에 있는 동안 브뤼셀에 인숙 씨와 톰을 방문할 일정을 잡아 볼까?"

인숙은 야무지게 재현의 말을 잘랐다.
"아니요. 그들은 제 꿈속에 있어요. 나는 현실적으로 존재하지 않는 존재예요."
"아니야. 그들에게 인숙 씨는 그들의 길을 인도하는 여신이며, 실질적인 선배로서 존경받고 있어."

"아니에요. 저는 역사 연구회에 관련해서 존재하지 않아요. 저와는 어떤 일도 연관시키지 마세요."

"알았어요. 인숙 씨 고마워요. 정말 고마워요."

"재현 씨는 제게 정말 고마운 분이예요. 저의 모든 것이에요. 저의 아버지 같고 선생님 같고 또."

그녀는 잠깐 말을 멈췄다가 매듭지었다.

"저의 영원한 애인 같고."

재현은 인숙의 마지막 말을 막지 않았다. 그리고 담담하게 말했다.

"인숙아, 이제 울지 말아라. 밥 잘 먹어야 한다. 아프지 말아라. 알았나?"

인숙이 되받았다.

"늘 아버지 같은 말만."

"나 인숙이의 아버지 하기로 했잖아?"

"재현 씨, 또 눈물이 나요. 이 세상에서 내게 그런 말을 해준 사람은 오직 재현 씨 한 분뿐이었어요."

제34장

역사 연구회, 배를 띄우다

1.

　12월 15일, 일요일이지만 혜진은 아홉 시에 사무실에 나왔다. 많은 회원들은 그녀보다 일찍 나와서 그들의 자리에서 마지막 원고 손질을 하고 있었다. 차 이사장은 보이지 않았다. 그녀는 차 이사장 방의 소파에 파묻혀 앉아 눈을 감았다. 칠월 말 역사 연구회가 문을 연 뒤 혜진의 일상은 그 뿌리부터 바뀌었다. 그동안 그녀는 하루도 쉰 날이 없었다. 학교 가지 않는 날은 연구소에 나왔다. 어떤 날은 학교 갔다가 강의 끝나는 대로 연구소로 나오는 날도 많았다. 아무 일도 없을 것 같은데 시간이 갈수록 손에 잡히는 일의 양은 불어났다. 해도 해도 새로운 일이 나타났다. 꿈속에서도 일이 꼬리를 물고 나타나 꿈자리를 어지럽혔다. 그러나 전혀 싫지 않았다. 그 넉 달 동안 많은 사람들을 만났고 많은 일들을 겪었다. 차 이사장이 지나가는 말로 도와달라고 했을 때 그 제안을 받아들였을 때 그것이 이토록 엄청난 일일 줄 몰랐다. 이렇게 재미있을 줄 몰랐다. 이렇게 성심을 다하게 될 줄을 몰랐다.

태어나서 지금까지 삶은 평탄했다. 사랑이 가득한 가족, 모범적인 부모의 뒷받침으로 조금도 어려움이 없는 삶이다. 어제가 오늘 같았고 내일은 틀림없이 오늘일 것 같은 삶이었다. 그러나 지난 넉 달 동안 겪은 일들은 혜진의 생각과 삶의 방식을 송두리째 바꾸어 놓았다. 한순간 한순간이 새로웠다. 잠시도 어물어물 허비할 수 없었다. 어떤 사람도 함부로 대할 수 없었고 어떤 대화 한마디도 허술하게 지나칠 수 없었다. 무엇보다도 자기를 생각하기 전에 남을 생각하게 되었고 무엇이건 자기가 갖기보다 주변 사람들과 나눌 생각을 하였다.

삼촌인 차 이사장의 인품을 다시 보게 되었다. 그의 포용력은 가늠할 수 없이 넓고 깊었다. 이재현 회장에 대한 존경은 절대적이었다. 그녀는 꿈속에서 이재현 회장이 시키는 일을 하다가 그가 요구하는 대로 담담하게 죽음을 맞이하는 경험을 하였다. 클랜시 회장, 그리고 조선소 명명식에 왔던 외국 손님들 모두 신기루 같은 존재들이었지만 손을 뻗으면 닿을 거리에 있는 선배들로 다가왔다. 학회 회원들은 그녀보다 한두 해 선배들이지만 이제 완전한 동료가 되었다. 그녀가 그들에게 도움이 되는 것만큼 그들이 그녀에게 다가온다는 것도 알게 되었다. 그리고 인숙이라는 선배, 그녀는 혜진에게 선녀 같은 존재였다. 착하면서 무엇이든 이룰 수 있는, 그녀의 요술 지팡이가 건드리기만 하면 호박이 황금 마차로 변하는 만능의 요술사였다. 그런데 이상한 것은 인숙 선배까지도 그녀 곁에 내려와 그녀의 가까운 동료가 되는 것이다.

"이 아가씨 좀 봐. 사무실에서 아침잠에 폭 빠진 거 아니야?"
 차영균이 사무실로 들어서며 떠들썩하게 외쳤다. 용수철에서 튀어 오르듯 혜진이 팔짝 뛰었다.
 "아니에요. 자긴요. 선배들이 회의실에서 진지하게 논문 마무리 작업을 하고 있어요. 방해될까 봐 저는 지금 이사장님 방 한구석으로 피해 와 앉아 조용히 이런저런 생각을 하고 있었던 거예요."
 "어떤 생각?"
 "어떻게 하면 이 소중한 역사 연구회에 도움이 될까? 그런 것이지요 뭐."
 "그래 그래. 오늘이 논문 제출하는 날이지? 논문이 들어오는 대로 제본을 해서 책을 만들어 회원들에게 돌려야지? 그들이 다른 사람들의 글을 읽으며 검토를 한 뒤 각각의 글에 대해 채점 결과를 제출하겠지?"
 혜진이 고개만 끄덕거렸다.
 "내가 채점표를 만들어 보았어. 서류로 만들어 봐."
 영균이 마흔다섯 개의 칸을 가진 표를 가방에서 꺼내 혜진에게 건넸다. 손으로 죽죽 그은 가로 아홉 줄, 세로 다섯 줄로 된 채점표이다. 맨 위에 채점자 이름을 적게 했고 각 칸의 윗부분에는 논문 저자의 번호와 이름이 인쇄된다. 채점자는 논문을 읽은 뒤 저자의 칸에 그의 점수를 적어 넣는 것이다.
 혜진이 받아 들었다.
 "아아, 예쁘다. 인쇄를 해서 논문집 끝에 붙일게요."

영균이 일의 순서를 다시 설명했다.

"각 회원들의 논문들을 각자 이름의 가나다순으로 묶어 책을 만들고 끝에 채점표를 붙인다. 회원들은 각각의 다른 회원들의 논문을 숙독한 뒤 10점 만점으로 채점지에 점수를 기록한다. 채점지는 27일 월요일까지 제출한다. 혜진이 기계적으로 그 점수를 합산한다. 합산된 채점 결과를 가지고 28일 파견 인원을 결정한다. 그런 순서이지?"

"예, 그런데 영어 수능 점수는 어디다 적어요?"

"아 그걸 잊었구나. 논문 작성자의 이름 밑에 적어 넣도록 하자."

"그래요. 이번 연말은 전혀 휴일 같지 않겠어요. 역사 연구회라는 배를 물에 띄우는 시간이에요. 돛을 높이 올려야겠지요?"

"혜진이 자신이 선발의 대상이 아닌데도 헌신적으로 봉사를 하니 내가 미안하기도 하고 고맙기도 하지."

혜진이 또 펄쩍 뛰었다.

"이사장님, 그런 말씀 마세요. 저는 선배 회원들과 함께하는 거예요. 그분들로부터 배워 제 생각을 착실하게 길러 나가는 중이에요. 더구나 제게는 다음 기회가 있잖아요?"

"그래 그거야. 인숙 씨를 봐. 그녀는 단지 이 회원들의 뒷바라지를 하는 것으로 그치지만 혜진이는 거기다 자신이 참여할 수 있는 기회까지 갖고 있잖아?"

"그런데 삼촌."

혜진이 목소리가 깊어졌다.

"응, 왜 그래?"

"그런데 이 일 년이라는 연수 기간, 옥스퍼드에 간다는 것, 4학년

졸업반에서 선발한다는 것, 이 모든 생각이 별 의미가 없는 너무 즉흥적인 발상은 아니었어요? 이것이 실제로 역사 연구회나 그 회원들에게 의미 있는 일이 될까요?"

영균도 생각하는 자세가 되었다.

"혜진이도 그 생각을 하는구나. 그것은 내가 지난 넉 달 동안 두고 두고 고민해 왔던 일이야. 회원들도 그들의 작업에 빠져 지금 이 일정에 끌려다니고는 있지만 문득 그런 회의를 갖지 않았겠나?"

"일 년 공부를 한다는 것이 석사과정도 아니고 어떤 학위를 받는 것도 아니고 그들의 생애에 흔적을 남기는 일이 아니잖아요?"

"그렇게 볼 수도 있어. 처음 이 일을 인숙 씨가 제안했을 때부터 이재현 회장과 함께 내가 고민했던 부분이야. 그러나 시간이 지날수록 깊이 관련이 될수록 이 아이디어는 절묘한 것이란 생각을 하게 되거든. 우선 대학 4학년으로 올라가는 학생들은 대학교에서 3년 동안 공부하는 동안 나름대로의 역사관을 갖기 시작한 사람들이지. 그런 상황에서 다른 전통의 틀이 잡힌 대학교에 가서 색다른 방식으로 공부한다. 이건 의미 깊은 일이야. 마치 공과대학 졸업반이 졸업하기 전 잘 자리 잡은 공장에 가서 일정 기간 현장 실습을 하는 것과 같은 의미를 가지는 거야. 거기다 돌아와서 일 년 동안 학교에서 공부하며 제각기 그들의 역사관을 마무리한다는 아이디어가 절묘하잖아? 옥스퍼드에서 배운 것을 가지고 돌아와서 역사 연구회의 테두리 안에서 하나의 정리된 방향으로 일관성 있게 정리한다. 이건 정말 천의무봉(天衣無縫)의 아이디어야. 혹시 옥스퍼드의 교육 방향이 무책임하게 진행될 수도 있지만 모든 것은 회원들이 스스로 조정하고 바로잡을 거야."

혜진이 허리를 펴고 고개를 젖혔다.

"삼촌, 그렇네요. 이건 이렇게 되어야 하는 거네요. 돈을 처들여서 외국 유람 가서 놀다 오는 것이 아니라 완벽한 목표를 가지고 절묘한 일정으로 진행되는 이렇게 되지 않으면 안 되는 일이네요."

"게다가 회원들의 저 진지한 자세를 생각해 봐. 이 회원들 모두가 한 덩어리가 되어 마치 하나의 심장과 하나의 두뇌로 연결된 것처럼 하나의 목표를 향해 흐트러짐이 없잖아? 참으로 감동적인 일이야."

그러나 혜진의 걱정은 계속되었다.

"그런데 학교와 상의도 하지 않고 공부하러 나가고 돌아와 일 년 동안 멋대로 졸업을 준비하는 동안 학교의 정규적인 학사 과정과 갈등 같은 것이 없을까요? 회원들이 담당 교수로부터 불이익을 당하지는 않을까요?"

"그것도 걱정스런 일 중의 하나야. 그러나 이 경우에는 역사 연구회라는 드러난 조직이 있고 회원들은 대학의 학사과정을 소홀히 하지 않으면서 고교생들이 대학 시험을 위한 과외 공부하듯 자기의 앞길을 열어 나가니 오히려 학교 교육에 도움이 되는 일이 아니겠나? 학교는 학생들에게 불이익을 주기보다 오히려 도움을 주어야 하지 않을까? 혜진이는 어때? 혹시 연구회 활동 때문에 학교에 눈치 보이는 일이 있었나?"

"흥미를 보이는 교수님들은 있지만 부정적인 태도를 보이는 분은 아직 없어요."

"우리가 시작한 지 넉 달 남짓, 하지만 마치 사 년 이상 함께한 것 같아, 그렇지? 참 엄청난 일이었어. 누구도 해보지 못한 일을 두려움도 없이 덤벼들어 용감하게 밀어붙여서 여기까지 왔다. 이제 미지의 바다를 향해 배를 띄웠어. 혜진이를 이렇게 성장시키면서. 어찌 보면 혜진이를 이렇게 키워 내기 위해서 연구회가 생기고 우리 모두가 노력한 것 같지 않아?"

"저야 아직 아무것도 한 일이 없는 애송이지요. 그러나 제가 생각해도 저 정말 많이 컸어요. 꿈같아요. 참 철부지 대학 2학년생이 이처럼 크다니요. 삼촌의 사람을 키우는 힘은 하느님 같아요. 고맙습니다."

"내가 잘 보았지. 처음 내가 이 일을 맡기로 결심했을 때 내 머리에 처음으로 떠오른 것이 혜진이었어. 내가 틀리지 않았어. 혜진이가 할 수 있는, 혜진이 아니면 할 수 없는 일이었어. 그러나 아직 갈 길이 멀지. 조심조심 뒷날 조금도 후회하는 일이 없도록 최선을 다해야지."

"그래요. 그래요."

2.

오후 두 시 좀 넘어 재현이 영균의 사무실로 불쑥 들어섰다. 영균과 혜진이 벌떡 일어섰다.

"아니 회장님, 오시기 전에 연락이라도 하실 것이지, 이렇게 놀래킵니까?"

그는 영균과 혜진의 호들갑을 눌러 앉혔다.

"쉬쉬, 학생들 작업에 방해가 될까 봐 조용히 들렀어요. 이 근처에서 점심 약속이 있었거든"

"절묘한 타이밍입니다. 오늘 학생들의 논문이 취합되지 않습니까?"

재현이 소파에 앉아 제 책상에서 일하고 있는 혜진을 건너다보았다.

"혜진 씨 오래간만이야. 그동안 고생 많았지?"

혜진의 얼굴이 활짝 펴졌다.

"회장님 정말 뵙고 싶었어요. 회장님도 저 보고 싶었죠?"

"아아, 혜진아 보고 싶었다."

재현이 맞장구를 쳤다. 영균은 껄껄거리면서도 혜진의 당돌함에 마음이 쓰였다.

"회장님이 그동안 잘 이끌어주신 덕택에 더 이상 완벽할 수 없는 모습으로 진행이 되고 있습니다."

"그래 그래, 늘 고맙다는 생각부터 먼저 들어. 특히 혜진 씨는 언니 오빠들의 일인데 자기 일처럼, 자기 일보다 더 소중하게 헌신하고 있잖아?"

"언니 오빠들의 일이 아니고 제 일인 걸요. 저는 이 일 하는 것이 그렇게 좋을 수가 없어요. 너무 재미있어요. 언젠가 저도 우리 역사 연구회의 정식 멤버가 되어서 이 운동장에서 함께 뛰는 선수가 되겠지요?"

"물론, 혜진 씨의 노력은 크게 보상을 받을 거야."

"장담하세요?"

"아니 장담은 차 이사장님이 하셔야겠지만 내가 보기엔 혜진 씨의 보상을 바라지 않는 봉사에 대해 보상을 생각하지 않을 사람이 어디 있겠어?"

"혜진아, 지금까지의 진행 사항을 회장님께 보고를 드려라."

영균이 화제를 바꾸었다. 혜진이 진지해졌다.

"오늘 다섯 시까지는 논문이 다 들어올 것 같고요. 들어오는 대로 제본해서 내일 오전 중으로 회원들 손에 쥐어 주려고 합니다."

영균이 말을 이었다.

"이 대회의실은 회원들의 공부방으로 용도가 바뀌었습니다. 회원들은 방학 동안 하루도 빠지지 않고 여기 나와 다른 회원들의 논문을 면밀히 읽고 검토해서 각각의 논문에 점수를 매길 것입니다."

혜진이 계속했다.

"파견 인원이 결정되는 대로 옥스퍼드 대학에 알리고 그들에 대한 옥스퍼드의 초청장을 받겠습니다. 초청장이 접수되는 대로 출국 수속을 해야지요. 지지난 주 옥스퍼드 대학과의 협의가 있는 뒤 모든 일은 확실해지고 빨라졌습니다."

"정말 대단하구나. 이제는 걱정거리가 없어졌구나."

"우리가 외형적인 학위나 타이틀을 옥스퍼드에서 구하는 것이 아니고 내실을 기할 수 있는 연구 방향과 연구 성과에 대한 지도를 받으려는 것이기 때문에 오히려 피차간에 부담 없이 공부를 진행할 수 있을 것 같습니다."

"그래도 학위는 아니더라도 어떤 형태의 수료증 같은 것을 필요로 하지 않을까?"

"학생들은 그런 것 없어도 우리 역사 연구회의 기초를 닦는 연구원이 된다는 것으로 충분하다는 생각입니다."

"참으로 칭찬할 만한 분위기이군요. 그러나 내가 영국과 이야기해서 어떤 형태의 것이건 디프로마(Diploma 수료증) 같은 것을 받아보도록 할게요."

"그러면 학생들에게 좋은 자극이 되겠지요."

강기욱이 조용히 영균의 사무실로 들어섰다. 혜진이 일어섰다.
"강기욱 선배님 웬일이세요?"
기욱은 혜진에게 웃어 보인 뒤 재현과 영균에게 깊이 고개를 숙였다.
"이 회장님도 나오셨군요. 이사장님께 의논 드릴 일이 있어서요."
재현이 일어섰다.
"내가 자리를 떠야겠구만. 그렇지 않아도 너무 많은 시간을 빼앗았어."
기욱이 재현을 붙들었다.
"이 회장님이 함께하시면 더욱 영광이지요."
영균도 재현을 자리에 앉혔다.
"오늘은 일요일입니다. 제 사무실에 오셨으니 제 직권으로 사무실 출입을 통제하겠습니다. 하하하."
재현이 엉거주춤 주저앉았다. 혜진이 그녀의 노트북을 들여다보며 보고했다.
"강기욱 선배는 그의 논문을 벌써 제출했습니다. 제 일착입니다."
영균이 말문을 열었다.
"역시 기욱이구나. 그래 앉아요. 논문도 제출했으니 느긋하게 이야기나 하자고."
자리에 앉아서도 기욱은 입을 열지 않고 머뭇거렸다. 모두 다그치지 않고 기다렸다. 혜진이 운동경기 중계하듯 보고했다.

"두 번째 논문이 제출되었습니다."

기욱이 천천히 입을 열었다.

"이번에 제 논문을 제출했고 그것은 회원들이 돌아가며 읽을 것입니다. 그러나 이번 심사에서 걱정되는 부분이 있습니다. 심사에서 탈락하는 회원들을 어떻게 포용할 것이냐 하는 문제입니다. 회원 한 명 한명이 없어서는 안 될 인재들이거든요."

영균의 목소리가 높아졌다.

"그게 무슨 소리야. 공정하게 심사해서 외국 파견 인원과 본부 잔류 인원을 나누자는 것인데. 탈락시킨다든가 자격을 심사하는 것이 아니잖아?"

"그런데 심사는 심사입니다. 선택되는 사람이 있고 탈락하는 회원이 생깁니다. 제가 모자라는 점이 많지만 이사장님이 보살펴 주셔서 우리 회원들의 대표 역할을 해 왔습니다. 그런데 영국 파견을 위해 제가 경쟁을 한다는 것은 다른 회원에게 불공평한 행위가 될 것 같다는 생각이 듭니다. 저는 본부에 남아서 수집되는 모든 자료를 정리하고 이사장님을 보필하며 우리 학회의 나아갈 길을 세워 나가는 데 집중하는 것이 옳은 일이 아닌가 하는 생각을 했습니다."

얼마간의 침묵이 지나간 뒤 영균이 재현에게 팔밀이를 했다.

"저는 그 생각을 하지 못했습니다. 점수를 매긴다는 것, 그것으로 누군가를 선발한다는 것은 다시 말하면 다른 누군가를 탈락시키는 것이네요. 이 회장님이 지혜를 주시지요. 기욱이의 뜻은 한마디로 꺾기에는 너무나 소중한 진정성이 있어서 말입니다."

재현이 기다렸다는 듯이 입을 떼었다.

"기욱의 생각은 또 하나의 감동입니다. 이 역사 연구회는 창립부터 감동으로 시작되었지만 그동안 얼마나 많은 감동을 주었습니까? 이제 기욱의 이타적인 행동을 보며 '이것이 우리 역사 연구회의 힘이며 정신이다'라는 또 하나의 감동을 경험합니다. 그러나 어떤 결론을 내리기 전에 이것은 반드시 염두에 두어야 합니다. 우리 역사 연구회는 한 사람의 감정이나 생각에 의해서 좌우되어서는 안 된다, 어떤 일이든 회원 전체가 받아들이는 룰에 따라야 한다는 것입니다. 기욱의 이 이타적 행위까지도 개인의 결심으로 결정되어서는 안 됩니다. 우리는 처음부터 룰을 정했지요. 외부의 어떤 간섭 없이 자체의 힘과 회원들의 합의로 모든 일을 결정한다는 것이지요. 기욱의 말대로 기욱을 경쟁에서 빼자는 생각을 받아들인다면 그것이 숭고한 희생정신에 의한 것이라고 하지만 룰과 어긋나는 행동이 됩니다. 혹시 경쟁하는데 자신이 없기 때문이라거나 좀 잘난 체하는 행동으로도 보일 수도 있습니다. 내 생각은 모든 일은 룰에 따라 결정하자는 것입니다. 룰에 따를 때 결정은 공평해지고 불평은 줄어들 것입니다."

영균이 고개를 끄덕였다. 기욱이 조용히 대답했다.

"이 회장님 고맙습니다. 그 생각을 못했군요. 룰에 따르겠습니다."

회원들의 논문들이 속속 들어왔다. 저녁 다섯 시가 지났을 때 서른일곱 편의 논문이 혜진의 노트북에 쌓였다. 혜진이 보고했다.

"서른일곱 편, 약 350페이지의 책이 될 것 같습니다. 이것은 우리 역사 연구회 최초의 기록 문서가 될 것입니다. 저녁 먹으로 나가기 전에 이사장님이 회원들에게 한마디 격려의 말씀을 해주시지요."

영균이 동의했다.

"회장님 같이 나가시지요. 회원들과 인사하십시오."

재현도 따라서 회의실로 들어섰다. 회의실이라기보다 활기찬 작업실이다. 회원들은 각기 자기의 서랍이 달린 작은 책상을 갖고 있다. 그들은 그들의 자리에서 일어나 영균과 재현을 맞았다. 영균이 차분하게 회원들의 노고를 고마워했다.

"여러분, 오늘은 우리 역사 연구회의 또 하나의 역사적인 날로 기록될 것입니다. 여러분들이 제출한 서류는 연구회가 존속하는 한 첫번째 문서로 소중하게 보관될 것입니다. 모두 서른일곱 편이 접수되었습니다. 제출하지 않은 회원도 여러 명이 있습니다. 그러나 걱정하지 않습니다. 제출하신 회원이나 그렇지 않은 회원이나 다 우리 회원입니다. 이 논문은 제본을 해서 내일 오후에 마흔다섯 명 회원 전원에게 배포될 것입니다. 마지막 페이지는 마흔다섯 개의 칸을 가진 채점표입니다. 여러분은 서른일곱 개의 칸에 점수를 기록할 것입니다. 칸마다 논문의 저자 이름을 가나다순으로 해서 1번부터 37번까지 번호가 붙습니다. 논문을 제출하신 회원은 물론이고 제출하지 않은 모든 회원들도 이 논문들을 읽고 각자의 검토 결과를 10점 만점으로 점수를 적어 넣을 것입니다. 여러분들의 채점표는 27일까지 연구회로 보내시기 바랍니다. 그 점수를 집계해서 다섯 명 내지 여섯 명의 파견 인원이 선정될 것입니다. 우리 연구회는 평등을 원칙으로 합니다. 남녀 성별 구분을 하지 않겠습니다. 여러분들의 채점 결과에 따라 남학생이 많이 나갈 수도 있고 전원이 여학생이 될 수도 있습니다. 선정이 되는 즉시 출국 수속을 시작해서 2월 중순에는 옥스퍼드에 도착하도록 하겠습니다. 파견되는 회원이나 남는 인원이나 역사 연구회의 작업을 계속할 것입니다. 우리의 실체가 어떤 형태로 정의될 것이냐, 우리의 역사 연구회가 어느 방향으로 향할 것이냐는 모두 여러분의 통합된 의견으로 결정될 것입니다. 수고 많았습니다. 짧은 기간 동안에 여러분이 이룩한 성과에 대해 어떻게 존경을 표해야 할지 적절한 말을 찾기가 어렵습니다."

영균이 눈짓을 하였지만 재현은 할 말도 없었고 하고 싶지도 않았다. 진행되는 일들이 그저 감격스럽기만 했다.

회원들은 영균이 소유하고 있는 빌딩의 지하 맥줏집으로 몰려갔다. 논문을 제때에 제출했다는 홀가분한 마음으로 분위기는 가벼웠다. 재현도 젊은이들과 즐겁게 어울렸다. 그동안 그들과 정이 들었다. 8월에 강의를 한답시고 그들과 어울렸고 9월에는 몇 명의 여학생들에게 한 번도 고백해 본 적이 없는 과거를 들려주었다. 그리고 10월 초 명명식을 통해 며칠 동안 밥도 먹고 다양한 행사에 참여하며 경주 남산도 동행했다. 그리고 외국인 손님들과 함께하였다. 회원들은 재현을 어려워하면서도 살갑게 대했다. 그날은 서로 단합을 이야기하며 역사학자로서의 꿈을 이야기하는 따뜻한 분위기였다. 대부분의 회원들이 한 번씩은 재현에게 와서 개인적인 인사를 하였다. 모임이 끝날 때쯤 기욱이 재현의 곁으로 왔다.

"아까 말씀 고마웠습니다. 그러나 제 제안을 기억해 주시기 바랍니다. 남은 사람들이 불만스러워하는 분위기가 있으면 즉각 그 카드를 쓰셔야 합니다."

"그런 일이 없겠지만 기욱의 마음은 정말 이 세상을 몇만 년 동안 살아온 신선의 헤아림 같아. 참 만나기 어려운 사람이야. 기욱의 외할아버지를 생각하게 만들어. 그분이 환생하신 것 아닌가 하는 생각까지 드는구나.”

"아, 회장님, 어머니께서 회장님을 집에 한번 모시고 오라는데, 한번 들르시지요."

재현에게는 전혀 내키지 않은 제안이었다. 그는 아무렇지 않은 듯 대꾸했다.

"그래 생각해 보자. 언젠가 그런 기회가 오겠지."

맥주 파티가 끝나기 전 혜진이 재현에게 왔다.

"오늘은 너무 늦었고 내일 아침 일찍부터 제본을 하려고 해요. 언니들 몇 분이 도와주기로 했어요. 이사장님이 오늘 해 주신 말씀을 서문으로 넣고 채점표를 마지막에 붙이려고 해요. 제법 두꺼워요. 장편소설 한 권 분량은 되지요. 이 회장님께는 논문집을 사무실로 보내 드릴게요. 꼭 다 읽지 않으셔도 좋아요. 읽을 만큼 읽으시고 28일 저희 사무실에 나오세요. 참 의미 있는 진행이 될 거예요. 그렇잖아요?"

다른 대답이 있을 수 없었다.

"그렇고말고. 누구의 작업인데. 보내 주면 열심히 읽을게. 정말 빛나는 일이야. 이 성실한 작업은 아주 잘 보답받을 거야. 역사 연구회와 함께 오래 기억될 일이야."

"제본한 것을 제가 직접 회장님 사무실로 갖다 드릴게요."

"아니야, 그냥 우편으로 보내줘. 바쁜 혜진 씨가 그렇게 허비할 시간이 어디 있어?"

"그건 허비하는 시간이 아닌데요."

"알았어. 알았어. 부탁이야. 우편으로 보내줘. 내가 사무실에서 앉아 있는 시간이 정해져 있지도 않고 혜진이 온다 해도 꼭 만난다고 장담할 수도 없어."

"알았습니다. 틈틈이 진행 사항을 전화로 보고 드릴게요."

"그래. 그렇지만 내게 신경은 쓰지 마. 지금 잘하고 있으니까 지금 그대로 회원들과 이사장님과 함께 멋지게 만들어 봐. 나는 28일 아침 아홉 시에 이리로 출근할게."

3.

12월 하순은 일 년 중 가장 바쁜 때이다. 재현은 유니세프가 발행한 크리스마스카드를 200장 정도 주문해서 국내외 친구들과 고객들에게 발송했다. 이메일로 계절의 인사를 대신하는 것이 대세가 되고 있었지만 재현은 카드를 고집했다. 그것도 그냥 인쇄된 이름 아래 서명만 해서 보내는 것이 아니라, 받는 사람 개개인과의 그해 있었던 특기할 만한 일들을 회상하며 새해에 가정의 평화와 개개인의 건강, 사업의 번창을 기원하는 짧은 편지를 써넣었다. 그것만 꼬박 한 주일이 걸렸다.

국제 경기가 살아나고 한국의 국내 경기도 풍성했다. 선물들도 심심찮게 주고받았다. 특히, 그리스 쪽에서 선물들이 많이 왔다. 문진이나 청동 조각품들이었다. 재현은 요란하지 않은 청자 몇 점을 준비해 두었다가 소중한 선물이 도착할 때마다 바로 답례를 하였다.

12월 23일 퇴근길에 선호가 재현의 사무실에 들렀다. 포도주 두 병을 들고 왔다.

"사장님, 사모님과 크리스마스에 드시라구요. 물론 이것보다 비싼 포도주 재고가 많으시겠지만 이건 저희들이 좋아하는 로제 와인이에요."

저희들이라는 말에 재현이 뜨끔했다. 선호 부부에 줄 만한 선물을 마련하지 못했다.

"이걸 어쩌나? 제수씨에게 드릴 만한 선물을 마련해 놓은 것이 없으니."

"괜찮아요. 예고 없이 불쑥 찾아온 탓이죠 뭐. 신년에 시간 봐서 사모님과 같이 맛있는 밥 먹어요."

"그러자. 그러자. 그렇지만 섭섭한데. 좌우지간 생각을 좀 해 봐야겠어."

선호가 화제를 바꾸었다.

"격동하던 세월은 이번 연말로 끝나고 또 하나의 찬란한 새해가 시작되네요."

"그렇게 되겠지? 내년에는 조선소도 주체할 수 없는 이익에 파묻히겠지?"

"조심해야지요. 그러나저러나 어려운 시기를 지나고 좋은 시기가 올 만하니까 클랜시와의 프로젝트도 끝나네요."

"'방귀 질 나자 보리 양식 떨어진다'인가? 그러나 끝나는 것이 아니지. 잠깐 숨을 고르는 것이지. 언젠가 다시 시작해야지."

"언제요? 또 시장이 바닥으로 떨어진 뒤에요? 또 그런 시기가 올까요?"

"시장은 늘 파도를 타고 앉았잖아. 파도의 바닥은 오기 마련이지. 클랜시가 그렇게 느낄 때가 오겠지. 어차피 클랜시 같은 사람은 난 세(亂世)는 같이할 수 있어도 태평성대(太平聖代)에는 같이하기 어려운 사람이니까."

"참 신나는 한 해였어요. 겉으로 화려하면서 내실도 충분히 갖춘 불평할 일이 거의 없는 한 해였어요. 물량도 많이 채웠고. 사장님은 브로커 일에 별로 열중하는 것 같지 않았어요."

"먹고살 만하면 그것으로 만족할 줄 알아야지. 너무 많은 것을 바라거나 너무 여러 곳을 기웃거리면 내 실체를 잃어버게 돼. 자제해야지."

"메뚜기도 한철인데 많이 벌어 두셔야죠."

"한철이 지나면 다음 철이 또 오지 않아? 하느님은 때맞추어 세상 만물에게 먹을 것을 마련해 주시거든."

"언제나 그 감추어진 배짱은 참 경탄스럽습니다."

잠깐 뜸을 들인 뒤 선호가 또 화제를 바꾸었다.

"이제 클랜시의 프로젝트도 끝나 가는데 인숙 씨의 앞날은 어떻게 될까요?"

"왜 걱정이 돼?"

"걱정이라기보다 정말 그 사람이 원하는 인생을 찾고 그녀가 바라는 삶을 살게 되기를 바라니까요."

"그러게 말이야. 어떤 환경에서도 그녀는 잘 살 거야. 그녀의 맑고 고귀한 영혼은 반드시 보상을 받을 거야. 보상받게 되어 있어."

"클랜시와 결혼을 하게 될까요?"

"나는 그것이 최상의 결말이라고는 생각하지 않아. 나이 차이도 마흔 살이나 되고 클랜시도 그것을 잘 알고 있어. 또 인숙의 자유로운 영혼도 생각해 주어야지. 모르지. 혹시 소말리아에 가서 해적 두목을 하게 될지 누가 알아?"

"참 불가사의한 아름다운 사람이에요."

"클랜시가 이미 인숙 씨에게 해양 박물관 일을 맡겼어. 클랜시가 출연(出捐)해서 앤트워프 해양 박물관을 추진하고 있고 인숙이 그것을 관리하게 될 거야."

"아아 그 일이라면 정말 괜찮겠네요. 인숙의 전공도 살리고."

선호가 일어섰다. 재현은 문득 생각났다. 아리아드네의 아버지가 준 선물이다. 흑단석 위에 세운 청동 조각이다. 높이가 삼십 센티 정도 되는 자코메티의 조각 같은 뼈만 남은 두 사나이가 어깨동무를 하고 함께 걷는 정감 있는 작품이다. 마지막 계약에 서명을 마친 뒤 오래오래 함께 이 세상 살아가자고 재현에게 쥐어 준 것이다. 재현이 그것을 선호에게 건넸다.

"이것 가져가."

선호가 펄쩍 뛰었다.

"이건 선주가 사장님에게 드린 특별한 선물인데 제가 가질 수 없죠."

"그러니까 더 주고 싶은 거야. 아리아드네도 김 상무에게 주었다면 불평하지 않을 거야."

재현은 그 조각 작품을 선호의 가방에 욱여넣었다.

4.

재현은 28일부터 연말까지 일정을 완전히 비우고 역사 연구회 차영균 이사장과 함께하기로 하였다. 그동안 회원들의 논문집을 읽었지만 연말연시의 분주한 사무실 일 때문에 집중할 수가 없었다. 읽기는 하되 신경 쓰지 않기로 했다. 차 이사장이 할 일이다. 단지 영균의 곁에서 그를 격려하고 함께 있어주면 되는 것이다.

그는 28일 아침 열 시쯤 영균의 사무실에 들어섰다. 영균의 방은 조용했다. 혜진이 재현을 맞았다.

"엊저녁까지 채점표가 다 들어왔습니다. 밤사이에 합산을 해 두었습니다. 회장님이 오셨으니 이사장님과 함께 보시지요."

영균이 재현의 곁에 앉았다. 채점 결과가 그들 앞에 놓였다. 손볼 곳이 없었다. 영균은 그것을 혜진에게 되돌려 주었다. 혜진은 회의실의 스크린에 그 결과를 발표했다. 평균 8점 이상을 받은 논문이 여섯 편이었다, 남자 다섯에 여자 한 명이다. 그들의 영어 수능시험 성적도 나쁘지 않았다. 그것으로 선발 과정은 산뜻하게 끝났다. 기욱이 최고의 점수를 받았다.

혜진이 문제점을 제기했다.

"언니가 한 명뿐이에요. 남자 다섯 명 속에서 생활하기가 불편하지 않을까요?"

재현이 영균을 건너다보았다. 영균이 잠깐 생각을 정리하고 매듭을 지었다.

"영국의 전통이 어인들과 아이들을 보호하도록 되어 있습니다. 처음 정한 룰대로 추진을 하겠습니다."

재현도 동의했다.

"그렇게 하는 것이 좋겠습니다.

혜진도 고개를 끄덕이었다.

논문의 채점결과가 발표된 뒤 회의실에서는 또 다른 분위기가 술렁거리기 시작했다. 몇 명의 회원이 불만을 드러낸 것이다. 특히 이번에 파견되리라 기대했던 회원이 비교적 낮은 점수를 받은 경우였다. 회원들이 끼리끼리 모이기 시작했다.

"이번 논문 검토는 처음부터 오류가 있었다. 이런 일은 회원들의 아마추어 손으로 할 것이 아니라 전문가들의 손을 빌려야 될 일이었다."

영균이 이맛살을 찌푸렸다.

"기욱이 우려했던 일이 결국 문제가 되나요? 아무리 처음부터 단합을 부르짖고 노력을 기울였지만 결과가 나오고 나니까 불만이 없을 수 없네요."

그러나 영균은 단호했다.

"처음부터 다짐을 하고 시작했던 일입니다. 하지만 불평이 생기고 맙니다. 이탈자는 과감하게 버리고 남은 사람들로 꾸려 나가야 하지 않을까요?"

"글쎄 생각을 해 봅시다. 그러나저러나 회원들과 마음을 터놓고 결과에 대한 이야기를 나눠야 되지 않을까요?"

"그러지요. 점심 먹으러 가기 전에 회원들과 이야기를 하지요."

회원들 전원이 회의실에 모였다. 영균이 단상에 섰다.

"여러분 고생 많았습니다. 회원 여러분의 단합된 노력으로 오늘 최종 선발 인원을 보게 되었습니다. 여러분들의 손으로 채점하신 것을 종합한 결과 채점표에서 보시는 상위 여섯 명의 회원이 제 일진으로 옥스퍼드에 가게 될 것입니다. 이 연구원들은 학위를 따러 가는 것도 아니고 개인적인 명예를 얻기 위해서도 아닙니다. 단지 본부에 남아 있는 회원들의 연구에 대한 방향 설정과 그 성과에 대한 분석을 돕기 위한 실무적인 파견입니다. 남아 있는 분과 파견될 분들 사이에 업무 분장을 지금부터 분명히 해서 우리 연구회의 앞날을 함께 알차게 열어 나가야겠습니다."

일상적으로 영균이 회원들에게 이야기하는 경우 큰 박수가 따랐지만 그날은 그렇지 않았다. 미지근한 박수가 나오다가 말았다.

분위기가 진정되지 않았다. 잠깐 동안의 술렁거림이 있은 뒤 기욱이 연단에 올랐다.

"차 이사장님, 그리고 바쁘신 중에 시간을 내어 이 자리를 빛내주신 이재현 회장님, 그리고 회원 여러분, 제가 한 말씀드리고자 합니다. 당돌하다고 나무라지 마십시오. 저는 이번에 파견 팀에 선발이 되었지만 그 선발 자격을 다음 점수의 회원에게 넘기겠습니다. 저는 외국 나가는 것보다 본부에서 일하는 것이 훨씬 보람이 있다고 생각하기 때문입니다. 특히 저는 연구회 제1기 회장으로서 여러 가지 혜택을 받았기 때문에 해외 파견 팀의 선발을 위해 회원들과 함께 경쟁한다는 것이 불공평하다는 생각을 해 왔습니다. 본부에 남아 해외 자료와 국내에서의 연구 자료를 취합하는 일을 하도록 하겠습니다. 차 이사장님, 그리고 회원 여러분, 제 소망을 받아들여 주시기 바랍니다."

기욱의 제안은 식어 가던 분위기를 한순간에 뜨겁게 바꾸어 놓는 역할을 하였다. 불평을 하던 회원 한 명이 바로 단상에 올랐다.

"강기욱 회장의 제안은 저를 진실로 부끄럽게 하였습니다. 우리는 시작부터 한 몸입니다. 우리 조국의 역사를 제대로 써보자는 뜨거운 열망으로 뭉쳤습니다. 그리고 그동안의 모든 진행을 차 이사장님은 우리의 자주적인 결정에 맡겼습니다. 오늘 우리는 지난 다섯 달 동안 쌓아 온 노력의 결말을 보았습니다. 세상의 어느 누구도 우리가 해 온 이 일을 해 본 적이 없습니다. 우리는 지금까지 우리가 세운 룰에 따라 일해 왔습니다. 이제 그 룰을 깨뜨릴 수 없습니다. 강기욱 회장은 룰에 따르시기 바랍니다. 본부의 일은 이사장님 지휘하에 저희들이 차질 없이 진행하겠습니다."

 영균이 끼어들 여유가 없었다. 우레와 같은 박수가 쏟아졌다. 자칫 풍비박산이 될 뻔한 분위기가 기욱의 희생정신으로 재결집되고 불평하던 회원이 다시 룰에 따르자고 호소함으로서 의외의 새로운 탄탄한 단합의 기틀이 마련된 셈이다.

 파견 팀이 결정되자 출국 수속은 일사천리로 진행되었다. 런던의 용훈에게 서류가 전달되고 모든 서류, 인적 자료들은 반즈 교수, 프리만, 앤 스펜서에게 나누어졌다. 영균은 그동안 이룬 성과에 취했다. 취할 만도 했다. 그는 역사 학회의 망년회를 제안했다. 약속이 많은 철인데도 한 사람 빠짐없이 연구회의 망년회에 참석하기로 했다. 재현도 집에서 아내와 보내던 제야를 연구회에서 회원들과 함께하기로 했다.

 재현의 아내는 재현의 참석에 동의했지만 동행하지 않았다. 영균도 혼자였다. 모든 회원들은 인숙의 금배지를 자랑스럽게 달았고 가족이나 애인들과 함께했다. 자랑스런 모임이었다. 마음껏 회원임을 뽐내었다. 자정이 되기 직전 영균은 재현에게 한마디 덕담을 강요했다. 재현도 사양하지 않았다.

"지금 우리는 벅찬 가슴으로 새해를 맞습니다. 지난 칠월 말 연구회 현판을 달았을 때 우리는 두려운 마음으로 이 높고 푸른 꿈을 이야기하였습니다. 그러나 딱 다섯 달 만에 우리는 이처럼 우리의 꿈을 현실로 만들었습니다. 여러분이 스스로 이 영광스런 일을 이룬 것입니다. 정말 자랑스럽습니다. 저는 지금 내년의 망년회를 생각합니다. 영국에 가서 일 년 동안 열심히 공부한 결과와 본부에서 잘 소화된 결실을 놓고 우리는 여기서 망년회를 하며 역사 연구회의 두 번째 해를 기념할 것입니다. 우리가 얼마나 컸는지 앞으로 얼마나 커 나갈 수 있을지를 여러분과 확인할 것입니다. 차영균 이사장님, 회원 여러분, 회원과 함께 나와 주신 가족 친지 여러분, 한 해 애 많이 쓰셨습니다. 새해 복 많이 받으시고 위대한 일들 이루시기 바랍니다."

모두들 한껏 박수를 쳤다. 그것은 재현의 인사말에 주어진 박수라기보다 그들 자신에 대한, 자신들의 대견함에 대한 박수였다.

선발된 여학생이 맥주잔을 들고 재현의 곁으로 접근했다. 9월에 맥주를 마시며 재현의 어린 시절 기억을 나누었던 회원 중 한 명이었다.

"남자들 사이에서 여자 혼자 외국에 나간다는 것이 좀 어색합니다."

"걱정하지 마세요. 영국 사람들은 여성들에게 정중하고 여성들을 제대로 보호하는 전통을 갖고 있습니다. 한국에서 간 훌륭한 여성을 결코 외롭거나 어렵게 하지 않을 거예요. 거기다 한국 신사 다섯 명이 씩씩한 기사가 되어 숙녀를 보호할 것입니다. 참으로 축복받은 선택이에요. 정말 부러워요."

"제가 잘해 낼 수 있을까요?"

"나는 보지 않는 듯 보아 왔습니다. 누구보다 잘할 것으로 확신합니다. 오히려 남자 회원들보다 더 섬세하고 더 치밀하게 배우고 자신의 사관을 확립해서 개선장군처럼 돌아오리라 확신합니다."

기욱이 다가왔다.

"여러모로 고마웠습니다. 성심을 다해 노력하겠습니다. 영국에서 어려운 일이 있으면 즉시 보고 드리겠습니다."

"기욱은 이제 자기 한 사람의 몸이 아니야. 우리 민족의 얼을 지고 동포들의 얼굴이 되어서 거길 가는 거야. 기욱 이상 더 잘할 사람은 없어. 확신을 가지고 다녀와."

혜진이 접근했다.

"역시 회장님은 우리의 정신적 지주이십니다. 자기 일이 아닌 척하시면서 모든 일의 한가운데 자리를 잡고 계시는 우리의 롤 모델이십니다."

"아니야, 혜진이 내 인생의 롤 모델이 되고 있어. 혜진은 남을 도울 줄 아는 재능을 갖고 태어났어. 그 봉사정신이 짧은 기간에 이처럼 대단한 성과를 이루어 낸 거야."

"저는 확고한 꿈을 가지고 살고 있어요. 회장님이 아난존자가 되라고 한 날부터 우리 연구회의 머슴으로, 기록자로 남기로 작정했어요."

"아니야. 그것으로 부족하지. 다음 해 혜진도 영국 갈 준비를 해야지."

"아니요. 저는 늘 본부에서 뒷바라지를 하기로 작정을 했습니다."

"그렇게 미리 자신을 틀에 가둘 필요는 없어. 늘 유연한 자세를 가지고 주변에 맞춰 나가야지."

"알았습니다."

혜진은 토라졌다는 표정을 지었다.

"회장님과 대화를 하면 언제나 저라는 존재는 없어져 버려요."

회원들에게 둘러싸여 있던 영균이 재현의 곁으로 왔다. 그는 그의 맥주잔을 재현의 것에 힘껏 부딪혔다. 그리고 서로의 눈을 들여다보았다. 재현이 먼저 입을 열었다.

"차 이사장, 수고 많았다는 말밖에 할 말이 없네요."

"어떤 말도 생각나지 않습니다. 저도 고맙다는 말밖에 할 말이 없습니다."

그의 눈시울이 붉어져 있었다.

"무엇보다 저를 감동시킨 것은 이 회원들 중 한 사람도 빠진 사람 없이 이 망년회에 참석을 했다는 사실입니다. 이 단결력이 우리 연구회를 이끌어 가는 힘이 되겠지요?"

"참 멋졌어요. 이 젊은이들의 의젓함, 이 사람들은 우리 기성세대들이 따라갈 수 없는 한 단계 높은 수준의 문화를 창조할 거예요."

"고맙습니다. 지난 다섯 달을 어떻게 지내왔는지 꿈만 같네요. 이 영광스런 일을 맡겨 주시고 뒷바라지를 해주신 회장님의 은혜를 어떻게 갚아야 할지 모르겠습니다."

재현이 손을 저었다.

"내가 한 일이 무엇 있다고. 이건 모두 차 이사장의 헌신적인 노력 덕이지. 정말 좋은 역사 연구회를 만들어 보세요. 토인비를 배워, 토인비를 능가하는.”

맥줏집의 커다란 TV가 제야의 종을 울리고 모두들 '해피 뉴 이어'를 외친 지도 제법 되었다. 기욱의 어머니 정연이 보이지 않는 곳에서 그림자처럼 나타났다.

"모두들 쉽게들 이야기지만 옆에서 보는 사람에게 더 할 수 없는 감격이네요. 이런 일이 일어나다니. 우리 척박한 땅에서 이런 굉장한 꿈이 싹트다니, 역시 선생님이세요. 저는 기욱이 역사 연구회에 들어간 뒤 그 애의 눈에 띄는 성장을 지켜보아 왔어요. 그리고 오늘 저 뒤에 숨어 서서 선생님의 얼굴 표정 손가락 움직임 하나 빠짐없이 눈여겨보았어요. 역시 선생님이 하시니까 안 되는 일이 없구나 생각했어요."

"나야 여기 명함이나 낼 형편이 되나? 차 이사장 그리고 이 열성적인 회원들이 만들어 낸 일이지. 또 기욱이는 얼마나 의젓해. 큰일 할 사람이야."

"기욱이는 선생님 말씀이라면 당장 목숨이라도 내놓을 아이예요. 기욱이가 커가는 것을 보면 너무 대견해요."

많은 학생들이 재현에게 다가와 맥주잔을 부딪치고 갔지만 정연은 굳건하게 재현의 옆자리를 지켰다. 그리고 재현의 옆이 빌 적마다 대화를 나누었다. 그녀는 술이 취한 척 기대어 왔다.

"선생님은 저의 첫 남자예요."

재현이 웃으며 대답했다.

"그건 또 무슨 말이야."

"제가 어릴 때 무섭다는 핑계를 대고 선생님 이불 속에 들어가 선생님을 껴안고 잤잖아요? 그러니 선생님이 제 첫 번째 남자 아니고 뭐예요."

그녀의 눈꼬리가 게슴츠레해졌다. 재현은 껄껄 웃었다.

"그러면 정연은 내 첫 여성이구먼."

그녀가 반색을 했다.

"정말 그래요. 우리는 서로 첫 여자고 첫 남자예요. 그렇게 정해졌어요."

재현은 정연의 어깨를 잡고 팔 길이만큼 그녀를 떼어 놓았다. 그리고 부드럽게 타일렀다.

"그래, 우리 이렇게 바라보며 살자고. 서로 도울 일 있으면 도와가면서, 알았지?"

정연은 기욱이 쪽으로 멀어져 갔다.

영균과 혜진이 다가왔다. 맥주잔을 조용히 부딪치며 영균이 속삭였다.

"드디어 배에 돛이 올랐습니다. 순풍을 타고 대양을 향해 떠나는 역사 연구회의 안전한 항해를 위하여!"

제35장

해적 이야기

1.

2005년 새해가 밝았다. 1월 3일 재현의 책상에 이메일과 서신들이 제법 쌓였다. 대부분 연말연시를 맞아 나누는 덕담들이다. 간단히 답장들을 쓰고 나니 퇴근 시간이다. 클랜시에게 전화를 걸어 새해 인사를 할까? 하는데 저녁 여섯 시가 되자 전화는 브뤼셀과 연결되었다.

"해피 뉴 이어."

클랜시의 목소리는 밝았다. 재현이 덕담을 되돌려주었다.

"해피 뉴 이어. 새해에는 옛 프로젝트를 성공적으로 마무리 짓고 새로운 프로젝트가 시작되기를."

클랜시가 목소리를 높였다.

"새해 내게 하는 말의 첫 마디가 비즈니스야? 첫날부터 새 프로젝트 해야 된다고 밀어붙이는 거야?"

"아니, 아니, 밀어붙이다니? 그저 톰의 마음속에 새해 한 해를 풍요롭게 할 좋은 프로젝트가 샘 솟아나기를 빌 뿐이야."

"그래, 그래, 고마워. 제리의 가정에 행복과 평화가 깃들기를 빌어."

재현이 그동안 역사 연구회의 순조로운 진행을 이야기해 주었다.

"고마워. 조선소 프로젝트가 끝나면 나도 연구회에 본격적인 참여를 해볼까?"

재현이 화들짝 놀랐다.

"그렇게만 된다면 역사 연구회는 세계적인 것이 되겠지."

"아냐 아냐, 농담이야. 내가 어디 그 자리에 끼어들 수가 있어? 그냥 농담으로 한 말이야."

그런 일에 허튼 농담을 할 클랜시가 아니다. 재현은 클랜시의 역사 연구회에 대한 사그러들지 않는 관심이 고마웠다. 클랜시는 잠깐 뜸을 들인 뒤 화제를 바꾸었다.

"5호선 명명식에 대해서 우리는 모든 준비를 마쳤는데 명명자 측의 준비가 늦어지고 있어. 아랍 사람들의 수줍음 때문이랄까? 명명자는 셰이크 아흐메드(Sheik Ahmed)가 되겠지만 누가 수행할 것인가? 어떤 특별한 종교적 절차가 필요한가? 식단은 어떻게 차릴 것인가? 아직 어떤 아이디어도 주어진 것이 없어."

"그냥 놔 두어. 그들이 다 생각해서 할 테니까? 워낙 생각이 깊은 사람들이잖아?"

"그래 그렇긴 해. 그런데 제리는 전에 아랍 선주들에게 배를 인도한 경험이 있었잖아? 그때는 어떻게 했었어?"

"그때는 여러 사람들이 와서 여러 척 명명식을 한꺼번에 하였어. 예를 들면 배 여섯 척을 하루에 명명하는 거지. 배를 줄지어 세워 놓고 한 사람씩 나와서 순서대로 명명을 하였어. 여러 사람들이 함께 다니니까 개인적인 수줍음을 느낄 겨를이 없었지."

"식사는 어땠나?"

"그것이 제일 까다로운 문제였지. 잘 기억은 나지 않는데 이슬람 교회와 의논해서 식단을 짜고, 아랍 음식을 잘 아는 서울의 일류 호텔 주방장이 조선소 호텔에 와서 음식을 만들었던 것으로 기억하고 있어."

"어쨌든 이번 배를 잘 마무리를 지어야 할 텐데 걱정이야."

"걱정하지 않아도 될 거야. 그들이 어떤 지침서 같은 것을 보내오겠지. 조선소도 잘 준비할 것이고."

"그래, 그랬으면 좋겠는데. 아직 시간이 좀 있으니 잘 생각해 보자고."

그렇게 전화는 끊어졌다.

2.

수화기를 놓은 지 오 분도 지나지 않아 클랜시가 다시 전화를 걸어 왔다. 재현이 책상을 정리하고 퇴근하려던 참이었다.

"내가 퇴근하려는 사람 붙잡은 것 아냐?"

재현은 느긋하게 의자에 몸을 묻으며 전화를 받았다.

"톰으로부터 오는 전화보다 내게 더 중요한 일이 어디 있나? 오늘 저녁은 아무 약속도 없어. 무엇이든 천천히 이야기해 봐."

클랜시가 그의 사무실에서 편안하게 등을 의자에 기대고 다리를 꼬고 앉은 모습이 재현에게 느껴졌다.

"그래. 하려던 이야기를 깜빡 잊었어. 제리가 퇴근하기 전 해적들 이야기를 하고 싶었어. 바다에 떠다니는 배는 점점 많아지는데 해적들의 숫자도 늘어나서 여기저기서 우글거리고 있으니 걱정이 이만저만이 아니야."

재현은 약간 실망했다. 인숙이나 역사 연구회 이야기일 것이라 짐작했던 것이다.

"어느 쪽 말이야. 소말리아(Somalia) 해적 말이야? 말라카(Malacca) 쪽이야?"

"양쪽 다. 그러나 우선은 소말리아 쪽이야. 지난주 우리 배에 해적의 쾌속정 한 척이 따라 붙었어. 선원들이 적절하게 준비를 하고 있었고 마침 국제 순찰선이 근처에 있어서 쉽게 곤경을 면했지. 소말리아 쪽이 아주 불편해."

"소말리아는 서방 강대국들이 제멋대로 짓이겨 놓은 나라, 정부조차 제대로 갖추지 못한 무법지대잖아. 거기서 발생한 생계형(生計形) 좀도둑들이 세계 해운산업에 근본적인 위협이 될 수 있을까?"

"문제는 바로 거기에 있어. 살기 어려운 동네에서 하루하루 벌어먹기 위한 해적이 자연 발생적으로 생겨났다, 도적질도 제대로 할 줄 모르는 어벙한 해적들이 가끔 덤벼든다, 그런 정도라면 크게 걱정할 것 없지. 그러나 수입이 짭짤해지니까 그 나라의 엘리트들이 해적 산업으로 몰려들고 있어. 일인당 국민소득이 500불도 되지 않고 국민의 반 정도가 국제기구의 식량지원에 의존하고 있는, 세상에서 가장 가난한 나라잖아? 일반적 상식이 통하지 않는 곳이야. 무슨 일이든 벌어질 수 있는 곳이지. 게다가 해적들이 늘어나고 해적질의 규모가 커지고 점점 기업화되면서 유럽의 변호사나 고급 항해 기술자까지 끼어드는 거야. 그 좀도둑 떼가 점점 국제적 기업으로 커 가고 있는 것이지. 이제는 국제적 정치, 경제, 사회 네트워크까지 활용해서 해운 시장의 첨단 정보를 모으고 있어. 나포할 배를 선정한다, 선정된 배를 납치해서 소말리아로 끌어다 놓는다, 선박과 선원들의 석방에 대한 몸값 흥정을 런던에서 벌인다, 이런 식이야. 수백만 불, 때로는 수천만 불짜리 거래로 커져 버렸어."

아라비아 반도의 서부에서 생산되는 원유가 인도와 중국을 비롯하여 한국이나 일본으로 수송되기 위해서 거쳐야 하는 수송로는 외길이다. 홍해(Red Sea)에서 나와 지부티(Djibouti)를 거쳐 아덴만(Gulf of Aden)을 지나 인도양으로 진입하게 된다. 수에즈(Suez) 운하를 지날 수 없는 초대형 유조선(VLCC)은 유럽으로 가기 위해 같은 해로를 거쳐 아덴만에서 아프리카 동해안으로 내려가 희망봉을 돌아 대서양으로 나가게 된다. 세계 원유 물동량의 30퍼센트가 아덴만을 거친다.

아덴만은 소말리아의 안방이다. 코뿔소의 씩씩한 코 뿔을 닮은 지역, '아프리카의 뿔'을 껴안은 소말리아는 지정학적인 중요성 때문에 역사적으로 열강들이 지배권을 다투는 각축장이다. 아프리카 대륙에서의 정치적 영향력을 유지하고 주요 교역 물품의 해상 수송로를 확보하기 위해 소말리아는 중요한 지정학적 거점이 되어 왔다. 구석기 시대부터 소말리아는 세계 교역의 한 축이 되었다. 페니키아, 이

집트, 페르시아, 터키들과 활발한 교역 네트워크를 이루어 경제적으로 번성하였다.

소말리아의 지정학적인 위치는 7세기 이슬람 문화와 연결된다. 창교 초기에 박해받던 무슬림들이 무슬림교를 전파하기 위해 소말리아에 정착한다. 토착민들을 제압하고 이슬람교의 기치 아래 아덴만을 지배한다. 세계의 역사상 가장 고귀한 왕조의 하나였던, 기독교가 지배하는 에티오피아의 솔로몬 왕조가 바다로 나가는 길을 소말리아가 막게 되었다. 에디오피아와의 갈등을 피할 수 없다. 그러나 역사적으로 협상을 통해 그들의 해상 무역에 의한 번영을 지켜 내었다.

19세기 들어 프랑스, 영국, 이탈리아가 소말리아를 분할 점령한다. 이탈리아는 한때 에티오피아까지 점령했으나 물러나고 소말리아 전역은 영국의 점령하에 들어간다. 이차대전 후 소말리아 국토는 영국, 프랑스와 이탈리아 보호령으로 찢긴다. 프랑스령 소말리아였던 지부티가 독립하자 다른 지역도 이를 따랐다. 독립은 정치적 혼돈을 의미했다. 선거로 선출된 대통령이 암살되자 어설픈 군사 정권이 들어섰고 혼란이 시작되었다. 외세에 흔들리는 소말리아에 안정된 정권이 들어설 수 없었다. 강대국들은 의도적으로 소말리아를 무정부 상태로 유지했다. 지역마다 군벌이라는 것이 생겨났다. 내전은 끊임없이 계속되었다. 내전이 일어나기 전에 1,000만 명이 넘던 인구는 1995년 700만으로 줄어들었고 전 국민은 전쟁 속에서 계속 굶어 죽어가고 있다. 척박한 토양과 메마른 기후 때문에 필요한 식량을 생산할 수 없고 내세울 만한 특산물도 없다.

그러던 중 작은 규모의 해적들이 자연스럽게 생겨나기 시작했다.

처음 그들은 외국 어선들의 불법 어획으로부터 그들의 어장을 지키고, 공해 물질 투척을 일삼는 외국 선박들로부터 조국의 바다를 지키는 의적(義賊)이라고 자신들을 불렀다. 점점 규모가 커지면서 배도 많아지고 항해술도 늘어나고 신식 무기도 갖추게 되었다.

재현이 같은 질문을 반복하였다.
"소말리아의 좀도둑들이 위대한 세계 해운 시장에 실질적인 해악이 될 수 있을까?"
"규모로 보아 지금은 우습게 보이지만 이대로 두면 큰 해악이 될 수도 있겠지. 특히 초대형 유조선을 위시해서 수많은 배들이 지나다니는 길목에 앉아 있으니 엉뚱한 사고라도 나는 날 어떤 참사로 이어질지 생각만 해도 끔찍해."
"해운 대국들이 도와서 합법적인 정부를 세워주고 그들로 하여금 자기 국민들을 다스리게 하면 어때? 아니면 보이는 대로 폭격기로 두드려 잡든가. 해적선이건 그 근거지건, 모두 아주 원시적인 집단이니 근거를 도려내는 데 큰 힘이 들지 않을 것 아냐."
"그것도 하나의 방법이지. 그러나 해적들을 살해하거나 새 정부를 세우거나 원주민들에게 무력을 쓰는 것은 각국의 이해가 달라서 단합된 행동을 취하기가 어렵다는데 문제가 있어."
"배 한 척에 이백만 배럴의 원유를 싣는다, 배럴당 원유가격을 백 불로 계산한다, 그러면 배 한 척이 싣고 다니는 화물의 가치는 이억 불이 넘지 않아? 배 값 일억 불을 더하면 운항 중인 VLCC 한 척의 가치는 최소 삼억 불이 된다, 그런 이야기가 되지. 이 막중한 재산을 보호하기 위해 배 스스로 무장하면 될 것 아냐? 촌뜨기 해적을 퇴치

하는데 최신식 무기가 필요한 것도 아니고."

"몰라서 묻는 거야? 상선에는 무기를 싣지 못한다는 불문율이 있어. 무기가 실린 것을 알면 그 상선은 어느 항구이건 입항을 거부당해."

"아, 그런 법이 있었나?"

"명문화되어 있지는 않지만 프란시스 드레이크(Francis Drake)의 낭만적 해적 시대가 낳은 산물이야. 무기를 가득 실은 해적선들이 상선으로 가장하고 입항해서는 도시를 쑥밭으로 만들었거든."

프란시스 드레이크는 16세기 엘리자베스 1세의 영국 왕실을 위대하게 만든 영웅 중 한 사람으로 가난한 집 아들이었다. 어렸을 때 화물선의 견습 선원이 되었다. 젊은 나이에 선장으로부터 능력을 인정받아 배 한 척을 물려받는다. 그는 뛰어난 항해술과 경영 방법으로 단시일에 큰 선단을 만들고 바다를 지배한다. 해적이 되었다. 바다를 휘젓는 무법자였지만 세계로 뻗어 나가던 시기에 영국인들의 마음을 사로잡은 영웅이었다. 그가 스페인의 보물선을 나포하던 이야기는 지금도 전설 중의 전설로 남아 있다. 그가 나포한 가장 큰 보물선은 보물로 넘쳐났다. 옮겨 싣는 데만 엿새가 걸렸다고 한다. 옮겨 싣는 동안 보물선의 선장과 선원들은 드레이크의 해적선에 초대되어 만찬을 같이했고 귀한 손님으로 대접받았다. 보물을 옮겨 실은 뒤 배를 떠나보내며 드레이크는 안전 항해를 위한 보증서를 써 주었고 선원들에게 선물까지 나누어 주었다고 한다. 농담 같은 전설이다.

그는 그의 생전에 두 번이나 지구 일주 항해를 하며 대영제국의 국위를 떨친다. 그는 위대한 항해가이며 훌륭한 정치가, 영웅이며 작위를 받은 기사이며 여왕의 총신으로 기록되고 있다. 영국의 여러 곳에 그의 이름을 단 거리가 있고 그의 동상이 섰다. 그러나 그때 바다를 주름잡던 스페인 사람들은 그를 체포하는 사람에게 현재 금액으로 600만 파운드(약 100억 원)을 준다는 현상금까지 걸었다. 그는 스페인 함대를 공격해서 배에 싣고 있던 보물을 탈취했을 뿐 아니라 스페인의 깃발을 내걸었던 지역을 탈환해서 유니언 잭(Union Jack)을 올려 엘리자베스 여왕의 영토로 만들었다. 그의 이름은 신화 중의 신화가 되었다. 스페인 함대로부터 탈취한 수십 톤의 금은보화를 어딘가에 묻어 두었다는 전설은 지금도 탐험가들의 마음을 설레게 한다.

재현은 런던에서 근무하던 80년대 초 드레이크의 족적을 찾아 그의 고향인 옐버튼(Yelverton)을 찾은 적이 있었다. 플리머스(Plymouth)항 북쪽에 있는 마을이다. 거기 국립박물관으로 이름을 바꾼 옛 버클랜드 수도원(Buckland Abbey)에 드레이크의 유물이 전시되고 있다. 전시관의 한가운데 유명한 '드레이크의 북(Drake's Drum)'이 놓여 있고 그 주변에 드레이크가 쓰던 무기와 유물들이 모양 좋게 진열되어 있다. 그 북은 드레이크가 배를 타고 세계를 휘젓고 다닐 때 늘 그의 곁에 두었던 것이다. 재현의 옐버튼 방문의 주목적도 그 북을 보는 것이었다. 그는 배 위에서 임종을 맞으며 유언을 남겼다고 한다.

'내가 죽은 뒤 이 북을 버클랜드 수도원에 갖다 놓아라. 만일 내 조국이 적들로부터 위협을 당하여 누군가 이 북을 두드리면 조국을 지키기 위해 내가 다시 일어서리라.'

그는 국가의 수호신이 되었다. 북은 아름다웠다. 그 전시장도 아름다웠다. 영국의 전성기를 이끈 영웅의 옛 모습을 보고 싶어서, 그 영웅을 제대로 기리는 영국인들의 전통을 보고 싶어서 찾았던 재현의 그 여행은 큰 의미가 있었고 충분히 감동적이었다.

"아아, 그 전설적인 드레이크 선장이 지금까지 그런 모습으로 살아남아 있구나. 그럼 그 어수룩한 해적조차 따돌릴 방법이 없다는 거야?"

"그 지역을 지나는 배들끼리 긴밀한 연락을 취하면서 해적들을 따돌려야지. 그러나 작은 섬 뒤에 숨어 있던 해적들이 작은 쾌속정으로 불시에 공격하기 때문에 피해 다니기도 쉬운 일이 아니야. 요즈음 각국 정부도 그들의 해군 함정을 동원해서 해상 선박 보호에 나설 움직임을 보이고 있어."

"아, 한국도 그 움직임에 동참할 것 같아. 한국의 배들도 매년 수백 척이 그 지역을 통과하고 있고 이미 몇 척은 해적의 공격을 받았어. 참여해야 한다는 사회적인 분위기가 서서히 조성되고 있지만 지금은 우방들의 강요에 끌려간다는 수동적인 입장이야."

3.

클랜시는 느긋하게 해적들의 이야기를 계속했다.

"드레이크는 대항해 시대의 로맨틱한 전설이지. 그 시대에는 드레이크 말고도 악마의 화신이라던 '검은 수염(Black Beard)' '위대한 선장 바트로뮤 로버츠(Bartholomeus Roberts)' '사상 최대의 해적으로 파나마까지 점령했던 헨리 모건(Henry Mogan)' '템스 강변에서 머리에 쇠고리를 두른 채 교수형을 당한 뒤 몸이 썩어 없어질 때까지 매달렸던 불운한 해적 윌리엄 키드(William Kidd)' '해적질을 그만두고 물러나 신비스럽게 자신을 숨겨 여생을 편하게 산 헨리 에브리(Henry Every)' '상당한 성공을 거두었으나 끝내 선원들에게 버림받아 무인도에 버려진 뒤 굶어 죽은 에드워드 잉글랜드(Edward England)' 등 많은 전설적인 해적들이 보물 탐험가들의 머릿속에 남아 있어. 그중에 몇 사람들은 그들이 탈취했던 보물을 어딘가 숨겨놓았다고 알려졌거든. 지금도 보물 탐험은 계속되고 있지."

재현도 느긋하게 클랜시의 기분에 맞춰주었다.

"바다가 낭만 그 자체인 시절이었지. 1492년이었어. 콜럼버스(Columbus)의 산타 마리아(Santa Maria)호가 69일의 항해 끝에 신대륙을 발견한 것이. 바다 한가운데로 나가면 대폭포가 있어 그곳에 이르면 바닥 모를 나락으로 떨어진다고 믿었던 시절, 그는 지구가 둥글다는 확신 아래 용감하게 서쪽으로 나아가서 신대륙을 발견했지. 잇달아 많은 사람들이 신대륙으로 향하게 되었어."

신대륙은 꿈의 땅이었다. 현지 왕국에는 황금이 넘쳐났고 곳곳에서 엄청난 새로운 은광이 발견되었다. 유럽인들이 신대륙에 발을 디디며 세계 역사상 최대의 소위 '인종 청소'가 뒤따랐다. 유럽인들이 상륙했을 때 아메리카 대륙의 인구는 8,000만 정도였는데 100년이 지나기 전에 그 인구가 십분의 일로 줄었다. 2,000만 명에 이르던 멕시코 인구가 1600년대 초 160만으로 줄어들었다. 그렇지 않아도 일손이 부족한 형편에 인구가 대폭 줄어든 것이다. 결론은 자명해졌다. 신대륙을 개발하기 위해 엄청난 노예가 필요하게 되었다. 해적선들은 바빴다. 한편으로 보물 사냥과 해상에서의 전투, 다른 편으로 노예무역이 그들의 업무가 되었다. 대항해 시대가 열린 뒤 300년 동안 아프리카에서 2,000만 명 이상의 노예가 끌려왔다. 노예 무역선만 160척이 넘었다고 했다. 해적들이 벌이는 일은 위험이 따르긴 했지만 엄청난 이익을 남기는 사업이었다.

클랜시가 신나게 계속했다.

"그러한 환경 아래서 해적들은 비 온 뒤 돋아나는 독버섯처럼 불어났지. 그들은 카리브해를 휩쓸고 대서양에서 상선들과 해전을 벌였으며 거기서 멈추지 않고 끝내 태평양에까지 진출했어."

일반 상선의 선원들은 '악마와 검푸른 바다 사이에 낀 가녀린 존재'였으며 선박은 그들에게 '떠다니는 묘지'였다. 결국 해적에 합류할 수밖에 없었다. 해적이 바다를 지배하게 되었다. 더구나 제한된 해군력으로 바다의 통제에 허덕이던 각국 정부는 자국 국적의 해적들에게 적국 선박을 공격할 수 있는 면허를 주었다. 영국에서는 그것을 사략선(私掠船, Privateer)라고 불렀다. 주권 국가가 담당해야 할 전쟁 업무를 무법자 해적에게 맡긴 셈이다. 해적들은 점점 그들의 선대 규모를 키웠고 활동 범위를 넓혔다. 막대한 재산이 그들의 손에 넘어갔고 그들의 세력은 급속히 성장했다. 특히 유럽에서 계속되던 전쟁이 끝나고 평화 시대로 접어들면서 실직한 많은 해군 장병들이 해적 집단으로 흡수되었다. 그들은 해안 도시를 습격해서 쑥대밭으로 만들었다. 심지어는 한 나라의 수도를 점령해서 해적의 대장은 그 나라의 총독을 자임하기도 했다.

해적들은 해안을 습격하여 탈취한 귀족들의 화려한 옷을 입고 가발을 쓰고 짙은 화장을 해서 런던의 바람둥이 같은 차림을 하였다.

팔찌, 귀고리, 보석 목걸이를 하고 저주와 욕설, 게다가 신성을 모독하는 언어를 그들 나름의 억양으로 떠들어 대었다. 그들은 그들의 깃발 'Jolly Rogers'을 휘날리며 대양을 휘저었다. 검은 바탕에 하얀색 두개골, 그 밑에 대퇴골을 교차시켜 받친, 예로부터 전해진 죽음의 상징이었다. 그 바다의 무법자들은 '바다 괴물' '피에 굶주린 괴물' '바다 늑대' '지옥의 개' 등으로 지칭되었다.

"해적들의 종말은 어떻게 되었어?"
재현이 점점 클랜시의 열띤 설명에 끌려들었다. 클랜시가 계속했다.
"처음 그들은 국가를 대신하여 바다를 지배했지. 그러다가 차츰 국가의 지휘를 벗어나 바다의 무법자로 변질되어 갔어. 결국 각국의 해적 소탕 작전이 시작되고 그들은 괴멸되었어. 1730년을 공인된 해적의 마지막 해로 보고 있어."
그해에 영국 해사 법정은 해적들에게 마지막 선고를 내렸다.
'바다는 하나님이 인간에게 내린 것이다. 해적이 그 소유권을 주장할 권한은 없다. 해적은 인류 공동의 적으로 신앙이나, 맹세가 적용될 수 없는 짐승일 따름이다. 이들은 죽음으로써 모두에게 교훈이 되는 것 외에 어떤 선이나 이로움을 기대할 수 없다.'
그런 내용이었다.
"아니 그런데 그런 복잡한 일을 어떻게 그렇게 상세하게 기억하고 있어?"
재현의 물음에 클랜시는 멋쩍어 하며 대답했다.
"요즈음 해적 때문에 정신이 뒤숭숭해서 해적에 관한 책을 여러

권 읽었어. 책을 좀 읽고 나니까 제리에게 자랑하고 싶어진 거야."

"하긴 세상에 해적이 존재하지 않았던 때는 없었지. 세계의 역사는 해양의 역사이며 해양의 역사는 해적의 역사라고 해도 과언이 아니야."

클랜시는 밤새도록 이야기하겠다는 듯이 느긋했다.

"항해의 역사를 사오천 년 전부터라고 보는데 그것은 해적의 역사와 함께하는 기간이야. 그리스 신화에도 에게해에서의 해적 이야기가 나오잖아? 고대의 해상 상권을 쥐고 있던 페니키아인들은 그들의 상선을 지을 때 그들을 해적으로부터 보호할 전함도 함께 건조했다는 기록이 있어. 그러나 역사에 명확하게 기술되기 시작한 건 아무래도 로마제국 시대부터였던 것 같아."

지중해를 로마의 호수라고 불렀다. 지중해의 남쪽 비옥한 아프리카 북쪽 땅을 침략해서 그들의 보금자리로 삼은 뒤 이베리아 반도까지 차지한 사라센족들은 세계 최고 수준의 수학, 천문학 등 과학 지식과 나침반 등을 활용한 뛰어난 항해술을 지니고 있었다. 거기다 경험 많은 그리스 선원을 고용해서 지중해를 그들의 안방으로 만들었다. 그들의 가장 값나가는 약탈품은 해변 도시에서 납치한 노예들이다. 안정적인 노예의 공급을 바라던 로마의 귀족들은 한때 해적들의 든든한 숨은 뒷배가 되기도 했다. 그들은 수천 척의 배를 보유하고 지중해를 휩쓸었다. 로마 해군 함대 같은 것은 우습게 알았다. 심지어 로마 교황청까지 위협할 지경에 이르렀다. 그들의 배에서 휘날리던 초승달과 별이 그려진 깃발은 모든 사람들에게 공포의 대상이었다. 견디다 못한 로마 원로원은 귀족들의 반대에도 불구하고 해적 소탕을 결의했다. 거기에 폼페이우스(Pompeius)가 등장한다. 기원전 1세기 그는 해적 소탕을 위한 3년 임기의 최고 사령관(Imperium)에 선출되고 부임 후 40일 만에 이태리 반도 해안, 3개월 만엔 지중해의 전역에서 해적을 소탕한다. 그 공로는 그의 출세 길을 열어 준다. 얼마 지나지 않아 집정관에 올라 로마 최고의 통치자로 등극한다.

4.

"아덴만을 무사히 빠져나오면 말라카(Malaka) 해협이 기다리지. 사실 겁나는 것은 말라카 해협의 해적들이야. 이자들은 보통의 민간인 떼도둑들이 아니야. 이들은 최신식 무기로 잘 무장된 군인들이야. 그들은 고속정을 타고 어선들 사이에서 어정거리다가 목표물이 나타나면 순식간에 배 위로 기어오르는 거야."

"아니 그들이 원하는 것이 무어야. 소말리아처럼 피랍 선원의 몸값이나 납치된 배의 석방을 위한 큰돈을 흥정하자는 것도 아니고."

"그것이 가장 나쁜 점이야. 그들은 배 위에 있는 몇 푼 되지 않는 용돈과 선원들의 소지품을 노리는 거야. 진실로 좀도둑이야. 바다 한가운데 떠 있는 배가 큰돈을 싣고 다닐 필요가 없잖아. 선원들의 푼돈뿐이지. 싱가포르, 말레이시아, 인도네시아 정부들이 공동으로 해적들에 대응하기로 합의한 뒤 이들의 해적 행위는 엉뚱한 방향으로 나가고 있어. 배에 오르면 항해실로 바로 올라가 거기 있는 사람들을 무조건 모두 사살해 버리는 거야. 그리고 눈에 띄는 대로 탈취해서 다시 어선 사이로 사라져 버리지."

"사람들을 죽임으로써 증거를 인멸한다는 건가?"

"그런 생각이겠지. 그러나 생각해 봐. 항해 담당자가 죽어 항해 기능이 마비된 선박의 운명을. 몇천 불을 털기 위해 무고한 사람들을 죽이고, 수억 불 가치가 있는 고귀한 선박의 항해 기능을 마비시킨다, 배는 번잡한 해상 통로에 내버려져 비틀거리며 좌충우돌하게 된다. 이건 중대한 범죄야, 도저히 용서할 수 없는 만행이야."

말라카 해협은 인도양과 아시아를 연결하는 가장 중요한 해상통로이다. 인도네시아의 수마트라섬과 말레이시아 반도 사이에 위치한 길이 900킬로미터, 가장 좁은 폭이 65킬로미터, 가장 얕은 수심이 25미터 정도의 해로이다. 초대형 유조선은 말라카 해협의 수심 25미터에 맞춰 설계된 최대 선박이다. 말라카의 수심이 더 깊었다면 배의 크기도 그만큼 커졌을 것이다.

연간 5만 척 이상의 선박이 통과하고 세계 무역량의 삼분의 일, 세계 유조선의 절반이 그곳을 통과한다. 해협에는 작은 섬들이 촘촘히 박혀 있고 수많은 어선이 떠 있다. 해적이 출몰하기에 이상적인 조건이 갖추어졌다. 세계 해적 공격의 25퍼센트가 거기서 일어난다.

재현에게도 뼈아픈 마음의 상처가 있다. 십여 년 전 피붙이처럼 가까웠던 캐나다 선주, 토르가(Torga)의 배가 말라카에서 해적들의 공격을 받아 침몰한 뒤 급사(急死)한 것이다. 그는 십만 톤급 유조선을 개발해서 주로 미국 서부와 아시아를 연결시켰다. 그 배들은 태평양에서의 석유 수송을 위한 최적 선형이 되어 그 지역의 석유 수송방식을 바꾸어 놓았다. 90년대 초 어느 날 그의 배가 말라카 해협에서 해적의 습격을 받았다. 순식간에 항해사들이 살해되고 배의 기능이 마비되었다. 배는 수없이 많은 배들이 항해하는 좁은 수로에 내버려져 비틀거렸다. 드디어 일본 선적의 대형 컨테이너선과 정면충돌해서 두 배가 함께 바다 밑으로 가라앉았다. 두 배 모두 화물을 싣지 않은 상태였기 때문에 화물 손실이나 해상 오염은 없었다. 그러나 소중한 배가 사라졌다. 무엇보다 선원들은 한 명도 구조되지 못했고 수장되었다. 그렇지 않아도 해운 경기가 침체되어 모두 어려울 때였다. 재현은 소식을 듣고 바로 전화를 걸어 위로하였다. 토르가는 담담한 목소리로 위로하는 재현을 오히려 안심시켰다.

"전혀 문제없어. 사무실에서는 모든 일이 정상적으로 진행되고 있어. 곧 회복될 거야. 제리 날 잘 알잖아? 아무 문제없어. 나는 이런 것 이겨 낼 수 있어. 친구들에게도 토르가가 건재하다고 알리고 안심시켜 줘."

그러나 그날 밤 그는 잠든 채로 숨졌다. 과로에 겹친 심장마비라고 했다. 재현은 밴쿠버(Vancouver)에서의 그의 장례식에 참석해서 장례식이 진행되는 동안 한쪽 구석에 처박혀 혼자 눈물을 찔끔거리다가 돌아왔다. 오래오래 함께할 수 있는 친구였다. 피붙이보다 살가운 사이였다. 그러나 그 같잖은 해적들은 엄청난 가치를 지닌 선박을 수장하고 선원들을 살육하고 그 회사 회장의 고귀한 생명마저 앗아갔다.

클랜시는 느긋하게 통화를 계속했다. 전화를 끊을 생각이 없었다.
"토르가(Torga)의 일은 너무나 가슴 아팠어."
"정말 그래. 나는 그것 하나만으로도 그 조무래기 해상 깡패들을 용서할 수 없어. 그들을 소탕하지 못하는 무능하고 부패한 정부들을 증오해."

"정말 세계 해운의 장래를 이끌어 갈 수 있는 인재였는데."

"그렇게 용기 있고 지혜로운 선주는 한동안 볼 수 없겠지? 물론 톰을 제외하고 말이야."

클랜시는 껄껄거렸다.

"그 친구가 살았다면 한국 조선소에도 큰 도움이 되었겠지. 물론 제리는 큰 부자가 되었을 거고."

"그 사람은 원래 일본을 중심으로 그의 배를 짓고 운용하던 사람이었어. 일본 정유 회사들이 그의 주된 고객이어서 대부분의 배들을 일본에서 지었어."

"제리를 알고 나서 한국으로 방향을 틀었지. 한국에서 끊임없이 배를 지었잖아?"

"제법 지어 갔어. 그러나 내가 부자 되는 것과는 상관이 없어. 나는 지금으로 충분히 먹고살 수 있어."

클랜시가 전화를 오래 붙들고 있었지만 재현은 불평하지 않았다. 느긋하게 맞장구를 쳐 주었다. 비행기를 타고 가서라도 이야기를 나누어야 할 사람이다. 그에 비하면 전화 통화는 경비가 훨씬 적게 들 뿐 아니라, 낮과 밤이 바뀌는 시차가 주는 신체적 스트레스 걱정이 없는 신선놀음이다, 그렇게 생각하기로 했다.

"톰, 내가 보냈던 마크 트웨인(Mark Twain)의 크리스마스 메시지 기억하나?"

클랜시는 껄껄거렸다.

"모든 이에게 크리스마스 소망을 보낸다. 그러나 전화를 발명한 사람은 제외한다는 메시지였지?"

"그래 그래. 이렇게 느긋하게 우리의 소중한 일상을 이야기할 수 있게 한 사람이 그 사람이야. 얼마나 소중한 사람이야? 금년 크리스마스에는 전화를 발명한 사람에게도 크리스마스 축복을 나누어 주라고 기도해야겠어."

클랜시는 재현의 의도를 금방 이해했다. 웃음을 그치고 진지해졌다.

"전화를 금방 끊을게. 전화가 길어졌다는 것을 알면서도 전화를 끊기가 싫어."

"걱정 말고 계속해. 전화야말로 값싸고 가장 편안한 소통 수단이 잖아."

5.

클랜시가 뜸을 들인 뒤 그날 하고 싶은 이야기는 이것이라는 듯 심각한 어조로 이야기를 꺼냈다.

"작년 삼월 말라카 해협에서 일어났던 액화천연가스(LNG) 운반선 납치사건 기억하고 있어?"

"아니 별로. 잠깐 납치했다가 아무런 손해를 끼치지 않고 풀어준 사건이잖아? 배 위의 귀중품을 건드리지 않고 선원들도 해치지 않고."

"그렇지. 그런데 그게 그렇게 간단한 사건이 아니야. 그 사건이 지금 내 마음을 사로잡고 아직도 가슴을 옥죄고 있어. LNG 화물을 가득 실은 그 배가 해적들의 손에 넘어갔다. 그러나 해적들은 엄청난 고가의 배나 화물, 선원에게는 관심을 보이지 않고, 항해사로부터 LNG선의 운항법, 비슷한 다른 대형선을 모는 법만 실습하였다. 배를 정박하는 법이나 화물을 취급하는 방법에는 관심도 기울이지 않고 오직 선박을 앞으로 모는 기술을 배운 뒤, 배 위에 있던 기술 정보를 담은 서류만 몽땅 털어갔다는 거지. 이건 뭘 의미하는 걸까? 알카이다 패거리의 세계를 흔들려는 해상 테러의 전조라고 생각하는 사람들이 있어."

클랜시의 말을 듣고 나니 재현의 등골도 으스스해졌다.

2001년 9월 11일 오전 테러범들은 보스턴, 워싱턴, 뉴욕으로부터 이륙한 장거리 여객기 네 대를 납치하여 자살 테러를 감행했다. 이륙 직후여서 비행기에는 연료가 가득 실려 있었다. 그중 두 대는 가득 실은 연료와 함께 뉴욕의 세계무역센터 제1건물과 제2건물로 돌진해서 건물 속과 근처에 있던 수많은 사람들의 목숨과 함께 세계적 이정표였던 두 건물을 잿더미로 만들었다. 미국 국회의사당과 백악관을 공격하려던 비행기는 사전에 움직임을 알아낸 승객들의 생명을 바친 혈투로 목표에 도착하기 전 추락했다. 또 한 대의 비행기는 국방부 건물의 서쪽 면에 충돌하여 큰 화재를 일으켰다. 비행기마다 네댓 명의 테러리스트들이 타고 있었다. 그들은 플로리다 비행학교에서 비행기 조종에 대한 교육을 받았다. 그들이 배운 것은 오직 돌진하는 것뿐이었다. 착륙하는 방법이나 비행 안전에 대해 전혀 관심을 보이지 않았다고 했다. 그들은 여객기에 탑승해서 승무원들을 제압한 뒤 오직 테러의 목표물로 돌진했다는 것이다.

재현이 안심시켰다.

"세상이 뒤숭숭하니 그 일을 그렇게 해석할 수도 있구나. 그러나 그 일이 그렇게 눈에 띄었다는 것은 오히려 다행한 일이야. 그런 일이 알려진 뒤 관련 당국이 눈을 멀겋게 뜨고 앉아서 테러 행위를 보고만 있지는 않겠지."

"그러나 초대형 유조선이나 LNG 운반선 같은 거대한 배가 인화성 화물을 가득 싣고 큰 항구로 돌진했다고 생각해 봐. 상상할 수 없는 일이 벌어질 거야. 그 엄청난 에너지에 불을 붙여서 도시로 진입한다면 세계무역센터 붕괴는 비교도 되지 않을 참사가 되지 않겠어? 해일이나 대형 화산 폭발보다 더 파괴적일 수도 있어. 하나의 도시가 사라질 수도 있어."

그들은 한동안 말을 이을 수가 없었다. 결국 재현이 다독거렸다.

"우리가 너무 걱정을 하고 있는 것 같아. 세상이 그렇게 어수룩할 리 없지. 걱정 마. 다 잘될 거야(Don't worry. Be happy)."

클랜시는 다시 명랑하게 낄낄거리기 시작했다.

"그래 그래 다 잘될 거야."

클랜시가 목소리를 낮추었다.

"그런데 말이야, 한국에는 잘 훈련되고 인성이 좋은 군인들이 많잖아? 특히 해병대 출신들이면 좋겠지."

"또 무슨 꿍꿍이야? 갑자기 해병대는 무엇이고?"

"그냥 해 본 생각인데 그런 사람들과 함께 보안회사 같은 것을 꾸려 보면 어떨까? 총포를 쓰지 않고 해적들을 제압할 수 있는 시스템을 개발하면 큰 사업이 되지 않겠어? 배마다 제한된 숫자의 훈련된 보안 요원들을 승선시켜 배를 보호하는 거야."

"꿈같은 소리구먼. 여러 나라의 국법과 해양법, 거기다 각 항구마다 갖추고 있는 가지가지의 입출항 법규들을 어떻게 맞추어 낼 수 있겠어?"

"하도 걱정스러워서 한번 생각해 보았어. 무슨 문제든 한국하고 연결시키면 해결방법이 나올 것 같은 기분이거든."

전화 통화가 시들해질 무렵 재현이 문득 클랜시에게 색다른 이야기를 들려주었다.

"전에 말이야, 인숙이의 어머니가 별세하였을 때 인숙이 허청대며 한 말이 있어. 뭔지 알아?"

클랜시가 관심을 보이며 물었다.

"뭐라고 했는데?"

"그녀가 그때 한참 정신적으로 피폐해 있을 때였어. 지나가는 말처럼 이러는 거야. '소말리아에 가서 해적들 여왕이나 해 볼까?'"

클랜시가 폭소를 터뜨렸다.

"아니 인숙이 그랬단 말이야?"

"세상에 남은 단 하나의 혈육을 떠나보낸 뒤 삭막한 심경이라고 하지만 그냥 불쑥 나온 이야기 같진 않잖아?"

클랜시가 웃음을 멈추고 진지해졌다.

"그 자유로운 영혼의 최종 종착지가 어디가 될지 참으로 흥미롭구나."

"오늘 해적 이야기를 하다가 보니까 그날 인숙의 말이 문득 생각났을 뿐이야."

"인숙의 영혼이 제대로 정착할 수 있도록 잘 돌보아야지. 고귀한 영혼이야."

클랜시가 사무적인 이야기로 돌아왔다. 밤새도록 이야기하겠다는 어조였다.

"지금까지 명명식은 내 마음대로 북 치고 장구 치며 몰고 다녔지만 이번은 제리가 단단히 준비를 해야 될 것 같아."

사우디의 정유 회사에 양도하는 배 세 척과 그들 중 마지막 배의 인도 절차는 그의 마음에 끈질긴 부담이 되는 듯했다. 이미 큰 이익을 남긴 프로젝트이긴 했으나 중동에서의 업무는 그의 장래 계획에도 미치는 의미가 크기 때문이다.

"특히 셰이크 아흐메드가 제리에게 깊은 인간적 신뢰를 보이고 있어서 제리가 균형 잡힌 지휘를 하면 쉽게 따라올 거야."

"균형 잡힌 지휘라는 것이 무어야? 정말 어려운 짐을 내게 지우는 것 같은데."

"별 뜻을 가지고 한 말은 아니야. 그의 제리에 대한 인간적인 신뢰를 이야기하려고 했을 뿐이야."

"정말 중요한 일이야. 신경 써서 준비할게."

"날짜 잡히는 대로 구체적인 계획을 세워 보자고."

그제야 생각난 듯 클랜시가 서둘렀다.

"내가 지금 무슨 짓을 하고 있는 거야? 제리의 잠잘 시간을 몽땅 빼앗고 있잖아?"

"전혀 문제없어. 이야기할 것 있으면 얼마든지 계속하자고. 이렇게 편안하게 이야기할 기회도 잡기 어렵지."

"그래, 여기서 끊자고. 제리, 미세스 리에게 새해 인사 전해줘. 새해에 같이하는 기회를 만들자고."

"그래 마지막 배 명명식에는 그녀도 참석할 준비를 하고 있어."

"자, 끊을게. 또 연락하자고."

밤 열 시가 가까웠다. 말을 계속할 때는 몰랐으나 전화를 끊고 나서 재현은 뒷목을 주물렀다. 목이 나무둥치처럼 뻣뻣해져 있었다.

제36장

길에서 역사를 보다

1.

제5호선의 명명식 일정이 확정된 것은 클랜시와 마지막 통화를 한 뒤 일주일쯤 지나서였다. 2월 1일 화요일로 결정되었다. 클랜시는 늘 금요일에 명명식을 가졌다. 수요일 목요일쯤 관계자들이 한국에 도착해서 금요일 명명식을 마치고 토요일 일요일, 휴일에 느긋하게 돌아간다는 일정이었다. 그러나 5호선은 아랍인들의 행사이다. 아랍 측의 편의에 맞추어야 했다. 아랍인들의 주말인 금요일을 피해서 1월 30일, 일요일까지 입국, 1월 31일 울산 도착, 2월 1일 명명식, 2월 2일 한국을 떠나는 일정이 잡혔다. 아랍 측에서는 셰이크 아흐메드(Sheikh Ahmed)와 그의 회사 중역 다섯 명, 그리고 독일의 선박 운영회사 사장단 네 명이 함께하기로 하였다. 클랜시 측에서도 클랜시를 포함 임원 다섯 명이 방한하기로 하였다. 철저한 남성들만의 파티(Stag Party)가 되었다. 결정된 사항을 전하면서 클랜시는 아직도 마음이 놓이지 않는다는 어조였다. 그는 조심스럽게 경고했다.

"이 일정은 추후 사전 통보 없이 바뀔 수도 있다."

조마조마하기는 재현도 마찬가지였다. 두 사람 다 이번 행사를 아랍 문화에 맞추어 진행해야 한다는 것에 동의하고 있었지만 아랍 문화라는 것이 알 듯하면서도 손에 잡히지가 않았다. 막연하게 다루기에는 더없이 소중한 손님들이고 함부로 다루어서는 안 되는 프로젝트이다. 사소한 것까지 되짚어 의논을 해서 결정하기로 했다.

일정이 확정된 이틀 뒤 재현은 놀라운 이메일을 받았다. 간단하지만 엄청난 무게를 지닌 셰이크 마흐메드의 것이다.

"이번 2월 1일의 명명식은 우리 회사에 크나큰 의미를 주는 행사입니다. 나는 이번 일정을 좀 더 의미 있는 행사로 만들어야겠다는 생각을 합니다. 이런 계획을 세워 보았습니다. 1월 29일 토요일 한국 도착, 1월 30일 31일은 미스터 리와 단둘이서 한국 여행을 했으면 합니다. 이번 이 어려운 걸음을 통해서 저는 한국이라는 미래의 파트너를 이해하는 기회로 삼고 싶습니다. 갑작스런 청이지만 받아들여 주시기 바랍니다."

재현은 편지를 읽으며 숨이 턱 막혔다. 생각이 깊은 그의 맑고 그윽한 눈이 재현의 머릿속으로 크게 압도해 왔다. 이것은 그 진지한 사람의 깊고 깊은 개인적 신뢰의 표시이다. 재현은 많은 아랍인 친구들과 사귀어 왔지만 이처럼 개인적인 친밀감을 보인 사람은 없었다. 늘 어렵기만 한 아랍인들의 마음이었다.

그날 오후 재현은 클랜시의 집으로 전화를 걸어 이메일 내용을 알려 주었다. 셰이크의 이메일 내용에 클랜시도 충격을 받았다. 아랍 사람들은 보통 그들끼리 함께 다녔고 외국인과의 개인행동을 꺼렸다. 더구나 그의 직원들과 떨어져 외국인과 단독으로 여행을 한다는 것은 상상하기조차 어려운 일이다.

"이건 보통 일이 아니야. 셰이크가 앞으로의 한국 업무를 제리와 함께하겠다는 확고한 결의라고 보아도 되겠어."

"감동적이지만 한편으로 걱정도 되는구먼. 우선 셰이크의 일탈을 다른 아랍 사람들이 어떻게 받아들일지 걱정되는데."

"걱정하지 않아도 될 것 같아. 셰이크는 충분히 좋은 가문의 출신이고 높은 교육을 받은 사람이며 자신의 능력으로 자기 나라에서 스스로의 입지를 굳혀 놓은 사람이야. 조심스런 사람이 그런 공개적인 제안을 했다는 것은 앞뒤를 잘 따진 뒤 내린 결정이 아니겠어? 바로 수락을 해. 망설일 것 없어."

"알았어. 바로 이메일로 회신을 보낼게."

"부러운데. 나도 한자리 끼일 수 없을까?"

"나도 톰이 함께하면 마음이 편하겠어. 톰의 동행을 셰이크에게 제안을 할까?"

클랜시가 목소리를 높였다.

"아니야. 그냥 해 본 소리야. 이건 셰이크가 제리 개인에게 공식적으로, 모든 사람들이 읽을 수 있는 이메일로 제안한 거야. 두 사람만의 일정을 짜봐. 그리고 앞으로의 협조관계의 방향을 설정해 봐. 아내 가슴이 다 뜨거워지는구나."

흥분되지 않을 수 없었다. 재현은 그날 오후 흥분을 가라앉히기 위해 누구와도 전화하지 않고 어떤 서류도 읽지 않고 어떤 편지도 쓰지 않고 혼자 생각에 잠겼다. 아랍과의 많은 프로젝트에 참여했었지만 아랍인과 개인적인 행사를 가진 적이 없었다. 늘 그쪽 팀과 이쪽 팀의 만남이었다. 회의를 한다는 것이 늘 우르르 몰려왔다가 복닥불을 치고 그것이 끝나면 우르르 몰려 나가는 단체 모임이었다. 개인적인 만남이 없었던 것은 아니지만 이토록 살갑지 않았다. 그들과의 개인적인 만남은 늘 조심스러웠다. 자칫 잘못하면 말 한마디로 서로의 기분을 상할 수 있기 때문이다. 한때 아랍 산유국들이 원유를 무기로 삼아 반 이스라엘 운동을 벌일 때는 누구든 이스라엘과 관련된 미국 기업 이름만 입에 담아도 기피 인물이 되었다. 여권에 이스라엘 입국 도장이 찍힌 사람은 아랍국 출입이 거부되었다. 그룹 내 자동차 회사가 미국의 이스라엘 관련 업체의 투자를 받아들였다는 이유로 그룹 전체의 아랍권 진입에 제동이 걸리기도 했다.

이란 국영 해운의 회장은 재현과 가까운 사이였다. 미국에서 교육을 받았고 미국에서 기업도 경영한 경력이 있어 서구 문명에 대해 아주 개방적인 편이었다. 그런 그도 일상적인 영어 표현에 신경을 곤두세웠다. 어느 날 이야기 끝에 재현이 '지저스(Jesus)'라는 감탄사를 썼다. 서구인들과 영어로 대화를 나눌 때 그것은 아무 의미를 지니지 않은 '이럴 수가 있나?' 하는 정도의 일상적인 감탄사일 뿐이다. 그런데 그 말에 그는 대화를 끊고 한참 동안 재현을 건너다보았다.
"미스터 리, 크리스천입니까?"
"아니요. 저는 불교도에 가깝습니다."
"그런 줄 알고 있습니다. 그런데 지저스는 무엇입니까?"

그제야 재현은 아차 하였다.

"아 큰 실수를 저질렀습니다. 그저 관용구처럼 썼을 뿐입니다."

"미스터 리, 저는 미스터 리를 잘 이해합니다. 그러나 그렇지 않은 사람들에게 그 단어는 상당한 적의를 유발할 수도 있다는 것을 명심하십시오."

그 일이 있은 뒤 재현은 '지저스'는 물론 '오 마이 갓(Oh my god)'이란 평범한 감탄사도 아랍 사람들 앞에서 쓰지 않도록 조심했다.

카타르 국영해운의 회장과도 가까웠다. 젊고 개방적인 관료였다. 그는 늘 아랍의 전통의상을 입고 있었다. 어느 날 그를 방문한 재현에게 다정하게 물었다.

"미스터 리, 그 넥타이 불편하지 않으세요?"

"불편하지요. 그러나 귀한 분 만날 때는 예의상 꼭 매고 나오려 하고 있습니다."

"나는 친구로서 충고를 한마디 해드리겠습니다. 아랍 사람들에게 그 넥타이는 때로는 십자가를 연상하게 한답니다. 중세의 아랍을 짓밟았던 십자군이 앞세우고 다닌 십자가를 생각하게 하거든요. 아랍의 고위층 인사를 만날 때 넥타이를 풀고 가는 것이 오히려 예의 바른 행동이 될 거예요."

한국의 메뚜기 맛을 보여 달라고 요청했던 한국에 아주 호의적인 인사이다.

쿠웨이트의 왕족 한 사람은 재현과 아주 가까운 사이였다. 그가 한국을 방문하던 중 재현의 사무실에 들른 적이 있었다. 마침 점심시간이었다. 난감했다. 근처에 큰 호텔도 없고 아랍 음식점이라고 할 만한 곳이 없었다.

"미스터 리, 점심 안 사줄 겁니까?"

"아, 사드려야죠. 그런데 어디로 모셔야 할지 엄두가 나지 않아서요. 이 근처 마땅한 음식점이 없거든요."

"생선 구이면 돼요. 양념을 많이 하지 않은."

재현은 한국의 소박한 생선구이 집으로 안내했다. 그가 요구하는 식단은 간단했다.

"비늘 있는 생선을 다듬어서 소금을 뿌리고 바짝 구워주세요."

그는 생선 한 마리를 깨끗이 먹어 치웠다. 다른 접시에는 손도 대지 않았다.

아랍 사람들과 함께할 때 가장 마음 쓰이는 것이 음식이다. 육류 요리는 엄격히 제한되었다. 먹어도 좋다고 허용된 음식을 할랄(Halal)이라고 부른다. 허용된 가축은 신의 이름으로 정결하게 도축되어야 하며 도축된 고기의 상태도 교리에 맞게 보존되어야 한다. 음식은 허용된 다양한 향신료로 맛을 낸다. 위생적인 맛깔 나는 식단이다.

흥분을 가라앉힌 뒤 재현은 셰이크 아흐메드에게 그의 제안을 수락하는 편지를 이메일로 내보냈다. 그런 뒤 선호에게 전화를 하였다. 선호는 재현의 설명이 끝나자마자 의견을 내놓았다.

"제가 함께하면 도움은 되겠지만 보아하니 제가 함께할 자리는 아닌 것 같네요. 회사 차 한 대와 믿음직한 기사를 보내 드릴게요. 이건 이 사장님 개인뿐만 아니라 어쩌면 우리 회사 아니 우리 사회에 중요한 모멘텀이 될 수도 있는 사건입니다."

"그렇지? 지금 나는 그 사람이 준 충격으로 정신을 차릴 수 없을 지경이야. 차를 준비해 주겠다니 고마워. 그럼 셰이크가 머무는 호텔에 아침 아홉 시까지 가서 거기서 함께 출발하도록 할게."

"그러실 것 없어요. 차를 분당의 사장님 댁으로 보낼게요. 여덟 시쯤 댁에서 그 차로 출발하세요."

"알았어. 구체적인 일정이 잡히는 대로 다시 의논하자구."

재현은 셰이크와 함께하는 여행을 한국의 역사와 문화를 소개하는 시간으로 삼자는 생각을 했다. 재현은 한국의 전통 문화의 발굴과 계승에 깊이 관여하고 있는 영균과 일정을 의논했다. 재현은 이천의 도자기 판매점을 생각했다. 다음 구미의 박정희 대통령 생가와 포항제철을 방문한다. 그리고 차 속에서 한국 역사를 설명한다. 그런 계획이었다. 영균은 보다 구체적인 생각을 하나 더 했다. 단군신화를 반드시 설명하라고 하였다. 그리고 하회 마을을 들르라고 했다. 한국의 깊고 깊은 한을 풀어내는 높고 넓은 흥을 보여주라고 했다. 세상 어디에도 없는 한국의 하회탈을 보여주라고 했다. 그는 하회 마을을 방문하는 동안 그곳의 학예사를 동행하도록 하겠다고 했다. 재현은 일단 거절했다. 가서 필요하면 현장에서 요청하기로 했다. 그리고 포항제철 시찰은 선호가 홍보 담당에게 부탁해서 VIP 코스로 안내하기로 했다.

일정이 결정되었다. 1월 30일 아홉 시 서울의 호텔 출발, 열 시 이천에 있는 재현의 단골 도자기 상회 방문, 오후 한 시 하회 마을 도착, 점심 식사, 두 시 탈춤 관람. 다섯 시 구미 박정희 대통령 생가 도착, 저녁 일곱 시 경주 호텔 도착, 일박. 1월 31일 아홉 시 호텔 출발. 열 시 포항제철, 중식 후 동해안을 따라 내려온다. 감포 앞바다 문무대왕 수중 능, 오후 네 시 울산 호텔 도착. 그렇게 잡았다. 영균은 걱정했다.

"아랍 사람들은 여자를 밝히지 않아요?"

재현은 잘랐다.

"나는 뚜쟁이 짓은 안 해. 필요하다면 자신이 해결하거나 조선소에 맡겨야지."

2.

선호가 보낸 차는 여덟 시 정각 재현의 집에 도착했다. 기사는 재현이 조선소에 근무할 때 서울에서 재현의 차를 몰던 사람이다. 선호의 깊은 배려는 여행의 시작을 편안하게 하였다.

셰이크 아흐메드는 그의 얼굴같이 단아한 차림이다. 두꺼운 모직으로 만든 가운 같은 아랍의 검은색 정장이다. 묵직하고 따뜻해 보였다. 그는 말수가 적은 사람이다. 호수 같은 커다란 눈, 우뚝한 코, 맑은 얼굴, 거기에 윤기가 흐르는 검은 콧수염과 턱수염이 어울려 마치 동화 속에서 톡 튀어나온 왕자님 같은 고귀한 모습이다. 나이를 가늠하기가 어렵다. 해맑은 피부는 젊음을 자랑하면서 한편으로 원숙한 표정은 연륜을 그득 담고 있다. 서울 시가지를 벗어날 때까지 그들은 아무 말도 나누지 않았다. 고속도로로 나오자 그는 수줍게 물었다.

"미스터 리, 우리는 지금 어디로 가는 거지요?"

재현은 일정을 일러두지 않았다. 상황에 따라 조정하겠다는 생각이었다. 재현은 아주 자연스럽게 대답했다.

"첫 번째 방문할 곳은 이천의 도자기 박물관입니다. 아름다운 한국 도자기가 우리를 기다리고 있습니다."

그는 잠시 멈칫했다. 중요한 역사 탐방의 시작이 '고작 도자기 가게냐?' 하는 얼굴이었다. 그러나 그는 곧 표정을 바꾸고 밝게 대꾸했다.

"미스터 리의 일정이니 기대하겠습니다."

그들은 이천에 있는 가장 큰 도자기 상회에 들어섰다. 자신의 도자기 가마에서 직접 구워낸 도자기들을 전시하고 있다. 재현이 연말연시나 특별한 선물을 해야 할 일이 있을 때 들르는 곳이다. 전시한 품목이 다양했고 품질도 최고급이다. 재현은 청자 한 점을 집어 들어 셰이크의 품에 안겼다. 아름다운 매병이다.

"천 년 전 고려시대 한국인이 개발한 색깔입니다. 한국인 마음의 밑바닥에 품고 있는 고요함과 즐거움의 원천인 하늘을 그들은 이 청자 색깔로 재현을 했습니다. 원래 이 색깔은 중국 송나라에서 처음 개발되었지만 고려에서 발전되어 천하제일의 비취색을 창조해 낸 것입니다. 비취(翡翠)는 동양에서는 신비스런 돌로 취급되었습니다. 오염된 물에 비취 옥돌을 넣으면 물이 정화된다는 믿음까지 있었습니다."

처음에 별 관심을 보이지 않던 셰이크는 점점 집중하기 시작했다. 그는 의젓하고 완벽한 균형미를 갖춘 매병을 껴안고 어루만지기 시작했다. 안내하던 주인이 완벽한 영어로 끼어들었다.

"손님이 가지신 작품은 '청자 상감 운학문 매병'이라는 것입니다. 국보 68호를 재현한 것입니다. 요즈음 도자기 굽는 기술이 높아져서 옛날의 기술을 거의 완벽하게 재현하고 있습니다."

셰이크는 높이 40센티 정도 되는 매병을 그의 품에 안은 채 전시장을 돌며 다른 도자기들에 대한 설명을 들었다. 매력적인 향로, 주전자, 연적, 접시 등 헤아릴 수 없이 많은 종류의 크고 작은 도자기들이 넓은 전시장을 가득 메우고 있었다.

"옛날 사람들은 그들이 개발한 이 신비스런 색깔에 스스로 도취했던 것 같아요. 이 그릇은 마치 비취 그 자체로 만든 것처럼 담고 있는 것들을 정화시키는 작용을 한다고 믿었어요. 이 비취색의 청자는 세계의 도공들이 모방하려 해도 할 수 없는 천하 명품이 되었지요. 최고로 값나가는 국제적 무역거래의 대상이 되었어요."

주인은 좀 더 전문적인 설명을 붙였다.

"미국의 스미소니언(Smithsonian) 박물관이 광학 현미경 등을 통해 이 신비스런 색깔을 분석했습니다. 나무를 태운 재와 마노석과 장석, 석회를 섞어 만든 유약이 가마에서 높은 열을 만나면 수많은 미세한 기포가 생기고 그것들이 부풀어 올라 그곳을 통과하는 빛을 걸러 냅니다. 거기서 아름다운 푸른 유리 색깔을 띠게 된다는 것을 알아내었지요. 서양의 청화 백자처럼 색깔을 칠한 것이 아닙니다. 빛을 분광하여 창조해낸 빛깔입니다. 현대에 들어서 우리는 옛날 기법에 많이 근접하고 있습니다."

셰이크는 청자에 들어 있는 무늬들을 가리켰다.

"이 무늬들은 무엇입니까?"

"아, 이 구름과 학은 그들이 창조한 상감(象嵌) 기법으로 만든 것입니다. 도자기를 가마에서 굽기 전 도자기를 긁어내고 거기에 백토를 발라 만든 무늬입니다."

재현이 거들었다.

"구름과 학의 무늬로 단조로운 하늘 색깔에 균형 잡힌 변화를 준 것입니다."

주인은 열을 올렸다.

"여기 전시된 청자들은 저희들의 가마에서 바로 제작해 낸 것입니다. 흙으로 작품을 빚어 그 표면에 유약을 바른 뒤 가마에 넣습니다. 목탄을 때어 1,300에서 1,500도의 열로 구워내는 것입니다. 제철소의 용광로에서 쇠를 만들어 내는 온도가 1,500도에서 2,000도 사이입니다. 이 도자기의 강도가 쇠의 그것과 비교되는 이유입니다."

주인은 셰이크가 아랍 사람임을 생각하며 이야기를 계속했다.

"청자는 영어로 셀라돈(Celadon)이라 부릅니다. 어원은 아랍에서 나왔다고도 합니다. 이집트의 살라딘 술탄(Saladine Sultan)이 시리아의 술탄에게 청자 40점을 선물로 보냈다는 이야기에서 나왔다는 겁니다. 살라딘 술탄은 십자군으로부터 예루살렘을 탈환해서 아랍의 영웅이 되었을 뿐 아니라 전쟁에서 사로잡은 십자군 포로들을 법에 맞추어 석방한 '기사도 정신의 화신'으로 알려진 아랍의 신사로 알려져 있지요."

전시장을 나올 때까지 셰이크는 청자 매병을 안고 있었다. 재현은 그 청자를 되돌려 받으면서 설명했다.

"셰이크 아흐메드, 이 매병을 셰이크의 사무실로 보내드리겠습니다. 오늘 발송하면 아마 일주일쯤 뒤에 도착할 겁니다. 주소를 적어 주십시오."

'한국 국보 68호의 복제품입니다. 새해 선물로 보냅니다. 사무실 입구에 놓고 오며 가며 한국의 하늘을 회상하시기 바랍니다.'

재현은 메모를 써서 매병에 넣었다. 셰이크의 주소를 가게 주인에게 주고 배달 비용까지 포함한 매병의 값을 치렀다. 셰이크는 자기가 내겠다는 몸짓을 했지만 재현이 지불을 끝낸 뒤였다.

도자기 전시관에서 나왔을 때 열한 시가 좀 지났다. 재현이 운전기사에게 물었다.

"하회 마을까지 얼마나 걸릴까요?"

"두 시간이면 충분합니다."

"천천히 갑시다. 무리하지 말고."

"네. 알아서 모시겠습니다."

셰이크 아흐메드는 도자기 전시장에서의 감동을 반추하는 모습이었다.

"나는 단순한 것 그러나 균형 잡힌 것을 사랑합니다. 잔재주를 부리지 않은 실용적인 한국의 도자기는 아름답습니다. 첫 방문지로서의 그 도자기 전시관은 마음에 쏙 드는 곳이었습니다."

재현의 큰 걱정이 해소되었다.

"기대에 미치지 못할까 걱정을 했습니다."

"시작이 좋습니다. 우리의 이틀 동안의 여정이 기대됩니다."

기사는 그가 잘 아는 지름길로 열심히 달렸다. 차가 고속도로로 들어서자 재현이 조심스럽게 말을 꺼냈다. 모든 것이 조심스러웠다.

"한국의 건국 신화를 들려드릴까요?"

"아 역사가 깊은 한국에는 오묘한 건국 신화가 있겠지요. 들려주십시오."

재현은 단군신화(檀君神話)를 들려주었다.

하느님이 그의 가장 사랑하는 아들을 땅으로 내려보내 홍익인간(弘益人間)의 나라를 지상에 펼치려 하였다. 하느님은 아들과 중요한 신들을 거느리고 세상의 모든 땅을 샅샅이 훑어보았다. 조선 땅이 그중 마음에 들었다. 세상에서 아침 해가 맨 먼저 뜨고 밝고 의젓한 고운 산에 맑은 냇물이 흐르는, 아름다운 꽃으로 뒤덮인, 세상에 다시 없는 명당이었다. 하느님은 아들을 그곳으로 내려보냈다. 바람, 비, 구름을 관장하는 신과 먹을 것, 입을 것 그리고 생명을 다스리는 제신(諸神)들이 따라갔다. 태백산의 조용한 곳에 내려오신 아드님은 냄새 좋은 향나무 아래 앉아 나라를 이끌어 갈 궁리를 하였다. 우선 세상의 삶을 이어갈 생명을 창조하는 것이 가장 급한 일이었다. 세상을 둘러보니 눈에 띄는 생명체가 둘 있었다. 힘만 쓰며 못난 짓을 하는 호랑이와 어리석은 곰이다. 아드님은 그들을 불러 말했다.

"햇빛 안 드는 동굴에 들어가 쓰디쓴 쑥과 맵디매운 마늘을 먹고 살아라. 참아라. 100일을 참고 견디는 쪽을 나의 아내로 삼아 내 자손의 어머니로 만들 것이다."

호랑이는 백 일을 견뎌내지 못하고 뛰쳐나갔다. 그러나 참을성 많은 곰은 그 시련을 이겨 내었다. 그리고 하느님의 며느리가 되었다. 그 의젓한 아내는 아들을 낳았다. 단군(檀君)이다. 한민족의 시조이다.

"금년 10월 3일은 단군이 한국의 하늘을 연 지 4338년째 되는 개천

절입니다."

셰이크는 그의 잘생긴 얼굴을 활짝 폈다.

"그러니까 한민족은 곰의 후손이군요?"

재현이 화답했다.

"곰은 끈기가 있는 영물이지요. 때로는 사나워지기도 하지만 뚝심 있고 사람을 잘 따르며 재롱도 부리는 동물로 인식되고 있어요. 아세아 북동부에는 긍정적인 곰 신앙이 비교적 널리 퍼져 있지요."

자동차는 씩씩하게 달렸다. 셰이크는 감탄했다.

"정말 산이 많네요."

"국토의 칠십 퍼센트 이상이 산이라고 말하지요."

"정말 아름답네요. 겨울이지만 산이 나무로 울창하게 덮여 있지 않아요?"

"아름답지요. 그러나 농사지을 수 있는 땅이 제한되어서 오히려 산은 가난의 원인으로 생각되었지요."

"산이 많으니 굴도 많네요. 여기까지 오는 동안 처음에는 터널의 숫자를 세기 시작했는데 금방 숫자를 잊어버렸어요. 너무 많아요."

"처음 한국의 고속도로를 건설할 때 터널 뚫는 일이 최대의 난관이었어요. 사람도 많이 죽었지요. 그러나 고속도로를 위해 산을 뚫을 수밖에 없었어요. 산을 피해 길을 내자면 농경지를 가로질러야 하는데 가뜩이나 부족한 농경지에 고속도로를 건설하자니 사회적 저항이 얼마나 컸겠어요? 또 길을 내기 위한 토지 보상금도 엄청났지요."

"그래서 굴을 파게 되었군요."

"한때 한국 건설업계의 가장 존경받는 분께서는 고속도로를 이층으로 혹은 삼층으로 하자고 제안을 하기도 했지요. 토지 보상금을 당할 방법이 없었거든요."

"터널을 뚫는 것도 쉬운 일은 아니었겠지요?"

"다이너마이트로 폭발하고 사람 손으로 뚫는 원시적인 굴착 공사는 끔찍했어요. 굴착 속도도 느리고 정확성이 떨어졌지요. 게다가 인부들이 많이 다쳤어요. 그러나 요즈음 땅굴을 파는 기계가 개발되었어요. 정확하게 설계를 해서 이 기계를 설치하고 돌리기만 하면 그 기계가 알아서 정확하게 터널을 뚫어 내거든요. 땅값 보상 문제도 말끔히 해결되고 작업도 안전하게 되었지요. 이제 우리나라의 고속도로는 터널과 터널의 연결로 이루어졌어요."

"참 멋지네요."

아라비아의 자연과는 확연히 다른 한국의 산하에 그는 점점 빠져들었다.

3.

"미스터 리, 다음 행선지가 어딘지 물어도 될까요?"

"물론이지요. 우리는 지금 한국의 작은 민속촌으로 향하고 있습니다. 셰이크에게 꼭 보여 드리고 싶은 한국의 모습이 거기 있답니다."

그는 차의 좌석에 깊숙이 몸을 묻었다.

"그동안 한국 겨울의 산골 풍경을 구경하십시오."

그들은 마음이 통했다. 셰이크는 창밖으로 펼쳐지는 풍경에 눈을 주고 있었다.

안동 하회 마을로 들어서니 한 시가 지나고 있었다. 주차장에 차를 세우고 마을로 걸어 들어갔다. 영국 엘리자베스 여왕의 사진 입상이 환히 웃으며 그들을 맞았다. 몇 년 전 그곳에 들른 여왕의 방문을 기념해서 세워 놓은 것이다. 재현이 어렵게 말을 꺼냈다. 점심시간이 지났다.

"점심을 어떻게 할까요?"

아랍의 지도자급 인사에게 안동의 토속 음식을 무턱대고 권할 수가 없었다. 마을 입구에 엘리자베스 여왕에게 진상했다는 음식상 사진을 크게 세워 놓았다. 그것을 가리키며 셰이크는 아무렇지도 않게 이야기했다.

"이슬람 율법이 금지하지 않은 것이라면 무엇이든 괜찮아요."

'금지하지 않은 것이라면 괜찮다'는 것과 '금지하는 것이라면 안 된다'는 것과는 큰 차이가 나는 말이다. 율법이 허락하는 음식 할랄(Halal)만 먹겠다고 하면 까다롭기 짝이 없는 일이다. 육류의 경우 훨씬 까다로웠다. 발굽이 갈라지고 되새김질하는 짐승만 먹을 수 있다. 육식 조류는 먹을 수 없다. 피는 반드시 제거해야 한다. 이슬람이 정하는 법에 따라 도축되어야 한다는 등 복잡한 금지 규정이 있었다. 그러나 율법이 금지하지 않는 음식이라면 보다 쉽게 구할 수 있을 것 같았다. 재현은 그를 데리고 깔끔한 작은 식당으로 들어섰다. 재현은 떡을 주문했다. 고기는 아무래도 자신이 없었다. 몇 가지의 떡이 상에 올랐다. 셰이크는 한 조각을 손으로 뜯어 입에 넣었다.

"아 이것 맛있는데."

그러면서 셰이크는 그의 가방에서 종이봉투 하나를 꺼내었다. 네 쪽의 샌드위치가 나왔다. 그가 아침에 호텔의 조리사에게 부탁해서 만들어 온 것이다. 그는 두 쪽을 재현의 앞에 놓았다. 재현은 샌드위치를 뜯어먹으며 마음이 푸근해졌다. 이 사람은 하는 짓마다 마음이 통한다.

간단한 점심을 마친 뒤 두 사람은 하회마을길로 들어섰다. 마을 전체가 유네스코 세계 문화유산으로 등재되어 있지만 재현이나 셰이크에게 그것은 큰 의미가 없었다. 건성건성 옛집들을 둘러보고 있는데 멀리서 덩더쿵 소리가 들리기 시작했다. 재현은 빠른 걸음으로 소리를 따라갔다. 하회 탈춤놀이가 시작되었다. 추운 날씨여서 관객석은 반이나 비었다. 그들은 앞줄, 마당극이 코앞에서 벌어지는 자리에 앉았다. 재현은 놀이가 진행되는 동안 설명을 하지 않기로 했다. 그 대신 탈춤 진행을 소상히 소개한 영어 책자를 사서 셰이크가 읽게 했다. 거기는 상세한 사진들이 붙어 있어 각종 탈과 그 탈을 쓰고 추는 춤이 설명되었다. 책자에 소개된 순서대로 놀이는 무동 마당, 주지 마당, 백정 마당, 할미 마당, 파계승 마당, 양반과 선비 마당, 혼례 마당, 신방 마당으로 진행되었다. 요체는 어깨춤이었다. 출연자들이 신명을 내어 어깨춤을 추면, 관객들이 따라서 어깨를 들썩이게 되는 것이다. 재현은 몸을 뒤로 젖히고 셰이크의 반응을 보지 않는 척 건너다보았다. 그는 처음에는 책자를 보며 마당굿의 내용을 파악하느라 애를 쓰더니 어느새 얼굴이 미소로 덮이고 나중에는 껄껄거리며 그 점잖은 사람이 어깨춤까지 추는 것이다. 놀이가 끝날 때쯤 그는 일어서서 마당 한복판에 나가 군중들과 어깨춤을 추기라도 하겠다는 표정이었다.

차가 움직이기 시작하자 재현이 입을 떼었다.

"셰이크 아흐메드, 거기 모인 어떤 한국 사람들보다 마당극에 더 몰입한 것처럼 보였습니다."

"아, 재미있었습니다. 내용은 다 이해할 수 없었지만 한국 서민들의 여러 가지 생활 모습을 담은 것 같았습니다. 그들의 리듬과 대화의 억양은 충분히 즐거웠고 관중들의 어깨춤을 이끌어 낼 만했어요."

재현은 그 놀이에 대해 그가 그동안 공부한 것을 들려주었다. 하회별신굿 탈놀이는 매년 정월 대보름 즈음에 벌였다. 마을의 수호신을 경배하기 위해 시작되었지만 그것이 차츰 신명 나는 놀이로 바뀌고 사회적 스트레스를 푸는 행사로 진화되었다. 놀이에는 권력이 있는 자, 아는 것이 많은 자, 재물이 풍부한 자, 승려 등 지도자 계급과 머슴, 백정, 할멈, 총각, 과부, 불구자 등 사회적 혜택을 덜 받은 자들이 등장한다. 일 년에 한번 그들은 탈을 쓰고 논다. 탈을 쓰고 노는 데 시비 거는 것은 금기이다.

"그날 하루, 밑바닥에 있는 서민들이 속에 품고 있던 온갖 한을 다 풀어내는 날입니다. 하인 탈을 쓰고 주인 탈 쓴 상전에 대해 할 말 다 하는 것이지요. 감히 쳐다보지도 못하던 상류층을 마음껏 풍자하고 빈정거립니다. 사실 놀이들 중에 남의 흉 보면서 노는 것 이상 재미있는 놀이가 없잖아요? 가진 것 없는 하류층 백성들이 그날 하루 상류층에 야단을 치면서 가슴속까지 시원하게 스트레스를 풀어 버리는 것입니다."

보통 탈들은 바가지나 종이로 만들어져 한번 쓰면 태워 버리는 것이 상례이지만 열 개가 넘는 하회탈은 국보로 지정될 만큼 법도에 맞추어 단단한 나무로 제작되고 철저히 보관되어 왔다. 셰이크가 따뜻한 미소를 지으며 한마디 거들었다.

"한마디 한마디 대화를 이해할 수는 없었지만 셰익스피어의 폴스타프(Falstaff)를 보는 것 같았어요. 잘난 사람, 권력을 쥔 사람을 바보로 만드는 어릿광대 같잖아요?"

"정확하게 보셨습니다. 셰이크가 제게 한국의 진면목을 보여 달라고 했을 때 제일 먼저 제 머리에 떠오른 것이 이 하회 탈춤이었어요. 한반도는 지정학적으로 외부로부터의 침략으로 시달려 왔지요. 게다가 척박한 토양은 사람들의 삶을 쥐어짰어요. 더욱이 지배 계층과 피지배 계층 사이의 갈등은 늘 사회적인 긴장의 원인이 되었지요. 그로부터 서민들에게 주어진 한은 그 깊이를 잴 수가 없었습니다. 그러나 한민족은 태생적으로 흥을 일으킬 수 있는 재능을 갖고 있었습니다. 그 흥이 갈등과 스트레스를 극복하는 하늘이 주는 선물이 되었던 것이지요. 그 마당극을 통해 계층 간의 이해, 화해와 용서가 이루어졌습니다. 그것은 과거의 유물로만 남아 있지 않습니다. 현대에 들어와 삶의 질이 나아지면서 여러 방면으로 확대 발전되고 있어요. 운동장엘 가면 운동보다 치어리더들의 흥겨운 율동이 사람들의 어깨춤과 함께하지요. 요즈음 케이팝(K-Pop)이 세계화되기 시작했어요. 한국의 놀이마당으로부터 전승된 흥의 표현이에요. 내가 보기에 이것은 시작일 뿐이에요. 음악뿐 아니고 드라마와 영화 그리고 스포츠에서까지 한국은 자신의 흥을 업고 세상을 감동시킬 거예요."

셰이크는 담담하게 말했다.

"미스터 리, 한국의 하늘색을 닮은 청자와, 한국인들의 한을 흥으로 승화시킨 탈춤, 시작이 아주 좋습니다. 사진으로 볼 수 있는 국보나 거창한 유적보다 한국인의 삶을 볼 수 있어 진실로 흥미롭습니다. 여행의 남은 부분이 정말 기대됩니다."

4.

오후 다섯 시가 지나 차가 구미에 도착했다. 문 닫을 시간이지만 선호가 사전에 연락을 해 두어서 편안하게 박정희 대통령 생가를 둘러볼 수 있었다. 셰이크가 한국 오기 전 공부를 충분히 해 두어서 크게 설명할 것이 없었다. 입구에 서 있는 현판이 박 대통령의 일생을 간략하게 요약하고 있다. 사람 크기의 박 대통령 부부의 사진 입상이 초가집 앞에서 다정하게 방문객을 맞는다. 말끔하게 단장이 되었지만 백여 년 전 남루했을 초가집을 둘러본 뒤 분향소로 향했다. 재현이 향을 향로에 넣고 묵념을 하는 동안 셰이크는 눈을 감고 있었다. 복도에 걸어 놓은 수많은 사진들을 지나 기념관에 들어가 간단한 기록 영화를 보고 나왔다. 그때까지 그들은 아무 이야기도 나누지 않았다. 그날따라 방문객이 적었다. 기념관을 떠나기 전 기념품점으로 셰이크가 들어가더니 박 대통령의 자서전《내 일생 조국과 민족을 위해》의 영문판 한 권을 사 들고 나왔다. 두 사람은 주차장 근처에 있는 팔각정으로 들어가 의자에 앉았다. 한겨울이지만 추위가 못 견딜 정도는 아니다. 재현은 약간의 설명이 필요하다고 생각했다.

"박정희 대통령은 이미 세계적으로 잘 알려진 인물입니다. 그분처럼 많은 구설에 휘말린 사람도 없지요. 독재자라고 매도되는가 하면 선각자라고 추앙되기도 하지요. 한국은 반만년의 역사를 자랑합니다. 그러나 내게 분명한 것은 한국의 역사는 박정희 전과 후로 나누어 쓰여야 한다는 것입니다. 박정희 전의 역사가 패배의식에 젖은 자기 비하의 부정적이고 수동적인 것인가 하면, 박정희의 다음 시대는 능동적으로 자각하고 자성하는 민족의식이 고양된 시대였지요. 가난이 당연하고 무지가 숙명이며 사회적 불평등이 보편화된 역사였지요. 그러나 박정희 대통령은 그 의식의 뿌리를 바꿔 놓았어요. '하면 된다'고 가르쳤고 하면 되었던 것입니다. 그리하여 변방에 처박혀 있던 작고 가난했던 나라가 세계의 한복판에 번듯이 자리 잡고 세상 사람들과 어깨를 나란히 하게 된 것이지요."

그가 혁명의 첫발을 내디뎠을 때 그는 벼랑에 서 있었다. 실패하는 경우 할복하겠다고 스스로 다짐했다. 그토록 국가를 개조한다는 것은 섣불리 되는 일이 아니다. 목숨을 바친다는 결의 없이는 엄두도 낼 수 없는 일이다. 새마을 운동은 의식개조 운동의 시작이었다. 해마다 자연스럽게 찾아오던 보릿고개를 짧은 시간 동안에 농민들 자신의 손으로 몰아내었다. 공사 현장에 드러누워 방해하는 정치꾼들을 밀어내고 고속도로를 뚫었다. 학생들의 극단적인 반대를 무릅쓰고 일본과 국교를 열었고 국가를 개발하는데 필요한 종잣돈을 일본으로부터 얻어 왔다. 월남 파병도 어려운 결단이었다. 그에 대한 온갖 반대를 무릅쓰고 박 대통령은 미국의 입장을 살려주었고 한미 동맹을 굳건히 하였다. 그러한 외교적 안정 속에서 국가 방위가 튼튼해졌고 현대 경제가 싹트기 시작했다. 한국의 경제 부흥을 가져다준 중동에서의 건설 붐은 그러한 굳건한 한미 동맹의 뒷받침이 있었기에 가능했다. 셰이크 아흐메드도 감동하고 있었다.

"한국의 역사를 박정희 전과 후로 나누어 생각해야 한다는 것은 처음 듣는 이야기이지만 확실히 납득이 되는 이야기입니다."

재현은 그가 진실로 하고 싶었던 이야기를 시작했다.

"박정희 장군이 쿠데타를 일으킨 것은 1961년 5월 16일입니다. 결의에 찬 장교 250명과 사병 3,500여 명이 한강을 건너와 방송국을 비롯한 서울의 주요기관을 점령했습니다. 제가 대학 2학년 때입니다. 백만이라 자랑하던 한국군 중 그 적은 숫자의 인원이 국가의 삼권을 장악할 수 있었던 것은 떠들지 않는 다수의 국민이 그러한 사태를 기다렸고 그들에 동조했기 때문이라고 볼 수 있습니다. 그들은 1963년 대통령과 국회의원 선거에서 승리한 뒤 합법적으로 제3공화국을 출범시켰습니다."

재현은 가능한 한 개인적인 감정의 표출을 억제하며 말을 계속했다.

"그는 미래를 읽는 선견지명(先見之明)을 가졌고, 그에 맞추어 국가를 경영할 방법을 숙지하고 있었습니다. 한국의 새로운 역사가 시작됩니다. 1964년은 한국 현대 경제의 시발점이 되는 중요한 해입니다."

미국의 잉여 농산물 원조로 입에 풀칠하며 살아가던 시절이었다. 먹고사는 것을 해결하고, 국민들의 삶의 질을 높이기 위해 경제 개발이 화급한 과제였지만 재원이 없었다. 어느 나라도 자립정신이 없고 미래가 보이지 않는 가난한 나라에 투자를 하거나 차관을 주려 하지 않았다. 미국에는 돈 빌려 달라는 말을 꺼내지도 못했다. 케네디 대통령은 박 대통령을 문전 박대했다. 그는 철천지원수(撤天之地怨讐)로 여기던 일본과 한일 회담을 시작했고 6억 불을 얻어 내었다.

보잘것없는 액수이지만 아무것도 손에 쥔 것이 없던 그 시절 그것으로 경제개발 5개년 계획을 세웠다. 절정에 이른 한일 협상에 대한 학생들의 반대 대모를 계엄령으로 짓눌렀다. 그는 또 독일도 방문해서 구걸 외교를 펼쳤다. 왕복 비행기 삯도 없었다. 독일 정부가 부담했다. 그는 뤼프게 대통령으로부터 1억5천만 마르크의 재정 차관을 받았다. 대형 유조선 한 척 값이다. 그것도 독일 막장에서 목숨을 담보로 일하던 광부와, 독일 병원에서 시체 처리 같은 험한 업무를 맡고 있던 간호사들이 받던 월급을 담보로 한 것이다. 조국 근대화를 위한 종잣돈을 확보하기 위한 문자 그대로 구걸 행각이었다. 일본과 독일로부터 구한 그 돈은 한 푼도 낭비되지 않고 고속도로와 포항제철 건설의 기틀이 되었다. 그로서 농경 중심의 경공업 산업구조에서 중공업 사회로 진입하는 꿈이 현실화되기 시작한 것이다. 새마을 운동이 진행되어 농촌 자립의 꿈이 이루어지는 동안 다른 쪽에서는 중공업을 중심으로 하는 산업구조 개편이 시작되었다. 모두 1964년에 시작된 일들이다.

"그래 박 대통령이 그 짧은 시간 안에 이룩한 위대한 성취를 보고 반대하던 사람들은 지금 뭐라고 합니까? 좀 미안해하나요?"

"미안해하기는요. 요즈음도 그날의 저항운동을 훈장처럼 차고 다니면서 그를 친일파, 독재자로 폄하하고 있지요. 그러면서도 박정희 시대의 성공이 자신들의 것인 양 그 열매는 독식하려 하지요."

"그것이 세계 어느 곳에서나 선각자가 맞는 숙명일지도 모르지요."

"박정희 대통령은 또 한 번 그의 생명을 단축하는 조치를 취합니다. 사채동결조치(私債凍結措置)입니다. 이 사회의 경제 구조를 통째로 들었다 놓은 사건이었어요."

1972년 8월 3일, 박 대통령은 사채를 동결하는 조처를 내렸다. 그때 한국의 경제는 사채에 의해 운영되었다. 국민은 저축할 여유가 없었다. 은행에는 돈이 모이지 않았다. 모든 기업의 운영은 일제 시대부터 어두운 방법으로 모은 사채업자의 돈에 의존하는 수밖에 없었다. 뼈 빠지게 일을 해도 고율의 이자를 갚고 나면 남는 것이 없었다. 사채업자는 조직 폭력배와 유력 정치인과 연계해서 한국의 경제와 권력을 장악했다.

박정희 정부는 사채를 동결시키고 사채업자들을 억눌렀다. 그들이 돈을 은행에 넣고 기업에 투자하면 자금의 출처를 묻지 않고 세금의 감면까지 해 주겠다고 했다. 8·3 조치로 숨어 있던 검은돈이 은행으로 들어왔고 은행이 제 역할을 하기 시작했다. 기업이 은행으로부터 조달받은 자금이 71년 39억 원으로부터 73년 545억 원으로 급증했다. 73년 국민총생산(GDP)이 19퍼센트 불어났다. 사채 동결 조치 이후 단 일 년 동안에 일어난 변화였다. 반민주적이고 폭압적 조처라고 규탄하는 정치인들과 여론을 비웃듯 경제는 급격히 안정되었고 경제 성장률은 해마다 두 자리 숫자를 지켰다. 재벌 그룹들이 생성되었고 그들은 더 많은 자회사를 만들어 일자리가 엄청나게 불어났다. 독재자라고 외치는 사람들에게 박 대통령은 말했다. '내 무덤에 침을 뱉어라!'

"아직도 그의 무덤에 침을 뱉겠다는 사람들이 있습니다. 그 시절의 위대한 선각자들 이병철, 정주영 같은 사람들을 이끌고 한강의 기적을 창조한 박 대통령의 무덤에 꽃을 바치는 사람이 많을지 침뱉을 사람들이 많을지 좀 더 역사를 지켜봐야 합니다."

"박 대통령은 나라의 지도를 바꿔 놓았고 국민들의 삶의 질을 높였고 시골뜨기 한국인들의 정신을 개조해 세계인으로 만들어 놓았지요. 이제 우리나라는 거미줄처럼 뚫린 고속도로로 소통되지요. 민둥산들이 곱게 숲으로 덮였어요. 우리 문화유산들이 제대로 자리를 잡았지요. 농촌이 부유하게 되었어요. 한국의 기술은 이제 세계 톱 클래스가 되었습니다. 박 대통령은 그 불가능해 보였던 많은 일들을 가능하게 한 사람입니다. 세상의 많은 대학이 그에게 박사 학위를 주겠다고 했지요. 그는 한마디로 거절했어요. '그건 나와 어울리지 않아.' 곳곳에 새마을 운동 기념 조각들이 세워졌지요. 그러나 박정희 대통령 동상은 없어요. 그는 헌신적으로 일을 했을 뿐이고 그에 대한 보상을 바라지 않았습니다. 그가 세상을 떠났을 때 그는 청렴한 빈손이었습니다. 그러나 세계로 뻗어 나는 국격으로 그의 손은 빛납니다. 그를 폄훼하는 사람들의 치부하고 허명을 쫓던 자세와 뚜렷이 비교되는 모습이지요."

셰이크는 지친 기색도 없이 그의 감동을 얼굴에 가득 담았다.
"정말 또 하나의 감동적인 역사입니다. 한국의 현대사를 읽었습니다."
이미 캄캄해졌다.
"저녁은 경주에 가서 호텔에서 드시지요."
"좋습니다. 출출한데 맛있는 것 먹읍시다."

경주 보문 호숫가에 있는 좋은 호텔에 짐을 풀었다. 선호가 준비를 잘해 놓아 가는 곳마다 편안했다. 조용한 특실에서 보문 호수를 내려다보며 저녁을 들었다. 아홉 시가 넘었다. 시차 때문에 몹시 졸릴 시간이었지만 셰이크의 정신은 맑았다.

"미스터 리, 꼭 듣고 싶은 이야기가 있어요. 오늘 저녁에 해주세요."

재현은 가볍게 대답했다.

"말씀하십시오. 제가 아는 대로 대답해 드리겠습니다."

"한글에 대한 이야기를 해 주실 수 있을까요?"

재현은 뒤통수를 강하게 얻어맞은 기분이었다. 한국을 소개하면서 한글에 대한 이야기를 준비하지 않다니. 아무리 한글이 현대 문화의 핵심이라 하더라도 한글은 한국 역사의 큰 부분이 아닌가? 재현은 자신의 부끄러움을 숨기기 위해 딴청을 부렸다.

"오랜 시간 비행기를 탔고 또 하루 종일 자동차를 타고 오느라 고단하실 텐데 한글 이야기는 천천히 하는 게 어떨까요?"

셰이크는 재현의 눈을 들여다보며 진지하게 말했다.

"내일은 내일대로 아주 분주한 일정이 기다리고 있잖아요? 오늘 오는 길에 본 한국과 이사장님의 설명은 제 정신을 활짝 깨어나게 했어요. 열 시간 비행기 탄 것, 하루 낮 자동차 여행, 여섯 시간 정도의 시차가 깨끗하게 물러갔어요. 이사장님만 괜찮으시다면 저는 오늘 밤 한숨 자지 않아도 좋아요."

재현은 감동했다. 아, 이 좋은 친구에게 변명 따위를 하다니. 그는 서슴지 않고 이야기를 시작했다.

"셰이크가 이야기를 꺼내기 전에 제가 먼저 말씀드려야 하는데 부끄럽습니다."

셰이크는 밥 먹는 것도 중지하고 듣겠다는 자세를 취했다.

"한글은 한민족이 세계에 내놓을 수 있는 '최고의 창작물'이지요. 그것은 500여 년 전 한국 역사상 가장 존경받는 임금 중의 한 분인 세종대왕이 그의 신하들과 함께 지혜를 모아 창제한 문자입니다. 자연 발생적으로 생겨나 오랜 시간을 거쳐 진화된 다른 문자들과 달리 한글은 탄생 기록을 가진, 창제의 역사와 원리가 모두 설명된 세계의 유일한 문자이지요. 세종대왕의 창제의 이유도 존경받아 마땅합니다. 그때까지 한국 사람들은 어려운 중국의 한문을 문자로 쓰고 있었지요. 상류층의 전유물이었습니다. 세종대왕은 표음 문자를 만들어 백성들이 편하고 자유롭게 쓰게 하겠다는 홍익인간의 이념으로 현재 기준으로 14자의 기본 자음과 10자의 기본 모음을 만든 것입니다."

저녁은 천천히 먹었다. 셰이크가 잠잘 시간을 충분히 갖도록 재현은 저녁 먹는 동안 설명을 마치고자 가능한 한 요약해서 설명했다.

한글은 글자를 만든 원리가 과학적이고 체계적이다. 발음할 때의 혀와 입의 모양을 형상화해서 자음을 만들고 그에 맞추어 모음을 만들었다. 자음과 모음의 음소를 음절 단위로 묶어 한 글자를 만든다. 알파벳과 달리 한글의 모음은 언제나 한 가지 발음만 가진다. 따라서 간단명료하게 자음과 모음을 조합하여 음절을 만들 수 있다. 전 세계의 언어학자들이 극찬하는 가장 배우기 쉬운 글자이다. 한국의 문맹률이 무에 가까운 것은 한글 때문이다. 한국 사람들이 외국어를 쉽게 배울 수 있는 것도 한글 덕이다.

더구나 한글은 전산화에 가장 적합한 글자이다. 컴퓨터의 자판은 한글과 가장 궁합이 잘 맞는다. 모든 소리를 표기할 수 있는 수학적 원리가 담겨 있다. 컴퓨터가 '0'과 '1'을 일정한 규칙에 따라 되풀이함으로써 이 세상을 정보화 시대로 만들었다. 한글은 24자의 유한 수에 몇 가지 문법을 더하여 무한 수에 달하는 천지자연의 소리를 표현한다. 더욱이 한글 글자의 구성은 로마자보다 자판 배열에 효율적이다. 자판을 두드릴 때 오른손과 왼손을 번갈아 써서 효율을 높이는데 로마자의 경우 소리마디 구성에 있어서 자음과 모음이 어울리는 규격이 일정치 않아, 각 손가락의 사용이 한글에 비해 훨씬 비효율적이다.

셰이크는 한글 이야기에 빠져 저녁 먹는 것도 잊었다. 식당에 다른 손님이 없었다.
"아, 한국이 세계의 정보산업(IT)에서 앞서고 있는 이유를 알았습니다. 거기에 한글이 큰 역할을 하고 있군요."
"그렇습니다. 그뿐만 아니라 근래에는 UN이 문자가 없는 나라에 한글을 쓰라고 권유하고 있고 몇몇 나라는 한글을 자기 나라의 문자로 쓰고 있습니다. 잘 정착되고 있지요. 쓰기 쉽고 뜻을 명확하게 전달하니까요. 세계에 7천 5백여 개의 언어가 있다고 하는데 문자는 몇 개 되지 않지요. 한글이 세계적으로 문자를 대중화하는데 큰 역할을 할 수 있을 겁니다."
호텔이 신경을 써주어서 셰이크는 식단에 불평이 없었다. 오래 앉아 있어도 눈총을 주는 사람도 없었다. 재현은 바빴다. 한글 설명하랴 배를 채우랴. 두 가지 일을 성공적으로 끝마쳤다. 밤 열 시가 넘었다.

셰이크를 방으로 보내고 재현은 자기 방으로 돌아와 클랜시에게 전화를 걸었다. 기다리고 있었다는 듯 그는 셰이크에 대해 물었다.

"오늘 오전 도착했어. 오늘 저녁은 서울에서 지내고 내일 오전 울산으로 향하려고 해."

"그래 셰이크는 어때. 건강해?"

"그는 육체적으로 건강할 뿐 아니라 정신이 고매한 사람이야. 강행군을 했지만 한결같이 고요한 모습을 지니고 있어. 지금 경주 호텔에서 저녁을 마치고 헤어졌어."

"잘되었구나. 한국을 알고 싶다는 발상 자체가 맑은 영혼이 아니면 끄집어내기 어려운 소망이지. 그것은 제리와 인간적으로 가까워지고 싶다는 마음의 표시이기도 하고."

"그의 진지하고 따뜻한 마음을 보며 전혀 피곤하다는 생각을 할 수 없었어. 내일 오후에 울산 호텔에 들어갈게."

"나도 내일 오후 세 시쯤이면 호텔에 들어갈 거야."

"그때 봐."

재현은 선호에게 전화를 걸었다.

"오늘 긴 하루를 보냈어. 손오공이 근두운을 타고 잘난 척 세상을 휘젓고 다니지만 결국 부처님의 손바닥을 벗어나지 못하듯, 부산하게 움직였다지만 결국 김 상무의 손바닥 위에서 놀았어. 편안한 자동차를 타고 이천의 도자기 백화점에서 안동 하회 마을로, 거기서 구미의 박정희 대통령 생가를 둘러보고 경주 호텔에 들어섰어. 이제 막 저녁을 먹고 헤어졌지. 서투르지만 저녁 먹으면서 한글에 대한 강의도 마쳤어."

"여자는 어떻게 해요? 아랍 사람들은 거리낌 없이 그것을 요구하지 않아요?"

"전혀 그런 이야기 없었어. 나는 그런 것 주선할 생각은 없어. 필요하다면 스스로 해결하겠지. 그런데 그는 그런 것 요구할 것 같지 않아. 셰이크는 외계인 같아. 이 땅에 하강한 신선 같아."

"잘되었네요. 운전기사는 괜찮았어요. 사장님이 조선소에 근무하던 시절부터 근무했던 친구인데."

"더할 수 없이 좋았어. 길도 잘 알고 예의도 바르고 시간 개념도 철저했어. 무엇보다 나를 잘 아는 사람이잖아?"

"톰이 들으면 알레스 클라(Alles Klar)라고 하겠네요. 내일은 어떤 일정이세요."

"포항제철을 둘러보고 해안도로를 따라 내려와 울산에 세 시쯤 들어갈 것 같아."

"포철에는 잘 이야기해 두었어요. 천천히 조심해서 오세요. 내일 뵈요."

5.

다음 날 아침 일곱 시쯤 일어나 그들은 보문 호숫가를 걸었다. 쌀쌀한 날씨였지만 걷기에 불편하지 않았다.

"이곳은 한 왕조가 한국의 역사상 가장 찬란한 문화를 이루어 내었던 곳입니다."

재현은 간단히 신라의 역사를 설명했다. 2,200여 년 전 부족 국가로 태어난 신라는 고구려, 백제와 함께 한반도에서 경쟁하며 평화롭게 성장해 갔다. 그러나 그들의 나라가 자라서 국경선이 맞닿게 되자 충돌하기 시작했다. 국력이 가장 약했던 신라는 국경 분쟁에서 밀리는 편이었다. 그러던 중 신라가 안정된 외교력을 발휘해 중국의 당나라와 연합하게 되었고 백제와 고구려를 차례로 복속시키며 한반도를 통일했다. 그러나 불완전한 통일이었다. 고구려가 다스리던 만주 지방을 잃은 것이다.

"이곳은 마치 그리스의 아테네 같아요. 발밑의 땅을 파면 2,000년 역사의 유물이 곳곳에서 나와요. 공장을 지으려고 땅을 파다가 유물 한 점이라도 나오면 모든 공사는 중단되지요. 그 근방의 유물이 정리될 때까지 아무 일도 할 수 없게 됩니다. 그래서 여기는 개발을 할 수가 없고 큰 회사는 들어올 엄두를 내지 못해요. 그저 옛날식의 평화스런 삶이 유지되고 있지요. 그 덕으로 한국에서 아니 세계적으로 주거 환경이 가장 뛰어난 전원도시가 되었어요."

"이곳 공기가 차분하네요. 2,000년의 역사가 느껴져요."

"제가 한국의 역사책 특히 신라에 관한 부분을 한 권 구해서 보내 드릴게요. 시간 날 때 한번 읽어 보실 만할 거예요."

"미리 고맙다는 말씀을 드리겠습니다."

산책을 마치고 호텔로 돌아와 그들은 간단한 아침을 들었다. 셰이크는 주방장을 불러 점심에 먹을 샌드위치를 주문했다. 그들은 아홉 시 호텔을 출발했다.

"제가 조선소에 근무할 때 가족들은 서울에 살았죠. 서울에 올라가지 못하는 주말에 저는 차를 몰고 이 근처를 구석구석 훑고 다녔어요. 여기는 국보와 보물로 이름을 붙여 놓은 것이 많지만 그밖에도 그 시절 사람들의 삶의 족적이 이름 없는 돌덩어리가 되어 곳곳에 흩어져 있지요. 그들을 찾아다녔어요. 끝이 없는 탐색이었어요. 저는 유물들의 사진을 찍어 앨범으로 만들어 놓았는데 앨범만 수십 권이 됩니다."

"아, 언젠가 그 앨범 한 번 보고 싶네요."

"시간 있을 때 앨범도 보고 그 역사의 현장들을 함께 방문하기로 하지요."

"정말 기대하겠습니다."

경주에서 포항까지는 가까운 거리이다.

"우리는 지금 포항으로 향하고 있습니다. 포항제철을 볼 겁니다. 제가 다른 공장이나 산업 시설을 제쳐두고 포항제철을 보여 드리려는 것은 그것이 박정희 대통령의 산업화 구상의 첫 단추였기 때문입니다. 철강은 산업의 쌀입니다. 그것 없이는 자동차를 만들 수 없고 배를 지을 수도 없습니다. 그때 제철 공장 건설에 관계된 사람에게는 모든 것이 조심스럽고 어려웠습니다. 특히 공장 건설을 위한 종잣돈이 일본에서 들어왔다는 것도 관계자들을 긴장시키는 요소였습니다. 정치인과 학생들은 일본에서 들어오는 돈을 매판자본(買辦資本)이라고 매도했지요. 후진국의 위정자들이 선진국의 투자자들과 결탁하여 제 나라의 이익을 해치며 들어오는 사악한 자본이라는 것이었어요. 선각자들은 '더러운 일본 돈까지 빌어 와서 결국 말아먹었다'는 말을 듣고 싶지 않았거든요. 그 공장에 담긴 관계자들의 간절한 염원을 보여 드리고 싶은 것입니다. 그들은 그 일에 그들의 목숨을 걸었던 사람들입니다."

자동차가 포항제철의 정문을 들어섰다. 재현은 그의 설명을 멈추었다. 정문 안쪽에서 안내원이 기다리고 있다가 자동차 앞자리에 들어와 앉았다. 워낙 방문객이 많은 곳이라 안내 시스템도 잘 짜여져 있었다. 홍보관에서 영화를 본 뒤 천천히 공장을 한 바퀴 돌았다. 그동안 안내원은 유창한 영어로 곳곳을 설명했다.

　1966년 공장의 건설공사가 시작되었다. 돈이 계속 필요한 시기였던 69년 세계개발은행(IBRD)은 '한국의 종합 제철소 건립은 타당성이 없다'는 보고서를 발표했다. 공식적인 자금줄이 끊어졌다. 그럼에도 포철의 임직원들은 그들의 성심으로 공사를 밀어붙였다. 온 나라로부터 모인 소명의식으로 똘똘 뭉친 엘리트 집단이다. 공장의 모습이 갖추어지기 시작했다. 오래지 않아 세계개발은행은 그들의 오류를 시인하지 않을 수 없었다. 그들은 보고서를 수정했다. '우리의 부정적인 보고서는 박정희 대통령과 박태준 사장이라는 이 프로젝트를 이끄는 인적 요소를 무시한 치명적인 오류를 범했다.' 소명의식이 장벽을 허물어 낸 것이다. 1970년 고로(高爐) 제일호가 착공되었다. 박태준 사장의 헌신적 노력은 박 대통령이 보호해 주었다. 끊임없이 계속되는 정치적 청탁이나 외압을 막아준 것이다. 박태준 사장의 '우향우(右向右) 정신'이 회자된 것이 그때였다. 국가적인 사업이 제대로 굴러가지 않아 관련자 전원이 실의에 빠졌을 때 그는 모두를 다그쳤다. 만일 실패하는 경우 오른쪽으로 돌아서 모두 동해의 깊은 물에 빠져 죽자는 결의였다. 불가능하다던 포항제철이 완공되고 첫 쇳물이 나온 것은 73년 6월이었다. 그동안 박 대통령이 현장을 열세 번 방문했다. 그리고 96년 조강 규모 2,900만 톤의 세계 제2의 제철 회사로 성장하였다. 안내하는 사원은 철광석과 유연탄 등의 원료를 쌓아 놓은 곳으로부터 용광로, 제강 공장, 압연설비 등을 요령 있게 설명해 갔다. 그리고 역사관으로 그들을 이끌었다. 직원들이 그들의 직장을 얼마나 자랑스럽게 생각하는지를 보여주는 곳이다. 그곳은 포철 직원들만의 긍지뿐만 아니라 우리나라가 첫째로 내세울 수 있는 우리 민족의 강철 같은 의지를 확인하는 장소이기도 했다.

회사 시찰이 끝나갈 무렵 안내원이 물었다.
"점심은 어떻게 하시겠습니까?"
셰이크가 재현의 얼굴을 살폈다. 재현이 반문했다.
"불편을 끼치는 것이 아닌가요?"
"아닙니다. 귀한 손님을 위해 식당에 할랄 음식도 준비되어 있습니다."
역시 손님이 많은 회사다웠다. 셰이크의 얼굴이 활짝 펴졌다. 그들은 포철의 귀빈 식당으로 안내되었다. 셰이크가 아침에 경주 호텔에서 준비한 샌드위치는 가방 속에 그대로 넣어 두었다.

점심을 마치고 자동차로 돌아왔다. 차가 움직이기 시작하자 셰이크는 그의 허리를 주욱 폈다.
"감동적인 방문이었습니다."
"왜 제가 다른 산업시설을 제쳐두고 포철을 선택했는지 아시겠지요. 눈에 보이는 현상 외에 거기 스며 있는 정신이 있기 때문입니다. 최고 경영자로부터 말단 직원들에 이르기까지 자기가 맡은 일을 월급쟁이로서의 개인적인 업무로서 여기지 않고 하늘이 내린 소명으로 받아들인 것입니다. 그러기에 모든 사람들이 그토록 긍지에 차 있고 자기희생적인 자신감으로 넘치는 것입니다."

"할랄 점심은 또 하나의 감동입니다. 그들의 고객에 대한 지극한 배려가 가슴에 다가옵니다."

처음 셰이크가 두 사람만의 여행을 제안했을 때 재현은 반가우면서도 불안했다. 셰이크 아흐메드는 까다로운 문화를 지닌 아랍의 왕족이다. 문화나 사고방식의 차이를 어떻게 극복하며, 아랍과 판이한 한국의 생활 방식을 어떻게 이해시킬 것인가 하는 걱정 때문이었다. 그러나 그것은 기우였다. 셰이크 아흐메드의 받아들이는 자세는 마치 태평양처럼 넓고 깊었다.

6.

"다음 방문지는 묻지 않겠습니다."

셰이크는 깊은 신뢰의 눈길로 재현을 그윽이 건너다보며 농담하듯 말했다.

"이제 조선소까지 얼마 남지 않았습니다. 바닷가 해안 도로로 가려고 합니다. 가는 길에 길가에 있는 역사적 유적을 잠깐 들러 보겠습니다."

자동차는 동해안을 따라 펼쳐진 지방도로로 들어섰다. 길은 넓지 않은 2차선이다. 지나는 차가 적어 쾌적했다. 재현은 가는 길의 왼쪽으로 펼쳐진 망망대해를 가리켰다.

"여기가 동해 바다입니다. 수심이 깊고 한류와 난류가 만나는 지역이라 어족 자원이 풍부합니다. 살기 좋은 곳이지요."

해변의 집들이 깨끗하고 삶이 풍성해 보였다. 자동차가 오른쪽으로 꼬부라져 경주로 향하는 길로 들어섰다. 곧 나란히 선 두 개의 커다란 삼층 석탑과 마주하였다.

"여기에 옛날, 웅장한 불교 가람이 있던 곳입니다. 한반도를 통일한 신라의 문무왕을 기리기 위해 그의 아들 신문왕이 세운 감은사(感恩寺)라는 절터입니다. 베푸신 은혜에 감사한다는 뜻을 갖고 있습니다. 이 절의 불당은 마루 아래로 동해와 통해 있어서 동해에서 나라를 지키는 호국용(護國龍)이 들어와 쉬는 장소로 마련되었다는 설화가 있습니다."

그들은 차를 타고 해안 도로로 다시 나와 남쪽으로 향했다. 곧 바닷가에 정자가 나타났다. 그들은 주차장에서 내려 정자로 올라갔다. 넓고 푸른 바다를 조망하기에 적절한 정자이다. 재현은 정자로부터 멀지 않은 바닷속에 자리 잡은 돌무덤을 가리켰다.

"한반도를 통일한 문무왕은 어렵사리 이룩한 통일 위업에 손상이 생길까 봐 그의 죽음까지 나라에 바쳤습니다. 그는 선언했습니다. '내가 죽은 뒤 나를 저 바다 위에 떠 있는 바위에 장사 지내어라. 나는 용이 되어 저기 누워 있을 것이다. 이 나라에 위해(危害)를 끼치는 어떤 일이라도 벌어지면 내가 일어나 이 나라를 지킬 것이다.' 그래서 저 바윗덩어리를 대왕암이라 부른답니다. 나는 언젠가 불경스럽게도 배를 타고 저 돌섬에 가 보았습니다. 관을 묻었거나 장사를 지냈다는 어떤 징표도 볼 수 없었습니다. 그러나 나라를 지키겠다는 장한 의지는 감은사나 대왕암을 통해 읽을 수 있었습니다."

정자의 이름이 이견대(利見臺)이다. 돌섬에서 일어서는 장엄한 용의 현신을 보았다는 고사에서 따온 이름이다.

"그것이 언제쯤의 일인가요?"

"1,300여 년 전 신라가 통일을 이루게 되었지요. 그때의 일입니다. 그리고 200여 년 동안 찬란한 문화를 창조하였습니다. 언제 경주를 한번 따로 방문해서 구경하는 것도 의미 있는 일이 될 겁니다."

재현은 예수 그리스도와 관련된 서력기원을 사용하는 것을 삼갔다.

"저도 신라와 그 시대의 한반도에 대한 글들을 읽었습니다. 이번 방문으로 한국 방문의 물꼬를 텄으니 자주 오게 될 것입니다. 이 사장님의 시간에 맞춰 함께 신라 왕국 탐험을 하고 싶습니다."

"셰이크가 오신다는 소식만 주시면 만사를 제쳐두고 따라나서겠습니다."

재현은 돌섬 넘어 바다를 가리켰다.

"이 이견대에는 또 하나의 설화(說話)가 있답니다. '만파식적(萬波息笛)'에 관한 이야기입니다."

이견대에서 보니 바다에 떠다니는 돌섬 위에 한 그루 대나무가 심어져 있다는 보고를 받았다. 그 대나무는 낮에는 둘로 갈라지고 밤에는 하나로 합쳐진다고 했다. 왕이 직접 현장에 나가 확인을 한 뒤 그곳 용에게 그 현상의 의미를 물었다. 피리 소리로 천하를 다스릴 징조라고 대답하였다. 그 대나무를 베어 피리를 만들어 불면 천하가 화평하게 되리라는 것이다. 왕은 그 대나무를 베어 피리를 만들었다. 피리를 부니 쳐들어오던 적병이 물러가고 창궐하던 질병이 사그라들며 가뭄에 비가 내리고 장마에 해가 나타나며 바람이 스러지고 물결이 잠잠해졌다.

"그 시절, 나라를 다스리는 일이 쉽지 않았고 다스리는 사람이 매사에 성심을 다 했다는 고사입니다."

"대나무가 쪼개졌다가 합쳤다는 것은 무엇을 의미합니까?"

"추측컨대 '소리라는 것은 두 개가 마주쳐야 나는 것이다'라는 의미가 아니었을까 합니다. 손바닥을 마주쳐야 소리가 나듯이 말입니다."

"그 피리의 이름을 무엇이라고 했지요?"

"만파식적이라고 부릅니다. 세상의 모든 풍랑을 잠재운다는 뜻입니다."

"참으로 한국만이 가지는 설화이네요. 아름다운 풍광에 의미 있는 이야기입니다."

이견대에서 울산 조선소 호텔까지는 삼십 분 거리였다. 자동차 속에서 셰이크가 재현의 손을 잡으며 나지막한 목소리로 말을 걸었다.

"이번 이틀 동안의 방문을 통해 저는 기대한 것 이상으로 한국의 역사를 보았습니다. 아니 한국의 정신을 보았습니다. 이 사장님이 말씀하신 바와 같이 박정희 이전의 역사를 보았고 그 뒤 역사를 하나하나 확인해 가고 있습니다. 이제 조선소를 보면 박정희 이후의 역사도 마무리되겠지요?"

재현은 셰이크의 반응이 고마웠다.

"지는 제가 내 조국을 잘 안다고 생각해 왔습니다. 그러나 지난 이틀 동안 셰이크의 눈에 비친 한국을 보며 나는 새삼스럽게 나의 조국을 발견하였습니다. 고마워해야 할 사람은 저입니다. 정말 고마웠습니다."

재현이 입을 다물었다. 멀리 넓게 펼쳐진 바다를 바라보던 셰이크가 잠시 머뭇거리더니 어려운 듯 제안을 하였다.

"이 사장님, 제가 앞으로 제리라고 불러도 되겠습니까? 저를 부를 때 그냥 아흐메드라고 불러 주십시오."

재현은 잠깐 생각한 뒤 셰이크와 같은 어조로 대답했다.

"편하실 대로 하십시오. 제리라고 부르시면 저로서는 편합니다. 그러나 저는 셰이크의 고귀한 이름을 부를 수는 없습니다. 저는 셰이크 아흐메드라고 부르겠습니다."

아첨이 아니다. 셰이크 아흐메드는 그 정도의 존경을 받아야 할 사람이다.

"특별한 이유가 있습니까?"

"한국 사람들은 상대방을 부를 때 성에 존칭을 붙입니다. 서구 사람들처럼 이름을 부르면 친밀감은 높아지겠지만 한국 사람들의 관습으로 보면 서로의 존경심을 깎아 내릴 수도 있는 일이 되지요."

셰이크는 맑고 조용한 목소리로 그 대화를 매듭지었다.

"한국의 관습대로 하는 것이 좋겠습니다. 저도 이 사장님이라고 부르겠습니다."

자동차가 호텔에 도착했다. 로비에는 클랜시, 선호와 셰이크의 회사 직원들이 나와 그들을 맞았다. 각기 방으로 들어가기 전 셰이크가 재현에게 물었다.

"미스터 리, 미스터 리는 이 나라의 어느 부분 출신입니까?"

"저는 이 지역에서 아주 가까운 지역 출신입니다."

"그러면 신라인의 후손이군요."

"그렇지요. 신라인의 피가 제게 흐르고 있을 겁니다. 그런데 그건 왜 묻지요?"

셰이크는 말을 하지 않고 그의 신비스러운 미소로 대답했다.

제 3 7 장

변화에 적응하는 자가 살아남는다

1.

셰이크 아흐메드는 울산 호텔에 도착하자마자 방으로 올라가서 옷을 갈아입고 바로 회의에 참석했다. 호텔의 제일 위층에 있는 별실 회의실에 그의 회사 중역들과 선박 관리회사(Ship Management Company) 사장단들이 그를 기다리고 있었다. 다음 날 인도(引渡) 될 배의 상태를 점검하고 인도 절차에 관한 마지막 점검을 위한 모임이다.

독일 선박 관리회사 사장 한스 브란트(Hans Brandt)는 오랜만에 재현과 만났지만 로비에서 목례로 인사만 나누고 회의실로 바삐 올라갔다. 이미 수십 척의 배들을 관리하고 있던 브란트에게 세 척의 VLCC는 큰 짐이 되지 않았다. 그러나 그것이 아랍 사람들과의 비즈니스이고 또 그 일이 앞으로 크게 확장될 가능성이 크기 때문에 상당히 신경을 쓰고 있다는 표정이다. 그의 선원들은 이미 승선해서 배의 완성 작업을 도우며 배의 시스템에 적응하고 있었다.

기술적인 문제는 클랜시와 조선소 간의 계약으로 이미 확정된 일들이어서 참견할 것이 없었다. 배의 용선도 확정되었다. 깔끔하게 마무리된 용선 계약에 따라 이미 인도된 두 척의 배가 열심히 임무를 다 하고 있다. 선박 인수에 필요한 잔금도 준비되었다. 회의는 오래 걸리지 않았다.

셰이크가 그의 직원들과 선박 관리회사 사장단들을 모아 놓고 회의를 하는 동안 재현은 클랜시와 일층에 있는 커피숍에서 마주 앉았다.
"피곤하겠구만."
클랜시가 입을 떼었다.
"전혀 그렇지 않아. 셰이크의 표정을 보았지? 편안한 사람이야. 이틀 동안의 일정이 빡빡했지만 매 순간, 눈에 보이는 것마다 얼마나 느긋하게 즐기는지 내게는 지난 이틀이 너무 부드럽고 빠르게 지나갔어. 그는 톰 당신과 닮은 곳이 많아. 비즈니스에 대한 집중력은 말할 것도 없고, 한국에 대해 태생적이랄 수 있는 깊은 애정을 갖고 있어."
"참 잘됐어. 일이 잘되려니까 제때에 훌륭한 사람이 나타난 거야."
"또 하나의 딱딱 맞아떨어지는 직소우 퍼즐(Jigsaw Puzzle)이랄까?"

그들은 명명식 절차를 들여다보았다. 항상 해 오던 것보다 간단하였다. 술이 곁들이지 않는 소박한 식단은 모든 절차를 단순하게 하였다. 더욱이 남자들만의 행사여서 복잡한 수식이 없었다. 우선 명명식 전날의 제리의 밤(Jerry's Night)이 제외되었다. 명명식 뒤의 선주 주최 공식 만찬도 생략되었다. 따라서 2월 1일 화요일 열 시 명명식, 열두 시 명명 오찬, 오후 두 시 클랜시의 선박 인수, 오후 네 시 그 선박을 클랜시가 셰이크에게 다시 인도하는 업무적인 절차가 전부였다. 맥주도 마시지 않았다. 셰이크에게 술 냄새를 풍기지 않으려는 배려였다. 클랜시가 지어낸 음성으로 투덜거렸다.

"그러나저러나 '제리의 밤'이 없는 명명식을 어떻게 받아들이지?"

저녁 여덟 시 호텔 특별 식당에서 만찬이 있었다. 클랜시가 초청하는 약식 선주 만찬이다. 비공식 모임이지만 조선소의 최 사장, 셰이크 아흐메드, 클랜시, 한스 브란트, 재현 그리고 선호가 참석했다. 셰이크가 서울에서 조선소까지 오는 지난 이틀 동안의 자동차 여행을 소상히 설명했다. 그는 신라에 대한 관심을 언뜻언뜻 내비쳤다. 선호가 셰이크에게 말을 걸었다.

"셰이크께서 신라에 관한 흥미를 보이시니 옛 신라 땅에서 일하는 우리에게 셰이크는 더 가까운 분으로 느껴집니다. 그런데 이 테이블에는 신라인의 환생으로 오해받고 있는 사람이 또 한 분 있습니다."

셰이크는 재현을 건너다보았다. 그러나 선호는 클랜시를 가르켰다.

"톰이야말로 전생에 신라 사람이었던 것이 틀림없습니다. 신라 문화를 사랑하고 신라인의 사고방식에 집착하고 있는 분입니다."

셰이크는 놀랐다는 듯 그의 맑은 눈을 크게 떴다. 클랜시가 선호의 말을 받았다.

"선호는 나를 신라 사람이라고 부릅니다. 나는 그것을 기쁘게 받아들입니다. 그렇게 나는 신라가 좋아요. 틈이 나면 경주에 있는 신라의 작은 야산을 방문한답니다. 마치 순례하듯이 말이죠. 거기 가면 막혔던 생각도 터지고 새로운 영감이 솟아나지요."

셰이크가 반색을 했다.

"미스터 리가 신라 문화에 정통한 사람이고 나 또한 거기 심취하고 있으니 이 모임을 신라 동호회쯤으로 불러도 되겠군요."

최 사장이 조용히 동의했다.

"이 사장님은 조선소 근무할 때 그의 신라 탐험으로 유명했습니다. 시간이 나면 경주 인근을 구석구석 뒤지고 다녔지요. 이 사장님을 따라다니는 모임까지 있었답니다."

만찬은 한 시간 반 정도 지나 끝났다. 만찬은 신라 이야기로 시작해서 신라 이야기로 끝났다. 다음에 기회가 되면 신라 탐험을 함께 하기로 약속했다. 셰이크가 그의 방으로 간 뒤 재현과 클랜시, 브란트가 커피숍으로 가서 급히 맥주를 시켰다. 지하 카페보다 조용하고 밝아서 좋았다.

브란트는 재현과 지난 이십여 년 간 여러 프로젝트를 같이하였다. 재현이 조선소에 있을 적에는 선박 신조 협상을 하였고 조선소를 그만둔 뒤에도 제법 여러 프로젝트에서 재현은 브로커 역할을 하였다. 클랜시가 브란트에게 물었다.

"내일 선박 인도에 문제가 있나? 없지?"

넓은 어깨에 큰 머리, 착한 표정의 브란트는 팔을 활짝 펴며 온몸으로 대답했다.

"모든 것은 잘 마무리되었어. 문자 그대로 알레스 클라야."

'저 친구는 잠수함 함장 출신이다.' 재현은 브란트를 처음 보았을 때 그런 인상을 받았다. 만날 때마다 그 느낌은 더욱 확고해졌다. 그의 얼굴은 모든 사람을 껴안는 넓은 포용력을 보이고 있지만 그의 눈은 아주 사소한 일도 놓치지 않는 날카로움을 갖추고 있다. 물 밑에 숨어 있는 잠수함, 물 위에 떠 있는 모든 배들이 눈에 불을 켜고 그 존재를 탐색하는 잠수함을 운용하는 함장, 컴퓨터 같은 날카로운 판단으로 자신의 존재는 숨기고 상대방의 약점을 정확하게 찾아내어 확실하게 공격 방법을 찾아가는 잠수함 함장, 물 밑 생활에 넌더리를 내는 승선인원들을 따독거리는 가슴이 넓은 대장이다.

클랜시는 독일 해운 시장의 움직임에 대한 궁금한 일이 많았다. 브란트에게 물었다.

"요즈음 일이 무척 많다고 들었어."

브란트는 서슴지 않고 대답했다.

"정신 없이 폭주하고 있어. 우리가 관리하는 선박이 곧 60척을 넘어설 것 같아."

독일의 해운 시장은 유럽의 여러 나라와 다른 점이 있다. 유럽의 다른 나라 해운회사들은 오랜 전통을 지닌 가문(家門)들이 주동이 되어 운영 계획을 세우고, 자금을 동원하고, 배의 기술 사양을 결정하고 조선소를 선정해서 그들 책임 아래 선박 신조 계약 전체를 관리하여 왔다. 그러나 독일 해운 시장은 KG(Kommandit Gesellschaft, 유한 책임회사) 선박 금융이 이끌었다. 소액 주주들의 투자를 모은 KG 금융으로 배를 지었다. 독일은 세계에서 가장 복잡하지만 잘 정리된 세법(稅法)을 가지고 있다. 고소득자들, 특히 투자가들, 회사의 간부급 사원들, 기업가, 변호사, 의사, 약제사들은 소득의 최고 50퍼센트가 넘는 금액을 세금으로 물어야 한다. 세금이 높지만, 만일 그 소득을 산업에 투자하면 투자 금액에 대한 세금 감면의 큰 혜택이 마련되어 있다. KG는 그 투자자금을 모아 배를 짓는데 사용하는 제도이다. KG 자금으로 해운회사를 설립하는 데는 조건이 있다. 선박 운영, 선원 관리, 기술 관리는 독일의 기업이 담당하고 선급(船級)은 독일 선급이어야 하며 회사의 설립과 운영에는 독일법이 적용된다. 독일의 돈이 독일인에 의해서 관리되고 독일인의 고용을 보장하게 하자는 것이다.

그것은 인기 있는 투자 방법이다. 은행이 선박 건조를 위한 투자 모집 공고를 내면 아침부터 투자자들이 은행 밖으로 긴 줄을 서서 자기 차례를 기다리곤 했다. 그래서 다른 유럽의 전통적 선주들은 독일에서 지은 배들을 약제사들의 배, 의사의 선단(船團)이라고 비아냥거리기도 한다. 2000년 들어서면서 선박 시장이 활성화되었다. 그전 1조 원 정도에 그치던 자금이 2000년 들어서면서 5조 원 넘게 선박 금융으로 몰려들었다. 선박 관리만 독일 회사가 하면 배의 건조는 어느 나라에서 해도 좋았다. 한국도 KG 금융을 활용하는 많은 선박을 건조하게 되었다. 브란트는 독일의 선박 관리회사 중에도 가장 크고 활발한 회사의 최고 경영자이다.

클랜시가 물었다.

"그래 그 많은 선박의 선원들을 어떻게 충당하나?"

"옛날에는 사관이건 선원이건 독일인으로 승선 인원을 구성했는데 점점 독일인 뱃사람을 구하기가 힘들어졌어. 80년대 중반까지 한국 사관들과 선원들이 고용되었지."

클랜시가 덧붙였다.

"그때 세계의 좋은 배는 한국의 해양 대학을 나온 우수한 사관들과 선원들이 관리를 했었지. 그때는 한국 선원이 없으면 세계의 해운 회사들이 문 닫을 지경이었어."

브란트가 계속했다.

"80년대 말로 들어서며 한국에서 노동운동이 일어나고 그것이 해외 선원들에게도 영향을 미쳤지. 급격한 작업 조건 개선과 임금 인상에 대한 요구가 시작되었어. 그 뒤로 한국 선원들은 세계 해운 업계에서 밀려났어. 그 대신 좀 봉급이 높긴 해도 유럽인 사관(士官)을 쓰고 대신 영어가 통하는 값싼 인도, 필리핀 선원들을 고용해서 승선 인원을 짜기 시작했지. 그런 선원 구성으로 지금은 지낼 만하게 되었어."

클랜시는 은근히 브란트로부터 시장에 관한 지혜를 얻으려 했다.

"한스, 그래 선대를 계속 키워 나갈 거야?"

"그건 내가 결정할 일이 아니지. 은행이 결정해야지. 세상에 돈이 많이 풀리고, 수입이 좋은 사람들은 세금 피난처를 찾아다니고, 은행은 안전하고 수익성이 좋은 투자처가 선박이라고 확신하는 한, KG 선박 금융의 기세는 수그러들지 않을 거야."

"그래 이 시장의 활기는 얼마만큼 더 지속될 것 같아?"

"선대가 확장될 것만은 확실해. 얼마나 더 늘어날 것이냐? 그건 톰, 당신이 더 잘 알잖아? 요즈음 독일의 KG 금융은 작은 컨테이너선에 집중하고 있어. 선박의 단가가 낮으니까 돈을 모으기도 쉽고, 또 유럽 근해에서 운항하는 배들이어서 영업성과를 확인하는데도 편리한 점이 있어."

클랜시는 대화의 열기에 찬물을 끼얹었다.

"한스, 그런데 말이야. 이 열화 같은 붐이 언젠가 딱 끝날 것 같다는 느낌은 들지 않나?"

브란트는 호인다운 제스처를 멈추고 날카로운 눈초리로 클랜시의 표정을 탐색했다.

"왜 그런 조짐이 보이나?"

"아니, 그런 것은 아니고 너무 가파르게 오르니 걱정이 돼서 말이야."

"아직은 이 거센 기세가 꺾이지 않고 한동안 지속될 것이다, 그렇게 바라고 있어. 나의 바람이야."

2.

이틀 동안 알코올을 입에 대지 않았던 재현은 맥주에 빠져들었다. 두 사람의 대화를 듣기만 하던 재현이 대화에 끼어들었다.

"한스, 독일에서 선박관리회사의 역할은 무엇이라고 정의할 수 있나?"

"선주가 하는 일을 다 하고 있지. 물론 소액 투자가들의 돈을 모은 은행이 실질적인 선주이지만 선박의 크기, 기술 사양, 선박 건조 계약 사항뿐만 아니고 용선 문제까지 거의 전권을 가지고 결정을 하고 있어."

클랜시가 반박했다.

"그러나 정통적인 유럽의 해운 회사와 다른 점이 많아. 독일 KG

선박에는 임자가 없어. 선박의 운영에 자신의 운명을 거는, 궁극적인 책임을 지는 주인이 없는 거야. 주인 의식이 느슨해서 결정적인 순간에 결정적인 판단을 내릴 타이밍을 놓칠 수 있고 사운에 목숨을 거는 책임감도 떨어지지."

브란트가 동의했다.

"그렇게 보일 수도 있지."

클랜시가 가볍게 브란트에게 시비를 걸었다.

"한스, 너무 잘난 체하지 마. 이번 딜은 땅 짚고 헤엄치기였어, 그렇지 않아? 선주가 좋은 배를 완성시켜 갖다 줘, 확실한 화물도 확보되어 있어, 한스는 선원들 데리고 배만 끌고 다니면 되잖아?"

"사실 그런 점은 있어. 그러니 해운 회사로서의 성취감이나 비즈니스를 따라 다니는 긴장감 같은 것은 제로야. 그런 의미에서 재미가 없다고 보아야지. 그러나 얼마나 안정된 거래야. 화물 걱정하지 않아도 되고 선박의 건조에 따르는 복잡한 긴장도 없고, 고정 수입이 확보된, 톰 자네 말처럼 땅 짚고 헤엄치기가 이런 것인가?"

재현이 끼어들었다.

"셰이크 아흐메드의 원대한 꿈은 그가 생각하는 것처럼 현실화될 수 있을까?"

브란트가 확신을 가지고 대답했다.

"그의 꿈은 아랍 세계 전체의 꿈이야. 땅에서 퍼내는 석유에 모든 것을 걸었던 과거로부터 벗어나 미래의 먹거리를 만들어 보겠다는 시도의 첫걸음이지. 셰이크 아흐메드 정도의 사람이라면 능히 이루어 낼 수 있는 일이야. 나는 그의 성공을 확신해."

밤이 깊어서야 그들은 그들의 침실로 돌아갔다.

3.

2월 1일 아침 열 시, 손님들이 탄 승용차들은 호텔을 떠나 명명식장으로 향했다. 단 한 척으로 끝나는 선주의 명명식이지만 조선소는 크게 신경을 썼다. 최 사장이 셰이크 아흐메드와 함께 선도차를 탔고 선호가 부사장의 차에 동승했다. 아랍 측 중역들의 차에 조선소의 중역들이 한 명씩 동승했다. 재현과 클랜시는 마지막 자동차에 타고 뒤따랐다. 조선소가 모든 일을 진행시켰기 때문에 재현이나 클랜시는 앞에 나서서 할 일이 없었다. 그들은 셰이크에게 아는 체하지 않고 멀찍감치 떨어져서 따라다녔다. 아랍 측 손님들은 그들의 전통적 복장이 아니라 양복을 입었다. 양복의 색깔과 스타일이 각각이고 더구나 넥타이 색은 다양했다. 그들의 전통적 복장을 하고 나오리라 생각했던 사람들에게는 무언가 어색한, 잘 조화가 이루어지지 않은 차림이었다. 셰이크 아흐메드는 잘 재단된 검은색 양복에 흰 셔츠로 말끔히 차려입었다.

셰이크는 모든 것이 만족스럽다는 표정을 짓고 있었다. 그는 모든 조선소 관계자들과 클랜시의 기분에 맞추려 노력했다. 최 사장이 다정하게 물었다.

"우리 조선소에 처음 오시는 거죠?"

"네, 조선소뿐 아니라 한국을 처음 방문하는 것입니다. 그러나 앞으로 자주 올 것 같다는 예감이 듭니다. 또 자주 와야겠다는 생각도 하고요."

"고맙습니다. 우리 조선소는 사업 업종이 다양하고 규모가 커서 귀사가 계획하는 모든 프로젝트에 알맞는 파트너가 될 수 있을 것입니다."

"저도 그 말에 동의합니다. 앞으로 많이 도와주시기 바랍니다."

셰이크의 겸손한 자세에 최 사장도 화답했다.

"언제든지 불러 주십시오. 정성껏 봉사하겠습니다."

조선소를 한 바퀴 돈 뒤 군악대가 신나게 행진곡을 연주하고 있는 명명식장에 도착했다. 늘 여자가 하는 대모 역할을 셰이크가 했다. 도끼로 명명블록을 내리치기 전 그는 짧은 연설을 하였다.

"이 위대한 조선소에 오기까지 제법 시간이 걸렸습니다. 그러나 다시 오는 시간은 오래 걸리지 않을 것입니다. 지혜로운 선생님 대하듯이 문제가 생겼을 때 서슴지 않고 찾아오겠습니다. 귀찮게 군다고 야단치지 마시고 잘 가르쳐 주시기 바랍니다."

조용한 음성이었고 그의 진심이 담겨 있었다. 명명식 내내 그의 진솔한 성의가 분위기를 이끌었다.

명명식을 마치고 배 위를 둘러보는 동안 셰이크는 최 사장과 함께 했다. 셰이크는 적절한 농담으로 조선소 관계자들의 긴장을 풀어주었고 분위기를 부드럽게 이끌었다.

조선소의 명명식 오찬은 영빈관에서 열두 시 조금 지나 시작되었다. 실질적인 선주는 아랍 측이었지만 그때까지 클랜시가 법적인 선주였다. 그는 명명식에서 늘 하듯 능숙하게 선주 역할을 담당했다. 의미 있는 선물도 많이 준비해서 조선소, 아랍 측, 부품 납품업자,

선급 관계자들에게 고루 나누어 주었다. 그러나 그는 선주 연설만은 셰이크 아흐메드에게 양보했다. 셰이크는 주저하지 않고 마이크를 잡았다. 그의 감동적인 연설이 시작되었다.

"최 사장님, 클랜시 회장님, 이재현 사장님, 그리고 여러 존경하는 참석자 여러분, 저는 오늘 주체할 수 없는 감동을 가슴에 안고 이 자리에 섰습니다. 이 조선소는 우리의 미래를 함께 열어 갈 능력을 갖춘 이 세계 단 하나의 파트너입니다. 그런데 저의 감동은 현재나 미래에 대한 것만이 아닙니다. 오랫동안 제 마음속에 꿈꾸어 왔던 동방과 얽힌 아랍의 오랜 과거 역사를 제 눈으로 확인하자는 것입니다. 우리 아랍인들은 이 땅에서 이천여 년 전 번영을 누렸던 신라 왕국에 대한 동경을 품고 있습니다. 옛날 아랍인들은 세상에 두 개의 이상향(Utopia)이 있다고 믿어 왔습니다. 하나는 대서양에 가라앉은 전설의 땅 '아틀란티스(Atlantis)', 또 하나는 아득한 동방에서 살아 숨 쉬는 꿈의 나라 '신라'였습니다. 중세 아랍 지리학의 거장이 그린 세계 지도에 신라가 그려져 있습니다. 그때 일본은 그 지도에 존재하지도 않았습니다."

바다 뱃길을 열어 장사를 하던 아랍 뱃사람들에게 신라는 안식과 풍요의 땅으로 알려져 있었다. 그들은 기록했다.

'신라는 황금의 나라, 지붕은 기와로 덮였고 집 안은 금으로 수놓은 천으로 단장했으며 금으로 된 식기를 쓰고 심지어 개의 쇠사슬도 금으로 만든다.'

그리고 덧붙였다.

'신라의 공기는 깨끗하고 물이 많고 토질이 비옥하다. 마당에 물을

뿌리면 용연향 냄새가 난다. 전염병이나 질병이 드물고 불구자를 볼 수 없다.'

열사의 사막에서 거친 삶을 영위하는 사람들, 거기다 해상 무역에 나서 거센 풍랑에 지친 아랍인들에게 신라의 따뜻한 풍토가 이상향으로 비친 것 같다. 아랍인들의 9세기 기록에는 신라 사람들을 이렇게 묘사하고 있다.

"신라인들은 세상에서 가장 아름다운 외모를 지니고 있다. 문화 수준이 높고 윤리와 도덕성이 확고해서 아랍인의 선망의 대상이었다."

그들은 신라를 그들의 최고의 물산 교역의 대상으로 삼아 먼 길을 마다 않고 비단, 검(劍), 사향, 말안장 흑담비, 오지 그릇, 계피 등을 실어 날랐다고 했다.

'신라인들은 성격이 양순해서 외국인을 편하게 받아들인다. 그러니 거기 상륙하면 정착하게 되고 떠나고 싶은 생각이 없어진다.'

셰이크 아흐메드도 부피가 큰 선물을 준비했다. 최 사장에게는 커다란 아랍의 청동제 찻주전자, 클랜시에게는 칼집에 옥돌이 박힌 아랍 칼을 선물했다. 많은 사람들에게 골고루 크고 작은 선물이 돌아갔다. 그리고 마지막으로 재현을 불렀다.

"저는 이번 여행에 형제보다 더 가까운 친구를 얻었습니다. 그분은 내게 한국을 소개하였고 저는 한국으로부터 받은 감동에서 빠져나올 수가 없습니다."

그는 종이 상자에서 아랍 전통의상을 꺼내었다. 재현을 위해 준비한 선물이 없었던 것 같다. 그는 그가 입고 있던 아랍의 정장을 호텔에 부탁해서 밤새 세탁하고 다려서 가져 나왔다. 그는 재현이 입은 양복 위에 그의 검은색 겉옷, 흰색 두건, 그리고 머리 끈까지 씌웠다. 잘 맞았다.

"그는 신라인의 후예입니다. 아랍 옷을 입은 신라인, 아랍의 파트너입니다."

감동하지 않을 수 없었다. 재현은 셰이크를 껴안고 그의 왼쪽과 오른쪽 뺨을 차례로 갖다 대고 비볐다.

명명식 오찬을 끝낸 뒤 헤어지기 전 최 사장이 재현에게 다가와 그날의 감동을 나누었다. 여러 조선소 최고 경영자들이 연말 결산을 하며 적자에 대한 책임을 지고 퇴임했지만 최 사장은 자리를 지켰다. 그의 흔들리지 않는 성품 탓이다.

"셰이크 아흐메드는 참 존경스런 사람이지요? 법도에 어긋나지 않고 그러면서도 사람들 마음을 푸근하게 풀어주는."

"최 사장님도 그렇게 보셨군요. 저도 이번 프로젝트에 관련되면서 그분에게 푹 빠진 사람입니다. 그의 세상사에 대한 넓은 식견과 사람들에 대한 깊은 배려 때문일 겁니다. 그는 편 가르기보다 포용하고 화해하는 스타일입니다. 이제 해운업에 관련이 되었으니 이 산업에도 큰 공헌을 할 사람입니다. 그의 고국, 나아가서 세계 전체에 큰 도움을 줄 사람이라고 생각합니다."

"그런데 이 사장님, 어떻게 그런 분과 그렇게 아름다운 인연을 맺을 수 있습니까? 정말 부럽습니다."

"그러게 말입니다. 저도 지금 어리둥절합니다. 좋은 회사를 다녔고 최 사장님 같은 분이 늘 밀어주시는 덕분이 아니겠습니까?"

재현은 최 사장이 셰이크와 닮은 곳이 많다는 생각을 하였다.

선박의 인도는 명명식 오찬이 끝나고 바로 영빈관의 별실에서 클랜시와 조선소 사이에 이루어졌다. 늘 하던 대로 인도 서류에 서명을 하고 마지막 잔금이 지불되었다. 명명식 뒤 배를 시찰했을 때 배 뒤쪽의 국기 게양대에 있던 태극기는 이미 내려졌고 벨기에 국기가 대신 올랐다.

클랜시와 셰이크 아흐메드 사이의 선박인도 절차를 위해 관계자들은 자리를 옮겼다. 영빈관에서 나와 호텔의 특실에 자리 잡았다. 셰이크 아흐메드와 그의 변호사들, 클랜시와 관계자들, 브란트, 선호, 재현 등이 참석했다. 재현과 선호는 참고인으로 업무의 진행에서는 좀 떨어져서 지켜보았다. 두꺼운 인도 서류들은 이미 몇 번씩 검토해 둔 것이어서 클랜시와 셰이크 아흐메드가 서명하는데 시간이 걸리지 않았다. 서명이 끝나고 선박 대금이 클랜시의 은행 계좌로 입금된 것이 확인되었다. 국기의 교환을 참관하겠느냐고 선호가 물었다. 아흐메드와 클랜시는 눈을 맞추고 동시에 동의했다. 선호가 요트를 준비해서 바다로 나가 출발 준비를 끝낸 배에 승선했다. 배의 끝에 서 있는 국기 게양대에서 벨기에 국기가 내려지고 사우디 국기가 올라갔다. 물이 흐르듯 순조롭게 모든 순서가 마무리되었다. 담담한 셰이크도 감동했다. 배에서 내려와 요트가 움직이기 시작하자 그는 절벽처럼 그를 마주하고 있는, 이제는 그의 것이 된 선박의 외벽을 올려다보며 두 손을 모아 경건하게 기도를 하였다. 그리고 재현의 어깨를 감쌌다.

"이것이 소위 그 유명한 한국의 효율성이라는 것입니까?"
클랜시가 대답했다.
"그렇지요. 그 효율성의 매력에 빠지면 헤어 나오기 어렵지요."
셰이크는 조용히 웃었다. 재현도 따라 웃었다.

4.

저녁은 셰이크가 초청하는 만찬이었다. 호텔에서 신경을 썼다. 율법이 금지하지 않는 식단으로 간소하게 차려졌다. 술이 없고 제한된 숫자의 남자들만 함께하는 모임이어서 떠들썩하지 않았고 차분하고 진솔한 비즈니스 대화를 나눌 수 있는 분위기였다.
"이 조선소가 아랍 국가에 몇 척이나 배를 지어 공급했지요?"
셰이크가 물었다. 최 사장이 대답했다.
"조선소가 준공되고 처음 순조롭게 시작을 했지만 곧 초대형 유조선 주문이 끊어지고 조선소는 내일을 내다볼 수 없는 어려운 시절을 맞았습니다. 그때 아랍의 여섯 나라가 합자해서 만든 아랍 연합해운(UASC)이 우리 조선소에 스물네 척의 다목적 화물선을 주문을 했습니다. 값비싼 고급 사양의 배였고 현금 지불 조건이었습니다. 그것은 빈사상태에서 허덕이던 조선소를 살리는 생명수 역할을 했답니다. 그런 뒤 끊임없이 아랍 국가로부터의 선박 주문이 계속되었습니다."
"문제는 없었습니까?"
"대부분 아랍의 수요에 맞춘 특수선들이었습니다. 아랍 측의 사업 목적에 잘 부합되었고, 배들은 복잡한 구조를 지녔지만 그 수명을 다할 때까지 조그만 기술적인 문제점도 없었습니다."

최 사장이 재현을 대화에 끌어들였다.

"그때 영업은 저기 이재현 사장님이 맡으셨지요."

셰이크는 테이블 너머로 그윽한 미소를 재현에게 보냈다.

조선소 측 참가자들이 집으로 돌아가고 아랍 측 손님들도 방으로 올라갔다. 재현과 클랜시는 커피숍에 앉아 맥주를 시켰다.

"아랍과의 사업은 다 좋은데 이 맥주 한 잔 없는 것이 딱 섭섭하단 말이야."

그들은 하이트 생맥주를 제일 큰 잔으로 시켰다. '하이트 인 타이드(Hite in Tide)'를 몇 번 반복하고 나서 갈증은 좀 해소되었다. 재현이 말문을 열었다.

"커다란 매듭을 순조롭게 풀어내었구만. 전체 여섯 척 중 세 척을 순조롭게 넘겼으니 이제 다리 주욱 뻗고 잘 수 있겠지?"

"모두 제리 덕이야. 제리가 적절한 시기에 적절하게 도와주어서 엄두를 낸 일인데 그 결말이 너무나 아름다워." 클랜시가 계속했.

"그래 이렇게 매듭이 지어지고 나니까 끝났다는 생각이 드는구먼. 지난 시월 말 런던에서의 악몽을 생각하면 어떤 일도 '끝날 때까지 끝난 것이 아니다'라는 말이 절감되었어. 이제 정말 끝났지? 이제 우리 프로젝트도 아름다운 결말을 맺은 셈이지?"

"참 좋은 사람이야, 셰이크 아흐메드 말이야. 그의 장점은 그 자신의 말에 대해 책임을 진다는 사실이야. 그가 말을 하면 모든 사람들이 그의 말을 믿게 되어 있어. 그것이 그의 최대의 강점이야."

"그 사람이 그 자리에 오래 있기를 바랄 뿐이야. 회사를 위해서도 그의 조국을 위해서도 그는 반드시 거기 있어야 돼."

"그는 오래 거기 있을 거야. 그는 신중한 사람이어서 그가 나무 위에 있는 동안 사람들이 그를 흔들어 떨어뜨릴 빌미를 제공하지 않아. 그러나저러나 그는 아랍세계와 한국을 연결하는 큰 그림을 그리는 것 같고 그것을 제리와 연결시켜 현실화하려는 확고한 의지를 보이고 있잖아? 앞으로 좋은 일이 이루어질 때 나를 잊으면 안 돼."

재현은 웃으며 고개를 끄덕였다.

"그의 신임을 얻었다는 것은 영광이지만 큰 짐이기도 해. 성심을 다해야지. 최선을 다해야지."

다음 날 모두 떠나는 날이다. 재현도 일찍 일어나 짐을 챙기고 아침밥 먹으러 식당으로 가려는데 호텔 방 전화벨이 울렸다. 셰이크 아흐메드였다.

"이 사장님, 아침 드셨습니까?"

"지금 먹으러 가려고 합니다. 아침 드셨습니까?"

"우리 식구들과 따로 먹을 생각입니다. 청이 하나 있습니다. 혹시 이 사장님과 둘이서 어제 명명식 오찬을 했던 영빈관에 다녀올 수 있을까요?"

셰이크의 호텔 출발 시간은 오전 열한 시로 잡혀 있다. 아침 시간은 충분했다.

"물론이지요. 아침을 끝내고 아홉 시쯤 차를 호텔 현관에 준비시키겠습니다."

"좋습니다. 그때 뵙겠습니다."

재현은 선호에게 부탁해서 자동차를 준비시켰다.

그들이 탄 차는 분주하게 하루의 작업을 시작한 소란한 조선소의 작업장 사이를 뚫고 영빈관으로 향했다. 십 분도 걸리지 않았다. 그들은 별실 식당의 바다 쪽에 자리를 잡고 앉았다. 바닷가 한적한 별장에 와 앉은 기분이었다. 재현은 셰이크가 입을 열기를 기다렸다. 그는 천천히 부드러운 어조로 입을 열었다.

"조선소를 떠나기 전에 이 사장님과 이야기 나눌 시간을 갖고 싶었습니다. 이런 자리를 마련해 주셔서 감사합니다."

재현은 대꾸를 하지 않았다.

"특별한 이야기는 없습니다. 우리가 서울로부터 차를 타고 오는 동안 이 사장님이 말씀하셨지요? 한국의 역사는 박정희 대통령 이전과 이후로 나누어서 보아야 한다고요. 박 대통령 이전의 한국 역사는 오는 길에 보고 배웠습니다. 울산 조선소를 보면 그 이후의 역사를 명확하게 보게 될 것이라고 생각했습니다. 제 생각대로 되었습니다. 한국에 대한 명확한 그림이 제 머릿속에 정착되었습니다. 이 사장님을 만난 것은 제게 행운입니다. 앞으로 살아가는 동안 서로 마음을 통하며 함께 지낼 수 있겠다는 생각을 하였습니다. 그러나 저는 이 사장님에게 어떤 부담을 드릴 생각은 없습니다."

셰이크는 계속했다.

"저는 그동안 한국에 대해 여러모로 공부를 하였습니다. 공부를 할수록 한국은 제게 신비스러운 나라입니다. 한국에는 천만 명이 넘는 불교도와 크리스천이 자연스럽게 공존하고 있습니다. 이슬람교의 모스크도 편견 없이 개방되고 있습니다. 세상에 이렇게 개방적인 나라는 흔치 않습니다."

재현은 멀고 넓게 펼쳐진 바다를 바라보았다. 셰이크도 바다에 시선을 모았다.

"저는 벌써 여러 번 말씀을 드렸지만 하나의 꿈을 가지고 있습니다. 나의 조국을 위한 꿈입니다. 우리는 지금 신이 내린 축복으로 살고 있습니다. 땅에서 솟아오르는 기름으로 풍요를 누리고 있습니다. 그러나 거기에 의존해서 무위도식한다는 것은 신의 뜻에 어긋나는 일입니다. 우리는 우리 자손들을 먹여 살릴 미래를 창조하여야 합니다. 우리와 함께 그 꿈을 함께 실현할 수 있는 나라는 한국이다, 그런 결론을 내렸습니다. 저는 그를 위해 이 사장님을 나의 파트너로 삼은 것입니다."

재현은 그 꿈이 어떤 것인지 묻지 않았다. 셰이크가 설명할 때까지 기다렸다.

"바다가 참 좋네요. 옛날 우리 선조들이 꿈꾸던 신라의 바다입니다. 아라비아로 향하는 바닷길입니다."

그들은 함께 바다에 시선을 모으며 대화를 잠시 중단했다.

"저는 아직 제 꿈의 내용을 떠벌리고 싶지 않습니다. 그것을 집행하는 데는 거쳐야 할 절차가 있기 때문입니다. 그러나 그것이 집행될 때 저는 이 사장님의 적극적인 도움을 기대합니다."

재현은 무겁게 입을 떼었다.

"이번 짧은 만남을 통해 저는 이미 셰이크 아흐메드의 분에 넘치는 개인적인 신뢰를 받았습니다. 셰이크의 일이라면 제 성심과 성의를 다 바칠 각오를 하고 있습니다."

그들은 한동안 입을 다물고 멀리 바다를 바라보다가 호텔로 돌아왔다. 그들은 마치 오래 함께한 피붙이처럼 서로의 마음을 열어 놓았다.

셰이크 아흐메드는 그의 일행과 함께 아침 열한 시 울산 공항으로 떠났다.

재현과 클랜시는 간단히 점심을 마치고 떠날 준비를 하였다. 선호가 작별 인사를 하러 호텔에 왔다. 차가 출발하기 전 선호는 클랜시에게 다시 투정을 부렸다.

"이제 배가 한 척밖에 남지 않았는데 이렇게 프로젝트를 끝낼 거예요?"

클랜시가 달랬다.

"다음 프로젝트를 생각 중이야. 그림이 그려지는 대로 연락할게."

"어떤 그림인데요."

"그건 지금 나도 마무리 짓지 못했어. 곧 명확한 그림이 나올 거야. 아무것도 하지 않고 이 소중한 인생을 허송할 수는 없지 않아?"

선호가 고삐를 늦추었다.

"마지막 명명식 그림은 그려졌어요?"

클랜시가 대답했다.

"오월 첫 금요일이 되겠지? 그것도 거의 구상은 이루어졌는데 마지막 손질이 필요해. 브뤼셀에 돌아가는 대로 알려줄게."

선호는 그쯤에서 클랜시와 작별 인사를 나누었다. 재현에게 말했다.

"이번에도 수고 많으셨어요. 그리고 이번 아랍 커넥션을 마무리 지은 것 축하드립니다. 아무나 이룰 수 없는 특별한 성공이었어요. 앞으로 많은 일이 따라오리라 생각합니다. 저희들도 잘 준비하겠습니다."

 조선소를 떠난 뒤 자동차 속에서, 비행기 탑승 수속을 하는 동안, 그들은 아무 말도 나누지 않았다. 이번 프로젝트가 남긴 여운이 그들을 각자의 생각에 잠기게 하였다. 말을 하면 그 여운의 향기가 날아갈 것 같았다. 비행기에 오르자 클랜시는 마치 화난 사람처럼 몸을 의자에 파묻은 채 눈을 감았다. 곧 잠이 들었다. 재현도 피곤했다. 나른하게 잠에 묻혔다.

 그들이 대화를 나누기 시작한 것은 김포공항과 인천공항을 연결하는 버스를 탄 다음이었다. 클랜시의 목소리에 생기가 되살아났다. 클랜시는 한숨을 쉬며 입을 열었다.
 "지난 시월 말, 그 생각하기도 끔찍한 일을 당하고 여기까지 왔어. 몇 년이 지난 것 같아. 내가 생각해도 이것은 대단한 일이야. 우리의 파트너십이 이루어 낸 대반전이었어. 우리의 파트너십은 이제 완벽해졌다고 할 수 있지? 어떤 어려운 일이라도 해낼 수 있을 것 같아."
 "우리의 파트너십이 이끌어 낸 것이 아니고 톰이라는 사람의 건전한 상식과 간절한 성심이 하늘에 통한 거야. 이젠 축하한다는 말이 너무 진부하게 느껴지는구만. 그동안 정말 애썼어."
 "애쓴 것은 제리 당신이지. 더욱이 이번 셰이크 아흐메드와의 개인적인 친분은 여러 가지 의미를 갖고 여러 형태의 미래를 만들어 나가게 될 것 같아. 정말 쉽게 흔들릴 것 같지 않은 진실한 신뢰가 구축되었어."
 "나도 셰이크 아흐메드의 깊은 마음에 어떻게 보답해야 할지 고민스럽기까지 해. 진솔한 마음으로 얕은 꾀 부리지 않고 사귀어야겠지."

5.

잠깐 침묵이 흘렀다. 이번에도 클랜시가 침묵을 깼다.

"지난 2002년 프로젝트를 시작할 때 무척 마음을 졸였었지. 그런 뒤 프로젝트가 시작되고 나서 걱정은 서서히 사라졌어. 프로젝트에 정신없이 끌려다녔다. 프로젝트가 자리 잡히고 시장이 호전되면서 흥분의 도가니에 빠졌지. 그러나 폭발하는 시장은 또 다른 여러 가지 혼란을 가져왔어. 우리는 모두 이겨 내었어. 그러다 보니 어느새 마무리를 지어야 할 시간이 왔구먼."

"마무리를 지을 시간이라기보다 다음 단계를 위한 시작의 시간이라고 해야 옳은 말이겠다."

"그래 그 말이 그 말이야. 그런데 요즈음 서서히 딴 생각이 들기 시작하는 거야. 돈보다 비즈니스보다 중요한 것이 인생에는 아주 많다는 생각이 들어."

"이번 프로젝트로 너무 많은 돈을 벌어서 비즈니스에 흥미를 잃었다는 이야기는 아니겠지?"

클랜시는 재현의 어깨를 껴안았다.

"일에 흥미를 잃을 수야 없지. 그래 돈을 벌었지. 그러나 그것은 다 쓰일 데가 있어. 하느님이 그 쓰일 곳을 정해 주실 거야."

클랜시가 갑자기 생각났다는 듯이 물었다.

"역사 연구회 말이야. 이제 연구생들이 영국으로 떠날 때가 되었지?"

"그래 곧 떠날 거야. 대학교의 기숙사도 정해졌고 학사 일정도 모두 갖춰졌어. 모두 톰이라는 따뜻한 손이 있어서 가능한 일이었어."

클랜시의 목소리가 차분해졌다.

"나의 작은 생각이 그 큰 움직임에 도움을 주었다고 생각하면 온몸의 땀구멍이 흥건해질 지경이야. 물론 그건 인숙의 발상이었지. 그런데 그것은 반드시 지속되어야 할 운동이야. 가만히 생각해 보니 돈 몇 푼 던져 놓고 나 할 일 다했다 하고 뒤로 물러날 일은 아닌 것 같아. 나는 이 숭고한 사업에 계속 내 손을 담그겠어. 매년 연말 오십만 불을 계속 지원할 작정이야. 갑자기 너무 많은 돈을 낸다고 하면 또 이상해질 것 같고. 그 정도면 모두가 편안하게 받아들일 수 있는 수준이라고 생각해. 더 필요한 경우를 생각해서 늘 얼마간 예비금을 준비해 둘게."

재현의 눈에 눈물이 고였다.

"톰, 고마워. 나도 해마다 조금씩 출연을 할 생각을 하고 있어. 톰, 이 역사 연구회 재단 이사장을 맡아 줄 수 없겠나? 그러면 국내의 불필요한 잡음을 잠재우는 효과도 기대할 수 있고 연구회 자체의 세계성도 갖출 수 있지."

클랜시는 한마디로 거절했다.

"놉(Nop), 제리, 당신은 나의 대답을 이미 알고 있어. 놉이야. 이것은 한국인들의 일이야. 차 이사장보다 적합한 인물이 없어."

클랜시는 계속했다.

"앤트워프 해양 박물관도 설립되었고 건물 공사도 이미 시작되었어. 인숙에게 관장 직책을 맡겼지만 그것은 내가 뒤에서 돌보아 주려고 해. 제리, 당신도 이사로서 참여할 수 없을까? 우리의 파트너로서 말이야."

"앤트워프의 해양 역사에 한국이 기여한 것이 무엇이 있나? 그건 내게 맞지 않는 일이야. 인숙이 있지 않아? 그녀는 멋진 관장이 될 거야."

클랜시는 재현의 말에 바로 대답하지 않았다.

"또 신경 쓰이는 곳이 있어. 화랑이야. 내가 소장하고 있는 그림을 전시하는 것으로 시작해서 기반이 잡히면 세계의 유망한 화가들의 창작품을 초대 전시해서 앤트워프를 예술의 도시로 승화시키고 싶어."

"톰, 관심이 너무 여러 분야로 산만하게 흩어지는 것 아냐? 해운 회사 경영에 정신을 집중해도 모자랄 판인데 그렇게 산만해져도 되는 거야?"

클랜시가 갑자기 생각났다는 듯이 인숙의 이야기를 꺼냈다.

"아, 그 말을 하지 않았구나. 인숙은 독립해야지. 당연히 독립해야지. 일단 박물관 근처의 아파트를 얻어 분가하기로 생각하고 있어."

처음 듣는 이야기이다. 독립하다니, 인숙이 분가를 하다니. 재현은 이해가 되지 않았다. 클랜시는 명확한 설명을 하지 않았다. 재현은 클랜시의 말을 듣고만 있었다.

"좀 전에 이야기했지? 요즈음 삶의 의미에 대한 생각을 자주 하게 돼. 나의 삶의 가치를 높여야겠다는 생각을. 이제 그때가 되었다고 느끼는 거야. 지금까지 해운 사업 외길로 내 인생은 달려왔어. 이제 사업은 완전히 궤도에 올랐어. 비즈니스 말고 나의 영혼을 살찌우는 일을 해야겠어. 여러모로 제리의 도움이 필요할 거야."

재현이 화제를 바꾸었다.
"언젠가 한국 해병대 출신들과 선박 안전에 관한 세계적인 회사를 만들면 어떻겠느냐는 이야기를 했었지. 아직도 그 생각은 유효한 거야?"
"그럼 그것은 해상 안전과 세계 평화에도 기여할 수 있는 일이 될 거야. 확실한 대책이 있는 곳에 어설픈 자들의 폭력과 파괴가 자행될 수 없거든."
"가까운 장래에 노벨 평화상 후보자가 하나 탄생하겠구먼."
클랜시가 재현의 어깨를 쳤다.
"농담이 아니야. 나는 어떤 보상도 바라지 않는 나의 내면을 살찌우는 일만을 간절하게 생각하고 있을 뿐이야."

"마지막 배의 명명식은 어떻게 진행하려고 해?"
"우리는 첫 번째 명명식을 가족적 행사로 시작했지. 이제야말로 가족적인 행사로 마무리 지으려고 해. 모든 사람들이 오랫동안 기억하게 될 행사가 되어야지. 물론 제리가 이끌어야 하지만, 의논해서 아름다운 행사를 만들자고."
"마치 해운산업에서 손을 뗄 사람처럼 말하는군."
"내 핏줄은 뱃놈의 피로 가득 차 있어. 해운을 떠나 살 수는 없지. 그러나 그것만이 전부가 아니라는 것을 나 자신에게 보여주고 싶어."
"명명식 대모는 누가 하게 되나? 결정되었나?"

"두고 보자고."

그는 의미 있는 눈짓을 하였다. 진실로 가족적인 행사를 만들겠다고? 인숙이 대모를 하겠다고 승낙했다는 말투잖아? 그러나 재현은 그 의문을 입 밖에 내지는 않았다. 그래 톰의 생각에 맡기는 것이다. 그는 늘 옳게 생각하는 사람이니까. 클랜시가 갑자기 화제를 바꾸었다.

"제리, 언젠가 명명식 손님들이 서울에서 울산으로 가는 길에 서울의 북쪽에 있는 산을 들러 가자고 제안한 적이 있었지? 그 산 이름이 무엇이었더라?"

"아, 금강산."

"그래 그 제안이 아직도 유효한 거야?"

"그 제안을 하고서도 나는 자신이 없었어. 불쑥 제안을 했지만 오히려 톰이 그 제안을 수락하면 어떡하나 하고 걱정을 했지. 그 뒤로 금강산을 다녀와야겠다는 생각을 했어. 가서 내 눈으로 확인을 하고 나서 다른 사람들에게 추천을 해야겠다고 생각했어. 그동안 짬을 내지 못했지. 그런데 역사 연구회 회원들이 영국으로 출발한 뒤 이월 말쯤 금강산을 다녀오기로 일정을 잡았어. 다녀와서 그것이 해볼 만한 일인지 아닌지 내 생각을 정리해서 알려줄게."

"그래 이번 명명식에는 모든 가능한 일들을 다 고려해 보고 싶어. 잘 보고 가부간 제안을 해줘."

공항 출입구로 나가기 전 클랜시는 잠깐 멈추었다. 그는 재현의 손을 잡고 한동안 놓아주지 않았다.

"헤이 제리, 찰스 다윈(Charles Darwin)의 말 기억해?"

재현은 대답하지 않았다.

"세상에서 끝까지 살아남는 것은 가장 강한 종(種)도, 가장 똑똑한 종도 아니다. 변화에 가장 잘 적응하는 종이다."

그는 계속했다.

"변화는 우리를 불편하게 하고 불안하게도 하지만 그것을 이겨내지 않고는 생존해낼 수 없다는 말이야."

클랜시는 재현의 손등을 몇 번 토닥거린 뒤 출구로 미끄럽게 빠져나갔다.

제38장

그리운 금강산

1.

"역사 연구회의 영국 파견 인원 전원이 무사히 런던에 도착해서 옥스퍼드에 잘 모셨습니다."

2005년 2월 12일, 토요일 저녁, 런던으로부터 지용훈 상무의 밝은 음성이 수화기를 울렸다. 기다리던 전화였다.

"수고 많았어. 그래 연구원들은 건강한가? 첫 해외여행들인데."

"원기 왕성했습니다. 무엇보다 자신에 찬 모습들이라 곁에서 보기에 흐뭇했습니다."

"아, 잘됐구나. 영국에서 잘 정착하고 공부를 시작할 수 있도록 지 상무께서 잘 보살펴 줘야겠어요."

"젊은 친구들을 돕는 일이라 신이 납니다. 아, 그런데 제 전화가 지금 선배님의 속닥한 주말 저녁을 망치고 있는 것은 아닙니까?"

"영국 가더니 신사 다 되셨구만. 상대방 주말 형편도 살피시고. 나는 괜찮아. 집에서 편안히 쉬면서 지 상무 전화 기다리고 있었어."

"다행입니다. 마음 놓고 이쪽 형편 보고 드리겠습니다."

"그래 영국에서의 정착이 어렵지 않아야 할 텐데."

"걱정하시지 않아도 좋을 것 같습니다. 히드로 공항에서 런던 시민들의 거시적 환영이 있었습니다."

용훈의 호들갑에 재현이 껄껄거렸다.

"아니 영국 국민들의 거국적 환영은 아니었나? 혹시 엘리자베스 여왕께서 환영하러 친히 납신 것은 아닌가?"

"아니 진짜 거시적인 환영이었습니다. 히드로 공항이 빽빽하도록 가득 들어선 환영 인파와 주차장의 헤아릴 수 없는 숫자의 자동차들은 모두 한국 젊은이들을 환영하는 인파로 계산했습니다."

"그래 그 인파와 자동차들을 모으느라 수고했어."

그들은 껄껄거리며 한참을 웃었다. 시작이 순조로웠다는 것에 마음이 편안했다.

"10일 저녁 옥스퍼드 대학의 기숙사에 짐을 풀고 11일 금요일 반즈 교수와 인사를 나누었습니다. 반즈 교수는 마치 옆집 아저씨처럼 모두에게 수더분했습니다. 그들을 대학에 남기고 집으로 돌아오면서 조금도 걱정스럽다는 기분이 없었습니다. 대학의 구석구석에 오랜 전통이 완고하게 자리 잡고 있지만 우리 청년들에게 전혀 배타적이지 않았습니다. 오히려 대영제국다운 관대함과 융통성을 보이고 있습니다."

연구원들을 태운 비행기는 10일 저녁 여섯 시쯤 히드로 공항에 도착했다. 입국 수속과 통관 절차를 끝내고 옥스퍼드에 도착하니 거의 열 시가 지났다. 용훈은 연구원들이 각자의 방에 짐을 풀 때까지 함께한 뒤 자정이 가까워서 집으로 돌아왔다. 다음 날 열 시쯤 다시 방문해서 서너 시간 학생 생활의 분위기를 돌아보았다. 공부는 전투하듯 치열하게 시키지만 동시에 사색과 휴식을 취할 수 있는 시설과 공간들을 적절히 마련해 놓았다. 너무 크지도 너무 작지도 않은 한 사람의 학생이 지내기에 딱 알맞은 방이 주어졌다. 더욱이 일주일에 한번 청소부가 와서 방을 정리해 준다고 했다. 학생들과 함께 카페와 도서관도 들러 보았다. 그들과 점심을 같이했다. 해리포터 영화에 자주 나오는 그 웅장한 식당이다. 음식도 좋고 값도 싸다.

영훈은 특히 혼자 온 여학생 기숙사에 신경이 쓰였다. 여학생 기숙사는 남학생들로부터 떨어져 있었다. 그러나 역시 깔끔하게 준비되어 있어서 아주 만족스러웠다.

"어려운 일이 있으면 남학생들에게 전화하세요. 혼자서 고민하면 안 돼요."

용훈은 떠나기 전에 여학생의 마음을 편하게 할 이야기를 들려주었다.

"이 근처에는 딸기가 아주 많이 나요. 온실에서 나는 것은 일 년 내내 맛볼 수 있지만 제철 딸기가 진짜 크고 맛있어요. 딸기를 많이 드세요. 영국 여자들이 아름다운 것은 딸기를 많이 먹어서 그렇대요."

그녀는 한국에서도 지금까지 집 밖에서 자본 적이 없다고 했다. 그러나 진심으로 기숙사 시설에 만족했고 용훈의 아버지 같은 보살핌에 기대어 왔다.

"그래 프리먼이나 스펜서에게 연락은 했어요?"

재현이 물었다.

"아니 아직 아무 하고도 아무 말도 하지 않았습니다. 우선 선배님께 보고를 드리고 선배님 말씀에 따르려고 합니다."

"그래 잘 되었구만. 여기서는 이 행사를 가장 조용한 방법으로 치르려고 노력을 했지. 떠들썩해서 도움이 될 일이 없거든. 일단 다음 주 월요일 차영균 이사장과 만나기로 했으니 앞으로 할 일들을 의논할 거야. 결과를 알려 줄게."

용훈이 전화를 끊기 전 낮은 어조로 말을 끝내었다.

"선배님, 고맙습니다. 정말 고맙습니다. 이런 소중한 일에 참여시켜 주어 그저 감격할 뿐입니다."

재현도 같은 느낌이었다. 그러나 그의 말은 달랐다.

"아직 감격하지 맙시다. 이들이 공부를 마치고 계획한 대로 우리의 올바른 가치관을 세우고 우리의 역사를 제대로 쓰기 시작할 때 그때 축배를 들고 마음껏 감격을 나누어도 늦지 않을 거예요."

영균은 학생들의 출국을 준비하며 철저하게 낮은 자세를 지켰다. 환송 모임도 2월 5일 회원들끼리 연구회 사무실에서 조촐하게 치렀다. 설날 연휴가 2월 8일부터 10일까지여서 그 전에 준비를 한 것이다. 떠나는 사람, 남는 사람들이 한 덩어리가 되어 단단히 준비를 했다. 서로 자기 자리에서 처리해야 할 일들을 분담하고 소통 방법을 정했다. 재현은 연구회의 일상에 관여하고 있지 않지만 차영균 이사장과 학생들의 요청으로 중요한 행사에서 빠질 수 없었다. 그는 기회가 주어질 때마다 기꺼이 학생들과 어울렸다.

"소중한 일일수록 아무렇지도 않은 일처럼 담담하게 처리하세요. 어려운 일에 맞닥뜨렸을 때 당황하지 마세요. 일체 다른 일에 신경 쓰지 말고 공부에 전력하세요."

재현은 학생들에게 반복해서 강조했다. 기욱이 재현에게 다가왔다.

"저희들이 잘할 수 있을까요? 너무 일찍, 준비도 되지 않은 상태에서 천둥벌거숭이처럼 비바람 몰아치는 광야에 나서는 것은 아닌가요?"

재현이 다독거렸다.

"여러분들은 충분히 준비가 되어 있어요. 기욱의 그런 겸손한 마음가짐이 여러분들을 이끄는 가장 큰 힘이 될 거예요. 시작한 지 얼마 되지 않았다고 환경이 바뀌었다고 주눅 들지 마세요. 여러분 스스로의 사명감과 담대함을 믿으세요. 세상에서 여러분들만큼 잘 갖추어진 사람은 없다는 자신감을 가지세요."

떠나는 날, 떠나는 사람들과 그들의 가족들만 공항에 나가기로 했다. 남는 사람들은 사무실에서 자신들의 일을 시작하였다. 영균의 낮은 자세가 잘 지켜졌다. 재현은 공항에 나가지 않으려 했다. 그러나 영균이 우겼다. 함께 나가서 그들 떠나는 모습을 보고 그들을 격려하자는 것이다.

혼자인 여학생의 부모는 걱정이 많았다. 그들은 재현의 곁에 붙어서 끊임없는 걱정을 쏟아 내었다. 재현은 그들을 다독거렸다.

"같이 가는 남학생들을 보세요. 얼마나 믿음직스럽습니까? 게다가 영국의 여성 교육은 세계 최고 수준입니다. 일 년 뒤 따님은 몰라볼 만큼 성숙해진 숙녀가 되어 돌아올 겁니다."

"밥 먹는 것은 괜찮을까요? 제대로 끼니나 챙겨 먹을까요?"

재현이 대답했다.

"해리포터 영화 보셨죠? 거기 나오는 궁전 같은 식당에서 세상의 인재들과 함께 맛있는 밥을 먹으며 세상 이야기, 인생 이야기를 나누며 공부할 겁니다."

"그래도 여자애 혼자라 걱정스러워요. 한 사람이라도 더 간다면 안심이 될 텐데."

"오히려 혼자 가기 때문에 더 크게 성장하고 더 많은 성공을 거둘 거예요. 더구나 옥스퍼드의 기숙사는 신사의 나라답게 여학생을 잘 보호하고 있습니다. 참 얻기 어려운 기회입니다. 또 따님은 얼마나 의젓합니까? 잘 해낼 겁니다. 안심하셔도 됩니다."

기욱은 공항에서 출발할 때까지 어머니와 함께했다. 어머니의 걱정이 많기는 거기도 마찬가지였다. 재현이 여학생의 부모와 함께하는 동안 그들은 영균과 많은 이야기를 나누었다. 그러나 기욱이 워낙 의젓한 모습이어서 곁에서 걱정하는 것이 오히려 의미 없어 보였다.

오후 한 시 비행기였다. 모두들 열두 시쯤 출국장으로 나갔다. 출국장을 빠져나가기 전에 학생들이 한 줄로 섰다. 환송 나온 가족들도 한 줄로 그들을 마주보고 섰다. 누가 하자고 한 것이 아닌데 그렇게 되었다. 기욱이 머뭇거리며 앞으로 나섰다.

"지난 반년 동안 저희들을 이끌어 주신 모든 분들과 가족들에게 팀을 대표해서 진심으로 감사드립니다. 여러 어른들과 동료들이 저희들에게 바라는 것이 무엇인지 저희들은 잘 알고 있습니다. 저희들의 영혼과 육신을 바쳐 보답하겠습니다."

모두들 함께 박수를 쳤다. 그것으로 격려와 감사를 함께 나누었다.

학생들이 공항 출구로 빠져나가고 나서 환송 나온 사람들도 인사를 나누고 헤어졌다. 원래 재현은 영균과 함께 사무실로 돌아갈 계획이었다. 그러나 정연이 가로막았다. 그녀의 차를 타라는 것이다. 재현은 거기서 정연과 옥신각신하는 것이 볼썽사나울 것 같아 영균과 작별했다.

"그럼 월요일 아침 광화문 사무실로 나갈게요. 그날 앞으로의 여러 가지 일들을 의논합시다."

영균이 대답했다.

"주말에 학생들의 첫 리포트가 도착할 것이고 월요일에 학생들도 옥스퍼드에서의 생활을 시작할 것이니 의논드릴 일이 많을 것 같습니다. 월요일 아침에 뵙겠습니다."

정연의 차가 움직이기 시작했다. 정연은 기사에게 그녀의 집으로 가자고 했다. 재현이 그것을 막았다.

"정연 씨, 나도 정연 씨 집도 보고 싶고 아버님 족적도 살피고 싶어. 그러나 오늘 나는 할 일이 좀 있어. 다음 날로 미루면 안 될까?"

그녀는 아무렇지도 않게 대답했다.

"잠깐 들렀다 갈 걸요 뭐."

재현은 부드럽지만 단호한 어조로 부탁했다.

"여기서 가장 가까운 지하철역에 차를 세워주면 고맙겠다. 그렇게 해줘."

그녀는 기사에게 그렇게 하라고 지시했다. 재현은 차에서 내려 뒤 돌아보지 않고 지하철역으로 내려갔다.

2.

다음 주 월요일 재현은 영균의 사무실로 출근했다. 혜진과 셋이서 테이블에 둘러앉았다. 혜진이 서류들을 모아서 테이블에 올려놓았다. 대부분 영균이 쓴 감사 편지 초안이다. 먼저 반즈 교수에게 보낼 편지를 읽었다. 그것은 이렇게 시작되었다.

"반즈 교수님. 우리 연구회 회원들이 교수님의 보살핌을 받게 되었습니다. 이것은 아주 사소하고 일상적인 일로 보일지 모릅니다. 그러나 이 움직임은 우리들에게 그리고 대한민국의 역사 연구에 있어서 특기될 위대한 시작이 될 것입니다. 이 모든 일이 교수님이 보인 융통성 있는 포용력 덕택으로 성사되었습니다. 고맙습니다."

적당한 기회에 반즈 교수가 한국 방문을 하도록 초청하였다. 반즈 교수의 한국 연구에 능력껏 돕겠다고도 했다. 차영균의 이름으로 서명되었다.

그리고 클랜시에게 정중한 편지를 썼다. 연구원들이 옥스퍼드에 잘 정착했음을 알리고 앞으로의 일정들을 소상하게 보고했다. 남은 연구원들의 한국에서의 작업 목표도 설명했다. 되도록 그의 마음을 편하게 하기 위해 그에게 짐을 지우는 말들은 배제하였다. 영균은 서명을 재현에게 부탁하였다. 그러나 재현은 한마디로 거부했다. 모든 역사 연구회의 공식 문서는 차 이사장의 명의로 작성되어야 한다는 주장이다.

인숙에게 보내는 편지는 논란 끝에 혜진의 이름으로 쓰기로 했다.

이 중대한 사업의 물꼬를 튼 사람이지만 워낙 나서지를 않으려 해서 편지 한 장 쓰는 것에도 신경을 쓸 수밖에 없었다. 귀여운 후배가 존경스런 선배 언니에게 쓰는 격의 없는 편지로서 진솔한 고마움과 존경을 담았다.

프리만은 은퇴한 사람이라 공식적인 편지보다 재현의 개인적인 고마움을 전하는 것이 좋겠다고 영균이 생각했으나 재현은 반대였다. 은퇴한 사람에게도 공식적인 고마움을 표시해야 하며, 앞으로 감사장이나 공로패 같은 것을 보내야 할 것이기 때문에 차 이사장 이름을 쓰기로 했다.

스펜서 부부에게도 차 이사장의 이름으로 편지가 나갔다. 특히 앤에게 감사를 표하고 연구인원들의 영국 체제 중에도 변함없는 관심을 부탁했다.

재현에게 사본이 나간다고 모든 편지에 명기했다. 모든 편지의 초안은 주말에 영균이 만들어 놓았다. 읽고 확정시키는 데 오전이 몽땅 지나갔다. 모든 편지들의 사본은 용훈과 선호에게도 보내졌다.

점심을 먹고 다시 사무실로 돌아와 지난 주말에 들어온 파견 연구원들의 보고서를 읽었다. 첫 번째 보고서이다. 생소한 곳에 도착하자마자 보낸 안착 보고라 옥스퍼드에서의 꿈같은 생활에 대한 설렘으로 가득했지만 그들이 맡은 일의 중요성을 잘 인식하고 그를 멋지게 수행하겠다는 각오가 단단하게 적혀 있었다.

"이쯤이면 완벽한 시작이라 할 만합니다."

재현도 동의했다. 그러나 쉽게 만족을 표시할 수 없었다. 그는 혜진에게 말할 기회를 주었다.

"참 잘 시작되었지? 혜진 씨가 보기에 어디 손길이 미치지 않은 구석은 없는가?"

큰일을 마친 혜진은 느긋해할 만도 한데 긴장하고 있었다.

"아직은 잘 모르겠습니다. 워낙 처음 시작된 대외 활동이기 때문에 선배들에게 무슨 일이 생길지 모르지요. 매일, 매시간 신경을 곤두세워 뒷바라지하도록 하겠습니다."

"그래 그래, 그런데 차 이사장님의 평소 지론대로 모든 일은 그들의 자발적 의지로 처리하도록 하고 본부에서의 간섭은 최소화하는 것이 좋을 것 같아. 돌보는 것도 가능한 한 그들이 눈치 채지 않도록 보이지 않는 곳에서 해야 될 거야. 이런 뜻은 지 상무와 스펜서에게도 귀띔해 두어야 되겠지?"

차 이사장과 혜진이 동의했다.

"그래야죠. 그렇게 하겠습니다."

아웃사이더로 자처하던 재현이 계속 깊이 관여하고 있었다. 쑥스러웠다.

"이거 또 내가 하지 않아도 좋은 말을 하였구만."

오전 중에 검토를 끝낸 편지들은 이메일로 오후에 모두 내보냈다. 재현이 혜진에게 물었다.

"그래 오늘 연구원들은 좀 나왔나?"

"아직 학기가 시작되지 않았기 때문에 연구원 대부분이 나왔어요. 모두들 옥스퍼드에서 보내온 보고서도 읽고 열심히 대화에 참여하고 있습니다. 대화방도 열었어요. 사십여 명이 참여하는 대화방은 벌써 활기가 대단합니다."

"역시 젊은 사람들은 다르구만."

영균이 제안했다.

"느긋하네요. 이럴 때는 맥주가 최고지요. 오늘 나온 회원들과 맥주 한잔 하시지요."

마다할 이유가 없었다. 재현은 선호에게 전화를 걸었다. 마침 서울에 올라와 있었다. 선호에게 지금까지의 모든 진행 사항이 알려졌다. 선호도 그날 저녁 맥주 파티에 참석했다. 풍족하고 흐뭇한 저녁이었다.

화요일 아침 재현은 밤사이에 들어온 이메일들을 챙겼다. 전날 역사 연구회에서 내보낸 편지들에 대한 회신이 들어왔다. 원본의 수신인은 연구회 차 이사장이고 재현에게는 사본이 들어왔다. 클랜시는 그다운 감성적인 반응을 보였다. 참견하지 않겠다고 고집을 하면서도 도움되는 말을 주지 않을 수 없는 그의 다정한 성격 탓이다.

프리만은 보다 감성적인 회신을 보냈다.

"나는 이제 모든 일상적인 세상사에서 벗어나 있다고 생각하고 있었다. 그러나 나의 최후의 장거리 여행이 된 한국 방문에서 인생의 마지막을 밝힐 환한 횃불 하나를 받아 들어 올리게 되었다. 지금까지 한국은 늘 내게 특별한 곳이었는데 앞으로도 한국이 베푸는 매력의 족쇄에서 나는 영영 헤어나지 못할 것 같다."

반즈 교수는 특히 깊고 상세한 실무적인 편지를 썼다.

"능력 있고 열성적인 학생들과 함께하게 되어 큰 기대를 걸고 있다. 내가 그들을 가르친다기보다 나는 오히려 그들에게서 많은 것을 배우게 되리라 생각한다. 나의 꿈은 가까운 시일 내에 한국을 방문하는 것이다. 이번 이 일이 내 방한의 촉진제가 될 것이다. 나도 준비를 하겠지만 차 이사장도 옥스퍼드 방문을 고려해 주기 바란다. 내가 듣기론 비즈니스와 관련해서 전에 영국에 한동안 주재했고 출장도 자주 나왔다고 하는데 옥스퍼드의 분위기는 영국의 일반적 문화와 달리 그 나름의 특별한 맛을 지니고 있다. 옥스퍼드를 이해하는 것은 연구회의 미래를 준비하는데 큰 도움이 될 것이다."

스펜서도 회신을 보내왔다.

"그 짧은 시간에 이만한 결말을 보리라고는 상상도 하지 못했다. 한국인들의 역사관 설정에 대한 깊은 관심을 이해할 수 있다. 앤의 관심은 대단하다. 이번 여름에는 우리 집에서 환영 파티를 열겠다고 벌써 준비하고 있다. 차 이사장과 제리의 참석이 가능한 시점에 맞추려 한다."

인숙에게서는 비교적 짧은 답장이 있었다.

"혜진의 역할은 꾸준히 듣고 있었다. 감동적이다. 내가 역사 학회를 위해 할 수 있는 일은 더 없지만 서로 대화는 계속하자."

오후에 영균이 전화를 걸어왔다.

"여름에 영국을 다녀와야겠지요? 회장님도 같이 나가셔야죠?"

"그래요. 영국은 유월이 제일 좋아요. 저도 유월에는 영국 출장을 준비할게요. 차 이사장님이 유럽을 돌아볼 일정을 잡으시면 거기에 맞추어 보겠습니다."

그렇게 역사 연구회의 영국 쪽 역사는 시작되었다. 재현은 커다란 짐 하나를 내려놓았다. 그날 저녁 편한 마음으로 클랜시와 통화할 수 있었다.

"이제 역사 연구회 걱정은 하지 않아도 된다. 능력 있는 사람들의 손으로 한 치의 착오도 없이 일은 진행될 것이다. 내가 걱정할 것도 애를 태울 것도 더 이상 없다. 모든 것은 잘되었다."

클랜시는 재현의 마음을 정리해 주었다.

"역사 연구회는 땅을 박차고 하늘로 솟아올랐다. 마치 해리 포터가 빗자루 비행기를 타고 하늘로 솟아올라 크리켓 공을 신나게 쳐내듯 그들의 큰 꿈은 멋지게 현실화되었다. 우리가 실무에 참여할 일은 여기까지다. 역사 연구회의 큰일은 그들 관계자에게 맡기고 우리는 우리의 작은 일에 집중하자."

3.

2월 17일 목요일 재현은 원한준 사장의 사무실을 찾았다. 조선소가 시작되었을 때 함께 세계를 누비며 배를 팔러 다니던 동지였다. 특히 나이지리아와 가나(Ghana) 같은 오지에서 고생을 함께하여 동지애가 남달랐다. 그는 그룹의 대북 업무를 맡는 회사의 사장이 되었다. 꾸밈이 없는 진솔한 사람이다. 세상에서 가장 민감한 지역인 북한과 함께하는 사업, 금강산 관광이 그의 소관이다.

금강산 관광은 98년 11월 바닷길로 시작하였다. 큰 어른의 89년 1월 소떼 방북을 계기로 조성된 남북 협력 무드가 드디어 금강산 관광으로 발전되었고 남북 이산가족 상봉으로 진화되었다. 비무장 지대의 높고 단단한 벽으로 나누어져 있던 남과 북이다. 빠르고 편한 육로 관광은 불가능했다. 동해에서 배를 타고 남북 군사 분계선을 넘어가는 복잡한 경로로 시작했다. 세 척의 유람선이 동원되었다.

곧 한계가 왔다. 배를 세 척이나 동원하였지만 실어 나를 수 있는 관광객의 수는 제한적이었다. 수입에 비해 운영비가 턱도 없이 높았다. 적자가 쌓여 갔다. 북한에 지급하기로 한 6년간 총 9억 불이 넘는 보상을 치르기가 버거웠다.

남북은 서로의 필요에 의해 한 걸음 더 나아갔다. 2003년 9월부터 비무장 지대의 벽을 열고 육로 관광을 시작하기로 합의했다. 한반도에 쌓아 놓은 군사 분계선 장벽을 꿰뚫는 첫 번째 시도였다. 남북통일의 실질적인 첫걸음이다. 관광객이 불어나면서 금강산에 온정리(溫井里) 관광단지가 개발되고 관광지역도 확대되었다. 그 모든 일들이 원한준 사장의 손때 묻은 작품이다. 살얼음판을 밟고 다니는 듯이 조심스러운 사업이다. 그는 조심스럽게 그러나 확실하게 업무의 전통을 세워 나갔다. 그는 수도 없이 평양과 원산 사이의 편치 않은 길을 북한의 구식 자동차를 타고 다녀야 했고 때때로 북한의 최고위층과도 만나 북한 소주를 나눈다고 했다. 재현이 입을 떼었다.

"이제 금강산 관광도 제 궤도에 올랐지요? 원 사장님도 좀 느긋해 보이네요. 그동안 고생한다는 소식을 들으면서도 방해가 될까 봐 감히 연락할 엄두도 못 냈는데."

"웬걸요. 아직도 신경 써야 할 일이 태산 같아요. 하루하루가 바늘방석에 앉아 있는 것 같습니다."

재현은 그의 긴장을 풀어주었다.

"작년 6월 그리스의 포세도니아 선박박람회에 갔더니 나를 이 전무라 부르는 건강한 부부가 있더구만."

한준의 표정이 활짝 펴졌다.

"저도 그 소식 들었어요. 누이가 편지와 사진을 보냈어요. 회장님은 아직도 세계를 누비고 다니시네요. 회장님에 비하면 저는 우물 안의 개구리지요."

"아니야. 거기야 상식으로 통하는 곳이지만 여기는 그 이상의 것이 있어야 하는 곳이지 않아? 고민이 깊고 신경 쓸 일이 엄청 더하겠지요. 곳곳에 긴장과 서스펜스가 도사리고 있는 야생의 정글이라 할까?"

"그래도 한 민족이라 같은 언어를 쓰고 있으니 껄끄러운 영어를 써서 대화하는 것보다 훨씬 푸근합니다."

"그럴지도 모르지. 그러나 원 사장의 인품이니 사소한 것 포용하고 큰 앞날을 조심스럽게 펼쳐 나가는 것이지. 우리 같은 졸싹거리는 인성으로는 엄두도 못 낼 일이야."

한준이 그의 손목시계에 흘깃 눈길을 주었다. 재현이 본론으로 들어갔다.

"벨기에 선주가 2002년 VLCC 여섯 척을 울산 조선소에 주문했는데 금년 5월에 마지막 배가 인도돼요. 그 마지막 배 명명식을 좀 더 기억할 만한 행사로 하기 위해서 서울로부터 울산 가는 길에 외국에서 온 손님들과 함께 금강산을 들르는 것이 어떨까 하고 내가 선주에게 제안을 했지."

한준이 반색을 했다.

"그래 반응이 어땠어요? 그런 손님들이 다녀가면 금강산에 대한 홍보도 되고 많은 외국인 관광객의 관심을 모을 수 있을 거예요."

"부정은 하지 않았지만 긍정도 아니에요. 실현하기에 찝찝한 구석이 너무 많거든. 눈곱만큼이라도 불안한 구석이 있으면 안 된다는 입장이 확고하거든. 그러는 사이 나 자신도 내 제안을 되돌아보게 되었어. 남에게 추천을 하기 전에 내가 먼저 보아야 한다. 자신이 확신을 가지지 않은 일을 남에게 권고해서는 안 된다는 생각이 든 거야."

"그렇죠. 외국인들은 그 살벌한 비무장지대를 지나간다는 것에 대해 호기심보다 공포감을 느끼고 있지요. 지금까지 기자들 외에는 흥미를 보이는 사람이 없었어요."

"그래서 내가 2월 말쯤 한번 다녀올까 해서 의논을 드리러 왔지요."

"그런 일이라면 제가 도와 드려야죠. 저희들이 특별 편의를 보아 드릴게요. 특별 승용차와 숙소들을 마련을 할게요."

"아니 그럴 필요는 없어요. 2박 3일 정도 일정으로 가장 효과적인 방문계획을 짰으면 좋겠어요. 특별한 배려는 필요 없어요. 남들 하는 대로 버스 타고 관광 코스를 따라다닐 거예요."

"몇 분이 다녀오실 계획이세요?"

"두 사람이요. 조선업계의 원로 한 분과 갔다 올 생각입니다. 조선 산업의 걸음마 단계에서 조선 공업을 일으켜 세운 정부 쪽 입안자이지요."

"그러시죠. 두 분의 인적 사항을 보내 주세요. 제가 일정을 짜서 준비를 하고 주말까지 알려 드릴게요. 내주 금요일에 출발해서 일요일에 돌아오는 일정을 잡겠습니다."

"좋지요. 제가 관광회사 실무진들과 의논해서 일정을 짜야 하는데, 그러기엔 너무 시간이 촉박합니다. 바쁜 사장님을 번거롭게 해서 정말 미안합니다."

"아니에요, 아니에요. 이렇게 옛정을 생각해서 찾아 주시니 머리가 다 맑아지는 것 같습니다. 그런데 금년 2월에 눈이 많이 왔어요. 잘 준비하셔야 될 거예요."

"아아. 설악(雪嶽)을 구경하겠네요."

재현은 그가 가장 존경하는 선배에게 전화를 걸었다.

"고 회장님과 동행할 곳이 있어 전화를 올렸습니다."

고주영 회장은 재현의 다섯 해 대학 선배이다. 그는 산업화 초기에 조선 산업의 틀을 만드는 상공부의 책임 실무자였다. 그의 헌신적인 노력으로 한국의 조선 공업은 반듯하게 시작되었다. 대통령으로부터 직접 지시를 받기도 했고 여러 장관 아래서 그는 믿을 수 있는 실무자로서의 역할을 다했다. 일 처리 능력도 능력이지만 그의 사심 없는 마음가짐이 관계자들을 움직였다. 정책을 집행하는 정부 관리들을, 건설 작업을 시작하는 조선소를, 자금을 준비하는 금융권을, 조선 장비의 생산을 맡은 하청업체들을 그는 골고루 올바르게 다독거렸다. 불모지에 쏟아내는 많은 법령과 시행령이 성공할 수 있었던 것은 그의 청렴함 때문이었다. 그는 한국 조선의 앞날을 위해 그의 청춘과 인생을 내놓은 사람이다. 재현은 살아오면서 많은 정부 관리들을 만났고 여러 일을 함께했다. 그러나 고 회장처럼 공명정대하게 나랏일을 위해 성심을 다해 그의 생애를 바친 사람을 보지 못했다. 그는 관료 생활을 마친 뒤 자그마한 전자제어(電子制御) 장비 생산업체를 시작했다. 신생 조선국으로서 가장 시급히 국산화해야 할 분야였다. 세계의 몇 안 되는 업체들이 그 분야에서 조선 시장을 휘어잡고 있어서 신입자의 진입이 불가능할 때였다. 기술을 내어놓지 않으려는 일본 업체를 구슬려서 기본 기술을 받아 내었고 국산품을 쓰려고 하지 않는 국내 조선소들을 그의 품질과 경쟁력으로 설득했다. 그는 조용한 사람이다. 재현은 그가 화내는 것을 본 적이 없다.

"어디 죄인 다루는 곳으로 끌고 갈 듯한 말투네 그려."

"아니죠. 제가 선배님을 모시는데 죄인 다루는 데라니요?"

"어딘데?"

재현은 단숨에 말해버렸다.

"금강산이요. 이번에 금강산 관광을 맡은 회사의 사장이 특별히 주선을 했거든요. 내주 주말, 금요일에 가서 일요일에 돌아오는 일정입니다."

잠깐 아무 말도 없었다.

"글쎄 나도 한번 다녀와야겠다고 생각은 했는데 엄두를 못 내고 있었어."

"어제 금강산 관광 회사 사장과 이야기를 하며 이번 여행은 선배님과 해야겠다는 생각을 했습니다. 특별한 일이 없으면 같이 가시죠."

"나는 늘 이 사장과 텔레파시를 맞춰놓고 사는 것 같아. 어쩌면 그렇게 서로 마음을 맞출 수 있지? 내가 특별히 준비해야 할 일이 있나?"

"그냥 표 나지 않게 다녀오려고 합니다. 우리 고객의 마지막 명명식이 5월 초에 있는데 명명식 가는 길에 손님들과 금강산을 들러 가면 어떨까 하는 이야기가 있어서요. 결정을 하기 전에 제가 제 눈으로 현장을 확인해야겠다는 생각을 했습니다. 선배님 의견도 듣고요. 무엇보다 선배님과 오붓한 시간을 갖는다는 것이 핵심 포인트입니다. 그것이 제 평생 꿈이었습니다."

"그러게. 그 이박삼일(二泊三日) 여행이 이 사장과 함께 조용히 인생 이야기를 나누는 오붓한 시간이 되겠구나 하는 생각이 드는데. 또 다른 동행이 있나?"

"아니요. 선배님과 나 둘이서 다녀오려고 합니다."

"좋아, 결정했어. 이 사장과의 동행 기쁘게 동의합니다."

그는 주중에 부산 공장에 있지만 주말에는 서울 집으로 올라와 도봉산 등 주변의 산을 꾸준히 오르고 있다. 금강산을 가기 위한 그의 건강은 이상이 없다.

4.

2월 25일 아침 열 시쯤 고 회장이 그의 차로 재현의 사무실에 도착했다. 재현은 간단한 행장으로 고 회장의 차에 올랐다. 재현이 아이들의 목소리로 동요를 불렀다.

"금강산 찾아가자 일만 이천 봉 볼수록 아름답고 신기하구나."

고 회장은 재현의 흥을 돋우었다.

"이 사장과 함께하는 오붓한 삼 일 정말 기대되는데."

"얼마나 기다렸던 기회인데요. 그것이 이렇게 생각지도 않았던 금강산 방문으로 이루어졌네요."

"그러게 말이야. 나도 이 사장 전화 받고 이번 주일 내내 가슴이 두근거렸어."

강원도로 들어서자 눈으로 덮인 산들이 눈에 들어왔다. 고 회장이 운을 띄웠다.

"눈이 덮여 있으니 보기는 좋은데 산에 오르기는 좀 어렵겠지. 간단한 아이젠은 가져왔지만 말이야."

"정말 개골산(皆骨山) 설악(雪嶽)의 진수를 맛볼 수 있겠지요? 원한준 사장이 준비를 잘 해두기로 했으니 큰 걱정은 하지 않아요."

설경을 창밖으로 내다보며 잠깐 말이 끊어졌다. 재현이 화제를 바꾸었다.

"세계 조선 시장의 활황에 선배님도 재미 좀 보셨지요?"

"그러게. 메뚜기도 한철이라는데, 공장에 일감이 꽉 찼어."

고 회장은 남의 일 이야기하듯 대답했다. 재현은 고 회장의 부산 공장을 생각했다. 넉넉한 대지에 자리 잡은 조용한 공장은 마치 널찍한 장원에 들어앉은 산장 같았다. 정원에는 각종 꽃나무와 유실수들이 심어졌고 직원들의 휴식 공간이 만들어져 있었다. 그의 직원들을 위한 마음 씀씀이는 식당에서도 잘 나타났다. 편안하게 갖추어진 공간에 신경을 쓴 식단은 직원들의 자랑이다. 재현도 부산에 가서 시간이 되면 비프스테이크를 먹으러 고 회장의 공장을 찾곤 했다. 좋은 재료를 쓰기도 하지만 일급 조리사가 성심껏 만들어 내는 음식이다. 재현이 말을 이었다.

"존경스럽습니다. 그 어려운 첨단 기술을 개발하고 그것을 세계 최고 업체들과의 경쟁에서 이겨내어 시장 점유율을 높이고 있으니 말입니다."

고 회장은 조용한 어조였다.

"그렇지도 않아. 고생 고생해서 제품을 제품답게 만들어 놓으면 대기업들이 영역 침범을 하는 거야. 외국처럼 특수한 제품들은 작고 능력 있는 기업에 맡겨서 전문화시켜야 기술 개발이 계속되고 첨단 기술도 접목되어 지속적으로 육성이 될 텐데 말이야. 천신만고 끝에 무언가를 만들었다 싶으면 대기업이 그들의 막강한 자본으로 유사품을 만들어 시장을 빼앗으려 드는 거야. 하루하루가 살벌한 생존 투쟁이야."

"그래도 선배님 분야는 쉽게 넘볼 수 없는 쪽이지 않아요? 지금까지 독보적이었고 앞으로도 그럴 거예요."

"대기업의 침범은 막을 수 없어. 그 사람들은 그들 그룹의 조선소에서 그들 제품만 쓰겠다고 고집하거든. 그래도 우리 제품을 믿어 주는 세계적인 선주들이 있어서 그 덕택으로 생명을 유지해 나가고 있어."

고 회장은 일본의 기술로 시작했지만 이미 일본 수준을 넘어섰고 대기업이 침범할 수 없는 독자적인 기술 영역을 확고히 구축하고 있었다.

"그래 선주의 명명식은 언제야?"

"오월 초순이에요. 그때는 선배님도 오셔야 돼요. 마지막 배여서 제법 볼거리가 많을 거예요. 그 배에는 선배님 제품도 탑재되어 있지요?"

그는 외부적인 행사에는 얼굴을 내밀지 않았다. 내실을 다지는 것에 집중했다.

"오월에는 이 사장 덕에 명명식에 한번 나가 볼까?"

어느새 아산 휴게소에 도착했다. 차가 도착하자 키가 크고 잘생긴 젊은이가 자동차 문을 열며 그들을 맞았다.

"이 전무님, 저 모르시겠습니까? 울산 호텔에 근무하던 오창석입니다."

그러고 보니 낯이 익었다. 이름은 기억하지 못하지만 외국 손님들 있을 때마다 맡아서 처리하던 열성적인 울산 호텔 직원이었다. 정복을 차려입고 넥타이까지 매었다. 가슴에는 '과장 오창석'이라는 배지를 달고 있었다.

"아, 그동안 과장님이 되셨구나."

"예. 어르신들이 예쁘게 보아 주셔서요. 이번에 이 전무님 오신다고 원 사장님이 특별히 제게 명령을 내리셨어요. 편하게 모시라고요."

고 회장은 흐뭇한 미소를 머금고 그들의 수작을 지켜보았다. 자동차는 돌려보냈다.

세 사람은 간단한 점심을 마친 뒤 아산 휴게소에서 북한 입국 절차를 밟았다. 출입국 신고서를 작성하고 관광증을 받았다. 관광증은 금강산 관광 중 마치 외국 여행할 때 쓰는 여권처럼 쓰인다. 오 과장이 모든 서류를 준비해 왔다. 재현과 고 회장은 오 과장이 시키는 대로 서류에 서명만 하면 되었다. 남측 출입국 사무소에서 짐 검사하고 출입국 서류 심사를 마쳤다. 거기서부터 버스로 이동한다. 민간인 통제구역을 거쳐 비무장지대, 군사 분계선을 지나 북측 출입국 사무소에서 수속을 끝내자 북한 땅이다. 굳은 표정으로 길가에 서 있는 피부가 까맣고 체구가 작은 군인들이 눈에 들어왔다. 나지막한 민가들이 눈을 뒤집어쓰고 띄엄띄엄 자리 잡고 있다. 그들은 버스의 제일 뒷자리에 앉았다. 버스가 한참을 달리고 나서 고 회장이 나지막한 목소리로 물었다.

"이 사장, 오는 길에 군사 분계선 말뚝 보았어?"

"아니요. 그런 것이 있었나요?"

"분계선 철조망에 남루하게 기댄 말뚝이 있었어. 거기 글자들이 거의 지워진 표시판이 달려 있었는데 자세히 보니 그것이 군사 분계선 표시였어. 꼭 기억되어야 할 역사적 표지가 그렇게 낡고 지워져 가고 있구먼."

"아, 그런 게 있었군요. 그걸 보셨군요. 저는 주변을 둘러보느라고 못 보았습니다."

"그 낡은 표지를 거기에 갖다 붙인 사람을 잠깐 생각했어. 그 사람이 누구인지 모르지만 오늘 여기에 와서 이 낡아 빠진 지워진 이정표를 보면 어떤 생각을 할까? 마치 눈앞에서 전사한 전우를 땅에 묻고 비목을 세운 병사가 수십 년 뒤 그 자리를 찾아와 평지가 된 묘와 일그러진 비목을 보며 느끼는 기분일까? 그리던 금강산에 들어서자마자 너무 감상적으로 되어 버렸어. 내가 생각해도 약간 걱정스러운데."

"그렇네요. 그러나 그런 생각을 하는 사람도 드물 거예요. 선배님이니까 그런 깊은 생각까지 하는 거지요. 하기는 1950년 시작된 6·25전쟁은 요란했지만 일 년 만에 끝난 전쟁이지요. 소강상태를 보이자 51년 서둘러 정전 회담이 시작되었지요. 밀고 당기고 2년 동안을 끌다가 어정쩡하게 합의를 보았지요. 1953년 7월에 합의되었으니 벌써 몇 년입니까? 그때는 빤짝이던 분계선 표지였겠지만 벌써 50년이 넘었으니 낡고 이지러질 만도 하지요."

"정전 협정이라는 것이 엉성하지만 스러지기에는 너무 많은 족쇄를 당사국들에 채우고 있어. 북한은 그것을 승전의 날이라고 우기고 있고 미국은 그것을 전쟁에서 빠져나갈 핑계로 이용했지. 한국은 그 어정쩡한 결말에 극단적으로 반대했지. 북한의 남침으로 시작된 전쟁을 한반도 통일로 종결시키자고 주장했지. 그나마 이승만 대통령의 지혜와 결기로 그것과 한미상호방위조약(韓美相互防衛條約)을 엮어 놓아 지금까지 더 이상의 북한의 도발은 막을 수 있었지."

원 사장은 두 사람이 조금도 불편하지 않도록 준비를 잘해 두었다. 북한 고관들이 머물기 위해 지었다는 호텔의 제일 위층 끝 방 두 개가 예약되었다. 수령이 머물렀다는 방에 고 회장이 들었다. 재현은 옆방이다. 짐을 풀고 나자 오 과장이 앞장을 섰다.
"부산에서 좋은 회를 많이 드셨겠지만 고성의 광어회는 정말 맛있습니다."
선택의 여지가 없다. 오 과장을 따라갔다. 서울의 고급 식당을 옮겨다 놓은 것 같은 횟집에는 남쪽으로부터 온 손님들로 북적거렸다. 오 과장의 말이 과장이 아니었다. 숙성된 회가 입속에서 녹아들었다. 서울 최고의 요리사를 데려왔다고 했다. 그러나 요리를 즐기며 오래 머물 수가 없었다. 밀려드는 손님들 때문이다. 광어 한 그릇을 해치우고 숙소로 돌아왔다. 오 과장이 제안했다.
"온정리에 명물 중 하나로 교예단(巧藝團)이 있습니다. 북한의 서커스 공연입니다. 주무시기 전에 구경하시지요."
재현은 고 회장의 눈치를 보았다.
"나는 사람들을 짐승처럼 훈련시킨 집단 체조나 서커스는 어지러워서 못 봐. 이 사장은 보시지 그래요."
재현도 일찍 쉬기로 하였다. 오 과장이 일정을 의논했다.

"내일 오전에는 구룡폭포를 보고 상팔담을 내려다보는 일정입니다. 금강산 최고의 관광 자산입니다. 오후에는 삼일포입니다. 그리고 모레 아침에 만물상을 둘러보고 오후에 돌아가시는 일정을 잡았습니다."

재현이 제동을 걸었다.

"돌보아 주시는 것은 좋은데 지금부터 우리는 관광객의 한 명으로 그들과 같이 움직이도록 해주세요. 버스를 타고 그들과 똑같이 움직일 겁니다. 관광객 구경하는 것도 관광의 재미 중 하나이거든요."

"예 그렇게 하겠습니다."

"그리고 삼일포는 빼도 되지 않을까요?"

"뺄 수 있지요. 그렇지만 삼일포로 가려면 금강산 관광 지구의 철조망 밖으로 나가서 북한 주민들이 살고 있는 곳을 지나가게 됩니다. 금강산 근처 북한 주민들의 삶을 볼 수 있는 유일한 기회입니다. 의미가 있지 않습니까?"

재현이 바로 동의했다.

"그런 의미가 있었군요. 삼일포 가야지요."

오 과장이 온천을 권유했다.

"온정리에 오셨으니 온천을 하셔야지요. 한반도 최고의 온천입니다."

고 회장이 대답했다.

"오늘은 땀도 흘리지 않았고 내일을 준비하기 위해 일찍 자야겠으니 온천은 내일로 미루지요."

오 과장은 떠났다. 그들은 방에서 간단히 씻은 뒤 일찍 잠자리에 들었다. 재현은 흥얼거렸다. 수수만년 아름다운 산 못 가본 지 몇몇

해, 오늘에야 찾아왔다 금강산은 부른다. 금강산에 왔다. 금강산 일만 이천 봉이 창밖 어둠 속에서 우줄우줄 다가와 창을 막아섰다. 그들과 함께 깊이 잠들었다.

5.

다음 날 아침식사를 끝내고 구룡연으로 가는 버스에 올랐다. 고 회장은 멋을 부렸다. 스위스 스타일의 색깔 있는 등산복을 갖추어 입고 낮은 고깔모자를 썼다. 빨간 깃이 달린 검은 모자였다. 버스에서 그들은 언제나 맨 뒷자리에 앉았다. 창밖 내다보기가 편했고 무엇보다 관광객 구경하기에 알맞았다. 버스가 움직이는 동안 관광 가이드의 안내 방송이 계속되었다. 관광 안내가 아니었다. 경고와 공갈이 대부분이다. 휴지나 쓰레기를 버리면 안 된다. 쓰레기 버리면 벌금 문다. 대소변은 꼭 지정된 장소에서만 해야 된다. 곳곳에 북한 안내원들이 있다. 산에 숨어서 대변보던 사람이 들켜서 구속되기도 했다. 구속되면 아주 골치 아픈 일이 벌어진다. 그런 이야기들이었다.

안내원의 지루한 경고 방송이 계속되는 동안 고 회장은 딴전을 피웠다. 고 회장이 노래하듯 금강산을 읊었다.

"아아, 금강산을 오른다. 금강산, 금강, 봄날 아침 이슬이 떠오르는 태양에 반짝이는 모습, 빛나고 빛나는 것, 다이아몬드."

재현이 받아 계속했다.

"부처님의 말씀을 적은 불경 가운데 핵심 중의 핵심, 가장 존귀한 경전, 금강경. 세상에서 가장 단단하고 변하지 않는 것, 우주 진리의 핵심, 금강."

그들은 마주 보고 웃었다. 고 회장이 매듭을 지었다.

"금강에, 이제 금강산에 우리가 왔노라."

"이 사장, 내가 금강산에 대한 지리 공부 좀 시켜줄까?"

전국 방방곡곡의 산뿐만 아니라 세계 곳곳의 명산을 두루 섭렵한 고 회장이다.

"금강산 지리 공부라구요? 좋지요."

"잘 들어 봐. 금강산은 지구 생성 시기 중 신생대, 즉 약 6천만 년 전쯤 생겨났다고 보고 있어."

그때 지구상의 대부분의 지각이 형성되었다. 화산으로부터 분출된 용암이 식으면 수축 작용이 일어난다. 중심점을 향하여 수축 작업이 진행되어 갈라지면서 무수한 독립된 수직 절편들이 만들어졌다. 그 수직 절편들이 세월이 지나는 동안 수직으로 일어선 봉우리가 되었고 그 주변으로 계곡과 폭포가 형성되었다.

"냉각이 급속히 진행된 곳에는 주상절리(柱狀節理)라는 것이 생겼어. 팔각형, 육각형 혹은 사각형의 기둥 모양으로 생성되지. 해금강에는 주상절리가 잘 발달되어 있다고 해. 반대로 비교적 시간을 두고 식은 용암은 갈라져서 수직절리(垂直節理)가 되었지. 절리된 암석은 풍화가 쉽게 이루어지지. 그들이 세월이 지나면서 여러 형태로 풍화되어 만물상을 이룬거야."

그 뒤 금강산은 약 50만 년 전과 3만 년 전, 두 번에 걸쳐 빙하시대(氷河時代)를 거쳤다. 산을 덮고 있던 두께 100미터 이상의 빙하가 녹아 흘러내리면서 협곡을 만들어 내고 거대한 바위들을 수평으로 절삭(切削)하였다. 넓고 깨끗한 반석이 만들어졌다.

"그래서 금강산은 수직 절리로 형성된 일어선 바위와 대패로 깎은 것 같은 수평의 아름다운 반석들로 절묘하게 조화를 이루게 된 거야. 절리는 기기묘묘한 형체를 만들고 바위는 티끌 하나 묻지 않은 하늘이 내린 물을 담는 담소가 되고 협곡은 그들을 잇는 계류가 되었어."

"아아 진짜 멋진 설명이네요. 아무렇게나 만들어진 것이 아니고 자연의 오묘한 섭리에 맞게 설계되고 제작된 것이네요."

버스에서 내려 편안한 길로 한 시간 정도 걸었다. 아이젠을 신었지만 없어도 불편하지 않은 길이다. 옥류동(玉流洞)과 구룡폭포(九龍瀑布)에 들른다. 재현이 읊었다.

"금강산의 물은 떨어지면 폭포요, 흐르면 비단 폭이다. 흩어지면 백옥이요 모이면 담소(潭沼)다."

북한 여자 안내원이 다가왔다.

"선생님은 시인(詩人)이십네까?"

"아니요. 흥에 겨워 남들이 한 얘기를 옮겼을 뿐이요."

그녀는 고 회장에게도 말을 걸었다.

"선생님은 예술가 같습네다."

"아닙니다. 그냥 등산객일 뿐입니다."

통통하고 복스럽게 생긴 인상 좋은 그녀와도 말을 엮어 내기가 편치 않았다. 버스에서의 안내 방송 때문이다.

"북한 여성들이 제일 싫어하는 것이 아가씨라고 불리는 것입니다. 여기서는 그 말이 노는 여자로 오해되고 있기 때문입니다. 여인들과의 대화는 조심하시기 바랍니다. 말 한번 잘못하면 잡혀갈 수도 있습니다."

말끝마다 잡혀간다는 공갈이다. 구룡폭포는 아름다웠다. 산이 거대한 한 덩어리의 통 바위이다. 빛나는 물방울을 흩날리며 용이 솟아오르는 것 같은 혹은 날개옷을 입은 선녀가 미끄럼 타며 내리는 것 같은 물줄기가 웅장한 바위에 걸려 있다. 그 밑의 연못은 짙은 비취색이다. 세속에 오염되지 않은 청정무구의 태초의 모습이다. 안내원이 보이지 않자 고 회장이 낮은 목소리로 중얼거렸다.

"바위에 갈겨 놓은 저놈의 상스러운 글자들만 없으면 진짜 금강산이겠는데."

순결한 자연의 몸은 흉측한 글자로 무자비하게 난도질되어 있었다. 하도 깊이 독하게 파 놓아서 지우기도 메우기도 어렵게 생겼다.

구룡폭포를 올려다보는 정자에서 물소리와 물색에 마음을 빼앗기고 있는데 안내원이 800미터쯤 되는 가파른 쇠로 만든 사다리 길로 관광객을 몰아간다. 가파른 사다리를 한동안 숨을 헐떡이며 오르자 눈앞이 확 트인다. 구룡대라고 했다. 금강산의 수많은 봉우리들이 멀리 넓게 눈앞에 펼쳐진다.

내려다보니 잘 깎아 놓은 거대한 바위의 부드러운 곡선을 따라 물이 흐르고 크고 작은 담소로 연결되었다. 청정무구한 하늘이 내린 물이 반석 위를 굴러다니고 있다. 하늘나라에서 놀이 삼아 땅에 내려온 장난꾸러기 동자들 같다. 세상의 어떤 티끌도 범접하지 않은 거대한 바위, 인간의 손이 닿지 않은 창조된 그대로의 깨끗한 마당에서 동자들은 재잘거리며 흐르고 싶은 대로 흐르다가 사발 같은 담소에서 잠깐 노닥거리다가 어느덧 또 시시닥거리며 다시 길로 나서 돌돌 굴러가는 것이다.

"드디어 상팔담(上八潭)에 왔구나. 상팔담을 보았으니 금강산은 다 본 것이나 마찬가지야. 저기 제일 큰 못이 선녀와 나무꾼의 이야기가 담긴 곳이지. 어수룩한 나무꾼과 약삭빠른 선녀의 한국식 설화의 현장이야."

고 회장의 꿈같은 낭만에 재현이 현실을 들이대었다.

"그런데 저 신비스런 쪽빛 물은 무엇이지요? 어떻게 저런 색깔이 나오지요?"

"설명해 줄까? 내가 공부를 좀 해 두었지. 우리나라 화강암에는 장석이 들어 있어. 장석이 물과 섞이면 저 신비로운 빛깔이 나오는 거야. 고려청자의 아름다운 비색도 비슷한 반응을 통해서 얻어졌다고 듣고 있어."

"선배님은 참 모르시는 것이 없네요."

"추켜세우지 마. 산에 다니며 주워들은 이야기야. 또 책에서 읽기도 했고."

옥류동, 상팔담, 구룡폭포, 어디를 가나 흰색 바위다. 잘라진 곳도 갈라진 곳도 없이 산 전체가 흠결 없는 하나의 둥글둥글한 곡선이다. 흐르던 맑은 물이 고이면 쪽빛이 되어 흰색 바위와 절묘한 조화를 이룬다. 잡것이라고는 찾으려야 찾을 수 없는 자연이 만들어 낸 태고의 모습이다.

온정리에 와서 간단히 점심을 먹은 뒤 삼일포(三日浦) 가는 버스에 올랐다. 버스는 관광 구역을 감싸고 있는 철조망을 벗어나 북한 주민들이 사는 마을을 지나갔다. 곳곳에 군인들이 어슬렁거리고 있었다. 모두 비슷한 모습이다. 남쪽의 중학생만 한 체구의 군인들이 남의 것을 빌려 입은 것처럼 뻣뻣한 새 군복을 입고 곳곳에 서 있다. 특히 교차로마다 군인들이 서 있었는데 마치 길을 잘못 든 사람들처럼 어정거렸다. 버스 속의 관광객들은 그들과 눈을 맞추려 했지만 그들은 한사코 등을 보였다.

버스는 마을을 지나갔다. 밭 사이로 집들이 듬성듬성 자리 잡고 있다. 겨울 밭에서 일하는 여인도 있고 길을 걷고 있는 여인들도 있다. 사람의 움직임은 아주 적었다. 눈에 띄는 사람은 모두 수수한 옷을 입은 여인들이다. 버스에 타고 있는 관광객들 중 창가의 아주머니 몇 명이 열심히 그들에게 손짓을 했으나 그들은 싹 고개를 돌렸다. 답답했던지 아주머니 한 명이 창문을 열고 지나가는 여인에게 말을 걸었다.

"안녕하세요."

북측 여인은 잠깐 돌아보는 듯하더니 남측 여인의 수작에 싹 고개를 돌려버렸다. 그러나 그녀는 그 짓을 계속했다. 버스 속에 있던 남자 한 사람이 소리를 버럭 질렀다.

"그만하세요. 싫다는데 왜 그 사람들 성가시게 하세요. 추워요. 창문 닫으세요."

삼일포에 도착했다. 바닷가 포구인 줄 알았는데 바다와 삼사 킬로 떨어진 육지 속의 호수라고 했다. 신라시대 화랑들 중 네 명의 국선(國仙)이 이곳에 와서 뱃놀이를 하다가 그 절경에 폭 빠져 삼일 동안 돌아가는 것을 잊었다고 했다. 그때부터 삼일포라 부른다고 한다.

북측 안내원은 설명했다.

"여름에 보트 놀이하고 낚시하기에 여기보다 좋은 곳은 세상에 없다고 합네다. 물 반 고기 반이라고 하디요. 겨울에는 보통 1미터 이상 얼음이 얼어 스케이트도 하고 겨울 운동을 하러 사람들이 모여들었습네다. 그러나 요즈음은 얼음이 30센티 정도 얼기도 힘들게 되었습네다. 남측 동포들이 방문하기 시작하면서 그들이 몰고 온 통일 열기가 한기를 몰아내었기 때문이라고 합네다."

안내원은 신나게 주워섬겼지만 모두 무슨 썰렁한 개그냐는 표정이었다. 삼일포 밖은 군사 시설들이 있어서 경비가 삼엄하다고 했다. 고 회장이 한마디 했다.

"내 생전에 통일이 되면 꼭 한 번 더 오고 싶어. 우리 둘이 오자고. 우리 차 타고 안내원 없이 감시원도 없이 가고 싶은 곳 구석구석 찾아보며 오붓하게 구경해야겠어."

재현도 같은 생각이었다. 고요하고 아담한 곳이다. 곳곳에 신선들의 발자국이 남아 있는 곳이다. 그 발자국을 따라 텅 빈 마음으로 거닐고 싶은 곳이다. 좋은 시절에 꼭 다시 오고 싶은 곳이다. 그리고 신선이 되어 볼까?

어두워지기 전에 온정리로 돌아왔다. 온천장으로 향했다. 신라 시대에 개발되었다는 건강에 좋은 광천(鑛泉)이라고 했다. 오 과장이 앞장섰다.

"로텐브로(露天蕩)가 준비되어 있습니다."

일본에 왕래가 잦았던 고 회장이 물었다.

"로텐브로? 좋지. 그러나 너무 춥지 않을까?"

"오늘은 날씨가 푸근해서 로텐브로에 가장 적합한 날씨입니다. 실내 온천에서 몸을 데운 뒤 로텐브로에 나가시면 온천의 진수를 맛보실 수 있을 겁니다. 로텐브로에서 금강산의 산봉우리를 감상하시면서 피로를 푸십시오."

오 과장의 말대로 실내 온천에서 몸을 충분히 데운 뒤 노천탕으로 나갔다. 겨울의 냉기가 물러가고 있었다. 그렇게 느껴서 그런지 금강산의 연봉으로부터 불어오는 살랑 바람은 봄 내음을 담고 있었다. 재현은 핀란드의 사우나를 생각했다. 사우나의 뜨거운 공기에 익은 발가벗은 몸을 싸우나 문밖에 길길이 쌓인 눈 속에 던졌을 때의 상쾌함. 그때 대기 온도는 영하 삼십 도였다. 고 회장이 싱글거리며 되풀이했다.

"이제 속세의 남루한 몸을 금강산이 점점 받아들이기 시작하는군. 잘 기억해 둡시다. 좋은 세월이 오면 우리 둘이 꼭 다시 한 번 오는 겁니다."

온천에서 나오자 오 과장이 기다리고 있었다.

"저녁이 준비되었습니다. 채 사장님이 오늘 저녁을 초대하였습니다."

재현이 물었다.

"채 사장이라니?"

"울산 호텔의 총지배인이었던 채 사장 말입니다."

재현에게는 또 하나의 감격이었다. 조선소 시작하던 시절에는 조선소 근처에 외국인들이 묵을 만한 숙소가 없었다. 조선소 앞에 외국인들을 위한 판잣집 같은 숙소를 지었다. 그 시절 그는 숙소를 관리하였다. 불편하기 짝이 없던 시절이다. 그는 밤낮없이 일했다. 조선소 초창기 그 어려울 때 채 사장과 재현은 척박한 시설에 대한 외국인들의 불만을 함께 달래곤 했다. 고등학교밖에 나오지 않은 그를 큰어른은 대학 졸업생들보다 늘 더 높이 평가하였다. 조선소 앞에 오성급 호텔이 완공되었을 때 그는 호텔의 총지배인이 되었다. 그리고 금강산 관광이 시작되자 현장 총책임자 자리에 앉았다는 것이다. 재현은 오 과장을 독촉했다.

"어서 갑시다. 채 사장님을 보아야지. 오늘 큰 추억을 만듭시다."

그들은 장전항에 정박시켜 놓은 선상 호텔로 걸음을 옮겼다. 처음 금강산 관광이 시작되었을 때 방문객들이 타고 다니던 배이다. 육로 관광이 시작된 뒤 그 여객선 중 한 척을 장전항에 정박시켜 모자라는 객실로 이용한다고 했다. 호텔의 로비는 분주했다. 키는 크지 않으나 단단한 체구의 채 사장이 로비에서 기다리고 있었다.

"오랜만에 뵙습니다. 불편한 점이 많으시죠?"

재현은 반가웠다.

"이게 얼마 만입니까? 잘 보살펴 주셔서 전혀 불편하지 않습니다. 고맙습니다."

"오늘 저녁은 바깥에 준비를 했습니다. 이 호텔의 가장 아름다운 공간에 저녁을 마련해 놓았습니다. 다행히 따뜻이 입고 나오셨고 오늘 날씨도 푸근하네요."

자리에는 조선소 작업자들이 입는 방한용 외투가 하나씩 놓여 있었다. 나중에 더우면 벗을 생각을 하고 재현과 고 회장은 그 외투를 덮어 입고 자리에 앉았다. 금강산의 어두운 산 그림자가 어느덧 장전호 바다에 내려앉았다. 산의 실루엣은 선상 호텔의 거울 같은 외벽에도 선명하게 반사되었다. 명함을 교환한 뒤 고 회장이 찬탄했다.

"문자 그대로 세상이 모두 금강산이네요. 눈을 들면 금강산 일만 이천 봉, 눈을 수면으로 내려 뜨면 바다 위에 일만 이천 개의 아름다운 그림자, 뒤돌아보면 호텔 유리벽에 비치는 금강산, 천지가 금강산입니다. 평생 잊지 못할 풍경입니다."

채 사장이 겸손하게 설명했다.

"좀 싸늘하긴 해도 여기를 좋아하실 것 같아 자리를 마련하였습니다. 어제 그제가 음력 정월 보름이었으니 아직 달이 밝습니다. 오늘 밤 경치는 또 추억이 되실 겁니다. 혹시 천상의 선녀들이 달밤에 구경하러 내려와 주변에서 서성거릴지 모르지요."

동쪽으로부터 달이 떠올랐다. 만월에 가까운 달은 금강산을 굽이굽이 어루만졌다. 달빛을 받은 봉우리들이 수런수런 움직이고 있었다. 재현이 채 사장을 추켜세웠다.

"울산에서 그렇게 고생을 하며 호텔 왕국을 만들어 내더니 여기서 또 한 번 솜씨를 보이셨네요. 채 사장 손이 닿으면 어떤 척박한 땅도 낙원으로 바뀌는군요. 작고한 선대 회장께서 그렇게 아꼈던 이유를 알 것 같습니다."

채 사장이 겸사했다.

"제가 한 게 뭐 있습니까? 회장님이 어려운 것 풀어주시고 이끌어 주셔서 된 일이지요. 더욱이 울산에서는 이 전무님이 늘 곁에서 도와주시지 않았습니까?"

"바쁘실 텐데 우리 때문에 이렇게 시간을 내어 주셔서 몸 둘 바를 모르겠습니다."

"아닙니다. 이 전무님이 오셨는데 제가 마땅히 해야지요. 더구나 원 사장님의 특별 지시까지 있었습니다."

식탁에는 고성항에서 잡은 싱싱한 해산물들이 여러 형태의 요리로 만들어져 나왔다.

"드십시오. 여기는 관광객도 많지만 남북 할 것 없이 정부 고위 관리들도 많이 오시기 때문에 식단에 신경을 씁니다. 요리사도 우리나라 일류로 뽑는다고 뽑았습니다."

회를 비롯해서 여러 가지 맛깔나는 해물 요리에 북한의 명주 들쭉술을 곁들였다. 많이 마시지는 않지만 술에 일가견을 가진 고 회장은 입맛을 다시며 술을 음미했다. 모든 것이 입맛에 맞았다. 떠밀려서 바쁘게 마친 전날 저녁과 비교되었다. 별미를 느긋하게 즐겼다.

"채 사장님 귀한 손님이 오셨습네다."

북한 관리 복장을 한 오십 줄의 남자가 그들 자리로 다가왔다. 채 사장이 일어섰다.

"김 비서 동지, 어서 오십시요. 그렇지 않아도 모시려고 찾고 있었습니다."

온정리 관광단지의 북한 측 책임자라고 했다. 채 사장이 고 회장과 재현을 소개했다. 특히 재현이 외국인들의 금강산 단체 관광 가능성을 검토하고 있다는 이야기를 들려주었다.

"좋은 일이디요. 금강산은 우리 민족의 보물일 뿐 아니라 세계 최고의 명산 아닙네까? 외국인들이 좋아하지 않을 수 없갔디요. 좋은 일 하십네다."

그들은 바다에 떠 있는 달을 보며 들쭉술을 마셨다. 그는 고 회장에게 말을 걸었다.

"고 회장님은 남쪽 조선 공업을 일으켜 세우신 분이라 들었습네다. 우리 북쪽도 조선 공업을 발전시켜야 할 텐데 고 회장님 같은 분이 계시지 않아 시작을 못 합네다."

고 회장은 팔을 저었다.

"저는 지나간 물입니다. 젊고 힘쓰는 사람들이 해야지요. 북한도 하자고만 하면 못할 것이 없지요. 남쪽에서도 도와줄 수 있는 사람들이 많을 겁니다."

김 비서의 목소리가 잦아들었다.

"외국인들이 문제입니다. 사업을 하자면 외국인들이 와야 하는데 아직은 핑계만 대고 들어오려고 하지 않아요."

외국인이 들어오지 않는 이유를 모두 알고 있었지만 누구도 입에 담지 않았다. 달이 중천에 올랐다. 들쭉술을 제법 마셨다. 김 비서 동지는 조선 공업에 관심이 많았다.

"지금 세계 조선 경기가 아주 좋다지요."

재현이 대답했다.

"세상에 유례가 없는 호황입니다. 배는 없어서 못 팝니다."

"참 부럽습네다. 부러워요."

채 사장이 김 비서에게 고맙다는 말을 했다.

"우리 금강산 관광도 그동안 어려움이 많았지요. 그렇지만 김 비서 동지 같은 마음이 열린 분이 계셔서 오늘까지 발전되어 왔습니다. 언젠가 우리 정부로부터 큰 공로 훈장을 받게 될 것입니다."

"아니요. 아니요. 이건 개인의 문제가 아니디요. 저는 단지 북쪽과 남쪽의 민족끼리 함께 이루어야 할 통일의 숙제가 여기서부터 풀려 나가기를 바랄 뿐이디요. 뭐니 뭐니 해도 천 마리의 소 떼를 손수 몰고 오신 정 회장님의 속임수 없는 결심이 모든 사람들의 마음을 녹인 것이디요. 그것을 보고 우리 수령님도 선선히 금강산 사업을 허락하셨습네다. 아무나 내릴 수 있는 결심이 아니었습네다. 단순한 관광사업이 아니디요. 여기에는 수많은 복잡한 문제가 얽혀 있고 여러 가지 깊은 의미가 내포되어 있디요."

고 회장이 눈시울을 붉히며 화답했다.

"정말 감동적인 일이었습니다. 그분의 진솔한 마음이 김 위원장님의 마음을 움직였지요. 금강산 관광은 두 분의 큰 인물이 만들어 낸 역사적 작품입니다. 이것이 우리 조국의 통일에 마중물이 되기를 빕니다."

김 비서가 눈웃음을 지으며 화제를 바꾸었다.

"정 회장님이 싣고 온 소들 중에 여러 마리가 북쪽에 도착하자마자 죽었지요. 남쪽 중앙정보부가 먹여서는 안 될 것을 소에게 먹여 보내어 길에서 죽게 했다고 생각하는 사람들이 많디요."

재현이 나섰다.

"저도 그 이야기를 들었습니다. 그 일이 있은 뒤에 제가 마침 소를 기르는 농장에 갈 기회가 있었습니다. 제가 김 비서님의 말씀과 꼭 같은 질문을 했지요. 담당자의 대답은 명백했습니다. 나쁜 것을 먹일 리가 없지요. 그랬다가는 큰 어른께서 불벼락을 내리셨을 겁니다."

소들은 바다를 메운 뒤에 개발한 간척지에 방목(放牧)되었다. 소들이 북쪽에 가서 죽었다는 이야기들을 듣고 목장의 소들을 검사했다. 놀랍게도 소의 내장에서 많은 양의 어선에서 쓰는 밧줄이 나왔다. 소들이 풀을 뜯어먹다가 모래 속에 파묻힌 밧줄을 끌어내어 먹었다는 것이다. 어선들이 버린 밧줄이 많이 모래 속에 파묻혀 있었다. 소들이 그 짭짤한 밧줄을 좋아해서 찾아다니며 먹었다고 한다. 그런데 그 밧줄이 소화가 잘 안 되는 것이다. 목장에 있으면 반추를 하며 두고두고 소화시켜서 문제가 없는데 낯선 차에 실려 몇 시간씩 시달리다 보니 소들이 스트레스를 받았다. 그것이 급격한 위장장애를 일으켰고 그것을 감당하지 못한 여러 마리의 소가 죽게 된 것이다.

김 비서가 고개를 끄덕이며 그 설명을 받아들였다.

"그랬갔디요. 그 어른이 어떤 분인데 나쁜 일이 벌어지게 두셨갔시요?"

고 회장이 소 떼 이야기를 이어갔다.

"그런데 정 회장님이 천 한 마리 소떼를 몰고 간 의미를 생각해 보았습니까?"

김 비서가 뜸을 두지 않고 대답했다.

"'어릴 적 소 판 돈 훔쳐간 잘못을 천 배로 속죄한다' 그런 뜻 아닙네까?"

"그렇게 보고들 있죠. 거기에 동의를 하면서도 저는 다른 생각도 합니다. 천일(1001) 야화 아라비안나이트 이야기를 생각하는 거죠. 왜 천일 야화이죠? 천 개의 야화라도 충분히 감동적일 텐데 왜 하루를 더 했을까요? 거기에는 깊은 뜻이 있습니다. 완전수인 천(1000)에 처음을 의미하는 하루를 추가하면 1001은 영원히 계속되는 숫자의 시작이 되는 것입니다. 책을 많이 읽으신 정 회장께서 영원히 계속되어야 할 통일 한국의 미래를 내다보며 밟으신 사려 깊은 행보가 아니었을까 생각합니다."

모두 머리를 주억거렸다.

명절이 되면 북측 간부들은 필요한 선물 목록을 채 사장을 통해 원 사장에게 전한다고 했다. 그들의 상관들과 나눌 물목들이다. 크게 비싼 물건들이 아니어서 부탁하는 대로 건네준다고 했다. 그 선물을 건네는 창구도 김 비서라고 했다.

"금강산 관광이 시작되면서 이제 통일의 그날이 바짝 앞당겨졌다 그렇게 보고 있습네다. 정부에 계셨던 고 회장님은 어떻게 보십네까?"

고 회장은 웃고만 있었다. 김 비서 동지는 아주 친숙한 어조로 고 회장의 대답을 요구했다. 고 회장은 어정쩡하게 대답했다.

"글쎄 남북 관계는 돌발 변수가 일어나곤 해서 종잡을 수가 있어야지요."

"십년 전, 서울이 불바다가 될 수 있다고 한 말을 아직도 기억하시는 겁네까?"

모두들 잠깐 숨을 멈췄다. 너무나 민감한 이야기가 북측 인사의 입으로부터 나왔기 때문이다. 모두 입을 다물었다. 김 비서는 웃으며 분위기를 풀었다.

"여기는 서로 허심탄회하게 의견을 나누는 자리입네다. 저는 고 회장님이나 이 사장님처럼 경륜이 높은 분들로부터 지혜를 얻고 싶을 뿐이디요."

그에게 질문이 집중되자 고 회장도 마냥 입을 닫고만 있을 수가 없었다.

"참 훌륭하신 분을 만나 유익한 이야기를 나눌 기회가 되어 감동적입니다. 그런데 그 불바다 발언은 궁극적으로 남북 간에 또 하나의 전쟁이 일어날 수 있다는 현실을 의미하는 것이 아닙니까?"

십여 년 전 남한의 팀스피리트 훈련 재개와 패트리어트 미사일 배치에 강한 거부감을 나타내며 남북특사교환 실무자 회담에서 북한측 대표가 내뱉은 말이다. 서울이 불바다가 될 수 있다는 그 깡마른 인사의 강퍅한 발언은 남한 사회를 발칵 뒤집어 놓기에 충분한 위력을 보였다. 그러나, 김 비서는 아무렇지도 않게 대답했다.

"전쟁이요? 말하자면 그렇다는 거디요. 전쟁이 되겠습네까? 전쟁의 승패는 국력에 따라 결정되는데 남북의 국력의 차이가 수십 배나 나는 판에 전쟁을 수행할 수가 없디요. 거저 함께 평화롭게 살아야디요."

모두 가슴을 쓸어내렸다. 김 비서는 좋은 이야기를 편안하게 하고 있었지만 다른 사람들은 말 한 마디 꺼내기가 마치 살얼음판을 걷고 있는 것 같았다. 더 이상 긴 이야기를 나눌 수 없었.

김 비서는 그가 하고자 했던 말을 끝내자 편하게 자리를 떠났다.

감동적인 저녁 식사와 김 비서 출현과 그의 뜻밖의 발언으로 재현은 그날 하루가 온통 뒤죽박죽이 되었다. 그러나 온천을 한 뒤 마신 몇 잔의 들쭉술 덕택으로 재현은 상팔담의 아련한 추억을 껴안고 깊은 잠 속으로 빠져들었다.

다음 날 아침 만물상 코스를 따라다녔다. 서너 시간 걸렸다. 아이젠을 신고 편안하게 다녔다. 산을 오르는구나 하는 기분을 느꼈다. 우선 버스들이 십여 킬로 되는 길을 꼬리를 물고 굽이굽이 오르는 모습이 버스 뒷자석에 앉은 재현에게 아슬아슬해 보였다. 버스에서 내리자 북한 안내원은 아주 친절하게 설명했다.

"일제 강점기에 일본 놈들이 등산로 입구로부터 비로봉에 이르는 길을 내기 위해 십년 동안 발악을 하였지만 끝내 이루지 못했디요. 그것을 우리 공화국 기술자들이 전쟁 때 물자를 수송하기 위해 두 달 보름 만에 완성했답니다."

바위마다 김일성을 찬양하는 글들이 새겨져 있다. 반듯한 바위마다 꽉 쥔 주먹을 내밀듯 새겨진 글들이 눈을 때리고 들었다. 대부분 같은 내용이었지만 눈에 띄게 거슬리는 것들이 많았다. '조선아 자랑하자. 5천년 민족사에 가장 위대한 김일성 동지를 수령으로 모시었던 영광을' 대부분 그런 식이었다. 한 관광객은 돌에 새겨진 글자들만 보러 왔다는 듯이 찾아다니며 사진을 찍었다. 하도 눈에 띄게 사진을 찍어대자 북한 안내원이 다가왔다.

"선생님은 수령 동지 찬양문에 관심이 많으십네까?"

그는 둘러대었다.

"아, 나는 금석문(金石文)을 전공하고 있습니다. 돌에 새긴 글자들에 흥미가 많아요. 그것은 오랫동안 보존되고 결국 역사로 남을 것이거든요. 여기 돌에 새긴 글자들은 특이한 필체라 사진에 담아 둘 필요가 있을 것 같아요. 동시에 수령 동지님의 고난의 발자취도 되돌아볼 수 있고."

주차장에 내려 산봉우리를 올려다보며 일만 이천 봉 돌덩어리들이 소개된다. 이름도 절묘하게 붙였다. 삼선암(三仙岩), 귀면암(鬼面岩), 절부암(折斧岩), 땅문, 천선대(天仙臺), 안심대(安心臺), 망장천(忘杖泉), 천일문(天一門), 세존봉(世尊峰) 등 무궁무진한 상상의 나래가 바위마다 붙어 나불댄다. 헤아릴 수도 없다. 보이는 곳만 그렇다. 개방되지 않은 수많은 영봉에는 또 얼마나 많은 이름이 붙어 있을까? 약간의 구름이나 안개의 움직임에도 온갖 바위들은 그들에게 붙여진 이름의 모습으로 우줄우줄 움직인다.

깎아지른 바위들 사이에서 동그란 머리를 인 솟을 바위가 눈앞에 나타난다. 그 앞에서 한 여인은 눈물을 흘리며 돌의 사진을 찍는다. 여러 사람 들으라고 넋두리를 한다.

"어쩌면 작년에 돌아가신 어머니와 그렇게 닮았을까요?"

한 남자는 들으라고 핀잔을 준다.

"자연스럽게 깎여 나간 돌의 모양을 두고 이름을 붙인다는 것이 무슨 의미가 있어요? 아, 신기하다 하면 되는 것이지, 거기다 부처님 이름을 붙이고 신선 이름을 붙이더니 이제는 어머니까지 갖다 붙이는구먼."

내려오는 길에 재현이 한마디 하였다.

"봉우리마다 바위마다 비슷하지도 않은 이상한 이름을 붙여야 하나요? 세상 사람들의 쓸데없는 취미들인 것 같아요."

고 회장이 느긋하게 대꾸했다.

"모양을 찾거나 의미를 붙인다기보다 지도상에 올릴 표기라고 볼 수 있지. 이름이라도 붙여 놓아야 각각의 봉우리들의 위치를 정하고 일종의 이정표 역할도 할 수 있을 것 아냐? 크게 신경 쓸 것 없어."

6.

만물상 코스를 둘러보고 내려와 늦은 점심을 먹었다. 숙소로 돌아가 짐을 싸서 금강산으로 들어갔던 길을 거슬러 나왔다. 오 과장이 구석구석 지키며 도와주었지만 가는 곳마다 뒤통수를 누군가가 쓰다듬는 것 같은, 옷자락이 낯선 사람의 손으로 뒤로 당겨지는 듯한 느낌을 지울 수가 없었다. 드디어 오 과장과 작별을 할 시간이 되었다. 몇 달을 함께한 사람처럼 정이 들었다.

"처음 금강산 온다고 했을 때 걱정스러운 점도 많았는데 오 과장이 계셔서 마치 집 안방에서 지낸 것처럼 사흘을 편안하게 지냈습니다."

"좀 더 편안하게 모셔야 하는데 모자라는 점이 많았습니다. 다음에 오시면 더 편안하게 모시겠습니다."

고 회장도 고마워했다.

"정말 어려운 곳에서 큰일 하고 계시는 것을 보았습니다. 오 과장님 하시는 일이 우리나라 평화 통일을 위한 초석이 되기를 빌겠습니다."

오 과장은 의젓했다. 미묘한 정치적인 문제는 그에게서 비켜나 있었다.

"제가 한 일이 뭐 있습니까? 그저 이 민족의 성지에 사고가 없기를, 오가는 분들이 모두 편안한 시간을 갖도록 그리고 긍정적인 추억을 마음에 담고 돌아가시도록 신경을 쓸 뿐이지요."

그는 재현에게 부탁했다.

"원 사장님께 제가 잘하고 있다고 말씀해 주십시오. 그분이 저에게 사명감을 불어넣어 주셔서 제가 여기 있습니다."

재현이 대답했다.

"그럼요, 오 과장님, 그렇게 하겠습니다."

헤어지기 전 오 과장이 재현에게 물었다.

"그래 외국 손님들 모시고 오기로 결심하셨습니까?"

재현은 대답하기 어려웠다.

"한국 사람들 오가는 것과 외국인 움직이는 것은 워낙 미묘한 차이가 있어서요. 서울 가서 좀 생각하고 외국 친구와 의논하겠습니다."

오 과장은 충분히 이해한다는 너그러운 미소를 띠며 떠나는 버스를 향해 손을 흔들었다.

아산 휴게소에서 고 회장의 차가 시간에 맞춰 기다리고 있었다. 속초를 지나 고속도로에 들어설 때까지 그들은 뒷좌석에 몸을 묻고 눈을 감은 채 아무 말도 하지 않았다. 고속도로에 들어서자 감시의 눈으로부터 풀려났다는 듯이 고 회장이 입을 열었다.

"이 사장 덕에 생각치도 못했던 호강을 했어. 역시 이웃을 잘 둬야 돼. 이웃을 잘 두면 자다가도 떡이 생기는 법이지?"

"이번에 선배님과 함께해서 마음 든든했습니다. 꿈같이 다녀온 길이지만 선배님이 계셔서 현실적인 추억이 되었습니다."

"옛날 풍류객들이 몇 달을 두고 탐방하던 것을 단 이틀 둘러보고 금강산에 갔었다고 자랑하기가 창피하지만 참 많은 것을 보았어."

"옛날 풍류객들이 누리지 못했던 현대 문명의 도움을 받았잖아요. 상상하지도 못했던 속도와 편안함으로 금강산을 즐긴 거지요. 보아야 할 것은 거의 다 본 셈이에요."

"아니야. 우리가 본 것은 빙산의 일각이었다고 할까? 금강산이 완전히 개방되는 날 더 많은 진실한 모습들을 볼 수 있겠지. 또 금강이라는 이름에서 보듯이 금강산은 수많은 불교 관련 설화와 가르침이 담겨 있는 곳이야. 불교에 관한한 이번 방문 중 옛 절터 하나를 잠깐 지나갔을 뿐이지. 그러나 금강산에 자리 잡고 있는 불교 관련 유적만 둘러보려 해도 며칠은 걸릴 거야."

"그래요. 언제 좋은 시절이 오면 다시 한 번 와요."

"정말 꿈같은 사흘이었어. 그러나 앞으로 두고두고 생각해야 할 거리들도 많았어. 해상 호텔에서의 저녁, 북한의 마을, 군인들, 북한 주민들, 김 비서 동지 모두 가슴에 깊이 각인되었어. 무엇보다 아름다운 금강산은 자주 꿈에 나타나 다시 오라고 수작을 부릴 것 같아. 나도 산을 많이 다녔다고 자부하지만 이처럼 태고의 아름다움을 고스란히 지닌 산은 보지도 듣지도 못했어."

"그래요. 분단된 지 벌써 60년이에요. 두 세대가 지나갔어요. 무엇보다 그 돌에 새겨 놓은 글들 말이에요. 그 점잖지 못한 글체와 수치스런 내용들 그걸 어떻게 해야 되죠? 그 붉은색은 꼭 생혈(生血)을 발라 놓은 것 같지 않아요. 그 색깔은 지울 수가 있다 치지요, 그 돌에 파놓은 글자들을 어떻게 없앨 거예요? 그 바위들을 깨부술 수도 없고. 아름다운 금강산을 정말 흉물로 만들어 놓았어요."

"많은 사람들이 그걸 걱정하고 있지. 나도 그것을 내 눈으로 보자마자 가슴이 턱 막혔어. '저것이다. 진실로 통일을 막고 있는 것이 저것이다. 저 짓거리를 하고 있는 사람들이다'라고 생각했어. 그런 유치한 방법으로 국민들의 복종을 강요하는 지도자라면 이미 지도자의 자격을 상실한 사람들이잖아? 그러나 다르게 생각할 수도 있겠지. 그 글자들은 그냥 남겨 두자. 후손들에게 우리나라 역사에도 이런 난센스가 있었다, 앞으로 이런 일이 다시 일어나서는 안 된다, 그런 부정적인 교훈이 될 수도 있지 않겠어?"

"그 글자들은 북한 시스템의 치명적인 결함을 백일하에 드러내 놓은 행위이고 그것이 결국 그들을 무너뜨리는 원인이 될 거예요. 그들의 비위를 맞춰가며 금강산을 가야 한다는 것은 정말 난센스예요. 문제는 남쪽의 이성을 잃은 북한 추종 세력들이예요. 6·25 전쟁을 일으켜 수많은 동포를 살육했고, 지금도 남침을 공언하고 있는 전쟁광들로부터 어떤 대화를 기대하고 있는지, 참으로 웃음거리예요. 언제까지 눈을 가리고 못 본 척 지나갈 것인지 걱정스러워요."

"남한 동포들을 살육한 것뿐인가? 북한의 자기 백성들은 또 얼마나 무자비하게 죽이고 짐승처럼 수용소에 가두어 두었어? 무엇보다 백성들을 먹여 살릴 능력이 없는 북한의 독재자를 추종하는 대한민국의 백성들은 세계의 웃음거리가 되고 있지."

"백성들을 배부르게 했고 나라를 세상에 우뚝 세운 박 대통령은 독재자라고 폄하하면서 전쟁과 살육의 화신인 수령은 만고의 명군으로 추앙하고 있으니. 게다가 이 나라가 주는 풍요로운 삶의 모든 혜택을 누리면서 눈도 깜짝하지 않고 이곳을 지옥이라고 부르지요."

"그래서 원로 한 분은 큰 어른에게 큰 배 한 척 지어 달라고 요청을 했잖아. 아직도 '이팝과 고깃국' 타령인 영명하신 수령을 찬양하는 남한 사람들을 모두 모아 그 배에 실어 그분 슬하에 가서 살게 북한으로 모셔다 드리자고."

고 회장은 계속했다.

"그래. 북한 정권은 무너지지 않을 수 없는 정권이야. 그건 누구도 막을 수 없어. 이제 우리가 해야 할 일은 통일된 뒤의 조국의 건설이야. 가장 중요한 것은 지금까지 있었던 모든 일들을 역사의 한 페이지로 받아들인다는 거야. 무지한 백성들의 마음도 독재자들의 추종 세력들도 우리 백성들로서 적절히 껴안아야 한다는 거야. 배척만 해서는 통일이 된 뒤에도 이 아름다운 강산은 조각조각 찢기고 말아."
 "그렇겠네요. 선배님의 말씀이 가슴 깊이 와닿습니다. 저 흉측스런 금강산의 바위들도 우리 역사의 한 장면으로 남겨 두어야겠네요."

 고 회장은 화제를 바꾸었다.
 "상팔담, 참 아름다웠지? 금강산 하면 그것만 생각하자고. 사람 손 때 묻지 않은 하느님의 손길만 받은 아름다운 팔담을 생각하자고. 너무나 아름다웠어."
 "수직절리와 빙하의 절삭에 대한 지리학 강론은 큰 교육적 가치가 있었습니다."
 "그래? 나도 좀 도움이 될 때가 있군 그래."
 그들은 처음으로 마음 놓고 껄껄거렸다. 재현의 목소리가 진지해졌다.
 "좋은 세월이 오면 다시 오자고 몇 번을 다짐을 했는데 그건 언제쯤이 될까요?"
 "우리 죽기 전에 꼭 오리라고 확신해. 싫어하건 좋아하건 통일은 우리가 맞이해야 할 숙명이야. 그 시간이 차츰 가까워지고 있다는 생각이 들어. 우리 건강 잘 챙겨서 그날을 맞을 준비를 하자고."
 "선배님의 말씀은 가슴 제일 깊은 곳으로 와 박히네요. 선배님의 말씀을 통해 저도 이제 통일에 대한 확신을 갖게 되었습니다. 준비를 빈틈없이 해 나가겠습니다."

 월요일 아침 재현은 원 사장에게 전화를 걸었다.
 "잘 다녀왔습니다. 오 과장이 잘 보살펴 주어 편하게 구경했습니다. 채 사장도 반갑게 만나 보았습니다. 모두들 성심을 다해 애쓰고 있었습니다. 원 사장님의 원대한 꿈이 이루어지고 있는 것을 확인하였습니다. 정말 고맙습니다."

"금강산은 어땠습니까? 어설픈 구석이 많이 보였지요?"

"어설픈 구석이라니요? 금강산 아닙니까? 세상에 둘도 없는 보석을 관계자들의 사명감으로 갈고닦아 결점 없는 금강석으로 만들어 놓았습니다."

"어때 외국인들 데려올 만했습네까?"

원 사장은 북쪽 어투로 재현의 마음을 떠 보았다. 재현은 잠깐 망설인 뒤 대답했다.

"글쎄 찾아올 외국인들과 의논을 해 봐야겠습니다. 그런 뒤 결과를 알려 드릴게요. 언제 저녁 한번 살 기회를 주십시오."

"예, 시간을 맞춰 보지요."

그날 오후 재현은 클랜시에게 전화를 걸었다. 그는 느긋했다.

"하이, 그래 금강산은 잘 있던가?"

"물론, 금강산은 아름다웠어."

"우리 같은 외국 촌사람도 환영하겠다고 하던가?"

재현이 잠깐 입을 다물었다.

"왜 '아직은'이야?"

"그래, 아직은. 귀한 손님을 맞기에는 이 퍼센트 정도 부족한 곳이 있었어."

"오케이, 그럼 이번 명명식은 편안한 통상적인 방법으로 진행하지."

마지막 명명식까지 두 달 넘어 남았다.

제39장

폭포수처럼 내리는 축복

1.

3월 7일 월요일 클랜시는 오후 다섯 시쯤 전화를 걸어왔다.

"내가 어디까지 이야기했었지?"

재현이 전화를 받자 클랜시는 밑도 끝도 없이 중얼거렸다. 그는 머뭇거렸고 목소리에 자신이 없었다. 정신 줄을 놓은 사람 같았다. 재현이 대꾸할 말이 없었다. 잠시 뜸을 들이고는 클랜시의 화제는 엉뚱한 방향으로 바뀌었다.

"그래 한국은 지금 어때? 진달래꽃이 피기 시작했겠지?"

클랜시의 말에 당혹스러웠던 재현은 그 화제에 매달렸다.

"아니 세계 곳곳에서 벌어지고 있는 기상 이변이 여기도 영향을 미치고 있어. 금년에는 꽃샘추위가 기승을 부려서 꽃 소식은 좀 더 기다려야 할 것 같아. 지난 주말은 한반도 남쪽 부산까지 완전히 눈으로 덮여 버렸어. 나도 오늘 아침 일찍 눈길을 걸어서 사무실로 나왔어. 그러나 이제 벌써 삼월이야. 날씨가 춥다고 하지만 봄이 오시는 길을 마냥 막을 수는 없어. 진달래도 곧 산하를 덮겠지."

그는 되풀이했다.
"내가 어디까지 이야기했지?"
한동안 대화가 중단됐다. 재현이 생각했다. 톰의 머리가 지금 혼란 속에 빠져 있다. 무얼까? 무엇이 그의 월요일 아침을 저토록 휘젓고 있는가?
클랜시가 어렵지만 이 말은 해야겠다는 듯 툭 내뱉었다.
"아, 그래. 인숙의 이야기였어."
그리고 또 뜸을 들였다. 재현의 머리가 뒤죽박죽이 되어 갔다. 한참을 망설이다가 클랜시는 다시 한 마디를 툭 내던졌다.
"인숙을 내보냈어."
재현은 숨을 멈추었다. 인숙이를 내보내다니. 인숙이에게 무슨 잘못된 일이 생겼단 말인가? 끙끙거리던 클랜시는 또 한 마디를 내뱉었다.
"인숙이를 앤트워프 해양박물관 관장으로 임명한 것은 이야기했었지?"
재현이 심드렁하게 대꾸했다.
"그래 나도 들었어. 왜 무슨 문제가 생겼나?"
클랜시가 황급히 재현의 말을 막았다. 그리고는 말의 물꼬를 트기 시작했다.
"아니 아니, 전혀 문제가 생긴 건 아니야. 박물관 곁에 있는 편안한 아파트를 하나 빌려서 인숙이 살도록 했어. 박물관을 제대로 운영하자면 그러는 것이 좋을 것 같아."

재현은 생각했다. 톰이 이제 인숙을 버릴 때가 되었단 말인가? 한동안 끙끙거리던 클랜시가 쏟아붓듯 길게 설명을 시작했다.

"인숙에게 자유를 주려고 하는 거야. 다른 의미는 없어. 인숙의 자유로운 영혼을 진실로 자유스럽게 풀어주려는 거야. 인숙은 너무 오래 내 틀에 갇혀 있었어. 그녀의 영혼이 나의 보호 속에서 평화롭고 자유롭게 성장할 수 있다고 생각했는데 그것은 착각이었어. 이제 깨달았어. 그녀가 필요로 하는 것은 그녀의 운명을 스스로 개척해 나갈 완전한 자유야. 그녀의 영혼을 속박하는 것은 죄악이야. 이제야 깨달았어."

너무나 급격한 변화여서 재현은 어떻게 대화에 끼어들어야 할지 갈피를 잡을 수 없었다. 어느새 클랜시가 평온을 되찾았다.

"좀 헷갈리지? 인숙도 처음에는 반발했어. '나를 그런 식으로 내버리는 거야?'라고 하면서."

클랜시가 그녀를 다독거렸다.

"너는 내게 종속되기에는 너무나 고귀한 존재야. 내게 종속되어서는 너는 독립심을 잃게 되고 네 고귀한 영혼을 키워 나갈 방법을 찾을 수 없게 돼. 너의 독립심 그것이 너를 지탱해 온 뼈대이며 최대의 매력이었는데 말이야."

인숙은 처음에 당황했다. 클랜시에게 매달렸다.

"나는 톰, 당신에게 길들여졌어. 나는 이 생활을 이미 나의 운명으로 받아들였어."

"인숙의 그런 자세 때문에 내가 이런 어려운 결심을 한 거야. 인숙은 내게 예속되어서는 안 돼. 팔팔하게 살아 있는 독립된 영혼이 되어야 해. 만일 내가 인숙의 고귀한 영혼을 독립심이 없는 노예로 만든다면 내가 하느님에게 큰 죄를 짓는 것이 돼."

"아니야, 아니야. 이건 톰이 나를 내치기 위한 핑계일 뿐이야. 내가 지금 무엇을 독립적으로 할 수 있다는 거야? 나는 혼자 할 수 있는 것이 아무것도 없어. 노예라도 좋아. 나는 톰의 노예가 될 거야."

클랜시는 인숙의 어깨를 껴안았다.

"내가 인숙을 만났을 때 인숙은 마치 하늘에서 날아다니는 꾀꼬리 같았어. 맑은 하늘에 싱싱한 날개를 파닥거리며 밝은 목소리로 노래를 불렀지. 그러나 그동안 차츰 새장에 든 추하고 맥 빠진 새로 변하고 있어. 하늘을 날아오를 생각도 잊고 노래마저 잃었어. 노래 잃은 새는 새가 아니야. 아침마다 주는 모이 몇 알에 감지덕지하는 영혼이 빠진 남루한 박제(剝製)로 변해 가고 있어."

"그럼 나는 이제 어떻게 해야 돼?"

클랜시는 끈질기게 밀어붙였고 인숙은 마침내 클랜시에게 끌려왔다.

"나는 소중한 인숙이 성장하는 것을 보고 싶어. 박물관장으로서의 최고의 대우를 해 줄 거야. 그것을 바탕으로 자기 스스로의 독립된 자아를 개척해 봐."

재현은 차츰 마음이 가라앉았다. 말의 깊이 때문에 생각의 무게 때문에 클랜시가 '어디까지 이야기했지?'만 되풀이하면서 말도 꺼내지 못했구나. 그것은 클랜시가 인숙에게 표시할 수 있는 최고의 사랑과 감사의 표시일 수 있다는 생각이 재현의 마음속에서 샘솟기 시작했다. 누가 그 같은 진솔한 사랑을 베풀 수 있다는 말인가? 온몸의 피가 클랜시에 대한 고마움으로 뜨거워지고 있었다.

"인숙은 짐을 챙겨 떠났어. 말은 고맙다고 고맙다고 했지만 마음이 내키지 않는다는 표정이었어. 마치 다시 보지 않을 사람처럼 집안 구석구석을 챙기고 특히 나의 죽은 마누라 사진들을 옛날 있던 자리에 잘 챙겨 놓고 갔어."

재현은 한숨을 쉬었다.

"톰, 나는 이제 이해한다. 그것은 당신만이 할 수 있는 결단이야. 당신만이 할 수 있는 성스러운 사랑의 표현이야. 정말 존경스러워."

"제리, 당신은 이해해줄 줄 알았어. 스스로 어렵게 내린 결심에 대해 한결같이 이해를 해주는 친구를 곁에 가지고 있다는 것은 얼마나 큰 축복인가?"

"그래, 인숙은 이사를 잘 마쳤나? 새로운 집에서 편하게 생활을 시작했나?"

"응, 매일 저녁 전화를 해. 달려가서 저녁도 사주고 싶지만 참고 있어. 이제 인숙이도 나도 독립된 새로운 생활을 시작해야 돼. 처음에 어렵겠지만 차츰 익숙해지겠지?"

며칠 뒤 클랜시는 정신 줄을 놓은 것 같은 목소리로 다시 횡설수설이었다.

"다프네(Daphne) 기억나?"

"다프네라니?"

"지난 80년대 내 배의 명명식 때 빠짐없이 참석하던 내 친구 라들러(Radler)의 마누라 말이야."

재현의 기억 속에 없는 이름이다.

"그래 기억 못 할 거야. 라들러는 그때 한꺼번에 몰려다니던 여러 친구들 중 한 명이었으니까. 내 인생을 통해 가장 가까운 친구 중 하나였지. 그 친구가 몇 년 전 세상을 떠났어. 그 뒤 다프네가 혼이 빠져 버린 여인같이 되어 버렸어. 그 아름답던 사람이 말이야. 우연히 한 모임에서 만나 몇 마디 세상 사는 이야기들을 나눴지. 그리고 며칠 전 또 만나게 되었어. 인숙이 떠난 뒤였어. 갑자기 '저 사람이면 서로의 빈자리를 메울 수 있겠다' 그런 생각이 드는 거야. 내가 그냥 지나가는 말로 우리 집에 와서 같이 살면 어떠냐고 제안을 했지. 그런데 그녀가 망설이지 않고 그러겠다고 하는 거야. 다음 주에 우리 집에 들어오기로 했어."

클랜시는 자기 스스로에게 말하듯 주워섬기더니 말을 끝내고 툭 전화를 끊었다.

재현은 이십여 년이 지난 사진첩을 꺼냈다. 그중 클랜시와 관련된 사진첩을 골라내었다. 클랜시는 80년대 '사상 최악의 어두운 터널'이라고 부르던 불황에 몇 척의 배를 울산 조선소에서 지었다. 몇 번의 명명식이 있었다. 사진첩 속에서 약간 살찐 체격에 털북숭이 얼굴을 찾아내었다. 특히 그의 이름이 유명한 벨기에의 맥주 이름과 같아서 금방 기억을 살릴 수 있었다. 라들러는 맥주와 레모네이드를 섞어서 만든 도수가 낮은 청량음료 같은 벨기에 맥주이다. 그는 맥주와는 이름만 같을 뿐이고 그 회사의 소유나 경영과는 상관이 없었다. 그 자신의 기업을 가지고 있었고 벨기에의 최고 부자 중의 한 사람이라고 했다. 그는 한국 올 때마다 행사장 주변에서 사람 좋은 미소를 띠며 서성거렸다. 그의 곁에는 늘 아름다운 여인이 엷은 미소를 띠고 자리했다. 아폴론의 넋을 뺏은 그러나 아폴로의 사랑을 받아들일 수 없는 운명의 여인, 강의 신의 딸 다프네, 아폴로의 구애를 피해 도망을 다니다가 어머니의 도움을 받아 월계수 나무로 바뀌었다는 요정, 아름다운 다프네의 모습이었다. 재현은 클랜시가 올바른 결심을 하고 있다는 확신을 갖게 되었다. 그는 바로 전화를 걸었다.

"그래 사진첩을 뒤적여 보았어. 라들러와 그의 아름다운 부인 다프네를 발견했어. 나는 늘 그렇게 여기지만 지금도 톰이 가장 바른 판단을 하였구나 하는 생각을 했지. 처음 톰이 다프네의 영혼을 구제하기 위한 도움의 손길을 내민 것이 아닌가 생각했지. 그러나 지금은 오히려 톰이 다프네에게 구원을 요청하는 손길을 내민 것이라고 생각하고 있어."

클랜시는 더듬거렸다.

"그럴지도 모르지. 제리는 사물의 핵심을 순식간에 꿰뚫어 버리니까."

"아주 잘됐다. 인숙을 독립시키고 톰도 격에 맞는 반려를 얻고, 이것은 정말 신의 한 수가 아닌가 싶어."

"그래 그렇게 생각하나? 그렇게 생각해 주나? 나의 소중한 친구야."

재현은 확신했다. 이제 클랜시 주변의 사람들은 저마다 구원의 손길을 뻗으며 구원의 손길을 받아들이며 제자리를 찾았고, 삶은 올바른 방향으로 나가고 있다.

클랜시의 마지막 배는 마무리 작업에 들어갔다. 삼월 말이면 시운

전에 들어갈 계획이다. 두 주일에 걸쳐 인숙의 분가와 다프네와의 합가를 자신의 방식대로 치른 클랜시는 셋째 주에 또 다른 제안을 해 왔다. 엉뚱한 것 같지만 더 이상 이상적일 수 없는 제안이다.

"영호 말이야. 나에게 임대해 줄 수 없을까? 해사 박물관에 그가 필요할 것 같아."

재현은 뒤통수를 얻어맞은 기분이었다. 클랜시의 빈틈없는 사람에 대한 배려였다. 인숙과 관련된 전체 그림을 그려 나가는 과정에서 뭔가 빠진 것 같다는 생각이 머릿속에 있었다. 그것이 무엇일까? 재현이 막연히 허전함을 느끼고 있는 동안 그는 한 치 착오 없이 제때에 적절한 해법을 찾아내는 것이다. 아, 그래 영호가 빠졌었구나, 재현은 탄식했다.

"영호가 없으면 제리가 아주 불편하리라는 것은 알아. 그러나 여기 나와 있으면 훨씬 더 큰일을 할 수 있을 것 같아."

"그렇지? 그래. 영호 생각을 못했구나. 그러고 보니 나도 영호를 나의 새장에 가두어 놓고 아침에 모이 몇 알 주는 것으로 잘 돌보고 있다고 착각하고 있었어. 영호를 해방시키는 것은 또 얼마나 멋진 생각인가? 톰의 사람에 대한 사랑과 배려는 하나님 같아. 지난 며칠 동안의 톰의 생각과 행동은 나를 압도하고 말았어. 마치 이 세상을 내려다보며 인간 개개인의 삶을 다독거리는 신의 손길 같잖아?"

"신이라니. 그런 불경한 말은 함부로 쓰는 것이 아니야. 나는 단지 이 땅에서 누리는 나의 삶에 대해 무한히 감사하며 남과의 공생을 생각했을 뿐이야. 나의 사는 방식이 제리의 마음에 들었다면 그것으로 만족해. 고마워."

2.

그날 일과가 끝나고 재현은 영호와 마주 앉았다. 재현이 클랜시의 제안을 설명했다. 영호는 마치 그럴 줄 알았다는 듯이 덤덤했다.

"저도 그 생각을 요즈음 해 왔습니다. 그것이 제 개인에게 가장 합당한 행로가 아닌가 하는 생각을 하고 있었습니다."

"아니 벌써 톰과 대화를 나눈 거야?"

영호는 팔을 크게 저었다.

"아니요, 아니요. 이건 단지 우연입니다. 앞으로 살아갈 생애를 위해 제가 변신을 한다면 그 길밖에 없지 않을까 생각했던 것입니다. 단지 사장님께서 거두어주신 은혜를 다 갚지 못한다는 것이 마음에 걸리긴 하지만 말입니다."

"톰의 말을 듣고 나름대로 괴로웠어. '내가 박 이사에 대해 너무 무심했구나' 하는 자책 때문이었어. '박 이사의 개인 문제에 대해 톰이 그토록 신경을 쓰고 있었는데 곁에 있는 나는 뭘 했나' 하는 회한이었어. 그저 눈앞에 닥친 문제들을 따라다니느라 바로 곁에 있는 소중한 사람의 삶을 돌보지 못했던 거야."

"아닙니다. 저는 사장님이 만들어 냈고 조종하는 로봇에 지나지 않습니다. 제가 사장님의 슬하를 떠난다는 것은 지금껏 생각도 못했던 일입니다."

"그래 박 이사가 내 사무실에 첫 번째 발을 들여놓은 것이 91년이었지. 그때 서른 살이었나?"

"서른 하나였습니다."

"이제 2005년이니 마흔 다섯이 되었구만. 그동안 가정을 이루고 삶의 안정을 찾아야 했었는데 그저 내 일만 생각하고 박 이사 인생의 중대사를 까마득히 잊고 있었어."

"아닙니다. 저는 가정을 가진다는 생각은 오래전에 포기했습니다. 어머니와 누이동생을 그렇게 잃고 나서 어떻게 정상적인 다른 여성과 함께한다는 생각을 감히 할 수 있겠습니까?"

십오 년 전 재현의 사무실에 나타난 영호의 강퍅한 얼굴을 생각했다. 돈을 벌어 자금이 되면 그 돈으로 준비를 해서 김정일을 쏘아 죽이겠다던 영호의 불꽃이 튀던 눈을 생각했다.

"저는 박제된 인간이 되었습니다. 영혼이 빠진 껍데기로 허청허청 살고 있습니다."

"영혼이 없는 육체가 있을 수 있나?"

"이제 제게도 제 육체에 영혼을 심어야겠다는 생각이 들기 시작했습니다."

영호의 미래를 이야기하는데 서서히 인숙의 얼굴이 떠올랐다. 왜 영호와 이야기하는 동안 인숙의 얼굴이 떠오르지? 인숙과 영호의 얼굴이 동시에 재현의 머리를 채웠다. 아, 그것이었구나, 클랜시의 생각이 그것이었구나, 그때야 깨달았다. 클랜시가 거기까지 생각하고 있었구나.

"클랜시 회장께서 제게 바라는 것이 어떤 것일까요?"

"톰은 그동안 한국을 오가며 박 이사를 여러모로 뜯어본 거야. 처음부터 박 이사를 좋아했잖아. 박 이사를 곁에 두고 한국에 관련된 일에 자문을 받으려는 거지. 그는 이제 한국을 떠나서 아무것도 할 수가 없는 사람이 되었어."

"한국과의 업무는 사장님 사무실을 통해 잘하고 있지 않습니까?"

"그건 달라. 나나 사무실과의 대화는 한마디 한마디에 비즈니스의 냄새가 풍기게 돼. 톰은 순수한 인간적 대화 상대를 원하는 거야. 이웃에 사는 한국 사람과의 일상적인 대화를 원하는 거야."

"여기 사무실 일은 어떻게 하지요?"

"마지막 배의 인도가 한 달 남짓 남았지? 그동안 사무실 직원들에게 인계를 해. 한국에서의 생활도 십오 년이 되었으니 정리해야 할 일들이 많을 거 아냐?"

"워낙 집착하지를 않아서 매인 것이 적습니다. 생각해 보니 정리할 세간도 없고 돌보아야 할 인간관계도 없습니다. 제가 벨기에 간다면 준비해야 할 일이 있을까요?"

재현은 갑자기 생각난 듯 인숙을 끼워 넣었다.

"아 그리고 인숙의 일도 도와줘야지. 그쪽의 일도 만만치 않을 것 같아."

영호는 잠깐 입을 다물고 생각에 잠겼다. 그리고 선선히 대답했다.

"그것이 필요하다면 해야지요. 주어지는 대로 제 삶을 맞추어 나가겠습니다."

이제 인숙과 삶을 설계해 봐 이 친구야. 덤덤한 영호가 안쓰러웠다. 이 나이가 되도록 가정을 꾸리는 일에 신경을 쓰지 않았다는 그 적막한 삶이 재현의 가슴을 써늘하게 했다. 참 멍청한 대가리다, 그는 자신을 다시 꾸짖었다.

"박 이사의 인성이나 지금까지의 살아오는 모습을 보면 벨기에의 생활을 위해 크게 준비할 일은 없을 것 같다. 지금 여기서 했듯 살면 돼."

"저는 사실 세상 어느 곳에도 발붙일 곳 없는 부평초 같은 인생입니다. 재일 교포로 지낸 세월은 모멸스런 조센징이었고, 북한에서 지낸 몇 년은 반동 째보였죠. 사장님 슬하에서 지낸 십오 년은 제대로 인간적인 생활을 했다고 할 수 있습니다. 그러나 문득문득 주위의 시선들, 반 쪽발이라 부르는 편견들을 느끼지 않을 수 없었습니다. 어찌 보면 저와 같이 정체성이 모호한 인생은 브뤼셀 같은 국제 도시가 살기에 적절한 곳이 아닐까 하는 생각도 듭니다."

영호가 그렇게 길게 자기의 이야기를 풀어내는 것을 재현은 처음 보았다. 그의 조용한 성격은 이미 그 같은 고뇌를 안으로 삭여내고 있었던 것이다.

재현은 영호와의 대화 내용을 클랜시에게 알렸다. 그는 간단히 끝맺었다.

"잘됐다. 고마워."

"뭐 좀 신나는 일이 없으세요?"

심드렁한 목소리의 선호 전화였다. 금요일 오후였다.

"신나는 일? 그쪽처럼 위대한 조선소에나 있지 나처럼 조무래기에게 뭐 신날 게 있나? 그런데 지금 어디서 전화하는 거야?"

"사장님과 같은 하늘 아래 있어요."

"그렇다면 신나는 일을 만들자. 오늘 저녁 맥주 한잔 하자고."

"또 차 이사장도 나오시겠죠?"

"마치 그러라고 명령하는 것 같잖아? 그렇게 할게."

영균도 부리나케 달려왔다. 시끄러운 맥줏집 가기 전 재현의 사무실에 모였다. 재현은 삼월 들어 일어났던 클랜시 쪽 이야기와 영호의 이야기를 간단히 설명했다. 선호가 툭 한마디 던졌다.

"결국 그런 결말이군요. 톰이 인숙 씨를 차버리는군요."

한동안 침묵을 지키던 영균이 말을 이었다.

"그것은 인숙이 톰을 차버린 행위가 아닐까요? 톰이 인숙의 고용인이라 하더라도 인숙의 동의 없이는 클랜시가 결정할 수 없는 일이잖아요."

재현이 결론을 내렸다.

"다프네의 등장도 생각을 해봐. 이 이야기는 셰익스피어도 써내기 힘든 완벽한 희곡의 대본이 되었어. 늙은이가 늙은이와 자리를 잡는다. 젊은이를 독립시킨다. 그 젊은이는 늙은이와의 옛정에 연연하지 않고 늙은이를 자기와 얽힌 사슬로부터 해방시킨다. 이건 마치 성자들의 잔치 같은 스토리야."

영균이 그의 걸걸한 목소리를 낮추었다.

"게다가 영호의 등장은 어때요. 이건 값싼 멜로드라마일까요? 아니면 숭고한 종교극일까요?"

그제야 선호가 마음을 바꾸었다.

"정말 아귀가 맞는 드라마네요. 이건 누가 주인공인가요?"

재현이 끼어들었다.

"이 같은 오묘한 인간의 심성을 만들어 낸 조물주가 주인공이 되어야겠구먼."

영균이 결론을 내렸다.

"이 모든 시작과 종말의 창조자이신 회장님이 주인공이란 말씀이 되겠군요."

재현이 손사래를 쳤다.

"겉으로 이 사건의 창조주는 톰이야. 그의 깊고 넓은 마음이 이 같은 드라마를 만들어 낸 거야. 그러나 속을 들여다보면 이 모든 드라마는 한 여인의 처절한 염원이 이끌어 낸 것이다, 그런 생각이 드는 거야. 인숙이 톰의 청혼을 받아들였으면 이 드라마는 벌써 오래전에 쉽게 결말이 났겠지. 그러나 인숙은 그 청혼을 완곡하게 어쩌면 완강하게 거절해 왔지. 게다가 그녀는 임신을 하지 않았어. 그녀는 자신만의 영혼의 끈을 끈질기게 붙들고 있었지. 그런 것들이 궁극적으로 톰이 인숙을 자유롭게 하지 않을 수 없는 계기가 되지 않았을까? 모든 것은 그녀의 뜻대로 되었다, 나는 그렇게 봐."

재현은 잠깐 사이를 두고 말을 이었다.

"연꽃이야. 인숙은 아무리 보아도 연꽃이야. 진흙 속에 뿌리를 박고 흙탕물 속에 그 줄기를 세우고 있지만 세상의 오탁이 범접하지 못할 청순을 의연히 지키며 세상에서 가장 깨끗하고 아름다운 꽃을 피워 내는 연꽃이야."

선호가 깊은 목소리로 매듭을 지었다.

"톰을 보세요. 인숙의 의지를 확인한 뒤 그녀에게 자유를 베푸는 금도를 보세요."

모두 고개를 깊이 끄덕였다.

"그래 이 미친 선박 시장은 어디를 향해 돌진하고 있나? 모두 슈퍼사이클(장기호황(長期好況))이라고 떠들어대고 있는데 말이야."

맥줏집에 앉아 맥주 한 잔을 마시고 나서 재현이 선호에게 말을 걸었다. 선호는 그 말에 대답하지 않고 농담조로 되물었다.

"폭탄 돌리기는 어디까지 왔나요? 이제 서서히 폭발점에 근접하고 있는 건가요?"

영균은 낙관적이었다.

"회장님은 걱정스런 마음에 폭탄 돌리기라고 하지만 설마 그런 일이 일어나겠어요? 이 좋은 시장에서? 연착륙(軟着陸 Soft Landing) 할 겁니다."

"그 다프네의 등장은 이 장기판의 마지막 킹 피스(King piece)였어요. 톰의 전 부인과 친하고 톰을 너무나 잘 아는 여인이잖아요. 경제적으로도 전혀 서로 부담이 되지 않고 사회적으로 대등한 명망을 갖추고 있는 그녀의 등장으로 톰의 장기판은 마무리되었어요. 어쩌면 이렇게 완벽한 결말을 지을 수 있나요? 두고두고 계획한 일 같지 않아요? 경탄할 일이에요."

영균이 감탄했다. 재현이 말을 이었다.

"좀 전에 이야기했지만 나는 차츰 톰이 하느님 같다는 생각을 하기 시작했어. 사바세계의 온갖 잡다한 일에 꼼짝달싹 못하게 묶여 있는 한 사람의 중생이 어느새 그 자신을 옭아맨 족쇄들을 하나하나 풀어내고 다른 사람을 묶고 있는 밧줄까지 남김없이 다 풀어주었어. 그리고 멋진 날개를 달아 함께 하늘로 날아오르는 거야. 이건 결코 아무나 할 수 있는 일이 아니야."

영균이 영호의 일을 꺼냈다.

"그래 박 이사는 어떻게 할 건가요?"

"명명식 하는 동안 톰과 의논해서 옮겨가는 일정을 잡아야 하지 않을까?"

선호가 걱정했다.

"그동안 사장님 사무실에서 박 이사는 없어서는 안 될 인물이었는데. 사장님이 많이 불편하시겠어요."

"벨기에에 지사를 내었고 지사장으로 박 이사를 보냈다고 생각하지 뭐."

"참 느긋하시네요."

"어떤 것과도 비교할 수 없는 만족스런 결말이야. 나는 그저 감격할 뿐이야."

선호가 싱글거렸다.

"이제 그림이 확실히 그려지네요."

"무슨 그림?"

"마지막 배의 명명식 대모."

재현은 선호를 멀거니 건너다보았다.

"감이 잡히지 않으세요? 인숙이 더 이상 거절할 이유가 없어졌잖아요? 그녀는 지금까지 윽박지르던 모든 속박으로부터 해방되었어요. 세상에 거리낄 것이 없습니다."

"정말 그렇구나. 그런 의미도 있구나. 그러나 인숙이 그렇게 받아들일까? 그쪽에서의 교통정리가 되었다고 이쪽까지 정리되는 것은 아니잖아? 우리 사회의 화류계 여성에 대한 편견이 그렇게 간단하게 녹아 없어질 수 있을까? 또 인숙의 자의식이 쉽게 지워질 수 있을까? 그녀가 스스로 짊어진 원죄이지만 그녀를 꽁꽁 묶고 있었는데."

"이번 일은 그 모든 것을 뛰어넘는 대반전이에요. 두고 보세요."

선호는 그날 클랜시의 새로운 선박 발주를 보채지 않았다. 영균도 영국에 나간 연구원들에 대한 걱정을 내놓지 않았다. 그들에게 주어진 감동이 너무 커서 모든 다른 일들은 잊어도 좋은 사소한 것으로 만들었기 때문이다.

3.

삼월 중순에 또 함박눈이 내렸다. 재현은 아침 일찍 집을 떠나 천천히 걸어서 사무실로 나왔다. 이메일로 밤새 들어온 시장 소식들은 모두 뜨거웠다. 천년만년 갈 것 같은 호황을 구가하고 있었다. 오후에 클랜시의 전화가 왔다. 시작은 미지근했다.

"요즈음 살기가 어때?"

재현은 같은 어조로 대답했다.

"아시는 바와 같이. 그쪽에서 상상하는 것에서 더할 것도 덜할 것도 없어. 짐작하는 대로 살고 있어."

그는 얼른 이야기를 끝내겠다는 듯이 본론으로 들어갔다.

"마지막 배의 용선이 결정되었어."

"원더풀. 그래 용선주가 누구야?"

"놀라지 마. 셰이크 아흐메드야. 세 척을 산 뒤 마지막 배도 사겠다는 것을 내가 거절했지. 아무래도 나도 세 척 정도의 신조 VLCC는 가지고 있어야 선주 행세를 할 수 있지 않겠어?"

"역시 톰이야. 잘했어. 그러니 셰이크가 용선을 제안했겠구먼."

"그래 그래. 내가 지은 배 여섯 척 가운데 네 척이 그를 위해서 봉사하게 되었어."

"용선료가 얼마인지 묻지 않겠어. 만족할 만한 수준이겠지."

"만족 그 이상이야. 셰이크는 용선료 한두 푼으로 아웅다웅할 생각이 없었어. 그와는 앞으로 이상적인 파트너십을 이룰 수 있을 것 같아."

"아아 잘되었구나."

"제리와 상의해서 하려고 했는데 셰이크가 너무 서둘러서 실무진들끼리 결정지어 버렸어. 사실 그 배는 오일 메이저에 빌려주기로 거의 결정되어 있었거든. 그러나 셰이크가 파격적인 조건을 제시하며 가로채 버렸어."

"아주 잘되었다. 이제 뒷짐 지고 세상 돌아가는 것 구경만 하고 있으면 되겠구먼."

"정말 그래. 모든 것이 완결되었어. 알레스 클라(Alles Klaar), 더 이상 바랄 수 없는 수준으로 종결되었어. 세상에 이렇게 완벽한 프로젝트가 존재하다니."

"이제 다음 프로젝트를 생각해야지."

"아니 폭탄 돌리기라며, 이 판에 끼어들면 안 된다고 했잖아."

"폭탄이 터진 뒤를 준비하자는 것이지."

"이제 한동안 뒷짐 지고 바라보기만 하겠어. 여기서 한 걸음도 나서지 않겠어."

"마치 비즈니스로부터 은퇴하는 사람 어조인데."

"그렇게 들려? 비즈니스에서 물러설 수는 없지. 그러나 한동안 비즈니스보다 나의 내면을 들여다보는데 더 신경을 쓰기로 작정했어. 삶의 깔끔한 마무리도 생각할 때가 되었잖아?"

재현의 등골이 싸늘해졌다. 이건 마치 세상을 떠나는 사람의 독백 같잖아? 지난 몇 주 동안 클랜시의 면도날로 자르는 듯한 결심들이 머릿속을 가르고 등골로 내려왔다.

"나는 톰의 그 반듯한 자세를 존경해. 그렇지만 너무 깔끔한 것만 고집하지 말어. 내가 접근하기가 어려워져. 너무 맑은 물에는 고기가 살 수 없다고 하잖아?"

"내가 세상을 너무 날카롭게 살아서 친구가 별로 없다는 것을 알고 있어. 제리의 충고를 기억해 둘게. 언제나 제리 눈치만 보며 살기는 하지만."

그는 전화를 끊으려다가 갑자기 생각났다는 듯 한마디 던졌다.

"아, 이번 마지막 배의 대모는 인숙이야. 상세 일정은 곧 알려줄게."

재현이 입을 열기 전에 전화는 끊어졌다. 재현의 머리가 다시 멍해졌다. 모든 것이 이렇게 되기로 정해져 있었고 한 치의 착오 없이 그 길로 가는구나.

"박 이사에게 전화를 걸었더니 회장님이 오후에 일정 잡힌 것이 없다고 해서 이 근처 오는 길에 들렀습니다."

"잘 오셨어요. 언제나 환영이지요. 옥스퍼드 쪽은 만사형통이지요?"

"그러게나 말입니다. 지난번 뵈었을 때 보고를 드리려고 했는데 그날 너무 쇼킹한 뉴스들이 많아 입도 떼지 못했습니다. 모든 일이 순조롭습니다. 이렇게 쉬운 일을 두고 그렇게 걱정을 했나 싶습니다. 연구원들의 작업도 시작되었고 멋진 보고서들이 속속 들어오고 있습니다. 속 썩일 일이 전혀 없습니다."

"차 이사장이 맡으셨다는 것이 모든 복의 시작입니다. 정말 존경스럽습니다."

"아니죠, 아니죠. 제가 한 일이 뭐 있습니까? 그런데 그 반즈 교수

말입니다. 참 훌륭한 사람이에요. 그의 우리 연구원에 대한 배려는 찬탄할 수밖에 없습니다. 어쩌면 그렇게 수더분한 분위기에서 그런 고귀함이 배어 나오는지요."

"그것이 안정된 고전적 사회가 갖는 저력 아니겠습니까?"

갑자기 재현의 전화벨이 울렸다. 전화기에 눈을 준 재현이 숨을 들이쉬었다. 뜸을 들인 뒤 재현이 입을 열었다.

"아, 인숙 씨, 반갑구나."

인숙의 목소리가 차분했다.

"재현 씨, 나 아무렇지도 않아요."

"아무렇지도 않다는 사람이 왜 울먹이고 있나?"

"나 울지 않아요. 나 아주 강해요. 나 무엇이든 이겨 낼 수 있어요."

"알아, 알아. 인숙이 이겨 낼 수 없는 일이라면 이 세상 누구도 견딜 수 없겠지. 이번 명명식에 나오신다고?"

"예, 그렇게 하기로 했어요."

"이제 그날이 온 것이구만. 알의 껍질을 깨고 아름다운 봉황이 튀어나오는 것인가? 아니면 고귀한 여신께서 몸을 낮추어 이 세상에 현신하여 영광을 내리시는 것인가?"

"모르겠어요. 저는 저를 모르겠어요. 제가 세상에 나와서 거친 세파를 이기고 혼자 설 만큼 성숙한 존재인지, 아니면 세파에 정처 없이 떠다니는 부평초 인생인지, 전혀 자신이 없어요."

"말은 그렇게 하면서도 '세상은 내 것이다'라고 뻐기는 듯한 어조인데 그래."

"그렇게 들리세요? 요 몇 주 사이에 제게 일어난 일들은 저를 혼란스럽게 했지만 그만큼 저를 크게 성장시킨 것도 사실이에요. 혼자 설 수밖에 없으니까요. 이제 어리광 부릴 사람도 기댈 곳도 없어졌어요."

"너무 급작스러워서 나도 처음 톰의 이야기를 들었을 때 큰 충격을 받았어."

"처음에는 멍했어요. 뒤통수를 크게 한 대 얻어맞은 것 같았어요. 그러나 톰의 결정들을 보며 지금은 톰이 하느님처럼 보여요. 그가 나를 그처럼 보살펴 주는구나. 하느님 같은 솜씨로 나를 하나의 인간으로 일으켜 세우는구나, 하고 생각하고 있어요."

"인숙이 보기에 톰은 하느님처럼 보일 거야. 그의 어렵던 시절을 잘 다독거려 줬고 이제 그를 정상적인 삶으로 되돌려 보냈으니."

"재현 씨 그렇게 생각하세요? 뭐니 뭐니 해도 재현 씨가 하느님이에요. 나 좀 봐. 또 눈물을 흘리려고 하네요. 매일, 매 순간 '나는 어른이다. 다 큰 성숙한 인간이다'라고 다짐을 하면서도 재현 씨 앞에만 서면 울음이 나와요. 저 아직도 유치하죠? 아직도 나한테서 젖비린내가 나죠?"

"그건 얼마나 성숙했느냐는 것과는 다른 문제야. 인숙의 울음은 순수함, 마음의 순수함의 표현이야."

"고마워요, 재현 씨, 고마워요."

"그래 해양박물관은 잘 진행되고 있나?"

"성심을 다하고 있어요. 톰이 박물관의 기술적 겉모양에 신경을 쓰는 동안 저는 거기에 역사가 깃든 혼을 심어 보려고 해요. 제가 꿈꾸던 것이 조금씩 현실로 되는 것 같아 행복해요."

"인숙, 참 듣기 좋구나. 나도 그런 삶을 살고 싶구나."

"재현 씨는 하느님이세요. 저의 낮은 인생과는 비교가 되지 않아요."
"어쨌거나 한두 달 남짓 지나면 인숙 씨 얼굴 볼 수 있겠구나."
"정말 기대되네요."
재현이 잠깐 숨을 고른 뒤 물었다.
"아 그런데. 이번 명명식에 인숙 씨의 옛 동료들을 부를까."
인숙은 주저하지 않고 한마디로 잘랐다.
"아니요."
"왜?"
"옛 동료들과의 관계는 온전히 제 개인의 문제예요. 조선소 간부들과 선주들에게 부담을 줘서는 안돼요. 그들과는 제가 따로 모임을 준비하고 있어요."
"아, 그렇구나. 인숙 씨는 거기까지 생각하고 있구나."
"그렇지만 현자 언니는 꼭 불러주세요."
인숙은 몇 마디 더하고 깔끔하게 전화를 끊었다. 전화하는 방법도 톰을 닮아 가는구나. 재현이 생각했다. 통화하는 동안 지켜보던 영균이 한마디 했다.
"마치 선문답하는 것 같네요."
"그래 그렇지요. 나는 하늘에 사는 선녀와 대화를 나누었어요."

4.

그 주일은 그렇게 지나갔다. 마치 아무 일도 없었던 것처럼 평온했다. 클랜시와 인숙, 그리고 그들 주변의 삶이 발칵 뒤집어졌는데도 세상은 아무 일도 없었던 것처럼 평화스러웠다. 금요일 저녁 재현이 퇴근하려는데 영호가 사무실로 들어왔다.

"차를 타고 퇴근하실 거예요?"

"아니, 왜?"

"차를 타지 않으시면 함께 걸을까 해서요."

"아 그래. 그럼 걸어야지. 박 이사와 함께 산책을 하다니. 나는 늘 중앙공원으로 해서 퇴근을 하는데."

"예, 저도 중앙공원 곁에 있는 아파트에서 살고 있어요."

"아, 그랬구나."

그들은 사무실에서 나와 지하철 서현역 위에 있는 백화점 일층 로비를 지나 휘황찬란한 거리를 지나갔다. 가게들이 유객 등을 켜기 시작했다.

"저기 좀 봐. 서현 지엔느라는 가게도 있지. 파리 지엔느를 흉내 낸 것이겠지?"

"이 근처 거리는 젊은이들의 점령 구역이에요. 교통이 편리해서 서울에서 여기 오는 것이 서울 시내 다니는 것보다 훨씬 빠르고 편안하다고 해요. 노는 것, 먹는 것, 마시는 것이 모두 갖추어진 동네예요. 대중적인 맥줏집에서부터 아주 잘 갖추어진 고급 레스토랑까지 없는 것이 없어요."

"매일 이 동네에서 노는 사람 같은 말씨구만."

"제가 직접 드나든 것은 아니지만 매일 이 앞을 지나 출퇴근하다 보니 가끔 들르게도 되고 드나드는 사람들도 보게 되지요."

"나는 이 동네 살면서도 또 이 앞을 자주 지나치면서도 이곳이 그렇게 찬란한 거리라는 것을 몰랐구만."

그들은 별 의미도 없는 이야기를 주고받으며 큰길의 지하도를 거쳐 중앙공원으로 들어섰다.

해가 많이 길어졌다. 여섯 시가 지났는데도 해가 남았다. 재현은 영호가 이끄는 대로 따라갔다. 그들은 중앙공원의 한가운데 광장의 북쪽 나무의자에 앉았다. 기증자의 이름표를 단 벤치이다. 광장 저녁의 분주함이 시작되었다. 자전거를 타는 젊은이들, 킥보드, 롤러블레이드를 타는 아이들, 그 사이로 공놀이를 하는 가족들도 있다. 한동안 그들을 바라보던 영호가 입을 열었다.

"저기 마주 건너다보이는 아파트 있지요? 분당이라는 신도시를 건설할 때 지은 시범단지 아파트는 표준 층수가 16층이었대요. 저 아파트의 10층에 인숙 씨 어머니가 남긴 아파트가 있습니다."

"아 저기였던가? 한번 들어가 본 적은 있었지만 그것이 어느 위치였던지 전혀 기억을 못 하겠구먼."

"예, 사장님이 잘 돌보아 주겠노라고 인숙 씨에게 약속하고 저에게 관리를 맡겼던 아파트가 저것입니다."

오래전 이야기 같지만 이 년이 안 되는 세월이다. 느닷없는 어머니의 죽음과 함께했던 인숙과의 며칠을 기억했다. 그때 어머니가 남긴 집과 저금통장이 있었다. 그것을 인숙은 재현에게 맡겼고 재현은 영호에게 관리하도록 했다. 가슴이 또 한번 덜컥 내려앉았다. 이토록 무심했다니.

"까마득히 잊고 있었다. 그래 현재 어떻게 되어 있나?"

"그동안 세든 사람이 한번 바뀌었고 재산도 좀 불어났습니다. 어머니가 남긴 돈은 믿을 만한 은행에 주식 신탁을 해 두었습니다. 바쁘신 사장님께 보고드릴 만한 변화가 없어 제가 매달 재산 관리 실태를 인숙 씨에게 알려 주었습니다. 그동안 주식 시장이 활발해져서 재산이 제법 불어났습니다."

"박 이사가 꼼꼼하게 챙겨주었다니 마음이 놓이는구나."

입주한지 십여 년이 된 아파트들이 새것 같았다. 창에 불이 들어오기 시작했다.

"놀라운 일이야. 박 이사는 어떻게 이처럼 세상살이를 정리하는 능력을 가졌지?"

"많이 미숙합니다. 제가 어렸을 때 아버님이 일종의 전인 교육을 시켰어요. 그때 받은 영어 교육은 지금 사무실에서 큰 도움을 주고 있고 자금 관리하는 일은 별도로 교육을 받았는데 이렇게 쓰일 줄은 생각도 못했습니다."

"중요한 것은 박 이사의 심성이야. 성심을 다하는 마음. 게다가 북한에서의 참담한 경험은 박 이사를 단단하게 만들었어."

영호는 재현의 말에 반응하지 않았다.

"제가 서류를 챙겨왔어요. 보여드릴까요?"

영호가 가방을 열려고 했다.

"됐어. 볼 필요도 없지만 봐야 한다면 나중에 사무실에서 보자고."

재현이 일어서며 혼잣말처럼 중얼거렸다.

"집에 가서 포도주나 한잔 할까?"

쭈뼛거리며 영호가 따라나섰다. 가까이 살면서 어디 사는지도 몰랐다. 집에 한번 초청하지도 않았다. 아니 집 근처에 산다는 것도 몰랐다. 이제 영호가 떠난다고 하자 모든 것이 새삼스럽게 섭섭해졌다. 산수유가 눈 속에서 흐드러지게 피었다. 목련도 여러 색깔로 피기 시작했다. 진달래도 봉오리가 부풀 대로 부풀었다. 참고 참아 터지기만 기다린다는 몸짓이었다. 혼자 사무실까지 걸어 다닐 때는 보이지 않았던 것들이다. 천천히 걸으니 보였다. 사무실 일을 잊고 영호와 편안하게 걸으니 세상의 변화가 보였다.

"이제 성큼 봄이 들어섰지?"

"이제 봄이 느껴져요. 아름다운 한국의 봄이 바로 눈앞에 와 있습니다."

떠나는 사람의 어조였다. 그들은 중앙공원을 떠나 두 개의 큰길 위에 놓은 고가도로를 지나 집으로 향했다. 얕은 산자락을 넘으면 재현의 집이다.

재현의 집은 삼 층의 열여덟 가구가 사는 빌라이다. 집이 모퉁이 일층이어서 상당히 넓은 땅을 마당으로 쓸 수 있다. 마당으로 나가자면 집을 통해야 하기 때문에 다른 사람들이 마당에 나올 수가 없다. 마치 재현네가 전용으로 쓰는 정원 같다. 재현의 아내가 도심에 사는 것에 넌더리를 내고 있을 때 이사했다. 옮기고 나서 아내는 정원 가꾸는 것에 몰두하며 건강을 되찾았다. 재현의 시원찮던 기관지도 아주 좋아졌다. 모두 분당의 쾌적한 공기와 제법 넓은 정원이 주는 숨 쉴 공간 때문이다.

재현의 아내는 영호를 몇 번 본 적이 있다. 그러나 영호가 집에 온 것은 그날이 처음이다. 아내는 영호와 인사는 했지만 합석하지 않았다. 재현이 적포도주 한 병과 글라스, 마른안주를 챙겨서 나왔다.

"이건 마치 정원을 갖춘 단독주택 같네요."

"그렇지? 이것 때문에 아내가 여기를 택했어. 처음 여기 건설 현장에 왔을 때 아내는 첫눈에 '이건 우리 거야'라고 점을 찍었지. 우리는 가끔 여기를 우리나라에서 포도주 마시기 가장 좋은 카페라고 부르지."

"멋진 카페입니다. 마치 프랑스의 노천카페 같습니다."

날씨는 춥지 않았고 포도주를 마시며 노닥거리기 알맞은 분위기였다. 알루미늄으로 만든 둥근 흰 탁자에 여섯 개의 의자, 그 위를 파라솔이 덮고 있는 간이 테라스였다. 등 뒤에서 달처럼 둥근 정원 등에 오렌지색 불이 들어왔다.

"일찍 이런 자리를 마련했어야 했는데 내가 너무 무심했어."

재현이 같은 말을 되풀이했다.

"지난 15년 동안 사장님을 가까이 모시고 외람되게 한 몸처럼 지내다 보니 늘 사장님과 함께하는 것 같았습니다."

"이제 떠나는구먼."

"제 떠난 자리가 표 나지 않도록 모든 것은 정리해 두었습니다. 동료들에게는 아무 말도 하지 않았습니다."

"박 이사처럼 예의 바르고 일의 앞뒤를 제대로 가리는 사람은 많지 않지. 한동안 그 빈자리가 커 보일 것 같아."

"그래서는 안 되지요. 잘 인계해 두겠습니다. 또 제가 앤트워프에 가 있더라도 마치 앤트워프 지점 요원인 것처럼 지시를 내려주세요."

"그래, 그래, 고마워. 내주에는 공식으로 박 이사의 퇴사를 모두에게 알릴게."

비싸지 않지만 할인점 포도주 지배인이 늘 골라 주는 포도주였다. 맛이 괜찮았다. 헤어진다는 기분도 있어서 포도주에는 짙은 눈물 같은 맛이 들어 있었다.

"그래 인숙 씨와는 어느 정도 이야기가 있었나?"

"그냥 도와달라는 말이 있었습니다. 그리고 함께 살자고도 했고요."

"결혼하자는 말은 없었나?"

사십 대 중반의 영호는 소년처럼 얼굴을 붉혔다.

"그런 이야기는 없었습니다. 이제 나이 든 사람들이니까 주어진 여건에 맞춰 생활을 꾸려 나가게 되겠지요."

"남의 이야기하듯 말하는구먼. 중요한 일이야. 격식을 갖춘다는 것은 살아가는데 있어서 반드시 지켜야 할 도리야. 가는 대로 결혼식을 올리도록 해."

뜸을 들인 뒤 영호가 말을 이었다.

"사장님이 앤트워프 오시는 시간에 맞춰 사장님께 주례를 부탁드리겠습니다."

"그래도 좋지. 그건 내게도 의미가 있는 일이야."

재현은 결혼 이야기를 꺼내기가 조심스러웠다. 클랜시와 인숙의 관계가 늘 거기에 그림자를 드리우고 있기 때문이다. 그 그림자를 영호가 어떻게 걷어 내느냐는 걱정이었다. 그러나 꺼내고 보니 의외로 쉽게 이야기가 끝났다. 클랜시의 칼로 베는 듯한 마무리 탓이다. 인숙의 명료한 받아들임 탓이다. 영호의 대범한 성격 탓이다. 근본적으로 인숙의 걸릴 데 없는 순수한 영혼 탓이다.

"아이를 셋 이상 갖겠다는 약속을 하지 않으면 나는 주례를 서지 않아. 내가 주례를 맡은 경우가 많지 않지만 언제나 그 약속을 받은 뒤 주례 약속을 했지."

영호가 얼굴을 붉히며 약속했다.

"그렇게 되도록 노력하겠습니다."

그들은 포도주를 조금씩 마셨다. 점점 맛이 좋아졌다.

"박 이사, 기억나나? 지난 2002년 클랜시가 이 프로젝트 계약을 위한 마지막 협상을 하러 한국에 왔던 날."

영호는 대답하지 않았다.

"그때 박 이사가 차를 운전했었지. 톰이 이 프로젝트에 대한 최종 결심을 하기 직전의 마음의 부담 때문에 밤을 꼬박 새우고 있을 때였어. 톰이 잠을 자지 못한 것을 눈치 챈 박 이사가 차 속의 오디오에 낮은 볼륨으로 클래식 음악을 틀었지. 그 작은 배려로 톰이 바로 잠이 들었어. 그날 이후 박 이사의 깊은 심성이 톰의 머릿속에 각인되었던 거야. 이제 그 프로젝트가 끝날 때쯤 톰이 박 이사를 데리고 가는구먼."

"저는 사장님이 만들어낸 인생입니다. 사장님 덕에 클랜시 회장 같은 분의 사랑도 받고 또 새로운 인생도 시작하게 됩니다."

"그건 누구의 덕택도 아니야. 박 이사의 착하고 깊은 심성 탓이지. 자기의 인생은 자기가 만드는 거야. 다른 어느 누구도 만들어 줄 수 없어."

포도주 두 병을 비우고 허리를 깊이 숙여 인사를 한 뒤 영호는 떠났다. 영호답게 간결한 인사를 남겼다.

"사장님, 고맙습니다."

5.

"짐승들이 우글거리는 정글이구만."

영호가 떠난 뒤 재현이 아내에게 그동안 있었던 일을 설명하자 아내의 첫 번째 반응이었다.

"짐승 같은 세상이라니?"

"이야기는 철딱서니 없는 여자아이의 말도 안 되는 천방지축으로부터 시작되었다고 쳐요. 그러나 결국은 일본의 쇼군이 젊은 여자들을 거느리고 데리고 놀다가 물리면 아래 사무라이들에게 하사하듯, 여자를 마치 성적 노예처럼 취급해서 이 남자로부터 저 남자에게로 물려주는 것 아냐?"

"이건 달라."

"다르긴 뭐가 달라. 나한테는 똑같은 짐승 같은 남자들의 이야기로 들려."

결벽증이 있는 아내는 설명을 들으려 하지 않았다. 재현은 다독거리며 얽힌 이야기들을 참을성 있게 설명했다.

"이것은 마음이 깊고 넓은 사람들만이 생각할 수 있는 일이야. 클랜시가 인숙을 내버리는 것이 아니라 속이 넓은 인숙이 클랜시를 자기와 얽힌 족쇄로부터 풀어주는 행동이지. 실타래처럼 얽힌 복잡한 인과 관계가 이제 진실한 선연(善緣)으로 가지런히 풀려나가는 거야."

약간 수긍을 하면서도 아내는 볼이 부어 있었다.

"그렇게 뛰어난 여자의 인생이 그렇게 종결이 되어도 괜찮은 거야?"

"왜 어떤 종결인데?"

"좋은 대학 나와서 요정의 접대부가 되어 외국인의 어정쩡한 성적 상대가 되었다, 그런 뒤 결국 오도 가도 못하는 재일 교포와 결합한다, 그런 이야기잖아?"

재현이 다시 차근차근 설명했다. 마치 자신을 설득하듯 인숙의 인생을 풀어 나갔다.

"대학을 마친 뒤 요정에 들어간 것은 나름대로의 꿈이 있었던 때문이야. 클랜시를 만나서 그 꿈은 현실화되었어. 그런데 그것이 끝이 아니야. 그녀가 선택한 것이지만 화류계에 몸담았던 여인이라는 경력이 그녀 자신은 물론 클랜시에게까지 족쇄가 된 거야. 이 젊은 여인은 그 궁지에서 현명하게 빠져나올 수 있는 길을 모색해 왔던 거지. 그녀의 고뇌에 클랜시가 화답한 거야. 독립을 시켜서 앤트워프 해양 박물관 관장 일을 맡겼어. 인숙은 인숙대로 클랜시를 풀어 줄 방법을 생각했어. 그것이 영호야. 그동안 영호는 인숙의 재산 관리를 맡고 있어서 인숙과는 가까운 사이가 되었어."

아내의 마음은 틀어지기도 쉬웠지만 그만큼 쉽게 풀어졌다.

"정말 가슴을 울리는 이야기네. 그렇게 상대방을 위해 깊이 생각하며 사는 사람들이 이 세상에 있다니."

"그럼, 남을 배려하는 동시에 자신의 고뇌를 풀어내는 길이기도 해. 이건 최고의 심성을 지닌 인간들이 엮어낸 최고의 결말이야."

한동안 말문을 닫고 있던 아내가 입을 열었다.

"그러니까 모든 일은 순진한 영호를 이용해서 결정되었다 이거지?"

"이용이라니?"

"그 순진한 사람이 없었으면 이 어처구니없는 일은 이루어질 수 없었잖아? 그 사람이 아무 말없이 받아들이리라는 전제하에 꾸며진 일이잖아?"

"그건 내가 만든 각본일 수도 있어. 내가 처음부터 의식해서 추진을 했건 하다 보니 그렇게 되었건 내 손으로 시작된 거야. 인숙의 어머니가 돌아가신 뒤 인숙이 아파트와 다른 재산의 관리를 내게 맡겼지. 나는 그것을 온전히 영호의 손에 쥐어주었어. 내게 보고할 필요도 없이 관리하고 관리 결과를 직접 인숙과 의논하라고 했지. 그런 생각을 했던 내 마음 깊은 곳에 오늘의 결말이 자리하고 있었는지도 모르지."

아내는 눈물을 짓기 시작했다.

"여보. 내 마음은 얼마나 사악한 거야? 이런 깊고 따뜻한 인간관계를 나는 작심하고 비뚤어진 시선으로 보아 왔잖아."

"아냐. 여보의 생각은 정상적이야. 세상의 모든 사람들이 당연히 여보가 보듯 이 일을 보게 되지. 그것을 극복하기 위해 관련된 모든 사람들이 삼 년 동안을 고민하고 노력했던 거야."

"그래 영호 씨는 만족한 거예요?"

"그 올곧은 사람은 이것을 숙명으로 받아들이고 있어. 그리고 이제 세계인이 되어 떠나는 거야. 앤트워프에 가서도 우리 지사 요원처럼 우리 일을 돌보게 될 거야."

"여보는 참 인덕이 많은 사람이야. 나처럼 숫기 없는 촌뜨기와 너무나 달라. 너무나 뛰어나. 인덕이 많은 게 아니라 인덕을 널리 베푸는 거지? '덕을 베푼 사람에게 모두가 이웃이 되느니라'라는 옛말 대로지?"

"실컷 욕을 해 대더니 순식간에 찬양으로 돌아선 거야?"

"하도 일의 진전이 상식을 초월해서 나온 반응들이었어. 영호 씨가 만족한다면 정말 해피 엔딩이구나. 너무나 아름다운 결말이야."

"그들의 결혼식에 나보고 주례를 서달라고 하는데 어떻게 할까?"

"언제 어디서 하는데?"

"앤트워프에서 이번 여름에 하기로 계획하고 있어."

"여보가 축복해 주어야지. 꼭 가야지."

"여보도 함께 가는 거지."

그녀는 잠깐 주저하더니 동의했다.

"그래 함께 가자."

"그러면 이렇게 하자. 금년 5월 초순 마지막 배가 나간다. 영호가 오월 말에 출국한다. 우리는 유월 초에 출국해서 오슬로로 가서 노르쉬핑 박람회에 참석한 뒤 앤트워프로 간다. 거기서 아름다운 젊은 이들의 새로운 시작을 축하한다. 어때?"

"뭘 물어. 세상에 더 이상 완벽한 스케줄이 있겠어?"

"또 있어. 그 뒤 런던으로 간다. 거기서 옥스퍼드로 공부하러 간 연구원들과 그들을 후원하는 사람들의 모임에 참석한다."

파티를 즐기지 않는 그녀가 팔을 벌려 남편을 부둥켜안았다.

"퍼펙트. 원더풀."

"제리의 협상력을 동원해야 할 일이 생겼어."

클랜시의 말에 재현의 온 신경이 곤두섰다. 드디어 후속 신조 프로젝트가 시작되는구나 했다. 재현은 활발하게 큰 소리로 대답했다.

"뭔데? 나를 써먹을 일이 있으면 얼마든지 써먹어 봐. 뭔데?"

어려운 문제가 있을 때마다 클랜시는 미적거렸다.

"그게 말이야. 그게 좀 어려운 일이야."

재현은 다그쳤다.

"여태까지 어려운 일이 한두 가지였어? 우리는 다 이겨냈잖아. 말해 봐."

그게 말이야 그게 말이야 제리밖에는 해낼 사람이 없어, 하며 뜸을 들이던 클랜시가 에라 모르겠다는 듯이 내뱉었다.

"배를 좀 고쳐야겠어."

재현은 펄쩍 뛰었다. 배를 고치다니. 배는 완벽하게 완성되었다. 모든 기계가 제자리를 잡았고 배의 구석구석에 최종 페인트를 칠해 어느 곳 하나 손을 댈 곳이 없었다. 아니 손을 댈 수가 없었다. 이제 며칠 지나면 진수식을 거쳐 물에 뜰 계획이다.

"배를 고치다니. 배가 완성된 것은 톰 당신도 잘 알잖아? 어디 손댈 곳이 있어? 진수를 하려는 지금 배에 손을 댄다는 것은 불가능한 일이야."

클랜시는 더듬거렸다.

"그래도 한 군데 손을 봐야겠어."

"분명히 말하지만 대답은 한 단어야. 불가능."

클랜시가 입을 닫았다. 재현이 마냥 침묵을 지킬 수는 없었다.

"그래 뭐야. 무엇이 톰의 마음을 그렇게 무겁게 하나?"

클랜시가 무거운 짐 내려놓듯 툭 던졌다.

"이름이야, 배의 이름이야."

"배의 이름은 처음부터 '반구대(BANGOODAE)'로 정해져 있었잖아? 배의 앞 꼭대기 배의 뒤꽁무니에 집채만 한 철판으로 오려 붙여져서 페인트칠까지 마친 상태인데 그걸 진수를 며칠 남기지 않은 시점에서 바꾸겠다고? 더구나 반구대라는 이름은 이 프로젝트의 시작과 관련이 있잖아?"

"알아 알아. 이 요청이 얼마나 터무니없는 것인 줄 나도 알아. 그러나 나의 소원이야. 조선소와 이야기해서 바꿔줘. 제발 안 된다고만 하지 말아줘."

재현은 화가 났다. 아무리 중요한 선주라고 하지만 마지막 순간에 배의 이름을 바꿔 달라는 것은 받아들일 수 없는 일이다. 이름을 바꾼다고 하면 아주 간단한 일 같지만 까마득히 높은 곳 배의 꼭대기에 붙은 철판을 떼어 내고 새로 만든 이름을 붙이는 작업이다. 그 철판을 떼고 붙이는 동안 근처의 말끔한 페인트는 엉망이 된다. 그 부근 전체를 닦아 낸 뒤 표 나지 않게 다시 페인트를 칠해야 한다. 거기다 서류상으로 이 배는 '반구대'라는 이름으로 등록되었다. 모든 서류를 고친다는 것도 보통 일이 아니다.

"나는 이 말은 안 들은 것으로 하고 싶어. 진심이야."

"제리, 내가 제리의 심정을 모르는 사람이 아니잖아. 그러면서도 부탁하는 거야. 어떤 이름으로 바꿀 거냐고 묻지 않는 거야?"

재현은 마지못해 따로 물었다.

"그래 새 이름은 무엇으로 하겠다는 거야."

클랜시는 단호하게 또박또박 말했다.

"인숙, INSOOK."

재현의 머릿속이 텅 비어 왔다.

"이것을 바꾸는데 추가비용이 든다면 그것이 얼마건 내가 부담하겠어."

"응석받이 톰이 또 응석을 부리는구먼."
재현은 농담조로 이야기를 시작했다. 선호는 재빨리 말을 이었다.
"톰의 응석이라면 받아들여야죠. 우리 조선소 최대의 대감님이잖아요."
"그런데 그게 말이야. 좀 까다로운 일이야."
"뭐든지 말해보세요. 톰에게 잘 보일 기회인데 최선을 다해야죠."
선호는 톰의 다음 프로젝트를 잡는 것에 온 신경을 곤두세우고 있었다. 재현이 아무렇지도 않은 일 이야기하듯 툭 던졌다.
"배의 이름을 바꾸겠다는 거야."
선호의 전화기가 책상에 떨어졌다. 한동안 침묵이 계속되었다. 선호가 평소의 목소리를 되찾았다.
"이건 너무하네요. 바로 며칠 뒤 진수할 배의 이름을 바꾸겠다고요?"
"누가 아니래. 나도 톰과 한동안 실랑이를 한 뒤 김 상무에게 전화를 거는 거야. 톰도 물론 이 요청이 얼마나 무리한 것인지 알고 있어. 추가금액이 발생되면 얼마가 들건 다 물겠다는 거야."
"이건 돈의 문제가 아니잖아요. 내일 시집가는 신부의 얼굴에 성형 수술하자는 것과 다를 것이 없잖아요."
재현이 입을 다물었다. 한참이 지나 선호가 물었다.
"그래 이름을 무엇으로 바꾸겠다는 거예요?"
재현은 클랜시가 했듯 또박또박 이름을 불렀다.
"인숙 INSOOK."

선호의 입에서 탄성이 흘러나왔다.

"위대한 인간 톰 클랜시가 써 내리는 서사시의 대단원이랄까? 지난 인생을 매듭짓고 남은 인생을 열어 나가고자 하는 한 인간의 빛나는 이정표라 할까?"

선호의 목소리가 잦아들었다.

"이것은 받아들이지 않을 수 없는 일인 것 같네요. 많은 저항이 있겠지만 조선소 경영층의 결심을 받아 낼게요. 톰에게 받아들인다고 말씀해 주세요."

'아임 씨이이잉잉 인더레인(I'm Singing in the rain), 저스트 씨이이잉 잉 인더레인(Just singing in the rain).' 전화가 연결되자마자 클랜시는 큰 목소리로 노래를 부르기 시작했다. 밝고 맑은 음성이었다. 지금까지 함께하는 동안 클랜시가 자진해서 노래하는 일은 처음이다.

사월 중순 재현은 하루 일정으로 울산에 갔다. 선주의 현장 사무실에서 하루 일이 끝날 때쯤이다. 클랜시의 전화가 연결되었다. 그리고 클랜시의 노래가 터져 나왔다. 말도 붙이지 않고 재현이 클랜시의 노래를 따라 부르기 시작했다. "씨이이잉잉 인더레인…" 사무실에 있던 사람들 모두 재현의 노래에 깜짝 놀란 표정이었지만 그것이 클랜시와의 통화라는 것을 알고 재현의 표정에 감염되어 함께 그 노래를 합창하기 시작했다. 그 위대한 노래를 모르는 사람이 없었다. 노랫말을 모르는 사람들은 곡으로 따라 불렀다. 재현은 노래를 부르며 그 영화의 주인공 진 켈리(Gene Kelly)라도 된 듯 사무실 안을 겅중겅중 돌아다녔다. 사무실은 노래와 춤사위로 어우러진 한바탕 놀이판이 되었다. 이런 노랫말이었다.

> 나는 빗속에서 노래를 부르네.
> 그저 빗속에서 노래 부르네.
> 얼마나 눈부신 기분인가.
> 나는 다시 행복해졌네.
> 나는 하늘에 어둡게 자리 잡은 구름을 비웃으며,
> 해님을 가슴에 품었네.

진 켈리의 옷은 빗물에 녹아들고 그의 육신은 비에 젖는다. 그는 폭우 속에서 계속 노래하며 춤을 춘다. 그의 사랑을 노래한다.

노래가 끝나고 모두들 박수를 치며 껄껄거렸다. 생각치도 않았던 커다란 기쁨이 모두의 가슴에 자리 잡았다.

"웬 싱잉 인 더 레인이야? 뭐 아주 좋은 일이 있는 모양이지?"

재현이 클랜시에게 웃으며 시비를 걸었다.

"아니 아무 일도 없어. 사무실에 나와 앉으니 창밖에 제법 굵은 빗줄기가 쏟아져 내리는구만. 이 봄에 저 세찬 빗줄기는 좋은 일을 많이 갖다 주겠다, 우리에게 내리는 축복이겠다, 그런 생각을 했어. 그래서 전화를 걸었지. 제리의 목소리를 듣자 진 켈리의 '비는 사랑을 타고'의 주제가가 그냥 흘러나온 거야. 전혀 의도했던 일이 아니야."

"정말 톰이 내린 축복이야. 모두 함께 노래를 불렀지. 모두 행복에 겨운 얼굴들이야. 여기 있는 모든 사람들의 얼굴을 보여주고 싶어."

"그래 이제 마무리가 잘 되었지?"

"그럼 더 나은 결말을 기대할 수 있나? 톰 당신은 하느님이야."

"또또, 불경스럽게 하느님을 인용하고 있나?"

"누가 뭐래도 당신은 하느님이야."

카이로스는 그의 차를 직접 몰고 재현을 울산 공항까지 데려다 주었다.

"씽잉 인 더 레인은 또 뭐야? 이건 무엇을 의미하는 거야?"

"별 의미는 없는 것 같아. 창밖으로 폭우가 쏟아지고 있었다. 그 봄비가 우울해 보이지 않았고 오히려 태양을 약속하는 축복 같았다. 그런 뜻이 아니었을까?"

"그것은 이 프로젝트와 다음 프로젝트와 어떤 연관성을 가지는 것일까? 프로젝트는 계속되는 건가? 이것으로 끝내지는 않겠다는 의지의 표현이 아닌가?"

"나도 몰라. 너무 조급해하지 말어. 톰같이 생각 깊은 사람이 맺은 인연은 움직일 수 없는 굳건한 미래에 대한 계획과 연결이 되어 있을 거야. 나는 확신해. 이 프로젝트는 계속될 거야. 오래오래 확장되면서."

"그렇게 생각해? 나도 그렇게 믿어야지?"

그리고 그들은 공항 입구에서 헤어졌다.

다음주 월요일 클랜시는 마지막 배의 명명식 일정을 이메일로 보내왔다. 간단했다.

　　5월 6일 금요일 명명식

5월 7일 남산 산책

5월 8일 출국

대모 유인숙

선주 측 참석자: 톰 클랜시, 다프네, 인숙, 사무실 네 명의 직원 부부

한국 측 참석자: 이재현 사장 부부, 박영호 이사, 차영균과 혜진, 양현자

"이번 명명식은 아주 간소하지만 의미가 깊겠지? 완전히 가족들만의 잔치야."

"그래 그래. 그런데 '제리의 밤'은 없어도 되겠구만. 다 집안 식구니까 의식 같은 것은 필요 없잖아."

클랜시는 크게 소리를 질렀다.

"아니야, '제리의 밤'이 없는 명명식은 명명식이 아니야. 우리에게 맞는 재미있는 밤을 만들어 봐."

"그래 그래. 알았어. 그대로 할게."

"아, 그리고 인숙은 이번에 며칠 일찍 한국에 들어갈 것 같아. 집과 재산에 대한 문제, 어머니의 영혼을 모시는 일, 깔끔한 여인이 해결해야 할 일들이 많은 것 같아."

"그렇겠지. 어째 그렇지 않겠어. 비행기 시간표가 정해지는 대로 알려줘. 한국에서의 모든 일은 나한테 맡겨. 내게서 이 소중한 사람들을 보살필 기쁨을 빼앗지 말아."

"그렇게 할게."

그는 전화를 끊었다. 그리고 바로 다시 걸어왔다. 그리고 은밀하게 속닥였다.

"제리. 모든 일이 잘되었지?"
재현은 눈물에 함빡 젖은 목소리로 대답했다.
"퍼펙트."

다음 날 재현은 선호에게 클랜시의 일정을 적어 보냈다. 그것이 따뜻한 의미 있는 가족들의 잔치이므로 선호의 아내도 반드시 참석해야 한다고 일렀다. 그리고 그 끝에 그의 가슴에 넘치는 감사의 마음을 적어 넣었다.

축 복

배를 띄운다
일엽편주 외로운 작은 배
바다로 나선다.

잠이 덜 깬 바다의 등을 두드리며
솟아오르는 태양을 향해 배는 떠난다.

돛을 올린다
훈풍은 돛 위에서 노닐고
돛은 바람 되어 구름 되어
먼 하늘 향해 일어선다

가자. 피안으로.

가자.

바다에 바람 불지 않는 날 있으랴
바다에 파도치지 않는 날 있으랴
세상은 바람 속에서 태어난다
세상은 파도 위에서 자라난다

번개는 저주받은 영혼을 서슬 퍼런 비수처럼 찢어 놓는다
영혼 속에 숨어 살던 증오 고통 분노를 폭우가 쓸어 간다
폭풍은 드디어 아물어 가는 상처를 어루만진다

파도 잔잔한 날 또한 없으랴
부드러운 물살 어루만지며
둥근 달 뱃전에 엮어 놓고
저주받은 영혼 구제되던 날
따사로운 햇빛 자비로운 섭리를 노래하리라

배는 바다
배가 뜨지 않으면 바다는 없다.
가자 바다로
두려워 말고 그러면서 깔보지도 말고 서두르지 말고
가자 방향타 멀리 피안에 맞추고
가자

거기, 그대 있기에
심장에서 용솟음치는 피보다 뜨거운 그대 거기 있기에
가자
사랑이여, 우정이여

배를 띄운다.
흉폭한 번개와 거센 파도에
악마 같은 미소 보내며
유유히 돛을 올린다
아아 돛에 쏟아지는 훈풍
폭포수처럼 뱃전에 쏟아지는 축복

제40장

보기에 심히 좋았다

1.

입국수속을 마친 인숙이 공항 출구 자동문이 열리자 활기 있게 걸어 나왔다. 진달래 색깔의 원피스에 한국의 봄 색깔을 담고 있었다. 밖에서 기다리던 영호와 인숙은 금방 서로를 알아보았다. 이 년 전 인숙의 어머니가 별세했을 때 보고 처음이지만 마치 늘 서로 얼굴을 맞대고 산 사람들 같았다. 인숙이 허물없이 영호에게 뛰어가 안겼다. 영호는 수동적으로 껴안기는 모습이지만 스스로도 인숙을 껴안고 있었다.

"많이 기다리셨어요?"

"아니요. 비행기가 정시에 도착해서 전혀 기다리지 않았어요."

"이렇게 나와 주셔서 고마워요. 정말 고마워요."

인숙이 강중강중 뛰었다. 영호는 말없이 웃으며 한 손으로 인숙의 짐수레를 받아 끌고 다른 한 손으로 인숙의 손을 잡아 그녀의 재롱을 받아주었다. 2005년 5월 2일 월요일 오후였다.

영호의 차 옆자리에 자리 잡고 앉으며 인숙이 물었다.
"우리 지금 어디로 가지요?"
"롯데 호텔."
"영호 씨 아파트로 갈까요? 거기 묵으면 비싼 돈 쓸 필요가 없잖아요."
"아니요. 호텔로 갑니다. 인숙 씨는 앤트워프 해양 박물관 관장이며 대 선주사의 명명식 대모입니다. 그에 걸맞는 행차가 되어야지요."
"어머 그렇지요? 나는 언제나 철이 들까? 영호 씨가 곁에서 잡아주지 않으면 저는 무슨 일을 저지를지 몰라. 정말 못말리는 철부지예요."

그녀는 호들갑을 떨었다. 영호도 점점 인숙의 기분에 맞추며 분위기를 띄웠다.
"세계의 지성이며 뛰어난 미모를 지닌 한국의 자랑 인숙 씨가 그렇게 자기 비하를 하면 곁에 있는 평범한 사람들을 모욕하는 말로 들릴 수도 있습니다."
"아니요. 그런 뜻으로 드린 말씀은 아니고요."

잠깐 말이 끊어졌다. 인숙은 하루가 다르게 모습을 바꾸는 주변을 돌아보며 생각에 잠겼다. 내가 태어난 곳, 내가 살던 곳, 삼 년쯤 떠나 있던 곳, 결국 뼈를 묻어야 할 곳, 고국의 산하를 둘러보았다. 낯선 사람들과 어색한 언어를 쓰며 완전히 다른 주변 환경 속에 삼 년 동안

내던져져 있었다. 불편을 이겨 내기 위해 얼마나 많은 땀과 눈물을 흘려야 했던가? 조화를 이룬 물과 산과 나무들이 한눈에 쏙 들어왔다. 내 조국, 세상 어느 곳에도 없는 마음을 편하게 하는 풍광이다.

"세상에 한국처럼 아름다운 곳은 없어요. 또 세상에 한국 사람만큼 잘 생긴 사람이 없구요. 이목구비가 반듯하고 균형 잡힌 얼굴은 한국에서만 볼 수 있어요."

"많은 사람들이 그렇게 이야기하지요. 외국인들이 놀라지요. 특히 몇십 년 전 이 나라가 헐벗은 산하였으며 사람들이 굶주림에 부황 뜬 얼굴을 하고 있었다는 것을 아는 사람들에게는 더할 수 없는 놀라움이지요."

"그래요. 사람들 얼굴에 기름기가 흘러요. 부티가 철철 넘쳐요. 옷들은 또 얼마나 잘 입어요? 표정들도 아름답고 자유스러워요. 유럽 사람들이 한국인들의 옷맵시를 부러워하기 시작했으니 말할 것도 없지요."

인숙은 웃으며 영호에게 농담하듯 물었다.

"이제 일본도 한국을 두려워하기 시작했지요?"

영호도 담담하게 대답했다.

"한국은 이미 여러 부문에서 일본을 따라잡았어요. 조선 공업이 그렇고 반도체가 그렇고 자동차 산업도 이미 일본 수준을 넘어섰어요."

"무엇이 그렇게 만드는 것일까요?"

"인숙 씨가 더 잘 아시겠지만 제 생각으로는 창의적인 유전자의 문제라고 생각해요. 새로운 것에 대한 두려움 없는 접근, 대범함, 그런 것들이 일본인들의 신세계에 대한 소극적인 자세와 대비되는 것이 아닐까요?"

호텔 프런트에서 입실 수속을 끝낸 뒤 인숙은 영호에게 제안했다.
"방으로 올라가시죠. 방에서 일정이나 다른 일도 의논을 하시지요."
영호는 단호하게 거절했다.
"나는 여기 커피숍에서 기다리겠습니다. 간단히 옷을 갈아입고 내려오십시오."
영호는 뒤도 돌아보지 않고 커피숍으로 향했다.
나는 언제나 차이고 사는구나. 엘리베이터에서 인숙은 생각했다. 클랜시, 이재현, 박영호 모두 나를 걷어찼다. 클랜시는 올해 강제로 그녀를 그로부터 떠나보냈다. 2002년 9월 재현은 브뤼셀에서 그녀를 거부했다. 오늘 박영호는 명백하게 그녀의 유혹을 받아들이지 않았다. 그러나 나를 미워하거나 내가 싫어서 그런 것이 아니다. 나는 안다. 그들은 나를 지켜 주려는 것이다. 지금부터 나의 삶은 내가 그들을 지키기 위한 것이 되어도 좋다. 그들이 인정해준 나의 가치를 지키기 위해서, 그들의 고귀한 배려를 헛되지 않게 하기 위해서.

인숙은 눈에 띄지 않는 수수한 바지 차림으로 갈아입고 곧 내려왔다. 그리고 일정을 의논했다. 간단했다. 5월 3일 양양 바닷가에 간다. 그날 저녁 울산에 내려가서 하루 저녁 지낸다. 5월 4일 상경한 뒤 오후에 클랜시를 공항에서 영접한다. 5월 5일 다시 울산으로 내려가고 5월 6일 명명식이다. 클랜시보다 이틀 먼저 들어왔지만 전혀 느긋한 일정이 아니다. 영호는 걱정이 많았다.

"일정이 너무 빠듯하지요? 시차 적응에 무리가 없을까요?"

인숙이 활발하게 대답했다.

"전혀 고단하지 않아요. 편안한 집에 돌아왔다, 하고 싶은 일 하고 만나고 싶은 사람들 만난다, 그 생각뿐이에요. 그저 힘이 나요."

그들은 영호가 예약한 한식당으로 자리를 옮겨서 분당동 집과 재정 상태에 대한 서류도 대충 훑어보았다. 인숙이 앤트워프 해양 박물관의 진행 상황과 거기 새로 마련된 아파트에 대해서 간단히 설명했다. 함께 살 집이다. 성숙한 사람들이 나눌 수 있는 삶에 관한 이야기이다. 어색할 것도 까다로울 것도 없다.

다음 날 아침 열 시, 영호가 차를 호텔 현관에 대었다. 인숙이 검은 투피스를 입고 나왔다. 작은 가방을 손에 들고 있었다. 곁에 현자가 있었다. 그 전날 밤 상경해서 인숙과 하룻밤 함께 자며 수다를 떨었다고 했다. 현자도 검은색 옷을 입고 있었다.

"저만 머슴처럼 차려 입었네요."

회색 평상복을 입은 영호가 입을 열었다. 현자가 맞받았다.

"영호 씨는 어떻게 입어도 귀공자입니다. 머슴이라니요? 검은색 옷은 우리들이 입으면 충분해요."

그들은 동해 고속도로로 나와 양양으로 향했다. 현자가 침묵을 깨뜨렸다.

"어머니 덕에 또 양양 구경을 하는구나. 내게 양양은 언제나 멀고 먼 다른 나라의 낯선 포구 같은 곳이었는데."

"재작년 칠월 언니와 함께 여길 와서 어머니의 유골을 바다에 심은 뒤 양양 바다는 제 마음의 고향이 되어 버렸어요. 어디를 가나 양양 앞바다의 맑고 넓은 바다가 내 마음을 가득 채워요. 거기에 어머니 계신다 라는 느낌으로 말이에요."

"그러게 요즈음은 수목장도 많이 하잖아? 좋은 곳에 유골을 뿌려 마음속의 산소를 마련하는 사람들이 늘어 가고 있어. 묘지에 묻는 것도 좋지만 수목장이나 바다에 유골을 뿌리는 것이 더 깨끗하고 애틋한 추억을 남길지도 모르지."

"인도의 고귀한 사람들은 망자의 유골을 히말라야의 설산에 뿌림으로서 망자가 거기서부터 극락으로의 여행을 시작한다고 믿는다잖아요?"

제수는 현자가 마련해 왔다. 청주와 마른안주 조금이다. 바위 위에 제수를 차린 뒤 그들은 바다를 향해 합장을 하고 잠깐 어머니를 생각했다. 인숙은 합장한 채 어머니를 만났다. '엄마, 엄마가 떠난 지 이 년이 지났어. 난 엄마를 한시도 떠난 적이 없어. 내가 잘한 일 있을 때 엄마의 기쁜 얼굴과 함께했고 잘못한 일이 있거나 짜증 날 때 엄마는 늘 날 포근하게 감싸주었지. '엄마, 나 어때? 나 엄마 딸답게 잘하고 있지?' 어머니는 한결같이 미소를 띠고 있었다. '그럼 네가 누구니? 내 딸, 세상에서 제일가는 내 딸 인숙이 아니냐.'

인숙은 어리광 조로 어머니와의 대화를 계속했다. '엄마 나 오늘 엄마에게 허락받을 일이 있어. 영호 씨. 엄마, 허락하는 거지?' '그럼, 어찌 보면 너보다 더 의젓해 보이는구나. 이제 나를 찾고 싶을 때 나 대신 영호를 찾아라. 그에게 마음을 맡겨라. 그에게 너의 마음과 몸을 모두 맡겨라. 참 믿음직한 사람이구나.' 어머니는 편안하게 떠났다.

그들은 바다를 바라보며 한동안 바위에 앉았다. 영호도 끼어 앉아 함께 청주를 홀짝거렸다. 기억할 것도 많았고 잊어버려야 할 일도 많았다. 중요한 것은 앞으로 다가올 일이다. 현자가 영호에게 말을 걸었다. 한껏 부러운 어조였다.

"영호 씨는 언제 벨기에로 떠나세요?"

영호는 담담하게 대답했다.

"메인 데가 없어서 몸이 가벼우리라 생각했는데 막상 떠나려고 하니 여기저기 정리해야 할 일이 적지 않게 생기네요. 5월 말로 생각은 하고 있는데 날짜는 이재현 사장님과 인숙 씨와 의논해서 결정해야겠어요."

"인숙아 부럽다. 네가 천방지축으로 설칠 때 저 애가 언제 사람 구실을 하려나 했는데 삼 년 동안에 너는 이렇게 다 갖추는구나."

"그러게 이 모든 것이 언니의 보살핌 덕이에요. 그런데 저 혼자만 좋은 것을 다 누리는 것 같아 언니에게 많이많이 미안해요. 언니, 이제 내가 언니에게 도움이 될 일이 있으면 말해줘요. 무엇이든 할게. 말해줘요. 언제라도."

이런저런 이야기를 하는 동안 제법 시간이 흘렀다. 영호가 귀경길을 서둘렀다. 그들은 왔던 길을 되짚어서 서울로 돌아왔다. 그러나 호텔이 아니라 김포 공항으로 향했다. 영호가 물었다.

"롯데 호텔의 방은 어떻게 할까요?"

인숙은 거리낌 없이 대답했다.

"그냥 두죠, 뭐. 오늘 하룻밤 비울 텐데요. 내일 저녁엔 돌아오잖아요. 내일 오후 울산에서 비행기 타면서 전화 드릴게요."

현자가 비아냥거렸다.

"벌써 부부처럼 구는구나."

인숙은 영호를 핼끔 건너다보며 대꾸했다.

"우리는 마음속으로 오래전부터 이미 함께해 왔어요, 언니."

2.

울산 공항에 도착하니 오월의 긴 날도 땅거미가 지고 있었다. 그들을 기다리고 있던 자가용에 오르며 현자가 인숙에게 중얼거리듯 입을 열었다.

"영호 씨 말이야. 보면 볼수록 믿음직스러워. 어쩌면 그렇게 듬직하지? 넌 참 복도 많은 사람이야."

"처음에는 너무 착하기만 한 세상을 몰라도 한참 모르는 애송이처럼 보였어요. 그러나 시간이 지날수록 그분의 마음의 깊이, 생각의 넓이가 새록새록 보이기 시작했지요. 그분은 어릴 적에 제대로 교육을 받고 유복한 생활을 했지만, 청년기에 북한에서 참혹했던 경험을 했지요. 그 참담한 삶이 오히려 그분의 인생을 넓고 굵고 단단하게 한 것 같아요. 그런 뒤 이재현 사장님의 보살핌으로 세계인이 되었어요. 그분의 여생을 편안하게 해 드려야겠다는 생각을 하고 있어요."

"그러게 한국 양반집 막내아들처럼 고집쟁이인가 하면 일본의 가장 전형적인 사무라이의 단정함을 갖춘 참 멋진 남자야."

현자는 태화 강변 아파트에 살고 있었다. 높지도 너무 낮지도 않은 오층에 자리를 잡았다. 아파트에 들어서면서 현자를 뒤따르던 인숙은 까무러치듯 놀랐다. 엄마아 소리치며 현자의 품으로 뛰어든 사내아이 때문이다. 포동포동 살이 찐 돌을 지난 잘생긴 아이였다. 현자는 아이와 볼을 맞대고 껴안고 간지럽히며 한동안 인숙이 거기 있다는 것을 잊은 듯 아이와 사랑을 나누었다. 한참을 떠든 뒤 그제야 인숙이 생각났다는 듯 계면쩍게 인숙에게로 향했다.

"내 아들이야. 세상에서 제일 잘생긴 나의 분신. 내가 잉태하고 내가 분만한 나의 최고의 걸작품이야."

누구 아이야? 인숙은 입술 밖으로 튀어나올 뻔한 말을 가까스로 참았다.

도우미 아줌마가 저녁을 차려 내었다. 인숙은 울산 식 식단에 탐닉했다. 짜고 매운 남도 밥상이다. 양식에 길든 인숙의 혀에 상큼하게 다가왔다. 현수는 인숙에게 피붙이 대하듯 자연스럽게 젖 냄새를 풍기며 안겨 왔다. 인숙이 현수에게 말을 걸었다.

"우리 현수는 어쩌면 이렇게 멋있니?"

현수는 따로 차린 이유식을 먹으며 벙글거리고 있었다. 현수의 성은 뭐야. 몇 달이나 됐어? 현수에 관한 여러 질문이 문득문득 쏟아져 나올 것 같았지만 용케도 잘 참아 내었다.

밥을 먹고 나서 현자는 인숙과 창가에 자리를 잡고 앉았다. 현수가 어느새 현자의 무릎에 앉았다. 잠깐 재롱을 떨다가 졸기 시작했다. 인숙이 툴툴거렸다.

"언니는 정말 너무 했어. 이렇게 예쁜 아들을 두었으면서 아직 한 번도 내색을 하지 않았잖아."

"미안해. 그러나 소중한 것을 너무 드러내면 부정을 탄다잖아."

"얼마나 됐어?"

"돌 지난 지 두 달 됐어."

"정말 의젓하구나. 어쩌면 아이가 이렇게 점잖아?"

"엄마가 하루 종일 곁에 있어 줄 수가 없어 가슴이 아파. 하지만 아이가 워낙 착하게 태어났어. 좋은 아줌마가 아이를 잘 돌보는 것도 큰 복이지."

"장사를 하면서 어떻게 아이를 가질 생각을 했어?"

"꼭 갖고 싶었어. 그것은 하늘이 내게 준 소명이다. 그렇게 생각했어. 그런데 이 아이가 나를 찾아온 거야. 나는 현수만 생각하면 가게에서의 골치 아픈 일, 세상으로부터 받는 괴로움이 다 스러져 버려. 그저 이 아이 하나만 잘 키우면 나의 인생은 그 의미를 충분히 가진다. 그렇게 생각하고 있어."

인숙의 목소리가 잦아들었다.

"그렇구나. 그렇구나."

현자가 계속했다.

"이제 세상이 많이 바뀌었어. 잘나가는 남자들이 요정에 와서 세상 편하게 퍼마시고 뚱땅거리던 시절은 지나가고 있어. 가게를 접어야 할 때가 되었다고 고민하고 있어. 좋은 길목에 예쁜 경양식점을 하나 낼까 생각하고 있어. 가게에 가졌던 애착은 옛날이야기가 되었어."

"언니가 울산의 밤을 주름잡던 시대는 이제 지나가는 것인가?"

"주름잡아 본 적도 없지만 다 부질없는 짓이야."

"그럼 언니는 지금까지의 인생에서 아무것도 소중한 것이 없었단 말이야?"

현자는 무릎에서 잠든 현수의 통통한 손을 토닥거렸다.

"현수가 있잖아. 현수 한 사람으로 내 인생은 충분히 보상받았어."

"인생이 그렇게 단순한 거야?"

"단순하냐고? 그건 위대한 일이야. 이 세상은 여자의 것이라고 누군가가 이야기했지. 나는 여자가 이 세상을 창조하는 것이라고 생각해. 아기를 잉태하고 탄생시키는 것이 여자이잖아? 그뿐인가? 그 아이를 키우는 것도 여자야. 그것이 세상을 창조하고 유지하는 일이 아니고 무엇이겠어?"

인숙은 여태까지 참고 있던 말을 에둘러 물었다.

"그럼 현수의 아빠도 의미 없는 존재라는 거예요?"

현자는 잠깐 창밖으로 멀리 시선을 돌렸다.

"현수의 아버지였다는 점에서 의미를 가지지. 그러나 세상은 처음부터 모계사회였어. 엄마의 세상이지. 아버지는 늘 앞장서고 모든 일의 전면에 나서 폼을 잡지. 그러나 실제로 세상을 만들고 꾸려 나가는 것은 어머니야. 세상은 엄마가 만드는 거야."

현자는 웃었다. 인숙에게는 약간 허망한 웃음으로 보였다. 인숙은 끝내 현수의 아버지에 대해 묻지 못했다.

창밖에 어둠이 내렸다. 강변 산책로에 가로등이 들어왔다. 산책 나온 사람들이 띄엄띄엄 지나갔다. 현수는 현자의 무릎에서 깊이 잠들었다.

"언니, 현수 눕히고 와. 무겁지 않아요?"

현자는 미소 지었다.

"아니 조금도 무겁지 않아. 이 아이의 숨소리, 맥박이 내게 전해질 때 나는 살아 있다는 것을 느껴. 나와 이 아이는 맥박과 호흡을 공유하고 있어. 한 몸이야."

"진짜 신파다."

"너도 아기를 가져 봐. 특히 나처럼 나이가 들어서 예쁜 아이를 가져 봐. 하늘에서 새로운 인생이 뚝 떨어져 내린 것 같아. 이 아이는 나의 인생 자체가 돼 버렸어."

인숙이 화제를 바꾸었다.

"내일 오후 비행기가 예약되어 있어. 클랜시 회장이 도착하는 시간에 맞춰 인천 공항으로 나가려고 해. 내일 내 일정을 어떻게 잡을까?"

"느지막이 일어나 가게에 나가서 아이들과 점심이나 같이하지 뭐."

인숙이 망설이며 물었다.

"그래요, 그런데 꼭 그래야 할까?"

"왜 마음이 내키지 않아? 그럼 하지 않아도 돼. 인숙의 인생에서 우리 가게에 있던 기간을 지워 내는 것도 나쁘지 않아. 그건 온전히 인숙의 마음에 달렸어."

인숙이 팔을 저으며 말했다.

"아니 아니, 그런 뜻이 아니야. 혹시 거북한 일이 생길까 해서 말이야, 언니."

"그럼 점심이나 간단히 하자. 아이들이 잔뜩 들떠서 기다리고 있으니 말이야."

"그래요, 언니, 나도 가게에 꼭 가보고 싶어."

"그러나 너무 기대하지 말아요, 그저 먼 길 가는 길목에 그곳이 있어서 들렀다 그렇게 생각해요. 지난 삼 년 동안 가게 분위기도 달라졌고 아이들의 모습도 바뀌었어."

"알았어요, 언니."

그들은 밤이 늦도록 창가에서 도란거렸다.

인숙은 간편하고 단정한 차림으로 나갔다. 점심시간이고 손님이 오기 전이어서 현자 가게의 여인들은 화장을 하지 않고 대학생들 같은 자유로운 옷차림이다. 인숙이 기억하는 얼굴은 없었다. 모두 인숙의 이야기를 귀가 닳도록 듣고 사는 사람들이다. 인숙이 들어서자 처음에는 대화가 되지 않을 지경으로 그녀들은 인숙에게 매달리고 웃고 떠들어 대었다. 인숙도 마치 늘 함께하는 동료들에게 하듯 허물없이 어울렸다. 가게에서 준비한 점심을 같이하는 동안 무척 많은 이야기들이 오갔다. 인숙이 처음으로 가게에 발을 들여놓던 날의 이야기, 가게에서의 생활, 벨기에로 떠나던 일, 벨기에에서의 생활들은 그녀들에게는 동화 속의 공주님 이야기였다. 알고 싶은 일도 많았고 묻고 싶은 것도 많았다.

점심이 끝나 갈 무렵 좀 조용해지자 한 여인이 입을 열었다. 그녀들 사이에서 잘 어울리지 않는 여인이다. 말이 없고 때로는 좀 엉뚱한 데가 있는 사람이다.

"유인숙 관장님, 듣던 대로 아름답고 지성적이시네요. 저희들의 꿈속의 공주님이십니다."

인숙은 대답하지 않았다. 그녀는 이것저것 산만한 질문을 계속했다. 브뤼셀에서 생활, 앤트워프에서의 새 생활 계획, 박물관 개관에 관한 이야기도 물었다. 그녀의 이야기가 산만해지면 다른 여인들이 대화에 끼어들려고 했다. 그때마다 그녀는 눈을 흘기며 그들의 입을 막고 천천히 그녀의 말을 계속했다. 다른 여인들은 인숙 언니라고 부르는데 그녀는 또박또박 관장님이라고 불렀다. 비아냥거리는 것 같기도 하고 시비를 거는 것 같기도 했다.

그녀는 이 말을 하기 위해 그녀의 장황한 이야기를 준비했다는 듯이 불쑥 물었다.
"관장님은 이제 처음 이 집에 오시면서 가졌던 꿈을 이루었다고 생각하십니까?"
인숙은 대답하기가 어려웠으나 대답하지 않을 수 없었다.
"이만큼 이루기도 어렵죠. 그러나 내 마음은 '아직 멀었다, 이것은 시작이다', 그렇게 말하고 있어요."
그녀는 상당히 거북한 이야기를 심술부리듯 장황하게 계속했다.
"관장님의 지난 삼 년간의 인생은 널뛰듯 오르내렸습니다. 클랜시 회장님을 따라가셨지요? 궁전의 안주인이 되셨지요. 그러다가 클랜시 회장댁에서 나오게 되었지요. 그 집은 이제 다른 여자가 차지하게 되었지요? 이번 명명식에 클랜시 회장님은 그 다른 여자와 동반하게 되지요? 그리고 관장님은 그들 앞에서 배의 명명식 대모를 맡기로 되어 있지요. 저는 여기서 관장님을 중심으로 얽힌 인간관계가 이해되지 않아요. 남녀 관계라는 것이 너무 복잡해져요. 이 모든 것 관장님이 화류계에 몸담았던 탓인가요?"
그녀의 입에서 화류계라는 말이 떨어지자 요란해졌다. 각자의 의견들이 쏟아져 나왔다. 그것도 잠깐이었다. 그녀는 좌중을 압도하고 질문을 계속했다.

"관장님 설명해 주세요. 오늘은 제 인생에 큰 의미를 지니는 날이 될 것 같아요."

현자가 나서서 설명하려 했다. 인숙이 막았다. 다른 사람이 대신 할 일이 아니다. 인숙은 자연스럽게 웃으며 대답했다.

"몇 마디로 적절하게 대답하기에 굉장히 어려운 질문이라는 것은 자신도 알고 계시지요? 내가 처음 이 가게에 왔을 때 요란한 꿈을 꾸었지요. 저는 저의 꿈을 따라 저의 운명을 만들어 나갈 수 있다고 믿었습니다. 그리고 천방지축 날뛰었습니다. 놀랍게도 제가 꿈꾸던 것들이 하나둘 이루어졌지요. 내가 스스로 이룬 것이라고 처음엔 자만했지요. 그러나 곧 깨달았어요. 그것이 내가 이룬 것이 아니라 운명이 그렇게 될 수밖에 없는 길로 나를 이끈 것이라고 느끼게 되었습니다. 현자 언니를 포함해 아주 좋은 분들을 만난 것이 저의 행운이었습니다. 그분들이 이끄는 대로 정해져 있는 길을 따라가는 것이 행복이라고 배웠습니다. 내가 내 뜻대로 이룬 것은 없다. 주어진 길을 조심조심 따라갔을 뿐이다. 여기서의 생활을 화류계라고 정의할 수 있지요. 또 많은 사람들이 그렇게 비뚤어지게 볼 수 있습니다. 그러나 한 가지 확실한 것은 당사자의 의지이며 믿음입니다. 그것이 당사자의 인생을 만들어 내는 것입니다."

인숙은 잠깐 뜸을 들였다.

"새로운 길이 제게 다가왔습니다. 클랜시 회장님이 저에게 자유를 주셨을 때 제가 짊어지기에 너무 벅찬 짐이라고 생각도 했지요. 그러나 한순간 제 머릿속에 해답이 나왔습니다. 이것이 내게 새롭게 주어진 길이다. 내가 늘 바라던 일이다. 따르지 않으면 안 되는 길이다. 성숙한 사람들은 이렇게 사는 것이다. 서로 나눌 수 있는 최고의 축복이다. 상대방을 위하고 자신을 보호하기 위한 운명이다."

인숙은 더 길게 이야기하지 않았다. 간단히 인사를 나눈 뒤 자리를 떠났다.

3.

김포 공항에서 영호가 기다리고 있었다. 영호는 인숙이 도착하자마자 차를 몰아 인천 공항으로 향했다. 차를 인천 공항 주차장에 세우고 입국장에 서니 기다렸다는 듯 클랜시가 다프네와 함께 활짝 웃으며 출국장으로 나왔다. 그들은 마치 평생을 같이 산 부부 같았다. 잘 어울리는 한 쌍이다. 인숙은 클랜시와 그 뒤를 따라 나오는 손님들 모두와 친숙하게 어울렸다.

클랜시가 인숙의 출현에 놀랐다는 표정을 지었다.

"아니, 명명식 대모님께서 어떻게 공항 영접을 나오셨나?"

인숙이 활짝 웃었다.

"하나님 같은 클랜시 회장님이 오시는데 마중을 나와야지요."

손님들은 조선소가 준비한 차에 올랐다. 영호가 말했다.

"우리도 곧 따라가겠습니다. 호텔에서 뵈요."

오월의 긴 하루도 저물고 있었다. 자동차가 출발하자 클랜시가 문득 다프네에게 말을 건넸다.

"저 친구들 어때? 천생배필이잖아?"

"영호라는 사람은 말만 들었지 처음 보아요. 정말 괜찮은 사람 같네요. 뭐랄까? 갖출 것을 두루 갖춘 중세의 기사랄까?"

"나는 첫눈에 저 친구가 마음에 들었어. 단정함과 사려 깊음, 그것이 저 친구에게 주어진 천부의 자산이야. 인숙에게 정말 어울리는 남자야."

다프네가 클랜시의 어깨를 껴안았다.

"우리는요?"

클랜시는 그녀의 입술에 가볍게 입을 맞추고는 속삭였다.

"천생배필이지. 당연히 천생배필이지."

수요일 퇴근길의 차량 행렬을 뚫고 인천 공항에서 호텔까지 오는 데 거의 두 시간이 걸렸다. 영호와 인숙이 호텔 입구에서 차를 맡기고 호텔에 들어서니 클랜시가 다프네와 함께 로비에서 그들을 기다리고 있었다. 그들은 호텔 꼭대기 식당으로 올라갔다. 예약을 하지 않았지만 서울의 야경이 눈 아래에 펼쳐진 창가 자리가 그들에게 주어졌다. 그들은 저녁을 들며 명명식을 이야기하며 눈 아래 깔린 평화로운 서울의 밤거리 풍경을 음미했다. 다프네는 인숙에게 다정했고 인숙은 다프네에게 어머니에게 하듯 깍듯이 대했다. 식당을 나서기 전 클랜시가 영호에게 물었다.

"내가 신경 써야 할 문제가 있나?"

영호는 짤막하게 대답했다.

"전혀 문제가 없습니다."

클랜시가 방으로 올라가고 둘만 남았다. 인숙의 강력한 눈빛이 있었지만 영호는 묵묵히 인숙에게 작별을 고하고 분당으로 돌아왔다.

다음 날 아침 영호는 재현의 집으로 갔다. 늘 그가 차를 몰았지만 그는 그날 정장을 하고 회사 직원이 모는 차의 앞자리에 앉았다. 재현이 의심스런 눈짓을 보냈다.
"아니 엊저녁 어디서 잤어?"
"분당동 집요."
"왜 호텔에서 자지 않고?"
영호는 언제나처럼 담담했다.
"저는 아직 사장님을 모시는 한벨코사 직원인 걸요."
"그래 어제 톰은 잘 도착했나?"
"예. 푸근하고 만족스런 얼굴이었습니다."
재현은 고개를 끄덕였다. 재현이 바라는 클랜시의 모습이다.
"우리가 톰보다 먼저 도착해야지? 서두르자고."
재현은 아내와 함께 차에 올랐다. 그들은 선주 일행이 서울역에 도착하기 직전 기차에 올라 준비된 자리를 둘러볼 수 있었다.

다프네는 평생 그 자리에 있었다는 듯 클랜시의 옆자리에 어울렸다. 복도를 사이에 두고 클랜시와 재현의 아내가 앉았다. 클랜시의 앞좌석에 인숙과 영호가 앉았다. 기차가 출발하자 클랜시가 재현의 아내에게 말을 걸었다.
"미세스 리가 첫배에 이름을 붙이고 축복을 내린 뒤 회사는 부쩍 성장했습니다. 그 명명이 곧 축복이었습니다."
아내가 화답했다.
"회장님 회사가 잘된다는 말을 듣고 있습니다. 늘 감사하고 더욱 번창하도록 기도하고 있습니다."
"일 년 남짓 지나갔는데 오랜 세월이 지나간 것 같습니다. 그렇죠?"

아내는 명명식 때 선물로 받은 목걸이를 밖으로 드러내고 있었다.

"정말 오래된 것 같아요. 번영이 오래오래 지속되기를 빕니다."

"모든 것이 제리에 달렸습니다. 아니 미세스 리의 손에 달린 겁니다."

다프네가 그들의 대화를 그윽이 지켜보다가 끼어들었다.

"우리 오래오래 배를 지어야겠지요?"

재현이 대답했다.

"그럼요. 세기의 로맨티스트 톰 클랜시는 해양을 떠나서 살 수가 없습니다. 다음 시리즈의 첫 번째 배는 다프네가 명명하게 되겠지요?"

다프네는 꾸밈없는 미소로 대답했다.

"하나님의 축복으로 받아들이겠습니다."

기차가 서울역을 떠난 지 얼마 되지 않아 클랜시는 그의 자리를 재현의 아내에게 양보하고 자신은 재현의 옆자리로 옮겨왔다. 재현이 클랜시에게 느긋하게 중얼거렸다.

"'마음이 하고자 하는 바를 좇아도 도(道)에 어그러지지 않았다.' 공자의 말씀이야."

재현과 클랜시는 의자에 등을 기댄 채 눈을 감고 열심히 굴러가는 바퀴 소리를 정성을 다해 음미하고 있었다. 클랜시가 중얼거렸다.

"인생에 있어서 가장 중요한 시간, 중요한 사람, 중요한 일이 뭐라고 했더라?"

재현이 대답했다.

"톨스토이의 말. 지금, 같이 있는 사람, 그 사람에게 사랑과 선(善)

을 베푸는 것."

그들은 창밖을 내다보며 함께 미소 지었다. 함께하면 할수록 그들의 생각은 늘 공동 영역에 있다는 것을 확인했다.

처음 약간 어색해하던 재현의 아내도 차츰 다프네의 따뜻함과 여유를 받아들이기 시작했다. 다프네가 입을 열었다.

"제가 한국에 처음 다녀간 것은 거의 이십 년 전이었어요. 그때도 톰이 함께했지만 저는 톰의 친구의 아내였지요."

그녀는 다소곳이 다프네의 말을 새겨듣고 있었다.

"이십 년 전의 삶이 유럽에서는 어제 같지요. 왜냐하면 변화하지 않으니까요. 꼭 같은 집들 꼭 같은 거리에 꼭 같은 사람들이 살고 있으니까요. 그러나 한국은 달라요. 한국의 이십 년은 유럽의 이백 년 같아요. 변화의 속도가 엄청나요."

아내에게 이해되는 일이었다.

"자주는 아니지만 저도 남편 따라 가끔 외국을 다닙니다. 선진국들은 옛것을 지키려고 애를 쓰고 있다는 느낌을 받아요. 허지만 한국에서는 옛것을 너무 쉽게 버리고 있는 것이 아닌가 하는 걱정도 가끔 하게 되지요. 버려야 새로운 것이 개발된다고 오해를 하지요. 그러자니 어제와 오늘의 삶이 어지럽게 단절되곤 합니다. 또 한 가지 지적을 하자면 한국은 전자 장비가 눈부시게 개발되고 개발되는 대로 실생활에 적용된다는 것입니다. 그것은 세상을 급속하게 변화시키지요. 한국 버스 정류장에 가면 수많은 버스의 도착 예정 시간이 전광판에 찍힙니다. 그것으로 버스를 기다리는 사람들은 그들의 버스 여행 시간표를 쉽고 정확하게 짤 수가 있지요. 저는 외국에 갈 때마다 눈여겨보았는데 그런 시스템을 어디에서도 볼 수가 없었어요."

다프네가 계속했다.

"저는 세상을 많이 다니지는 않았지만 한국은 유럽과 다른 점이 많은 곳으로 보여요. 무엇보다 한국은 땅과 사람이 밝아요. 자연의 색깔이 영롱하고 사람들이 성품이 대범하면서도 딱 부러지는 데가 있어요. 그러면서도 외국 사람들에게 편안하게 받아들여지고 있지요. 그것이 다른 나라에 앞서가는 변화의 원동력이 되는 것 같아요. 저도 앞으로 톰을 따라 한국을 들락거려야 할 것 같아요. 우리 함께 재미있게 살아요."

아내도 다프네의 기분에 젖어 들었다.

"저는 사교성이 없어서 사람들과 잘 사귀지를 못해요. 잘 이끌어 주십시오."

"자신의 아름다움을 감추고 나서지 않는 자세, 그런 미세스 리의 자세가 한국 여인의 미덕일 것 같아요. 깊은 향기는 아무리 감추어도 스스로 번져 나와 멀리멀리 퍼져 나간다지 않아요? 미세스 리는 그런 아름다움의 소유자 같아요."

"고맙습니다. 잘 따라가도록 노력하겠습니다."

"톰은 이번 여행을 준비하면서 미세스 리 이야기를 많이 했어요. 특히 첫배 남산호의 명명식은 그의 생애를 바꿔 놓은 행사였거든요."

"저를 선화라고 불러 주세요. 저도 다프네라고 부를게요."

그들은 나이도 비슷했다. 선화가 계속했다.

"저도 남편이 하라는 대로 명명식 대모를 몇 번 했지만 남산호 명명은 아주 특별한 경험이었어요. 그것을 만들어 낸 남자들의 끈질긴 진지함 그런 자세를 절감했어요."

그동안 명명식은 남자들의 파티였다. 클랜시가 짝이 없이 다녔기 때문에 다른 사람도 부인을 동반하기가 어려웠다. 그러나 이번은 달랐다. 클랜시가 다프네를 공식적으로 사람들에게 그의 반려로 소개했고, 동반했기 때문에 사람들도 자연스럽게 부부 동반을 하였다. 클랜시의 아들, 사장들도 부부 동반이었다.

인숙과 영호에게는 한 쌍으로 나타나는 첫 번째 공식적인 행사이다. 보통 이런 행사에서 영호는 일정을 관리하랴 손님들 뒷바라지 하랴 엉덩이를 자리에 붙일 틈이 없었다. 그러나 다른 생활이 시작되는 첫날이다. 명명식 대모의 동반자로서 선주 측의 주빈이 된 것이다. 영호는 다른 사람들에게 신경 쓰지 않고 인숙과 이야기를 나누었다. 대부분 인숙이 대화를 이끌었다.
"명명식 마치고 5월 8일 출국하면 지금 있는 앤트워프 집을 손봐야 할 것 같아요."
영호가 성심껏 대화의 상대가 되어 주었다.
"내가 도와야 하는데 인숙 씨 혼자 하기에 힘들지 않을까 걱정됩니다."
"제가 살고 있는 곳이니까 조금만 손을 보면 살 만할 거예요. 일단 두 사람이 살 수 있도록 꾸며 놓을게요. 영호 씨가 오시면 함께 차츰차츰 잘 완성을 시켜요. 그런데 언제쯤 들어오실 거예요?"
"오월 말쯤 되지 않을까 생각해요. 이 사장님 사무실 일도 정리를 하고 외국생활 준비를 하느라고 하고 있어요."

인숙이 아양을 떨었다.

"얼른 나오세요. 얼른 같이 있고 싶어요."

"저도 같은 마음입니다. 이 큰 축복이 진짜 내게 온 것인지 아직도 믿어지지 않아요. 단단히 준비를 해서 나갈게요."

"저는 부족한 점이 많습니다. 그러나 영호 씨에게 결코 짐이 되지 않도록 노력하겠습니다."

"짐이라니요. 그것이 짐이라면 무거울수록 좋아요. 제가 짊어져야죠."

"정말 앞으로의 삶이 꿈같아요. 저는 정말정말 최선을 다할게요. 영호 씨 저를 영호 씨 마음에 가두어 주세요. 그리고 저의 영혼을 보호해 주세요."

영호는 인숙의 손을 꼭 잡았다.

"저의 모든 성심을 다해서 인숙 씨를 보호하겠습니다."

서울에서 대구까지 두 시간도 걸리지 않는 길에 클랜시가 꾸민 경악할 만한 인간관계의 변화는 편안하게 자리를 잡았다. 클랜시와 인숙, 클랜시와 다프네, 인숙과 영호의 꿈도 꿀 수 없었던 인간관계가 자연스럽게 현실로 모두에게 받아들여진 것이다. 동대구역에서 버스로 갈아타며 선화는 재현에게 중얼거렸다.

"어떻게 이런 일이 있을 수 있지. 이 사람들은 이 모습으로 평생을 살아온 것 같지 않아? 어떻게 그런 어색한 남자와 여자의 관계가 이렇게 짧은 시간 동안에 물 흐르듯 정리가 되는 거야?"

재현은 싱글거렸다.

"그렇지, 그렇지. 우리는 지금 진짜 성자와 성녀들과 함께 있는 거야."

　언제나 하듯 경주를 돌아보았다. 여러 번 보았으니 경주 관광을 생략하자는 말을 하는 사람이 없었다. 아니 하지 못했다. 그곳은 클랜시의 성지(聖地)인 것이다. 석굴암의 부처님도 불국사의 다보탑도 그렇게 편안한 모습일 수 없었다. 그들은 봄날의 대기 속에서 자연과 부처님과 옛 장인들의 솜씨를 대하며 천년 숨결을 함께했다. 그동안 모든 사람들은 인숙과 영호에게 그들만이 누릴 수 있는 시간과 공간을 마련해 주었다. 그들은 순간순간을 아껴 그들의 미래를 다지고 있었다. 신기루 같은 꿈이 아니고 손에 잡히는 현실을 창조하고 있었다. 그들은 한순간도 허비하지 않았다. 그들은 아름다웠다.

　울산 조선소 호텔에서 차영균과 혜진 그리고 선호가 기다리고 있었다. 인숙은 짐을 방으로 보낸 뒤 혜진을 데리고 커피숍으로 가서 한동안 수다를 떨었다. 처음 만남이지만 마치 오래 함께했던 사람들처럼 친숙했고 할 말이 많았다. 선후배 사이라기보다 평생을 함께해야 할 참 잘 어울리는 한 쌍의 동지이다. 영호는 독실을 고집했다. 그는 인숙과의 합방을 벨기에 방문 이후로 미루었다. 인숙도 그의 생각의 틀에 동의했다. 벨기에에 모양을 갖춘 신방을 꾸며 놓겠다고 약속했다.

　'제리의 밤'은 흥겹게 진행되었다. 벨기에에서 온 열 명 정도의 손님과 현지 선주 감독관들 거기 근무하는 직원들, 조선소 관계자들을 합쳐서 서른 명 가까운 참석자들이 해변의 조개구이 집에 자리 잡았다. 선호도 일찍 나와서 클랜시와 함께했다.

"오라버니, 엄청 실한 조개들을 한 도라꾸 준비했습니더. 실컨 잡수이소."

조개구이 집주인은 언제나 하는 같은 말로 재현을 맞으며 싱싱한 조개들을 석쇠 위에 쏟아부었다. 조개는 숯불 위에서 쩍쩍 벌어졌다. 손님들은 그 고소한 조갯살과 달콤한 국물에 달려들었다. 클랜시는 언제나처럼 그 소박한 메뉴를 즐겼다. 조개에서 나온 달콤한 즙을 한 방울도 남기지 않고 쪽쪽 소리 내며 빨아 마셨다. 소주는 끊임없이 들어왔다. 조개구이가 시들해질 때쯤 생선회로 식단이 바뀌었다. 영호가 하던 일을 재현이 맡았다.

"자, 여러분 상추를 한 장 손바닥에 얹으십시오. 생선회를 두어 점 초고추장에 찍은 뒤 상추 위에 올리십시오. 마늘 한쪽에 된장을 발라 그 위에 올리십시오. 상추를 싸십시오. 입에 넣으십시오. 씹으십시오. 준비된 소주를 한숨에 털어 넣으십시오."

순서는 척척 맞아 들었다. 한 사람도 망설임 없이 재현이 이끄는 대로 따라왔다. 소주 몇 잔을 마신 뒤 자동적으로 노래가 시작되었다. 여러 나라의 노래들이 밤늦도록 울산의 해변을 흥겹게 흘러 다녔다.

소주 파티가 흥겹게 진행되는 동안 인숙은 혜진과 붙어 앉아 있었다. 영호는 한쪽 구석에서 따로 떨어져 떠들썩한 술판을 지켜보며 혼자 있었다. 차츰 영호의 얼굴이 창백해져 갔다. 그는 제리의 밤이 시작되면서 누구하고도 이야기하지 않았다. 영호가 갑자기 흐느끼기 시작했다. 그것은 곧 오열로 바뀌었다. 봇물처럼 터져 나오는 통곡으로 이어졌다. 떠들썩한 대화와 노랫소리가 일순 조용해졌다. 재현이 그의 곁으로 갔다. 그리고 그의 머리를 감싸 안았다.

"그래 울어라. 마음껏 울어. 오랫동안 잘 참았다. 울고 싶은 대로 울어. 그리고 이것이 마지막이다. 더는 울지 말아라. 박영호의 새 세상이 열리는 날이다."

영호는 재현의 어깨 위에서 흐느끼다가 그의 울음을 멈췄다. 영호는 그의 울음에 대해 변명하지 않았다. 아무도 입에 담지 않았다. 행복한 저녁의 행복한 마침표였다.

모두들 돌아가고 재현은 아내와 해변에 남았다. 삼십여 년 전 조선소가 시작될 때 둥지를 틀었던 곳이다. 그 해변에서 손을 잡고 천천히 걸었다.

"나는 여보가 내 머리맡에 붙여 놓았던 조선소 기성 사원 모집 광고를 한 번도 잊은 적이 없어. 여보의 그 섬세한 마음이 오늘의 나를 만든 거야."

그녀는 그에게 몸을 밀착해왔다.

"그건 모두 여보의 결심이었어. 여보가 이미 새로 생기는 조선소에 마음을 두고 있다는 것을 내가 눈치 챈 것뿐이야. 또 그때 신문에 난 채용 공고가 내 눈에 띄었지. 그걸 여보 머리맡에 붙이면서도 걱정했어. 머릿속이 복잡한 여보에게 괜한 걱정을 하게 하는 것이 아닌가 하고."

음력 그믐에 달도 없었다. 그들은 손을 잡고 천천히 어두운 해변을 따라 걸었다. 멀고 먼 바다의 따뜻한 물결 위에 그들의 젊음과 고뇌와 환희를 흘려보냈다.

4.

'제리의 밤'에 폭풍 오열을 터뜨린 뒤 영호가 달라졌다. 그의 표정에서 때로는 그의 행동거지에서 보이던 어두운 그림자가 완전히 사라졌다. 밝고 적극적이었다. 아침에 제일 먼저 일어나 손님들의 조찬 자리를 식당의 한구석에 편안하게 마련했다. 식탁을 준비하고 아침 식사 후 명명식 준비 사항을 꼼꼼히 챙겼다. 다른 사람들보다 먼저 로비에 내려와 명명식장으로 갈 자동차들을 조선소와 의논해서 배치했다. 영호의 변화를 제일 먼저 발견한 것은 재현이었다. 전날의 그 격정을 보며 걱정했으나 그것이 그처럼 밝고 따뜻한 변화에 대한 전조였음을 확인하였다.

시리즈의 마지막 배라고 하지만 이것이 클랜시가 울산 조선소에서 짓는 마지막 배라고 생각하는 사람은 없었다. 클랜시는 해운업을 계속할 것이며 그가 해운업에서 손을 떼지 않는 한 그의 울산 방문은 계속될 것이라고 확신했다. 명명식은 어느 때보다 활발한 축제였다. 첫 번째 승용차는 최 사장 부부가 타고 행렬을 이끌었다. 클랜시와 다프네, 그다음으로 인숙과 영호가 탄 차가 뒤따랐다. 영호는 승용차에 오르기 전 잠깐 망설였다. 명명식 때 그의 자리는 시중을 드는 실무자 자리였지 귀빈의 자리는 아니었다. 그는 곧 평정심을 되찾았다.
"여왕님을 모시는 시종으로 승차하겠습니다."
인숙도 화답했다.
"나의 영원한 기사님, 저의 옆자리를 지켜주세요."
재현은 아내와 함께 버스에 올랐다. 나머지 손님들로 버스는 반쯤 채워졌다. 행렬은 조선소를 한 바퀴 돌았다. 조선소는 철판 두드리는 소리로 귀가 멍멍했고 용접 불빛으로 눈이 부셨다. 날씨는 화창했다. 봄이 무르익었다. 중요한 축제에 알맞은 날이다.

그동안 이야기는 많이 들었지만 실제로 조선소를 보는 것은 인숙에게 처음이다. 모든 것이 경이로웠다. 적은 도시만 한 조선소에 산덩이 같은 배들이 조선소 안벽마다 줄지어 둥지를 틀고 있다. 그중 가장 큰 배에 '인숙'이라는 이름이 달린다는 것이다. 그 배를 자신이 명명을 한다는 것이다. 그녀의 두려움을 영호가 차분하게 가라앉혔다. 그는 배가 건조되는 과정, 배의 크기, 배가 실어 나를 화물 같은 것을 차근차근 설명해 주어 자동차가 명명식장에 도착할 때쯤 그 배는 인숙에게 아주 친숙한 친구가 되어 있었다. 선호가 단 아래에서 손님들을 안내했다. 최 사장이 단상에서 손님들을 자리로 모셨다. 조선소의 취주 악대는 신나는 행진곡으로 늦봄의 대기를 데우고 있었다.

최 사장의 인사로 명명식은 시작되었다. 최 사장은 간결하게 배의 내용을 설명했다. 배가 건조되는 동안 클랜시 회장과 선주 감독관들, 그리고 선급과 부품 공급 업체들이 베풀어 준 호의에 감사를 표하고 그러한 사업적 관계가 오래오래 지속되기를 빈다는 덕담으로 인사를 마쳤다.

다음은 셰이크 아흐메드의 차례였다. 그는 단상에 마련된 TV에 영상으로 인사를 하였다. 시간 차이로 사우디는 아침 여섯 시였지만 그는 정장을 한 모습이었다. 최 사장, 클랜시 회장, 이재현 사장에 대한 고마움을 표시하였다. 좋은 배와 인연을 맺게 된 것에 감사하고 조선소와의 관계가 오래 지속되기를 기원하였다.

그리고 클랜시의 차례이다. 언제나 그렇듯 연설의 첫 부분에서 머뭇거리는 듯 시작하지만 곧 물 흐르듯 부드럽게 되어 감동적으로 끝을 맺는다. 그것이 이번 시리즈의 마지막 배여서, 그리고 사상 유례가 없이 큰돈을 벌어 주는 배여서 그의 감동은 특별했다. 그리고 그가 약속한 300만 불의 복지 기금을 단상에서 노조 대표에게 전달하였다. 그것은 오래 기억될 클랜시의 행위 예술이다.

그날의 하이라이트, 인숙의 명명식으로 이어졌다. 잠깐 망설이는 듯했지만 인숙은 또렷한 영어로 배의 이름을 불러주었다.

'나는 이 배를 인숙이라 명명합니다. 하나님이시여, 이 배와 이 배를 타고 항해하는 선원들에게 축복을 내리소서.'

그녀가 탁자 위 나무토막을 도끼로 찍자 행진곡이 조선소를 들썩거리며 요란하게 연주되고 천지에 꽃가루가 날리고 길다란 오색 테이프가 하늘만큼 높은 뱃머리에서 바람을 타고 춤을 추며 흘러내렸다. 그리고 배의 앞머리를 덮었던 장막이 벗겨지고 INSOOK이라는 배의 이름이 나타났다. 단상의 앞줄에 앉았던 최 사장, 클랜시, 재현 모두들 인숙에게 다가와 그녀의 성공적인 대모 역할에 축하 인사를 건넸다. 인사가 끝날 때쯤 그녀는 선화의 손을 잡았다.

"첫 번째 배의 명명을 하셨다고 들었습니다. 그날의 감동을 여러 사람들이 아직도 이야기하고 있습니다."

선화는 그녀 나름의 수줍음으로 대답했다.

"저야 그냥 떠밀려서 했지요. 그러나 오늘 인숙 씨의 명명은 당당하고 아름다웠습니다. 축하합니다."

그 뒤 그 둘은 배에 올라 배를 둘러보고, 오찬 등 명명식 행사가 진행되는 동안 붙어 다녔다. 두 명의 대모, 특히 시리즈의 첫배와 마지막 배의 대모가 함께 다니는 것은 보기에 좋았다.

명명식을 마치고 오찬이 영빈관에 마련되었다. 참석자들은 식탁에 앉기 전 넓은 잔디밭에서 칵테일 한 잔씩을 들고 서성거렸다. 선호는 영빈관 잔디밭에서의 시간을 길게 잡아 손님들끼리 이야기 나눌 시간을 충분하게 했다. 하늘은 맑았고 동해는 푸르렀다. 오월의 공기는 따뜻했다. 인숙은 혜진과 선화는 다프네와 짝을 이루어 이런저런 이야기로 시간 가는 줄 몰랐다. 클랜시는 영호와 어울렸다.

오전 내내 기회를 엿보던 가네다는 영빈관 잔디밭에서 재현을 붙들었다.

"작년에 사장님께서 일본에 귀한 걸음을 하셨는데 제가 어리광만 부리다가 제대로 인사도 못 하고 보내드렸습니다."

"너무나 감명 깊은 밤이었지요. 그날 밤 나는 우리의 역사를 되돌아보는 기회를 가졌고 우리가 서 있는 현주소를 가네다 씨의 혜안을 통해 확인했습니다. 너무나 얻은 것이 많고 감동이 큰 밤이었습니다. 그런 일을 그렇게 아무렇지도 않게 해낼 수 있는 가네다 씨의 인간적 그릇의 크기를 다시 생각했습니다. 일본 여관, 노천탕, 바깥에서 귀를 먹먹하게 하며 흐르는 여울, 그 위에 가네다 씨의 심장에서 터져 나오던 그 뜨거운 열정이 지금도 마치 어제저녁인 듯 기억되고 있습니다. 정말 고마웠습니다."

"그런 기회를 주신 것은 이 사장님이십니다. 좋은 분과 그렇게 하룻밤을 보낸다는 것은 평생 얻기 어려운 감동적인 기회였습니다."

"그 방문으로 저는 일본에 다시는 갈 필요가 없다 그렇게 생각했습니다. 욘사마의 열풍을 통해서, 골프장에서 의기소침한 마츠다를 보며, 나는 일본의 산업, 일본 사회를 읽었습니다. 국제 사회에서의 일본의 역할은 많이 축소되고 그만큼 한국의 할 일이 많아졌다 그렇게 느꼈지요."

"저는 그날 이 사장님께 떼를 쓰며 어리광을 부렸습니다. 그러면서 한편으로 이 사장님으로 대표되는 한국인의 피를 지닌 사람으로서의 자부심을 마음껏 누렸습니다."

"고마웠습니다. 정말 고마웠습니다."

그는 잠깐 머뭇거리며 업무 이야기를 하였다.

"클랜시의 프로젝트는 더 확장될 것 같지 않지요?"

재현은 솔직하게 생각을 말했다.

"이번 호황기에서의 발주는 더 없을 것입니다. 호황이 몇 년 더 계속된다 하더라도 그 물결을 타지 않고 거기서 벗어나 차분하게 다음에 뒤따를 날들에 대비할 겁니다."

"그렇지요? 그렇겠지요?"

그는 다음 사람에게 재현의 곁을 내어 주고 멀어져 갔다.

최 사장이 재현에게 접근했다.

"결국 후속 프로젝트로 확정되지 않고 시리즈가 끝나네요. 너무 아쉽습니다. 클랜시 회장과 몇 척은 더 했으면 했는데."

"워낙 조심스러운 사람이어서. 그러나 그의 머릿속에는 지금 원대한 그림이 그려지고 있을 겁니다. 이번 VLCC 여섯 척 프로젝트는 이 위대한 조선소와 최 사장님의 빈틈없는 보살핌으로 그의 머리에 각인되었습니다. 그의 미래의 프로젝트는 이곳과 확실히 연결됩니다."

"이 사장님의 특별한 배려를 부탁드립니다. 그런데 이 시장은 언제까지 계속될 것 같습니까?"

재현은 말하기가 어려웠다. 모두 이 특별 활황(Super Cycle)이 천년만년 갈 것처럼 들떠 있는데 혼자 찬물 끼얹고 다니는 것 같아서였다. 특히 축제의 날에 암울한 이야기를 한다는 것은 내키지 않는 일이다.

"사장님이 저보다 더 잘 아시겠지만 제 생각은 변함이 없습니다. 호황은 호황대로 즐기면서 이제 불황의 준비를 해야 할 때라고 생각합니다."

"언제쯤 시작될까요?"

"VLCC 값이 1억 5천만 불을 호가하고 있습니다. 케이프 사이즈 벌커가 일억 불을 넘었습니다. 선가가 제조 원가의 두 배를 넘었습니다. 이것은 비정상입니다. 호황의 끝이 다가오고 있다고 보아야 할 것입니다. 불황은 하루아침에 느닷없이 다가올 수 있습니다. 호황이 길고 깊었던 만큼 불황은 혹독할 것입니다."

"그렇게까지 비관적으로 보십니까?"

"울산 조선소 같은 저력 있는 조선소는 그래도 불황을 이기고 다시 솟아올라 다음 오는 기회를 잡을 수 있을 것입니다. 그러나 작은 조선소들이 입을 피해는 치명적일 것입니다. 특히 중국 쪽의 갖추어지지 않은 조선 공업은 괴멸될 것입니다. 사기업(私企業)은 문을 닫고 선택된 조선소들은 국영기업의 그늘로 모일 것입니다. 원가 개념 없는 국영 기업의 장래라는 것은 거론할 가치도 없습니다. 한국 조선 산업이 세계를 이끄는 시간이 좀 더 길어질 것 같습니다."

현자는 명명식에 참석을 했으나 눈에 띄지 않는 차림으로 한쪽 구석에 자리 잡고 있었다. 선호가 집적거렸다.
"사람들과 어울리지 않고 왜 그렇게 외톨이로 숨어 있어요?"
"나오라고 해서 나오긴 했지만 제가 설칠 자리는 아니잖아요."
"양 마담에게 늘 폐를 끼치기만 해서 고맙다는 인사를 하려고 했는데 이렇게 초대를 하게 되었습니다. 눈여겨보시고 조선소 사람들이 어떻게 살아가는지 기억해 두세요."
현자의 눈에 눈물이 고였다.
"고맙습니다. 평생 잊지 않겠습니다."

선호가 현자를 떠나 마이크를 잡았다.
"맛있는 오찬이 기다리고 있습니다. 모두 오찬장으로 입장하십시오. 입장하시기 전에 좌석 배치도를 보시고 자기 자리를 확인해 주십시오."
실내악 사중주단의 연주 속에 오찬은 시작되었다. 최 사장은 선주 측 관계자들에게 한 사람도 빠짐없이 큼직한 선물을 돌렸다. 이에 질세라 클랜시도 많은 선물을 가져왔다. 그는 대해양 시대의 범선 모형을 최 사장에 건넸다. 두 손으로 간신히 보듬을 수 있는 크고 무거운 값진 모형이다. 마치 최 사장이 선물한 거북선 모형과 맞바꾼 모양새가 되었다. 최 사장은 큰 선물을 받고 밝게 웃었다.

"마치 이별하는 사람들의 파티 같습니다."

클랜시는 잠깐 생각하는 자세가 되었다.

"그렇지요. 그러나 다시 돌아올 때까지의 이별. 삼 년 뒤가 될까요? 오 년 뒤가 될까요?"

최 사장이 고집했다.

"아니요, 늦어도 내년에는 오셔야지요."

클랜시가 화답했다.

"알았습니다. 가능한 한 빨리 돌아오겠습니다. 제게 여기 말고 놀 만한 장소가 세상 어디에도 없거든요."

선호의 부인이 불려 나왔다. 클랜시는 그녀를 꼭 껴안고 속삭였다.

"나의 사랑하는 누이동생."

명명식의 대모이기라도 하듯 선호의 부인에게도 좋은 목걸이가 주어졌다. 아내가 자리에 와 앉자 선호가 아내에게 약을 올렸다.

"이제 끌고 다닐 목줄이 생겼구만."

진행을 보는 여직원이 마이크를 가볍게 두드렸다. 귀를 기울여 달라는 요청이다.

"한국 전자의 고주영 회장님께서 클랜시 회장님께 기념 선물을 드리시겠습니다."

재현이 깜짝 놀랐다. 고 회장을 초청해 놓고 깜빡 잊고 있었던 것이다. 그는 그렇게 스스로를 숨기고 있었다. 클랜시가 재현에게 물었다.

"한국 전자의 고 회장?"

"이번에 전자 제어 장치를 납품한 회사의 설립자야. 우리나라 조선 산업의 여명을 열어젖힌 분이지. 상공부 초대 조선과장으로서 한국 조선의 오늘이 있게 한 분이야."

클랜시가 떠밀리듯 단상에 섰고 고 회장은 늘 그렇듯 수줍은 표정으로 연설 없이 세종대왕의 해시계 모형을 증정했다.

"15세기 한국이 만든 시계입니다."

클랜시는 의외의 선물에 감동했다. 그가 화답했다.

"아름다운 선물 고맙습니다. 이 해시계를 생각하며 어디를 가든 시간을 잘 지키도록 노력하겠습니다."

아름다운 또 하나의 인간관계가 이루어졌다.

진행을 보는 여직원이 마이크를 잡았다.

"잠깐 주목해 주십시오. 모두 식사를 즐기는 동안 오늘의 여왕, 유인숙 앤트워프 해양 박물관장님께서 몇 마디 인사 말씀을 하시겠다고 합니다."

그래 인숙이 한마디 해야지, 그녀의 말을 듣지 않고 파티를 끝낼 수 없지, 모두 그런 표정이었다. 그녀는 환한 미소를 지으며 단상에 올랐다. 준비해온 연설문을 펴서 영어로 그녀의 인사를 시작했다.

"만장하신 어르신들, 저의 지금까지 살아온 인생은 여러 어르신들의 보살핌으로 이루어졌습니다. 게다가 오늘 저는 평생 갚을 수 없는 은혜를 입었습니다. 아름답고 웅장한 배에 저의 이름을 달고 그 배의 이름을 처음으로 불러 주었고 또 이처럼 단상에 서는 영광도 누립니다. 최 사장님, 클랜시 회장님, 이재현 사장님, 김선호 상무님, 이 어른들은 천둥벌거숭이를 사람 모습으로 만들어 오늘이 있게 해 주셨습니다."

인숙은 주빈석을 향해 고개를 숙였다. 잔잔한 박수가 일었다.

"오늘 '인숙'호가 태어나듯 저도 새롭게 태어납니다. 아무것도 가진 것이 없으면서 세상이 자기 것인 양, 무엇 하나 아는 것이 없으면서 세상에서 가장 유식한 척, 눈곱만 한 능력도 없으면서 세상에서 제일 잘난 척하였습니다."

그녀의 목소리가 잦아들었다.

"그러나 여러 어르신들은 건방지다, 까분다, 바보스럽다 하시지 않고 저를 올바른 길로 이끌어 주셨습니다. 저는 또 나름대로 오만을 떨어 봅니다. '이제 출발선에 섰다. 뛰어나갈 일만 남았다. 나의 세상을 만들어 보자'라고 다짐을 합니다. 그러나 그것은 모두 여러 어르신들의 보호와 지도 아래 가능하다는 것을 압니다. 이제 여러분들에게 걱정 끼치지 않고 여러분들이 열어 주신 길로 보답하는 삶을 열어 나가겠습니다."

잔잔한 박수가 계속되었다. 그녀의 표정이 밝아졌다.

"저는 오늘 이 자리를 빌어 제가 평생 섬길, 저를 평생 보호해 주실 영웅을 소개하고자 합니다."

인숙은 영호에게 눈짓을 했다. 영호는 약속이라도 있었던 것처럼 서슴지 않고 단상에 올라 인숙의 곁에 섰다. 그들은 나란히 허리를 굽혀 손님들에게 인사를 하였다.

"저의 인사는 제 개인 이야기로 시작했지만 이제 우리 둘의 이야기로 끝을 맺겠습니다. 저희 둘이 열심히 사회에 유익한 일을 찾으며 우리의 삶을 살아가겠습니다. 저희들이 살아가는 길을 보아주시고 지금까지 하셨듯 바른길로 인도해 주시기 바랍니다."

의외의 결말에 모두들의 얼굴은 웃음으로 덮였다. 큰 박수가 터져 나왔다. 선호가 재현에게 한마디 툭 던졌다.

"참으로 깔끔하군요. 전에 사장님이 말씀하셨듯 인숙 씨는 연꽃 같아요. 진흙 속에 뿌리를 박고 있어도, 흙탕물에 몸을 내맡기고 있어도, 자유로운 영혼으로 피어나는 한 점 때 묻지 않은 청순하고 아름다운 연꽃이에요."

재현이 맞장구를 쳤다.

"그래. 연꽃은 그 자체가 청순하고 아름답지. 그뿐만 아니야. 연꽃의 멀리 퍼지는 은은한 향기는 주변에 있는 사람들의 마음까지 깨끗하고 맑게 하지."

클랜시는 명명식을 준비하며 조마조마한 마음을 억누를 수 없었다. 그가 꾸민 기상천외한 인간관계의 설정이 사람들에게 어떻게 받아들여질 것인가? 어찌 보면 천륜을 거역하는 행위로 받아들여질 수도 있다. 편협한 한 인간의 괴팍스럽고 우스꽝스러운 기행으로 받아들여질 수도 있다. 그러나 명명식이 진행되는 동안 걱정은 조금씩 사그라져 갔다. 오찬까지 모든 것은 물 흐르듯 자연스러웠다. 명명식의 일정이 끝났을 때 그가 설정한 무대와 배역 설정은 성공적으로 완결되었다. 클랜시는 오찬 후 자기 차에 선화를 앉혀 다프네와 동행하게 하고 그는 재현의 차에 올랐다. 그의 손끝이 가늘게 떨리고 있었다. 겉으로 대범한 표정을 짓고 있었지만 그의 마음속 깊이 자리 잡은 감동과 긴장이 그렇게 나타나고 있었다. 재현은 부드럽게 클랜시의 손등을 다독거렸다.

"부처님이 성불하였을 때 말씀하셨지. '나는 알았다. 있는 대로 알았다.' 나는 클랜시라는 사람의 자기 성찰과 자기완성을 보며 부처님의 성불계를 생각했어."

클랜시의 눈이 그윽해졌다. 그는 재현의 손등에 그의 손을 얹었다. 아직도 가늘게 떨고 있었다. 재현이 계속했다.

"하나님은 세상을 창조하시던 때 매일 창조가 끝날 때마다 자신이 지으신 그 모든 것을 둘러보시고 '보기에 심히 좋았더라'라고 말씀하셨다고 창세기에 기록되어 있지?"

재현은 클랜시의 손등에 얹힌 그의 손에 힘을 주었다.

"톰이 만들어 낸 모든 것은 완벽했어. 더 이상 걱정 같은 것 할 필요 없어. 완벽하게 이루어졌어. 마치 하나님의 솜씨 같아."

클랜시는 여전히 손가락 끝을 떨고 있었다. 그의 목소리도 떨렸다.

"하잘것없는 인간을 불경스럽게 부처님이나 하나님과 비교하지 마."

"알았어. 다시는 더 하나님과 부처님을 인용하지 않을게. 그러나, 그러나 아무리 생각해 봐도 이번의 클랜시의 솜씨는 인간의 솜씨는 넘어섰어."

클랜시는 재현의 눈을 오랫동안 들여다보았다.

오후에 선박 인도식이 끝나고 배는 저녁 일찍 출항했다. 저녁 만찬은 선주가 주최하였다. 클랜시가 가장 좋아하는 한국식이다. 경주 국악원에서 가야금 연주자들과 춤꾼들이 와서 한국식 전통 무대가 꾸며졌다. 식단도 한식이었다. 만찬은 외부인사가 적어 조선소 측 참석자로 대부분 채워졌다. 매일 서로 마주 보고 사는 스스럼이 없는 식구들이다. 최 사장도 선호도 더 이상 비즈니스 이야기를 하지 않았다. 그들은 믿고 있다. 클랜시는 앞으로 계속 배를 짓는다. 그리고 우리 조선소에서 짓는다. 그럴수록 신경을 써야 한다. 아무리 좋은 관계도 사소한 일에서 틀어질 수 있는 것이다.

카이로스는 더 이상 후속 프로젝트에 대해 징징거리지 않았다. 삼 년 동안의 한국 생활을 정리하고 벨기에로 돌아가서 다음 프로젝트를 준비한다, 휴가를 내서 그리스에 가서 아버지를 며칠간 모신다, 그런 소박한 계획으로 그의 새카만 털로 덮인 얼굴은 빛났다. 현장에서 프로젝트를 성공적으로 이끌었다는 자부심도 있었다. 재현은 참석한 사람들을 둘러보았다. 그들 모두와 잠깐잠깐 몇 마디의 말을 나누었다.

"보기에 심히 좋았다."

인숙이 선화에게 말을 걸었다.
"사모님 제 얼굴을 좀 보세요. 하루 동안에 달라진 것이 없어요?"
선화가 웃으며 대답했다.
"아니, 한결같이 아름답고 변함없이 총명한 얼굴인데요."
"저는 이 명명식으로 몸과 마음이 달라진 것 같아요. 엄청난 은총을 받고 축복으로 뒤덮인, 그 축복이 속에서 마구 분출하는 것 같은 느낌이에요."
"왜 그렇지 않겠어요. 출중한 인재가 크나큰 은총까지 입었으니 그럴 수밖에. 이제 받은 것보다 수백 배 깊고 넓은 축복을 다른 사람에게 나누어 주어야지요. 인숙 씨는 그런 능력을 지닌 특별한 신의 창조물이에요."
"그렇게 생각하세요?"
"그럼요. 그렇고 말고요."
인숙은 자리에서 일어나 선화를 꼭 껴안았다.

클랜시는 재현에게 속삭였다.

"영호 좀 봐. 많이 달라졌지?"

"탈속한 사람 같아. 모든 것을 아는, 어떤 것에도 얽매이지 않는 신선 같아."

"오늘 아침 명명식장에서 아무 말 없이 은단(銀丹) 몇 알을 내 손바닥에 떨어뜨리겠지. 명명식 때마다 한결같이 하던 일이야. 엊저녁 '제리의 밤'에 먹은 마늘 냄새를 입에서 없애라는 배려였어. 이 사람이면 무엇이든 맡길 수 있다 그런 생각이 들어."

"톰은 영호를 보는 순간부터 그랬어. 두 사람 사이에는 무언가 영혼의 뿌리가 서로 엉켜 있는 것 같아."

만찬장에서 영균은 선호와 붙어 앉았다.

"오는 유월에는 벨기에와 영국을 방문하기로 되었는데 거기 김 상무가 빠지면 단팥이 들어 있지 않은 찰떡이 되겠지요?"

"저도 그때 유럽 출장 계획을 짜 놓았어요. 오지 말라 해도 가야지요. 가서 눈으로 확인하고 배워야지요. 일이란 이렇게 하는 것이다, 삶이란 이렇게 사는 것이다, 인간관계는 이렇게 맺어지는 것이다, 샅샅이 배워 내 것으로 만들어야지요."

재현이 혜진의 곁에 앉았다.

"혜진 아씨가 너무 조용한 것 같아."

"오늘 하루 제가 좀 달라진 것 같지 않으세요? 지금 저는 어제와 완전히 다른 사람이라는 느낌을 받고 있어요. 텅 비어 있던 내 몸뚱이 속으로 알맹이가 들어와 앉은 것 같고, 작달막하던 키가 불쑥 자란 것 같아요. 무엇보다 이번 행사에 참여하고 나니까 사람들의 마음이 보이는 것 같아요. 세상에 나서 처음 느끼는 새로 탄생한 듯한 신선한 영감이랄까? 그런 느낌이에요."

"고맙구나, 혜진 씨. 혜진 씨의 그 받아들이는 능력은 타고난 거야. 그 섬세한 감수성과 이해력, 정말 고맙구나."

"고맙기는요. 회장님의 바다 같은 마음이 철딱서니 없는 철부지를 이렇게 키워주셨어요. 저는 나이가 백 살이나 먹은 신선이 되어 가는 것 같아요. 건방진 생각이라는 것을 알면서도 저는 평생 아난존자의 자리에서 이 세상을 보겠다, 이 위대한 일들을 기록하겠다, 이 축복을 후배들에게 길이길이 남기겠다, 그렇게 다짐하고 있습니다."

"역시 우리가 혜진 씨를 잘 보았어. 혜진 씨를 본 순간 이 사람은 아난존자의 피를 나눠 받은 존재다 느꼈거든."

"이건 얻고 싶다고 얻어지는 것이 아니고 하려고 해서 되는 일이 아니지요. 알고 있어요. 모든 어르신들이 저를 이렇게 키워 주셨지요. 한평생 정진하겠습니다."

"고맙다, 고맙다 혜진 씨."

재현은 그 말밖에 더 할 말이 없었다. 만찬은 밤이 늦어서야 아쉬운 듯 끝났다.

5.

다음 날 남산 산책은 남자들끼리 하기로 하였다. 여인들은 호텔에 남아서 돌아갈 준비를 하자는 것이다. 떠나기 직전 혜진이 합류했다. 아난존자로서의 역할을 하자면 자신도 남산에 가야 한다는 것이다. 토요일 점심을 끝낸 뒤 작은 버스 한 대로 호텔을 떠나 포석정

앞에서 내렸다. 느긋하게 능선을 걸어 올라 냉곡으로 내려오는, 클랜시가 가장 좋아하는 산책길이다. 낯익은 길이어서 편안하게 늦은 봄의 대기를 마시며 산책을 즐길 수 있었다. 늘 한적하기만 하던 길이 그날따라 평화로운 봄나들이 인파로 붐볐다. 나무들은 연녹색의 신록으로 옷을 갈아입었고 나무 그늘에서 철쭉이 흐드러졌다. 산 전체를 계절의 여왕 오월이 거느리고 있었다. 스적스적 걸어 내려와 계곡의 끝자락 관세음보살상 앞 잔디밭에 모두 앉았다. 클랜시가 입을 열었다.

"제리, 기억나? 내가 나의 경솔함 때문에 나락에 떨어져 절망 속에서 헤어나지 못하고 있을 때 제리가 나를 여기에 데리고 왔지. 그리고 이 구원의 여신상은 나를 미망에서 구해 내었어. 그것이 수십 년 전, 아니 불교에서 말하는 전생의 어느 시점 이야기인 것처럼 아득하구먼."

재현은 대꾸를 하지 않았다. 웃고만 있었다. 선호가 끼어들었다.

"톰이 신라의 시민권을 획득하게 한 사건이었지요?"

클랜시가 손뼉을 쳤다.

"그래 그날부터 나는 이 신라의 분위기에 빠져들었어. 헤어 나올 수가 없어."

영균이 거들었다.

"헤어 나올 필요가 없어요. 그렇게 행복한데 왜 나와요. 거기 푹 빠져 마음껏 즐기는 거예요."

클랜시의 손가락은 더 이상 떨지 않았다. 얼굴은 어느 때보다 밝았다.

클랜시가 영균에게 말을 걸었다.

"옥스퍼드에서는 어려움 없이 모든 일이 잘 진행되고 있지요?"

영균이 활짝 펴진 얼굴로 대답했다.

"아주 잘되고 있습니다. 상상도 할 수 없었던 일이 벌어지고 있어요. 참으로 거룩한 일을 이룰 수 있을 것 같아요."

클랜시가 중얼거렸다.

"역사학자들은 상황을 넓은 시야에서 바라볼 수 있다는 장점을 지니고 있어."

재현이 끼어들었다.

"참 생각지도 못했던 일이야. 톰이 인숙의 아이디어를 내게 터뜨린 것이 여기였지. 그 꿈같은 생각이 일 년도 지나지 않아 이토록 현실로 이루어지다니."

선호도 맞받았다.

"정말 될 일은 그렇게 시작되고 그렇게 진행되는 것 같아요. 일이 있을 때마다 꼭 필요한 사람이 나타나고 문제가 발생할 때마다 가야 할 길이 스스로 눈에 들어왔어요."

클랜시는 먼 하늘을 바라보고 있었다. 그리고 중얼거렸다.

"역사를 제대로 쓴 사람들. 제대로 쓴 역사를 읽으며 사는 사람들이 제대로 된 현재를 사는 것이고 건전한 미래를 설계할 수 있는 거야."

클랜시가 혜진에게 물었다.

"그런데 혜진 씨, 혜진 씨는 이 연구회의 오늘을 이끈 힘이 무엇이라고 생각하나?"

혜진이 오래 생각해 왔다는 듯이 거리낌 없이 대답했다.

"물론 처음 아이디어를 내신 분들이 제대로 이끌어 주신 덕이지요. 그러나 그 뒤 역사 연구회의 오늘을 만든 것은 자율입니다. 어른들이 회원 스스로 생각하고 스스로 목표를 세워 스스로 나아가도록 진행을 회원들에게 맡긴 것입니다. 그것이 회원들 스스로에게 자부심을 주고 동시에 무한한 책임감을 느끼게 한 것입니다."

클랜시가 혜진을 꼭 껴안았다.

클랜시는 누구에게랄 것도 없이 지나가는 말처럼 물었다.
"그런데 말이야. 한국의 부처님은 남성이야? 여성이야?"
의외의 질문에 모두 말문이 막혔다.
"삼천대천세계를 이끌어가는 품세로는 남성이어야 하는데 형상화된 부처님의 모습은 대부분이 여성의 모습이야. 부드러운 허리, 둔부의 넉넉한 곡선, 고운 손과 가느다란 손가락 모두 여성의 것이잖아. 거기다 보관을 쓰고 많은 장식품을 몸에 지녔잖아?"

영균이 나섰다.
"부처님은 물론 남성이지요. 부처님과 그의 제자들, 자기 수련을 통해 열반하는 부처님들은 모두 남성으로 표현되지요. 자신의 열반보다 중생들의 구제에 그들의 존재 이유를 둔 보살들도 남성입니다. 그러나 중생들이 구제될 때까지 자신의 열반은 미루어 둔 보살들은 중생들에게 가장 잘 받아들여지는 모습으로 변신한 겁니다."

선호도 한마디 거들었다.
"원래 힌두나 불교에서는 여성은 다섯가지 장애 때문에 성불할 수 없다고 되어 있어요. 그래서 인도나 중국에서는 신들은 물론 보살들도 험상궂은 표정에 수염을 기른 얼굴이 대부분이지요. 그리고 보니 톰이 지적한 대로 한국 불상들만 여성상이네요. 옅은 미소를 짓고 있는 것 같기도 하고 깊은 고뇌에 싸인 듯한 표정인가 하면 엄숙함을 잃지 않은 모습입니다."

재현이 그동안 생각해 왔던 것을 풀어내었다.

"세계에 불교가 널리 퍼졌지만 불교가 가장 부처님 뜻에 맞게 발전한 곳이 한국이라고 생각해. 불교의 교리를 올바르게 가르치고 중생을 제도하는 방법을 합리적으로 생활화해 내었거든. 부처님은 본래 남성들이지만 관세음보살을 비롯한 여러 보살들은 톰이 지적한 것처럼 여성으로 묘사되고 있어. 중생의 신산(辛酸)한 삶을 가엾게 여기고 극락으로 이끌어 주는 손길, 그것이 중생들이 동경하는 모성애, 모성의 자비심을 통한 구원의 정신으로 형상화한 것이 아닐까?"

클랜시는 그 말에 선뜻 만족할 수가 없었다.

"남성 위주의 사회에서 어떻게 여성이 대중들 위에 군림할 수가 있느냐 말이야."

재현이 어렵게 대답했다.

"톰은 늘 우리가 간과하고 있던 문제의 정곡을 찌르지. 오늘 톰이 제기한 화두는 정말 깊이 생각해야 할 일이야. 앞으로 나는 톰의 질문에 대해 공부를 많이 해야 될 것 같아. 그러나 이것은 인정해야 돼. 보살이 여성이냐 남성이냐는 중요한 일이 아니야. 여성을 인정하지 않던 불교가 한국에 와서 여성화된 것은 참 자연스럽고 아름다운 일이라는 생각을 하게 되거든. 야단치는 신, 벌을 주는 강력한 남성 신이 아니라, 자애로운 어머니, 자신의 모든 것을 조건 없이 내어주는 어머니로서의 신이랄까? 사바세계 중생들을 자비로 감싸는 구원자랄까? 그런 모습으로 진화한 모습이 아닐까?"

선호가 중얼거렸다.

"옛사람들은 말했죠. '신은 모든 곳에 있을 수 없다. 대신 어머니를 보냈다.'"

모두들 고개를 끄덕였다. 클랜시가 서쪽 하늘에 걸린 석양을 보며 중얼거렸다.

"다시 한 번 느끼는 것이지만 이 세상의 주인은 여자야. 그들은 창조하고 이 세상을 지속시키거든. 남자들은 그들의 근육으로 힘센 척, 큰 척하지만 창조하는 여성을 보호하기 위해 존재하는 그 이상도 이하도 아닌 이차적 존재일 뿐이야. 겸손해져야 돼. 인류의 오랜 영속성을 위해서도 이 지구를 살 만한 곳으로 만들기 위해서도 그래."

그들은 홀가분하게 길에서 기다리던 버스에 올랐다. 그들의 마음의 짐을 모두 남산자락에 내려놓았다.

돌아오는 버스 속에서 재현은 클랜시의 귀에 대고 속삭였다.

"톰, 인숙은 당신에게 무엇이었나?"

클랜시는 한동안 생각하는 표정이었다.

"그래, 인숙은 내게 무엇이었을까? 그녀는 나의 애인, 누나, 누이동생, 아, 그리고 어머니 같았어."

재현은 클랜시의 진지함에 놀랐다.

"그렇게까지? 그렇다면 인숙은 톰에게 모든 것이었잖아?"

"그렇지. 모든 것이었지."

"그래 지금 인숙을 보내는 기분이 어때?"

"인숙을 보낸다고? 나는 한 번도 그녀를 떠나보낸다고 생각한 적이 없어. 그녀는 내가 보호한다. 나는 그녀의 보호 속에 있다. 두 사람은 서로의 울타리 안에 있다. 그런 기분이지. 지금 인숙은 나의 동생이야. 그녀의 보금자리를 만들어 분가하는 나의 누이동생이야. 떠나는 것이 아니야. 언제나 건너다보며 서로 보호하며 사는 한 가족이야."

클랜시는 재현의 어깨에 팔을 돌렸다. 재현도 그의 팔을 클랜시의 어깨 위에 놓았다. 그렇게 한동안 버스에 흔들리며 한가한 시골길을 갔다. 문득 클랜시가 속삭였다.
"우리 역사의 한 페이지는 오늘 닫는다. 위대한 역사였다. 내일부터 우리는 새로운 역사를 쓰기 시작할 것이다. 제리, 준비되었나?"
재현은 클랜시의 어깨를 힘주어 껴안았다.

발문

작가 황성혁 장편소설 《축복》에 대하여

오하룡(시인)

　이 소설을 읽기 전에 작가가 진작 펴낸 자전 형식의 단행본 《넘지 못할 벽은 없다》(1998. 운송신문사)를 읽은 바가 있었다. 평소 우리나라 대표 조선 산업의 초기 성장과정이 궁금했었는데 이 책은 너무도 자상하게 그 사실을 정리하고 있었다. 조선 산업은 우리나라를 선진국으로 도약하게 만든 기간산업으로, 우리 산업 전반의 현대화를 이루는 과정에서 중추적인 역할을 담당해 왔다.
　나중 그 비사(祕事)가 알려졌지만, 현대건설의 정주영 회장이 이 산업의 창업과 중흥을 주도한 인물이다. 그 사실은 그의 자서전 《시련은 있어도 실패는 없다》(1992. 현대문화신문사)에 경이롭게 서술돼 있다. 물론 그것은 그의 혼자만의 성과가 아니라 그를 도운 많은 지혜롭고 헌신적인 조력자들이 있어서 가능했을 것이라는 함축된 가정(假定)을 포함하여, 어떻든 그 자세한 성장 내력에 대해 궁금증을 갖는 것은 자연스러운 마음의 영역이었다.

그런데 이 책이 그 궁금함을 단숨에 해소해 주는 역할을 맡아 주었던 것이다. 작가는 조선학과를 전공한 전문가로서 현대건설에 조선사업부가 만들어지면서 거기 핵심사원으로 참여하여 최일선에서 뛴 주역이었으니 그야말로 맞춤형 적재적소의 인물이었던 것이다.

주역일 뿐 아니라 정주영 회장의 최측근에서 현대 조선 산업을 발흥하고 성장 기반을 구축하는데 핵심적으로 조력한 지혜로운 사람 중의 한 사람이었다. 그런 작가에게 더 이상 무슨 왈가왈부 중언부언이 필요할 것인가. 근년에 읽었던 책 중에 가장 감명 깊게 읽었던 책이 된 것은 너무도 당연하였다. 조선 분야에 관심 없는 필자가 이럴진대 이 분야에 종사하거나 관심을 가진 사람들에겐 그 감동은 말할 필요도 없을 것이다.

그때 벌써 조선분야에 이런 문재(文才)를 가진 사람이 있었다는 사실은 실로 다행스럽고 외경스럽기까지 하였다. 그런데 더욱 놀라운 것은 그 작가가 다른 분야도 아닌 조선분야를 소재로 이처럼 대하장편소설까지 쓰는 작가로 영역을 넓힌 것이다. 소설도 그냥 소설이 아니다. 신국판 천 페이지가 훨씬 넘는 대하장편이다. 부피가 방대하다 보니 3권으로 나눠 출간할 수밖에 없었고 앞서의 선입견도 있어서 필자는 이 소설이 순차적으로 1권 2권 나오는 대로 먼저 읽게 되는 행운을 누렸던 것이다. 그리고 이제 3권의 출간을 맞게 되었다.

《넘지 못할 벽은 없다》에서 조선업계의 실제적인 사실은 들여다본 바 있으나 소설 속에서 서술되는 이야기로서의 선박이 어디서 어떻게 주문되고 건조에 따른 공법적 과정은 어떻게 진행되는가, 드디어 완성이 이루어지면 선주에게는 또 어떤 방법으로 어떻게 인도되는가 하는 일련의 과정에서 얽히고설킨 이야기는 너무도 재미있어서 눈을 떼지 못하게 하는 것이다. 도대체 이 작가는 어떤 이야기를 남기고 싶어 이 장대한 이야기를 펼쳐놓기 시작한 것일까.

 호기심의 점층적(漸層的) 독서욕의 자극은 한자리에 잠시라도 머물지 못하게 하였다. 더욱 이 작가의 이야기꾼으로서의 작가적인 역량은 앞서 읽은 《넘지 못할 벽은 없다》에서 익히 접해 본 바 있는 데다 이 책이 조선 산업의 골격을 제시한 내용이었다면, 그 구체적인 현실적 이해는 소설에서 맛깔스럽게 서술되어 전개되어 있다.

 사실, 지엽적인 것이기는 하나 이 작가에 대해서는 먼저 언급할 부분이 있다. 1950년대 중후반에 작가의 고향인 경남 마산에 존재했던 문학동인 〈백치〉동인회가 그 대상으로, 이 동인회는 당시 마산 지역의 고등학생들이 주축이 되어 활동하였다. 이때의 동인들은 시낭송과 문학모임 행사를 갖는 것이 주요 활동이었다. 이때 함께한 동인들은 작가가 스스로의 약력에 자세히 소개한 대로 뒷날 우리나라 주요 작가 군(群)으로 성장하였다.

 이 동인회는, 막상 활동하던 당시는 동인지를 내지 못했으나 50여 년의 세월이 흐른 2003년에 이르러 《백치》 동인지 창간호를 펴내면서 뒤늦게나마 초창기 활동까지 구체적으로 소개하는 동기를 만들고 동인들의 작품도 살피게 하였다. 필자는 마산에 살면서 이 동인회에 대해 하나의 전설적인 관념으로 받아들이고 있다가 막상 《백치》 창간호를 보며 구체적으로 여기 참여한 동인들을 새삼 새롭게 인식하게 된 것이다.

 이 동인지에 참여한 작가 황성혁도 여기서 알게 되었다. 그가 누구인지 구체적으로 드러나고 작품까지도 소개되어 그의 존재를 아는 계기가 되었다. 그러니까 황성혁의 작가적인 자질은 감수성이 예민

하던 고등학생 때부터 갖추어진 것임을 알 수 있다.

필자는 이 동인지 《백치》에서 그의 작품, 소설류이면서 수기 같은, 장르가 다소 애매한 산문 2편을 처음으로 만나는 계기가 되었다.

이 작품 중 한 편인 중편 정도의 작품 〈토벤 칼스호이, 가슴 뜨거운 사나이〉를 감동 있게 읽었던 것이다. 나중 알고 보니 이 작품은 《넘지 못할 벽은 없다》에 이미 전재되어 있었다.

소설의 주인공 이재현 사장은 국제적으로 선박에 해박한 브로커이다. 이 주인공의 상대역으로 톰 클랜시가 등장한다. 톰 클랜시는 현대 조선에 VLCC 6척을 주문한 선주로 벨기에 출신이다. 필자는 이 주인공을 대하면서 이 인물이 《넘지 못할 벽은 없다》에서 패기 넘치는 해운사를 운영하다가 50세에 아깝게 타계한 토벤 칼스호이와 오버랩되는 것을 어쩌지 못했다. 그러나 소설을 읽어가면서 이 한 사람에 국한되지 않고 다양한 인물상이 복합된 주인공임을 알 수 있었다.

참고로 작중 주요인물인 이재현은 '제리'로 불리고 톰 클랜시는 '톰'으로 약칭된다는 사실을 알고 읽으면 이해가 빠르리라 생각된다. 소설 속에 풀이가 되어 있듯이 이 호칭은 '톰과 제리'로 잘 알려진 애니메이션의 주인공에서 따온 것으로 재현의 발음이 제리에 가깝고 톰은 톰 클랜시의 이름에서 바로 자연스럽게 인용된 것으로, 아무튼 재미있는 이름으로 여겨진다. 이 호칭은 주인공 두 사람이 상대를 호칭할 때 가장 많이 쓰이고 있다.

1권을 시작하면서 작가는 권두 '작가의 말'에서 이 소설을 쓰게 된 핵심 의도를 밝히고 있다.

이것은 2002년부터 2005년 사이의 활기찬 산업시대에서 있었던 선박의 신조계약, 건조과정 그리고 인도(引渡)에 관한 이야기이다. 그러나 나는 그것을 이야기하고자 하는 것이 아니다. 그것은 단지 그릇일 뿐이다. 나는 나의 이야기, 우리 이야기, 우리 동포 이야기를 그 그릇에 담으려 한다. 우리는 누구인가? 우리는 세계 속의 어떤 존재인가? 우리는 세계 역사의 어디쯤에 속해 있는가? 우리의 삶은 어디로 가야 하는가? 우리는 무엇이 되어야 하는가? 나는 그 이야기를 담으려 한다.

나는 후배들의 이야기를 쓰려고 한다. 우리는 생각할 겨를이 없이 앞만 보고 일을 좇아 달려왔다. 주변에 나타나는 변화를 이끌었다기보다 그 변화에 이끌려 다녔을 뿐이다. 그러나 후배들은 다르다. 그들은 고뇌한다. 고뇌해야 한다. 주어진 것이 무엇인지 확인해야 한다. 주어진 것들을 갈고닦아 보석으로 만들어야 한다. 그들이 고뇌해야 하는 이유이다.

―1권 〈작가의 말〉 중에서

즉, 소설의 주요 연대가 2002년부터 2005년까지 3년 동안의 이야기임을 설명하고 있다. 이 시기는 소설 속 주인공 톰 클랜시 선주가 대형선박 VLCC 6척을 주문하여 건조가 되어 인도되는 과정이 펼쳐져 있다.

이 시기가 우리 선박산업이 출발하여 30여 년을 맞는 가장 전성기로서 이 시기 선박의 신조계약, 건조계약, 그리고 건조 완료하여 주문자 선주에게 양도하는 과정이 주요 내용임을 그려주고 있다. 작가는 그렇다고 이 그릇에는 조선 관련 이야기만 담지 않는다고 강조한다.

이 그릇에 작가 자신의 개인적인 이야기는 당연히 담기고 우리 이야기, 즉 우리나라 현실 이야기를 담고, 세계에 흩어져 살고 있는 동포 이야기도 담겠다고 하고 있다. 우리는 누구인가, 우리는 세계 속의 어떤 존재인가, 하는 우리의 본질적인 정체성에도 접근해 보고, 또 우리의 삶과 미래는 도대체 어디가 목표인가? 그것을 향해서 우리는 어떻게 방향을 잡아야 하는가 하는 물음까지 이 그릇에 담으려는, 이야기의 진폭이 예사롭지 않음을 드러내고 있다. 뿐만 아니라. 작가는 자신이 겪고 섭렵해 온 조선업계에서 미래를 책임지고 고군분투하는 후배들의 이야기도 담겠다는 열망을 펼쳐 보이고 있다.

조선 산업의 미래는 후배세대의 어깨에 달려 있는 것은 당연하다. 소설에서는 현대조선은 울산조선소, 대우조선은 거제조선으로 통칭된다. 이 조선소의 운영자인 사장, 상무, 전무 등으로 실제 이름까지 호칭되는 현실의 실무 전문경영인들, 혹은 퇴임 후에도 다양한 역할로서 주인공이 관심 갖는 후배로 등장한다. 이들은 작가가 그리는 조선계의 꿈이요, 미래 인물들이다.

2권에서는 구체적인 우리 역사를 담아 나가고 있다. 우리 역사를 담으려니 자연히 세계사에도 접근한다. 조선 산업의 무대는 제한적이나 이로 말미암은 이야기는 무한대. 더욱 작가는 이를 기회로 평소 자신이 가진 역사관을 본 대로 느낀 대로 피력하고자 하는 열망으로 소설적인 재미를 배가한다. 작가는 현실에서 런던지점장을 지냈다. 이보다 앞서 현대조선은 선진 조선국인 영국 스코틀랜드의 한 조선소와 협력관계를 맺고 정예직원을 이 조선소에 파견하여 단기 훈련을 받게 한다. 여기에 주인공도 그 일원으로 참가한다. 이런 과정에서 그가 겪는 선진국 영국은 은연중에 체화되고 소설에서 육화되어 나오는 것으로 볼 수 있다.

요정 접대부 출신 여자를 통해 제한적이나마 국내 학생 일부를 선발하여 국제적인 역사연구 인맥으로 키우기로 하는 〈역사연구회〉의 발상도 작가의 영국 체험에서 모색된 것으로 알게 한다. 이것은 3권에서 구체화되어 실천으로 옮기게 된다.

이 부분이 이 소설에서 가장 미래와 밀접하게 연관된 부분이다. 유인숙은 클랜시가 요정을 통해 발굴한 학식을 겸비한 미모의 인물로, 바로 클랜시의 자택에 배치되나 애인 같으면서도 애인은 아니고 주변에서 결혼을 권유하나 그것도 뿌리치는 다소 애매한 관계를 보인다. 그러면서 클랜시는 그녀를 각별히 사랑하여 그녀를 나중에는 자신으로부터 완전 독립시킴은 물론 그녀가 조국의 미래, 즉 조국의 역사 발전을 위해 실행에 옮기는 역사연구회의 후견 역할도 맡겠다고 나선다. 나중에는 진수되는 마지막 선박 이름을 인숙(IN SOOK)으로 명명하는 기벽(奇癖)에 가까운 흥미로운 장면으로까지 이어진다.

인숙에 대한 클랜시의 명확한 태도는 소설의 말미 재현의 질문에 대한 답변에서 드러난다.

"톰, 인숙은 당신에게 무엇이었나?"

클랜시는 한동안 생각하는 표정이었다.

"그래, 인숙은 내게 무엇이었을까? 그녀는 나의 애인, 누나, 누이동생, 아, 그리고 어머니 같았어."

아무튼 이런 남녀 관계는 서구사회에서나 볼 수 있는 관념으로, 우리의 보통 정서로는 얼른 이해되지 않는 거리감이 있으나 작가가 굳이 이런 부분을 도입한 것은 필자가 짐작하기엔 소설적인 재미를 위해서가 아닐까 유추된다.

〈역사연구회〉는 영국 선주 윌리엄 스펜서와 그의 부인 앤 스펜서의 협조로 명문 옥스퍼드대와 연결되어 우리 대학생들이 매년 5~6명씩 현지에 가서 집중 역사공부를 하게 된다. 주인공 이재현 사장이 신뢰하는 거제 조선소 CEO 출신 차영균 사장이 헌신적으로 맡아 혜진이라는 조카의 협력을 받으며 이끌어간다. 선발 과정에서도 학생들은 경쟁에 앞서 양보의 미덕을 발휘하는 든든한 미래상을 보여준다. 이런 것도 이 단체가 지향하는 다음 세대의 미래상임을 상징적으로 보여주는 것으로 보인다.

유인숙을 통해 한 사람의 미래인물이 등장하는 것도 이 소설에서 간과하지 못할 부분이다. 탈북 청년 박영호라는 이름의 인물이다. 한국에 정착한 대다수의 탈북인들이 그렇듯 박영호도 정착이 쉽지 않다. 그런 그를 주인공은 각별한 애정으로 직업을 갖게 하고 유인숙과 연결하여 나중에는 부부로 결합시켜 미래의 꿈을 가꿔 나가게 한다. 이 과정이 소설로서의 재미를 가미하는 백미 역할을 톡톡히 해 준다.

나는 3부작으로 이 책을 쓴다. 제1권은 우리가 가진 것에 대한 이야기였다. 오늘 우리가 누리는 삶에 대한 이야기였다. 지금 나가는 제2권은 어제의 이야기가 된다. 여기서는 우리의 참담했던 지난 이야기를 듣게 된다. 오늘의 삶의 바탕에 관한 이야기이다.

우리의 오늘은 어디서 출발했는가. 오늘 우리가 가진 것은 무엇으로 이루어졌는가를 이야기하고자 한다. 일본 군국주의의 지배, 육이오 남침으로 인한 전쟁의 참혹함, 그를 따라오는 처절한 궁핍, 그리고 가족의 이산, 삶 같지 않았던 피난 시절의 생활이 이야기된다. 손에 쥔 것이 없으면서도 가난이 무엇인지 몰랐던 날들이다. 수탈당하면서 당연한 것으로 여겼던, 동족끼리 살상을 하면서도 그 비극의 깊이를 가늠할 수 없었던 어제를 이야기하고자 한다. 그 시절 기댈 곳 없던 젊은이들의 절망과 방황을 이야기한다. 참담한 대학 생활이 소개된다.

(…중략…)

반만년 역사를 지닌 민족이 자신의 정체성에 의문을 갖는다는 것은 참담한 일이다. 여기서 인숙의 꿈이 지평선 위로 떠오른다. 조국의 역사를 제대로 짚어보고 민족의 정체성을 찾아보려는 그녀의 꿈이다. 그것의 필요성을 절실하게 자각하면서도 구체화하지 못했던 선배들이 그녀를 돕기 위해 나선다. 후배들의 열정적인 호응으로 그것은 손에 잡히는 우리의 미래가 되어간다. 왜곡된 역사를 바로잡고 우리가 만들어 낸 우리 손에 쥐고 있는 것의 실체를 밝히는 우리의 올곧은 역사를 만들고자 한다. 그리고 미래를 그려 나가려 한다.

—2권 〈작가의 말〉 중에서

2권에서 우리의 오늘이 있기까지의 역사를 살피고 있다. 우리는 36년간 일제의 식민통치를 겪는다. 우여곡절 끝에 해방을 맞았으나 동족끼리의 이념 갈등에 말려들어 6·25 동란이라는 가혹한 전쟁참화를 겪게 되고 전 국토가 폐허가 되는 처절한 궁핍의 한계상황을 맞는다. 그로 말미암아 분단이 현실화되고 이산가족이라는 민족적 비극이 벌어진다. 그 과정을 조선 산업의 성장 상황과 함께 소설로 담아보려는 의지를 보이고 있다.

우리 역사를 언급하면 세계사가 자연스럽게 삽입된다. 이 모두 작가의 분신으로 보이는 주인공 이재현의 광범위한 인맥 접촉 과정에서 대화 형식으로 발현되어 나온다.

홍콩 선주를 만나면 그 선주의 개인사를 넘어 홍콩의 실상과 연관된 중국사의 일면도 들여다보게 한다. 나이지리아 방문에서는 나이지리아 조선업계 실상이 그대로 그려진다.

나는 새로 태어난 세계 최대 조선소의 선박 영업담당이었다. 세계 구석구석을 드나들었다. 수많은 계약을 성사시켰고 무엇보다 세계 변방의 시골뜨기 한국인이 세계인으로 당당하게 탈바꿈해가는 과정을 생생하게 지켜보았다. 그것은 쉽지 않은 일이었다. 선각자들의 목숨을 건 결단과 우리 백성들의 적응력이 이루어 낸 기적이었다. 나는 나이 쉰이 되던 해 회사를 그만두었다. 무언가 자신만의 것을 이루어야겠다는 소망 때문이었다. 그 소망의 일부분이 이제 이루어졌다. 대하소설 '축복' 3권이 만들어진 것이다.

소설의 배경은 중국의 본격적 산업화가 시작되고 세계의 재화가 중국으로 몰리던 2002년부터 2008년까지의 경제적 대격동기이다. 이 소설은 그중 2002년부터 2005년까지를 배경으로 한다. 벨기에 선주가 한국에 초대형 유조선 여섯 척을 주문한 뒤 그것이 완성되어가는 과정이 이 소설의 배경이다. 일제의 수탈과 육이오 전쟁을 통해 망가질 대로 망가진 나라가 기적적으로 일어났다. 그 획기적인 역사를 만든 사람들에 대한 기록이다. 앞에서 이끈 정책 입안자로부터, 그 황당한 계획을 현실로 만든 뚝심의 경영자에 이르기까지, 세계의 편견과 스스로의 열등감을 극복하고 세계 산업계를 설득시킨 실무자들, 거기에 자신의 삶에 성심을 다한 요정 접대부로부터 평범한 가정주부들, 샐러리맨들의 일상의 애환을, 기댈 곳 없던 재일본 교포의 삶을 살펴보았다. 남과 북의 동포들을 갈라놓고 있는 빙벽을 녹이는 방법을 생각했고 우리가 가진 고질적인 천민성에 대해 올곧게 바라보려고 했다.

 톨스토이의 위대한 발걸음을 따라가느라 애는 써 보았다. 톨스토이가 세상을 버린 때가 여든한 살이었다. 나는 여든한 살에 축복 제일권을 내어놓았다. 너무 늦지 않았나 하는 걱정들을 주변에서는 한다. 그러나 나는 동의하지 않는다. 이것은 나의 작가 인생의 시작이다. 나의 사고력이 쇠퇴하지 않는 한, 나의 꿈이 시들지 않는 한 나의 작업은 계속될 것이다. 나는 나의 아흔 살을 생각하면 가슴이 설렌다. 어디까지 무엇을 이룰 것인가? 나의 꿈을 밀고 나가고 싶다. 백 살이 되었을 때 지금과 같은 고민을 하고 싶다.

—3권 〈작가의 말〉 중에서

 작가의 말에서 이 소설의 핵심을 다 밝혀놓고 있다. 필자는 3권의 내용 중에 다음과 같이 재미있게 화장실을 서술한 부분에 관심이 모아졌다. 이것은 하나의 예화이나 작가는 상식으로서 교양화된 예화를 다향하게 소개하고 있다. 요즘 우리나라 공중화장실에 가면 소변기 한복판에 벌레가 표시되어 있는 것을 볼 수 있다. 이런 사실이 소설 속에 전개되고 있는 것이다. 또 부처님의 제자들이 들은 내용을 전한다는 여시아문(如是我聞) 불경이 곧 부처님의 말씀이라는 사실도 소설 속에 여과되어 담겨 있다. 이 소설에 작가가 무엇을 담고 싶어 했는지 하나의 예시가 될 것이다.

"저기 말이야, 톰, 요즈음 일상적으로 보게 된 변소의 소변기에 그려진 벌레 그림 말이야, 그것이 스키폴 공항에서 시작되었다는 것 알아?"
"아니 그건 또 무슨 이야기야? 왜 하필 스키폴 공항이야?"

재미있는 이야기가 있다. 암스테르담 대학의 미술 교수가 공항 변소에서 소변을 보고 있는데 청소부 영감이 투덜거렸다.
"좀 제대로 싸면 뭐가 잘못되나? 제대로 싸면 동네가 깨끗해질 것 아냐?"
소변기 주변에 아무렇게나 뿌려진 소변에 대한 불평이었다. 교수가 청소부에게 제안을 했다.
"자 이 변기 하나만 깨끗이 씻은 뒤 바짝 말려 주세요. 내가 사람들이 깨끗이 쓰지 않으면 안 되도록 만들어 드릴 테니."
청소부는 그가 해달라는 대로 소변기 하나를 깨끗이 씻은 뒤 바짝 말려 놓았다. 교수는 그의 가방에서 화구를 꺼내 유화 페인트로 소변기 물 빠지는 곳 바로 위에 파리를 한 마리 그려 넣었다.
"이제 두고 보세요. 다른 일이 벌어질 거예요. 이 변기 주변에 다른 변기와 다른 현상이 일어나면 내게 연락하세요."

그 뒤 청소부가 보니 그 변기 주변만 놀랍게도 깨끗하게 유지되었다. 인간의 조준 본능이랄까? 오줌 누는 사람들이 본능적으로 그 파리에 조준을 하는 것이다. 그에 따라 바깥으로 흩어지는 소변의 양이 확실히 줄어들 수밖에 없다. 청소부가 공항 당국에 이야기했고 당국은 모든 소변기에 파리를 그려 넣게 했다. 이제 변기는 만들어질 때부터 파리 한 마리씩 달고 나온다.

"제가 없는 장소에서 설하신 법도 돌아오셔서 제게 모두 이야기해 주셔야 합니다."

'나는 이렇게 들었다(如是我聞)'로 시작되는 불교의 경전은 아난 존자의 손으로 시작되었다. 부처님은 29세에 출가해서 6년 만에 불법을 깨달았다. 6년 동안에 깨우친 불법을 가르치는데 45년이 걸렸다. 생사의 윤회와 미혹의 세계에서 해탈한 뒤 바로 열반(涅槃)할 수도 있었으나, 부처님은 쉬운 그 길을 택하지 않으시고 80세까지 고된 시간을 신발도 신지 않은 맨발로 전국을 탁발편력(托鉢遍歷)하면서 법을 설하였다. 중생들이 알아듣도록 법을 가르치는 것은 그만큼 어렵고 시간이 걸리는 일이다. 부처님이 꺼린 것은 중생들이 불상을 세워놓고 그것에 맹목적으로 기대는 것이다. 부처님은 불상(佛像)을 만들지 말라고 가르쳤다. 부처님의 상에 의지하고 그 앞에 절함으로서 복을 비는 기복(祈福) 종교가 되지 않도록 끊임없이 경고했다. 무엇에도 기대지 않고 마음을 닦아 스스로 깨닫는 법을 가르쳤다. 그분이 열반하지 않고 45년 동안 이 사바세계에 남아 있었던 것은, 그가 깨달은 법을 완성된 형태로 만들기 위해서였다. 시간과 공간을 초월해서 받아들여지는 법으로 체계화시키는데, 그것을 중생들이 체감할 수 있는 보편적인 법으로 만드는데 그처럼 오랜 시간이 필요했기 때문이다. 부처님은 열반하기 전 생전에 만든 법에 만족하셨다. 많은 제자들, 존자들이 그 미묘한 불법을 기록하였고 해석해서 수많은 경전을 남겼다. 그 시작은 아난존자의 '나는 이렇게 들었다(如是我聞)'이다.

건설업체를 꾸려온 정주영이 선박 건조에 관심을 가지자 주변 사람들은 모두 고개를 젓는다. 그러나 정주영은 이렇게 말하며 자신감을 보인다. "조선이라는 것이 공장 짓는 것과 다를 바 뭐 있나? 철판 잘라 용접하고 엔진 올려놓고 하는 일인데 모두 건설 현장에서 하던 일이고 하는 일 아닌가?"(《시련은 있어도 실패는 없다》 116쪽 인용)라고 한 것을 이 소설 속에서 다음과 같이 구체적으로 설명하고 있다.

"자, 생각해 봅시다. VLCC를 짓는 것이 어려운 일입니까? 배는 선각(船殼)과 기관실과 선원들의 거주구로 이루어져 있습니다. 선각이요? 모양대로 자른 철판을 용접해서 만든 철 구조물이지요. 기관실이요? 작은 발전소입니다. 선원들의 거주구요? 아주 간단한 호텔이지요. 우리는 세계 방방곡곡을 다니며 이보다 훨씬 더 크고 복잡한 철 구조물, 발전소, 호텔을 성공적으로 건설해 왔지요. 안 그렇습니까? 우리가 안 해 본 것은 꽁무니에 프로펠러를 달고 그것을 돌리는 것이에요. 그래서 배를 앞으로 가게 하는 일이지요. 그것은 여러분의 능력으로 충분히 해결할 수 있는 간단한 기술입니다. 무슨 문제가 있습니까?"

주인공 이재현 사장을 통해 창업자의 경제관을 설명하는 과정에서, 우리 사회가 지향해야 할 목표가 경제이고 경제가 사회를 발전시키고 균형을 이룬다고 설파한다.

 재현은 잠깐 말을 멈추고 생각했다. 그리고 그의 하루를 매듭지었다.
 "나는 우리 사회가 지향해야 할 목표를 기업 경제라고 생각합니다. 시장경제라고들 이야기하는데 그것은 아주 모호한 개념입니다. 아무나 생산해서 아무것이나 시장에 내놓는 물물교환 경제가 시장경제입니다. 잘 준비된 기업이 계획된 양질의 제품을 생산하고 적절한 값으로 시장에 내놓아 소비자들의 선택을 받는 것이 기업 경제입니다. 그런 경제 체제가 사회를 발전시키고 균형을 이루는 것입니다. 그러기 위해 훌륭한 기업가가 필요합니다. 우리 사회는 다행히 뛰어난 기업가 정신을 지닌 분들을 배출하였습니다. 출중한 분들 중 한 분이 그분입니다. 그분은 과거의 사람입니다. 그러나 나를 오늘 이 자리에 나오도록 만든 차영균 이사장의 말을 생각합니다. '과거를 정확하게 이해하는 사람만이 미래를 이야기할 수 있다.' 그분은 단순한 과거의 인물이 아니라 미래를 열어가는 모든 사람들에게 이상적인 '닮고 싶은 사람(Role Model)'이 될 것입니다."

 이 소설 제목 '축복'은 어디서 나오는 것인가? 조선 산업의 성공이 한국으로선 '축복'으로 볼 만한 일이므로 그래서인가? 소설을 읽으며 계속 갖는 의문이다.
 그런데 3권 말미에 거기에 유추되는 시 한 편이 나온다.

축복

(앞부분 생략)
배를 띄운다.
흉포한 번개와 거센 파도에
악마 같은 미소 보내며
유유히 돛을 올린다
아 아 돛에 쏟아지는 훈풍
폭포수처럼 뱃전에 쏟아지는 축복

이런 시다. 배가 바다를 향해 떠나는 정경이 묘사되어 있다. '축복'이란? 배가 미래를 향해 떠나는 것을 함축함을 이해할 수 있을 것 같다.

   이 소설을 읽으면 장쾌한 하나의 이야기로서 우리나라를 포함 세계 조선업계 현황과 실제는 물론 한국 역사와 함께 세계 역사도 통독하는 느낌을 가질 정도로 풍부한 예화로 짜여 있음을 통찰하게 한다.
   이 짧은 설명으로 이 소설에 접근하는 것은 얼토당토않는 무리다. 그 무엇보다 읽기 시작하면 우리의 자랑스러운 조선 산업의 매력 그 자체가 어떤 선입견도 필요 없이 술술 이야기 속에 몰입하게 하여 시간이 어떻게 가는지 모른다는 데 이 장편소설의 진정한 묘미가 있다 하겠다.

축복 Ⅲ
황성혁 장편소설

펴낸날	2022년 5월 6일
지은이	황 성 혁
펴낸이	오 하 롱
펴낸곳	도서출판 경남
주소	창원시 마산합포구 몽고정길 2-1
연락처	(055)245-8818, fax.(055)223-4343
블로그	gnbook.tistory.com
이메일	gnbook@empas.com
등록	제1985-100001호(1985. 5. 6.)
편집팀	오태민	심경애	구도희
ISBN	979-11-6746-054-7-04810
	979-11-89731-91-5-04810(세트)

ⓒ황성혁

*잘못된 책은 바꿔 드립니다.
*저자와 협의 인지 생략합니다.

〔값 15,000원〕